伦 纳 德 · E. 里 德 图 书 奖 获 奖 作 品

一则关于国际阴谋的惊险故事，

一种传播自由理念的无价方式。

——罗恩·保尔

投 机 者

[美]道格·凯西 [美]约翰·亨特 著

王晓惠 译

GUANGXI NORMAL UNIVERSITY PRESS

广西师范大学出版社

·桂林·

投机者
TOUJIZHE

著作权合同登记号桂图登字：20-2023-203 号

图书在版编目（CIP）数据

投机者 /（美）道格·凯西，（美）约翰·亨特著；
王晓惠译. --桂林：广西师范大学出版社，2024.6
  书名原文：Speculator
  ISBN 978-7-5598-6555-7

  Ⅰ. ①投… Ⅱ. ①道… ②约… ③王… Ⅲ. ①长篇
小说－美国－现代 Ⅳ. ①I712.45

  中国国家版本馆 CIP 数据核字（2023）第 240380 号

广西师范大学出版社出版发行

  广西桂林市五里店路 9 号　　邮政编码：541004
    网址：http://www.bbtpress.com
出版人：黄轩庄
全国新华书店经销
广西民族印刷包装集团有限公司印刷
  南宁市高新区高新三路 1 号　　邮政编码：530007
开本：710 mm × 960 mm　　1/16
印张：35.75　　字数：400 千
2024 年 6 月第 1 版　　2024 年 6 月第 1 次印刷
印数：0 001~8 000 册　　定价：98.00 元

如发现印装质量问题，影响阅读，请与出版社发行部门联系调换。

《投机者》荐序

　　《投机者》表面上讲述了一则关于国际阴谋的惊险故事，实则从经济层面和道德层面为饱受非议的投机者辩护，并从这两方面对那些借助暴力和欺诈牟利的人进行谴责。道格·凯西和约翰·亨特为那些寻找独特方式和传播自由理念的人提供了极为宝贵的帮助。

——罗恩·保尔

　　道格·凯西和约翰·亨特讲述了一个非常棒的冒险故事，同时又为读者上了一堂大师课，教我们如何在高风险、高回报的初级勘矿行业中变得游刃有余。通过讲述年轻男主人公的所作所为，两位作家知名的自由主义世界观在本书中展现得淋漓尽致。男主人不仅能对社会传统观念提出质疑，也会为自己规划人生道路——这是当今极为罕见的能力。这不仅仅是一本经典的行动小说，还是一本指导手册，教导现代人如何过上一种高尚而富裕的生活。

——凯文·维吉尔 [《弗朗特拉新闻》（ *Frontera News* ）编辑]

　　道格·凯西和约翰·亨特博士所著的《投机者》是一部引人入胜的小说，书中的世界充斥着股票骗局，故事围绕着发掘出的一处富饶到令人难以置信的金矿展开。鉴于凯西已经出版了两本《纽约时报》评选出的最畅销书籍，这本书自然也会被寄予厚望。读者一定不会失望的。当今社会存在的很多重要问题，也在本书中有所讨论。安·兰德借助小说讲述了她所处时代的社会问题，凯西和亨特通过角色的塑造也揭露了自己时代中的社会问题。《投机者》是一部文思斐然的悬疑小说——更重要的一点是，这本小说会使你驻足深思。

——阿尔·科瑞林 [《科瑞林经济报道》（*The Korelin Report*）主持人]

这是一次激动人心的冒险，金矿勘探、矿业市场和腐败与安·兰德的思想在神秘的非洲国家冈瓦纳邂逅。查尔斯的冒险经历在对人性的洞察以及对贪婪的审视之间展开，这种构思只有道格·凯西才能做到。

——布伦特·库克 [勘探地质学家，《勘探视野》（*Exploration Insights*）编辑]

道格凭借晓畅的写作风格成为投资小说的畅销作家。《投机者》是一部引人入胜的小说，里面全是道格·凯西和其合著者约翰·亨特从现实投机世界和环球旅行中领悟到的知识和洞见。这本书读起来很真实，因为书中的生活是两位作者所真切体验过的。

——艾德里安·戴 [艾德里安·戴资产管理公司首席执行官，著有《资源投资》（*Investing in Resources*）]

谁能知道道格·凯西——这位卓越的投资者、散文家、演讲家、企业家、无政府资本主义者——竟然还是一名小说家？你一定得读一下《投机者》！

——卢·洛克威尔 [路德维希·冯·米塞斯研究所校长，著有《反对国家：无政府资本主义的宣言》（*Against the State: An Anarcho-Capitalist Manifesto*）]

这是一则刺激的历险故事，是面向智者的佳作。这本小说讲述了一些富于创造力的和平主义者与那些集暴力、欺诈和其他伪善行径于一身的恶人斗智斗勇的故事，为读者呈现出一个微观世界，其涉及范围远远超出故事发生的背景——非洲大陆。这真的是一本好书！

——巴特勒·谢弗［著有《精心谋划的混乱》(*Calculated Chaos*)］

成人版的《哈利·波特》终于来了！你们的新朋友，查尔斯·奈特与那些政治大佬以及那些靠着欺诈一夜暴富的骗子进行顽抗。他将会带你领略一场非洲革命，你会在书中邂逅一些意想不到的角色，他们拥有多重人格；你也会见证一场巨大的矿业骗局。书中的双重诈骗理论会让你迫不及待地想要读第二部，查尔斯·奈特究竟会带你去哪里？让我们一探究竟！

——西娅·亚历山大［著有畅销书籍《公元2150》(*2150 AD*)］

《投机者》是一部精彩纷呈的小说。一个扣人心弦的冒险故事在戏剧性的背景中上演。这也是一本凝结着作者智慧与巧思的书籍，书中尽是一些有趣的事实，还有对重要哲学问题的叩问。

——马克·福德［《创造财富》(*Creating Wealth*)编辑，《纽约时报》畅销书作者］

《投机者》是一次狂野之旅，是一本关于行动哲学的杰作。它既能令读者兴奋不已，也能使读者主动审视他自以为非常了解的人类本性和国家本质。凯西和亨特创作的生动篇章引人入胜，令人难忘的措辞给读者留下了深刻印象。对于任何想要更好地理解周遭世界乃至自身在其中所处位置的人来说，《投机者》都是一本必读之书。独立且富于思辨的思考者将会乐于品读这部书的每一页——急不可耐地想要读到下一部！强烈推荐！

——乔尔·伯曼［《真相与丰盛》（*Truth and Plenty*）编辑］

　　这部将声音及连贯的哲学同可读性强、情节丰富的故事结合在一起的佳作终于面世。除了道格·凯西以外，谁能在带领读者经历曲折情节的同时还能为我们呈现出他对这个世界新鲜而独到的见解呢？在这个拙劣小说与陈腐哲学盛行的大背景下，凯西为我们展现了一种清新的视角，而这一点只有他才能做得到。

——安雅·莱昂纳德［《古典智慧》（*Classical Wisdom*）编辑］

　　《投机者》是一堂过山车式的人生课，故事背景设在神秘的金矿投资世界。一场非洲革命，兼具巨额收益和巨大损失的惊天骗局——这本小说太有意思了，所以你根本意识不到你从中学了多少东西。然而，最重要的是，这是一本好书，书中的主人公极不寻常。

——温蒂·莫爱洛依［著有《女性自由》（*Liberty for Women*）］

　　约翰·亨特——这位医生、企业家、小说家和非虚构小说作者——与知名的道格·凯西强强联合，合著了该系列小说（共六部）中的第一部，这是其他任何人都不曾想过甚至是冒险尝试的事情！

——B. K. 马修斯［经济教育基金会（FEE）特约编辑］

　　多年以前，我最爱的小说《航空港》（阿瑟·黑利 著）使我们能够近距离观察到航天业的内幕。现如今，《投机者》也为我们提供了一个近距离观察勘矿业和金融世界内幕的机会。道格·凯西非虚构文学作品的读者也将对他在戏剧性小说上的首次尝试大加赞赏。

——J. 尼尔·舒尔曼［作家／制片人，电影《夜之边缘》（*Alongside Night*）］

在故事情节引人入胜的同时，还能有力地传达出健全的哲学体系和自由市场原则，这在文学作品中极为罕见。在这一点上，《投机者》比我读过的任何文学作品都要优秀。它能让你开始用一种全新的方式看待生活。我认为《投机者》会成为永恒的经典。如果你觉得《阿特拉斯耸耸肩》是一本好书，那么《投机者》将会给你带来惊喜。我是一个对于个人自由和经济自由深信不疑的人，我迫不及待地想要看看查尔斯接下来会做些什么。

——尼克·詹布鲁诺［资深编辑，Internationalman.com］

这部关于在极度危险之地（例如印度尼西亚和非洲）勘探金矿的冒险小说终于出版了。我曾经在论坛上与凯西辩论，他那专业的矿业知识辅以卓越的思维，为这种快速致富的疯狂方式增加了真实度。书中的马多夫式骗局影射了那起震惊加拿大矿业的臭名昭著的 Bre-X 公司骗局，书中还有童子军及黑帮雇佣兵的情节。这是一本好书。

——詹姆斯·迪内斯［编辑，*The Dines Letter*，著有《大众心理学》(*Mass Psychology*)］

《投机者》将德克·皮特的快节奏冒险故事和安·兰德小说中的理性观念结合在一起。这位作者对于市场、矿业以及政府三者如何运作的丰富知识令人印象深刻。但这本书读起来却像在沙滩上度假一般轻松。轻快、睿智、机敏，这套新系列的冒险小说或将超过兰德的作品。

——乔·安·史库森［查普曼大学英国文学教授］

道格·凯西和约翰·亨特这本精彩又迷人的小说来了！这本书就像我当初手不释卷的《阿特拉斯耸耸肩》一样，在我读完发生在查尔斯·奈特——这部小说的主人公——身上的每一件事情之前，我的眼睛一直黏在屏幕上。我很开心，因为这是"高地"系列小说六部曲中的第一部。如果另外五部小说跟这一部一样精彩，那我们读者就一饱眼福了。这的确是一本出色的小说。

——瓦特·布拉克［哲学博士，芝加哥洛约拉大学经济学教授，著有《百辩经济学》（*Defending the Undefendable*）］

在这个世界上，创造财富和失去财富的那些人往往不是天才企业家，而是那些默不作声、结党营私、克制隐忍的善变之人。凯西和亨特精心创作了一个好故事，讲述了一位年轻男子在追寻成功的路途中必须要面对权力和腐败的经历。这个故事发挥了寓教于乐的作用，从道德层面和经济层面为读者带来颇有价值的深刻教益。

——劳伦斯·W.里德［经济教育基金会（FEE）会长］

致　谢

　　我们谨向娜塔莉·马修斯、哈利·戴维和保尔·伍德沃德致以感谢，感谢他们为本书所提供的专业高效的编辑与指导；感谢吉姆·罗斯杰的艺术设计；感谢 B. K. 马修斯和杰弗里·塔克把我们这个团队汇聚到一起。

　　感谢安查·凯西、金伯利·约翰逊、戴维·加兰德、罗伯·泰戈、乔伊斯·柯伦、玛丽·罗·古奇、贾亚纳特·班德里、克里斯·莱弗里奇、特里·黑尔、马尔西亚·艾伯特、安与吉姆·亨特、约翰·斯洛文斯基、尼尔·桑索维奇，以及我们的家人、朋友、同僚、共事者，还有许多为我们生活增添情趣的其他人，以上所有人为我们每个人都带来了心智上的启发。

第一章

险些夭折的决心

（惊心动魄的丛林冒险）

查尔斯·奈特无畏地站在悬崖边，悬崖深处是湍急的班古河，奔涌的水流不断冲刷着河道上的古老断层。流水蚀刻崖壁数千万年，辟成深渊，班古河那震耳欲聋的咆哮声，响彻其间。查尔斯凝望着脚下的非洲丛林，它绵亘数百平方英里，茂密而繁盛。

这片大陆的色彩、香气甚至空气重量都扑朔迷离，数十年的地质调查徒劳无获，参不透其中的任何奥秘。陆地北面耸立着陡峭的山丘，上面覆盖着一层抗蚀的深绿色玄武岩——由死火山的岩浆冷凝而成；而在西面，一大团灰蒙蒙的积雨云如鬼魅般飘浮在地平线上。这片大陆每逢雨季便大雨如注，雨势之大，为世人罕见。

查尔斯现在所处的悬崖边缘已经承受了几千年的风吹雨打，其表面的石灰岩岩质几无残留，岩石的整体性因此大打折扣，再加上查尔斯那180磅的体重，这明显超出了这块脆弱岩石所能承受的重量，整块岩石岌岌可危。此时一阵轻如叹息的声音传来，查尔斯登时感到脚下一滑，一度坚硬的石头终究在他脚下断裂。他知道这意味着什么：终破重围的地心引力正迫不及待地拉他坠入深渊。

他伸手想要抓住任何坚硬的东西来缓冲，但却扑了个空。失去生还机会的痛苦比死亡带来的恐惧更加沉重。他 23 岁的人生将在这深达 200 英尺的悬崖下终结，化作一小摊不规整的血污，烙在崖底那块凹凸不平的角砾岩上。而这摊血污意味着他必须要承受撞向地表岩石的剧痛，以及粉身碎骨的结局。

查尔斯·奈特此刻什么也做不了，只能等死。

而在乎他、与他最亲的人远在 5000 英里之外。

＊　　　＊　　　＊

"那么，你想要怎样的人生呢，查尔斯？"

莫里斯舅舅向他发问时，自带一种有钱人的姿态，那是一种洞悉世界运转规律的自若神情。如果不算方才他用来打招呼的粗鲁的咕哝声，这便是他们初见时的第一句话。彼时查尔斯刚满 13 岁，这是他第一次去美国东部，也是他第一次见到他的舅舅——母亲那位据说很危险神秘的兄弟。

男孩坐在这位大人物的豪华公寓里，各类财经报纸和公司报告令他眼花缭乱，就连四周墙壁上也都堆满了书。舅舅派人给他安排了一间闲置的卧房，并允许他在这里一直待到暑期结束，或一直到他想返回蒙大拿州，但如果舅舅让他离开，他就不能继续待在这里。总之，他得过一段"寄人篱下"的日子。

莫里斯舅舅是一个威严可畏的男人：他脑袋很大，但查尔斯知道那里面满是智慧与知识；他身材魁梧，身体里堆积的脂肪掩不住他内心澎

投机者

湃的激情——查尔斯的母亲以前就是这样评价莫里斯舅舅的。

听到莫里斯舅舅的问题，坐在沙发上的查尔斯挺直了身子，顺势把堆积在他身边还未清理的杂物推到一边。他迟疑了一会儿，然后望向他的舅舅，出于紧张，他处在青少年变声期的声音更加沙哑，尽管如此，他还是回答得简洁明了。

"我想要过上一种正派的生活。"查尔斯欲言又止。紧接着他的眼睛里闪烁着更热情的光芒，"而且是一种充满异国情调的冒险人生。"

听到这番话，莫里斯舅舅挑了挑宽阔前额上的眉毛，努起横亘在他肥厚双颊间的嘴唇。脸上的表情从短暂的惊讶变成了饶有兴趣的玩味，他正在更近距离地研究着他的外甥。然后，他就着第一个问题向查尔斯提出了一项挑战。

"查尔斯，我原本对你这个年纪的小男孩不抱什么期望，但你的回答让我眼前一亮。所以，我打算给你一个任务。你要在纸上详细地写出究竟什么是所谓的'正派的生活'，你得给我一个准确的定义，这也会让你对自己的目标更加明晰。"莫里斯顿了顿，挠了挠自己圆润的下巴，"而且你得告诉我你口中的'异国情调'是什么。人们通常不会把这两个毫无瓜葛的词语相提并论，特别是像你这种年纪的人。第一个词让我想到修道院，第二个词却让我想到曼谷的妓院。"

查尔斯那时候还在上学，他的校园时光已所剩无几，而他早就习惯了按部就班地完成老师们布置的那些单调而乏味的作业，在他看来，除了浪费时间之外，作业没有任何的作用。老师布置作业无可非议，可是自家舅舅还要给自己下达任务就说不过去了，毕竟现在还是暑假。查尔斯的母亲在三周之前过世了，他来纽约不是为了给这个男人写文章的，而是因为沉浸在丧妻之痛中的父亲认为，父子二人分开一段时间可能对

第一章 险些夭折的决心（惊心动魄的丛林冒险）

彼此都好。

"什么时候交呢？"带着一丝难掩的不满，查尔斯问道。根据学校作业的传统，他默认自己要在截止日期前写满几页作业，来应付那位自己也只是在走过场的女老师。

探索纽约城的途径五花八门，不论是登临帝国大厦楼顶还是潜入各大地铁隧道，都远比写文章更有吸引力。趁着身边没有其他同学打扰的时候，参观自然历史博物馆，按照自己的节奏好好地欣赏那些展品亦十分有趣；或者爬到自由女神雕像的火炬上一览纽约风光——暂且不论那是否合法。而现在为了写这一篇毫无意义的文章，他将要牺牲掉何等曼妙的冒险旅程啊！舅舅的任务至少会让他没时间阅读《基督山伯爵》了，这本书是他早上登机前才塞进旅行背包里的。

但事实证明，查尔斯错了。莫里斯舅舅跟学校老师一点儿也不一样。他更像是一位同谋。

"查尔斯，"这位大人物发话了，"你现在可以去纽约探险了，毕竟要事第一。你不用第二天就完成这项任务，也不用下周就急着给我答复。"

听到这番话，查尔斯松了一口气。

莫里斯舅舅继续说："其实，这项任务的截止日期是你找到答案的那一天，这可能要耗掉几年甚至几十年的时间。所以你有充足的时间去思考。我知道你喜欢读书，我这里刚好有一个藏书丰富的图书室，你可以从我这里拿几本有用的书。"

在那天剩余的时光里，查尔斯一直在思索舅舅的话。而此时，在他生命的最后时刻，查尔斯·奈特的思绪再次回到了与舅舅的那段对话上。这也许是因为人在情绪紧张的时候，记忆在脑海中会更加深刻。抑或是因为那是他第一次和一个同样爱他母亲且同样沉浸于丧亲之痛的男

投机者

人产生了联结。那次谈话后不久，舅舅身上闪烁的火花点燃了查尔斯求索的热情，他开始真正去探索这个问题：究竟什么样的生活才算得上正派，才值得冒险，才具有异国情调？

生命的意义，究竟是什么呢？

*　　　*　　　*

时至今日，距离莫里斯舅舅布置的这项任务已经过去了十年。

查尔斯·奈特视线下移：他的衬衫被汗水打湿，裤子也满是泥泞，脚尖更是无法在近乎垂直的岩石表面找到支撑点，绝望至极的他只能拼命用手扒着这块摇摇欲坠的岩石。悬崖底部散落的巨石像牙齿一样尖锐，等待他自投罗网。查尔斯此刻之所以还能攀在崖壁上，只是因为人石之间残存的摩擦力。大限将至，留给他思考人生的时间所剩无几。

奔涌的河水淹没了所有的声音，此刻他只听得见脑袋里血液涌动的声音。岩壁太滑，查尔斯又往下滑了一段距离，他的下巴和鼻尖也都磨破了。他咬紧牙关，岩石上滚落的沙砾被他生生咬碎。就在这时，他发现了一根悬垂的藤蔓，便伸手抓住了它，拼命想要为自己多争取一线生机。可是，不论是他的胳膊还是这根藤蔓都不能支撑太久。

他的父亲曾建议他放弃这次旅行，就像他曾经劝说 12 岁的查尔斯不要在后院那棵橡树高高的枝头上搭树屋一样。那时的查尔斯虽然骨瘦如柴但却踌躇满志，他不顾父亲劝阻一意孤行，结果一不小心在手肘附近留下了伤疤。此刻，烙在黝黑皮肤上的疤痕正在刺眼的阳光下闪着白色的光芒。

当时父亲给他清理完伤口后，笑着说道："果然是虎父无犬子。"

005

当初那个瘦弱的少年已经蜕变为一个体格健硕的年轻人，他坚定而狡黠的蓝眼睛中永远闪着光芒。舅舅十年前提出的挑战已经成为一项使命，他对这项挑战的兴趣愈发强烈。他曾经一直坚信他将有大把的人生来完成这项使命。

可是现在，面对自己将要坠下深渊的厄运，他懊悔不已，他毕生所求将无果而终。生命真是太短暂了！

他的眼睛瞥见了风化的砾灰岩，便伸出左手想要抓住它，然而脆弱的石英晶体和云母在他的手指触碰到的一瞬间便化为齑粉。

他抬头看到那段因为无法支撑他的体重而坍塌的悬崖，残存的崖体仍悬于半空。连日的雨水和他的体重都成了厄运的帮凶，导致他刚采集完岩石样本悬崖就坍塌了，那些沉甸甸的岩石样本现在正躺在他的工装裤口袋里，进一步加剧了他的负担。

这些岩石样本是地层富含金矿的证据，查尔斯来这个国家的初衷便是寻找金矿。而这处悬崖的纵深切面使整个地区的地层结构和矿物构成一览无余。收集岩石难度不大，不需要昂贵的钻探设备，冲动的查尔斯却冒着生命危险到悬崖边缘收集岩石。就在两分钟前，他竟然还认为这是个好主意，现在他肠子都悔青了。

如果此刻他能往上爬的话，他还需要爬 20 英尺。然而就在他奋力挣扎的时候，用来救命的藤蔓突然从它缠绕的树上松动了，查尔斯再次坠落下去，此刻他竟出乎意料地平静，或许是急剧飙升的肾上腺素起了作用。

他想，或许他根本不应该尝试走这条职业道路。

就在这时，强韧的蔓条却猛地一下把他拉住了，原来他身上这根藤蔓恰好牢牢地扎根在地下岩石中，这也算是不幸中的万幸。此刻查尔斯被吊在半空中，前臂受缚，既找不到落脚点，也寻不到推力。

投机者

强烈的恐惧再次涌上他的心头，悬垂在偌大的天地间，查尔斯对着藤蔓、冲着自己的双手乃至整个大自然发自肺腑地大吼了一声："坚持住啊！"诚然，呐喊声给了他勇气与力量，然而他的声音在触及距他鼻子只有四英尺远的悬崖壁上又折返回来，徒劳地在他耳畔回荡。

　　藤蔓表面被拽出裂痕，从中渗出细密的汁液，同他一样濒临死亡。他渺小可悲的一生在他脑海中一闪而过。当他撞到谷底岩石的时候是否就能感知到生命本身？据说人在被熊或老虎咬伤那一刻几乎感觉不到疼痛，那么在他撞死的那一瞬间，或许也不会感受到任何痛苦吧？

　　在恐惧与惊慌中终结的人生毫无意义。人在面对恐惧时的本能反应有辱体面，他仅剩20秒的人生决不能在忧惧中荒芜殆尽。退一万步讲，至少他的生命将在一场充满异国情调的冒险中结束。但是，他这一生算是活得正派吗？他坚信，他经历的这一切，莫里斯舅舅以后会知道的。

　　也许老天生出了恻隐之心，此刻，一根粗麻绳赫然出现在了查尔斯左侧，正轻拍着崖壁。这一定是来自天堂的绳子吧？查尔斯用血肉模糊的手牢牢抓住了这根救命稻草——这根人为的奇迹。他刚把全部的重量转移到这根湿漉漉的绳子上，那根藤蔓瞬间断裂，查尔斯还没完全抓牢的左手在这根马尼拉麻绳上急速摩擦，火辣辣的疼痛从掌心席卷而来。等他彻底抓紧绳子之后，他的右手才松开那根断掉的藤蔓，带着一种劫后余生的庆幸，他目送那根扭动的藤蔓坠落谷底。然后，他调整了一下姿势，用脚勾住绳子，向悬崖顶端爬去。

　　"喂，小伙子！你在这下面干吗呢？"

　　查尔斯闻声抬起头，只见一双精瘦的手臂伸到他的腋下，把他从死亡的边缘拉了上来。他口袋里的岩石样本刺入了他的大腿，鲜血淋漓。他翻了个身，躺在地面上仰天长叹，劫后余生的他筋疲力尽，却又倍感幸运。尽管丛林气候湿热不已，他还是吓出了一身冷汗。

"谢谢您救了我……"疲惫的他已说不出一句完整的话，他看着他的救命恩人，问道："您是温先生，对吗？"

这个外表文弱的男人戴着一副小眼镜，低低地架在鼻梁上，他从镜框上方睥睨查尔斯。他头上的宽檐草帽压得很低，帽子下方露出几缕灰色长发。望着查尔斯，他那饱经风霜的脸上露出了笑容，和查尔斯一样蓝的眼睛里满是温柔的笑意。这个看起来已被生活击垮的、佝偻着身子的瘸腿老人是一位荷兰人，名叫赞德·温。

在开启这次寻矿之行的时候，查尔斯就刻意避开了与这个男人同行，个中原因就连他自己也说不清。关于温的某些事让人匪夷所思。

温指了指卡特彼勒公司制造的采矿装备，那根绳子就拴在它身上，旁边还散落着各种各样的机器零件、备件和采矿工具。"如果你想探索峡谷，绳子就在那堆装备里。用绳子可比假装自己是人猿泰山要明智得多。"他轻轻笑出了声。

查尔斯心脏怦怦直跳，胳膊疼痛，汗水湿透了他的衣服。他遍体鳞伤，血流不止。一分钟前他差点就死掉了，可这个人竟然拿这件事开玩笑。但查尔斯不得不承认，可能正是因为保护措施得当，温才没有遇到任何生命危险。

温撑着拐杖站了起来，对查尔斯说道："我们应该重新加入其他人的行列，与他们合作勘探。"查尔斯无暇顾及他说的话，此刻的他正大口呼吸着湿重的空气，体会与它肌肤碰触的感觉，他沉浸在重获新生的巨大喜悦中，他终于可以继续完成莫里斯舅舅的任务了。

查尔斯将会铭记生命中宝贵的每一分钟，因为奇迹在他身上降临了——一个驼背的荷兰人用一根麻绳救了他的命。

第二章

一个富有逻辑的地质理论

查尔斯撑着颤抖的双腿挣扎着站起来，赞德·温也一瘸一拐地回到小路上。温说话的时候就好像查尔斯一直待在自己身边似的。

"我从悬崖边往下看的时候，发现你不见了，我还以为你掉下去摔死了。"

说这话的时候，赞德·温已经走出了一段距离。查尔斯一瘸一拐地追了上去，他用手背胡乱地抹了一把脸，下巴上的血蹭到了满是胡茬的脸颊上。

"我早该想到这一点的，那儿的岩石风化太厉害了，很难担得动你的体重。兴许就像那块岩石一样，我也是个难担重任的货色……"

说罢温停下了脚步，转过身看着查尔斯。"我倒觉得你很能干，我的意思是，你在上赶着送命这一点上真是无人能及。"

查尔斯原本以为温会追问自己为什么吊在悬崖下面，但他却没有。而是自顾自地继续说道："我来给你上一课吧！第一，要想成功的话，就得擅于利用运气；第二，人生不如意十之八九，所以要有备无患。比如，刚才在悬崖边你就应该提前做好防护，但你什么也没做。下次可得注意了。"

说罢，他转身继续向前走去。

查尔斯挑了挑眉毛，还来不及消化这番说教，就赶忙追了上去。温在他前面拄着拐杖，这条崎岖不平的山路简直令他举步维艰。眼看温要被一根树根绊倒，查尔斯及时地追上他，稳稳地扶住了他的手臂。

温转头瞥了查尔斯一眼，以示感谢。旋即便语重心长地对他说道："我以前也像你一样，做过一些自作聪明的傻事。有一次我到中国四川的深山中勘探，沿着一面深达 500 英尺却只有 20 英寸宽的峭壁边缘缓慢挪动，最后却只找到了一些毫无用处的矿物层，甚至都没有人见识到我的男子气概，毕竟那里连个人影都见不到。还有一次，我踩着三块用牛肠子绑在一起的竹片穿过了哥伦比亚的峡谷。不过，好在我运气还不赖，才能活到今天。毕竟，疯子短命，说不定哪天就死了。"

二人快马加鞭，最终赶上了勘探队伍。勘探队员们此刻正围在一架高达 30 英尺的钻探机旁边近距离观察。只见这台钻探机倾斜 50 度角，将钻头直直地对准峡谷，它凿碎了坚硬的岩石，发出震耳欲聋的响声。

算上查尔斯和温，这个勘探团队总共只有六个人，他们都在研究这台钻探机如何运作。一位名叫哈里的人负责操控这个机器。虽然他满头的金发已经隐隐发白，但他肌肉矫健，举手投足间流露出一种军人风范。在之前的闲聊中，哈里透露过自己来自津巴布韦。恍然间，查尔斯觉得哈里像是在依次打量他们每一个人，或许对哈里来说，他们要么是一群诱人的猎物，要么是一堆惹人嫌的狗屎——查尔斯也说不清自己在他眼里到底算是哪一种。

这个采矿营地离班加西奥奎尔村很近，这个村落位于冈瓦纳最北部的偏远地区，冈瓦纳是一个长年累月内外交困的国家。这些投资者千里迢迢地来到这个采矿营地可不是来寻欢作乐的，毕竟这里几乎没什么乐子可寻，他们更不是来探险的，因为这里的惊险多到令人猝不及防，根本没必要来自找麻烦。他们是来找金矿的。显然，他们并不是第一批勘探者，早在他们之前就已经有几十批淘金者造访此地，既然现在雨季已经来临，勘探旺季也即将接近尾声。

查尔斯和温以外的四人可能对董事会的业务得心应手，但对岩石和矿物却知之甚少，也几乎不了解勘矿公司的有关信息。这四个人和他们对接的客户都鼓动彼此投身到蓬勃发展的自然资源市场之中，为了核对尽职调查清单上的一些木箱，他们才来到这里进行实地调查。在热带丛林中早已身心俱疲的四个人只想在履职之后尽快返回欧洲，这样一来，他们就可以凭借自己在非洲丛林中的冒险故事跟他们的客户交差。然而，在西非这个讲英语的地区，这群只会说法语的巴黎访客根本融入不了当地人的生活圈子。

因此，由于语言障碍和少得可怜的技术背景，这些法国人没有向B-F勘探公司的技术团队提出任何有关地质和工程的疑问，相反，他们更热衷于闲聊：不论是抱怨蚊虫恼人的叮咬，还是询问自己的队友在荒无人烟的地方露营是什么感觉，都成为他们打发无聊时光的消遣。或许地质学家才是最喜欢这个地区的人，因为他们被贴切地形容为户外知识分子。可这些法国人是经纪人和基金管理人，他们对地质理论一窍不通。

然而，每个基金管理人都有能力购买一笔私募股票，股票价值是这次旅行成本的 1000 倍，这笔钱将直接成为公司财政收入。他们或许还能在公开市场上买到更多的股份，"巧舌如簧"的他们靠着一张侃侃而谈的嘴就能把股价拉得比现在还要高。

B-F 公司发起的勘探项目宛如病毒一般大肆传播，基金管理人纷纷上门送钱。对于一家初级矿业公司来说，这是一个梦寐以求的宝贵机会。曾几何时，绝大部分矿业公司都以为它们找到了第二座戈尔康达宝山，最后却因矿床贫瘠纷纷惨淡收场。富有经验的投机者深知，碰到金矿的概率低于三千分之一，但是趋之若鹜的投机者却为此一掷千金，他们并未将这些矿业股票当成传家宝，而是当作一刮即搠的彩票去碰运气。

这一带土地的所有者名叫古德勒克·约翰逊，他是这次勘探之旅的向导。古德勒克总喜欢把这句话挂在嘴边："我这块地可是优质土地，因为我的地里有金子。"自从他见到查尔斯这群人，他至少把这句话强调了六次。也许他说的是实话，然而，长期以来，冈瓦纳一直鲜有大规模的资本投资，而如果没有充足的资本投资，冈瓦纳这片矿地便一文不值。古德勒克边说边笑得合不拢嘴。毕竟，他娶了三个老婆，还养了一个情妇，她们一共给古德勒克生了 11 个孩子，他一直盼望着能靠着这块土地大发横财，好去养活一大家子人。他约莫 60 岁，准确年龄不得而知，因为就连他本人也不知道自己的出生年月。

随后，这位喜笑颜开的向导带领这群人离开了噪声隆隆的钻探机，前往下一个目的地。只有温知道查尔斯刚才经历了什么——他险些命丧悬崖。如果没有温，查尔斯早就粉身碎骨了。然而，其余四人甚至都没有察觉到查尔斯刚才不见了。此时的查尔斯蓬头垢面、满脸伤痕，这时有人注意到了查尔斯的异样，便随口问他发生了什么事，当听到查尔斯回答"我刚才在那儿摔了一跤"时，这人的好奇心得到了满足，便不再继续追问下去了。

其实，不论是 B-F 勘探公司派来开车的司机还是这群来自法国的投资者，他们从一开始就没把年轻的查尔斯放在眼里。他们要一起乘坐一辆兰德酷路泽前往目的地，在从波利尼西亚首都亚当斯敦启程之前，他们便把查尔斯塞到了汽车后排座位上，整整四个小时的车程中，他们一句话也没跟查尔斯说过。

对于他们而言，查尔斯就像个不值一提的透明人。

此时，他们六人走在路上，道路两旁整齐排列着很多箱子，里面装的都是近日钻出来的岩芯，其直径有三英寸长。有的岩芯完好无损，有的则支离破碎，这取决于钻穿的地质层是否完整。这里总共有数百个木箱子，每个箱子的长度都超过棺椁的长度，每排箱子中都整齐排列着三根岩芯。按照惯例，勘探队员需要将半数的岩芯留在挖掘现场，另外半数则要运往实验室检验。然而，在这些箱子中，只有小部分的木箱顶部铺了一层轻质镀锌波纹屋面材料，其余大多数木箱都要经受日晒雨淋。

"他们存放岩芯的方式都这么随意的吗？"查尔斯百思不得其解。他搞不懂，在这个世人最不愿造访之地，采矿业如何才能得到发展？

"别太较真，奈特先生，不过就是些石头而已。"温答道。

"可是石头里面有金矿呢。"

听到查尔斯的话，温不置可否地耸了耸肩。

查尔斯用手捧了一些岩芯碎块放到自己的口袋里，不巧的是，就在这时，哈里——那个有着军人风度的白人——刚好回头往查尔斯这边看，查尔斯也不确定哈里到底有没有看到自己的小动作。

与此同时，古德勒克正春风得意地向那些巴黎人讲述着这批岩芯的特别之处，他们当中有人听得兴致勃勃，有人则兴味索然。

西非的丛林可以用三个词语来概述——汗水、泥浆、炎热。因此，这群勘探者十分乐于回到野外实验室避暑，虽被称作实验室，它其实就

第二章　一个富有逻辑的地质理论

是一间煤渣砖结构的屋子，技术人员正在这里对岩芯进行初步的检测。屋内摆放着几台电脑，一台白色的多人共览大型显微镜，工作台上放着研钵和研杵以及一些烧杯，还有一盏本生灯，用作本生灯燃料的丙烷正从一个生锈的丙烷罐中源源不断地补给着灯体——其设备之齐全，堪称一间标准的野外实验室。各种设备目录、参考书籍以及一堆实地调研笔记杂乱无章地散落一地。查尔斯站在门口，看到隔壁房间的操作台上放着一些岩芯，在它们旁边放着一台14英寸长的滑动复合斜切锯，用这个切锯可以将岩芯切成薄片。

最近的几个月里，因为表现突出，B-F勘探公司的首席地质学家丹·斯摩德霍夫俨然已经成为加拿大的英雄，他也跟随勘探队员来到了现场。

斯摩德霍夫用一只胳膊搂住查尔斯的肩膀，对他说道："孩子，很高兴在这里见到你。我听说你可摔得不轻啊，真是个可怜的孩子！"说完这话，他便大步流星地走到了实验室的前面，他用手拍了拍桌子，开始了他的演讲，旁若无人的神态就好像站在他面前的查尔斯和其他人是空气一样。

"这里的矿藏极其优良。"这位清瘦顾长的加拿大地质学家掷地有声地说道。他那一头疏于打理的白发杂乱无章地披散在他那对大耳朵的两侧，很显然，这副不修边幅的外表意味着他完全不在意自己是否能成功游说这群投资者。

斯摩德霍夫声音洪亮，他言之凿凿地对在场所有人说道："检测结果表明，最新开凿的岩芯中，平均每吨含金量超过1盎司。但这只是冰山一角，我们整个矿床的品质极有可能比这些岩芯样本高得多。想必大家都知道，每吨厚达8英尺的地层中含金量超过5盎司。别看5盎司很少，但是矿石的总体积才是关键。现在有两亿吨现成的矿石供我们开采，你们能挖到多少金子，自己想想看吧。"

那些基金管理人面面相觑，都在心中默默打起了算盘。每吨矿石里有 5 盎司黄金，那两亿吨矿石里便有 10 亿盎司的黄金，假设每吨矿石中所含黄金价值为 1000 美元，那么这两亿吨的矿石便可以让他们赚到整整 2000 亿美元！

很显然，基于未来开采的黄金产量，预期股价也十分可观，斯摩德霍夫恰到好处地为听众们留足了思考时间。除了首席地质学家的身份，斯摩德霍夫还有另外一个角色——B-F 公司的创始股东。眼看时机已经成熟，他便恰如其分地切换至创始股东的身份，于是他不再高屋建瓴，而是操着一种精明商人的话术激发了在场所有人的热情。他用振奋人心的语调说道："这批岩芯样本的检测结果特别好，而且这整整两亿吨的岩体都很结实。相信我，它们不可能是富矿碎胀后断裂的岩体，更不会凭空消失！南非有很多岩层的矿藏埋得很深，矿工掘地百尺也挖不到什么，而且还会被那些石头烫伤，挖掘设备制冷的成本高得离谱！但我们不一样！我们的金矿就在地表，唾手可得！咱们这里的金子纯度极高，就像圣母玛利亚一样纯洁无瑕！"

"相信我，你们会迫不及待地加入我们的！上帝啊，我从来没有见过像这样的玛珥火山筒！那些断层太壮观了！原生和次生孔隙密密麻麻，每个地层都流淌着黄金，就像裹在爆米花上的热黄油。我之前跟你们说过，像这种埋藏浅、储量大的金矿，它的开采成本和加工成本都是最低的。说真的，大自然已经为我们省去了半数的麻烦！如果我们愿意的话，我们可以直接把原矿放在浸出垫上，几乎不用做任何处理就能直接变成纯金！我们凿出的每段岩芯都是这样——满满的全是金子！"

第二章 一个富有逻辑的地质理论

这真是一场神奇的演说，不同的听众对它的反响截然不同：采矿工程师、地质学家或是经验丰富的资源分析师对此颇感兴趣，而查尔斯却不自觉地由此联想到马戏团小丑讲的俏皮话。丹·斯摩德霍夫口才卓越，他的一番慷慨陈词远比他在加拿大的合伙人更有说服力。不论是活力四射的形象还是满是自信的神态，都在他身上展露无遗。新挖出的岩芯含金量惊人，因此斯摩德霍夫坚信他们公司此刻正端坐在地球上最大的金矿上面，而且开采难度极低。在过去的几个世纪中，加利福尼亚、克朗代克河、澳大利亚甚至南非威特沃特斯兰德纷纷勘探出了大型金矿，这引发了一波又一波的淘金热，而如今在西非发现的这片金矿，其富饶程度空前，堪称一次全球范围内的历史大发现。

查尔斯了解到，多伦多交易所今日开盘价高达 136 美元，他估算了一下到目前为止自己在这只股票上的收益，嘴角便开始止不住地上扬。虽然他仅持有 1.5 万股，连斯摩德霍夫持股数量的零头都不到，但是，查尔斯手头上所有的股票都已赚翻，其收益超过了他现有的全部资产净值，他对此很是满意。毕竟，靠投资热门股票创收可比靠辛苦创业赚钱要容易得多。明面上来看，查尔斯很富有——因为对于一个高中辍学、年仅 23 岁的年轻人来说，这些钱真的算是一笔不小的财富了。查尔斯从股票投资中尝到了甜头，于是决定深入钻研投机性投资，他想要以专业投机者的身份开启自己的职业生涯。一小时前他还视为是糟糕透顶的想法，现在倒成了一种先见之明。

从一位原始的探矿者牵着他的骡子在偏僻的原野上游荡的日子算起，勘探—采矿业已经走过了数载春秋。如今，专业的地质学家可以通过航空勘测等现代科技掌握重力和磁场的数据变化，从而锁定矿床的位置，然后他们便会立刻展开实地勘探工作。首先，他们会到河床上取土壤样本，因为河水流经矿床冲刷下来的金子和重矿物都会沉积于此。完成土壤取样以后，他们下一步应该就是向上游追踪，对沉积物进行检测，并对异常的土壤取样："土壤异常"（soil anomalies）是一个勘探学术语，预示着此处很有可能存在高浓度的优质金矿。紧接着便是挖掘深沟，只有挖得够深才能验证此处是否有矿藏，同时，也只有在勘探出丰富的矿藏之后，矿业公司才会给该地区调配昂贵的钻机和专业的工作人员。

当下，一家公司仅靠给众多投资者"画饼"就能赚到上万美元。就像迫不及待要凿穿岩石的钻探机钻头一样，投资者们也渴望赚更多的钱来养活自己，基于这样一种心理，"种下小希望，成就大梦想"的口号愈发响亮，而这句口号也顺势将矿业投资打造成为一种万众期待的常规性艺术形式。而在其他经济领域，这些靠着口若悬河的说辞招徕投资资金的勘探公司可能涉嫌"诱导性诈骗"。但在这个世界上，无论是老练的投资者还是新手投资者，都应该意识到这样一点：通常来说，不管勘探公司吹嘘得多么天花乱坠，他们所做的许诺只是一场炒作。在法律术语中，默认所有法条都具有"前瞻性"，而这些勘探公司也纷纷为自己的投资人许下了尚未兑现的"前瞻性"承诺。

在努力化炒作为现实的过程中，B-F 勘探公司几乎全部打消了投资者对冈瓦纳北部地表埋藏的矿石品质的所有疑虑。斯摩德霍夫是一名结构地质学家，他定期发布该矿区的测绘地图，一旦挖掘出新的岩芯或是发现新的地表特征时，他都会及时更新地图。这些岩芯被送往位于南非及加拿大的知名实验室进行复检。确保投资者对本公司卓越的业绩深信不疑，是 B-F 勘探公司一以贯之的工作重心，也正因如此，他们的股价才会一路飙升。

B-F 公司初步预估的金矿总产量从 1000 万盎司升至 3000 万盎司，而后又跃至 5000 万盎司，这个数据还在不断攀升。据斯摩德霍夫推测，当前，可采金矿总量甚至高达两亿盎司！如果估算数据准确，这处金矿的黄金储量几乎相当于全世界黄金年产量的三倍——然而，如果两亿盎司的黄金真的可以悉数提炼出来，其耗时将长达数十年，但 B-F 公司却对该风险避而不谈。

　　无论是在西非还是在加拿大，面对特定的听众，尤其是面对着那些并不咄咄逼人的记者时，斯摩德霍夫表现得很是能言善辩。为了使投资者相信这片矿藏得天独厚的地理条件，他向在场的所有人普及了远古时期西非地区火山活动的诸多细节。火山活动产生的酸性热液会腐蚀掉掺杂在太古宙砾岩中的石灰岩质，从而留下间隙，石油通过这些石灰岩孔隙向上涌流，由于石油中有大量碳质沉积，故其流经之处尽是碳痕。经历了漫长的累积，终于造就了如今甚是富饶的尼日利亚油田。斯摩德霍夫断言：千万年以来，频繁的地壳活动产生酸性的过热液体如潮水般涨落，在岩体中频繁进出，由于酸性岩浆的腐蚀作用加剧，不溶于酸的金子从含金浓度极高的古代砾岩中析出，被带至石灰岩表层，由于石油流经的石灰岩表面有大量的碳质，碳具有还原作用，它会将金子还原成不带电荷的中性原子，从而使金子以纳米颗粒的形式沉积于此。更为神奇的是，从年代更久远的深层岩石中析出的黄金被带至石灰岩表面的整个循环过程都是持续进行的，因此，石灰岩表面的黄金便会越积越多。

　　岩芯的检测结果显示，这片矿床中的黄金是纳米级别的黄金微粒，粒子直径是在美国内华达州卡林镇首次发现的卡林型矿床（Carlin-type deposits）中的黄金微粒的 1/1000，甚至更不易察觉。关于卡林矿床这类微细浸染型金矿床的成因，在北美仍是一个激烈讨论的学术问题。然而，在西非的这片矿床里，岩芯检测结果已经尘埃落定——这里有大量的黄金。

B-F公司掌握着冈瓦纳国内唯一一处保留完好的大型石灰岩地层，不像其他石灰岩一样被侵蚀得面目全非。虽然斯摩德霍夫提出的关于金矿生成的地质理论十分新奇，但貌似颇有道理，因为他在演讲中提供了充足的证据来支撑他的理论。然而，除了地质专家之外，在场的其他人听得云里雾里，不得其解。尽管如此，斯摩德霍夫仍旧执着于展现自己的才华——毕竟他才是那个摸清金矿成因的人！是他提出了这项地质理论！他渴望得到在场所有人的认同。

不得不说，斯摩德霍夫是一个真正的天才，他的学术头脑孕育出了他卓尔不群的才华。他曾花费数年创造出众多难题，随后又将它们逐一解决，这种解谜过程使他乐在其中。由于他的理论与经济地质学家规定的标准理论框架相悖，所以，当他在几十年前首次提出"这种（纳米级别的）矿藏在理论上是存在的"，没有人相信他的理论，自然也没有人为他提供研究经费。经历了一系列的碰壁之后，壮志难酬的斯摩德霍夫最终失望地离开了学术界，他回归到现实世界，继续为他的理论寻找论据。起初他过得很是窘迫，为了生计，他偶尔会在大公司干些杂活，也时常给一些初级矿业公司提供一些咨询服务。尽管活得捉襟见肘，但他始终没有放弃自己的追求。

斯摩德霍夫谈到，得益于得天独厚的自然条件，位于南非的威特沃特斯兰德金矿坐拥百万盎司肉眼可见的璀璨黄金，同样，位于美国内华达州卡林镇的金矿也埋藏着百万盎司的黄金微粒；而在西非，他惊讶地发现班加西奥奎尔村其实是这个成因独特的巨型矿床的下一次迭代，即新一轮的金矿沉积将以这个村庄为主阵地。他解释道，探险家先前在此了无所获的原因并非是这处矿床真的"空无一物"，而是因为他们根本不知道要在这里找什么矿物，毕竟这里的金矿颗粒直径极小，不仅无法用肉眼识别，甚至都不能用显微镜观测，哪怕启用精度上乘的高倍显微镜，最多也只能观测到微米级别的物体。实际上，这里的黄金储量极为丰富，"就像真菌一样繁盛"，只是这里的金子颗粒是纳米级别的，直径只有十亿分之一米。于是金子在此处"遁形"，无人得见。

查尔斯觉得这一切都有理有据，而且他是早期投资者之一。

虽然莫里斯舅舅曾教导他要遵从自己的直觉，他还是觉得有些不对劲。莫里斯舅舅的观点与众不同，因为在他看来直觉并非神秘莫测，而是一种科学。直觉是人类特有的一种整合微妙信息的能力。因此，若想培养准确的直觉，一个人不仅需要有充足的经验，积累丰富的数据，也需要具备逻辑思维，因为它可以将数据和经验合为一体。

斯摩德霍夫仍在滔滔不绝地讲着："上帝啊，看看这批岩芯的检测结果！河流下游当然不会有砂金矿，因为这些金子都是纳米金！金子从岩石表面被水冲走，跟河水融为一体，最终流进大海。以前的勘探者们在河床沉积物中没有发现金子，就以为这里没有金矿，真是一群可笑的傻瓜啊！纳米级别的黄金怎么会沉积到河床上面呢？"

但凡早先读过斯摩德霍夫论文的地质学家，都会明白这里金矿的特殊性。"他们那时只需要在河床东南部挖一个洞，就能有大发现，可惜他们当时根本不了解这一点！本来几十年前他们就能发现这片金矿的。"

在这间简陋的实验室里，空调已经处于超负荷运转的状态，但室内依旧酷热难耐，查尔斯站在一旁，不动声色地旁听着斯摩德霍夫口若悬河的演说。听完他的演讲，那群巴黎人提出了一些毫无深度的问题，斯摩德霍夫耐着性子为他们逐一解答，他的回答很是通俗浅显。他起初的想法太过天真，因为他本以为这群听众能提出很多有价值的问题从而使他在答疑中受益匪浅。但很显然，这群没有什么专业知识的听众根本提不出什么深奥的问题。

在场的人纷纷向斯摩德霍夫提问，在这种氛围的感染之下，查尔斯终于也按捺不住了，他克服了自己的心理障碍，向斯摩德霍夫提出了自己的疑问："斯摩德霍夫先生，众所周知，您在很早之前就已经正式开展此次钻探工作了，那么我想请问，为什么直到今天您才公布这些岩芯的检测结果呢？"

斯摩德霍夫没有直接回答查尔斯的问题，而是瞥了一眼站在墙边的助手哈里。查尔斯也注意到了这位身材颀长的 B-F 公司的员工，他那头泛白的金色头发很是醒目，哈里觉察到了斯摩德霍夫的目光，一脸严肃地退至出口处。

查尔斯身旁的赞德·温也站了起来，接着说道："丹先生，您公布了这么多次的岩芯检测结果，批次之间的间隔貌似越来越长啊！从送检到公布检测结果，这批岩芯比上一批多花了整整三个月的时间。"

严谨的投资者会密切关注钻探机的钻探成果和样本检测结果，因此，钻探机也被称作"测谎仪"。它们是衡量股票价值的主要指标。因此，为了吸引更多的投资人，上市公司往往会尽快发布数据，若数据过多导致延时，起码也会优先公布利好数据，从而推动股价抬升。

斯摩德霍夫索性略过查尔斯，回应了赞德·温。然而，他的语气听起来既傲慢又苛刻。"温先生，我们并没有做错。道理很简单，精益求精乃是重中之重。当然，我们对检测结果信心百倍，但我们绝对不会过早发布未经反复求证的结果。我们会把每批样本送往不同的实验室进行多次检测，以确保我们提供的数据都是真实可靠的。我所绘制的区域测绘图可是得到了专业地质学家的认可，我们的钻探计划也在稳步前进，我们一定能挖出更加丰富的矿藏。地球上最优质的矿藏就埋在此处，为我们所有。我们可是在非洲啊，温先生！它比不了发达高效的北美，在这里做什么事情不需要时间呢？如果你真想赚到钱，那就耐心等着吧。"

斯摩德霍夫的回答模棱两可，避重就轻，其实南非的实验室和加拿大的实验室在样本检测上同样高效，而负责运送岩芯的飞机也不会因为在非洲上空就降低飞行速度。斯摩德霍夫信口开河的回答令查尔斯怒火中烧：因为他愈发巧舌如簧，与真正自信的腔调背道而驰。斯摩德霍夫的高谈阔论令查尔斯心中疑云重重，他并不相信眼前这个男人，于是他做出了一个大胆的决定：他要把这里的岩芯样本带回美国自行检测。既然等待时间如此漫长，那不妨让他自己提前确认一番。

此时，有位操着一口浓重法国腔的投资者用英语向斯摩德霍夫提了一个刁钻的问题。

"丹先生，有传言说您要和某个大型企业签约。这是真的吗？您打算什么时候签约呢？"

斯摩德霍夫微微一笑，说道："签约是迟早的事，但我们不急于现在。矿床圈定的范围越大，它的估价就会越高。所以我们还在观望中。"

听他这样回答，温追问道："所以你真的打算签约了？"

斯摩德霍夫面露愠色："当然要签了！"

不同于别的国家，冈瓦纳情况更为复杂，故签约带来的收益远远超过单纯的经济效益。而只有资历雄厚的大公司才有实力建立一座巨型采矿场，亟待发展的冈瓦纳政府希望尽快找到这样的大型企业签约。协议一旦达成，这片矿床将会为冈瓦纳带来巨大收益，除此之外，这片矿床也会使得危机四伏的冈瓦纳趋于安全：因为冈瓦纳国内有大量的贫困青年，雄性激素分泌旺盛的他们游手好闲，成为社会的安全隐患，而一个大型采矿场能为这群人提供充足的工作岗位，从而使安全隐患大幅降低。当地政府很清楚，采矿业的发展会促进交通运输业、电力生产、当地人才培训以及房地产业的发展，同时也会吸收大量的辅助资本流入本国。

与国家利益更为密切相关的是：采矿业会增创税收，而其中很大一部分税收会流入国家首脑和他们亲信的口袋中，他们或美其名曰要收取昂贵的"咨询费"，或是以替亲朋好友填报建筑合同为由虚报高价。总之，领导者们克扣税收的理由五花八门，令人大开眼界。当然，也必须定期向政府官员离岸银行账户存入大笔存款，或给其塞有装满现金的信封，通过这些方式来打点关系。总之，开矿业是大势所趋，冈瓦纳早该建一座采矿场了。

然而现实却自相矛盾。政府希望采矿工作马上展开，但是各级官员却在纷纷拖延进度，除非他们所有的利益都能得到落实，否则他们会一直对采矿场的建设层层施压。发现巨型矿床的消息一经传播，就如同把鲜血倒进了一条遍布食人鱼的河流，各级官员都对其虎视眈眈，垂涎不已。冈瓦纳的每个行政区域内，几乎所有部门的地方长官都想要分一杯羹。甚至是那些只负责在表格上盖章的无实权的小官员也想要在业余时间小赚一笔。

像其他的第三世界国家一样，哪怕在冈瓦纳国内建立一个小小的售货亭，摊主也需要去不同的政府部门进行层层审批，才能拿到营业执照。如此烦琐的办事流程使得国内的人民不胜其烦。其实，正是由于当地人不重视国家的法律法规以及税收政策，冈瓦纳才没有陷入大规模的饥荒。因为，只有那些门槛很低的非正规经济才能真正让人们赚到钱。

若想在冈瓦纳国内创设一家大型企业，则需要辗转于不同政府部门、历经千辛万苦才能拿到最终的许可。

尽管斯摩德霍夫对岩芯取样、检测以及地质勘测工作极为负责，但是针对他的批评还是源源不断，因为他疏于获取政府部门所谓的"许可"，从而导致整个项目进展缓慢。原因很简单，他交的"许可费"太少，当地政府官员觉得远远不够。在冈瓦纳的基层政府部门中，盗贼文化大行其道，所有的行政审批都需要金钱来铺路，所以行政效率极为低下。然而，上级政府又无法真正对基层政府部门的所有行政流程进行真正管控。冈瓦纳的内政部总共有2000名官员，皆人浮于事，他们只有在领取例行工资的时候才会出现。而现在的他们正挤在破旧的办公桌前，焦灼地等待着时机，他们不甘心错过这次千载难逢的机会——既能昭示爱国之情，又能大赚一笔，何乐而不为？

虽然向政府部门行贿已经成为冈瓦纳社会不可或缺的一部分，但西方政府却向西方公司发出警告：如果他们在非洲经营的时候向当地政府行贿，那么西方国家就会对这些公司提起公诉。因此，那些想要在非洲做生意的欧洲公司和美国公司，不论行贿与否，都是举步维艰，两头为难。在这群西方商人眼中，那群具备天时地利人和的东方商人令其歆羡不已，因为他们在欧洲大陆上混得如鱼得水，已经赚得盆满钵满。

"但你知道的，敲定一项合约得花很长时间。"斯摩德霍夫补充道，"数不清的大型企业都抢着跟我们合作呢，清一色的大公司！我当然可以告诉你更多内幕，但知道太多的话，小命就难保喽！"斯摩德霍夫的脸上又浮现出了惯常的职业微笑，他用手比画成手枪瞄准查尔斯，佯装对他开了一枪。在场有几个人礼貌地笑了笑，而一向以笑脸示人的查尔斯这次却笑不出来了。

就在这时，外面传来一阵巨响。

这是一阵震耳欲聋的爆裂声，随之而来的就是一声凄厉的惨叫，声音响到足以穿透一整片自带消音功能的厚密竹林。查尔斯觉得自己似乎听到一个男人在尖叫。这时，远处钻探机发出的沉闷的轰隆声戛然而止。难道是出了什么意外？

这时，桌上的对讲机响了起来，斯摩德霍夫抓起对讲机对着另一头生气地大声质问，语调刺耳无比。电话那头传来了嘈杂的人声，断断续续地对斯摩德霍夫解释着。原来是沾满泥浆的钻头突然失控，刺穿了一个工人的手臂。

东南地区的勘探形势本来一片大好，而这个罕见的坏消息，却令在场所有人感到惊慌失措。

斯摩德霍夫安抚大家道："只要抢救及时，就不会有生命危险，但那位工人可能要截肢了。"在为伤员简单包扎过伤口之后，这群工人准备沿着泥泞的小路朝营地方向行进 5 英里，等走到那条还未竣工的道路上，他们得再向南走 38 英里，把这名受伤的工人送到邦戈达镇上的一家小诊所救治。诊所医生是位美国人，他是医师助理。但是，如果诊所也无力医治的话，他们就得把伤员送到冈瓦纳首府的大医院里抢救。

查尔斯想到了亚当斯敦当地那些设备简陋的医院，就连手术室也不能保证无菌。而赤贫的冈瓦纳则更甚，人一旦受伤，必然得不到妥善的治疗。

斯摩德霍夫继续说道："一码归一码啊，先生们！工程还要继续下去。但是你们也都看到了，矿上有工人受伤了，今晚恕不奉陪了。我的助手托比和古德勒克向导会把你们带到公路上，我们在那里安排了一辆车，会把大家安全地送回酒店。大家有什么问题可以随时问我，没问题吧？当然，矿场大门将一直为大家敞开，随时欢迎大家来勘探现场观摩。瞧我在说什么鬼话！这片矿藏本来就是咱们大家的！"

说罢，这位负责监督班加西奥奎尔村采矿工作的地质学家急匆匆地和大家告别，然后气冲冲地赶往事故现场。他大半生饱受失意之苦，头发已经斑白，但经历了这么多年的摸爬滚打，他终于成为像弥达斯一样可以"点石成金"的成功人士。

由于这场突发事故，问答环节只能临时中止。现场的基金管理人对此表示理解，而且他们急于回到亚当斯敦的酒店，在那里他们可以舒服地喝着饮料、品尝美味的晚餐，然后第二天一早他们就能从达喀尔港口乘坐飞机返回巴黎。大家对此心知肚明：趁着矿石储量只勘探出了一部分、趁矿石股价飙升至星际之前，现在就加入投资计划是再明智不过的选择了。

第三章

秘密与秘密组织

　　三辆约翰迪尔旗下的全地形多用车已在此地等候多时，它们将载着这群人穿过一条老旧的小路抵达主路。查尔斯和温同乘一辆车，同他们一道的还有一个名叫托比的矮个子男人，他也是当地人，生性腼腆，但跟古德勒克·约翰逊是老相识，关系很是要好。

　　托比是一名业余地质学家，他也是第一个发现约翰逊的土地里有金矿的人。他向别人借了一台水井钻机，用它凿穿岩石，随后对岩石碎屑进行了检测。当检测出其中的黄金成分后，他便与斯摩德霍夫取得了联系，并把他带到了班加西奥奎尔村。托比负责开车把查尔斯他们送回酒店，他性格内向，不善言谈；而坐在一旁的约翰逊和斯摩德霍夫全程都在热烈地交谈。

　　托比讲的英语很难懂，因为它是一种克里奥尔语（Creole），每个单词末尾的辅音均不发音。或许托比口中的"Ba thi happeh"是想表达"Bad thing happened"（发生了不好的事情），但是这也只是查尔斯的推测，因为托比一直在重复这个短句。他还说了一句"Danger tighs he now"，二人绞尽脑汁，才勉强猜了个大概，这句话应该是"Dangerous times here now"（现在很危险）。难道托比是想说，除了刚才那场不幸的事故和钻探机的操作风险之外，还有其他的危险在等着他们吗？托比边说边不由自主地来回摇头，那几不可察的幅度就像在竭力否定整个世界。

查尔斯和赞德两人并排坐在后座上，彼此靠得很近，在车声的掩盖下，他们也开始交谈起来。

查尔斯对温坦言道："我大老远跑到这里来，根本不是来旅游的。"一天的游览已经结束，他们一行人也只不过看到了一些装满矿石的集装箱，一间勘探队专属的工棚，若干顶供本地劳工居住的帐篷，一间餐厅和一间厨房，以及一处煤渣砖结构的实验室。"总共有三台钻探机，但只有一台在运行——明明有超负荷的风险偏偏还要继续运作，这会不会有些奇怪？"

汽车依旧隆隆作响，温索性提高了声音："因为这里的雨季要来了，所以原先驻守在这里的四支钻探队都回加拿大了。要知道，任何事情在西非都进展得很慢。"

除了设备短缺和人手不足的问题之外，这里的交通也是个大问题。托比开车经过的这条小路极为狭窄，如果它能算得上是一条路的话。小路两旁遍布着棕榈树和竹子，也生长着一些橡胶树。这辆全地形车在厚密的树丛中横冲直撞，轧出两条深深的车辙：除非有人经常用砍刀清理这些杂乱无章的植物，否则没有人能从这片粗糙厚重的灌木丛中走出去。

"不管斯摩德霍夫再怎么打包票，在这片矿床上修建采金场也绝对不是一件容易的事。"温大声说道，"如果他不明白这个道理的话，那他就是个傻瓜。当然，我才不信他会不懂呢，他就是个揣着明白装糊涂的恶棍！想想看吧，建一座采金场需要依靠大量的资金和丰富的经验，而只有大型的采矿企业才具备那个雄厚的实力。矿床的钻探和开发也要花费数百万美元，等这一切都准备妥当了才能正式修建矿井，矿井造价数十亿美元。别忘了，从修建矿井到实现盈利，这中间也需要大量的资金来维持。今时不同往日啊！采矿业再也不是那个靠着一头骡子几个人就能发大财的行业了。"

"所以和大公司签订交易合约很有必要啊……"

"确实，如果没有这笔交易，这个矿床就没有任何价值。"

查尔斯此次西非之旅的目的是查明真相。但随着调查的深入，逐渐浮出水面的真相使他最初燃起的希望之光愈发黯淡。一想到他买入的B-F公司的股票到最后很可能一文不值，查尔斯就痛心疾首，胃里难受得宛若刚刚吞下了一块滚烫的石头。

托比开着这台重型全地形车来到了一条崎岖破败的道路上，昔日平整的道路已被内战毁得面目全非。托比将车停下后，查尔斯他们终于能够从拥挤的车上走下来，活动一下劳累的筋骨。两辆兰德酷路泽停在一旁，其中一辆已经缺失了丰田标志。托比微微颔首，同他们道别，随后便转动方向盘驱车驶离——他要赶回矿上协助处理事故。花纹厚重的履带轮胎缓缓转动，路面上的红棕色泥土四处飞溅。一旁，那几位从法国来的机构投资人步履不停地朝着其中一辆兰德酷路泽走去，刚结束了实地考察的他们此刻积累了不少经验，迫不及待地想要往这只涨势喜人的股票里再投一笔。查尔斯跟在他们身后，打算跟他们同乘，就在这时，温叫住了他。

"孩子，你为什么不和我坐一辆车呢？"

查尔斯停下了脚步，思忖再三，还是决定采纳温的建议。虽然他总

第三章　秘密与秘密组织

觉得温这个人有些不对劲，但他更不想在接下来的四个小时里挤在后排角落里被当成透明人。这时，一个趾高气扬的法国人把自己的背包丢给了查尔斯，显然把他当成了随从，查尔斯很是无奈，待此人离开之后，就随手把包扔到了他们的车后座上。

那群法国人坐着其中一辆车先离开了，只见那辆汽车先是在草地上滑行了一段距离，然后全速驶向大路，很快便消失在他们的视野中。"我不喜欢听从别人的差遣，"温靠在汽车引擎盖上对查尔斯说，语气满是坦诚，"或许我们应该加深一下对彼此的了解。"

等法国人的车子彻底驶离后，温一改先前佝偻的姿态，站直了身子——原来他同查尔斯一般高。他不再满面愁容，也不复低调谦卑。他摘掉了眼镜，也脱下了帽子，查尔斯这才发现，原来温的那头蓬乱的灰白色头发是帽子自带的假发，与他想象中的秃顶男人不同，温一头棕色的短发打理得很是利落。温刚才还拄着拐杖一瘸一拐地走路，现在他却把那根拐杖搭在了肩上。之前那个干瘪的小老头已不见踪影，他这副意气风发的模样倒更像印第安纳·琼斯。他一下子年轻了二十岁，原本松弛的肌体瞬间变成了矫健的肌肉——老态龙钟的古稀之人顷刻之间蜕变成了一个只有五十岁的健壮男子。

查尔斯惊讶得合不拢嘴，由衷赞叹道："真帅气！"

查尔斯心头一直萦绕着一种说不上来的奇怪感觉，几个小时之前这个念头就开始困扰他了。是因为 B-F 公司在耍什么把戏吗？还是乔装打扮的温让他觉得很诡异？又或者是什么别的地方不对劲？他百思不得其解。

"我觉得，你是个值得深交的朋友。"查尔斯无比真诚地说道，"我是来这里学习的，而我从你身上学到的东西，比那群'专业人士'多得多。"

"说真的，"温的荷兰口音夹杂着些许美国口音，"你甚至都不需要我来教你，直接去看《孙子兵法》（*Sun Tzu's Art of War*）就行。这本书的核心思想之一就是：'善守者，藏于九地之下；善攻者，动于九天之上，故能自保也。'总之，你要学会自保，永远不要让对手知道你的真实实力。"温狡黠地眨眨眼睛，"这也许正合你意。"

温继续说道："孩子，其实我也想从你身上学到一些东西。你也知道，上了年纪的人学不了新玩意儿。"说着说着，温的视线飘到了空荡荡的道路上，来回地打量着。万籁皆俱寂，远方间或传来几声猴子的叫声。干涸的土地、潮湿的空气和即将到来的雨水碰撞出浓郁的气息。"你为什么不把那些从 B-F 公司偷来的石头从口袋里掏出来呢，沉甸甸的不难受吗？"

见自己刚才的小动作被揭穿，查尔斯赧然一笑，将手伸进肥大的工装裤口袋里，把他历经千辛万苦才从悬崖上取到的岩石样本放到背包的小口袋里，不禁感慨道："这些石头，差点害我丢了性命。"

温语重心长地说道："偷窃能害死人啊。"

"拿几块石头也叫偷吗？"

"可是这些石头不属于你，但你却拿走了，奈特先生。"

查尔斯曾一度以为自己很聪明，因为他找到了检测 B-F 公司岩芯样本的方法——从悬崖上取样然后带回美国检测。不论是早先的地质勘探还是斯摩德霍夫的测绘图，都表明含金的地层很有可能暴露在外面，而那片悬崖就是暴露在空气中的完整地层。想到这里，查尔斯不禁要为自己的智慧和胆识喝彩！但是，温却站在他面前指责他是个盗窃犯，这着实给他浇了一盆冷水。

第三章 秘密与秘密组织

温的一番话有如当头棒喝，查尔斯不禁皱起了眉头，他突然意识到自己已然置身于一种道德困境，想到这里，他心头一紧：哪怕这些石头并不值钱，也不能改变他偷窃的事实。只要实施了偷窃行为，多至一千美元少至一美元，都是偷窃。一个快要饿死的人偷了一块面包，难道就不算违法吗？哪怕自己的孩子快要饿死了，也不能成为偷窃的理由。同理，偷石头也一样，都是犯罪。

不管值不值钱，不是自己的东西就不能拿走。一个人以为自己只是偷了块石头，可是万一里面有颗天然钻石呢？毕竟这一带都是矿区，石头里有钻石并不稀奇，而且，很可能每一块岩石都有价值，哪怕是不含矿的岩石也能提供矿藏的线索。他之前不是对温说了句"可是矿石里面有金子"吗，这就表明在他拿起这些岩石的时候是知道这是一些含金矿石的。但话又说回来，既然查尔斯买了 B-F 公司的股票，那他就是公司股东，公司股东完全有权力对矿床进行实地调研。

查尔斯深知自己无法逃避这个道德困境，于是陷入了久久的沉思，好在善解人意的温没有继续谴责他。他在内心挣扎了片刻，又抬起头来看了一眼温，这时他才明白，原来令他心中警铃大作的一直是他那颗不安的良心，而不是眼前这位刻意扮作跛足老人的温。他自认为聪明绝顶，但却实施了偷窃之实。明明他只是一位访客，但却在此反客为主，竟然还浑然不觉。

紧接着，查尔斯的脑海中又涌现出一个疑问，而他面前这位洁身自好的"访客"再次拒绝了他。

"我们能不能在这里多待 15 分钟左右？"查尔斯问道。

"我不想在这里闲逛，"温如实回答，他用一种略带戏剧性的语气对查尔斯解释道，"你或许不知道，这里有一个秘密组织。如果来到这里的白人不找一个当地的黑人做向导，就很有可能遇到危险。因为在这里逗留的我们就像生活在三K党统治区的黑人，或者是住在洛杉矶南部的白人，你知道的，自从1992年那场判决宣告之后，住在南洛杉矶的黑人就和白人结下了仇。我是个惜命的人，我比较希望我的身体零部件待在它们该待的地方，可别一不小心成了挂在别人脖子上的风干装饰。"

得知此地不宜久留，查尔斯悻悻地抬抬眉毛，恋恋不舍地转过身，往温那边走去。

温回头看了一眼查尔斯，接着说道："不过，这里可能要比所罗门群岛更安全一点。不久前，一个在所罗门群岛闲游的地质学家就被绑到十字架上活活钉死了。不知道那是不是一种从传教士那里学来的原始宗教仪式，或者只是因为当地人对他的擅自入侵感到不满……"

伏都教（Voodoo）是起源于西非的神秘宗教团体，其信仰后来又跟随运输奴隶的船只流传到大西洋彼岸的美洲。伏都教一直是西非这片土地上的经久不衰的文化力量，虽鲜有人提及，但不论是律师、农民、奴仆、乞丐还是政客，都是它忠诚的信徒。男人和女人都有他们信奉的神明。不同于罗马天主教的教皇，男人们信仰的波罗神（Poro）是一位充满智慧、权威不容置疑的神明，而该宗教组织的领导者被视为波罗神的化身。在传统的宗教观念中，他拥有神圣的洞察力，历经了几个世纪的教化，这种浸淫在种种宗教禁忌中的传统信仰将波罗神的洞察力无限放大。目前，伏都教团体仍然允许政府与之共存，但是，究竟谁制定的法律才是绝对的权威，这一点一目了然。

置身于伏都教之外的人们可以展开天马行空的想象力，极尽自由地揣测有关这个宗教组织的各种细节。有人猜测，伏都教的教义就是寻找恶魔并除掉他们。在鲜有人目睹的伏都教驱魔仪式中，化身波罗神的首

第三章　秘密与秘密组织

领身着满是恶魔图腾的奇异服饰，服装上的图腾表明这群信徒一定亲眼见了恶魔，所以他们肯定知道它的模样。

恶魔诡变多端，有时像一个畸形的新生儿，有时变成一个癫痫患者，有时又化身成为一个踽踽独行的白人，漫步在泥土小径上，行至灌木丛深处便消失不见。

如同一名训练有素的运动员，身手敏捷的温跳进了兰德酷路泽的驾驶座位上；查尔斯也爬上了车，在副驾驶的位置上坐定。刚才在悬崖上紧绷的肌肉已经完全放松了下来，但他手上磨起的水泡可能还要疼好几天。

"为什么你还想继续待在这儿呢？"待他们各自关好了两侧的车门，温好奇地问道。

"我想看看 B-F 公司的那群人是否会把那个伤员送到医院。"

温明白了查尔斯的意思："所以你觉得他们刚刚是在演戏给我们看？"

"也许吧，但貌似我们不值得他们如此大费周章。"

温发动汽车，把车内空调调至最高挡。他的声音不再沙哑无力，在空调扇的转动声里依旧清晰："现在冈瓦纳还是禁开直升机，这里是联合国出台强令划定的禁飞区。当本地人蠢蠢欲动的时候，这些大人物就会拿走他们的'玩具'，让他们掀不起任何风浪。"说着他伸手指了指刚才那条道路，"所以，如果他们真的要把那个可怜的工人和他的断肢送到本地的诊所，他们只能开车去，而这条路是他们的必经之地……我们就在这里候着吧，只是不知道要等到什么时候了。奈特先生，你为什么要大老远地从美国跑到班加西奥奎尔村的工厂来参观，还拿走了这里的石头，现在可以跟我讲一讲了吧？"

查尔斯觉得他有必要向温坦白了："因为这里有黄金，充满冒险，让我倍感兴奋。我很敬仰的一个人曾对我说，对于像我这样的年轻人而言，非洲是世界上最适合发财致富的地方。"

"如果你耐得住酷暑，不怕虫咬不怕得病，而又甘愿受穷的话，倒真有可能出人头地。相比于早先那些冒着生命危险来这里的冒险家们面对的环境，非洲大陆的生活条件已经改善很多了，但是仍然特别艰苦。"

"我喜欢艰苦的生活。"

目前，查尔斯的人生中还从未出现过经久未消的痛苦，完全是因为他的出身确保了他可以安度顺利无虞的人生；可以说，他中了宇宙的大乐透，因为他出生在美国，还是个白人男性。但是，他不想高枕无忧地过一辈子。

温点点头。"年轻人就该亲力亲为，这对你很有好处。但你来非洲不仅是为了发财的吧，我猜你有更高的追求，我说的对吗？"

"是时候让我独自一人直面困难了。"查尔斯坚定地说道。

"难道你之前都是泡在蜜罐里长大的？你在哪里上的学？"

"我在蒙大拿州读书，但我经常逃课。"查尔斯颇为得意地回忆着这段过往，他预感到温很可能会赞同他的做法，"大部分时间，我都在树林里或图书馆里闲逛。"

"明白了，只有逃学才能真正教人知识。我敢打赌，没有人会想到一个逃学的学生竟然会去图书馆吧！你高中毕业以后又做什么了呢？"

"我没有读完高中。"说罢，查尔斯坦然地看着温，想要从他的脸上读懂他此刻的情绪：可能是深藏不露的轻蔑，抑或是不加掩饰的谴责。

然而，温却点点头，露出了赞许的神情："你觉得效果如何，还算顺利吗？"

"我可以靠自学学到很多知识，"查尔斯耸了耸肩，"我先是读了一些书，然后我在书里面发现一些有趣的事物。比如，蒙大拿州到处都是恐龙化石，没有哪个孩子会不喜欢恐龙吧？我也不例外，所以我读了很多关于古生物的书籍，也学到了有关地质学和生物学的知识。随着了解的深入，我还想知道化石的成因，所以我还需要学习一些化学知识，而且和大多数普通的孩子一样，我曾经也想要学着制造火药。后来，我又迷上了飞机模型，然后是火箭模型，再后来我对物理学产生了兴趣。但是，若想学好物理，则需精通数学。所有市面上流行的科学杂志我都想读，但我精力有限，只能凭感觉随手抓几本来读。把理论转化成现实需要金钱做支撑，但我的家境并不富裕，所以我只能出去工作。"

"所以你的那些经济学知识就是从工作里学来的……"

"没错，"查尔斯边说边把手伸进背包里，掏出来两瓶水，将其中一瓶递给了温，"科学都是合理的，但经济学恰恰相反。当我初次接触经济类书籍时，我发现里面的内容完全说不通。那些书看得很是恼火。"

"这话是什么意思？"

温很是警惕地回头看了一眼路况，以防这片密不透风的灌木丛里突然冒出什么恶魔来。查尔斯摇摇头："我不知道，因为我还没想清楚。那些书里的大多数观点都是在讲政府应该如何有效地利用人力资源，而且混杂着大量的数据，以此来掩盖内容的空虚。在我看来，通篇都是在普及政府如何压榨人民、挪用人民的财产，真是不堪卒读。"

温脸上的肌肉微微收缩，几不可察地笑了："经济学和金融学都是围绕金钱开展的学科，但是这些课程的教授从来没有真正给金钱下过定义。钱很重要，它是你投入金钱上面的全部时间成本，不只是大块的贵金属、一沓纸钞或是一堆电脑账目；它是你想要得到、施行或给予他人的一切美好事物。它用凝练的形式传达出生命的本质奥义。钱不是实体，它是一种道德观念。我之所以无法成为基督徒，钱就是众多原因中的一个。基督教的传统观念认为，金钱是万恶之源，为此，他们主张因信称义，革除物欲，这不仅让全人类的道德感滑坡，还导致经济下滑，这种状态持续了几百年——真是荒唐！那些站在道德制高点上的基督教教义，不但错误百出，完全就是真理的对立面！"

温津津有味地喝着水，在这条空无一人的路上来回张望着，慢条斯理地说道："咱们想到一起去了，真是巧了。在学校里几乎学不到什么有用的知识，它们也不能帮我走上人生巅峰。这就像老师们希望每个人都像他们一样加入工会，然后守着那点可怜的死工资过一辈子那样，没有任何出路。"

"凭我现在的学历，找不到什么高薪的工作的。"

赞德点点头，没有反驳，说道："薪水，都是拿命换来的。你知道吗，'salary（薪水）'这个词源自拉丁语中的'sal'，本意是盐巴。而'pecuniary（金钱的）'一词来源于拉丁语中的'pecus'，本意是奶牛。奶牛和盐巴都曾被当作货币来交易。而在英语中，这两个拉丁语词根一直沿用至今。然而，盐巴会被暴雨冲走，而奶牛也需要饲养，它们可能会罹患疾病，而且每头奶牛的形态各异，所以这两者用作货币会存在太多的不确定性。所以，金、银、铜这些贵金属才成为人们首选的货币。我们来西非的原因正在于此。"

"现在是纸币的天下了。"查尔斯提醒道。

"没错，现在纸币才是政府的首选货币，因为印刷纸币毫不费力——但是只有政府和银行才有印钞的权力。所以，每位公民都需要为了钱而努力工作。"

第三章　秘密与秘密组织

"学校可不会教我们这些知识。"

"即使是经济学专业的大学生也接触不到这些知识吧。"

查尔斯咧着嘴笑了——然而笑容背后暗藏一丝忧虑。"也许我们应该建个'股矿',从土里挖很多股票,然后把它们抛售出去。"

"孩子,你说的这个矿就是华尔街。说不定什么时候,它就会给国家经济带来一场灾难。华尔街很多人其实不了解经济运行的基本原理。好了,再跟我详细说说你是怎么来到这里的吧。"

查尔斯此刻坐在丛林深处的一辆兰德酷路泽车里,双手还在隐隐作痛,他也搞不清楚自己来到这里的初衷。他告诉赞德:"这是一个在实践中学习的机会,我重燃对地理学的兴趣,同我对经济学的新兴趣结合在一起,顺便把钱凑在一起。从那之后,事情便接踵而至。我先是被引荐给了一个专攻矿业股票的经纪人,他又把我介绍给了 B-F 勘探公司,B-F 公司说服了我,于是我买入了他家的股票。我的舅舅也在不断地督促我,于是我开始自学采矿知识,又自学了矿产勘探知识。据我所知,这只股票攸关我的利益,所以我想亲自出马。我想亲眼见到这片矿床,看看忙碌的人群,了解这里的政治。"

温笑了笑,依次伸出三根手指:"人民、财产和政治,这是'9P 法则'(the Nine P's)中最重要的三个,只有当你深入现场,才能真正摸清它们的本质。"

查尔斯点了点头。

"'9P 法则'其实不是你从 CNN 的财经节目上听到的词,而是一个精通矿产投资的人教你的,对吗?"

查尔斯又一次想到了他的舅舅莫里斯,又点了点头,说道:"没错,除此之外还有融资和现有资金、进取心、股票、推销、价格和圈套。"

查尔斯伸出手指将剩下的六个名词逐一列举出来。

"你简直太聪明了，年轻人。"

"温先生，我希望成为一个早慧的人。"查尔斯回答得有些羞怯。

"叫我赞德就好。我想，如果你活得够久，我们就能一起找到很多乐子。"

他们一边交谈，一边等待着 B-F 公司的人开车途经此地。这条公路是冈瓦纳通往几内亚边境的主路，尽管距离几内亚边境只有几英里之遥，但是没有车辆会一路向北行至几内亚境内。两人直到现在也没看见任何一辆 B-F 公司的汽车从南方疾驰而来，倘若这辆车出现在他们视野中，势必拖着一条长长的血迹，因为车上那位断臂伤员血流不止，亟须送往邦戈达的诊所急救。此刻，不仅路上没有车辆的影子，就连灌木丛里也没有任何伏都教的恶灵现身。

就在两人在这条狭窄的土路上翘首以盼之时，查尔斯突然意识到他对赞德·温仍旧一无所知。原来一直以来，两人之间的私人信息一直沿着一条狭窄的单行道流动，悉数从查尔斯那里流向了赞德·温。

第三章　秘密与秘密组织

第四章

愚蠢的幻想与邦戈达的现实

美国副总统很是瞧不起自己的职位，他当州长的时光都比现在要快乐得多，毕竟那时他有实际的掌控权。但现在除了在参议院拥有难以派上用场的决定性投票权外，他没有任何实权。即使是他站的临时演讲台都比别人的要矮一截，他本人自然也不受重视。他做任何大事之前都需要总统授权，而总统偏偏喜欢对下属严加看管。副总统被这种无形的枷锁折磨已久，盼望着自己有朝一日能凭自己的努力突出重围。

"迪克，今天有什么安排？"现在是早上八点半，无所事事的副总统在盘算着是否要继续睡个懒觉。

迪克·斯塔福德是副总统的幕僚长，他与副总统一路相互扶持，终于走到了今天这个位置。迪克是副总统的人生挚友，他就像一条"鲫鱼"，紧紧攀附在副总统这条政治"鲨鱼"身上，他们相互成就，命运紧密相连。从高一开始，两人就一直是最要好的朋友。迪克比副总统矮六英寸，他背部的汗毛甚至比头发还茂密。不同于副总统迷人的外表，他的外表略显逊色，因此很难获得庸众的选票。副总统用他那从爬行动物进化而来的愚钝大脑解读现实，这部分大脑经历了侵略、主宰和繁殖的演化，而迪克·斯塔福德一直通过自己大脑新皮层认知世界。迪克拥有工程师般的大脑，从实际出发、精于算计；而副总统的政治野心亦是昭然若揭。若想实现政治抱负，他们不能依靠那些未开化的野人，而是要借助那些精英官员的智慧，这几乎是颠扑不破的真理。因此，副总统亟须斯塔福德做他的左膀右臂。

斯塔福德努努嘴，语气很是审慎："副总统先生，您今天没有多少工作。您在思考什么特别的事情吗？"

副总统心烦意乱地闭上了双眼，在他看来，坐等总统任期何时结束纯粹是在浪费时间："迪克，那项'政府工作效率提升计划'的提议进展如何？"

斯塔福德嘟哝道："政府的工作效率的确不高。"

副总统并没有注意到斯塔福德话里的讽刺，反问道："你这话什么意思？现在为止，天哪，竟然已经过去三个月了？"副总统在此之前曾发出过一条备忘录，要求在各个机构之间启动人才交流短期项目，即使是两个毫不相干的机构之间也可以进行人才交流。所有人都认为这是一个好主意。

"抱歉，先生，其实已经过去了六个月。作为试验项目的一部分，目前只有一个人被分派到了其他机构。"

"只有一个啊！"副总统的语气里夹杂着沮丧和无奈。

"不然你以为呢，克里斯？"斯塔福德经常亲切地把他的朋友唤作克里斯，再过六年，等克里斯托弗·库利根成为国家总统的时候，斯塔福德将会避免直呼其名。"看，这对内阁秘书或是职业机构负责人没有任何好处。如果他们派出一名优秀员工参与人才交流项目，就必须要引进一个新人来接替他的岗位。新来的人或许是一个无能之辈——是别人正试图摆脱的一张烂牌。多数有调动资格的官员都不想参与这个项目，因为那意味着他们会失去一手打造的权力基础。他们深知，政府机构的那些人会把他们视为升职的潜在竞争者和现状的破坏者，因而会极力排挤他们。"

副总统抿了抿嘴唇，他不得不承认，自己的想法对官僚机构的影响微乎其微。他在老家的球队中一直是队里的四分卫，也是学校里最好的球员。而在华盛顿，每个人的能力和家乡的四分卫旗鼓相当，还有一些人来自更好的学校。显而易见，这里的"球员们"在通往职业道路上展现出的操纵技能都非同凡响。所以，如今的他正在与最无情的政客竞争，政客们都断言他们的想法将会改变世界，而在副总统看来，他们的想法其实愚蠢无比。

他是这场政治大联盟的参与者，这一点毋庸置疑。但是几乎和其他所有国家的副总统一样，他只是袖手旁观，从未真正参与其中。

他甚至没有在白宫西楼办过公，何必自找麻烦呢？白宫的工作人员一般都很有礼貌，在告知他因总统给他们安排的行程太满而没办法帮他这位副总统完成额外任务时会变得特别礼貌。因此，他更乐于和迪克待在艾森豪威尔行政办公楼里，待在副总统办公室消磨时日。不管怎么说，他空有虚位，没有实权，所以他这种改变人浮于事的做法毫无不妥。

斯塔福德说："往好的方面想，这项提议一旦实施，你肩上的担子会很重。"

"虽然这话没错，但是提议也是有时效性的，就像新闻一样。"

"克里斯，说实话，你的提议真的很不错。它将会带来更多的收益，机构间的人才交流能够提升员工的目标意识和执行能力，会促使他们更快更好地实现目标。但只要国会还没有承认机构交流委员会的法定地位，只要它没有授权行动并提供资金，我们就什么也做不了。"

总统的行政命令被当作法律一样执行，但副总统的倡议却不受重视，估计在那群立法者看来，副总统就像一个渴望得到小马驹的小女孩一样无足轻重。如果副总统得到了他想要的小马驹，他不但会伤到自己，而且还可能产生自立门户的想法，就像得到小马驹的女孩一样，可能会产生离家出走甚至加入马戏团的想法。所以，推行副总统的提议有什么好处呢？

但是副总统有在国会工作的朋友，所以众议院和参议院正在讨论他的法案。副总统的反对派声称他的计划只会进一步强化中央政府的集权，这样一来，中央政府就免不了会沦为数百个瘫痪的官僚机构中的一员，这些机构主要着眼于自身的生存和发展，每年消耗的成本从几亿美元到数十亿美元不等。

尽管如此，国会可能会出于怜悯，在下届会议召开时通过副总统的法案。尽管这个法案在很多方面都让人抓狂，但国会几乎不会放过任何花钱的机会；毕竟，这可是国会彰显其"脚踏实地""行事大胆"的大好时机。如果副总统实现了他的政治抱负，如愿成为下一任总统，那么当初协助该法案通过的官员便能理所当然地在遇到问题时找这位新总统"帮忙"。

"如果我想在六年后成功当选总统，那我势必要先做出一番成绩来……把'减废增收！'这四个字用作竞选口号怎么样？言简意赅，很好记。"

谁能反驳这一点呢，副总统心想。这与"增加浪费，减少收入"的含义截然不同，是对现实的更好描述。"增加浪费，增加收入"的含义

第四章　愚蠢的幻想与邦戈达的现实

甚至更为准确。一些被主流拒之门外的自由主义者可能会说"减少收入，减少浪费"才是最有道理的口号。大家各执一词，所以，究竟哪个口号才能实现最好的表达效果呢？

这个问题需要副总统的公关团队和民意调查员来解决。

两个人面对面坐在办公桌前，静默无言。距离掌控国家的大权看似只有一步之遥，但又好似远在天边。副总统觉得与其在这里虚度时光，倒不如待在家里无所事事。即便是没有官衔的第一夫人，也是整个国家的大忙人，因为她可以凭借在各种场合出面的机会获得更多关注，不论是解决鲸鱼肥胖的问题，或是给每位国民分配一只小狗，还是发起全民训练敏锐的感觉，抑或是其他倡议，她都能得到民众的响应。

副总统摇了摇头，问道："所以……参与实验项目的那个人是谁？"

"一名来自证交会的年轻女士，她叫萨拜娜·海德尔，目前已经在国内税务署工作了将近四个月。"

"这也算流动吗？从证交会调到税务署吗？不能从国家部门到国防部门吗？或者从国家安全局到司法部？至少得从联邦调查局到税务署吧？迪克，我的意思是说，几乎没有选民听说过证交会！"

确实如此，政府之外的数百个机构和部门几乎都没听说过它，除非他们从证交会那里受到处罚或者收到钱款。

"没错，但是选民都听说过税务署，这是我们目前已知的全部信息。从证交会的基础岗调动到税务署的基础岗，目前进展就是这样。但萨拜娜·海德尔和其他人不同。"

"你这话是什么意思？"

"我的意思是，她是一位很有头脑的美国女孩。据说人长得很漂亮，而且富有魅力。但我也没有见过她本人。"

投机者

"好，既然她这么优秀，或许会给我们带来意想不到的成果，"他那爬行动物般迟钝的大脑开始在另外层面思考，"我们需要一个宣传大使来博取关注。迪克，我们要密切关注这个女人，也许我们可以把她带过来，然后组织一场宣传大会……我今天要跟一些高层领导人通个电话，我要问问他们为什么还没有施行这个项目。别忘了是谁任命的他们！"

斯塔福德抠了抠指甲，说道："先生，我们都知道他们会给你扯一堆华而不实的许诺，他们会跟你说他们正在着手实施这项提议了。但我现在就可以告诉你，为什么他们现在还是没有任何进展！"

"嗯？为什么呢？"

"因为他们根本没把你的命令放在心上。"

＊　　　＊　　　＊

离开班加西奥奎尔村的钻探地点两个小时后，这两个外国人来到邦戈达的一家锌质屋顶的小餐馆里休息，此地位于贡县中心，方便他们二人密切监视着镇上所有的诊所。二人已经等候多时，仍然没有看到任何受伤的 B-F 员工。查尔斯和赞德靠喝一种当地特有的怪味混饮来打发时间，这是由蛋奶酒和杜松子酒调制而成的，酒火辣辣地灌进查尔斯的喉咙，像胶水一样附着在他的牙齿上。

"这酒能让你更强壮，伙计。你懂的，它能让你变得特别强大！哈哈哈！"乐不可支的店主正为他那独创的饮品而自豪不已。这种酒有壮阳的功效，本地男人都喝，它能帮助男人身上那最引以为傲的宝贝重振雄风——这一点人人皆知。

店主不断地推销着他的酒水，看着他自信满满的神情，查尔斯只能

045

微笑回应。

查尔斯天生一副笑脸，虽然他在主日学校里受到了天父耶和华微笑的感化，但他的笑容却不似耶和华的微笑那般神圣，毕竟，学校讲授的天父耶和华缺乏幽默感。查尔斯四年级的时候，母亲便把他送到教区学校学习，学校里的玛丽·约瑟夫修女也视微笑如草芥。母亲一直认为查尔斯那终日不变的微笑是一种无礼之举，是对权威的挑战。实际上，在面对荒谬世界的时候，他兼而有之的恃才傲物和天真烂漫之间有一条明显的界线。每当查尔斯暴露出无礼之举，玛丽·约瑟夫修女就会像挥舞手杖一样挥舞着手中的藤条，猛敲他的指关节以示警诫。

除了清心寡欲的尼姑，大多数女人都觉得他挑逗性的、让人放松的微笑很有吸引力。他的智慧和对生活的纯粹热爱于微笑中尽显。查尔斯不仅会在愉悦的时候微笑，他在焦虑甚至生气的时候都会以微笑示人。

这家餐馆其实更像是一间棚屋，为食客们提供小冰箱冰镇过的蛋奶酒，这里还备有常温啤酒——其入口温度为 90 华氏度，十分舒适，酒温会随着室温的升高而逐渐上升。室外几乎没有风，就餐区周围的屏风完全阻止了空气流动，同时也把一部分蚊虫挡在了室外。在这种缺乏空气流动的环境下，人们不仅不愿意使用屏风，甚至不愿使用蚊帐。任何限制空气流动的东西都会使室温提升，令人难以入眠。无论国际卫生机构提供了多少蚊帐，预防疟疾的需要在轻松愉悦的睡眠面前都不值一提。

"孩子，我知道这是你第一次来到西非，这也是你第一次出国吗？"

查尔斯只是摇了摇头，没有明确表态："不完全是这样。我去过加拿大，比起来自蒙大拿州和亚拉巴马州的美国人来说，来自蒙大拿州的美国人和来自亚伯达省的加拿大人之间有更多相似之处。"

温追问道："你到底是因为什么才选择买入 B-F 公司股票的？毕竟还有上千家小型采矿公司的股票等着你'垂怜'呢！"

查尔斯坦言道："起初这只是温哥华的一位经纪人向我推荐的买卖。除了出于对这个领域的兴趣之外，没有什么别的原因了，毕竟我对这个领域的了解实在有限。直到今天，我都不知道自己在干什么。"

"好吧，看样子你是第一次接触这种金融产品，而且已经深陷其中了。你第一次买了多少？"

"B-F 勘探公司的股票大约 1 美元一股，经纪人最初鼓动我买入 5000 股。5000 美元对我来说不是一个小数目，所以我才开始认真对待这次投资。"

当他告诉莫里斯舅舅自己买入股票的事时，莫里斯舅舅气得鼻子都歪了，在电话那头把他骂得狗血淋头，狠狠教训了他一顿。正是因为舅舅的责骂，查尔斯才决定在这个领域继续学习下去。莫里斯敢肯定，一定是赞助商骗了查尔斯，怂恿他把有限的投资浪费在无用的东西上。莫里斯毫不掩饰自己的愤怒和失望，他觉得这完全是欠考虑的一个决定，甚至比冒险还要糟糕。但莫里斯没有把他的外甥贬低到一无是处，也没有对他百般阻挠，而是帮助查尔斯把煤炭变成了钻石。

"我舅舅介绍了一个朋友给我，他是自然资源方面的专家，目前在一家高端投资公司工作，他为我提供了一些指导。在我不断接近 B-F 公司真相的过程中，我舅舅的朋友开始对这家公司产生了兴趣。我搬去了圣地亚哥，这样我就能和他一起工作了。我们给 B-F 勘探公司办公室打了电话。他们说如果我能自费来到这里就可以加入你们的队伍。所以我来了。"

温点了点头。

第四章　愚蠢的幻想与邦戈达的现实

"从接触 B-F 公司开始，我就知道买他们的股票是一定会赚钱的。于是，我后来又买入了更多的股票。"

温忍不住笑了笑，挠了挠耳朵："据说，机会总是会留给有准备的人。显然运气不会从天而降，也不是靠掷色子赢得的。也许这就是多行善事的福报，是上天对充分准备之人的奖励。拿破仑不想要聪明的将军是有原因的：他想要幸运的将军。"

查尔斯拍死了一只嗡嗡作响的蚊子，仔细打量着这个脏兮兮的小镇。他目光所及之处总共有几十家小商店，各式各样的食物和商品琳琅满目。马路对面的一个男孩正笑着和他的朋友踢球，他在等路过的摩托车停下来加油，这些汽油以加仑为单位，装在蛋黄酱罐子里。一辆巨大的集装箱卡车缓慢驶过，一群人在集装箱上野餐。木炭燃烧发出淡淡的木质焦香，氤氲在空气中久久不散。

"没人告诉这些孩子不能用蛋黄酱罐卖汽油，"查尔斯沉思片刻，"可是温先生，没有这几罐汽油的话，我怎么给你的兰德酷路泽加油呢？"

"这可不是赞德的汽车，这是我的车。"一个陌生的嗓音传来。

查尔斯转过头去想要一探究竟，温脸上快速闪过一丝微笑，查尔斯读懂了笑容背后的深意：这位新朋友并不介意擅自闯入的查尔斯。

"T. J. 旺迪亚，这位是查尔斯·奈特，我和他刚从班加西奥奎尔村回来。"

"我们会增进对彼此的了解的，查尔斯·奈特。"TJ 的声音饱满浑厚，眼睛里闪烁着喜悦的光芒。查尔斯握住了他伸过来的手，但却做不来当地人那套烦琐的握手礼。"我来教你怎么像一个真正的冈瓦纳人那样握手。"旺迪亚对查尔斯说道。

TJ是一个英俊魁梧的男人，很难从外表推算出他的年龄，但他那双饱经沧桑的眼睛却暴露了他已不再年轻的事实。他舒服地靠坐在一张塑料庭院椅上，脸上露出惬意的笑容，他神态自然，仿佛已与查尔斯相识多年。

"老伙计，你最近在忙什么呢？"温关切地问道。

"我是个闲不住的人，可是赞德，你却总在浪费时间。"TJ的双眼炯炯有神，眉毛上挑，任谁都能看出他此刻的心情雀跃，只是没人能读懂他的小心思：此刻他正得意于同一个极富异性缘的年轻男孩在一起，他的虚荣心得到了极大的满足。

赞德对查尔斯说："我花了五年时间才搞清楚他是什么样的人。要知道，TJ是个谦虚的人。"

TJ耸了耸肩。

赞德指着TJ对查尔斯说："你身边的这个男人，是杰内县顶级名流的儿子，杰内县是首都东南部的一个县，那里的沙滩特别漂亮，别处再也找不到那样好看的沙滩了。"

"这倒是不假！"TJ说道。

"杰内县的所有人都知道TJ父亲的名字，大家都很尊敬他。他父亲娶的第一任妻子所生的长子就是TJ，所以他和父亲同名同姓。对了，TJ，你有几个兄弟？"

TJ再次耸了耸肩，打趣道："就看你能数到几了，毕竟对我来说，四海之内皆兄弟！"

"他的那些兄弟们都找他帮忙，当然找他父亲帮忙的人更多，因为杰内县出了位参议员，就是老TJ。"

查尔斯问道："在内战期间，你还留在冈瓦纳吗，TJ？"

"我只在国内待了一段时间，父亲先把我们带到了美国，我们在明尼苏达避了几年风头。"

赞德补充道："当他还是个孩子的时候，就已经在无线电台打零工了。"

"我打算在这里修建一个无线电台。"

"TJ 在这里做了很多工作，这个国家发生的大事小情，不出半个小时，一准能传到他的耳朵里。这里的每个人都是 TJ 的朋友，我跟你说，他的这些朋友都很乐意帮忙。"

"赞德，如果我不认识有权势的人，我怎么能有能力把你从监狱里救出来？"

"老伙计，这话倒是真的！"

同许多冈瓦纳上层社会的人一样，即使在和平年代，TJ 也没有留在国内求学，而是选择前往美国读大学。他的中学是在德国读完的，毕竟当时的政治风气便是如此——名门望族的后代都希望去发达的资本主义国家求学。后来，冈瓦纳爆发了内战，但是 TJ 在大学毕业后毅然回国，开始在冈瓦纳境内做起了生意。战火连绵数年未曾断绝，他只能在夹缝中勉强维持生计，但他内心一直期盼和平时代的到来。虽然他喜欢做梦，但他的经商之梦终究如愿以偿。他整日驱车前往冈瓦纳的各个城镇，密切关注他的企业，他也有机会借此满足自己最大的嗜好：为了迎合挑剔酒客的需求，他会进口高品质的纯麦威士忌。旅途颠簸、车轮爆胎、道路冲毁以及遭遇叛军抢劫等突发状况常有发生，车辆不能正常前行更是家常便饭，这时候来上一瓶"苏格兰茶"（纯麦威士忌的品牌），能让他在颠簸的路上保持清醒和舒服。

TJ 在创业初期恰逢战争打响，却也因祸得福，赢得了一些商业优势。其中一个优势就是高额利润，所以 TJ 赚得盆满钵满。如果他把进口武器作为主要的商业投资，他将会赚到更多钱。但在战时出售武器所获得的高额利润最终很可能会化为乌有。那些全副武装的士兵可能会憎恶溢价的行为，而那些被炮火牵连的无辜百姓就更不会买他的账了。因此，军火商处于一种矛盾的境地，一方面武器需求量很大，另一方面售卖武器的行为又令人厌恶。TJ 深谙这种游戏规则，但还是选择置身事外，静观其变。毕竟，向不同团伙提供武器的行为既会招来道义上的谴责，也会在实践过程中引发诸多问题。于是他选择在战争结束后参与那些不会引起民愤的投资活动。在战后的和平时期，这类投资活动如雨后春笋般发展迅猛。TJ 是战争年代的幸存者，如今和平年代已经到来，他早已积累了大量的资本。

赞德望向 TJ，说道："多谢你能陪我一起过来，还把汽车借我开。"

"我希望你们两位都能不虚此行。"TJ 打了个手势，店家马上会意，很快就为他们端来一杯温热的啤酒和一杯冷却的蛋奶酒。

查尔斯摇了摇头："我不确定会不会不虚此行。"

"你在 B-F 公司投了很多钱吗？"TJ 一口气喝掉了半杯啤酒，心满意足地笑着问。

查尔斯看了 TJ 一眼，说："很多钱！我不该投这么多钱的。"

温说："没错，查尔斯，你不能在一棵树上吊死。谁知道这样的国家会发生什么事呢？埃博拉病毒会把这里搞得一团糟的。一个想要成为军阀的人可以在这里引发一场革命，他们可能会占领首都，砍下内阁大臣的脑袋，把它们堆在海滩上。然后取消所有的采矿租约和合同。然后，你的新财富就会灰飞烟灭……"

查尔斯看了看 TJ，TJ 若有所思地点了点头，但是他接下来的一番

第四章　愚蠢的幻想与邦戈达的现实

话却与温的意思相去甚远。

"赞德有些夸大其实了，"TJ否认道，"这里的人民不愿再经历任何战争了。冈瓦纳的灌木丛里也不会再有叛军了。"

"那些叛军现在在哪里呢？"还没等查尔斯说话，赞德就抢先问道，因为TJ显然知道他们的行踪。

"他们以前是叛军，"TJ挥了挥他粗壮的手臂回答道，"但是他们现在都长大了！他们就在我们周围：有的在学校教书，有的在指挥交通，还有的在经营这家餐厅……谁知道呢？他们早就不是叛军了，因为在那次大赦中，他们都被赦免了。现任政府没那么招人烦，所以大家都能相安无事。而那些发动叛乱的狂徒大多都已经死了。"

"所以还有幸存的叛军首领？"

"嗯，他现在是一名参议员，他在参议院里的席位跟我父亲挨在一起。"

"在上一次战争中，他们除掉了最后一个统治冈瓦纳的罪犯头目，"温接着说道，"但那个家伙看起来不像是坚定的反社会者，但是以后谁也说不准，他有自己的地下警卫队，却被连夜抓走，从此杳无音信。那时候，只有疯子才会产生要在冈瓦纳投资的想法，投资，根本就是天方夜谭！那时候的冈瓦纳什么都没有——没有游客，没有生意。实话说，直到现在，这个国家一直都是一个粪坑。"温自知在TJ面前抨击他的故乡有失偏颇，便略带歉意地耸耸肩，而TJ并未恼怒，他也耸了耸肩，对赞德的话深表赞同。"但状况正在改善。目前政府没有钱去打搅大众，更谈不上敲诈勒索。所以这里人们的生活基本回到了正轨。"温并不想把TJ的祖国贬低到一无是处。

但TJ却打断了他的话："这种岁月静好持续不了多长时间的。"

投机者

温点了点头："世界银行将向冈瓦纳提供援助，它会教政府如何向公民收税，如何改革中央银行，如何扩充政府的安全部队，如何建立一个更加坚不可摧的官僚机构来处理琐碎的工作。他们的原话就是'帮助冈瓦纳加入国际社会'。此前，虽然这里的人很穷，但他们拥有幸福和自由。"

查尔斯独自一人在亚当斯敦待了几天，其间令他印象深刻的一点是：几乎没有什么事物会让生活在这个首府城市中的人们感到害怕。例如，查尔斯偶遇了一些警察，但当地居民完全不会对这些穿着制服的人心生恐慌。有一次，两个身穿制服的人走向查尔斯，他们只是礼貌地向他要些"冰水或零钱"，但查尔斯觉得这意味着他要掏出大笔的钱给这两个人，于是他便拒绝了。然而，纵使遭到了拒绝，这两个人也没有再继续纠缠下去，而是转身离开了。亚当斯敦的各个社区基本上都是自治组织，19世纪初期之前，欧洲大城市的社区管理模式便是如此。

温继续说道："世界银行会给冈瓦纳政府拨一笔贷款，这些钱本意是用于修路等基建工程，但绝大部分钱款会被政客贪污卷走。"

查尔斯转向TJ，问道："你的父亲怎么看待这件事？"

"你觉得呢，我的新朋友？别忘了，他可是一名政客。"TJ扬了扬眉毛，回答得很是隐晦。

查尔斯笑了，在心中默默猜测，那个老TJ究竟是同流合污的政客还是洁身自好的廉洁之士，他不得而知。

"那些东方商人呢？"查尔斯追问道。

温听了TJ的回答，说道："很多东方商人并不关心冈瓦纳的管理者是谁。他们租赁此地的铁矿，他们的一部分租赁费被用来铺路，新铺的道路恰好通往这些铁矿。他们在冈瓦纳雇佣自己国家的承包商，并使用

第四章　愚蠢的幻想与邦戈达的现实

东方国家制造的机器。"

温插了一句话："这样一来，政客可以少贪污一些世界银行的贷款。"

查尔斯说："我敢说，世界银行绝对不想让贷款被政客染指分毫。"

TJ摇了摇头。"这些政客真是败类，贪污钱财的明明是他们，还钱的重担却落在了冈瓦纳民众身上，世界银行只是把钞票借给冈瓦纳，冈瓦纳人必须靠努力工作才能还债。相比之下，东方商人就慷慨多了，我们只是卖给他们一些矿石，就可以赚到报酬，而且我们没有出卖自己。"TJ一口气喝掉了剩下的掺有杜松子酒的蛋奶酒，满怀期待地看着他的胯部，很显然，这酒的壮阳功效并没有店主说的那么神奇，他无奈地耸了耸肩。

查尔斯看了看，也耸了下肩。

两个年轻人相视而笑，温佯装无奈，脸上也浮现出淡淡的微笑。

查尔斯的牛津裤已经被汗水打湿，他觉得靴子里像着了火。然而，TJ却没有流汗，或许是因为当地人具有很强的耐热性；但当他看到浑身干爽的赞德·温时，查尔斯就觉得有些匪夷所思了。温身上那件飞鱼牌的白色薄衬衫并未塞进裤子里，最上面的三颗扣子也没扣上，他敞开衣领，露出胸前灰白色的胸毛，上面几乎没有汗水。查尔斯注意到温不知何时把靴子换成了一双敞口凉鞋，他没有穿袜子，因此他的脚上沾着一层薄薄的干土。清凉的气流从他宽松的上衣中穿过，带走了他的汗水。

查尔斯松开自己的牛津裤，解开衣领上的纽扣，热意才逐渐缓和。早知道不穿这双笨重的靴子了，他暗自思忖，懊悔不已。

几个人安静地坐在那里喝起了酒。

似乎是为了让 TJ 了解今天的进展，温意有所指地询问查尔斯："你今天学到了什么？"

"我从你和 TJ 那里学到了不少经验，除此之外，我没有任何其他的收获。约翰逊和斯摩德霍夫都只会照搬照抄，只会重复之前的分析报告和新闻稿。我本来可以待在家里打沙滩排球的。"

"你要是待在家里打沙滩排球，就不会遇到我和 TJ 了。"

"就是因为遇见你们二位，我的钱才没有白花。"查尔斯举起了自己的酒杯，"B-F 公司今天貌似对我们很冷淡，或许他们正在努力和大公司签订协议呢。"

温摇了摇头，说道："TJ 一直在帮我调查这件事，但感觉斯摩德霍夫对跟大公司合作这件事不是很上心，这让我很困扰。"

"难道是他在捍卫自己的名誉和道德底线吗？他不能肆无忌惮地揩油水难道是因为他良心不安吗？"查尔斯的语气很是咄咄逼人。

"难道在你印象里斯摩德霍夫是个空想家吗？"温摇了摇头，"任何一家新成立的矿业公司一旦幸运地找到矿体，便急于卖掉它，这是他们最好的出路，拿了钱就跑。我不理解 B-F 勘探公司为什么迟迟没有动静。虽然你从没问过，但是孩子，这是我来这儿的一个重要原因。"

查尔斯说："矿体越大，B-F 勘探公司就能签下更高额的合约，是吧？也许斯摩德霍夫想要钻得更深，看看它到底有多大。毕竟他们不是傻子，为什么要放着大把的钱不赚呢？"

"他们已经过了这个阶段。即使储量再增加 50% 也不会对交易产生太大影响。就算基础设施再齐全，一次大的开采行动只能开挖其中一部分矿床。假设地下有 1 亿盎司的黄金，即使他们每年开采 300 万盎司——300 万是目前世界上最大的金矿——也要 30 多年才能开采完。考

第四章　愚蠢的幻想与邦戈达的现实

虑到将来，在这之后的 30 年里，多开采 50% 以上的矿石并不会实现多少增值。前提还得是明年政府不会通过国有化的方式把它抢走。在这一点上，决定股价峰值的是交易性质，而不是可能存在的额外黄金。他们在很多方面都在玩火，政府可能会限制他们开采的矿石数量，或者从东方国家找一个竞争对手。然后他们又能得到好处了不是吗？"

查尔斯说："既然要冒这么大的风险，斯摩德霍夫一定会倾其所有找到一家大公司签约的。"

温对查尔斯的观点表示赞同，他伸出一根手指，挑了挑眉毛："但是他目前还没有找到一家这样的公司。"

几个人安静地待在那里，试图在脑海中把这件事情梳理清楚。

查尔斯的大脑在飞速运转："你说冈瓦纳政府起不到任何实际作用，因为他们只会中饱私囊，扩大开销，阻碍社会发展，而且还会腐化社会；你认为矿业公司有必要摆脱政府的管控，这将会是所有人的巨大胜利……也许等时机成熟，一场革命就会把它推翻，但整个国家应该何去何从，这就不得而知了。"在美国也是如此，这种想法或许可以实现。

TJ 笑道："你看，和美国一样，冈瓦纳首府中也都是一群看热闹不嫌事大的人。"

赞德点了点头，说道："我喜欢你的思考方式，孩子，从经济上这样分析是合理的。出于多重因素，他们 60 年代就在刚果的加丹加省做过这样的尝试。为什么选择刚果，原因之一就是那时的刚果政府是个伪政权，就像绝大多数非洲国家一样，整个政治体制运行失调，不过那次尝试以失败告终，因为联合国取缔了那个伪政权。"赞德神情恍惚，就好像他亲身经历过这些事一样："不论哪个国家的当权者都不喜欢改变，尤其是这些改变会让他们蒙受损失的时候，他们就会更加故步自封。变革也许会在未来的某天降临，但地点绝对不会是在现在的冈瓦纳。寄生虫只有在杀死宿主之后才会死去。"

查尔斯小口喝着他的蛋奶酒，想要做些辩解，但却发现事情没有那么简单。正是由于投资者十分看好 B-F 公司的发展前景，所以它的股价才一路飙升。但是温对此却持怀疑态度。斯摩德霍夫违背了股东的利益，但他可能是在演戏。查尔斯很想知道这其中的前因后果，因为他的直觉告诉他，这件事很不对劲。

温的想法与查尔斯不谋而合："当有些事说不通的时候，就要质疑你的假设。B-F 公司要么懒得做事，要么没什么能力，或者做了错误的选择，但我们没有理由和他们一样。"

"温先生，你怎么看这件事？"查尔斯问。

"因为要进行详尽的调查，所以你我二人不能偷懒，不能有辱使命，更不能做什么错误的选择。对你来说，这只股票说是一次长期投资，而这只股票能翻涨数百倍的可能性极低。不过它还是有可能再翻一倍的，能让你赚点零花钱。不过，你最好密切关注 B-F 公司的这只抢手的股票，毕竟'剧院的座位就那么多，要是人满为患，就容易城门失火啊'！"

被一个伪装成连路都走不稳的老人从死亡边缘拯救出来，以后的每一天都是不错的开始。但是温显然是非洲生意场上的老手，他很有兴趣教查尔斯最需要学习的东西，这比金子都值钱。

"很幸运我们遇到了彼此，或许我们可以一起把这件事弄个水落石出。"温的这番话再次说出了查尔斯的心声。

查尔斯的脸上露出喜悦，他有一种强烈的直觉：自己要继续冒险了！于是他说："算我一个！"

第四章　愚蠢的幻想与邦戈达的现实

温随后转向了 TJ，对他说："今天在 B-F 区发生了事故，一个可怜的家伙被钻头刺伤了手臂，疼得一直叫。"

TJ 坚定地说："或许他们是为了摆脱你们才演了这出戏。"

温挠了挠下巴上胡子拉碴的胡茬："如果他们连一次伤亡抢救事故都要靠捏造的话，那在别的事情上他们也不会老实的。马克·吐温怎么说来着？'金矿就是在地面上挖一个大洞，上面坐着一个信口开河的骗子。'采矿嘛，归根结底是人们希望的载体，它也因此吸引了更多的投机者，它和宗教事业有很多共通之处，信徒们都笃信那些不太可能会发生的好事会降临到自己身上，从而可以在物质上或精神上即刻获得救赎。

"在技术交易中，通常可以直观看到一个小部件是否有用；在制造过程中，可以对那些从流水线上出来的零部件进行计算和测量；而在石油勘探中，只要在地上挖一个洞就可以判断地下是否有石油，因为石油会在压力作用下喷出地表；但在采矿勘探中，通常很难确定地下有什么。"

这家餐厅占地 100 平方英尺，埃里克身兼数职，除了餐厅老板之外，还兼任厨师、酒保和洗碗工。埃里克始终对他们颇为关照。还没等温喝完手里那杯酒，埃里克就又递给这位荷兰人一杯全新的蛋奶酒和杜松子酒的混饮。

随着谈话的深入，查尔斯愈发担心。他现在很富有，不想失去到手的财富："对一个连一盎司黄金都没有开采出来的金矿来说，现在的股价实在太高了，鉴于每个环节都有出现纰漏的可能，或许这处矿床可能永远也淘不出金子。"

温点了点头："这个想法确实骇人听闻。几乎所有的北美和欧洲人都在谈论我们脚下这个地方。很明显，这些人还在观望。"

"这话完全在理，我想知道报纸以外的信息。"一阵思乡的惆怅涌上查尔斯心头。他的父亲在蒙大拿州经营一份小报刊。放学后他经常去往那里，他在那度过了许多快乐的时光。对他来说，油墨的香气便是家的味道。随着年龄的增长，他逐渐得知许多文章——尤其是那些金融专栏——不过是一些记者的剽窃品，他们初出茅庐，把通讯社和新闻稿作为唯一的信息来源。他们坐在键盘前，完全没有意识到自己是传话游戏中的最后一个人，新闻传到他们那里时，早已被阉割得面目全非，混乱的宣传和虚假的故事铺天盖地地席卷而来，他们却毫无任何辨别能力，尽管他们的信息源如此经不起推敲，但大多数人仍旧觉得自己无所不知。

"你之前参观过金矿吗？"

查尔斯回想起几个月前的那次旅行，点点头："我去过内华达州的一个露天矿场，他们说这就是班加西奥奎尔村金矿未来的样子，那里的条件比这差得多，但至少内华达州有电线。"

温咯咯地笑了："在这个偏僻的地方，他们必须建造一个足够大的发电厂，并找来燃料，才能为这个小城市供电。训练这里的人需要耗费时间，需要引进工资高的人才，而且安全还是个问题，因为这个矿井一旦开始运作，就能为整个国家贡献20%的GDP。内华达州是沙漠，水资源缺乏。但这里的水又太多了，这个问题更严重，因为地下水会对矿井的安全性造成威胁。过去'拥有一座金矿'意味着拥有无限的财富，现在这句话更像是无尽的风险和辛苦劳作的象征。内华达州有没有沾满鲜血的复仇钻头？有没有四处遍布的残肢？"

"我没有注意到这一点……"

第四章　愚蠢的幻想与邦戈达的现实

"我对今天的事情并不感到意外，"温说，"以前发生过这种事。"他用右手食指画了一个圈，表明这是一种宿命的轮回。

"你这话是什么意思？"

"几天前，TJ 一个人去了班加西奥奎尔村，自然不是公费旅游。"

TJ 插话道："他们带我大致参观了一下，允许我问一些无关痛痒的问题。但后来当我问到他们是怎么处理岩芯的时候，然后……"

查尔斯突然打断了他，大声喊道："杀人钻机！"

"出什么事了？"餐馆老板闻声赶来，顺便给他们添了一些水。

"不好意思，没什么，打扰您了。"查尔斯向他道歉。

"对，杀人钻机。"TJ 特地压低了声音。

温意有所指："或许我们的朋友斯摩德霍夫想要采取行动了。"

查尔斯回答道："您貌似也想采取行动了，温先生。"

温把那根用不上的手杖放在桌上，笑了笑："有时候你希望人们都知道你有一对王牌，有时候你又巴不得他们把你当成一个白痴，明明手里都是烂牌，却还是想来碰碰运气。"说罢，他突然间泄了气，颓然的神情同他参观 B-F 公司矿场时如出一辙，而下一秒这种沮丧就一扫而空，取而代之的是他那自信的微笑。

温说："我还发现了一件有趣的事。你还记得 B-F 在矿床中心最开始钻的两个洞里发现什么了吗？"

"呃……那两个洞是空的，里面什么也没有。"

"没错，但 B-F 公司凿的每一个洞都是为了进一步验证他们的假设——地下埋着金子，而且他们后续会挖出更多金子。但是如果你发现你拿走的那几段岩芯不仅不像 B-F 公司声称的那样'金子像黄油一样到处淌'，甚至都找不见金子的影子，到那个时候你要怎么办呢？"

"如果我偷来的石头里没有一点儿黄金……那我肯定会非常好奇。"

温直视着查尔斯说："当然是这样。但如今窜改书本比转移岩石容易得多。所以现在骗子都聚集在华尔街，而不是丛林里。"

查尔斯微微蹙眉，但还是捕捉到了事情的积极面："这么看来，B-F公司也算是表里如一了。"

"确实是这样。"

"样本送往可靠的实验室进行检测，最后得出的多项结果都一致。"

"是的。"

"即使是平行孔钻孔的样本，最后得出的检测结果也是毫无二致。"

"我知道。"

"所有研究过这个问题的人，以及分析人士都写了详细的报告吗？"

"好吧，你要小心点，查尔斯。你要记住：无用的输入并不会带来有效的输出。虽然分析师会在 B-F 公司的报告中寻找纰漏，但当一切都编织得如此天衣无缝时，谁能怀疑这是明目张胆的欺诈呢？人们之前在冈瓦纳就挖到过金子，这里的矿石正是人们到处寻找的宝藏，甚至能瞒过火眼金睛的地质学家。我认识很多从事这一行业的人，他们大多为人正直。我仔细调查过斯摩德霍夫和他的搭档瓦赫曼，关于他们的评价多数都是负面的。他们已经步入中年，却从未获得真正的成功。虽然这并不意味着他们是坏人，但这对我们是一种警醒，我也不知道……"

"你不知道什么？"查尔斯追问道。

温继续说："你就是那个感到可疑而且爬到悬崖上的人。"

"我只是觉得亲眼看看也无妨。百闻不如一见。"

TJ 插话道："我同意。这正是德语中经验（Erfahrung）和知识（Wissen）之间的区别。"

查尔斯把这句话铭记于心，准备以后再去查这些术语："我大二的历史老师教我要学会质疑权威。"

"听起来那是个好老师。"

"才不是呢，恰恰相反，他才是我质疑的那个权威，他总是在历史上误导我们。"

"误导你们？这话是什么意思，查尔斯？"

"他试图把好人说成坏人，把坏事当成好事，以此来误导我们的思维。有些事只是个人观点，而不是所有人的看法。我想班上其他人都没注意到他在做什么。"

温靠在椅背上，就着查尔斯的这番话发表了自己的观点："骗子聪明、迷人、富有创造力；而那些反社会者一般都机智地把自己伪装成正常人。我年轻的时候曾在马戏团待过一年，我遇到过一些人，他们既能从你的手腕上夺走你的手表，也可以从你口袋里抽走 20 美元去给你买杯饮料，所以你会错以为他们是个好人，但事实却并非如此。这让我明白了一个道理，那就是除非亲眼所见，否则不要相信任何人的话——大多数时候眼见也不一定为实。"

查尔斯叹了一口气，在心中默默盘算着：如果 B-F 公司真的欺骗了他，他将要失去多少财富啊！"你说得对。曾经有个人想卖给我一架破旧的钢琴，他谎称那是暹罗国王委托工匠定做的精品钢琴，但我一眼就看穿了他，他就是个热衷于行骗的老狐狸，毕竟我对钢琴很了解。但不怎么了解采矿业啊！"

温说："恶劣的欺诈行为在商业中其实是很少见的，但总有可能发生，我们先不谈这种欺诈。黄金和黄金股票连年看涨，人们都在买进而不是卖出，他们不再害怕，贪婪十足。这种情况每隔十年左右就会出现在科技股、石油股、房地产、债券等领域。此时资金唾手可得，投资者乐观地认为不需要任何正常的判断标准。他们觉得这次和以往不同，股票K线图上出现的黑线让这群投资者理所当然地认为自己会稳赚不赔，于是受从众心理的影响，股民纷纷跟投，此后哪怕是那些理性的股民也不由自主地加入了这场投资大势之中。

查尔斯坦言道："确实如此，我经常也会关注K线图上的黑线……"

"这些数据能给你提供很多背景信息，让股价走势变得清晰可见。这会让你看清今昔物价的区别所在，然而这些所谓的'趋势'并不能像茶渣或塔罗牌那样预测未来。在班加西奥奎尔村，我们正面临着更多的危险因子。"

"比如？"

"我来问问你。"温喝光了一瓶蛋奶酒，瘫在他的椅子上。餐馆老板走了进来，手里还拿着一瓶新酒——分量更足，浓厚的酒体呈黄白色，装在一只旧啤酒瓶里。"你在研究中还有其他发现吗？任何离奇的发现都可以。"

查尔斯开始意识到，原来酒精在活跃人脑思维方面有如此神奇的功效。有时候，它甚至比传统的工作形式更有用："听着，你知道我在投资领域是个新手……"

"新手不代表愚蠢。"

"好吧。首先，这是一种在其他任何地方都不存在的地质特征，任何现有理论都不能对它做出解释——这对我来说是一个危险信号；其次，他们一直挂在嘴边的'纳米'一词总是困扰着我，这是一个时髦的词，就像食品工业中的'有机'一样。人们一听到这种充满魔力的词语就会丧失理智——它们会给思想蒙上一层阴影。"

第四章　愚蠢的幻想与邦戈达的现实

温咯咯地笑了："是的，事情并没有发生太大的变化。若是在20世纪60年代的牛市上，人们会不假思索买进任何名字中带有'电子''前''科技'的公司的股票。不得不说，B-F的前景很多时候让人捉摸不透。但是过度推销是这个行业的常态，这也是很多资深投资者不看好这一行业的原因之一。你还有别的发现吗？"

查尔斯还没有足够的时间完善他新的猜测，所以他选取了一些细节来进行讨论："我在某个地方看到，班加西奥奎尔村有一位化学博士。勘矿公司一般不会为采矿活动特地配备一名化学博士吧？"

"对于这样大规模的开采活动来说，配置什么人员都算不上稀奇。虽然他们需要的人才是那些富有经验的技术员，但是化学家的加入属于锦上添花。那个家伙叫奥利·谢夫莱特，如果我没猜错的话，在把岩芯运往南非和加拿大进行正式检测之前，他会先在当地对岩芯进行检测。B-F公司只想确保一切都尽在他们掌控之中。"

查尔斯试图把所有的线索拼凑到一起，细细地整理思路。矿业勘探的股票本质上就是一场风险十足的营销：矿业公司挖不到矿，没有收入，就不得不把精力放在吸收资金上，使自己有能力偿还债务。这些公司就像在浩瀚的大海里寻宝一样，在1000平方英里的矿山里四处摸索，只为寻找那个宝贵的"复活节彩蛋"。问世伊始，它就像燃烧的火柴一般耀眼无比，但如果一直抓着它不放，还没等火柴烧完，就会伤到你的手指。然而，B-F公司像是个例外，它的股东里还有不少"回头客"。

查尔斯说："我在《北美矿业》期刊上看到了一些关于氰化物过滤试验的报道……那篇报道谈到了B-F公司金矿那惊人的溶解速度。他们发现的金矿是目前已知的最高级别的矿石，里面的矿物用肉眼几乎观测不到，即使是在显微镜的帮助下，你也很难发现里面蕴含的金矿。我想，这些证据恰好证实了这个理论——这片矿床的主要沉积物是纳米金，据说人们还没有找到盐析纳米金的办法。"

查尔斯曾听闻有人用 12 口径的枪支将金粉射入岩石，还听说有人会把金片撒在河床上，除此之外，就如何伪造勘矿结果而言，查尔斯一无所知。如何通过盐析过程将无用的岩石变成"矿石"呢？查尔斯百思不得其解。

"对对对，他们就是这么跟我说的，纳米金是无法靠盐析提取的，这种说法是合乎逻辑的。"温向前探了探身子，"没错，就是这样！干得好，孩子！不过也真是奇怪，我像你这么大的时候就开始搞投资了，但我从来没有遇到过这种事。"

"在新理论和新科技的指导下这种事情可能会发生，但这不意味着欺诈。"

"是的，地质学实际上在 20 世纪初才成为一门真正的科学。板块构造甚至在 20 世纪 60 年代才被人接受。科学的本质在于理论的创新。"

查尔斯依然疑虑重重，说道："新科学新技术也可能衍生出新的欺诈手段。"

温点点头，说道："19 世纪，铂金比黄金便宜，人们用它伪造金币。从 60 年代开始，计算机技术和静电复印技术在一段时间内为货币造假者提供了很大的帮助。70 年代出现了一种叫作惠灵顿石的东西，几乎与钻石没有区别。该信息被泄露以后，许多典当经纪人和珠宝商被带走了。这就像在一场战争中：当他们想出一种新的进攻方式时，进攻的一方总是处于主动。"

查尔斯摇了摇头，继续他内心深处的思考："样本实验室怎么说？"

温耸了耸肩："我给斯里莫实验室打了电话，这是他们在约翰内斯堡的主要检测点。但是实验室那边不想透露任何检测细节——这涉及保密性等问题。对，按理来说他们是得做好保密工作，但问一问总不会有什么坏处……"

"你觉得斯里莫实验室的人怎么样？"

"我以前和他们打过交道，他们很靠谱，他们知道如何检验，也不会弄虚作假。毕竟，像他们这样的专业人士没必要坑蒙拐骗。但了解实验室很有必要。我记起发生在内华达州的一起诈骗案。THS 实验室的化验结果很奇怪，THS 是托诺帕高中（Tonopah High School）的首字母缩写，他们的工资单上竟然有化学老师的名字，这太离谱了。"

"因此我们都持怀疑的态度，但没有任何依据，我们需要更多的信息。"

"是的，我们确实需要。"

查尔斯的双眼此刻炯炯有神，他挑了挑眉毛："古德勒克·约翰逊随时欢迎我回来，我不知道他这么说是否只是出于礼貌，但这是他的地盘。所以我觉得以后应该也是如此。我想你们俩都在邀请名单之列。"

"这太方便了，孩子。斯摩德霍夫提醒我们，说有一些项目属于我们。这听起来像是一扇敞开的门在向我们招手。"

"如果他们正在用某种手段对金矿进行盐析，那么他们的实验地址和操作方式都是未解之谜。"

温挠了挠下巴，说道："孩子，如果他们真的在盐析金矿，那么他们就能反复不断地运用这项技术。从此之后，他们会在岩芯开凿之前就以某种方式对岩体进行盐析，等矿体盐析出黄金之后，再特地把含有黄金的岩芯送往各大实验室。但我不知道他们是怎么做到的。"

"我们最后待过的那栋煤渣砖结构的实验室，就是斯摩德霍夫虚情假意地演戏给我们看的地方——那是他们的化验和运输设备是吗？”

“所以这只是我们的假设，”很明显，温此时有些惶恐不安，“你有什么问题吗？”

查尔斯回答道：“那儿的岩粉太少了。”

“什么？”

“据说他们是在斯摩德霍夫演讲的地方切割岩芯的，而且他们也没为我们打扫过那里。岩粉去哪儿了呢？不应该随处可见吗？桌子上的岩芯本该被岩粉覆盖。角落里应该满是灰尘。也许他们在其他地方分割岩芯，只是我们没看到罢了。”

“我从来没去过他们的钻探现场，那里的化验、储存和运输设施不是这次参观的重点。”温望向远方，陷入了短暂的沉默，“假设他们在盐析。他们不想让合同上的钻井工看到这一幕，只有少数员工可以参与其中。他们需要在场外进行。”

TJ 静静地坐在那里，听着他们的分析。但是他现在说出了最重要的一点：“邦戈达是距离 B-F 公司最近的主要货运点，他们的样本早晚要经过这个小镇。”

温脸上浮出了微笑。“或许分割运输岩芯之前，他们正是在这里盐析，就在我们脚下这片地方。”

查尔斯又喝了一大口掺杂着杜松子酒的蛋奶酒。“也许你和我应该在邦戈达这个镇上再待一天，四处逛逛，看看 B-F 公司在附近镇上有没有‘秘密实验室’。”查尔斯模仿一种很难听的德国口音说道。

“你的意思是‘一个秘密实验室’！”TJ 笑着用德语又模仿了一遍。在德国读高中为数不多的优势之一是语言技能习得。但是既然这么多德国人都能说上一口流利的英语，TJ 学的德语便没有什么用武之地，如

第四章　愚蠢的幻想与邦戈达的现实

今只能偶尔用来"炫技"，毕竟很少有人能想到这个来自西非的黑人竟然会说德语。

TJ 皱了皱眉头，说道："但我不能留下来帮你弄清楚这件事。我今晚还要去亚当斯敦谈生意。"他看了看温，又看了看查尔斯，眉头皱得更紧了。突然，他回过神来，笑着说："但是你可以留着这辆车，赞德，我借一辆摩托车骑回家。"

温举起酒瓶向 TJ 敬酒。"查尔斯，也算我一个！要是我们能在一天之内找到 B-F 公司的秘密实验室，那真的太值了！这是对我们投资的巨大回报！孩子，如果你在冈瓦纳能活过明天，你也能赚很多钱。"

短短一天内，查尔斯再次感受到死亡逼近，在此之前，查尔斯从未想过自己可能会活不过第二天。

毕竟，非洲是一个危机四伏的地方，或许在这片土地上求生已经超出了他的能力范畴。

第五章

"一点点"

邦戈达的居民挺直了腰杆，毕竟邦戈达可是贡县的重镇，他们为此深感自豪。在他们心目中，贡县是全国最强盛的县，地位崇高又卓越。贡县的木材工业创收颇丰，全国最一流的高等学府也坐落于此，贡县也因此名气大增；现如今，这里又勘探出了世界上最大的金矿，贡县人民比以往任何时候都更有理由感到自豪。

当然，所谓的木材工业却建立在滥砍滥伐的基础之上：几个工人用横锯把生长在公地上值钱的树木悉数伐倒，再装到卡车上运走，同时，他们会贿赂当地的林业官员，好让他们睁一只眼闭一只眼。因此，在不到 30 年的时间里，当地公有的原始森林保护区就几乎被夷为平地，速度之快令人咋舌。而只有那些生长在私地上的古树才能幸免，因为这些土地所有者都想给自己的子孙后代留一些有价值的财产，而这些古树就是一笔不小的财富。

但在查尔斯看来，要找人打听那个神秘实验室的下落，这些从事非法木材产业的工人可能是再合适不过的人选，因为他们对周围的丛林很是熟悉。

即使镇上有大学、木材产业和金矿，邦戈达也算不上一个大都市——它只是一个人数仅有 7500 人的小城镇。距此四小时车程的亚当斯敦，其人口数是这里的两百倍。冈瓦纳和其他任何第三世界国家都一样：如果一个人想要出人头地，那他除了前往首都，别无选。对于生活在偏远地区的人们而言，贫瘠的丛林是他们仅有的谋生来源，要想实现阶级跨越，简直是举步维艰。

贡县市政办公楼是一座由混凝土搭建起来的平房，只有矮矮的一层。两个男孩子正在办公楼前踢足球，三只干瘦的鸡在楼梯入口处的鹅卵石地面的缝隙里啄食。查尔斯朝大楼走去。这时，球从那个较年幼的男孩身边飞过，落到了查尔斯的脚边。他俯身拾起那只瘪得很厉害的球，扔给了那个男孩，男孩对他粲然一笑。

查尔斯本打算在这里打探到 B-F 公司秘密实验室的位置，但直到今天依旧毫无进展，他觉得自己纯粹是在浪费时间。昨夜，他辗转于当地的各个酒吧明察暗访，却一无所获，因为没有人承认自己在从事木材产业；而现在，他又在一堆杂乱无序、长满霉斑的县城房地产档案中寻找蛛丝马迹，但依旧无功而返。这个饱受战争蹂躏的国家，几乎没有任何的书面文件保留下来，所以关于谁是哪片土地的合法所有人的问题，一切都尚无定论。而这种不确定性又给那些战后重返冈瓦纳的难民造成了精神上的冲击：他们内心惶惑，倍感绝望，竟不知何以为家。此刻查尔斯将所有希望寄托在了温身上，如果 B-F 秘密实验室确有其事，那么他真心希望温可以找到相关的证据。

查尔斯和温约定好返回埃里克的餐厅吃午饭，此刻距离他们约定的时间还早。当他颓丧地走出办公大楼，发现刚才那两个踢球的男孩子已经抱着他们的足球坐在了楼梯上。他在男孩身旁坐下，考虑下一步该怎么办。

这两个身材瘦削的男孩光着脚坐在那里,他们的胳膊精瘦结实,头发都剃得短短的。他们穿着干净的长裤,但衬衫却又脏又破。也许今天是他们的"洗衣日"。今天早上查尔斯就看到十几个男男女女在河边洗衣服。那条河位于小镇边,河上架了一座桥,刚好通往镇外。那些男人和女人把衣服放在洗衣板上用力揉搓,把洗好的裤子铺在河边的岩石上晾晒,这两个男孩可能也要在今天下午去河边洗衬衫。在这里,除了踢足球以外,人们是不可以穿短裤的。查尔斯并不了解其背后的文化习俗,可能它就像传入非洲的诸多习俗和信仰一样,先是经由穆斯林伊玛目之手,再通过基督教传教士的传教活动源源不断地注入这片土地,而当地人对这些习俗早已习以为常,并将它们视为自然规律的一部分。

害羞可能是全世界男孩的通病。可是,当他们看到一个年轻白人挨着他们坐下,他们觉得有趣极了,所以两个人谁也没有因为害羞而逃开。年幼的男孩不停朝着年长的男孩挤眉弄眼,还用胳膊肘捣了捣他,并做了个鬼脸,似乎在怂恿他:"快跟他讲话啊,傻瓜!"

"我叫赛伊,赛伊。"年长的男孩终究迈出了勇敢的一步,但他不敢看查尔斯,只是自顾自地小声说道。

虽然查尔斯一时很难适应这种口音,但他听得出这是男孩在做自我介绍。

"我叫查尔斯。"查尔斯礼貌地回应道。

"查尔斯,查尔斯。"男孩重复着他的名字。

看到友谊之门已经打开,年幼的男孩朝查尔斯腼腆一笑,他的笑容很有感染力:"我叫尼亚恩,尼亚恩。"

"尼—阿恩?"查尔斯尽力拼读他的名字,他觉得自己应该听到了第一个音节。

男孩又笑了起来，嘴咧得更大了："对，尼亚恩，尼亚恩。"

"你的名和姓都是尼亚恩吗？"查尔斯问道。

"不，是尼亚恩……尼亚恩。"

查尔斯被他搞糊涂了，最后还是决定只用一个"尼亚恩"来称呼他。

他们就这样静坐了一分钟。这时，尼亚恩打破了沉默，他操着方言问查尔斯："你从哪里来？"

"美国。"

虽然尼亚恩和赛伊没有挪动身体，但是他们都不由自主地朝查尔斯探过身来："哇，美国！我喜欢美国！你可以把我们带过去吗？"

查尔斯尴尬地笑了笑，说："带你们去美国吗？如果可以的话，我倒很希望带你们去美国。但是我却做不到。"

尼亚恩的脸上闪过一丝沮丧的神情，但转瞬即逝，他又笑了起来，问道："你想吃东西吗？"

查尔斯一点也不饿——酷热的气候和身体脱水令他食欲不振。在这个卫生状况堪忧的偏远地区，他既希望表现出自己的友善，又渴望维护自己的肠道健康，所以他像在走钢丝一样，小心翼翼地想着措辞。除了那些预先包装好的进口食品，在这里没有什么食物是真正安全的，然而他带来的那些包装食品大多早已过期。他听说过丛林肉（bashmeat）、棕榈酒（palm wine）和馥馥（fufu），但没有一种食物能激起他的食欲。他真心希望这个男孩不要给他任何吃食。

但无须担心，不管是丛林肉、棕榈酒还是馥馥，都很难装进男孩那浅浅的口袋里。尼亚恩掏出来的食物看起来像是一团黏糊糊的芝麻籽，包裹在塑料袋里，上面还扎了一个结。

"这个好吃，特别好吃，你尝尝。"尼亚恩说着就把当地的风味小吃凑到了查尔斯面前。查尔斯不希望表现得太无礼，而且他对这团黏糊糊东西很是好奇，于是他暂时打消了谨慎的念头，咬了一口。没想到味道竟然还不错，口感微甜，质地湿润，而且很容易下咽。

"谢谢你，尼亚恩，的确很好吃。"

这时，查尔斯突然想到，既然埃里克的餐馆就在街对面，为什么不请这两个男孩去餐厅吃一顿真正的大餐呢？在赞德·温赶回来之前，他们可以填饱肚子然后继续工作。

查尔斯完全不担心他们会拒绝自己的邀约，毕竟，对他们来说，去餐厅吃一顿免费的午餐是一种非凡的享受。

查尔斯带着这两个男孩坐到了一张小型金属圆桌边，他昨天和温还有 TJ 就是在这张桌子上吃的饭。在冈瓦纳，人们可以选择沉默不言，毕竟非正式的谈话不需要太过客套。两个男孩第一次和一个外国人一起吃饭，他们很是兴奋，但又不好意思表现得很明显，于是便安分守己地坐在桌边等着服务员把他们点的那三杯常温可乐端上来。然而孩子的天性使然，刚喝了几口可乐，赛伊和尼亚恩便打开了话匣子，查尔斯这才知道，原来赛伊刚满 16 岁，而尼亚恩只有 12 岁。查尔斯回想起自己像他们一般大的时候，那些熟悉的场景还历历在目，恍如昨日。

12 岁的时候，查尔斯住在蒙大拿州的雷德洛治（Red Lodge），他的父亲全程亲自执笔，一手创办了《卡本县新闻报》；查尔斯的母亲是当地一家诊所的护士。然而，这份报纸经常无人问津，销量惨淡。好在查尔斯一家并不靠报纸的销量为生，他们都有自己的稳定收入。年幼的查尔斯过得很惬意：他会帮邻居打理农场，赚一些零花钱；也会帮父母照料自家的农场；有时会顺着一根绳子荡到附近河中的深水潭里去钓鳟鱼，他的足迹遍布雷德洛治的每一座山头。虽然他野性十足，但跟这些赤脚的男孩不同，他可是有好几双鞋子。

"你们是好朋友还是亲兄弟？"查尔斯对他们的身份感到好奇，因为他们二人长得很像。

"尼亚恩是我亲弟弟，我们同父同母。我们的爸爸在战争中死了，不知道妈妈去哪里了。她走了好多年了，去了很远的地方。我们现在跟莉娅姨妈住在一起。"赛伊回答道。

查尔斯想到了自己，在他和赛伊一样大的时候，母亲已经故去，但他从未孤苦伶仃地生活。虽然父亲冷漠疏离，而且在查尔斯看来，他所做的一切都只是在履行父亲应尽的义务，而不是出于深切的父爱，但是他从未把查尔斯丢下，而是始终陪在他身边。当查尔斯决定从高中辍学时，父亲也没有百般阻挠。虽然他并不赞成儿子的决定，但还是选择尊重他，并允许他在家自学课程。于是，查尔斯在自家车库上方的房间外面搭了一间办公室，设有独立的出口，可以通过木制楼梯直达。他决定自力更生，只要对谋生有用的知识他都会去学习，他渴望白手起家，建立一家真正属于自己的企业。

查尔斯大部分时间都在读书，他偶尔也会骑着越野摩托车在树林里风驰电掣。有天回家的路上，查尔斯走进了一家武馆，他很感兴趣，随即便决定把学习武术也列进自己的人生计划里。虽然父亲不是运动员，但是查尔斯本人却灵活而敏捷。虽然他很爱自己的父亲，同时也很敬重他，但他貌似继承了母亲全部的基因，因为他和父亲几乎没有任何共同点。所以查尔斯唯一的人生导师，也就是他的母亲，母亲过世后，他便只能靠看电视和读书自学成才。

尽管少年时期就经历了丧母之痛，但查尔斯23年的人生中依旧充满机遇。而反观冈瓦纳，留给当地男孩的机遇少得可怜。而且暂且不论冈瓦纳国内屈指可数的藏书，查尔斯怀疑，可能根本没有人主动劝说这里的男孩子们去读书。

"你们在上学吗？"查尔斯仍抱有一丝侥幸心理。

"当然，上学嘞。"赛伊有些心不在焉地回答道，"我读高一了。"

"我现在读六年级！"尼亚恩骄傲地回答，"但我每门功课的成绩都是B和C。"

赛伊伸出手指轻轻戳了一下他弟弟的肋骨，显然对他自报家门的课业成绩不太满意。

查尔斯也有一个比他小四岁的弟弟。一想到他，查尔斯的胃里就翻江倒海，五味杂陈。他时常幻想，如果在母亲离世后，他能抽出时间多陪陪弟弟，而不是两耳不闻窗外事、终日把自己关在车库和楼上办公室伏案读书的话，或许结局就会有所不同。

他暂时忘却了在冈瓦纳未竟的事业，现在的查尔斯只是一个无忧无虑的大男孩，正同另外两个男孩一起酣畅淋漓地灌着可乐，他们彼此建立了深厚的友谊。"不上课的时候，你们都喜欢做些什么？"查尔斯随口问道。

"踢足球！"尼亚恩边说边从桌边跳了起来，由于太激动没拿稳杯子，可乐洒了一些出来。

赛伊用力把尼亚恩按回座位上，用手指着桌面上的可乐，责备道："尼亚恩，你看看你，把可乐洒得到处都是，现在马上把它清理干净！"

虽然嘴上在严厉地训斥着弟弟，但赛伊还是替他清理了桌面，用手把洒到桌面上的可乐拂到了地上。尼亚恩跑向吧台，想讨一块擦桌子的

第五章 "一点点"

抹布，毕竟餐巾纸在冈瓦纳是稀罕物，通常在人们如厕时才可以使用三两张。餐厅老板很大方，一次性给了尼亚恩六张纸巾，尼亚恩捧着它们回到桌边，用力把桌面擦拭干净。

查尔斯像他们一样大的时候，从来没有对餐巾纸和卷筒纸的供应产生顾虑。美国的穷人和冈瓦纳的穷人是两种全然不同的概念：美国那些体型肥胖的人往往是穷人；冈瓦纳的那些不愁吃喝的人不会因为体型壮硕就被当作穷人。在美国，麦当劳的汉堡饱受非议，被划为垃圾食品，大米却出奇地变成了意想不到的高端食品；而在冈瓦纳，白米饭只是廉价的果腹之物，因为它既缺乏热量，也没有营养。若在冈瓦纳开一家麦当劳，它一定会跃居当地最有营养的食物榜首。

"你在哪里踢足球？"查尔斯问道。

经过了一段时间的交谈，查尔斯的耳朵已经基本适应了兄弟二人的方言，所以他不再需要反应很久才能听懂他们的意思。"我们有的时候在学校踢球，但不远处有一个足球训练营。"尼亚恩指了指那条路，说，"一直往北走，也就几英里的距离。我们把这些木头锯完就过去踢球。"

虽然兄弟二人的副业表明他们很有可能对这片丛林很熟悉，但查尔斯暂时被他们对足球高涨的热情吸引了，他问道："真的吗？足球训练营听起来很不错。你们什么时候上路？"

"这周的周末，等我们做完工就去。有男人也有小男孩，有好几千个人呢。他们说那里的足球场很漂亮，还有大片的田野，每个人都能免费领一套球服和球鞋，还有免费的食物。"

"真替你们感到高兴，但你们的学校不会介意吗？"

赛伊和尼亚恩两人都惭愧地垂下了头。

"我们没钱交学费。"

所以他们辍学了，直到现在也没有重返校园。一瞬间查尔斯很想问问他们的学费究竟有多少，然后一次性帮他们缴清。尽管他乐善好施，但他也很清楚：即使他把 B-F 公司的股票都卖了，拿到的全部资金也不够救济冈瓦纳所有的穷人，这就像个无底洞，深壑难填。况且就连他自己在这个年纪的时候也面临退学的窘境，哪怕他不是因为交不起学费而辍学的，他也觉得自己没有资格以过来人的身份对兄弟二人施以援手。

事实证明，对他而言，在美国退学的确是一个明智之举。美国的校园里充斥着事无巨细的"保姆"和口若悬河的"宣传员"，在这种环境中上学简直就是浪费时间。在美国，学生想要快速得到高质量的教育也绝不是不可能；但在冈瓦纳，也许受教育的唯一途径就是上学。反观美国，学校和教育是两种截然不同的概念，但二者却经常被混为一谈。但冈瓦纳对于教育和学校又是如何界定的，这一点查尔斯不得而知。

"你们靠锯木头能赚到钱吗？"

年幼的尼亚恩点点头："能，能赚很多钱。"

"我们只能赚到'一点点'钱。"赛伊及时纠正了尼亚恩。

"你们对这里熟悉吗？"

"当然熟悉了，这里的所有地方我们都很熟悉。"

问一问总归没什么坏处，于是查尔斯继续向他们打听道："那你们知道这附近有什么秘密实验室吗？"

两个男孩都不知道他口中的实验室是什么东西，见到他们迷茫的神情，查尔斯就打消了用德语问他们的念头。

"那这附近有没有供人们用锯子切岩石的房子？"他换了一种更通俗的问法。

从他们恍然大悟的神情中可以看出，赛伊和尼亚恩肯定知道些什么。

第五章 "一点点"

尼亚恩迅速点了点头，而赛伊则皱起了眉头。尼亚恩激动地说起了方言，他的语速很快，查尔斯根本听不懂他在说什么。尼亚恩边说边用手指蘸着洒在桌上的黏糊糊的可乐残液画了一幅简单的地图，而这幅地图随时都可能会风干。

赛伊对查尔斯解释道："尼亚恩的记性更好，他记得几内亚大道上有一个地方跟你说的那个地方很像——有人在那里切割岩石。"赛伊伸手指了指那条可乐"地图"，然后他又指了指远处那座桥，桥下流淌着的就是人们今早用来洗衣服的那条河。

查尔斯了然，几内亚大道是一条通往或来自班加西奥奎尔村的路。但是如果男孩们说的那个地方是 B-F 公司的采矿场的话，那查尔斯的希望就破灭了。

"在这条路上要走多远才能到那个地方？"

赛伊看了看尼亚恩，尼亚恩则耸了耸肩，表示自己并不清楚。

于是赛伊就替他回答了："不远，离这座桥只有两三英里远。"尽管查尔斯也不确定赛伊说得是否准确，但他还是觉得自己又重新燃起了希望。

这个回答令查尔斯有了希望。他几乎可以确定，男孩口中的"那个地方"另有他处，因为班加西奥奎尔村离这座桥不止两三英里远。

"那个地方在桥的左边还是右边？"

"左边，左边，"尼亚恩答道，"特别近，走'一点点'的路就到了。"

"你能从这条路上看到那个地方吗？"

尼亚恩犹豫了一会儿，因为他没听明白查尔斯的意思，但他还是迟疑地说道："不能吧。"

"那个地方离路边有多远？"

尼亚恩又陷入了迟疑，见状，查尔斯又问了一遍，这次他特地把语

投机者

速放慢了很多。

"在丛林深处，"尼亚恩回答道，"但有条小路可以通过去。因为我看见拉着岩石的卡车开进去过。"

尼亚恩皱起了眉头，神情凝重，像是有什么忧心事一样，查尔斯也不知道他是怎么了。但他觉得应该先让两个孩子休息一下，或许晚些时候再问他们关于那个秘密基地的更多细节。他和温今天下午就可以去他们说的那个地方探个究竟。

于是他话锋一转，换了个轻松的话题，问尼亚恩道："话说，那个足球俱乐部在这里开了多久了？"

"差不多有几个月了，很多男孩都在这个俱乐部里。"

这个问题本来就是用来缓和气氛的，所以尼亚恩的回答也并未提供有用的信息。

"那你们怎么过去呢？"

"我们走路过去。通常要走两天才能到，但如果碰上下雨天，我们要花上三天。"尼亚恩又用手指了指他刚刚用可乐残液画的那条"路"，那条水痕已几近干涸。

"我知道这条路，我刚从班加西奥奎尔村过来。"查尔斯说道。

尼亚恩迷茫地看了看赛伊，他并不知道查尔斯口中的班加西奥奎尔村位于何处。

赛伊说："我知道班加路，你刚刚就是从那里过来的，班加西奥奎尔村就在那条路上。"

班加路位于北边，距离此地 40 英里远。"当你走到班加路之后，还要再走多远？"

"哦，一点点。走 20 多英里就到了，一点点。"

第五章 "一点点"

查尔斯略带敬畏地感叹道:"整整 20 英里的路程,竟然才算得上'一点点'!"在查尔斯看来,"一点点"可能代指"近至邻人、远至整个国家的任何事情"。

查尔斯在尼亚恩这个年纪,就有了一辆自行车。他每天骑行两英里去当地的中学上学。而等他与赛伊同岁的时候,他不仅有了一辆越野摩托车,还收获了一辆属于自己的小型卡车——这是一辆价值 2000 美元的二手车。只要他愿意每周花上几个小时打开引擎盖修理一下或是修一下卡车的变速器,这辆车就勉强还能开。生活条件的巨大差异令查尔斯轻轻摇了摇头,但他这个动作很难被觉察到:冈瓦纳的孩子不仅没有代步工具,甚至连吃饭都成问题,而且他们也没有鞋子穿。

然而,尼亚恩和赛伊此刻却面带微笑,查尔斯从他们身上感受到了极不寻常的平静。虽然身处极贫依旧能保持平静,如此一致的反应还真不愧是一对典型的兄弟。

但二人的表现并非有违常理。没有通电、鸡靠啄食泥土为生、木炭燃烧的烟四处逸散、破衣烂衫、在空旷地面上赤脚玩耍的孩子——所有这一切,都是这片大陆屡见不鲜的场景。这并不反常,只是与查尔斯生长的那个世界有着霄壤之别。这两个男孩教会查尔斯的东西并不比赞德·温少,他们小小年纪就已经能够自力更生——在这个刚从残酷内战中恢复过来的国家里平安无虞地长到了十几岁,实属不易。

查尔斯抬头望着天空,只见厚密的乌云压得低低的,像一堵密不透风的墙——黑云压顶,夏雨欲来。

"没错,"赛伊对他说道,"很快就要下雨了,而且会下很长时间。等着瞧吧!"

第六章

雷鸣与奔跑

在尼亚恩和赛伊的指引下，查尔斯果然找到了 B-F 公司的秘密实验室。此时正值午后时分，乌云蔽日，微弱的天光透过云墙投射到灌木丛里——大雨即将来临。

查尔斯走到这间狭长的锌顶实验室前，叩响了大门。透过门缝，他匆匆瞥见了一台怪异的机器，他此前从未见过类似的设备：金属材质的机身布满电线和导管，周身迸发出紫色的电火花。现在他要为自己的爱管闲事付出代价。他走到那个地方，敲了敲门。很显然他不该来这里，因为此刻他正在逃命，在丛林小径上躲闪慌乱地找着回去的路——赞德在不远处目睹了这一切。狂风暴雨的声音淹没了枪声，一棵橡胶树的树干被枪打爆，沾满乳白色树汁的木片四下飞溅，其中一块扎进了查尔斯的肩膀。他扑通倒在地上，伤口没入沼泽的淤泥里。橡胶树的白色乳胶和他臂膀流出的鲜血同蜿蜒流淌的泥浆混在了一起。

"把头低下！"赞德大喊着向他奔去。

查尔斯吐出一口秽物，朝赞德大声呼喊。

"斯摩德霍夫不是说随时都欢迎我们来吗？"

"他就是个骗子！"

"都没来得及告诉他们我们是谁，就成了这副模样！"查尔斯呻吟着，他的肩膀传来阵阵剧痛。

"都跟你说了让你不要冒险，你偏要来！"

自动步枪还在对他们不断扫射，他们耳畔环绕着子弹爆裂的声音。如果没有这场雨，空气里一定会弥漫着浓重的硝烟味，这种味道让查尔斯回忆起自己的童年。

"你还好吗？"

查尔斯冲他喊道："我觉得我肩膀可能中弹了。"

温半蹲着，快速移动到一丛竹子的周围。邦戈达外几英里处有大量的蛇，雨很冷，蛇带来的危险有所减少。温翻了个身，滚向查尔斯。从他的神情可以看出，至少在他检查查尔斯受伤的肩膀之前，他是非常担心的。一瞬间，他笑了笑："伤得真丑，但你死不了。坚持住。"他一只手抓住那块四英寸长的碎片，另一只手按住查尔斯的肩膀，猛地一拉。

查尔斯疼得直吸凉气，缺氧的样子就如同很久没有呼吸一般。缓了好一会儿，他才从牙缝里挤出一句话："我觉得我好像真的中弹了。"

"孩子，你没中弹，中弹的是那棵树。趁那些家伙还没学会怎么瞄准，我们赶紧离开这个鬼地方。"温俯下了身体，用膝盖和双手支撑着躯体匍匐前行。

查尔斯强逼自己不去理会疼痛，也像温一样，伏地挺身向前爬行。又是一轮机枪扫射，竹林和橡胶树受到枪林弹雨的洗礼，被击断的锋利竹竿横飞乱射，空气中悬浮着乳胶胶体。几分钟以前，这棵弯曲的橡胶树被子弹击裂，其中一块碎木片扎进了查尔斯的肩膀，而新一轮的枪击直接穿透了直径为五英寸的树干，这棵树已经历经九年沧桑，但它活不到第十个年头了。最后一根树藤还在顽强地支撑着它，这棵树依旧保持着它原来的曲度，柔韧得像一根煮熟的面条。然而，等到最后一根藤蔓也难承其重时，这棵树应声倒下，刚好砸到了温的头上。

温面部朝下倒在淤泥里，那棵树压住了他的头颈。他肘部深陷在淤泥里，以一种俯卧撑的姿势竭力想要从这棵直径达五英寸的橡胶树干下脱身。他身上的白色飞鱼衬衫已经湿透，背部肌肉线条一览无余。他终究没能成功，依旧被压在淤泥里，脸部朝下，动弹不得。

查尔斯试图用手把树举起来，但树干太重了，而且淋雨的树干很滑，根本抓不住。他双膝跪地，挤到温的身旁，像铲车一样伸出胳膊往上提举树干，然后用肩膀扛着树干缓缓抬起，受伤的肩膀生出一阵剧烈的刺痛，像是在叫嚣着抗议。被淤泥糊住双眼的温感到身上的重量变小了，开始挪着身体从泥潭里爬了出来，又费了九牛二虎之力才摆脱了树干的压迫。筋疲力尽的两个人仰面倒在了地上，温的嘴里一直骂个不停。

一场瓢泼大雨及时降临，雨势之大如同拍打海堤的巨浪。硕大的雨滴打在他们的脸和胸膛上，力度就像近程射击的彩色弹丸一样强劲。虽然他们不喜欢雨水打在身上的感觉，但是这场大雨至少能确保他们不会被继续追杀，而且那群人在大雨中也无法实现精准狙击。虽然这场暴雨差点淹死他们，但也着实救了他们的性命。

在这处雨水和泥水混流的斜坡上，查尔斯和温一番摸爬滚打，终于能站起身来。但是他们只能弓着身子匍匐前行，扫射的子弹从他们的头顶擦过。查尔斯跟在温后面，踩着他浅浅的脚印迂回前行。他的肩膀依旧血流不止，他回头瞥了一眼后方的山脊，却只能望见灰蒙蒙的一片，雨水模糊了视线。大雨来势汹汹，雨水挤走了大量空气，以至于连开口

第六章 雷鸣与奔跑

呼吸都倍觉艰难。

待二人翻过两座山后，雨渐渐停了下来，他们一路跌跌撞撞地向前狂奔，纵使伤口刺痛不已，但仍不敢稍作逗留，因为身后还有穷追不舍的敌人。二人跑了20分钟才回到那条路上。TJ的兰德酷路泽车依旧停在那里，车身满是砖红色的泥土，四分之一的车轮陷进了泥土里。这条路在旱季尚能通行，而现如今旱季已过，来自天上的滔滔洪流终于让人们见识到了雨季的威力，这条道路变成了一条死气沉沉的泥河。这条"河"不仅充满淤泥，而且深度不达标，虽然不能载船，但是淹没一辆车可是全然不在话下。

温瘫坐在驾驶座上。

在查尔斯把右脚抬上来之前，汽车的四轮驱动获得了牵引力。泥浆从轮胎甩到他的脸上。当他伸手关车门时，剧烈的震动让他的肩膀感到火辣辣的疼痛。虽然疼痛不是什么好事，但至少再次证明他还活着。

"你到底在实验室里看到什么了，让他们一直这样追杀你？你看到从哪开的枪了吗？"兰德酷路泽突然跳起来，查尔斯根本来不及扣好安全带，他的头就硬生生地撞到了车顶。

"到处都有人在开枪！全都对着我一个人开火！"

"嘿，孩子，枪可不只对着你一个人开火。"

查尔斯做了个鬼脸，想到他还没来得及询问赞德的身体状况，愈发觉得窘迫。

"我很好，除了身上比今早多了个洞。"

"你中枪了？"

温驾驶着兰德酷路泽在河水淹没的山脊上颠簸行进："是的，在屁股上，每次……这辆车……撞到路面凸起……的时候，都疼得要命。"

看到随着车身颠簸痛得皱眉蹙额的赞德，查尔斯满是歉意："抱歉啊，赞德，你刚刚跑得那么快，我都没发现你中枪了。"

"就是单纯的疼罢了，肾上腺素在短时间内是很好的麻醉剂，而且疼痛又死不了人。"他深吸了一口气，开着汽车从一个斜坡上疾驰而下。每年这个时候任何交通工具都没法从这通行。查尔斯及时系好了安全带，大型丰田汽车的拖车悬架撞到了底部，发出抗议的声音，弹簧被压平了。尽管温足够坚强，但他还是痛得叫出了声，甚至盖过了汽车原本的声音。当汽车驶至通往邦戈达的交叉路口时，温向右猛打方向盘，把车开到了另一条路上，虽然这条路也未经铺砌，但与满是泥泞和沟壑的小路相比，它那被压扁的岩石路面还算平整。他踩下油门，转动方向盘，卡车开始摆着尾巴行驶开来。

查尔斯大喊着说："你现在只是在找乐子。"他的声音盖过了发动机的轰鸣声和瓢泼大雨声。尽管胳膊疼痛，他还是紧紧地抓住头顶上的车扶手。

温笑着说："就是要找乐子……或许这才是生命的意义。"在眼角鱼尾纹的映衬下，他的眼神颇为恶毒，他狡黠地眨了眨眼睛，同时又痛得面孔扭曲。

查尔斯问道："我们现在去哪？我们要先去缝合伤口。"

"咱们去奢侈一把，去坐游轮。"

"你说什么？"查尔斯怀疑自己听错了。

"过一会儿你就知道了。"温在车座上扭动了一下身体，疼得龇牙咧嘴。

查尔斯转过头来到后排座位，他从工具箱下拿出一条沾满油脂的毛巾，把它拧干递给了温。温接过来擦了擦他那胡子拉碴的脸上的泥，又

第六章 雷鸣与奔跑

擦了擦脑袋后面，随后将毛巾递给查尔斯。查尔斯看到毛巾上不光有泥和油脂，还有很多血。

"嗯，赞德？你在流血。"

温一脸困惑地看了看毛巾，他伸手摸后脑勺，到处揉了揉，再次露出痛苦的表情。他把手伸回来看到手指上沾满了鲜血，说："这是颅骨骨折，孩子，都怪那棵该死的树。"

"你的脖子还好吧？"

"脖子没事，深处的颅骨骨折说明我的大脑受到了挤压，那我就知道了。"

"知道什么？"

"当然是为什么我头疼得那么厉害，为什么我又想吐，还差点晕倒。"

温的确是疾驰下山，查尔斯看到他身上满是泥浆，脸上毫无血色。

温踩下了急刹车，车轮又在泥里滑行了一段距离，但好在有惊无险，汽车差一点儿就要从山路上滑下山去了。

"孩子，你来开车，能开多快就开多快。"他打开车门，踉踉跄跄地走下车。"我这种情况，邦戈达诊所的助理医师什么忙也帮不上。你一直沿着这条路开，我们就能到亚当斯敦西部的自由港，'非洲恩典号'在那里，上面有美国的外科医生。如果我昏倒了，就让他们给我做手术，在这个国家，只有到那里才能接受最好的治疗。"

他踉跄一下跌倒在地，查尔斯的心脏怦怦直跳，他抓住温的手臂，把他扶到副驾驶座上。温把脚抬上车，在向前倒下之前，用尽最后的力气和意识抱住了查尔斯。查尔斯把他那瘫软无力的身体扶到座椅靠背上，给他系上安全带，然后以时速50英里的速度驾驶汽车，全然不顾这条路上限速 15 英里的标志。他躲开路面存水的坑洞，如果开上去会弄坏车胎或车轴。为了避开道路上不知深浅的溪流，他只得猛踩刹车。他加速通过邦戈达，对于眼前的任何人和事都置之不理。他加速通过乡村，轮胎卷起的泥甩到茅草屋顶上，甩到雨后的路人身上。他一直往前开，开了几个小时，想争取在傍晚前到达，他希望自己没有走错路。雨停了，但温却一动不动。

一想到自己要失去这个只知晓其姓名的朋友，查尔斯就忐忑无比。他突然意识到自己对赞德·温的了解少之又少，甚至可以说是对他一无所知。

查尔斯终于赶在太阳落山前驶至亚当斯敦郊区附近。他可能是第一个在这么短时间内赶到这里的人。他开车沿着自己唯一知晓的道路向前飞驰，祈祷能够顺利找到港口入口。几天前他经过这里时瞥见过那个入口，入口处是通电的，还立着一块引人注意的广告牌，上面有一句醒目的标语："不要强奸女性，她可能是你生母。"这是对当地流离失所的青年士兵的警告，现在他们已经成年了。他们在很小的时候被迫卷入战争，现在可能连自己的母亲都认不出来，这对他们的一生造成了深刻而病态的影响。

自由港四周高墙围绕，唯一可见的入口处设有一个路障和一间警卫室。他没有通行证，没有介绍信，也没有官方文件，但好在他有钱。他看了一眼温，只见他浑身冰凉，一动不动，但愿他还有呼吸。"我希望他们能让我们进去，无论如何我都会带你进去的。"查尔斯对温说道，希望能得到他的回应，但昏迷不醒的温依旧一声不吭。

他停下车，摇下车窗，对眼前这个身穿迷彩服、身材瘦削的黑人警卫一通吹捧。但警卫一脸严肃，对查尔斯的赞扬无动于衷，不过查尔斯

第六章 雷鸣与奔跑

观察到他的手里没有枪。

"你想干什么?"警卫问道。

"我的朋友受了重伤,现在昏迷不醒。"

那个警卫弯腰从窗户仔细看了看温。

"你要去哪里?"

"去'非洲恩典号',他需要手术。"

"你为什么不去医院?"

"'非洲恩典号'就是医院,那里有美国医生。"

"你是美国人吗?"

"我是美国人,他是荷兰人。"

"未经允许你们不能进入港口。"

"我们必须要进去,不然他会死的!"

警卫耸了耸肩,寸步不让。

A 计划行不通,换 B 计划试试。查尔斯掏出一张 20 美元的钞票,对警卫说:"我必须带他去'非洲恩典号'上医治!"

警卫眼中燃着怒火,与查尔斯四目相对,他严肃的面孔因为愤怒而扭曲变形。查尔斯沮丧又恼怒,因计划施行无果而愈发气愤,但他不想与他们起正面冲突,所以他将车挂到了一挡,准备实施 C 计划。就在这时,警卫的脸突然放松下来,对着查尔斯咧嘴大笑,露出他那排整齐洁白的牙齿,好像是在盛赞刚才收到的那笔小费。"我的朋友,我的朋友,赶快进去吧,快去救你的朋友,你要找的地方在第三码头。你往前一直走就会看到,是一艘红色的船,赶紧去吧。"

见警卫终于松口,查尔斯如释重负。大门缓缓开启,一条宽阔平坦的道路映入眼帘,路旁矗立着整齐的金属仓库,查尔斯一路加速前进。

然而，除了永远也望不到尽头的金属波纹墙，他暂时没有看到任何港湾或船只。

他把脚放在了刹车踏板上，以便看到标有"第三码头"的路口时可以及时降低车速。终于，他看到了自己要找的目的地——一艘红色船身和白色上层结构的医疗船——由一艘大型老渡船改造而成。得益于国外一家慈善机构的资金支持，"非洲恩典号"可以在患多医少的国家提供免费的医疗救助。

赤道附近黄昏极短，黑夜来得猝不及防。落日余晖将灰色云翳染成了绯红色，在红色的船身上镀上了一层深红色光泽。三位白人抬着担架走下舷梯。车甫一停下，他们就赶了过来，为查尔斯和毫无意识的赞德检查伤势。查尔斯打心底里感激那个门卫，一定是他提前跟医护人员打了招呼，才为赞德争取了救援时间。20美元或许抵得上他一个多星期的工资了。有钱能使鬼推磨，他下定决心，以后再也不把"金钱是万恶之源"挂在嘴边了。

一位年轻的金发女人猛地拉开车门，她身着青绿色手术服，探进车身替温把安全带解开。"先生，先生，您能听到我说话吗？"她用力按压着温的肩膀，又摸了摸他脖子上的脉搏。温发出了呻吟声。她翻开温的眼皮，用手电筒照了照，说道："他几乎没有任何反应，脉搏很微弱。"她视线未离开赞德半分，向一旁的查尔斯询问道："他怎么了？"她虽然说着一口流利的英语，但是查尔斯却无法根据她的口音分辨她是哪里人。

"一棵树砸到了他的头，"此刻查尔斯仍坐在驾驶座位上没有下车，"他后面中枪了……臀部那里。"直接说他屁股中弹不甚文雅，有违基督教教旨，毕竟"非洲恩典号"是一艘基督教医疗船。

第六章　雷鸣与奔跑

"帮我拿一个颈托过来!"她朝身后喊道,30秒之后,温的头部被颈托支撑起来。

她看起来体重不过100磅,大概只有温的一半。尽管如此,她还是竭尽全力拉起失去意识的温,将他架在自己娇小的身躯上,在男护工的帮助下把他抬到担架上。

在女孩的指导下,男护工们小心翼翼地挪着赞德。"先把他头朝上抬到船上去,"女孩指挥道,"我们还不清楚他的颅骨是什么情况。"

护工们快步将他抬上舷梯,将查尔斯和这个穿手术服的年轻女孩留在了后面。

二人一前一后地朝"非洲恩典号"走去,查尔斯想尽其所能多提供一些有用信息,便对这个女孩说道:"我想他今年应该有50岁了。"

"他没有其他疾病吧?"她走在查尔斯的前面,头也不回地问道。

"据我所知他很健康,只是我不知道罢了。"

"他受伤多久了?"

"已经有四个多小时了。被那棵树砸中之后他没有马上晕厥,过了半个小时才彻底失去意识。然后我开车开了很长一段路才走出那片灌木丛。"

"他叫什么名字?"她径直走上船,查尔斯跟在她身后,此刻距她仅有两步之遥。

查尔斯犹豫了。虽然她背对着他,但却从他的沉默中听出了欲言又止的意思。

"好吧,那你呢?你叫什么名字?"她试图退而求其次,但显然语气很是不悦。

查尔斯没说话。

"行吧,我叫卡罗琳。"她不愿再在这个问题上浪费时间,索性带着

投机者

查尔斯来到急诊室。四名医护人员正将温转到一个更结实、稳固的床上。虽然他们的动作并不谨小慎微，看起来几乎像是把温扔到了那张床上，但是这套动作行云流水，看起来很是专业。几名医务人员各就各位，开始对温进行治疗：他们先剪开了他的衣服，再把电极插到他的皮肤里，站在他头侧的医生正准备给他做手术。

卡罗琳把查尔斯告诉她的有关温的细节复述给了一位站在温脚侧的男人，这个人也穿着手术衣，不过外面套了一件白大褂，脖子上还挂着一个听诊器。从衣着看，他是这个房间里最具权威的医生。他看着团队熟练地操作着每一个步骤，两位医生向温的手臂注射了针剂药物，另一个人掰开他的嘴，插进一根呼吸管。

卡罗琳对查尔斯说："我们出去吧。"

她带着查尔斯穿过另一扇门，穿过走廊下坡，来到船的另一侧。此刻，最后一抹夕阳也消逝于地平线，残留一线暗红的余晖刺破了厚厚的大气层，暗夜慢慢吞噬了整个港口，漆成蓝色或绿色的建筑物和集装箱都变成了清一色的黑色，隐匿在黑暗之中。卡罗琳的金色头发泛着红光，这是斜阳留下的最后一抹亮色。

她望向查尔斯，这似乎是她第一次认真地看着他。晚风轻拂她的秀发，她脸上不苟言笑的职业表情已不复存在，此刻的她更加柔美，更有女人味。海风吹乱了她的头发，几缕头发扫到了查尔斯赤裸的胳膊上，传来一阵酥麻的触感。她先是移开视线，随即转身走向栏杆，查尔斯也跟了上去。他们相对无言地站着，望着太阳沉入海底。太阳的顶部降至海平线时发出一道明亮的绿光，这道光束持续片刻后便很快湮没在海中，此时的邦戈达已经完全被黑暗吞噬。

第六章　雷鸣与奔跑

第七章

行为评估之后

"他妈的，哈里，刚才谁在那儿？"斯摩德霍夫咬牙切齿地骂道。豆大的雨点敲击着棚屋的锌皮屋顶，发出震耳欲聋的声音。

"是个白人，我们没看清他的长相，但我觉得肯定不是那个老瘸子，也不可能是欧洲的那帮弱智。咱们已经把那些法国人都送回亚当斯敦去了，估计他们现在都坐上回国的飞机了。一定是那个叫查尔斯·奈特的孩子！他在邦戈达的时候就鬼鬼祟祟的，还问东问西的，我觉得我亲眼看到他把咱们的岩芯装进了自己的口袋。"

哈里在罗得西亚农场长大，因此他对使用俚语有着特殊的嗜好，他讲话带有浓重的口音。70年代冈瓦纳内战爆发，哈里也投身到保家卫国的战斗中，与叛军进行了漫长的抗争。虽然战争结果不如人意，但他却在备战期间练就了矫健的体格。哈里那时在丛林中参加集训，每天扛着重达8磅的FAL轻型自动步枪和重达60磅的背包负重前行。他一身结实的腱子肉，散发着野性的韧劲儿，这是那群靠在健身房里做几个小时举重运动练出大块肌肉的美国海军陆战队队员所比不了的。他们的肌肉虽然光滑匀称，但缺少力量。哈里坚韧的忍耐力就如同他坚韧的肌肉一

投机者

般，他歪斜的嘴巴就是他坚韧性格的最好写照。他终日面带苦笑，那不是亲切的微笑，而是一种定格在死人脸上的可怖狂笑。在将近60年的光景里，他就是带着这样的苦笑度过了大半人生——这是非洲内战给他留下的永久创伤。

"哈里，今天站岗的人是谁？"

"不是咱们的人，是奥利找来的两个本地佬，卡菲尔族的，总喜欢乱开枪，都不问问那个家伙是做什么的就乱射一通，每个人射空了三弹匣子弹，把这里搞得乌烟瘴气。"哈里有着多年的作战经验，是一名弹无虚发的杀手，然而他更喜欢使用锋利的刀片，因为它不仅准度高，更能杀人于无形。更确切地说，作为一名职业军人，他并不会乱射一气，他通常会在开枪之前礼貌地询问一下闯入者的身份和意图。

"该死，邦戈达镇上的所有人都会听到那些枪声的！"斯摩德霍夫痛骂道，"他们都会被吓个半死。奥利啊，看你干的好事！你说这事怎么收场？"

奥利·谢夫莱特总是一副气喘吁吁的样子，他大声喘息着说道："今天下了这么大的雨，而且邦戈达离这儿有三英里呢，不会有人听到枪声的。"

"不错，你这话倒是很有道理。"斯摩德霍夫说道，但他的神情没有因此变得和缓，"不过，他们究竟在搞什么鬼，用了整整180发子弹，怎么还没打中那个人呢？"

"谁告诉你说他们没打中人的？"

"不管怎样，他们肯定没命中要害，要不然那人指定当场毙命！话说，你当真看清楚了吗？"

哈里不喜欢听到有人质疑他的能力，于是在听到斯摩德霍夫的问

第七章　行为评估之后

题时，他的表情很是不悦。但所幸他早就在岁月的磨砺间学会了如何在愚人的无能狂怒面前保持镇静："你知道的，这里一到雨季就到处被淹，不可能追踪到什么蛛丝马迹的。我看清楚了，那人根本就没死。"

斯摩德霍夫一拳打在棚屋的钢墙上，怒声问道："他在机器前待了多久？"他狠狠盯着绝密设备的设计师——终日病快快的奥利·谢夫莱特，眼睛里满是怒火。

这位秃顶的化学家摇了摇头，自信满满地回答道："在这么短的时间里，不可能会有人推测出这是胶体注射器的，丹。"

斯摩德霍夫沉下了肩膀，松了一口气，坐在一张发霉的帆布扶手椅上，盯着自己的双膝，然后摇了摇头。他抬头看着哈里，说："我们不能抱有任何侥幸心理，这太危险了，我们绝不能冒险。"

"咱们的金矿还会有下一批访客吗？"哈里问斯摩德霍夫。

"上帝啊，我希望别再来了。不过也许当我们和伯克国际矿业公司敲定最终协议之后，华舍曼公司就不会再派他们的投资者过来了。"

谢夫莱特也附和道："谁知道那群投资者平日里都跟哪些人厮混呢？防不胜防啊！"

哈里对此深表赞同："对，要保证不会再有来访者了。"

斯摩德霍夫反驳道："这我可管不着。从上个月开始，华舍曼就一直关注着伯克公司和我们的交易，然后他就为那些投资者推出了公费旅游项目。见鬼，他们来者不拒，还把那个该死的孩子也送到这里来了。"

"毕竟常有人造访这里总不是件好事。"

"该死，我当然知道，可是华舍曼却不清楚这一点。算了，不管它了。发生在班加的事儿就让它烂在那里吧。"

据称班加西奥奎尔村埋藏着一亿多盎司的高品质黄金，如果华舍曼对此深信不疑的话，他们的演讲完全可以更具说服力，而且不会出现任何失误。

哈里语气坚决地重申了他的立场："但是丹，不要再让更多的投资者来这里了，你得保证这一点。"

斯摩德霍夫回答说："很快这些来访者就不会给我们造成威胁了。现在最重要的是伯克公司的人什么时候过来。"

"所以他们什么时候才能到这儿来呢？"

"我不知道。但我可能跟你想的一样，我也觉得他们不会走得太快。所以，我们还有时间，"斯摩德霍夫语气变得犹豫不决，"我们最好是有时间。"说罢，他转向哈里，问道："那个叫奈特的孩子呢？"

哈里缓缓地摇了摇头："人们不会在下雨的时候徒步穿过丛林的，那太危险了，除非他们是在找什么东西。"

"他就是个孩子，仗着自己有点小钱搞了点投资，呆头呆脑的！"

哈里举起双手："可别小瞧这个人，毕竟我们不知道他是谁，也不知道他为什么来这里。要知道，事情往往不像看上去的那样……"

斯摩德霍夫冷笑了一声，脸上带着苦笑，颇为无奈地认同了哈里的观点。毕竟，只要金矿一日不开采出来，他们全部的工作和事业就会一直建立在虚无之上："大家还知道有关奈特的其他细节吗？"

哈里答道："我昨天跟他闲聊过，我只知道他是个二十多岁的美国人。他说自己是一个新投机者，感觉他对这个身份很自豪。他跟我说这是他第一次来非洲，而且他是一个人来的。他这个年纪的美国人在这鬼地方可受不了。我敢说他自己也是个满口胡言的家伙。还投机者呢，真是笑死个人了！我看他才刚学会怎么擦屁股吧！"

大多数人只会把投机者看作是毁掉普通人生活的不仁鼠辈，因为他们会利用经济危机和金融动荡攫取不义之财。但与大部分人不同的是，哈里对投机者并不反感。因为哈里觉得，他的工作就像金融领域的投机者一样，同样是靠着一些"手段"来获得利益。也许查尔斯·奈特对投机者的看法就如同哈里看待自己的职业一般——他们都觉得自己是个道德英雄，在所有人都猝不及防或无能为力之时，供他人之所需，解他人燃眉之急。投机者们往往会在饥荒到来之前就备好了充足的食物，这样他们就可以在食物短缺的时候把它们以高价卖给那些有些莽撞的急性子投资者。当其他人急需现金时，他们则会小心翼翼地留出钱来购买房产。投机者只会利用混乱而不会制造混乱，就像医生会凭借救死扶伤而非致人生病来谋生一样，他们只是一群有着同样远见的人。然而，出于某些原因，公众普遍会认为医生是好人，而投机者在他们眼中却成了十恶不赦的坏人。

奥利·谢夫莱特摇了摇头，说道："那个孩子估计就是个弱智，但不管他是不是在胡诌，他都是第一个接近胶体注射器的人。"

斯摩德霍夫思索了一会儿，答道："或许他只是个读了太多冒险小说的孩子。可问题是他回国之后呢？想想看吧，那个浑身是血的孩子趾高气扬地走在路上，逢人便说他在这里的见闻。到那时候谣言满天飞，我可不想冒这个险！"

哈里无奈地耸耸肩："看来，我们没有别的选择了。"

这一次，斯摩德霍夫不再迟疑，果断做出了决定："这一点我同意，宁可错杀一百，也绝不能放过一个。找到奈特，看看到底是不是他干的。如果真的是他，那就让他从这个世界上消失。"

第八章

悬浮医院

在"非洲恩典号"上度过的第一个夜晚，明明已经筋疲力尽的查尔斯却辗转难眠。他强迫自己入睡，但是他的思绪万千，近日的种种创伤和多年前的过往一齐涌上了他的心头。

他看到了年幼的弟弟，他带着孩童般天真的渴望，笑容灿烂地把渔线甩进了流经他们家农场边界的小河里。

他看到了年轻的父亲，他抱负远大，立志向詹姆斯·梅兰特·斯图尔特扮演的角色靠拢，成为一个品行端正的创刊人，竭尽全力确保他的报纸上只有真相。然而，父亲的理想主义日渐黯淡，因为他逐渐意识到，真相往往既难以确定，又很容易招致危险，而且未必能给他带来真正的收益。美国报业大亨赫斯特建立了一个以桃色新闻和娱乐八卦为基础的报业帝国，读者无数，而在他们的报纸中，真相只是新闻的附属品，其地位无足轻重。

他看到了自己的母亲，当他还在蹒跚学步的时候，母亲还是个年轻幸福的女子。然而就在这时，美梦扭曲成了一场噩梦：黑暗的触角在天空中蔓延，像黢黑的墨鱼汁液一般，不仅令山川河流死气沉沉，也令母亲窒息不已。就像在听一个西部乡村歌手多年以来一直在用极其缓慢的节奏低声吟唱一样，她经历了一连串令人窒息的失望，而一种无序的混乱最终压垮了她。

翌日上午十点左右，查尔斯终于从半梦半醒的状态中醒过来。洗漱过后，他找到了赞德所在的急救室。这时，卡罗琳走过来告诉他，赞德的手术已经结束了，现在情况稳定。她用眼神示意查尔斯坐下，然后重新给他清理了伤口，清理过程中又夹出一块树皮碎片——应该是昨晚在他辗转反侧的时候，把这块树皮从皮肤深处挤出来了。查尔斯的伤口很深，不能用止血带通过静脉阻断来止血，也无法实施全麻，只能实施局部麻醉。每一针麻药不仅会带来灼痛感，而且似乎对缓解疼痛的作用也不大。当卡罗琳用盐水冲洗他肩膀上的伤口时，那种钻心的痛感就像电锯锯过肩膀一般难挨。

"抱歉，这可能会很疼，但你伤口都发炎了，所以我得尽快把这些黏在你伤口上的乳胶清掉。昨晚我没法给你清理，所以你现在需要忍一忍。如果不保持伤口的清洁，炎症会加重的。"

"谢谢。"查尔斯咬紧了牙关。

"我要给你缝一下伤口，但我不能保证会有效果。如果伤口再次感染，就得拆线，然后把脓液排出来。但无论如何，你的伤口都会留疤。"

"到时候你能帮我在伤疤上刺个文身吗？"虽然疼痛阵阵来袭，查尔斯还不忘跟卡罗琳开玩笑。他生于畜牧业高度发达的蒙大拿州，人体文身让他一下子就联想到了牲畜身上的检疫印章。

"我不会文身，"卡罗琳回答道，似乎漫不经心，"你文过文身吗？"

"还没有。我不确定我做了什么让我值得文身的事。"查尔斯想起了不到一个礼拜前刚认识的人，当他掀起短袖衬衫的时候，露出了前臂上

投机者

的文身。它并不是一个完整的图案——看起来像一只长着羽毛的手臂，还握着一把短剑。酒过三巡，这个名叫巴泽利的波兰人就吐露真言，他说自己曾是一名法国外籍军团的志愿兵。在此之前，查尔斯一直不明白为什么有人会一直把自己参军的过往挂在嘴边，直到他看到巴泽利自豪的表情，听到他动情地讲述他们的战友情谊，还有他们共同遇到的危险，他突然就明白了：巴泽利的身份一直与他的战友们紧密地联系在一起，而文身就是身份联结的纽带——也许这就是文身在军人、狱友和亡命骑手之中大受欢迎的原因。

彼时巴泽利正在前往几内亚的路上，他要去签一份训练雇佣兵的劳动合同。他途经亚当斯敦时逗留了几个小时，总共喝了七杯酒，喋喋不休地讲述着他的过往经历，或妙趣横生，引人捧腹；或惊悚可怖，引人入胜。"如果你以前当过兵的话，我肯定会邀你跟我一起去几内亚的。我们现在还处在训练阶段，而且据我所知，那里还需要招录更多的雇佣兵教员。"几年前，查尔斯就考虑过加入美国海军陆战队，因为他看到了他们的征兵广告，被海军陆战队"参军就是踏上冒险之旅"的承诺所深深吸引。而且那时候的他喜欢战争题材的电影，那些电影也起到了同样的宣传效果——查尔斯加入军营的想法因此愈演愈烈。但是当他联想到战争的残酷性，又想到一些政客为了标榜"战争是为多数人谋利的善举"的理念，或是为了满足他们难以启齿的私念而妄下军令，很可能会导致战士们因盲从命令而滥杀无辜，他就彻底打消了参军的念头。

卡罗琳此刻正一丝不苟地缝合。她给查尔斯的伤口缝了两层缝线，叮嘱道："我跟你说，伤口缝合是有风险的。"

"好吧，我自愿承担风险，你可以松口气了。"然而查尔斯觉得这话听起来并不能很好地表达他的感激之情，于是他露出了感激的微笑，又加了一句："我相信你。"

"恢复得快不快，就得看你的免疫系统了，但是我们给你开的抗生素你也得吃。"卡罗琳提醒他。

"遵命，女士。"查尔斯忍不住再三猜测卡罗琳的来历。听她的口音感觉她应该是来自欧洲的某个国家。即使弯腰工作时，她的姿势也保持得很完美，而且那是一种自然流露出来的优雅体态。那看起来……是一种怎样的姿态呢？或许是——君威。

皇室成员：一群掠夺者得手后靠近亲繁殖的后代。不论是国王还是王储，他们不但鲜有仁慈之心，反倒更像是一群暴徒，靠着窃取民脂民膏和对邻国宣战发家致富，但是很多人依旧会把他们捧上神坛。然而，人们对这些"暴徒"的态度更多的是忍让而不是尊敬，而忍耐似乎是人性中的一个弱点。查尔斯陷入沉思，不要把他们混为一谈。人生本来就是一场意外，无论生在王室还是贫民窟，都是运气使然。而一个人的性格很大程度上是自己后天造就的。

查尔斯对卡罗琳很是好奇："跟我说说你的事吧？"说罢，他有些局促不安地朝她笑了笑。

"我的事？我没什么可说的，我不过就是在这里工作而已。"

"但你不是一名职业医生。"

"我不是。"

"那你为什么来这家医院呢？"

"当然是来给你缝针的。"卡罗琳也顺势跟他开了个玩笑，扯了一下伤口处的缝合线，疼得查尔斯龇牙咧嘴。只见她灵巧地翻转手里的持针器，然后开始用手指来回缠绕着伤口缝线，不一会儿一连串的绳结便神奇地出现在查尔斯的伤口上。

"你在'非洲恩典号'上待了多久了？"

"大概有九个月了。他们给我安排了很多任务，我觉得很有趣。"对许多与卡罗琳同龄的女人来说，乐趣就是买漂亮衣服以及在酒吧调情。而卡罗琳则与众不同，查尔斯恰好就喜欢特立独行的人。

"你之前在哪里工作呢？"

"这艘船是从多哥驶过来的。我们在多哥待了四个月，又来这里待了几个月。我们从来不会闲着，因为每天早上，我们都会迎来一整车从市政医院诊所送过来的病人。那家诊所是'非洲恩典号'的附属诊所。"

卡罗琳给查尔斯讲了有关那家医院的情况：医院的走廊里挤满了折叠床，人们连夜排队去医院看病，但那只是白费力气，因为他们根本见不到医生。大多数冈瓦纳的医生早在战争期间就逃离了这个国家，去别处寻找安宁的绿洲了。现如今，即使战争早就结束了，冈瓦纳的医生资源也极其匮乏，因为从亚当斯敦当地一所医学院毕业的医生本就屈指可数，现在他们又纷纷出国深造，而且他们当中绝大多数再也不愿回来了。

整个城区就只有一台 X 光机器，而且时不时就会罢工。尽管手术室和外界有一层玻璃隔开，但是风和灰尘还是会吹进来，手术室里偶尔还会跳进一只猫。

"我们诊所所在的那家市政医院拿到了美国对外援助的所有款项，因为它是以你们美国一位前总统的名字命名的，就是最近几年的那些前总统中的一个。但我不知道那些款项都流到哪里去了，毕竟医院的设施还是那么老旧而且短缺。附近也有很多其他医院，但都是一些私人医院，哪怕没有受到经济援助，救援条件也比市政医院更好。但不管怎样，这艘船上的医疗条件还是比那些医院都要好一些的。病人到我们这里会得到妥善的治疗，船上有做手术的外科医生，拔牙的牙医，还有贴心周到的护士，她们能确保病人治疗过程顺利进行。我在这艘船上就是为大家打下手的，不管哪里有问题，我都会去帮忙。"卡罗琳拿着一块浸湿的纱布海绵为他清理刚刚缝合好的伤口，擦掉了周围的血迹和黄色的碘酒药液。"就目前来说，你就是我要解决的那个问题。"

"谢谢你为我做的这一切。介意我再问你一次吗？你之前在哪里工作？"

卡罗琳叹了口气，决定不再隐瞒："我在美国普林斯顿大学读了四年，主修政治学。我觉得我应该学到了一些知识，但我想学一些更有用的知识，我想去一些不同寻常的地方，做一些不一样的事情。因为我们家族的传统就是不走寻常路，这也就是我来这里的原因。"

"那你接下来打算做什么呢？"

"其实我一直有读医学院的打算。"

"继续深造，是吧？那你之前是怎么做到治病救人的？"

"我明白你的意思。我在这艘船上做的抢救生命的医疗工作可能比国内的大多数医生做的还多。但你得拿到一张执业医师资格证书才有资格……"

"即使没有那张纸，你也救了我的命。"查尔斯从担架上坐起身，轻微地扭动了一下肩膀，又痛得瑟缩了一下。"好吧，看来还是会疼上一阵子的，是吧？"肾上腺素的效力已经完全消失了，疼痛感又回来了。

"我去给你拿点止痛药片和悬带，好让你的胳膊舒服一些。你很快就会好起来的。"

说罢，卡罗琳就走向了一排钢制抽屉，查尔斯目不转睛地盯着她。她身形苗条，但不是那种营养不良的瘦，那种病态的瘦在骨感模特的身上很常见，她们瘦得就像吸食了海洛因一样。不论是旺盛的新陈代谢，或是自带的瘦人基因，还是肠道里的菌群，总有一个是卡罗琳保持身材的秘密。她手臂健美，没有厌食症患者特有的浓密汗毛。她总是一副冷静沉着的样子，走路自带一种轻松自如的优雅。

她蹲下身来，一个接一个地翻找着抽屉。她的手术服略微卷起，露出微微晒黑的肌肤，她后腰两侧各有一个迷人的腰窝，查尔斯简直拿不开眼睛。但是他觉得很尴尬，因为这就像非法侵入了卡罗琳的私人领地一般，所以虽然很不情愿，查尔斯还是移开了目光，好让卡罗琳不再"走光"，哪怕她现在忙得顾不上走光这件事。

她转身走过来，微笑着说道："终于找到了一条绷带，看。"她的蓝色眼睛神采奕奕，眉毛几乎是纯金色，与发色如出一辙，她的鼻子上点缀着颗颗雀斑，此刻的她就像一位天使。但是查尔斯不相信世界上有天使，他宁愿把她当成弗洛伦斯·南丁格尔再世。

她把绷带从查尔斯背后绕过，此刻他们二人的脸庞靠得很近。紧接着，她与查尔斯对视，她的双眼中满是好奇，但却没有任何挑衅或畏惧之情。她先是低头看了一下查尔斯的胳膊，又看了看自己的双手，似乎在思考下一步的动作。她先把绷带布条缠在他的胳膊肘下，双手伸到他的脖子后面把绷带布条绕过去，这个动作就像在同查尔斯共舞。她调整了绷带的尼龙搭扣，确保他的胳膊不会出现任何肌肉拉伤。她的鼻息令查尔斯深深着迷。话说，她摸他脖子的次数是不是过多了？

"你现在能把你和你那位朋友的名字告诉我了吗？"

"抱歉，我还是不能告诉你他的名字。"

"你不会根本不知道他的名字吧？"

"不，我知道，但是应该由他本人告诉你，我不能代劳。"

卡罗琳点点头，表示理解："但他的名字就那么重要吗？"

"我不知道，可能是吧。如果有人知道了他的名字，他可能会面临危险。"

"既然有人对他开枪，想必他一定有仇人。"

"确实是这样的，其实那个人本来是想把我们两个人都打死的。"

"所以你是为了躲开子弹才被树枝扎伤肩膀的吗？"

"其实是开枪的人把子弹打到了树上。"

"你是哪国人？你得罪什么人了吗？"

卡罗琳关切地看着他，那种眼神就跟母亲听到他独自以身涉险时的反应一模一样。

他没有马上回答，而是垂下双眸。他很想把真相告诉卡罗琳，他也相信她一定会守口如瓶。但这样做就会把赞德置于危险之地，他没有权利这么做。纠结片刻，查尔斯猛地抬起头，目不转睛地盯着卡罗琳的眼睛："我看到了我不该看到的东西。"

"你能告诉我是什么吗？"

"我不是很确定，但我可能猜到那是什么了。"

"你到底看见什么了？"

"一台机器，就在那片灌木丛里。一台价格可能高达 30 亿美元的机器。"

*　　　*　　　*

"30 亿美元？那个小子说的？"

"对，就是他。"卡罗琳拿起一片涂了花生酱的面包，咬了一小口。

104

虽然西非到处都种着花生，但花生酱却是美国生产的。除了"尼日利亚王子诈骗邮件"，似乎没有任何工业产品从西非这片土地生产出来。本地诈骗犯会在邮件中声称：如果一个人愿意提前支付几千元作为手续费，那么事成之后就会分给他高达数百万的酬劳。卡罗琳对面坐着一个矮矮胖胖的女人，也穿着手术服。她的脸虽然漂亮，却写满了阅尽千帆后沉淀的沧桑睿智，能看得出，她一定饱尝了生活的艰辛。她叫露易丝，比卡罗琳年长20岁。卡罗琳很喜欢她，因为她生性谨慎小心，对于阅历尚浅的卡罗琳来说，她是一个值得信赖的知己。露易丝是一个土生土长的波士顿女性，她们从小就有一种怀疑一切的态度，或许用"精明"一词形容她们更为恰当。

"我的公主啊，你倒是想想看，这个穷地方会有什么东西能值30亿美元啊？当然，咱们俩可都是值钱的宝贝。"露易丝多年养成了一种市井智慧，在谈到金钱的时候她都会压低声音。她用只有她们两个人能听到的声音对卡罗琳说道："恐怕整个冈瓦纳国库里都没有那么多钱吧？你是不是给他开多了止痛药啊？这个小子真是胡话满天飞。"

"我也不知道，毕竟他也没跟我透露太多，他连自己的名字都不告诉我。"

"他不会是犯事儿了吧？"

"犯了什么法？灌木丛法吗？"

"要知道，在冈瓦纳可是不能用枪的，就连军队里面也没有多少枪。但这小子的朋友却被枪射伤了。只有这里的特警队才有枪，说不定是他们在抓他？"

卡罗琳想了一会儿，然后说道："被警方通缉的人员也不一定都是罪犯，而且这里是非洲，他是罪犯的可能性就更小了。"

第八章 悬浮医院

"但我想不出别的可能性了。"露易丝又开始猜测，"也许他是个瘾君子？毕竟他是个年轻的美国人，而且还跑到西非到处乱逛。他来西非做什么，你知道吗，卡罗琳？"

"我也是一个来西非瞎逛的年轻人，只不过我是从欧洲来的，你说我在这里做什么？"卡罗琳不满于露易丝话里的偏见，顺势把话题引到自己身上。

"但愿不是来贩毒的。如果你是个毒贩子，你妈妈可就高兴不起来了。"

露易丝并不想以一种正义之士的姿态来谴责他们，毕竟这么多年以来，她也吸食了很多毒品，其中包括可卡因、海洛因和迷幻药。她曾向卡罗琳吐露心声，她说其实自己担心的不是吸毒违法这件事，而是毒品带来的无穷祸患。从她自身经历出发，她深知毒品会让人丧失理智，要么与当地警方发生冲突，要么同各式各样的泼皮无赖纠缠不清，无论哪种情况，都会让人进监狱。吸毒的人要么缺乏自制力，要么因为吸毒而失去自制力，而且吸毒通常会在毁掉自我的同时也击垮身边的亲朋好友。

卡罗琳其实明白，露易丝说这话的原因是出于对她的关心，毕竟露易丝也很喜欢她这个朋友。卡罗琳是家中最小的孩子，从小的娇生惯养养成了她些许飞扬跋扈的性格。虽然家人总希望卡罗琳至少可以在公共场合举止得体，但是她经常故意做一些出格的举动。有一次她因为举止过于引人注目而被小报记者记录了下来，多亏她母亲对该小报报商软硬兼施，才使她躲过一劫。这可能是卡罗琳父母没有反对她乘坐"非洲恩典号"的唯一原因了吧。因为在这艘船上很安全，没有人会盯着她，也没有人认识她。或许在母亲心目中，卡罗琳已经长成了大姑娘，可以独当一面了。

她对露易丝解释道："你误会了，他和我一样，都不是什么毒贩子。"

"我知道，可是他们怎么不会朝你开枪呢？"

"这不一样……"

"好吧，所以他要么是在逃避警察的追捕，要么是在躲避仇人的追杀，而且他不想让他在这里治疗的消息传出去。卡罗琳，要知道他是个危险人物，你可别跟他走得太近。"

卡罗琳的眼睛中闪过一丝失望："我知道。"

"我觉得他很快就会跟你说为什么会有人追杀他了。"露易丝说，"男孩子都守不住什么秘密的，尤其是那些让他们得意扬扬的事儿，他们才不会藏着掖着呢！"

"但我们要做的就是确保没有人知道他在这里。"卡罗琳神情坚决地对露易丝说道。

露易丝被她逗乐了，摇摇头笑着说道："卡罗琳，试想一个白人通过自由港的大门被拉到这里，他血流不止，意识全无，而且在这个全世界黑人最多的国家里，自由港可是重地。你觉得这件事儿当真不会传到别人的耳朵里吗？"

卡罗琳竟然忽略了这个显而易见的事实，一想到这里，她露出忧惧的神情，忙向露易丝求助道："我们得把这件事告诉船长，是吗？"

"嗯……我们是得告诉他，不，我说的是你，你得和船长谈谈这件事。"

第九章

萨拜娜——税务署的新职员

萨拜娜·海德尔坐在椅子上转着圈，这把老旧的黑色扶手椅发出嘎吱嘎吱的声音，税务署已经把包括它在内的上万件东西一齐买下了。手握大权的委员会主席或许把这份订购合同派给他的亲友们，抑或大笔一挥，赠予一位慷慨的捐助者——也是现任总统的捐赠人。自从古苏美尔政权建立以来，政府这种"暗度陈仓"的办事方式就逐渐定型并延续至今，但是找到政府愚弄百姓的证据并非她的职责所在，她的工作是摸查民众欺瞒政府的证据。

近日，一个对萨拜娜身份一无所知的小混混在酒吧里随口问了她一个问题：受害者会不会因为没把自己身上值钱的东西一五一十地告诉抢劫犯而被控犯有欺诈罪？明察秋毫的萨拜娜一眼就看穿眼前这个家伙其实是在含沙射影地指责税务署是个小偷。她面露职业式微笑，索要了他的名片，随后对他进行了审查。毕竟，谁不爱国，谁就要受到惩罚。税务署之所以存在，就是为了随时随地打击那些对政治和意识形态抱有敌意的人，好让他们有所收敛。既然可以不动声色地除掉他们，何必还要硬碰硬呢？

副总统曾提出一项旨在提高政府工作效率的提议，而且一直想利用这项他热衷的计划来提升自己的存在感。拜副总统的提议所赐，萨拜娜已经来税务署工作半年了。她曾是第一轮志愿者，实际上是部门间人事调动政策的第一位被调者。副总统好像突然对她产生了兴趣：每当人们嘲笑副总统的提高政府工作效率计划时，她会是一位很好的代言人……

在调任前，她在证交会工作。在那里可以见到很多有权有势的人，在税务署也可以如此，她会充分利用好这一年，将手里的资源转换成兜里的真金白银。

她在证交会工作时，遇到了一个善妒的女上司。上司不喜欢她，便借人事调动的由头把她推了出去——不愧是个彻底摆脱掉萨拜娜的好计策。萨拜娜已经完全适应了官僚的行事风格，像老练的机会主义者一样接受了这个任务，毕竟她的父亲就在税务署一把手身边。萨拜娜虽然在税务署做着一些鸡毛蒜皮的工作，但仍旧留有她在证交会工作时的那份傲气。那时的她表现出色，是众人效法的榜样，自然有趾高气扬的资本。她从不考虑问题的对错，她只关注结果，而且她会不惜一切代价实现自己的目的。很少会有税务署的员工承认，他们的目的是"拉拢"人们，他们对人民只有一味地索取，而不会为他们创造任何价值。虽然税务署的员工对这个"不光彩"的事实都心照不宣，也因此生出了提防之心，但萨拜娜还是非常清楚这项工作的性质，她坦然接受了这个职位，对那些不能正确认清自己工作性质的税务署员工嗤之以鼻。

税务署倾向于对人的性格进行划分：内向拘谨型，自命不凡型，还有总喜欢对别人大加批判型。她喜欢这样的环境，憎恨那些靠自己的努力发家致富掌握大权的人。这些人看起来愚钝不堪，因循守旧，气量小而自私。她觉得应该有世袭精英的存在，他们有教养有文化，这些人远

第九章　萨拜娜——税务署的新职员

比从事制造和贸易行业的商人高尚。也正因为如此，她非常喜欢书中欧洲的封建社会和印度的等级制度，财富和权力应该越来越多汇聚到对的人手中，萨拜娜很擅长成为这样的人。

在萨拜娜看来，权力来自关系，来自当权者，来自那些可以用来获得更多权力的人身上。她长得眉清目秀，而且摒弃了过去老套的道德标准，她在税务署处理任何事情都游刃有余。

任人唯亲的制度在这个系统里运行得很好，很快她也能运用自如，因为这种裙带关系会无休无止地扩张。比起做事，周围的一群人更擅长操控别人，她在这个环境里没有感到任何不适，反倒是很舒服。有的人把世界比作一个巨大的怪圈，每个人的存在都以牺牲他人为代价。但是萨拜娜知道，那些能在生活中胜出的一定是品质优秀、做事光明磊落的人，而小人却永远做不到这一点。

那些针对监管机构的陈腐言论甚嚣尘上，她却不予理会，而是对这个行业大加颂扬，因为得益于政府的慷慨，它一直在不断发展壮大。人们在书中学到如何申请免费现金，比起靠着满足他人需求赚钱，填一张政府申请表要容易得多。生物往往会寻求最便捷的生存之道，这是自然规律。美国政府不断往"食槽"里增添"粮食"，为美国公民谋生提供了最便捷的渠道。投票选举，除了能进一步增大"食槽"规模以外，起不到任何其他的作用。

很多团体、公司、机构从华盛顿不断扩大的权力中获利，凭什么她不能这样做呢？华盛顿像一块磁铁一样吸引了诸多金融巨头，他们源源不断的财富都来自财政部和美联储，同时华盛顿也吸引了那些贪心不足的人。财政部和美联储现行的规章制度控制了经济和生活的各个方面，而这群人想要从中尽可能多地获利。在这些国家机构中埋头苦干的

110

蠢蛋，分到得到的钱只是九牛一毛，大头的利益早已被华盛顿内部消化了，而这些尽职尽责的傻瓜到头来得到的表彰只是更繁重的任务。

显然在这套运作体系中，只有那些被选中的人才有机会掌握实权，这种主宰一切的权力也是对他们非凡能力的奖赏。该体系导致的间接后果具有滞后性，但无论这些后果多么严重，最终无非是关乎儿童以及国家未来发展的一系列问题。萨拜娜其实只关心自己的前途和发展，毕竟她可一点也不喜欢孩子，长大后的孩子依旧令她厌恶。

萨拜娜对这个体系的运作方式一清二楚，并且拥有将该体系运用自如的超能力。她只关心自己采取的策略是否得当，从来不在意是否合乎伦理道德。她所困惑的问题在于：她究竟是先追求凌驾于他人之上的地位和权力，再借此积累财富呢，还是先把主要精力放在敛财上，再扩大权力、提升地位呢？

她被派去"笼络"的都是一些无足轻重的小人物。在税务署任职期间，她百无聊赖，得不到尊重，这完全是对她常青藤毕业生名声的一种践踏。同事们皆是无所事事的庸俗之辈，他们可以很容易满足。税务署的工作可靠有保障，还能享受丰厚的福利待遇，他们衣食无忧地一直干到退休。萨拜娜对此疑惑不解：难道这些人的助学贷款在他们毕业之后变成了一份社会合约吗？这份合约能保障他们毕业之后就能进入体面高薪的职位任职吗？她在社会公正和性别研究方面的专业知识能让她获得更多的权力吗？当初她第一次找工作的时候，如果没有父亲的帮忙，她可能连税务署都进不去。估计她会去当一名服务员，然后暗地里从事卖淫活动，或者跟很多老同学一样，待在母亲的公寓里打游戏，靠"啃老"为生。

她又不是公主，因此在这个世界上想要获得任何东西都要凭借自己的努力。

在证交会工作时，她的目标是那几十位有钱人，毕竟这群人经营着数百万美元的生意。而在税务署，她的目标群体是那些数以百万计的贫民——人均资产只有几十美元，但是在税务署工作能享受到一些其他好处。

税务署上万名员工主要是做一些整理和计算工作，但有些人的任务是实施税法。税务署的收入固然重要，但是税法也能改变社会，强迫人们做出社会期待的行为。《美国法典》里几千条法律都是自相矛盾的，联邦调查局的人可以选择性地实施，以至于可以做到给任何人扣上过失犯罪的帽子。但是在给不可靠的团体和个人施加政治压力上，税务署甚至比联邦调查局做得好，因为人人几乎都要纳税。税务署不仅可以在他们自己的行政法庭上审判你，还可以判定你一直有罪直到被证明无罪为止。税务署在环城公路生态系统中发挥重要作用，即使萨拜娜每天为手头的琐事苦恼，但她能看到税务署的价值和可以为己所用的地方。

她摇了摇头，低头看了一眼散落在地上和桌子几千张几乎一模一样的虚假纳税申报表。过去人们拒绝向政府交税，因此不会上交申报表。现在他们开始得寸进尺，成千上万人转而拿着申报表要求政府退还他们根本没缴纳的税款。税务署每年收到两亿份申报表，不管申请人是否真实存在，提交申报表和收到"退款"支票都轻而易举。这样做会存在很多不确定性因素，但在过去，只要足够谨慎小心是不会被发现的。

但是地上的这些申报表看上去别无二致，这是为了方便大规模填写的结果。尽管使用虚拟创建的身份申请也同样有效，这些申请具有一种共同点，即使用盗窃来的社会保障号码，在真正的申报者提交至税务署计算机系统之前提前申报。所有申报人都有相似的收入情况和免税额——他们收入低，人口多，房贷沉重，还有两个孩子在读大学。

把所有的免税额度加在一起，这些申报者无论是否真实存在，发出者都能收到五千或一万美元的退款，有时候甚至更多。她翻了个白眼，心想写税码和负责执行的同事真是无能至极。设计代码是为了利用政府的慷慨操纵选民，现在这些团体却倒打一耙，大规模提交伪造的纳税申报表，政府成了他们收入的来源。

面对犯罪团伙和自由职业者不断完美的虚报计划，税务署的员工甚至都没办法向邮政信箱发一份措辞严厉的通知，相反只会寄去一张支票。为了抓住这些临时聘任人员里的骗子，他们已经花费数百万美元了，但最终一无所获，被抓的只有那些粗心大意的外行。但是往好的方面想，税务署急需人手，不管临时聘任还是终身任职都能增加国家就业人数，因此证明总统的工作计划成效显著，他的权力基础也进一步得到巩固。税务署的员工增多会直接提高监管者的地位和工资等级。税务署需要以这样的理由做借口，以此向国会申请更多工作人员。

她不再去看地上成堆的申报表，回到电脑旁处理另一起罪名不严重、违反任意性规则的案子，作案者都是一群小人物。她今天的首要任务是批准数百份通知，之后税务署会将这些通知发送到各个小企业，要求他们立刻补缴税款，否则将没收其财产。

其中有些人收到通知就开始大喊大叫，打电话和税务署的员工争论不休，这完全没有任何意义。不管是税务署还是负责管理国内电话银行千篇一律的官僚，虽然多达上千人，但他们没有一个人关心纳税人是卖了房子还是生意倒闭了。当然多数打来电话的人都表现出恳求的态度，他们像被鞭打的奴隶般前来诉苦，白费力气地向没有任何权力的员工诉说自己的请求。事后这些人鼓起勇气开始发脾气，在酒吧喝酒时计划实施报复或者发动革命。最后几乎所有人都一分不少地补缴了税款，外加

113

大量的罚款和高于市场的利率。他们万般沮丧，可能会在寄往税务署支票的信封外倒着贴上一张邮票。邮票上有一面美国国旗，还写着"自由"两个字。如果官僚机构会自娱自乐，税务署一定会对这些小人物可怜的抗议嗤之以鼻。

一些抗议者和一些在监狱中自学成才的法律行家认为，在没有法院命令的情况下，税务署在法律上没有权力强迫他们做任何事。但他们生活在一个法治的理想世界，只需内部出具行政传票，税务署便可以依法征税或没收金融账户。有人抱怨税务署未经合法程序便扣押财产是有违宪法规定的；还有人称纳税申报表违反了美国宪法修正案第五条的规定——不得迫使当事人做不利于自己的证词；有人说使所得税合法化的第十六条宪法修正案从未得到正式批准；也有人提出所得税也是非法的，因为依照宪法规定，征税对象只能是美元，但是美联储的纸币不是真正的美元；还有人认为，只应该对增值部分而不应该对劳动收入纳税。纳税的问题引发激烈的讨论，一时间流言四起，众说纷纭。税务署也因此将这些质疑纳税的人列为税务抗议者、逃税者以及国家潜在的敌人，并保证即使不让他们坐牢也会对他们给予特别关注，他们的抗议并不能阻止税务署没收他们银行账户的资产。

只有一心寻死的傻瓜才会和税务署直接正面对抗，尤其是他们古怪的观点还建立在一部早已老掉牙的宪法基础上。

萨拜娜叹了口气，拨通了她父亲的电话，她父亲在税务署干了一辈子，现在身居高位。她没有随父姓，因此不会有人知道她与这个位高权重的男人是父女关系。

他的行政助手接通了电话，"您好，里奇博士办公室。"

"我是萨拜娜·海德尔，请问里奇博士在吗？"萨拜娜的父亲获得了社会公正专业的博士学位，但他既没有上过课也没有写过论文。他能顺利毕业完全得益于这所大学校长的帮助，而这所大学需要大量的资金支持。于是，在校长帮助里奇从这所著名大学毕业的同时，税务署也暗地里取消了对某个逃税人的调查以及存在可能性的起诉，这所大学也因此得到了那笔资金。这件事就发生在里奇担任服务与执法副局长前不久，而正是博士学位带来的声誉帮他走到今天这个位置。

服务和执法部门在纳税中发挥了极大的作用，它能给抗税人当头一棒。这种奥威尔式的扭曲，让人联想到爱变成了恨，战争变成了和平，纳税人变成了"顾客"。该部门假装成一家提供服务的企业，尽管它的名字里有"服务"二字，但它却只负责执法。

尽管从理论上讲纳税是自愿的，但是在武力的威胁下多数人都会乖乖交税。该部门名字里的"服务"二字给人提供了心理慰藉，在一些人看来这是必要的。拿枪指着上亿民众，要求他们将绝大部分收入上交国家的行为是愚蠢的，但是如果纳税人自觉将纳税作为一项义务，把它当成天经地义的事情呢？如果他们将纳税视为公正而又不可避免的义务，并且把它作为毕生事业的话，这样一来纳税人与政府就建立了稳定的合作关系。如果小象试图挣脱束缚自己的缰绳，就会受到惩罚；而大象成年以后，便再也不尝试挣脱绳索。于是，本可轻易挣脱的绳子却成了它们终身的枷锁。

但是为了督促那些不愿纳税的蠢驴及时缴税，用木棍敲打其脑袋会增添他们的恐惧，而这种恐惧会一直束缚他们的行为使他们不敢逾矩。萨拜娜的父亲在近期很多晚宴上发表的即兴演讲都阐明了这个道理；同时，他也通过控制萨拜娜的母亲暗地里将其付诸实践，虽然他没跟她结婚，但还是完全掌控了她。萨拜娜的父亲是一个纤瘦温柔的矮个子男人，但内心却无所畏惧，这种内外的反差甚是奇怪。他的脑子里似乎就没有恐惧的神经。他既没有同情心，也从未有过羞耻心，他有着爬行动物般愚钝的大脑，但是萨拜娜的母亲依旧无比崇拜他。

"海德尔女士，我很高兴把您安排到他的日程里，"他的秘书说道，"您很着急吗？"她知道副局长在努力为迷人的萨拜娜·海德尔腾出时间，她怀疑他这么做是因为贪恋美色，但她却猜错了。

"是的，很着急。"事实上这件事并非要紧之事，但萨拜娜希望所有人都应该以最快的速度回应她。

"今天下午四点，他有 15 分钟的空闲时间，您看可以吗？"

"好的，足够了，谢谢你。"

她有看不完的信件，批准不完的通知，都是些苦差事，她已经受够了。等到四点的时候，她将向上级申请晋升，极力要求换一份工作。她将申请做一名外勤特工，尽管对她这个级别的人来说从事这个工作不太常见，但是她会向外勤特工局局长提交 8354 申请表，要求其批准和资助一项秘密行动，这样一来她很可能得到这个职务，特别是如果她父亲也坚决支持的话，机会将更大。秘密的外勤特工或许会带着枪，想想都觉得刺激。如果父亲不同意的话，她就朝他发脾气，这一招屡试不爽。

萨拜娜把她那头接近白金色的金发捋到耳后，继续工作。电脑桌面上接连不断地弹出写给纳税人的信件，上面无一例外都是"要求即刻付款"的字样。她甚至都没有仔细查看就开始机械性地单击"同意"按钮。即使出现对纳税人的误判又能怎么样？但是如果逐字细读每封信件，你就会发现没有人是完全清白的。

审查信件只是在浪费她宝贵的时间，因此她只管点击"同意"按钮，根本不看信的内容。

第十章

一位维京神父

船长安德斯·弗雷伯格蓄着灰色的胡子，叼着根烟斗，穿着白色棉布短袖制服，头戴一顶黑色丹麦帽——宛若从久远的航海时期穿越而来的船长。他身材高大，魁梧挺拔，两侧肩章上各有四根金色横纹。像他这样的经典造型可能会出现在烟草或男士须后乳的广告上。若是他代言女性商品，无疑会产生同样卓越的宣传效果。

然而，弗雷伯格船长从未孤芳自赏过，因为在他看来，相貌不能决定他的身份。不论指挥哪一艘船，他都是位称职负责的船长。或许性格有些过于严肃，但他的能力毋庸置疑。他任职"非洲恩典号"的船长也不过一年，而且这艘船大部分时间都停泊在港口，所以船上的时光变得愈发枯燥。但在这次非洲探险之旅中，一位重要人物把一件特别珍贵的货物托付给了弗雷伯格船长。

船只驶入非洲之后，依旧像先前一样长时间停靠在港口的码头上，但对弗雷伯格船长来说，这次非洲之行是一种前所未有的全新体验。他以前每天都要为停靠在码头上的船舶支付高昂的费用，这对于靠净利润分红的船长来说简直是一种灭顶之灾。但这里的港口为当地政府所有，

117

政府向他们承诺，只要他们愿意留下来为当地穷困潦倒的人提供医疗服务，"非洲恩典号"就可以一直免费停靠。不过，若是当地港口管理局需要预留空位安置付费商船，"非洲恩典号"就得为它们腾出位置。相较先前在骇浪风雨中航行的生死挑战，弗雷伯格船长现在面临的挑战可谓黯然失色：在这段泊于港口的漫长时光里，船上没有货物需要装卸，他便得闲去船上的藏书室阅读浩如烟海的书籍。图书室的藏书里有大量的古代典籍，却鲜有当下的畅销书籍。虽然在过去的两千五百年间，人们已经充分掌握了物质世界的运行机制，但人类思维的运行体系却鲜为人知。虽然古人没有现代人使用的先进工具，但在另一方面，他们也可以在没有现代技术的各种干扰下专心思考现实。自古泊今，人类的物质生活质量得到了极大的提升，但人们的精神境界和心理状态以及政治体系却依旧停滞不前。

"非洲恩典号"船舱外面的冈瓦纳大陆便是思想政治滞后发展的真实写照，虽然偶有先进理念萌生于此，但那也只是个例。

同非洲大多数殖民地一样，冈瓦纳在 20 世纪 60 年代就争取到了独立，它坚信民主政治将成为国家繁荣与民族自由的保障。经过民主选举，冈瓦纳迎来了第一位终身总统——邦戈·布法勒，他是"一人一次一票"原则的忠实信徒。后来，布法勒总统被一位雷厉风行的领导人所取代，这位将"一枪毙命"作为人生格言的新任总统带领着冈瓦纳国内十几个相互敌对的部落走上了"冈瓦纳社会平等与繁荣之路"。然而，他本人的部落如日中天，其他部落的发展情况却不容乐观，而在此后的十年间，他的部落逐渐演变成了一个日益专制的独裁政权，这是一种必然的发展趋势。也许只有那种拥有强大凝聚力的领导者才能让这个国家免于分崩离析的命运。同非洲大陆上的所有国家一样，冈瓦纳处于多个

投机者

欧洲国家的共同掌控之下，国家政权极为分散，其文化边界和部落边界都被忽略了。然而，不论冈瓦纳政府受制于何人，都难逃被当作"私人储钱罐"的命运。

当冈瓦纳的新总统正在欧洲挥霍钱财时，一些陆军上校看到了契机，他们趁机在冈瓦纳组建了新政府。后来，虽然他们一致同意处决上届总统的余党及其亲信，但却在战利品的和平分配上难以达成共识。于是，这群陆军上校分成了三派，调遣各自的人马进行决战。这次决战血流成河，堪称冈瓦纳首都有史以来经历的第一次大屠杀。取得胜利的陆军上校在海滩上把战败方的两位统领钉死在十字架上，而出于个人恩怨，其中一个统领的死状极其惨烈——这是胜者对反对派残余势力的一个明确的警告。

新政权建立之后，这位新晋总统打算按部就班地实现自己的各项要务。他召集自己的拥趸新建了一个秘密警队，他们要去清算大笔的旧账。然而造化弄人，新总统本人没料到自己正是要被清算的旧账之一。那些忠实的追随者们给他投了毒，他的死状极为痛苦。随后内战爆发，持续数年，新上任的终身总统接管了冈瓦纳。内战期间，尽管地区维和部队的介入使交战部落暂时停火，但是维和部队却利用他们非本地管辖的外籍身份奸淫抢掠，无恶不作。于是此地成为自由开火区，轻武器、火箭筒、迫击炮和轻炮轮番上阵，亚当斯敦的每一幢建筑都千疮百孔。几乎所有的基础设施都兴建于殖民时期，战火频仍的局势不仅使其饱受重创，而且也严重阻碍了它们的重建。为了搜刮大坝中的铜材，战争中的劫掠者将当地的水电大坝"开膛破肚"，于是发电的重担落在了私人小型气动发电机身上。排污系统失灵，弥漫着瘴气的污水从满溢的化粪池中漫出，顺着斜坡流进河水。积蓄的雨水和井水中含有大量的伤寒杆

第十章 一位维京神父

菌，老旧的柏油路又变回了灌木丛。

后来，随着联合国的介入，在冈瓦纳构建新式"罗马和平"（Pax Romana）的规划被提上日程。其实，联合国更像是一个会费不菲的俱乐部，只有那些野心勃勃的政要才能在里面大施拳脚。即便如此，联合国的光环依旧不减分毫：不论是通过鸡尾酒会化干戈为玉帛，还是帮助战败国重整旗鼓，联合国的威信与道德形象深入人心。联合国花了数年时间确保冈瓦纳人都把武器秘密地埋到了地下，因为这些武器一经发现，就难逃被没收的命运。自此以后，当冈瓦纳再次深陷内战，交战双方手中除了常见的大砍刀，几乎没有其他的作战武器。于是，冈瓦纳人开始自发重建国内的基础设施，商业贸易又逐渐复苏。一些东方商人又开始从冈瓦纳政府官员手中购入采矿权、伐木权和捕鱼权，只有部分钱款流入老百姓手中。美国在冈瓦纳投入数亿美元协助其组建新的官僚机构。此外，免费供应的食品压低了农产品价格，导致农民破产，迫使他们来到城市靠乞讨度日，农业因此变得很不景气。

尽管国家并不太平，但是冈瓦纳人至少在表面上看起来快乐又平和。时断时续的战争持续数十年，其间暴行肆虐、犯罪猖獗、治理不当的问题突出。或许你会认为这一切都会在冈瓦纳国民心中埋下根深蒂固的邪念，使他们养成诸多恶习，但人类是一种适应力极强的生物，他们也不例外。或许他们仍旧在为自己祸不单行的人生错愕不安，无暇滋生邪念，因为对这片大陆上的人来说，说不定何时就要迎来种族灭绝的惨剧，所以自怨自艾毫无意义。

不同于那些开着越野车横行于冈瓦纳的联合国官员以及非政府组织成员的观点，冈瓦纳之所以出现失衡的局面，并非因为政府的缺位。恰恰相反，各利益方为争夺政府控制权而展开的残酷竞争才是导致失衡局面的罪魁祸首。一旦胜利方攫取政府实权，随之而来的就是新政府对民众的残酷剥削……

弗雷伯格船长将思绪从沉思中抽离出来，回到了现实世界。值班警官告诉他，一辆吉普车于昨晚紧急抵达"非洲恩典号"，车上的两个人都受了枪伤。

根据首席医务官的晨间报告显示，那位姓名、国籍和职业均不详的年长病人已濒临死亡。医生必须对他进行开颅手术，从其大脑表面导出淤积的血液，使他进入诱导昏迷（induced coma）的状态，以防他出现抽搐或发烧症状，不论哪一种症状都会给他带来灭顶之灾。待他头部伤情稳定之后，医生计划于当日晚些时候再为他缝合一处弹伤。虽然伤员的伤势很重，但如果手术过程顺利而且没有引发感染的话，这两个伤员都会很快康复。

弗雷伯格船长呷了一口星巴克的拿铁，这家总部位于西雅图的咖啡企业为了促进产品的国际营销，在"非洲恩典号"上捐赠了一家咖啡店。高雅的欧洲人通常不会想在早餐过后来上一杯美国咖啡，何况船上这家星巴克咖啡的原料是罗布斯塔咖啡豆，这种廉价的咖啡与牛奶勾兑到一起，让人顿觉索然无味。虽然咖啡无法激起他的食欲，但却能让船上的美国志愿者们品尝到家乡的风味。他们当中有些志愿者甚至从"非洲恩典号"进港之后就再也没有下过船，因为他们听了很多关于流动童子军和血腥屠杀的恐怖故事，这在非洲丛林战争中屡见不鲜。虽然只是一些过去的传说，但志愿者们仍旧心有余悸，生怕自己下船之后遭遇什么不测。

"非洲恩典号"船身高度略低于 500 英尺，既不似他想象中那么大，也不像他想得那样新，甚至连游艇都算不上，但其舒适度却远超他之前乘过的所有游轮。几十年前，孩提时代的弗雷伯格就在丹麦乘过这艘"非洲恩典号"，但他当时的感受与现在截然不同。那时的它还是一艘货运船——货舱里载着火车车厢，在水面上往来穿梭。很久之后，它才变成了现如今的悬浮医院。

弗雷伯格伫立于右侧船舷的舰桥翼上，俯瞰着码头处往来的船只，他不知道何时会接到港口管理局的指令，命令他将"非洲恩典号"驶至海湾别处抛锚停泊，以便让来自东方国家的集装箱货运船在码头停泊。毕竟，受惠于政府的船只可没有挑三拣四的资格。

"安德斯船长？"一个柔和的声音从船尾下方传来。安德斯是他受洗时的教名，船上的医护志愿者可以在私下里这样称呼他。他转过身，朝下面的甲板处望去，视线定格在那个年轻女子的身上——她是他在这艘船上最想保护的人。

"下午好，卡罗琳，你今天感觉怎么样？"弗雷伯格船长热情地同她打招呼。

"我能同您说几句话吗？"卡罗琳面带微笑地看着他，脸上满是期待。在夕阳的微光里，她的双眸熠熠生辉。

"上来吧。"

于是她很快便出现在舰桥翼上。

"船长先生，我可以跟您单独聊聊吗？"弗雷伯格答应了她的请求，带着她来到远离码头的左侧船舷处。他们通过桥翼的时候，他顺便合上了船舶通风口的大门。

此刻他们身边没有会说多国语言的船员，他便用丹麦语问道："怎么了，卡罗琳？"

人们通常认为船长在所有事务上都拥有过人的智慧，他对此也已经习以为常，人们需要一位听告解的神父。10个月之前，卡罗琳作为一名医护志愿者来到这艘船上，目前船上总共有442名志愿者，而卡罗琳又是所有人中最安分、最体贴，也是最有自信的年轻人。她是整艘船上最不会给别人添麻烦的人，所以她通常会对自己遇到的难处轻描淡写，正因为她这种隐忍的性格，所以弗雷伯格才觉得她一定是遇到了什么棘手的事情，才会在此刻显得如此手足无措。

卡罗琳犹豫了一会儿，然后用一种急促不安的语气说道："昨晚有人需要急救——上了我们的船。您知道吗？"

"我当然知道，一大早就有人跟我汇报了这件事。"

"我跟那位年轻人接触了一段时间，您知道的，就是那个把他受伤的朋友从灌木丛里拖出来的男人。"

"啊……是吗？"听她这样说，弗雷伯格有些惊讶。

在夕阳的映照下，她涨红了脸，害羞的模样宛若一位青涩的女学生："我是说……我帮他清理了伤口，因为他的肩膀受伤了。"

"但我听说这两位先生的姓名尚无人知，你知道他们叫什么名字吗？"

"抱歉，先生，他不愿意告诉我。"

"你觉得他们为什么不愿意透露自己的姓名呢？"

"我也不清楚，但我总有种不安的感觉，您觉得呢？不论是他们身上的枪伤还是他们刻意隐瞒的秘密，这所有的一切都像个谜。而且似乎还牵扯到巨额的金钱，据说有几十亿。"

"这的确有些蹊跷。你是怎么想的呢？你觉得那个年轻人怎么样？凭直觉来看，你觉得他是好人还是坏人？"在这件事上，弗雷伯格觉得

第十章 一位维京神父

他不应该相信一个年轻女孩的直觉，不谙世事的她很可能会被一个坏男孩迷得神魂颠倒，理智全无。所以，出于责任，他必须尽快与这位年轻人见面，这不仅是他作为船长的职责所在，也是他捍卫卡罗琳安全的责任所在。

他话音刚落，卡罗琳就对他粲然一笑。她神情明媚，但话语中却透着清醒："我不知道，先生，我对他一无所知。"

弗雷伯格又捋了捋胡须，若有所思道："有些事情不该我们插手。救死扶伤是我们的职责，对我们来说，他们只是需要救治的病人。"

女孩腼腆地笑了起来："您说的对。"

"如果你跟他再见面，务必要留心，尽可能多了解他。非洲到处都是像他这样的人，他们要么是来这里自找麻烦，要么是为了躲避在别处遇到的麻烦。总是，来这里的人都不是什么循规蹈矩之辈。卡罗琳，他们不是你之前接触过的那些普通男人，不论是他们的意图和动机，还是他们的背景，都复杂得很，你得保护好自己。"出于对卡罗琳的关切，弗雷伯格决定密切注意那个年轻人的一举一动。

"但我今晚要和他共进晚餐。"她又笑了，不知为何，她此刻的笑容更为羞涩。她终于在这件事上对弗雷伯格船长卸下了心防。

这个女孩一直就很招人喜爱，弗雷伯格对她有一种保护欲，就好像她是自己的女儿一般。"既然如此，今晚我想请你和这位隐姓埋名的年轻人同我一起共进晚餐。"

"乐意之至。"卡罗琳看上去很是开心，几乎要向他行礼致谢。

"对了，卡罗琳，你先别走，容我再多说一句。你今天跟我说的这一切，我一定会密切关注，还有你担心的那些事情，我也一定会重视起来，别担心，我会谨慎处理的。"

如他所言，弗雷伯格船长对此事非常重视，他迅速召集船上的安保人员和警卫队长，召开了一场紧急会议。是时候重启尘封已久的安保程序了。

第十一章

贴近真相的揣测

除了白天去探望过几次昏迷不醒的赞德，其余时间里，查尔斯都待在船上的藏书室里。那是一个潮湿的房间，里面陈列着数千本已被翻得卷边的平装书。他坐在一把陈旧的扶手椅上，眺望着海面，回想起在TJ的启发下，他与赞德在开怀畅饮时推想出来的新理论，想据此来破解 B-F 公司的尘封秘事。

查尔斯和赞德在探访秘密实验室的途中惨遭枪击，B-F 公司的过激反应反而进一步印证了他们的猜测：这次勘矿之旅很可能是个骗局。但是否存在这样一种可能：B-F 安保人员只是想要捍卫公司财产不受侵犯？正是为了排除这种可能性，查尔斯才决定开诚布公地前往那个实验室，名正言顺地敲响那扇门。然而，为何查尔斯明明无意冒犯，但 B-F 实验室的人却如临大敌，以致迅速采取了暴力防御手段？

查尔斯开始用一种全新的挑剔眼光重新审视 B-F 公司的股价、官方公告以及股票分析师和媒体发表的相关评论。

他发现，评论界通常把"资源"（resource）和"资源储量"（reserves）混为一谈。虽然两者之间存在显著差别，但却经常被人忽视。尤其是当有人想要把幻想变为现实，他们就更加倾向于自欺欺人地混淆两者界限。事实上，任何区域的矿藏都属于"资源"的一部分，哪怕"资源"已然深入木星地心，只要确保资金的无限量供应，从理论上来说，这些资源就能被开采出来。然而，只有那些在实际操作中可以开采的矿藏才能算得上"资源储量"。最重要的是，它们必须要为人类带来收益。

初级矿业公司和卖方经纪人只想吸引更广泛的投资群体、吸收投资本金，因此他们缺乏厘清这两个术语的动力。没有媒体对这两个术语做出明确的区分，一方面是因为一旦挑明二者差异，新闻报道的猎奇性和娱乐性就会大缩水；另一方面是因为大众对二者在经济学上的严格区分一无所知，而媒体自身对于经济学也一直处于一种浑然无知的状态。

当然，大众媒体记者都是一群头脑简单、极易上钩的人，他们当中的绝大多数人既不懂科学也不懂经济学。或许那些掌握经济学知识的地质学家会对此持怀疑态度，但是他们缺乏质疑纳米金的勇气和动机。每当新的科学理论问世，人们不论支持与否，都要承担相应的风险。当然，这个新理论既可能是下一个冷聚变理论（cold fusion），只存在于假设之中；也可能成为下一个弦理论（string theory），难逃被推翻的命运。

公众有时会被那些富有魅力的人物蒙蔽双眼，他们用最自信的语调说着最荒诞不经的胡话，但公众依旧对其趋之若鹜，莫里斯舅舅乐于向查尔斯普及此类轶事。有时候，靠着一个迷人的微笑和一双锃光瓦亮的皮鞋就能将选票和金钱尽收囊中。这是一种愤世嫉俗的观点，但愤世嫉俗与现实主义几乎别无二致，从公众心理的角度来看更是如此。投资者和选民一样，往往会被反社会人士吸引，而这些反社会人士往往极具个人魅力，深陷自我陶醉却仍能大言不惭，他们擅于颠倒黑白，能将最恶毒的谎言伪饰成最可口的蜜饯。最迷人的男性往往也是最危险的生物：在商业领域，他们可以敛聚金融资本，挥霍资本的速度比火箭燃料燃烧的速度还要快；在政治领域，他们可以蛊惑人心，悉数榨取人力资本，然后将它们挥霍一空。在过去的几十年间，德国的希特勒是这类极端人士的最好例证；然而纵观整个历史，这些尤擅用模糊话术煽动民心之人比比皆是：他们向民众许下誓言，宣称将力挽狂澜，从而赢得民心，但他们却无须为这种空头支票付出代价。莫里斯舅舅很久以前就教导过他，那些最渴望权力的人往往最不值得信任。而在非洲，这样的人更是数不胜数。

是时候联系一下莫里斯舅舅了。

恐怕没有人会相信莫里斯·坦普尔顿和查尔斯是共享四分之一血脉的亲舅甥关系。莫里斯是个身材高大的男人，虽已年近 35 岁，但体重依旧只增不减。他虽然没有旷野恐惧症，但却是个十足的宅男，他喜欢待在家里，躺在沙发和床上。披萨、中餐、泰国菜、薯片、啤酒和苏格兰威士忌等所有富含卡路里的食物都是他的心头好。不论是周一至周六的每日四餐还是周日的一日五餐，他都点外卖吃，从不自己下厨。莫里斯的豪宅坐落于曼哈顿上西区，他向维修工预付了丰厚的小费，让他们每天心甘情愿地从地下室爬至 11 层楼，趁着"蟑螂巡逻兵"发现残羹冷炙之前，就早早地替莫里斯把那些巨大的垃圾袋从他那宽敞的家中清运出去。正因如此，莫里斯的公寓虽然杂乱无章，但却没有藏污纳垢。

不良的生活方式使莫里斯患上了严重的阻塞性睡眠呼吸暂停综合征。他每次只能睡几分钟，而且十分嗜睡，有时甚至会在通话过程中开始打鼾。虽然莫里斯这个缺陷不可避免，但他的智慧和专注力完全可以弥补这种不足。此刻，莫里斯已经完全清醒了，于是对着查尔斯开启了他的长篇大论。

"我亲爱的孩子，你可要留心，和你打交道的那家公司正打着圆梦的幌子利用你的梦想套走你的钱财。要知道，这个行业里面尽是一些这样的地质学家，他们搬出那套似是而非的科学理论和东拼西凑的数据去贫矿荒地上勘探矿藏，这些土地为矿业公司所有，而在大多数情况下，这一切的幕后推手都是那些矿业公司的出资人。除非他们自己亲口承认，否则你根本不知道他们在撒谎。"

听到舅舅的这番话，查尔斯脸上露出了微笑，他知道自己的舅舅是个嘴硬心软的人，他坚信，无论如何舅舅都会支持他的决定。于是，他揶揄道："当初我第一次买入 B-F 公司股票的时候，你就是这么跟我说的；在我来非洲之前，你又说了一次，莫里斯舅舅啊，这已经是你第三次跟我讲同样的话了。"

电话那头的莫里斯一时陷入了尴尬的沉默。

"哦，是吗？那好吧，不过，多重复几次总是有用的，要不然你怎么能把我的话放在心上呢？"

"你那里有什么新消息吗，莫里斯舅舅？"查尔斯觉得莫里斯舅舅有一种神奇的魔力——他总有办法从别人那里打探到最新的消息。

莫里斯低沉的声音从电话那头传来："B-F 公司已经和伯克国际矿业公司签署了一项协议，你在 B-F 公司的那群朋友不仅能从伯克公司拿到一大笔现金，还能拿到数量可观的提成，当然他们还能拿到其他的对价。不过，这个消息藏不了多久的，很快就会被爆出来。"

之前的猜测得到了印证，查尔斯如释重负地说道："好吧，所以伯克公司是获胜的买家。我们之前就一直猜测 B-F 公司肯定快要敲定协议了，所以他们才不愿意在我们身上浪费时间。当然，这只是我们的推论之一，但果然没猜错。"

"等等，你刚才说'我们'？除了你以外还有谁？"

"是我在非洲新交的朋友。"查尔斯并不想跟莫里斯透露太多。

"是吗？你可得当心新朋友啊，查尔斯。在非洲这种地方交的朋友，更得多多留心，说不定什么时候他们就在背后捅你一刀。"

"他现在都这副模样了，估计是没机会捅我了。"

"这话是什么意思？"莫里斯语速放缓，听起来很是无精打采。

查尔斯开始同莫里斯讲述他近日在非洲的冒险经历，当提到那阵枪林弹雨时，电话听筒里传来了一声长长的鼾声。

"莫里斯舅舅，你还在听吗？你是不是睡着了？"

电话那头无人应答，响亮的鼾声再次传来，最后他甚至陷入了一阵呼吸暂停。莫里斯最恼人之处莫过于此，他的交际圈子也因此小得可怜，几乎没有人愿意跟他这样的人做朋友——谈话还未结束，他就昏睡过去了。把他比作一台经常停电的超级计算机再合适不过了。

"什么？什么？什么？你是谁？"大梦方醒的莫里斯对着电话那端一通质问。

"是我，查尔斯。你听见我刚才说什么了吗？"

"当然……没有……一个字也没听到。查尔斯，现在已经是上午十点了，刚才是我的小憩时间。"莫里斯揶揄道，重获清醒的他又切换到了一本正经的状态，"等着瞧吧，明天的股价会涨得更快。所有人都指望着伯克公司用他们自己的钻探机再次确认矿体。我曾经跟伯克公司的一个朋友交流过，他们公司的发展速度比我以往见到的任何一家公司都要快。伯克公司行事效率极高，火速聘请加拿大和多哥两地的地质专家赶往冈瓦纳，合同上的字迹还没干，他们就把机票和船票订好了。再过几周，伯克公司就会专门派人前往班加西奥奎尔村，开凿新的岩洞，然后重复 B-F 公司的测验流程，自行化验新凿的岩芯。"

"恐怕伯克公司要失望而归了。"查尔斯若有所思道。

"如果伯克公司瞧不上那里的矿藏，那么市场也不会接纳它们。"莫里斯陷入了沉默，或许是在消化胃中的食物，也可能是在消化查尔斯刚刚说的这句话，"所以你是不是知道些什么，我的孩子？一些我不知道的内幕？"而后他又停顿了片刻，追问道，"你是不是觉得 B-F 公司有问题？"

查尔斯缓缓说道："我也不知道，但我已经开始觉得它不对劲了。"

"我不喜欢照搬市场上的老套理论，但一旦获利就不会破产的说法还是有一定道理的。尤其是你这只股票的收益率，是多少来着？原来的一百倍吗？"

"也许过不了多久，我就要把这只股票做空了，莫里斯舅舅。"

莫里斯并不赞同查尔斯的说法："这只股票的价格曲线沿着抛物线形走势不断上涨，没有人会愿意在这时候把 B-F 股票做空的。为了弥补前期做空，投资者会继续买入更多的 B-F 股票，股价会越来越高。那些拥有经纪账户的投资人往往都很贪心，他们想赚更多的钱，所以他们会试图买入更多的 B-F 股票。"

"但没有一个人到这里实地考察！他们对我们在非洲看到的一切毫不知情，对我们怀疑的一切都深信不疑。除非伯克公司派一批全新的地质专家到冈瓦纳重新考察，否则他们会永远蒙在鼓里。我觉得我们已经知道了一些不为人知的秘密……"

"嗯……你或许还记得戈登·盖柯在担任那个职位的时候发生了什么吗？"莫里斯打断了他的话。

"贪婪是好事。"查尔斯引用了股市大亨戈登·盖柯在电影《华尔街》中的一句经典演讲词来回应舅舅。

"他虽然算不上一个好人，但却是这部电影里面唯一一个言而有信的角色。不过查尔斯，现在不会再有人觉得贪婪是件好事了，盖柯的观念沦为人人嫌恶的观点。对于普罗大众来说，他就像《雾都孤儿》中费金的翻版，道德败坏，唯利是图。只不过普通百姓可能没读过《雾都孤儿》，不知道费金是何许人罢了。查尔斯，你不要盲目冲动，等弄清全部真相之后再做空这只股票也不迟。盲目做空股票可能会让你蒙受无尽的损失，这点就不用我多说了吧。试想一下，万一 B-F 公司没有骗你，你刚做空手上的股票，全球货币第二天就陷入崩溃，金价飙升到一万美元。到那时候，你遭受的损失可就不止破产这么简单了。"

"我又不是昨天才出生的婴儿，莫里斯舅舅。"查尔斯很是不满，他觉得舅舅把自己想得太愚蠢了。

"嗯，你不是昨天出生的，你是前天才出生的。"莫里斯蹦出了一句俏皮话，"你还没有体验过那种因为做空股票而蒙受损失时的阴郁心情，并不是所有男人都能从那种打击中走出来。我的孩子，千万别高估自己的心理承受力，我有责任阻止你误入歧途。我虽然不知道你究竟学会了多少东西。你现在人在戈……古……哦，不对，冈瓦纳是吧？你或许受到了某个妖艳女巫的蛊惑，还有什么枪林弹雨？说真的，我怀疑你现在头脑并不是很清醒。"

查尔斯回答说："你说的没错，我现在思绪很乱。"

"你接下来打算做什么呢？你能把这件事瞒多久呢？你要静观其变

到什么时候？如果这真的是一场骗局，你拖得越久，那群骗子就赚得越多，而那些蠢蛋就会损失更多的钱。如果不及时止损，那这场损失可就大了去了。"

"可是，欺骗投资者的人又不是我，而且我也不能完全确定。我可不敢冒着被起诉的风险在证据不充分的情况下就公然宣称 B-F 公司在行骗。"

"所以你到底是发现了什么不得了的秘密，才会觉得 B-F 在诈骗？"

"我们发现了一台机器，但它跟 B-F 公司的现行业务毫无关系。不过很显然 B-F 公司不想让外人发现那台机器。"

"什么机器？是用来干什么的？"

查尔斯还没来得及说自己也不知道，莫里斯如雷鸣般的鼾声又响彻耳畔。查尔斯花了整整两分钟的时间试图把莫里斯舅舅唤醒，他冲着电话那头大吼大叫，还把听筒朝舱壁上用力撞去。但他睡得太沉了，对查尔斯弄出的巨大声响毫无反应。

耐心全无的查尔斯翻了个白眼，无奈地挂掉了电话。

在接下来的一个小时里，查尔斯陷入了沉思。他设想了各种可能的情形，并策划了相应的方案。如果他能得到更可靠的信息，那他现在就能采取正确的行动，靠着 B-F 公司的股票收益成为超级富豪。

但这些可靠消息也可能会带来另一种后果：B-F 公司会杀人灭口。

*　　　*　　　*

"我几分钟前去重症监护室看了一下你那位朋友。"卡罗琳站在查尔斯身旁，柔声说道。他们并肩站在"非洲恩典号"船头，查尔斯的视线越过高高的栏杆，定格在远处的海湾上。此时正值傍晚时分，热气还未消散，清凉的海风成为大自然的馈赠。卡罗琳依旧身着手术服。查尔斯穿着一件轻薄宽松的系扣衬衫，但没有掖进他那条轻薄长裤的裤腰里。他脚上穿了一双凉鞋，但没有穿袜子——赞德一定很喜欢查尔斯的这身行头。

查尔斯看见她在打量自己，于是低头看了一眼，开口说道："这身衣服是我在船上的商店里买的，现在我可以假装自己是个驰骋非洲的老手了……"

"你这身打扮很帅气。"卡罗琳不吝夸奖。

面对突如其来的夸赞，查尔斯从容不迫地报之以微笑："你今天也很美。"

她轻轻地笑了笑，低头看了看满是血污的手术服——它松松垮垮地挂在她整洁的身体上："我看起来糟透了！我在船上一直就是这副惨不忍睹的模样！"

"你真是错得离谱，你都不知道自己有多美……对了，我朋友他怎么样了？"

卡罗琳深吸一口气，露出关切的微笑："要知道，他头部伤得很重。现在他的情况还不稳定，我们需要再观察一段时间。不过埃里森医生用药物对他进行了引导昏迷。"

"他会昏迷多久？"

"一两天吧。不过要先等他的伤口消肿。"

查尔斯缓缓地点点头，望向了茫茫的海面。

"你们关系很好吗？"

查尔斯思忖片刻，然后轻声说道："其实算不上密友。但我觉得我们有一些难得的……"他顿了顿，继续说道，"共通之处。"

"你能说得再详细一点吗？"

"也许是共同的价值观吧。我感觉我们志趣相投。"

查尔斯依旧望着大海，卡罗琳注视着他的面庞柔声说道："船长邀请我们今晚六点钟去船长餐厅吃晚饭。"

"就穿成这样吗？"

"这样穿就很好，但你最好把衬衫掖进去。"

"明白了，多谢。接下来的几个小时里你打算做什么？"

"我想，或许我可以跟眼前这位神秘的美国人再多待一段时间，"她意有所指地望着查尔斯，"我该怎么称呼你呢？你会把你的名字告诉船长吗？"

"当我能说的时候，我一定会跟你讲的。"

"你被卷进了一场很危险的事件里，我猜对了吗？"

"是的，特别严重，有人想要我们的命。"

"你确定你能应付得了吗？"

查尔斯陷入了沉默。

卡罗琳凑近查尔斯悄声问道："在这个贫穷的国家里，究竟有什么东西能值 30 亿美元？你不会是在这里发现金矿了吧？"

查尔斯面露苦笑："说不定这片土地上根本没有金矿。"

第十二章

一次礼貌的城市搜捕

　　一辆大型黑色越野车横穿冈瓦纳的首都，车上坐着三个身材健硕、神情严肃的中年男子。虽然车身沾满泥巴，但与亚当斯敦坑洼路面上清一色的老旧卡车、锈迹斑驳的破车相比，它仍旧鹤立鸡群。当一辆车窗全黑的崭新越野车驶过市中心时，众人都得为它让路，因为坐在里面的人一定大有来头。

　　非政府公益组织也会将这类造价不菲的越野车作为他们的出行首选，但他们通常会选择白色越野车。重要人物不会乘坐白色汽车——这是人尽皆知的真理。关注车辆究竟驶向何方总不会出错，因为非政府公益组织会为受助者无偿提供高额资金。非政府组织的工作人员往往心地善良，他们虽腰缠万贯却缺乏主见，对于那些追求更高社会地位的冈瓦纳人来说，同这类人结交攀附是再合适不过的选择。但是坐在黑色越野车里的人物就非等闲之辈可以接近了：他们可能是政府高级官员，或许是一位与总统有利益关系的当地的商业大亨，也可能是一个可以和总统或某个部长攀上关系的国外富商。交警身穿笔挺的蓝色制服，里面是带有标识的绿色衬衫，每当这类黑色汽车驶来，他们就会拦住其他过往车辆，确保这些有要务处理的贵客能从此处快速通过。警察对着这些车辆恭敬行礼，而过路的行人也纷纷行以注目礼，车上的乘客都佩戴着黑色墨镜，身份成谜。

在冈瓦纳，人们把所有品牌的越野车统称为吉普。这辆引人注目的吉普车停在了路边，从车上走下来三名身材魁梧的白人男性，他们身上的服装或许是他们专属的 B 级制服——其中二人身着褐色军装衬衫，而三人中的那位领导者身穿一件宽松的夏威夷印花衬衫。这些人很受欢迎，一是因为他们看起来很友好，能让人放松警惕；二是因为他们两手并未持枪。实际上他们把武器藏在了便于拿取的地方。

一个卖手机刮刮卡的男人在一处小台基后面仔细地盯着他们看。

"喂，"司机喊住他，朝他走了过来，"帮我们看下车，回来之后再给你小费。"

这个街头小贩从这个人的口音可以判断他们不是美国人，可能是南非人，也可能是澳大利亚人。"当然可以，"他说道，"您的吉普车需要洗一下吗？我还可以找人帮您洗车。"

"行，刷刷吧。我再多付你一美元，不能再多了。要让他们眼前一亮。"

"老板，您相信我，您的吉普车很快就会变得锃光瓦亮。"

把车身的雨水和泥浆清理干净其实用不了多久，但是这些拎着水桶、拿着脏毛巾在车边忙碌的家伙会对车辆起到一定的安保作用。毕竟越野车后备厢里藏着武器，比近年来在冈瓦纳首都任何一个地方看到的全部武器都要多得多。

哈里穿着夏威夷衬衫，走在街上熟悉周边的情况，他的助手下意识地环顾四周，确保不会出什么岔子。夜晚降临，大街上人来人往车流不息，三个魁梧的白人置身其中就像夜晚海上的灯塔，不论走到哪里，都是人群中的焦点。对他们来说，这既是优势也是劣势。哈里希望他们这种引人注目的特质能在今天转化成一种优势，助他们一臂之力。

他来到一个酒吧餐厅，严格来说，这是个经常被当地人光顾的地方，很多妓女在此揽客。哈里想要揪出那个擅自闯入他领地的家伙，并让他付出代价，他必须要解决掉这个祸患，否则他将蒙受巨大损失。哈里手中持有总价值 1000 万的股票，如果这次搜捕任务顺利完成，过不了几周，B-F 公司这只股票的价格就会翻一番。他期待退休，但从未想过在退休之后开一家这样的酒吧——这是很多退役士兵的通病：他们的金融管理能力远不如作战技能。

"约瑟夫，"他对酒保说道，"给我来一份冰啤酒。还有，我想跟你打听点事。"

"哈里先生，您能再次光临小店，我们深感荣幸。"酒保来到那台几乎不制冷的卧式冷柜前，取出三瓶装在绿色玻璃瓶里的啤酒，在他们每人面前都放了一瓶，他把纸巾盖在瓶盖处，依次为他们打开啤酒。瓶身温度比酒吧室内温度略低，湿润的空气冷凝成一层水雾，附着在瓶壁上。"您想打听些什么呢？"

"我需要知道一个美国人的确切位置，他是一个年轻的白人，名叫查尔斯·奈特。他个头很高，眼睛是蓝色的，头发是浅棕色的，打理得很整洁，但比我的头发要长一些。"

"他身边还有其他人吗？"

"他自己一个人跑到非洲来的，他身边没有本地人。"

"我到时候帮您打听一下。您觉得他大概会去哪里呢？"

"我也不知道，或许是一些美国人常去的地方。"

"我看看我朋友能不能帮上什么忙。"

"约瑟夫，多谢，"哈里递给他一张 20 美元钞票，这抵得上六倍的酒钱了，然后向他保证，"如果你能帮我找到他，我肯定不会亏待你，但是你得抓点紧。"

"我尽量。"

"一旦你听到什么风声，第一时间通知我，懂了吗？"

"放心吧，老板，我会的。"

哈里向其他两个人点了点头，他们看起来和自己十分相似，都是经验丰富的雇佣兵，因为年龄太大无法继续参战，现在战争已经成为年轻人的游戏。他们经验丰富，早已厌倦了机械化的训练模式，他们不愿再像年轻士兵那样，拿着微薄的报酬站成一排，像机器人一样执行命令。他们头脑灵活，身体强壮，而且非常独立。

从酒吧餐厅出来，三人穿过四条长长的城市街区，终于抵达西非标准银行总部，他们向分行打探查尔斯的下落。他们下一站要去布鲁塞尔航空公司办事处——这是冈瓦纳国内唯一一家欧洲航空公司。

"哈里，你这里也有熟人吗？"罗斯科问道，虽然他们仅共事一个月，但却已熟识多年。十多年前，二人曾在比亚法拉并肩血战了一年之多。哈里知道，那次战争之后，罗斯科就一直对西非恨之入骨，他厌恶这里的高温，厌恶汗如雨下，但是他从不向哈里抱怨分毫。

哈里摇了摇头，说："没有。我只是觉得奈特最有可能坐飞机离开这里，除非他人还在冈瓦纳。不过，我要是他的话，我肯定会赶紧逃离这个是非之地。"

办公室的门将于五分钟后关闭，但是旋转门已经锁上了，哈里倚在门玻璃上，用手挡住反射的光，向门内张望。一个年轻婀娜的冈瓦纳女

第十二章 一次礼貌的城市搜捕

人注意到了他，她和布鲁塞尔航空公司所有的女员工一样，穿着靓丽的外套和一袭红裙。她犹豫片刻，起身走到门前，朝他羞涩地笑了笑，随后打开了门。哈里转头向两位同伴示意，他们领会了哈里的意思，撤退到不远处的路边随时待命。哈里走进航空公司大楼，向她道谢："多谢，我不会耽误你太久。"

他环顾四周，办公区有三张桌子，上面摆着几台脏兮兮的旧电脑。空间局促的等候区里有六张大小不一的廉价椅子，这里没有安装监控。偌大的室内只有哈里和蕾蒂西娅，哈里从她的铭牌上瞥见了她的名字。

"非常抱歉，"蕾蒂西娅说，"我今天本想早一点关门，没关系，您尽管问，有什么可以帮到您的吗？"她拘谨地坐在办公桌后面，示意哈里坐到椅子上，然后按下了开机键，"请稍等，电脑正在开机。"

"非常感谢，要不是你我都不知道该怎么办了。我和我的朋友分开好几天了，我们返回美国的航班本来是他负责预订的，但是我现在找不到他，我希望您可以帮我找一下他。"高超的撒谎能力并不能让哈里引以为傲，恰恰相反，他认为这是一种懦弱的表现。而且，面不改色地撒谎其实非常危险，一旦被贴上了撒谎者的标签，不论是机遇还是朋友都会离你远去。

"我会尽我所能帮您排忧解难的。您叫什么名字？"

哈里脱口而出道："斯塔内斯，S-T-A-R-N-E-S。"这是他十多年前杀死的那个人的名字，那是他第一次杀人。此后他就经常使用这个假身份，把一个熟悉的假名牢记于心是一种明智之举，这样就可以在需要的时候脱口而出，不至于陷入迟疑不决的尴尬中。

"请稍等。嗯——我看到您没有预订任何航班，您的朋友叫什么名字？"

哈里内心窃喜，鱼儿上钩了！他面不改色地继续说道："奈特，K-N-I-G-H-T，查尔斯·奈特。"

她点击了几下鼠标，等待查询结果，她抬起头望着哈里，露出迷人的微笑，随后又看向电脑屏幕。很多受过教育的冈瓦纳人都是在教会学校里学的英语，她也不例外。凭借伶俐的口才和迷人的外表，她得到了这份优质的工作。如果她冒出了哈里可以带她离开这个鬼地方的念头，哈里可一点儿也不会感到诧异，毕竟在他看来，蕾蒂西娅小小年纪就懂得如何将自己的优势发挥到极致。就在这时，她突然两眼放光，激动地喊道："找到他了！"

哈里察觉到他已然靠着笑容俘获了蕾蒂西娅的芳心，于是这次他没有在心里偷笑，而是大大方方地朝她露出了微笑。

"因为周四飞往比利时的航班取消了，所以他改签到周日晚上，目的地还是比利时。周日晚上七点出发，需要我帮您订一张吗？"

哈里故意露出一副迟疑不定的样子，然后开口说道："这对我来说早了一两天，我需要和查尔斯商量一下，或许你们有他的联系方式？"

"我们肯定有，但是我不知道是否可以外传。"

"好的，我非常理解，你能告诉我其他信息吗？只要能联系到他都可以。"

她仔细浏览着页面，对哈里说："上面没有酒店，除了一个手机号没有其他联系信息。"她目不转睛地盯着哈里，哈里竭尽所能装出一副谦虚可靠的真诚模样，这副模样足以让这个年轻女人为之着迷。她神秘地笑了起来，悄声对哈里说："我可以把他的电话给你，但是你不要告诉别人。"

若不是蕾蒂西娅大发慈悲地把查尔斯的电话号码告诉了哈里，他就得诉诸 B 计划了。和那些最有经验的骗子一样，他尽可能地避免采取暴力手段，因为暴力手段就免不了有人受伤，免不了招来一些令人不悦的关注，也可能会带来一些不必要的麻烦，而蕾蒂西娅帮他省去了这些麻烦。哈里同她温柔地说道："我替我的朋友向你道谢，你可是帮了我们大忙了。"

蕾蒂西娅涨红了脸，她把查尔斯·奈特的电话号码，连同自己的号码，一并交给了眼前这个男人。

第十三章

与伽马型"海狼·拉森"共进晚餐

"晚上好，卡罗琳！"弗雷伯格船长笑容满面地站了起来，彬彬有礼地向两位赴宴的年轻人问好。对于初次见面的查尔斯，他表现得很是热情："小伙子晚上好，很高兴认识你。"

查尔斯打量着眼前这个高大的男人，他面容俊朗，一副标准的维京人的长相，让人自然而然地心生怯意。尽管他的声音浑厚但却不会咄咄逼人，他看起来就像是一位丹麦国王，或是跟国王有血缘关系，毕竟丹麦人的总量很少。

弗雷伯格浑身散发着"阿尔法男"的气息，但他脸上却满是笑容，于是查尔斯大胆推测他或许跟自己一样，是较为少见的"伽马型男人"。

查尔斯了解到科学家们通过在老鼠身上做实验发现了两种性格：阿尔法型（领导者）和贝塔型（拥护者）。阿尔法型老鼠数量较少，它们往往挑选最优质的配偶，占据最好的领地，同时控制着处于被动地位的贝塔型老鼠（这种老鼠占绝大多数）。强者为王是老鼠的群体文化，阿尔法型老鼠天性好斗，它们在种群中的信心大增，贝塔型老鼠要对它们毕恭毕敬。遗憾的是，尽管显而易见，但这个发现却没有获得诺贝尔奖。不过查尔斯从来不认为自己是上述类型中的一种。

随后科学家又发现另外一种伽马型老鼠的存在，这种类型不常见。伽马型老鼠具有阿尔法型老鼠的所有能力，包括寻找最优质的配偶以及占领最好的领地，但是它认为没有必要统治贝塔型老鼠，它们不需要依靠种群文化证明自身价值。而且阿尔法型老鼠不会对伽马型老鼠"施威"，因为它们是种群中的自由主义者，来去自如，并不会对阿尔法型老鼠的统治造成任何威胁。这种模式同样适用于高级动物种群，物种的智力越高这种情况就越常见。

此刻查尔斯内心涌起一股暖流，他很可能遇到了一位值得结交的朋友："船长先生，感谢您的邀请，能和您共进晚餐是我的荣幸。"

船长点了点头，说："我叫安德斯·弗雷伯格，听说你不愿意透露自己的姓名，虽然我不太能接受这一点，但是我会给你一些缓冲时间。"

提到船长的形象，查尔斯最先想到的就是杰克·伦敦笔下凶残的海狼·拉森。虽然弗雷伯格同拉森一样，举手投足间尽是丹麦人的风范，但他行事低调，威严稳重，这让查尔斯再度为自己的不甚坦率而深感自责。

算了，先不要纠结这个了，他暗自思忖。

船长示意卡罗琳坐到自己右侧，查尔斯绅士地帮她挪开了椅子，待卡罗琳落座后，他自己坐到船长对面。浓重的润滑油气味几乎充斥着"非洲恩典号"的各个角落，但是这里的空气清新又干爽，查尔斯在这里可以畅快呼吸。餐桌表面镀了一层阳极氧化铝，和地板固定在一起，桌子的边缘处有些许凸起，这样一来，当船在行驶途中遭遇涨潮时，桌上的餐具不至于四处滑落，把餐厅搞得一团糟。查尔斯伸手抚摸着桌子边沿，感受到了表面的粗糙，桌子外面的这层氧化铝可使内里的冰冷金属免遭腐蚀。

一位约莫七十多岁、身材矮小的菲律宾人端着盛满冰水的玻璃杯走了进来。他身穿白色制服，手法熟练地摆好餐具，将餐巾纸递给船长的两位客人。他把一些面包和黄油摆在桌子中央，向他们微微鞠了一躬便离开了。

弗雷伯格说："过去，在美国海军队伍中，菲律宾人只能在船上的厨房工作，或者担任军官管家一职。我们欢迎那些符合条件的菲籍退休人员到这里工作，我们给他们提供免费的住宿和少量的报酬。他们的服务太周到了，远远超出了我的想象。"

查尔斯的父亲曾在海军服役，他特别喜欢菲律宾，起码他很喜欢北部的岛屿。麦哲伦征服该岛屿之后的四百年间，菲律宾本土文化和西班牙文化完美地融合在一起。西班牙人强制菲律宾北部的居民信奉基督教。与中世纪南菲律宾人民被阿拉伯人和马来人强制信奉的伊斯兰教相比，基督教更为温和。过去的一百年中，菲律宾一直笼罩在美国的影响下，同此前统治菲律宾的国家一样，美国对菲律宾的影响好坏参半。美西战争后，美国人为了镇压当地独立运动，屠杀了二十多万土著居民，但是菲律宾人基本已经忘却了这种耻辱，他们历来做事温和，懂得隐忍。

"这看起来是个双赢的安排。"查尔斯感慨道。

"互惠互利是构建关系的良好基础。"船长说道。

查尔斯意识到，在这艘船上他的所作所为也要遵循这种"互惠互利"的准则。但惭愧的是，除了危险，他没给船上的人带来任何好处。

卡罗琳把面包篮递给他们，这时众人陷入沉默，持续了一分钟之久。

"你平日里都喜欢做些什么？"弗雷伯格率先打破了沉默。

查尔斯觉得这个问题背后另有深意，一时不知道该如何回应。

"抱歉给您添麻烦了，感谢你们在危急时刻救了我和我的朋友。您和您的这艘船简直是我们的救命恩人。"对于那个隐藏问题，这是他目前能给出的最好的答复了，但这仅仅是一个借口和一次道歉，没有任何实质性意义。

"我听说你的朋友目前情况很稳定，在这艘船上，甚至在这个动荡不安的地球上，能维持稳定是一件不可多得的大好事！来，让我们敬稳定一杯酒！"真性情的弗雷伯格举起酒杯，敬了大家一杯酒。他看着查尔斯的眼睛，眼里流露出……或许是一丝同情？

查尔斯插话道："您说得对，至少目前状况稳定，他的身体很可能正在好转。"

"很好，我们都盼望他早日康复。"随即，船长又把话题转回查尔斯身上，"年轻人，我不会给你压力，但是我们很想知道你在闲暇时刻或者无人管束的时候都喜欢做些什么。"

船长又把刚才的问题重复了一遍，或许这次查尔斯顾不上再考虑问题背后的深意了。

船长鼓励他说："你可以讲自己的兴趣爱好，高兴开心的事，甚至你做什么工作都可以说说。只要和你目前情况无关的事都可以说，我知道你现在还不想跟我们讨论这些。"弗雷伯格说这话的时候太过拘泥于句子格式，他一口流利的英语此刻听起来十分蹩脚。

"啊，我明白了。"这是船长对这个标准的面谈方式的变通，也许每个有志向的船员或者与船长共进晚餐的人员都被问到类似的问题，这是船长在饭桌上常开的玩笑。意识到自己多虑了，查尔斯便不再犹豫："我喜欢弹钢琴，喜欢下棋，我也会花很多时间读书。"

"你喜欢读什么书？"

查尔斯读书的品位虽然不拘一格，但他喜欢的书籍都有一个共同的特征：

"我是绝大多数科幻小说的超级粉丝，它向读者展示了在人类统治下未来世界的模样。西方的科幻小说，尤其是那些科幻电影，它们就像……那种伦理剧，让人类直面世界的本质。"

他看了看卡罗琳，又看了看船长，心想：我在这个时候讨论哲学观点合适吗？我是不是应该找个更轻松的话题？好吧，看来要换个话题了。他话锋一转，说："我舅舅一直让我把明智的重要性牢记于心。"

"明智？"卡罗琳以为查尔斯还在说科幻小说的事情，不解地追问道。

这个词对查尔斯来说有着特殊的含义，但是他无法用一两句话把它解释清楚。

但是查尔斯还是尽力向卡罗琳解释："用我舅舅的话来说，明智就是一种诚实。"

卡罗琳还没反应过来，问道："所以你看书的时候会特地挑选那些明智的小说家写的书吗？你觉得他们用明智的思想可以写出明智的小说，是这样吗？"

卡罗琳这种说法并不完全准确，查尔斯为自己没有把话说清楚而感到技穷，于是他试图进一步澄清刚才的观点："在我年纪尚轻的时候，我舅舅给了我一些书，他希望我可以从这些书中学到重要的经验教训，他把这些书籍统称为'明智之书'，我这么表述你可能更容易理解。"

弗雷伯格船长点了点头，说："你舅舅是个厉害的人物。"

第十三章　与伽马型"海狼·拉森"共进晚餐

"没错，我舅舅……还有他的藏书室……对我的品位产生了很大影响。第一次见到他时我刚满 13 岁，那时我母亲刚刚过世。虽然我没有马上意识到这一点，但我的确是从那时开始就同他生出几分默契。幼年时期我经常和弟弟大半夜溜到楼下去偷读《枪战英豪》（*Have Gun-Will Travel*），这是一本很老的西方小说，书中的主人公布恩是名枪手，他成了我心目中的第一位英雄。多年之后……其实更准确地来说……直到最近我才弄明白，正是明智造就了布恩这样的英雄。

查尔斯打量着船长，不知道他会不会喜欢这样严肃的话题。但若要让查尔斯就天气和路况等话题跟船长闲聊，不出五分钟他就会觉得索然无味，失去聊天的耐心。明知缺乏耐心不是一种优良品质，但是他却改不掉这个毛病。船长会就实践和应用哲学发表观点吗？对于一个有礼貌的聊天圈子来说，哲学和宗教是最不应该被提及的两个话题。或许这种心照不宣的社会禁令实属有意为之——人们被灌输了这样一种理念，那就是永远不要质疑上层社会的权威。

卡罗琳说："可是还有很多其他明智的角色供你选择。"

"说得没错，"船长也追问道，"在这么多英雄中你为什么偏偏选择布恩呢？"

查尔斯试图表达一个自己都没弄明白的概念："呃……我认为明智还有其他含义，明智之人不会生活在矛盾之中，他们具有内在一致性。"他之前从未尝试过向别人解释这一点，也从未想过这样做。弗雷伯格船长身上的某种特质促使他展开这次意义非凡的对话，船长是一个很容易博得他人信任的人。

船长弗雷伯格补充说道："所以，你说的明智并不只是诚实？"

查尔斯点了点头，说道："对，我是这样认为的。明智之人当然要对自己诚实，努力寻求真理是也是明智的一部分。"

"啊，这是真理！年轻人，我来给你讲讲我舅舅！"

"洗耳恭听。"

"和你一样，我的舅舅也对我影响深刻。他也是一位船长，在船上长大，时至今日他已经在海上航行了50年。我记得自己从小一直坐在他的膝盖上，直到他的膝盖再也容不下我这个大块头。直到今天，我还记得他跟我说过的那句话——真理从不自相矛盾。"说罢他转向卡罗琳，又把这句话用丹麦语重复了一遍，"Sandheden aldrig modsiger sig selv。"

"就是这样。"卡罗琳附和道。

或许这是丹麦人尽皆知的准则。

查尔斯说："现在我又想学丹麦语了。"

"你是不是很擅长学语言？"卡罗琳问道。

"我不知道，"一直以来他都将学习重心放在学习其他生活技能上。得益于英语在世界范围内的广泛应用，他迟迟没有学习其他语言，"我在学校学了几年法语，因为那时候法语是我们能学习的唯一一门外语，但是我经常逃课，恐怕没学到什么东西。"

"我来教你丹麦语，你必须要掌握这门语言，总有一天它会成为银河系的通用语！"卡罗琳调皮地笑了起来。

"那就看你的了，亲爱的！"船长也爽朗地笑了。

查尔斯从二人的对话中敏锐地觉察到一些细节，船长像保护亲生女儿一样保护着卡罗琳，但是二人并无血缘关系。或许丹麦人都是这样？虽然人数较少，但是他们彼此关系都很紧密……这纯粹是他的猜测，毕竟他的确没有体验过其他的文化。他猛地直起身子，正襟危坐起来。莫里斯舅舅一直秉持这样一种观点：过往的时光能把人打造成为一个阅历

149

丰富的人。天哪，卡罗琳究竟经历了什么，竟然会说五种语言！

"你童年时期的英雄还有谁？"船长弗雷伯格继续问道。

这个问题太容易了。"爱德蒙·唐泰斯！"查尔斯脱口而出，"当然也是小说中的人物，但他真的很了不起！"

卡罗琳说："但愿你不要什么都向他学，毕竟在监狱里待很多年很难熬。"

"我本来想要跳过监狱那部分内容，但是监狱经历是塑造唐泰斯这个人物不可或缺的一部分。如果没有那段入狱经历，也就不会有后来的基督山伯爵。"查尔斯在母亲去世后不久第一次读到这本书，当时他情绪低沉，被唐泰斯高尚的人格深深触动。自此之后，这个人物形象便深深地印在他的脑海中。查尔斯意识到，对每个人来说，生活都是随机拼凑起来的经历。母亲离世对于他的影响永远不会抹去。胸口旧痛又复发了，他余生都逃不过这种被掏空的痛楚。如果那年夏天他没有遇见莫里斯舅舅，那么现在的他会不会是另外一番光景？

"看起来你已经找到很多优秀的人生楷模。"

"我必须要看看他们对我的现实生活会产生何种影响。但是不管怎么说，他们都是我生命中不可或缺的一部分。"

弗雷伯格船长紧盯着查尔斯，问道："你会为了捍卫原则而献出生命吗？"

从来没有人问过查尔斯这个问题。"您的意思是为了自己的原则而活吗？这的确是我一直努力的方向。"

"你能这么做很好，年轻的朋友，虽然我还不知道你的原则是什么，只知道它们不会自相矛盾，但这是一个好的开端。你一看就是个诚实的年轻人，但是我得提醒你一点，你还没告诉我你叫什么名字。"

"先生，我向您保证，我这么做是有原因的。"

船长也像查尔斯刚才一样，用手摩挲着桌子边沿，不带任何情绪地说道："这些凸起的地方我们称之为餐具围框，同时它也有'欺诈''骗局'的意思，我说得对吗？"

此刻查尔斯肾上腺素飙升，心跳加速，船长是在用这种方式指责他是一个骗子吗？还是船长知道查尔斯和赞德开始怀疑 B-F 公司了？还是船长就是 B-F 公司的一员？不然他怎么会知道查尔斯在想什么？

良久，查尔斯才缓缓开口："我在美式英语中没听过这个词，或许这是英式表达？"

船长说："是的，我相信你。"

查尔斯密切注视着船长，想从他的表情中捕捉到一些微妙的信息。

"年轻人，在任何时候，只要你坚持自己的选择，在生活中做一个明智的人，你或许会很容易辨别出哪些人是骗子，因为他们不具有内在的一致性，你觉得呢？因此，对于那些和你信奉一样价值观的人来说，他们辨别骗子的眼光尤为敏锐。"

查尔斯长舒了一口气："或许吧。"

卡罗琳调侃道："这种特质或许会让你成为打牌的好手。"

"我希望我能提升我的牌技。不过扑克牌真是个奇怪的游戏，打牌全靠运气和技巧，二者缺一不可，这一点我比多数人更清楚，所以我基本不会被骗到，但是我不能也不想欺骗别人，这就算扯平了。"

"你想要提高你的撒谎技术？"

"不是撒谎，在扑克牌游戏中说谎并不代表不诚实，恰恰相反，这是一种技巧。而说谎是一场谈判，交涉双方为获得更多信息而进行讨价还价。"这是他父亲的原话。

第十三章　与伽马型"海狼·拉森"共进晚餐

对话一时陷入中断。查尔斯心想，要是能和卡罗琳一起打扑克该是一件多么惬意的事啊。

"你还会有危险吗？"弗雷伯格船长的问题打断了他的思绪。

查尔斯点了点头："他们可能正在到处找我们。如果他们得知我们的真实身份，那就很危险了，这也是我不愿意说出名字的原因。我们无意中发现了他们的秘密，导致他们手中的巨额金钱正面临风险，所以他们才这么大费周章地打听我们的下落。"

"你能告诉我他们是谁吗？或许我们应该对他们有所提防。"

"也许过不了多久我就会向您坦白的，先生，我不想欺骗您。"

船长摸了摸他满是胡茬的下巴，若有所思道："我不明白，你原本可以随便编两个名字敷衍一下我们，但你为什么不这么做呢？那样岂不是更安全？毕竟，隐瞒姓名的人肯定会引起别人的怀疑，在这艘船上，质疑就像大火一样，过不了多久就会蔓延到所有角落。"

"我敢保证，这可能是我战略选择上的一个失误。但是，除了打牌之外，我会尽量不向那些没给我造成任何伤害的人撒谎。"

弗雷伯格点了点头，说道："这点倒是很难反驳，我赞同你的观点，尽管对于大多数人来说，只要诱惑足够多，他们就会不惜一切代价骗人骗己。"

"我舅舅也会赞成我的做法的。在他看来，自欺欺人是一种严重的罪过。"

"或许只要我们不撒谎，我们就不会亏欠任何人。但我们欠自己一个真理，毕竟真理不是免费的商品。"弗雷伯格船长说。

"真理不是免费的商品。"——查尔斯在心中默默回味这句话的含义，他陷入了沉思。他本人就是潜在真理的发现者，在求索真理之时，他付出了昂贵的代价。如若潜在真理果真准确无误，那么它将蕴藏着巨大的价值。这就像是找到了西班牙寻宝船沉没的位置，他没有义务和任何人分享这个发现。

就在这时，弗雷伯格船长提议道："那就这么定了，我们三人永远不会欺骗彼此，大家可以做到吗？"

查尔斯有些迟疑："先生，我换种说法如何？我或许永远不会对您说谎。"

"或许？"船长神色变得凝重起来。

"没错，"查尔斯语气很是坚决，"或许。"

"你这话什么意思？"卡罗琳皱起眉头，很是担心。

查尔斯挑了挑眉毛，眼神中闪过一丝俏皮，笑得更灿烂了："你们不是会定期在船上打扑克吗？没有人规定在游戏中不能撒谎吧？"

第十四章

狼子野心

要实现 100% 的定罪率！这是他的新目标。如果这个目标能顺利实现，届时将不会有人费尽心思奋起反抗了。自从加入美国国内税务署以来，他已经取得了卓有成效的进展。

38 年前西奥多·里奇还是一位失意落魄的诗人。他的头顶乌云密布，灵魂亦荫翳无明。

36 年前他要忍受无精打采的妻子、永无休止的按揭贷款，还有在美铁售票处那份不用脑子的工作。他生命中的一切都在提醒他：他是一个多么不幸的失败者！他的人生只比高速公路收费员和狱警略胜一筹。他曾梦寐以求的镀金荣耀，在不可阻挡的人生洪流中悉数锈蚀，碾作尘埃，化为一片日暮穷途的空白。但他始终坚信，只要他能找到破解良方，就一定会绝处逢生。

大学时代的里奇可谓如鱼得水，他的世界观得到了教授们的支持。不论是化学、物理学、农业和医学，还是工程设计与计算机编程，他统统不感兴趣，就让其他人努力成为生产世界的附庸吧！而他会在文学大师的世界里展翅高飞，对人们的思想和价值观产生深刻影响，他要成为大师中的大师！他可以先在小型杂志和通俗杂志上刊载诗歌，再顺理成章地签订一份出版合同，随之而来的就是一本两本乃至多本小说的出版，在此基础上，他那一整卷的神秘诗集终将问世。或许一些批判的杂音会从外界传来，但语气无一例外透着恭敬之情。在对里奇的宏愿一无所知的情况下就妄加断言，这是评论者们的弱点。巡回演讲与鸡尾酒会将会接踵而至，他会同那些富有影响力的资深作家亲密畅谈。待其知名度跃至一定高度，电影合同便会如约而来。除了像克林特·伊斯特伍德、查尔斯·布朗森或是库尔特·拉塞尔这样难于结交的怪人之外，其他明星都会争先恐后地把他捧上神坛，而那些名不见经传的小明星则会卖弄风情，想方设法同他调情。通情达理是西奥多·杜格威·里奇的拿手好戏，他将成为开明慷慨的化身，试问哪个明星愿意错过这样的大好时机呢？

梦想与现实的差距堪比霄壤——要是他当时能修好那台该死的打印机就好了！两年时间过去了，他一部作品也没发表，钱包里空空如也，满身脂肪的妻子还总是抱怨他拿回家的培根分量太少。可是，如果她真的吃不饱，为什么她的体重还会增加呢？

好吧，也许他不具备成为一代大作家的能力，但他也绝不甘心就此沉沦。他不会随便找一个毫无发展前途的广告岗位混吃等死，也不愿成为一个小齿轮，湮没在一堆随时可以被替代的新闻撰稿人之间。他注定要有一番作为——这番成就将超越他生命中现有的一切，其中就包括那份在美国宾州火车站的临时售票工作。在岗位上庸庸碌碌的他在转正之后，惊觉这份工作正在以一种不可思议的方式噬啮着他的灵魂——他每天竟把全部时间浪费在了售票上面。那些购票者尽是一些他所不齿的庸人，而他们的目的地无外乎罗切斯特和芝加哥。

第十四章　狼子野心

银行工作人员那句"很抱歉，我们不能为您重组贷款"的话犹在耳畔。两天之后，他又看到了那条分类广告，是时候做出改变了，他也做好了准备。他要去参加国内税务署的招聘会，他要超越自我。任职税务署的雄心虽与成为文学巨匠的宏愿相去甚远，但却为他提供了一种操纵权力的可能性。既然不能控制自己的生活，至少要掌控他人的生活。他要尽其所能成为最好的自己，让之前那个一事无成的失败者彻底消失。他再也不是那个体重只有 97 磅的羸弱男子，再也不会有人将沙子踢到他的脸上任意欺辱，他要成为那个将别人踩在脚下的人。政府提供的丰厚薪水以及赋予他的专制职权将是他实现政治抱负的必经之路。

入职伊始，他便受到了严格的训练，并被寄予厚望，然而他却觉得自己像是贸然闯进了一位陌生人的生活，前所未有的体验令他惴惴不安、畏首畏尾。他觉得这份工作看起来有失礼仪，甚至不近人情。如果纳税人反抗，甚至向他开枪怎么办？如果他们朝他脸上吐唾沫他又该怎么办？然而，直到后来他才意识到，他之前的担惊受怕太过愚蠢，他能使那些纳税人闻风丧胆，又何必惧怕他们？他只需亮明身份，他们就会按他的命令行事，全然不敢有半点违抗。一张税务署的证件就足以让他们卑躬屈膝，甚至像被鞭笞的野犬一般吓得屁滚尿流。他背靠的是整个美国政府，他的威慑力源于政府那不容亵渎的权威。

是的，他完全可以将权力玩弄于股掌之间，他会在追寻至高权势的道路上头也不回地一直走下去。于是，他如饥似渴地学习税务署为内部员工提供的各种课程，他还通过夜校学习考取了注册会计师证书。他极力讨好所有居于权力梯级高位的人，同时暗中在低处的梯子横梁上涂上厚厚的油脂，不动声色地清理了诸多竞争对手。经过多年的摸爬滚打，他终于成为税务署服务与执法部门副部长的最佳人选。当他真正晋升为副部长之后，他便踏上了漫长的游说之路。他想要彻底裁掉服务部，只留下执法部，从而将其官衔简化为执法部副部长。虽然他知道服务部门对于处理公共关系至关重要，但是"服务"这个词还是让他有一种重回宾州火车站售票亭工作的错觉。

美国政府和国会都喜欢把税务署视为一个服务机构，因为它整日与"客户"打交道，运行模式与商企无异。"企业"雇员彼此相互打气，标榜他们所在的部门是政府中唯一能"赚取""利润"的部门。然而，这是对经济学术语的荒谬误用，恐怕任何头脑清晰的经济学家都会闻之哂笑。

美国国内税务署是一个颇有年头的机构，它比美国现世最年长的纳税人的年龄还要大。在人们心中，税务署并非是一个草率创立的机构，它是永恒苍穹的一部分。持续不断的财政赤字使它濒临破产，同时一个愈发明晰的事实浮出水面——税务署的"铁拳"表面其实只覆盖着一层薄薄的天鹅绒手套。强制力的根源和本质在于武力，而对于人们进行恐惧式濡化是保障强制力的重要环节。不论是公关信息和标志性微笑，还是讨好"客户"的花言巧语，抑或是那些旨在激发公众爱国主义情绪的社论式广告，都只是保障强制力得以施行的附属工具，它们正如（铁拳外面）那层单薄的天鹅绒手套一样不触及实质。税务署的本质仍是铁拳，即通过武力强制征税。

里奇很清楚税务署的手段和目标：指节铜套、倒刺弯钩与沉重棍棒，并对其心怀敬畏，而在税务署埋头苦干的其他员工对此一无所知。

虽然总统换届频繁，但除了他们的巧言辞令各具特色之外，一切还是老样子。里奇认为现任美国政府很对他胃口，因为他们大致掌握了税务署的基本情况，对他十分器重。如今，里奇在税务署服务部身居高位，看到身边出现了越来越多意气相投的人，他感到心满意足。通常来说，政府机构尤其是其下设的服务部门对于像他这样的人来说有着莫大的吸引力。想到这里，斜靠在椅背上的里奇露出了满足的微笑。

追忆过往，他在诗歌方面的卓越才华从未得到认可，而他能坐到今天这个位置，简直是天赐的意外之喜。否则，他很可能会成为一名大学老师，穿着一件肘部打着补丁的粗花呢夹克，在一所规模不大的大学里面终其一生。

就在这时，他的私人助理打来了电话："海德尔小姐来了，她之前跟您预约了四点的会面。"

他咕哝道："让她再等我两分钟。"

如果萨拜娜的母亲没有逃婚的话，萨拜娜就会是他与第四任妻子的婚生女。但是那个怀孕的毒妇却在婚礼前的最后一刻跑掉了，留他孤身一人，饱受羞辱。他断定那个女人一定是个魔鬼，因为在二人交往初期，他就发现了她身上的诸多缺点，但他却一直没有结束这段关系，一方面是因为萨拜娜的母亲是个漂亮的尤物，另一方面是因为这些缺点让她成为一个很容易被掌控的人。

不论她的母亲犯下了何种过错，萨拜娜都是无辜的，况且她还恰逢其时地重新出现在他的生命之中。六年前，萨拜娜找到了里奇，那时的她即将步入大学校园。她已经出落成了一个完美的女孩，尽管她的长相与里奇不甚相同，但他还是一眼认出面前这个女孩就是自己的女儿——这是那个女人留给里奇的礼物。他萌生出一种坐享其成的欣慰之感，他不仅节省了一大笔抚养费，而且也避开了女儿那乏味的童年和枯燥的青春期，她像一笔落入里奇手中的意外之财，倘若她母亲得知此事，恐将更为光火。

一阵敲门声响起，随即门被打开。但他并未起身，而是冲着来人问候道："萨拜娜，我亲爱的女儿，见到你真开心。能和你在同一座大楼里工作，也算实现了我这个父亲的梦想了。"

"下午好啊，爸爸。"他喜欢萨拜娜这样称呼自己，而她也早就发现了这一点，"我觉得我没有充分利用副总统提出的那项关于提升政府工作效率的倡议。你们税务署的人给我安排了一项苦力活，但我不想再继续做下去了，我想要升职。"

"什么，你来税务署工作了？你工作多久了？"

"爸爸，这份工作太无聊。你知道的，我学习新事物的速度很快，我需要扩展我的工作经验，而现在这份工作毫无发展空间。而且，我们必须要给副总统留下好印象，让他看到他的倡议能在我们手下奏效。这样一来，他的注意力就会集中到我们身上。我觉得他很可能成为下一任总统，所以我得出外勤，做一些刺激的事情，比如秘密特工那种工作。"

"什么，你想做詹姆斯·邦德那样的特工吗？你之前在证交会做过特工吗？你或许还不清楚，今时不同往日了，我们税务署已经不需要暗中行事了。现在只需要敲几下键盘，就能得到想要的东西。现在大多数外勤特工都是这么做的。"

"我不管，"她骄纵地说道，"可我就想出外勤，你能想办法让我去吗？"她像是回到了十几岁的年纪，像一个青春期少女一样，任性地与父母讨价还价。

"副总统的办公室主任在电话里跟我说了你的事。你知道这件事吗？"

"不知道。"

"他们似乎对你的工作很感兴趣，我相信你的美貌不会影响到媒体

第十四章 狼子野心

对这次部门间人事交换试行成果的正面报道。在帮你换岗位这件事情上，我确信我有很大的操纵空间，我当然希望我的女儿能够升职。而且，如果我们能把副总统哄开心了，我未来的仕途发展也就有保障了。但是，如果你要出外勤的话，你就得与形形色色的人打交道，而且当你去向他们讨税的时候，他们就会觉得你在针对他们，可能会引发不必要的冲突。所以在外出工作之前，你需要接受更系统的培训。"

"没问题，我接受。"

"好吧，到那时你就不能在这栋大楼里工作了，而且不论你想要什么，都不能随时随地来敲我办公室的门了。你可要好好想清楚。"

"我可以直接给你打电话。"

这位副部长此刻陷入了深思：哪些地区既能保证安全又能为萨拜娜提供升迁平台呢？他首先在脑海中自动排除了怀俄明州和爱达荷州等地的农村社区，因为萨拜娜不喜欢枯燥无聊的工作，而且这些地区充斥着手持武器的乡巴佬，他们那些独立思想早已过时。萨拜娜也不能去那些大城市里工作，因为那里不仅有大量的贫民区和西班牙人聚居区，还有数不胜数的持械男人，他们脾气火暴，在他们的包围之下，像萨拜娜这样可爱的白人女孩得不到应有的尊重。而且这些大城市里聚集着太多来自美国国内税务署的野心家，他们会排挤新人，而萨拜娜很可能招架不住。就在这时，他手边的一个文件夹引起了他的注意。"洛杉矶郊外有一个叫拉古纳尼格尔的城市，你想去那里吗？"

"听起来像是热带地区，我就想去这样的地方。"

"它可不在热带，它在美国的洛杉矶。"

"可是洛杉矶也有棕榈树，还有一众明星和制片人。就把我派到那里去吧，爸爸。"

"没问题，萨拜娜，你想去哪里都行。但我觉得你最好先去体验一下然后再做决定。不要草率地丢下你在华盛顿的公寓。"

"我肯定能在那里大显身手的。"

"据我所知，你从来没有执行过调查任务，你甚至都没有开过枪。"说到这里，他突然萌生出一个想法，"你威胁过纳税人吗？"尽管最后一个问题出自他口，但里奇还是不由自主地打了个寒噤，因为他回忆了一段往事。

他记得自己在事业初期对芝加哥东郊的一家钢铁配件制造公司进行过实地审计，那次审计的意图昭然若揭：通过刑事诉讼的方式催收税款。依照标准流程，刑事诉讼一经提起应当先予以立案。于是他在审计过程中对公司负责人施以恐吓，弱化了他抗税的意愿，而且由于请辩护律师的费用水涨船高，他的抗税行为更是难以为继。不论胜诉与否，国内税务署都将是终极赢家。倘若美国税务署在这次刑事案件中败诉，也不会改变该公司应补缴税款的事实，因为它是在刑事案件中被单独提起的民事诉讼，刑事案件败诉并不会对其产生任何影响。而如果美国税务署胜诉，通常意味着被告方会锒铛入狱，这将对其他潜在的抗税者起到杀一儆百的作用。虽然这些抗税者都想与税务署公开叫板，但他们都是一群外强中干的懦弱之人，大多数抗税者都如同被鞭笞的野犬一样不敢采取行动。最重要的是，对于里奇而言，如果他能将该公司顺利定罪，这将是一个莫大的殊荣，会成为他档案中可圈可点的一笔。

里奇与该公司首席执行官兼大股东罗恩·马里斯基约好了会面时间，他原本打算向马里斯基连续发问以逼他自证其罪。然而，当他走进这位首席执行官的办公室时，却发现他想多了：马里斯基并未邀请他的律师一同前来。真是个十足的傻瓜！许多纳税人对省钱都有一种误解，他们会为了节省一笔律师费，孤身一人来接受审查。

很显然，在谈话期间，马里斯基就像非洲大草原上的雄狮打量角马那样，将里奇仔仔细细地打量了一番。随后，马里斯基从他那张些许凌乱的办公桌后面走出来，径直走向端坐在那里的里奇，抓住他的翻领把他拎了起来。

"里奇，我不喜欢你，而且我不希望你来打扰我的生意。我知道，你现在可能会觉得自己很安全，毕竟你在税务署工作。但我要告诉你……"马里斯基用力把里奇从椅子上甩了出去。里奇摔了个狗啃泥，他趴在地上，拼尽全力才护住了他的脸。马里斯基用膝盖狠狠地抵住里奇的背，用力夺过他的钱包，从里面抽出他的驾照。

"你就住在这里，我说得没错吧？"他指着驾驶证上的住址恶狠狠地问。

里奇咕哝了一声，没有反驳。

"我让我的一个老街坊跟踪你，他一路尾随你到你家门口。既然你没有骗我，那我也不会对你撒谎。我知道你可能已经发现了一些对我不利的证据，但我没有兴趣跟你们税务署的长官打官司。帮我个忙，你现在结束调查，并且对外宣布我们公司没有任何拖欠税款的不良行为，我就当什么事也没有发生过。"

"要是我不答应呢？"虽然里奇记得他当时被压在马里斯基身下动弹不得，但却还在做着最后的挣扎，他是个男人，他不想让自己颜面扫地。

"要是你不答应，我就一把火把你的房子烧成灰，然后再杀人灭口。"

马里斯基松开了膝盖，让里奇从地上爬起来。

里奇艰难地站起身，他不知道自己将要面对什么。马里斯基从办公桌抽屉里拿出一把 357 左轮手枪，当里奇看到手枪两侧弹筒都装满了中空弹的时候，恐惧深深攫取了他的心。

马里斯基放下手枪，说："我现在还不会杀了你，毕竟在工作日处理尸体可不是件容易的事。"说罢，他又从那个装着手枪的抽屉里掏出一个厚度超过两英寸的信封，递给了里奇。

"这是 2.5 万美元。我不想再听到任何关于你的消息，更不想再见到你。你得保证再也不会有人来打扰我们公司，否则你就死定了。"

里奇在原地呆愣了一分钟，他感受到了前所未有的恐惧，他怕这笔钱会毁掉他的前程：就算他拒绝了这笔贿赂金，成为行贿对象这件事也会化作一个污点，永远留在他的档案上，所以他需要寻找正当的理由为自己辩护。但是马里斯基就站在他面前，拿枪逼他就范，他此刻简直是进退维谷。他其实很缺钱，同时他也需要这笔钱。"胡萝卜加大棒"这种恩威并施的政策是一种经典手段，让人难以抗拒。思来想去，里奇做出了最后的决定——他伸手接过了那个白色的信封。

里奇不想让自己的女儿经历类似的危险，但是她执意要出外勤，他又有什么办法呢？而且萨拜娜的决定是正确的。她这次行动可以引发媒体竞相报道，而这也正是副总统希望看到的，而里奇恰好可以借此向副总统邀功请赏。

沉浸在胡思乱想中的里奇全然没有听到萨拜娜的话。于是她只好又重复了一遍："爸爸，我在税务署工作，所以我每天都在'威胁'纳税人。"她戏谑道，"我已经在税务署工作了好几个月，其间我研习了所有的材料文件，也参加了全部的培训课程，而且我每周都会去一次射击场。"

第十四章　狼子野心

萨拜娜的努力程度令里奇大喜过望，他从沉思中回到现实。"干得好！"他赞叹道，"但是如果没有接受过正式培训，你就会处于不利的境地，毕竟你永远不知道你会和哪些人交手。就像我说的，有些人会觉得你是在针对他，难免会跟你起冲突。"虽然里奇是执法部门的长官，但是他也不知道除了他之外还有多少特工遇到过像马里斯基这样的狠人，毕竟就算遇到了这种人，也不会有人宣扬的。

"我能应付得来。"

里奇坚持道："你得跟一个知道自己在做什么的人一起训练，我会把你安排到弗兰克·格雷夫斯特工的手下，他刚好在拉古纳城。我正好想跟他打听一个我很感兴趣的人。其实我觉得这个案子很适合你，而且这个案子可能会对证券交易委员会产生后续的影响，我想副总统会很乐于看到这种机构联动的协同效应。"

里奇指了指手边的文件夹，对萨拜娜说："我感兴趣的人就是他，查尔斯·奈特。他还是个孩子，跟你年龄相仿，但他似乎从不交税。这个家伙已经投资了一些小生意，还做过一些咨询，但他从来没有做过那种拿薪酬的工作。16岁的他第一次做生意就遭到了税务署的打击。经过调查，我们掌握了他欠税的证据，对他处以罚款，并勒令其补缴利息。这个爱哭鬼经不起打击，索性关停了他的小生意。从此之后，他每次申报的收入都低于我们国家的税收门槛，但是他有大量的收支流动。他的纳税申报表总是拖到最后一刻才填报，而且他总能实现税务零申报率。他没有交过一分钱的税。他极有可能是个逃税者。"

"逃税者？"

"没错，而且他的收益模式表明他不只是一个逃税者那么简单。这个家伙是在借逃税向我们表明他的立场呢！他仗着自己年轻就以为自己真的有不死之身，他真是好大的胆子，竟然觉得自己可以免受逃税的惩罚。他的税务零申报率太过显眼，而税务署专挑这种人做靶子。自从关于逃税的讨论出现以来，我们就一直在关注这类逃税者——他们逃税的金额往往很小。政府希望税务署对抗税者和逃税者加大打击力度，并把他们作为反面案例'枭首示众'，把他们的头颅高高悬于城堡前的长矛上，从而起到恫吓和警示的作用。我们希望借此向政府表明我们的忠心，我们会不遗余力地维护国家的利益。"

萨拜娜漫不经心地翻阅着文件："我相信，不论是总统还是副总统都会关注这件事的，所以查尔斯·奈特这个案子听起来很适合我。"

"如果你能在出外勤的过程中成功抓住这个混蛋，我们就可以同时赢得前后两位总统的好感，毕竟副总统很有可能成为下一任总统。然后我们就能利用接下来的14年把在总统面前积累的好感转化成我们的优势。而且这是一次很好的机会。"里奇说道。

随后，她戏谑道："我猜他把所有费用都作为业务费用一笔勾销了。他最近接受审计了吗？"

"我们只能审计2%的纳税申报表，但他从未缴税，所以我们手上没有他的纳税申报表。而且我也不想对他进行定期审计，我需要等时机成熟，等他逃税的证据足够充分，新闻媒体自然就会注意到他。它们会给查尔斯·奈特贴上不爱国的标签，因为他侵吞了原本不属于他的钱。同时也会触发人们内心的嫉妒开关，那些平民阶层的'黑猩猩'们肯定会义愤填膺地大吼大叫，毕竟普通的工人阶层很乐于看到我们让那些赚了大钱的人跌落神坛。"

他掏出一瓶水喝了一小口，却忘记递给萨拜娜一瓶。

咽下几口水之后，他继续说道："我们需要让人们看到我们的努力，所以我们需要一个合适的'海报男孩'为我们做宣传，而你就是把他'缉拿归案'的'封面女郎'。"里奇面露喜色，得意于自己内心深处的那位诗人仍然能够出口成章，"我们要让这个家伙倾家荡产，然后把他包装成人民公敌，让他成为众矢之的。每年四月前后是人们缴税的日子，我们需要很多像查尔斯·奈特这样的反例来敲打他们。这样一来，他们就能乖乖排队朝你敬礼，不敢有丝毫的违抗。但你得找到他逃税的确凿证据，如果实在找不到，我们最起码得让我们手头上的证据看起来很可靠。"

"你想让我怎么做？"萨拜娜问道。

"萨拜娜，你现在的身份是一名外勤特工，你得把这个人找出来。这份文件上说他刚前往圣地亚哥，那里刚好是弗兰克·格雷夫斯负责的地区。但是，萨拜娜，你务必时刻谨记这一点：税务署对税务欺诈犯罪的起诉成功率已经高达90%，而我的既定目标是让定罪率达到100%。我们要彻底斩断那些逃税抗税的混蛋们脱罪的希望，我们只有到那时才能真正实现100%的定罪率。所以千万不要搞砸了！"

"我不会的！"

里奇的脸色陡然变得严峻起来："如果你不能绝对肯定奈特会被定罪，我的意思是100%的确定性，那就不要起诉他。听到了吗？就像那句俗话说的：要么干票大的，要么滚回老家。我们要实现精准投球，这一点至关重要。这不是多交几美元税费的事情，这关乎税务署的威慑力，我们既要能震慑民众，还要确保没有漏网之鱼。这是你的大好时机，一定要好好把握。既然你对调查一窍不通，你就得让我和格雷夫斯相信你找到了定罪的确凿证据才能采取下一步行动。我不会让任何人破坏我的纪录的！"

就连他的女儿也不可以。

说罢，他就打发萨拜娜离开了。

她就是一个自私的小贱人，能够不遗余力地得到自己想要的东西，也正因如此，里奇才为她倍感自豪。

第十四章　狼子野心

第十五章

投机理论

赞德·温的病情在一天天好转。某天早上，一位来自得克萨斯州的麻醉师亨德森停用了他的静脉注射药物，而正是这种药物让他一直昏睡不醒。医务船上的 CT 扫描仪显示赞德的大脑并未受损。当查尔斯来探望他的时候，他已经开始恢复知觉了。

医生用一个包裹着纱布海绵的螺栓装置测量赞德的颅压。卡罗琳告诉查尔斯，每当颅压增大的时候，它就会报警。等赞德能从床上起身的时候，医生就会把它拿掉。他那光秃秃的脑袋上会留下一个小伤疤。为了方便手术，赞德的头发都被剃光了，看起来很是狰狞，足以产生震慑他人的效果，但前提是他能赶在飞机起飞前恢复健康。

"他们今天应该会把你朋友的呼吸机取下来，过不了多久他就能讲话了。对于硬膜外血肿患者来说，只要没有什么生命危险，通常都能完全康复。"

"太好了，那真是太好了，卡罗琳。"

在重症监护室里，查尔斯坐在赞德身边。此刻的他倍感孤独，却又无能为力。尽管他们认识的时间并不长，但他还是真心希望赞德赶紧康复，继续同自己并肩作战。时间一点点地流逝，赞德仍然没有清醒的迹象，这时查尔斯突发奇想，如果把他现在所处的现实世界置于一个远离商业的大环境下，这个世界将会如何运转？

B-F 公司的股价于昨日暴涨，毋庸置疑，除了莫里斯舅舅之外，肯定还有很多人已经知道了 B-F 公司与伯克公司交易的消息。多伦多股市收盘价超过 160 美元，当天上涨了 11 美元。伯克国际矿业公司与 B-F 成立合资企业的消息一旦公开，将会给市场带来巨大冲击。这将会彻底打消人们的疑虑，那些一直在场外观望的投资机构和精明的投资老手将会毫不犹豫地买入大量股票。剩下的宣传工作就转移到了那些知名的大众媒体身上，他们将对世界上最大的金矿进行专题报道。要知道，这些大众媒体过去几乎不承认采矿业存在的合理性，而且他们会把勘矿当作一种破坏生态的行为大肆抨击。但在不久的将来，媒体对 B-F 的公司热情程度很快就会超过华舍曼和斯摩德霍夫本人。新晋投资者将会神秘兮兮地将他们发财的消息告诉自己的朋友，从而吸引更多的人购买 B-F 公司的股票。这些人信誓旦旦地声称 B-F 公司的股价会持续飙升，此时不买，更待何时！

没有什么能比淘金热更让人趋之若鹜。

一群标榜自己是投资者的人一窝蜂地涌入市场，其中有些人是商人，还有一些自认为是投机者。但查尔斯知道，无论他们再怎么美化自己，也掩盖不了他们是一群赌徒的事实。

在莫里斯舅舅看来，投资者将资本投入商业之中是为了创造更多的财富，就像他埋下一颗玉米种子，经过悉心培养，最终长出了一株玉米，而每株玉米上又结了数百颗新种子。在理想化的世界里，每个人创造的价值都高于他们消费的总价值，他们把剩余价值累积起来，便形成了资本。

然而，较之于按部就班地积攒资本，从政府吸金反而更容易。深谙此道的企业会不断从中获利，它们会直接动用大笔资产游说立法者和监管者。这样一来，这些企业就会从政府那里得到更多的好处。

中央银行垄断资金，政府也随之制定相关规章制度，无论由此产生的是副作用还是预期的主要作用，都无一例外地阻碍了信息、努力和资本的有效流通。不管从哪个角度来看，政府的规章制度都是对劳动力资源的浪费，小公司与大企业的竞争愈发举步维艰。此外，由于自由货币分配不当，法定货币导致恶性投资，谁会关心自由货币究竟被用到何处？整个经济领域的兴衰完全取决于政治权贵的突发奇想和西装革履之辈的心血来潮。

在这种高度政治化的大环境下，与其苦苦寻找创造价值的最好方法，不如大胆预测政府会在何时以何种方式扭曲经济，从而借机谋利。用莫里斯舅舅的话说，投机者比投资者更容易获得高额收益。

然而，查尔斯不愿囿于眼下利益，他还有更大的野心。在他看来，和政府豪赌是完全正当的，他喜欢帮扶那些弱势群体，而这正是投机者的"本职工作"。投机者会通过购买那些大众消费意愿低的商品以提高市场流通性。通常来说，政府的干预会导致市场效率低下，因此投机者们便会从这类低效的市场中获利。因为投机者的注意力不在于创造新的财富，他们会趁社会失序甚至天灾人祸爆发之时借机谋利，正因如此，他们已然成为社会上一个臭名昭著的群体。

商人试图从市场波动中获利，他们是哲学上的不可知论者。而在赌徒看来，市场是个合法的赌场，他们只需投下赌注然后静待好运降临即可。投资者、投机者、商人和赌徒四者之间的差别其实很大，但是大众却经常把他们混为一谈。

短暂的投资经历令查尔斯坚信：投资世界里充斥着太多的不确定性。如果一个人运气足够好，他可能会在全部资本用于保守投资后拿到 10% 的收益，但在查尔斯看来，这样低廉的回报率着实缺乏吸引力。但若把全部资本的 10% 拿出来做投机生意，或许就能获得 1000% 的利润。这样一来，尚且不考虑自己口袋里还有 90% 的资本未启用，仅靠这 10% 的资本，就拿到了比全部资本还多一倍的收益。

对于投机者来说，找到那种低风险高收益的交易至关重要，这通常意味着他们要寻找那些被严重打压的交易。之所以被压价，并不是因为交易本身有问题，公众的盲目恐慌或是政府的不当举措才是导致交易贬值的罪魁祸首。

莫里斯舅舅曾一针见血地指出那些初创企业都会面临的一个严重劣势，即税务机关无须承担任何风险就能拿走初创企业的一半利润。查尔斯听后对投机的渴望愈发浓厚，同时他心中也疑惑不解：既然要承受这么严酷的剥削，那创立企业的意义何在？阴魂不散的税务机关已然把商业当成他们的储蓄罐，除了出台适得其反的规则以及毫无意义的禁令，这类机关没有任何贡献。而创立一家公司却需要创业者劳心费力，并付出大量的资本，而那些寡廉鲜耻的税务机关早就对他们当"寄生虫"的行径习以为常了。

查尔斯发觉自己对主流之外的逆向观点越来越感兴趣。在他看来，大多数人就像游鱼一样在生命之海中前行，它们似乎受到声纳的指引，根据其他鱼群的行动确定自己的路线。这些依靠声纳前行的动物将时间花费在碰壁和改变方向上，这种改变猝不及防，以至于连它们自己都不知晓个中缘由，只是跟着其他的游鱼照做罢了。如果动作足够快，他们

第十五章 投机理论

就会相对安全，只有那些反应最慢的外侧鱼群会被吃掉。但是对于人类而言，无论身处何处，任何人都不能独善其身，因为猎杀者时常会将整个群体侵吞入腹。

查尔斯更喜欢凭借直觉为自己设定航线，因为他可以拥有很大的自主权，几乎不用考虑别人可能会转向何方。

哪怕被大学录取，他也会继续辍学，生来叛逆，学校根本无法束缚他那自由的灵魂。

查尔斯来到床边，把手搭在赞德的臂膀上，检查一下他的状况。随后他站起身来，冒着甲板上的热浪，他找到一张长椅。

这时，他的手机响了，是一个冈瓦纳的号码打来的，他觉得很蹊跷，怎么会有当地人知道他的号码呢？不可能吧！或许是有人打错电话了，虽然百思不得其解，但他还是按下了接通键。

"喂？"

电话那头是一个口音很重的男人："您好，先生，这里是迪亚康4G通讯公司，我们公司正在为西非的贵宾提供一项新服务，这可以帮您省下不少钱，您有兴趣了解一下吗？"

"不用了，谢谢。"还未等对方回答，查尔斯就挂断了电话。他觉得有些不对劲，嘴里嘟囔着，"想不到在冈瓦纳还能接到销售电话啊。"他索性关机了——他早该这么做了。

不久后卡罗琳找到了坐在长椅上的查尔斯，微风习习，包裹着卡罗琳的发香，令他倍感清凉舒适。

他本想说一些有趣的俏皮话来跟卡罗琳打招呼，但他的心思全在刚才那通电话上："我刚才接到了一个推销电话。"

她被逗乐了，温柔地说道："接到推销电话，购买彩票，给运动员和律师发放福利……这些事情竟然都在冈瓦纳出现了，或许应该出台一条法律……"

查尔斯苦笑道："我能接受推销员、彩票和运动员出现在冈瓦纳，但我不想在这里看到律师，莎士比亚建议杀掉所有的律师是有原因的。在我的理想世界里只存在两条法律：一是不要策划暴力和欺诈，二是言出必行。除此之外，其他人无论想要通过什么方式来自取灭亡，那都是他们自己的权利，外人无权干涉。"

"你今天太严肃了，那个总是笑容满面的家伙去哪儿了？"卡罗琳紧靠着查尔斯坐下来，二人之间的安全距离被打破。她的膝盖碰到了查尔斯的膝盖，她的手术服与查尔斯裤子上的褶皱紧密相贴："如果让你来治理国家，难道你就只制定这两条法律吗？"

他笑了起来："我管理一个国家的可能性就跟我去做毒品交易、大开杀戒或者自创宗教的可能性一样低。"

"很好，如果你不会撒谎，那你就没办法治理国家，至少别人是这么跟我说的。"

"你知道我不喜欢说谎。"

"但你确实有秘密哦。"卡罗琳打趣道，用肩膀亲昵地撞了一下查尔斯，随后两人靠在了一起。

"就像船长昨晚说的那样，真理很珍贵，所以它不是免费的。虽然我不喜欢撒谎，但是我没有义务向任何人袒露我发现的真理。"

虽然两人在交谈，但他们的膝盖从起初的轻微碰触演变成越发紧密的贴合，挑逗的意味愈演愈烈。

查尔斯继续说道："对别人撒谎已经很不道德了，但是自欺欺人就更是糟糕透顶，我可以不跟其他人一起生活，但我要与自己过活。"

第十五章 投机理论

卡罗琳用手抚上他的脸，将他的脸转过来朝向自己，调侃道："我虽然很喜欢你的思维方式，但你真的让人捉摸不透。"

两人的双眸眼看就要贴在一起，卡罗琳身上的香气令查尔斯兴奋不已。尽管烈日下金属船舱滚烫无比，但查尔斯无暇顾及身后的烧灼感，他想对卡罗琳说的话可远不止自己的名字。

二人就这样深情对望着，没人在意时间究竟过去了多久。

查尔斯的理性最终战胜了诱惑，说："如果我告诉你我叫什么，你就会有危险，何况再过几个月这一切就会成为过眼云烟，到时候我的名字对你来说已经无关紧要了。"

听到查尔斯这番话，卡罗琳后退些许，双手不再轻抚他的面颊。她的表情也变得黯淡，转头望向远处，平静的声音里听不出任何情绪："你真的觉得我很快就会把你忘掉吗？"

"不要这样，卡罗琳，我不是那个意思。"查尔斯看到卡罗琳失望的样子，哑然失笑，"你误会我了！我从来没有这样想过！你知道的，男人一般都不善言辞，有时候会陷入自闭，我希望你可以原谅我。我的意思是我们当前面临的危险再过几个月就会烟消云散。那时候没有人会关心我是谁，也不会有人追踪我的下落，靠近我的人也不会有任何危险。"

方才的那场误会让卡罗琳很受伤。过了好一会儿她才缓过来，只是这次她没有再去爱抚他的脸庞："但是 30 亿美元听起来真的很像天方夜谭。那天你说的'30 亿'真的是指 30 亿美元吗？"

"当然，而且现在已经涨到不止 30 亿那么多了。"

查尔斯和卡罗琳静静地靠坐在一起，膝盖相贴，肩膀相偎，纵然静默无言，但二人的肢体却一直在相互交流。

"这个人的声音听起来像查尔斯吗？"哈里和巴尼此刻身处迪亚康通信公司的运营处，站在一个头戴电话耳机的冈瓦纳男员工身边窃窃私语。

哈里答道："嗯……很可能就是他。"

话务员盯着眼前的电脑屏幕研究了一番，对二人说道："他的手机定位显示他在布什顿岛，这个岛位于科佩尔镇和自由港之间。"

"这个岛大不大？"罗斯科问。

面对罗斯科的问题，哈里嘟哝着："我的朋友，虽然这个岛很大，但最起码我们的搜查范围已经缩小到一个岛上了，这难道不是个突破吗？"他边说边递给话务员一张一百美元的钞票，"走吧，让我们去这个岛上探个究竟。"

第十六章

神庙里的熊

    切特·霍利菲尔德联邦大楼位于美国加州的拉古纳尼格尔市，它是一座金字塔造型的七层建筑，庞大的楼体修建在一个柏油铺设的停车场上面，那里平坦而又辽阔。建筑设计师意欲将其打造成一座密不透风的堡垒，而且堡垒外部铺设有一排排的大炮和一列列的狙击孔。它被设计成堡垒的样子是有原因的：罗克韦尔国际公司曾经想利用这栋大楼履行一项重要的国防合同，然而这项协议却以失败告终，该公司索性把这栋大楼卖给了美国联邦政府，并从中赚取了一些额外的好处。联邦大楼的建筑师贡献过很多设计精妙的作品，他的作品颇具美索不达米亚地区金字塔的建筑风格，就像是乔治·奥威尔在《1984》一书中描写的友爱部。现如今，这栋大楼俨然成为美国税务署下设的地区刑事调查办公室的理想总部。

    没有人愿意不请自来，也没有人妄图受邀前往这栋大楼。

    税务署和国土安全部共用这栋大楼。这是一种相得益彰的组合模式：税务署为国家发展带来收入；国土安全部可以辨别国家面临的真实威胁与潜在威胁，从而证明国家存在的必要性。美国国内税务署正将有关美国纳税人的大批文件并入国安部的相关文件中，这样一来，国安部想要事无巨细地了解所有人的目的便达到了。正因如此，两个大型机构的整合优势变得愈发明显。

切特·霍利菲尔德联邦大楼拔地而起，俯瞰着四周的住宅区。不可胜数的中产阶级住宅坐落于此，里面住着税务署和国安部觊觎的猎物。萨拜娜正大步流星地走向大楼正门，她即将在这里开启事业的新篇章。但是，她首先要跨过一条壕沟，几乎整个大楼都在它的包围之中，这里就像堡垒一样戒备森严。它是《星球大战》中贾巴的宫殿，是美剧《昏迷》中那所罪恶的医院大楼，是将科幻小说中反乌托邦式的未来具象化的建筑。

若是揭开它那富有异国情调的假面，就会发现这栋联邦大楼其实只是一座普通的办公大楼。它与莫斯科的办公大楼毫无二致，同样缺乏人性，令人压抑。

办公楼里那些小隔间的形状和大小与小型牢房无异，这是那些卑贱劳工的工作场所，萨拜娜并不属于这里。萨拜娜敏锐地感知到自己将在这栋大楼中收获权力，一想到这里，她顿时觉得斗志昂扬，连同周遭压抑的环境也变得清爽宜人、令人兴奋。萨拜娜发现，一踏入这种繁忙的办公场所，即便目光所及之处皆是一些外表平庸的"雄蜂"以及庸庸碌碌的"工蜂"，她还是会像"蜂后"一样不由自主地在这些人中寻找潜在的性伴侣。

或许特工弗兰克·格雷夫斯是个不错的人选。

她费力穿过拥挤的人群，终于来到行政套房门前。她走到接待秘书苏的面前，苏愉快地望着她，并向萨拜娜作了自我介绍。

苏是一个体态肥胖、脸庞圆润的女人，她很像一个成年版的嘉宝婴儿。一双嵌在她脸上的猪眼又小又肿，皱缩在肥厚的双颊间，起码从外表来看，她是一个轻松愉悦的胖女人。萨拜娜猜测，办公室的所有人都会表现出一副很喜欢她的样子，就算偶有例外，那些人也不会表现出来。这并非是因为她有什么特别的美德，而是因为她开朗无害的性格。也许她的性格是一种自御手段，学生时代的她一定因为肥胖的身形受到过很多冷嘲热讽。为了避免再次遭受外界对她外貌的攻击，她索性换上了一副纯良无害的面孔。想到这里，萨拜娜立刻对她生出一种蔑视之情。

"你好，苏小姐。"萨拜娜的声音悠扬婉转，甜腻得像流淌的蜜糖，"我好喜欢你的围巾。"

苏被她夸得喜笑颜开："谢谢，围巾可是个好玩意儿，一戴上它，我就觉得自己充满了活力嘞！"身材肥胖的苏竟然有明尼苏达州口音，这令萨拜娜大为震惊，因为在她的认知里，美国中西部各州只会把当地最优质的人才输送到洛杉矶，毕竟这里的竞争是出了名的激烈。

"谁说不是呢！"萨拜娜话语间渗着甜腻，"你知道吗，有时候我会抱着我最喜欢的围巾入睡，因为它们真的很好闻，你觉得呢？"萨拜娜语气真挚，好像她真的很喜欢围巾一样。

"对！我也是这么想的，但我可从来没有听说过别人也有这种感受嘞！"

搞定！萨拜娜心中暗喜。她轻而易举地就跟苏拉近了关系。不论这里的员工多么令人不悦，他们的服务都是必不可少的。纵使不满的叫嚣再多，也无法让一个意欲让你生活痛苦不堪的行政助理悬崖勒马，他们都是一群以守为攻的笑面虎。除此之外，解聘公职人员的流程漫长而复杂，往往长达一年之久，所以公职人员很难被勒令离职，这是众所周知的事实。

"你好，苏小姐。我是萨拜娜·海德尔，是新来的特工。"萨拜娜向她做了正式的自我介绍。

"哇，原来您就是海德尔特工啊！很高兴见到你。今儿一大早他们就告诉我你要来了！"苏浮夸的笑容与她那美国中部的口音毫不违和，她那俏皮而轻快的语调让萨拜娜的耳朵备受折磨。

"我也是几天前才得知要来这里工作的。"萨拜娜也表现出一副很惊讶的样子回应道。

"喔，老天，那你的速度可真够快的！你能来这里工作，我们都特别高兴。"苏有一个很大的特点，那就是每说几句话她都要咯咯地笑几声，她的笑声听起来冒着傻气，而且毫无意义。

苏绕过办公桌，走到萨拜娜面前，说："我带你去见格雷夫斯特工吧。你一定会喜欢上他的，不只是我，我们这里的所有人都很喜欢他。"她刷身份证通过了安检，带领萨拜娜穿过一扇门，来到一条长长的走廊上。她走在前面，问："我猜，你还没来得及在这儿安顿好新家吧？"

苏绝大部分时间都在闲聊。对萨拜娜而言，强迫自己与苏互相打趣简直令她心烦意乱，但她既然要在这里工作，就必然要忍受这样的无趣闲谈："我没有在夸大其词，其实，我刚到这里，所以我现在还住在酒店里，我想先熟悉一下周围的环境再找住处。"

"噢，海德尔特工，你很快就会想找个房子住的。毕竟你们这些特工大部分时间都要住在酒店里，外出执行任务就是这样，只能住酒店。我们负责的区域覆盖整个美国西部，包括阿拉斯加、夏威夷以及美国在太平洋的领属岛屿，遍布西美的所有特工都出自咱们办公室。但是那些骗税的、洗钱的、贩毒的，还有那些恐怖分子根本除不完啊，这里的特工永远供不应求。毕竟，现在犯事儿的人可太多了。"她轻快的话语中透出一种秘而不宣又不以为然的语气。

"嗯，我就是来帮助你们减少罪犯人数的。"

"萨拜娜，这份干劲儿你可得保持好，我敢说，你肯定能在这里大干一场。你一定会喜欢上弗兰克·格雷夫斯的，这里的每个人都喜欢他。"

苏一直在跟她强调这里的每个人都喜欢弗兰克·格雷夫斯。看来，格雷夫斯是一个能与众人打成一片的人，这个信息让萨拜娜对弗兰克·格雷夫斯潜在的好感大打折扣。但是父亲似乎很尊敬他，想到这里，萨拜娜心想自己还是不要草率定论为好。

苏没有继续聊下去。她领着萨拜娜来到一扇门前，然后敲响了紧闭的房门。

"请进。"格雷夫斯闷闷的声音像是从很远的地方传来的。也许门后是一个巨大的办公室，萨拜娜心想。

苏闻声为萨拜娜打开房门，一本正经地将她领了进去："格雷夫斯特工主管，这位就是萨拜娜·海德尔特工。"苏的脸上因兴奋而泛起红晕，她为自己能接近像格雷夫斯这样管理层的精英人士而倍感自豪。

萨拜娜发现这间办公室并没有她想象中那么大，导致格雷夫斯声音发闷的其实是一根硕大的香蕉，其中半根已经被他吞入腹中，还剩半根香蕉没来得及咽下去。他的脸颊鼓得像一只松鼠。接下来的时间似乎变得格外漫长，他生生咽了两次，才把嘴里的香蕉吞下去，然后，他晃了晃自己的脑袋。

"见笑了，海德尔小姐。"他脸上带着轻松的微笑自嘲道，"我吃东西的时候很容易被食物卡住，不过总比把脚卡在喉咙里好得多，你说

180

对吧？"

苏又笑了："格雷夫斯先生啊，您今天可得正经点儿。这位小姐可是新来的特工！"说罢她就愉悦地离开了办公室，甚至连关门时还在咯咯笑个不停。

萨拜娜注意到，一旁的墙壁上挂着一张几年前格雷夫斯和妻子拍的结婚照。

格雷夫斯从办公桌一侧绕过来迎接她，他的双手虽然粗糙，但却坚定有力。原来这个男人就是弗兰克·格雷夫斯。他给人的视觉印象并不是很好，这一点毋庸置疑。但是这里的每个人都那么喜欢他，就连她父亲也对他大加赞赏。萨拜娜很想知道这堆肥肉下面究竟藏着一个多么富有魅力的灵魂。

他的头很大，双颊丰满，跟苏简直就像是一个模子里刻出来的。他那头浓密蜷曲的黑发过于蓬乱，就算用梳子打理一番，恐怕也无济于事。他活像一头灰熊：身形肥胖，但是肌肉却很发达。他身材高大，活像一名退役的橄榄球前锋队员。没错，他就是一头让人不禁想要拥抱一下的大灰熊。

但她永远不会和弗兰克·格雷夫斯拥抱，对她来说，拥抱简直是一件难以忍受的苦差事。

萨拜娜对自己的美貌和老练的行事风格很有自信。她擅长与形形色色的男人打交道，不论高矮胖瘦、肤色国籍，对她来说统统不在话下。因为在她看来，他们就像玩偶一样被她玩弄于股掌之间。只要她按对了玩具的按钮，这些人形玩偶便会按照她的指令行事。而且，萨拜娜发现大多数男人都有一套相同的"按钮"。

有时萨拜娜会挑选一个易于摆布的男人，他就像一摊软趴趴的泥

第十六章　神庙里的熊

巴，可以被塑造成各种形状。尽管他们试图隐匿在茫茫人海中，殊不知他们在人群中很显眼——意志消沉、疲惫不堪、伤痕累累。萨拜娜根本无须同他们交谈，只需一眼就可以在人群中锁定他们：面部的皱纹，无神的双眸，微弯的脊背，以及一些其他的迹象，都令他们周身笼罩着一种被失败击垮的绝望气息。这些从他们身上释放出来的信息素吸引了捕食者，萨拜娜为自己敏锐的第六感而倍感自豪，因为她可以轻而易举地觉察到这种弱点。劫匪会用枪支来瞄准他们的下一个目标，而萨拜娜同他们无异，她也会用自己的武器来锁定自己的下一个玩物。

她怎么这么厉害，能让这群男人对她这般死心塌地！出轨的人明明是她，但心怀愧疚的却是他们，这些男人生怕她会对彼此的关系产生厌倦。这就是他们的爱，多么感人肺腑！他们会为了萨拜娜赴汤蹈火——不惜背叛朋友、甘愿奉上全部家当，甚至走上违法犯罪的道路……想到这里，萨拜娜嘴角露出一丝冷笑。她的男女关系必须完美无瑕，于她而言，每段感情都必须有利可图。然而不出一两个月，她就会把这些玩腻了的男人一脚踢开，再去寻觅下一个猎物。她更换伴侣的频率堪比快餐店里食客更迭的速度。

有钱有势的人一直是她的目标群体，而且她对这些人的外部特质有着极为敏锐的嗅觉。

然而，面前这个男人并没有触发她敏锐的第六感。难道是因为……她其实已经心生怯意了吗？

"其实，副部长的这个要求有点奇怪。他想让我一对一地，指导你……"

萨拜娜从容不迫地解释道："其实，我是副总统那项'提升工作效率倡议'的试验品，我是第一个从证交会换到税务署的工作人员。里奇副部长很希望副总统的这项提议能够大获成功。在他看来，从现在起让那些最有经验的优秀特工带领新特工一起工作可能会比集体授课或集训的效果更好。这样一来，新特工或许就能直接从高手那里迅速积累到经验。因为我是从其他机构调任过来的，我也希望有一个经验老到的特工来指导我。我觉得只要能证实这项倡议是有效果的，任何人都不太可能会因为自己绕过正常渠道而焦躁不安。"

"我从没想过里奇是一个这么关心'个性化培养'的人。"

"嗯？"格雷夫斯这番话令萨拜娜一头雾水。

格雷夫斯似乎立刻就把这句话抛于脑后。他换了一种语气，继续说道："其实，我感觉它听起来是个好主意，甚至可能是税务署有史以来提出的最有用的倡议。这么看来，海德尔小姐，我和你就是第一个试验台了。"

她本来可以爬上他的床，用淫词浪语挑逗他进入前戏，从而营造出一种一触即发的性张力。他也许会焦灼不安，也许会欲火焚身，极度渴盼同他发生关系。只要跟他睡过之后，一切就都好说了。但迄今为止她还没有从他身上找到任何突破口，因为这个男人跟其他男人不同，他身上似乎没有任人掌控的"按钮"，萨拜娜已经预料到她与格雷夫斯未来的关系将极具挑战性。

"第一，"他说，"虽然这份工作属于临时受命，但我觉得你首先得寸步不离地跟着我。这样吧，你就在我的办公室里工作，我会派人给你在这里安排一张空桌子。我去开会的时候，你也要跟我一起去，而且不论我给你安排什么外勤任务，你都要直接向我汇报，听明白了吗？"

尽管她知道这个问题不合时宜，但她还是冒着被取笑的风险下意识地问道："您的夫人不会嫉妒吗？毕竟我们两个人每天都要形影不离地

第十六章　神庙里的熊

工作。”

格雷夫斯的眼神瞬间变得呆滞，似乎在重新理顺思绪。片刻过后，他又打起精神，对萨拜娜微微一笑：“呃，很抱歉，我还从未往这方面想过。顺便说一句，海德尔特工，我永远不会背叛我的妻子。”他说这番话的时候面无表情，语气也渐渐趋于平淡。

他的这番话令萨拜娜始料未及，她惊讶得说不出话来。

格雷夫斯见状又笑了起来：“行了，这些都不重要，我们现在开始工作吧。”

然而，萨拜娜可不这么认为，她与格雷夫斯的关系对她来说很重要，这简直是一个艰巨的挑战。她平生第一次像这般一筹莫展，但她不会轻易放弃，她一定会想方设法爬上格雷夫斯的床。

就在这时，格雷夫斯提醒她：“副部长说他让你给我带了一份文档。”

“是的，”她回过神来，把手伸进挎包里，从里面掏出一份文件来，“但是我们还没搜集到足够的证据，所以这份文件目前还很薄。据我所知，这个年轻人不愿意交税，他有几家小公司，整天到处转移现金。”

“他是做什么的？”

“他现在什么也算不上，就是一个取巧钻营的投机者罢了。”她语气尖锐，毫不掩饰对他的轻蔑。

格雷夫斯摇了摇头，不解地问道：“你为什么把话说得这么刻薄？”

“可能是因为证交会的工作让我筋疲力尽了，而且这个人的行为太可疑了。”

“唔……好吧。”格雷夫斯靠在椅子上，迅速翻阅着那份文件，“看来他不是那种能赚大钱的人。现在让我们来整理一下目前已知的所有信息，把那些通过合法渠道搜集到的所有信息碎片整合到一起，慢慢来，苏会帮你一起整理的。几个小时之后，把你的结论告诉我——这里面到底有没有值得我们深入追查的信息。"

"格雷夫斯特工，这个人太年轻了，他一个人不可能应付得了这么多生意。他是个自由职业者，而且，他之前就因为逃税被税务署指控过，但他依旧没有改过自新，直到现在还是不曾上缴一分税。我猜他肯定把大部分的收入都秘密转移到了国外，自以为这样就能够逃脱法律的制裁。他绝对是个偷税漏税的货色，我嗅到了他的气息。"

"我可以冒昧地问一下你的年龄吗？"

"24 岁。"萨拜娜骄傲地扬起下巴，得意于自己在短短的 24 年间所取得的斐然成就。

"查尔斯·奈特跟你年龄相仿，但他已经是四家小公司的创始人了。除了被我们做掉的那一家，其余三家公司的经营状况都很不错。"格雷夫斯靠在椅背上，上下打量着萨拜娜，对她进行了初步的评估，他得出一个结论：在 24 年的人生里，她确实没有做过任何有价值的事情。

格雷夫斯噘起嘴巴，沉默了整整 20 秒钟，他其实很想对这个自负的女孩反唇相讥："我真想知道他会从你身上嗅到什么气味。"

但他终究没将这句话说出来，而是对萨拜娜大声说道："我最多给你三个小时，然后把最终结果告诉我。"说罢，他就转头去看办公桌上的文件了，不再理睬萨拜娜。

第十六章　神庙里的熊

第十七章

重症监护室里的 9P 理论

赞德艰难地睁开双眼，此刻的他看起来就像是刚刚落败的酒吧拳手。插在喉咙里的管子和头上的螺旋装置都被医生取了下来，但他的手臂静脉上还插着点滴管，里面流淌着巴比妥酸盐药液。由于该药物具有麻醉功效，赞德此刻尚未完全清醒。查尔斯希望在赞德恢复神志的时候自己能陪在他身边。

"温先生，你醒了！这真是太好了！"查尔斯把手搭在温的胳膊上，激动之情溢于言表。

"查尔斯先生，"温的舌头焦干，嘴唇开裂，他用微弱的声音说道，"谢谢你救了我。"

查尔斯如释重负地笑了，他此刻依旧沉浸在看到朋友苏醒的喜悦中。他轻轻摇了摇头，对赞德·温说道："当时你伤得太重了，但好在我们福大命大。"

赞德在床上扭动着身子，拼命想要坐得高一些，但却露出一脸痛苦的表情。除了头部以外，他的屁股也受到重创，子弹透过皮肤深深刺穿了肌肉组织，但幸好没有伤到骨头，因为子弹对人体的损伤主要源于它

186

穿透人体时带来的极具能量的冲击波。如若一枚较重或高速飞行的子弹突然射入坚硬的骨骼中，则会产生强大的冲击力，这会给人体带来灭顶之灾。若有一枚通过膛线、在空中保持旋转的金属弹头直直射进人体，避开了骨骼组织，肌肉的缓冲作用会大大削减它对人体造成的伤害。这就好比在标靶射击中，当子弹穿过纸质靶心时会在上面留下一个圆形的弹孔，但是靶子后面的树干则会被子弹巨大的穿透力炸得粉碎、木屑四溅。

幸运的是，穿透温臀部肌肉组织的子弹永远留在了邦戈达外面的丛林里，相比之下，他头部的伤更为触目惊心。

"你能跟我说说，我到底昏迷了多少天吗？"

"好几天了。"查尔斯如实答道。重症监护室里到处弥漫着医用酒精和漂白剂的味道，只有一旁护士身上淡淡的香水味闻起来还算清爽。

温顿了顿，接着问道："所以我们现在是在'非洲恩典号'上吗？"

"没错，我们就在这艘船上，是船上的医生救了你。"

"很好，我的孩子，看到你还活着我真是太开心了。"

"我也替自己高兴，我现在已经没有危险了，但是你还有危险。"

"不，我们都有危险，而且危险还不少呢。"赞德说的"危险"和查尔斯口中的"危险"显然不是同一个概念。

但是查尔斯还是听懂了赞德的意思，只是他觉得待在这艘船上足够安全，毕竟船上没有人知道他们的名字："我没有离开过这艘船，也没有给任何人打过电话，甚至都没告诉 TJ 我们把他的车停在了哪里。医生和船长都不知道我们的名字，而且他们也没把我们在这艘船上的事告诉其他人。"

"真是个机灵的好孩子。但是，如果你信得过船长，你就得如实地把名字告诉他，因为他才是这里的老大，"温疼得咝了一口气，面容扭曲地说道，"你觉得那些人还会以为我们在邦戈达吗？"

"我觉得有可能，如果他们还没放弃追踪我们，他们应该会认定我们还留在邦戈达境内。我想他们可能只是把我们当成了小偷，你觉得呢？"

赞德的语气变得严肃起来："谁能相信一个白人会在冈瓦纳偷鸡摸狗？他们又不是傻子。话说，我昏迷后发生过什么可疑的事情吗？"

"没有。"或许除了他接到的那个电话，查尔斯心想。

"很好。"赞德睡意蒙眬地说道，"躺在医院的病床上真是天底下最无聊的事情了。来，我们好好谈谈吧。你得帮我理一理关于 B-F 公司的线索，我的脑子现在还是一团乱麻。我们再把已知的信息从头到尾捋顺一遍，看看能不能搞清楚 B-F 勘探公司到底是怎么一回事。你把前因后果说给我听，千万不要遗漏任何细节，让我们用 9P 理论再做一次逻辑推理。"

赞德身上的麻药药效还未完全消失，伤口也尚未痊愈，病恹恹的他看起来并没有参与讨论的意思。但查尔斯深知，赞德的头脑依旧灵活敏捷。尽管如此，查尔斯还是听从了赞德的提议，为其进行了一番细致的逻辑推理，或许此番谈话能够佐证这样一个事实：即使赞德的头部受伤，他的大脑思维依旧敏锐无比。

"温先生，我们就来按照 9P 理论逐一分析。"查尔斯开始条分缕析。"第一个 P 指人（Person），它是目前最关键的要素，甚至比其他所有要素加在一起都要重要。公司负责人有没有经验？他先前有过成功的案例吗？斯摩德霍夫在这个领域扮演着多重角色：探矿者、地质学家、采矿工程师、项目经理。他似乎正戒备森严地守卫着班加西奥奎尔村这块土地，他是这桩勘矿生意的技术终端，根据我们已有的证据来看，他一定隐瞒了一些事情。"

"那华舍曼呢？"赞德闭上了双眼，说话开始含糊不清。

查尔斯说："本·华舍曼为这次勘矿活动提供了资金支持，他是B-F-华舍曼联合公司的总裁兼创始人。"查尔斯没有再继续说下去，他不确定赞德·温是否还在听他讲话。

"温先生？"

赞德·温又陷入短暂的昏睡，查尔斯寸步不离地守在病榻旁。在等赞德苏醒的过程中，他不自觉地想到了华舍曼。说起这个人，查尔斯跟他可谓是颇有渊源。在他刚对 B-F 公司燃起兴趣的时候就见到了华舍曼，查尔斯曾仔细调查过他，他了解到华舍曼是 B-F 公司的代言人。华舍曼在加拿大白手起家，创立了 B-F 勘探公司，那时候只是一个空壳公司，现如今却将世界上 75% 的矿业勘探资本收入囊中。华舍曼瞄准市场利好的时机，凭借三寸不烂之舌宣称能找到切实回报的资产，并能让公司以低廉的价格上市，他本人只花了 1 美分就拿下价值 300 万的股份，只用了 10 美分就从有违法嫌疑的人手里筹集了 50 万美元。

在矿业勘探的小圈子里，每个人都能通过或直接或间接的方式知悉彼此，华舍曼通过他人之口听说了斯摩德霍夫，随后二人便勾搭在一起。斯摩德霍夫在西非发现金矿，并愿意把金矿所有权转让给 B-F 公司以换取 300 万美元的股份，起初这只是一桩再平常不过的买卖。

华舍曼对于地质学和采矿知识几乎是一无所知，但是多年来的耳濡目染足以让他对采矿业大谈特谈。华舍曼不是一个事无巨细的管理者，而是一个注重大局的人。他既是一位推销商，也是一名经理人。他身材高大健硕，有着一副迷人的面孔，浑身散发着魅力。他虽已年逾 60，但精力依旧旺盛。他的主要任务是促使各方达成协议，同时负责公司的招商引资工作。华舍曼整日在加拿大、美国和欧洲之间四处奔波，大肆宣传下一轮融资的股票估值。对于商人，尤其是到他这般年纪尚未真正品尝过成功滋味的人来说，B-F 勘探公司或许是他最后一搏。在此之前，若是有幸碰到一两次利好市场，华舍曼往往会抛售股票，以便为下一轮融资筹集足够的资本。然而现在的他显然不会再做这种缺乏远见的事情了。

华舍曼从一个企业转战另一个企业，不知不觉已经在商界摸爬滚打了 20 多年。回首整个人生，他总是四处碰壁，虽在其间偶获成就，但却改变不了他一事无成的人生现状。如今，他与生俱来的推销口才、敏捷的思维与过人的胆识终于得到了回报。他发现了一处主矿脉。于是，不同于那些在加拿大、美国、澳大利和英国运作的小型勘探公司，它们缺少资金且未发现有价值的矿藏，并整天幻想通过天花乱坠的广告宣传来推销那些贫矿土地。华舍曼已无须到处游说来为公司筹集资金了。如今风向已变，人们开始争先恐后地给他送钱了。

温又醒了过来，睡眼惺忪地说："孩子，继续。"

查尔斯点了点头，说："我们刚才在讨论'人'。总之，斯摩德霍夫是一位颇受尊重的地质学家，华舍曼之前的事业起起落落，而那个名叫古德勒克·约翰逊的本地人是那片矿地的所有者，我们对这个人一无所知。他们三人都没有诈骗的前科，所以，严格来说，B-F 公司的人只是有行骗的可能性，我并非是要偏袒他们三人。当然，那晚我们在 B-F 秘密实验室外受枪击的事件恐怕跟他们脱不了干系。只是我觉得这次满世界追杀我们的恐怕另有其人。"

温点了点头，提高了音量："我同意你的想法。虽然华舍曼和斯摩德霍夫两个人术业有专攻，但他们可都是埋头苦干的专业人员呐！在冈瓦纳徘徊这么久了，都没等到上天的指引，真是可怜！趁着他们的骡子还没累死、尖镐还没折断的时候，他们想赶紧找到下一个'马德雷山脉的宝藏'。这样一来，他们就能心安理得地退休了。"

很显然，赞德·温的嘲讽能力并未因为巴比妥酸盐的药效而削减分毫。

"接下来呢？"温听起来有些不耐烦了。

"下一个 P 是指资产（Property）。我们需要弄清楚这些细节：地底下埋藏的究竟是完整的矿床还是分散的岩石块？他们是否对矿藏进行了钻探检测？还是仅通过表层取样和沟槽取样就贸然得出结论？只有从地底深处钻探出来的岩石样本才值得信任。据目前已知的结果来看，班加西奥奎尔村的矿体堪称完美，它品质极高，连续性好，储量巨大。"

赞德又合上了双眸，问道："还有其他关于矿产的重要信息吗？"

"这处矿床的开采、加工以及运输难度都不高。"

赞德睁开了眼睛，对查尔斯说道："其实 B-F 公司不是赢家，但目前它的情况也不至于糟糕透顶。B-F 公司的资产既没有沉在水底，也没有埋在几千英尺深的地下，他们的矿石就在地表。虽然他们单方面宣称这些矿石中富含易于提取的纳米金，但是证据在哪里呢？他们说什么市场就信什么，但鲜有人去查证。B-F 公司没有确凿的证据来证明纳米金的存在，这就是他们的软肋。绝大部分关于 B-F 公司的已知信息都在说他们钻探的样本有多完美以及岩芯的化验结果有多么令人惊叹，虽然这都是些空口无凭的数据，但这也足以让他们领先 99.8% 的竞争对手了。所以，下一个 P 是什么？"

"融资（Phinancing），简称为 P-H。一个公司能否为勘矿活动提供充足的资金？该公司能否赚取更多的利润？起初 B-F 公司面临资金短缺的困境。然而随着第三批岩芯的发现，大量资金开始流向 B-F 公司。一旦 B-F 公司的股价开始飙升，股票摊薄的影响就变得微乎其微。B-F 公司摆脱了债务负担，目前他们银行账户里大约有 3000 万美元，该公司在融资方面做得几近完美。"

"接下来是？"

"股票。B-F 公司的股权结构是如何分配的？公司管理层是否会进行结党营私的私下交易？这种不道德的行径是否会令投资者蒙受损失？公司是否存在大量低价期权及认股权证外流的现象？公司创立者是否以极低的价格掌握了大量业绩股票？"查尔斯摇摇头，继续说道，"我现在与一家圣地亚哥的公司有业务往来，对于该公司的经营者来说，公司结构至关重要。"

"艾略特·施普林格可不是傻瓜，他精明得很呢！"

查尔斯疑惑不解地看着赞德："我可从来没有跟你提过这个公司老板。"

"你觉得我会不知道吗？那你可就太小瞧我了！所以接下来到哪一个 P 了？"

查尔斯暂时将这件无足轻重的事抛之脑后。经过这几天的相处，查尔斯深知赞德·温绝不是个在丛林中游荡的普通荷兰人："接下来是推销（Promotion）。如果公司推销者不露锋芒、行事低调，那么即便他们发现了母矿，公司股票价格也不一定会上涨，因为他们没有引起公众的投资兴趣。这些公司一直需要大量的资金来维持运转，因此抬升股价变得至关重要，这样可以将股东造成的消极影响降至最低。而上述情形只有在买家数量多于卖家数量时才会出现。而若是没有推销，就不会有买家光顾。B-F 公司在推销上面可谓是下足了功夫，来自北美和欧洲的半数行业媒体都在为 B-F 公司的推销造势。"

"下一个 P 应该就是政治了。"赞德抢先说道。

当论及政治问题，查尔斯顿觉内心有万语千言呼之欲出："没错，成也政治败也政治。一个国家的政客可能对采矿者持欢迎或是鄙视的态度：一方面，如果那些亲环保主义者的政客因为重视环保问题而当选，那么任何勘探活动都无法在这个国家进行。在那些高度发达国家内部的采矿企业正面临着巨大的风险，因为说不定什么时候国家就会以保护环境为由取缔采矿活动。而另一方面，那些有权有势的人和独裁者会让你在他们的国家开矿，但他们只想把矿床当作他们的私人储钱罐，他们会一味地对矿藏进行过度开发，直至将整片的富矿压榨成一片贫瘠荒芜的矿地。冈瓦纳目前的局势还算稳定，也许是因为之前的内战使整个国家精疲力尽，但至少现在它没有连天的战火了。不过，政治或许仍然是最大的未知因素。"

"说得没错。你在该国修建了一个造价高达数十亿的矿井，这笔巨款属于前期投资。但是该国统治者随时都可以大笔一挥，将你全部的资产据为己有。下一个 P 是什么来着？"

"下一个 P 是推动力（Push）。导致股价节节攀升的推动力究竟是什么？又产生于何时？与十年之前的光景大不相同，现在人们行动力极强，他们可能会为了求证一些价值被低估且不为外人所知的信息而进行实地考察。"

"没错，我们来这里可不是为了享受美食和好天气的。"

"这片土地上有着无穷无尽的推动力，所以股价才会一路飙升。"

"物极必反，建立在欺诈上的金融泡沫迟早有一天会破裂。"赞德以一种不容置喙的语气说道。

查尔斯点点头，说："下一个 P 就是价格（Price）。如果矿体贫瘠，

第十七章　重症监护室里的 9P 理论

没有什么利润可言，那么金矿价格自然就会下降，我们的钱也将不翼而飞。反之，如果股价上升，再不值钱的土地也会摇身一变成为投资者心中那片有利可图的矿体。虽然会有挖到贫矿的风险，但贫矿总比没有矿藏好得多。我不知道未来金价走势如何，但就目前的发展情况来看，金矿股市应该会长期向好。"

"你跟我想的一样，至少在人们弄清楚这个世界上货币流转和金融运行的基本规律之前，股市将会长期看涨。"

"最后一个 P 是陷阱（Pitfall）。究竟哪里会出现问题？究竟有多少不可预知的'黑天鹅事件'在伺机而动？我觉得 B-F 公司不得不直面很多问题，比如之前那台失控伤人的钻探机。"

赞德眼睛微微眯起："或许还有失去控制、抽搐不已的查尔斯和赞德。"

"没错。"

赞德挪动了一下身体，依旧痛得龇牙咧嘴，他紧接着说道："没有什么比审视自己更能磨砺心灵了。我觉得你在学校都不一定能学到这么多，况且现在还处在生死攸关时刻。在实践中学习，这才是学校该有的样子。学生不应该整天坐在教室看着时钟度日。对了，你可得交给我学费，还要请我喝酒。"

"或许我可以请你喝一杯壮阳的蛋奶酒。"查尔斯调侃道。

"别忘了，我现在可没什么血气了，估计要辜负你的美意了。"赞德也说起了俏皮话。

赞德闭着眼睛躺在床上，提醒查尔斯："这里危机四伏，凡事一定要多加小心。要知道这个国家明令禁止人们持枪，一经发现就会被判处无期徒刑。但是我们还是被子弹打伤了，这足以证明那些采矿者一定大有来头。"

"我明白。"

"对了，你没有把那晚的事情告诉警察或者大使馆吧？"

"当然没有，怎么可能！"

查尔斯怀疑警察根本起不到任何实质性的作用，用无能之辈形容他们再合适不过了。如果查尔斯和赞德因为遭受枪击而向当地警方报警，他们就会登上新闻头条，这可能会直接招来杀身之祸。况且当地警方在调查过程中根本不在意持枪人是否真正违反了那条由联合国为冈瓦纳量身定制的"卡夫卡式"法律，他们只会想方设法地向"违法者"勒索钱财。倘若查尔斯向大使馆或领事馆上报这次枪击事件，结果只会让他们二人的名字出现在另一个政府的数据库里，而领事馆或大使馆的那些人最多会给查尔斯一份律师名单的复印件让他自行解决。这些堆积如山的问题最后很可能会不了了之，这些人的办事效率从他们在大使馆鸡尾酒会上的假意微笑就看出来了。

"做得很好，"赞德微微颔首，"你是不是已经把你的仓位卖掉了？接下来准备做空吗？"

"做空 B-F 的股票吗？我暂时还没进行到这一步，但是我已经开始兜售自己的股票了。趁着现在的股价还在上涨，我觉得我们应该一起把手头的股票做空。最近 B-F 公司已经和伯克国际公司签订了合约。"

"有意思，很快就要真相大白了，我们的等待没有白费。"赞德开始变得口齿不清，语速也渐渐放缓，"但是短时间内股票价格还会继续上涨，毕竟除了我们，所有人都相信这是世界上最大、最有利可图的金矿。等到伯克公司亲自钻探采样分析的时候，恐怕他就不会这么想了。"

"赞德，我们能确保这一定是个骗局吗？"

"不能，这只是我的直觉。"

"我也觉得他们在骗我们。不过，你说，他们遮遮掩掩的那台机器到底是用来做什么的？"

然而他却没有听到赞德的回应。经过了一番头脑风暴，赞德的大脑已经精疲力竭，他需要继续休息 16 个小时。

就在这时，一位护士走了过来，她在查尔斯耳边小声提醒道："病人需要休息了。"

在尚未排除大脑受损的可能性之前，用脑思考或将为大脑带来更大的伤害。因为大脑在受损状态下，脑神经细胞很难处理神经递质。神经元受到了震荡与挤压，且缺乏氧气和营养，因此在完全康复之前，它们都无法正常运转。然而，思考本身就是一个在数十亿个相互连接的脑细胞之间传递化学物质的过程。这一复杂的过程也解释了为什么大脑是人体消耗能量最多的器官，同时也是血液流动最活跃的器官。

但当脑细胞受损或产生病变时，细胞的新陈代谢功能就会失衡，同时也会产生氧气利用效率低下的问题，由此便会催生脑内自由基——这些带有多余电子的离子能引起大脑的氧化应激反应，而该反应会对脑细胞造成持续不断的慢性损伤。换言之，这些刚从第一次创伤性损伤中康复的细胞又将迎来二次损伤。总之，大脑的氧化应激反应加重了脑细胞的受损程度。若要为脑细胞营造最佳的康复环境，就要在大脑代谢营养物质和氧气的功能恢复正常之前，不要给它施加任何刺激，也不要让它承受任何压力。

好在不久之后赞德就可以出院了。他在这短短几天之内遭受的折磨比绝大多数人一辈子遇到的困难还要多。

第十八章

搜寻与宴会

哈里走在科佩尔镇破败的人行横道上，在随意停放的汽车之间来回穿梭，清凉的雨水将他眼角流淌的汗水冲洗得一干二净。他每隔一两个街区都会驻足停留，向卖手机卡的小商贩打听查尔斯的下落，临走前还不忘把自己的电话号码留给他们："如果你看到一个年轻的棕发白人独自路过这里，务必打电话给我。"他暗下决心，一旦这群小商贩帮他找到奈特，他就得扔掉这张手机卡，因为这些非洲男孩一定会不停地打电话来骚扰他。他们并非为了索要钱财，而是想跟他没话找话。他们深知崭新的人脉很可能会为他们带来全新的机遇，所以他们都渴望跟这个"大人物"攀上关系。

到目前为止，哈里已经接到了十几通电话。按照小商贩提供的线索，他排查了几个年轻白人，但并未发现查尔斯·奈特的影子。与此同时，罗斯科和巴尼二人也对余下几人进行了排查，同样无功而返。很显然，科佩尔镇和自由港近日涌入了大量的年轻白人。

科佩尔镇在短短两年间发生了翻天覆地的变化：以前，疏于管理的道路坑坑洼洼，几乎无法通行；现在的街道却被堵得水泄不通，虽然路上的凹坑似乎比之前更大了。无电可用的日子已经成为历史，现在最起码在一些大楼内部已经实现了电力供应。这些东方国家制造的发电机正嗡嗡作响，然而不稳定的电流令供电变得时断时续。每当夜幕降临，许多大楼前就会涌现出众多穷苦百姓，他们三五成群地围坐在烟雾缭绕的篝火周围交流见闻，不过他们讨论的主题无外乎邻里琐事和近日战事。冈瓦纳以国家振兴为己任，希冀努力实现国家的逐步发展。而那些被称为"乌呼鲁人"（Uhuru）（意为"自由的人"）的欧洲白人和美国白人正逐渐涌入这个国家，他们当中的某些人渴望从废墟中创造价值，还有人渴望与副部长助理搞好关系，因为副部长助理能够帮助他们榨取这个国家残存的价值。冈瓦纳的白人群体无处不在，找到查尔斯·奈特的难度也因此大幅增加。

哈里又来到了一个新街区，他在一个临时搭建的手机卡小摊前停下脚步。为了防止暴雨侵袭，摊主支起了一把高达九英尺的圆形雨伞，蓝白相间的伞面上还印有迪亚康姆公司的商标。近日从东方国家运来了一万把这样的大圆伞，它们崭新而富有光泽，每把售价八美元，亚当斯敦当地所有的小商贩几乎人手一把。伞面上的商标无疑是对迪亚康姆公司——冈瓦纳国家电信公司唯一的竞争对手——最好的宣传。尽管迪亚康姆是一家冈瓦纳企业，但实际上却隶属于一家以色列公司，目前由黎巴嫩人在冈瓦纳经营。黎巴嫩人似乎控制了西非的一切，而东非则悉数处在印度人的掌握之中。

"哈喽，我的朋友，你好吗？"

一个身材瘦小的小商贩坐在木箱上向哈里打招呼，他看起来只有十几岁，头戴一顶蓝色圆帽，身穿一件红色紧身衬衫。他面带微笑，用西非当地的方言问候道："身体棒喔！"

投机者

"抱歉，我不买手机卡，但我想请你帮我一个忙。如果你在路上看到一个棕色头发的年轻白人，就立刻给我打电话。这个人是我的朋友，如果你能帮我找到他，我就给你 100 美元。这是我的号码。"哈里说罢，便转身走进滂沱大雨中。

男孩望着哈里的背影，又看了看手中这张字迹潦草的电话卡，隔着雨幕朝哈里大声喊道："现在付我 50 美元，我就把我知道的事情告诉你。等你找到你的朋友，再把剩下的 50 美元给我！"大多数外来人员根本听不懂克里奥尔语，而当地孩童说的克里奥尔式英语（creole English）更是让人一头雾水，但是哈里却听懂了男孩的意思，他的这番话听起来像是"先及吾 50 块，得你造到你盘友再及吾 50"（Deh fifty-mo why youmeeyofeh.）。

虽然哈里不喜欢被大雨推搡着四处逃窜的感觉，但男孩的话引起了他的兴趣，他索性挺直脊背折返回来。哈里庞大的个头并未吓到男孩，他只是耸耸肩，转身跟朋友继续聊天，他的朋友坐在他身后，身下是一个倒置的木箱。雨水从他赤裸的双足间流过，向街道流淌而去。这里没有排水系统，降雨除了自行流至低处和自然蒸发，再无任何疏浚渠道。

哈里重新回到伞下，向他打听到："嘿，我年轻的朋友。你都知道些什么？"

这个小商贩转过身来对哈里说："我哥哥是保安，他说四天前有个人去了他那里，我觉得他就是你说的那个人。他开着吉普车去的。"

"什么样的吉普车？"

"一辆白色的吉普。"

"还有别的细节吗？"

"有。当时你的朋友特别着急，他车上还有一个受伤的人。"

199

第十八章　搜寻与宴会

很好，哈里心想，这 50 美元花得很值。他把手伸进钱包，从一堆脏兮兮的冈瓦纳纸币中掏出一张崭新的 50 美元纸钞。哈里看到男孩的眼睛瞬间亮了起来，对这个小家伙来说，今天简直是个发横财的大日子。

男孩接过钞票，自豪地说道："我哥哥是自由港的门卫。"虽然这句话口音极重，听起来像是"吾盖盖系自偶竿的么外"（Ma brah da ee gay gah a a a de feepo.），但哈里还是听懂了。

"非洲恩典号"，奈特去了"非洲恩典号"。这很有道理，哈里觉得自己很傻，没有第一时间检查一下那里。

*　　　*　　　*

今夜，整个"非洲恩典号"都笼罩在一种轻松愉悦的氛围之中，因为这场宴会是这艘船上每月例行的社交活动。起初查尔斯不愿赴宴，但他拗不过卡罗琳的百般央求，索性答应下来。然而卡罗琳却不能亲自出席，因为今晚她得值班。

赞德依旧在昏睡，查尔斯觉得此刻孤身一人冒险回到市中心的酒店毫无意义，于是他又去船上的服装店里买了一套合身的衣服，为即将到来的宴会做足了准备。

当查尔斯赶到休息室时，这场并无新意的宴会已经开始了。几个人站在房间角落的一架钢琴旁安静地聊着天；另一些人则围坐在铺着亚麻桌布的桌子旁，一本正经地进行社交活动。"非洲恩典号"是一艘信奉基督教的慈善医疗船，所以任何人都不能携带酒精上船。墙边桌子上的大玻璃碗里盛着红色的潘趣酒，但酒中并未掺加任何酒精。相传耶稣在迦南首行神迹，变水为酒，据说他在最后的晚餐中也曾饮过酒水。

照这个情形，查尔斯觉得没人敢在晚上十点开小差，躲在某个角落里和一个异性幽会。也不会夜深人静的时候在这艘基督教船上发生什么见不得光的勾当。不过三个人聚在一起总说得过去，查尔斯这样突发奇想。他总能找到一些漏洞。

每年在筹备纳税申报表时，查尔斯都会大范围地寻找缴税漏洞。对他来说，一年一度的挑战就是要确保税务机关无法从他那里得到任何好处。他曾打趣道，只要他能阻止税务署这头"野兽"从自己这里中饱私囊，他就算是在履行爱国义务了。

但是"非洲恩典号"并不是他的私有物，所以他要遵守船上的规定。

倘若他想同卡罗琳缠绵一番，他又该如何避免违反规定呢？

宴会上一共有 60 位宾客，他们三五成群，啜饮着潘趣酒小声交谈。查尔斯认出了几位重症监护室的工作人员。这场充满清规戒律的清教徒盛会还在安静地进行着，查尔斯觉得浑身不自在，但角落的那架钢琴或许能够活跃一下沉闷的气氛。钢琴对他总是有着莫大的吸引力。

他对钢琴的迷恋始于一架自动钢琴，那是一架脚踏式气动的老式自动钢琴，演奏者需要把一卷一英尺厚的穿孔纸安装在钢琴里，然后拼尽全力踩动踏板。踏板受到的压力越大，钢琴在"浏览"穿孔纸上类似盲文的小孔时发出的琴音就会越响亮。即使在查尔斯的孩提时代，自动钢琴也尚未走入寻常百姓家，大多数人也只是在黑白电影中见过它的真面目。但蒙大拿州的农村地区却保留着许多往昔岁月的余迹，自动钢琴便是其中之一。

查尔斯 3 岁的时候就会站在父亲腿边听他弹钢琴，这是他对父亲最初始的记忆。幼小的查尔斯会在心中猜想，究竟哪些黑白琴键的琴弦会被拉下去，并在钢琴那巨大的琴箱里发出它们独一无二的乐音。

他每晚都会站在父亲身旁看他练琴，他的双眼紧紧盯着琴键，默默记下父亲弹琴的动作。如同一个牙牙学语的孩子将单词与词义联系在一起一般，查尔斯也用大脑将跳动的琴键与流淌的琴音联系在了一起。他学会了在自动钢琴用琴弦拉动琴键之前就要按下琴键。300卷乐谱的全部指法，他早已烂熟于心。查尔斯6岁的时候，发现如果坐在长凳的前部边缘，再把腿尽可能地向前伸展，他就能凭借一己之力够到这台老式乐器了。从那以后，他的父亲每周都会从大型商场为他邮购一份全新的乐谱纸卷，小小的查尔斯总是在新乐谱到来之前就能熟练地掌握现有乐谱的演奏指法。

然而某一天这架钢琴突然罢工了，它再也不能发出琴音，而是发出了粗重的气音——一个钢琴踏板松动了，没办法再发出强音。能够修理这架钢琴的人远在两千英里之外的缅因州，这已经是距离查尔斯家最近的钢琴修理工了。因为要把钢琴送到缅因州修理，所以在接下来的一整年间，查尔斯再也见不到这架老式钢琴了。为了让儿子走出深深的沮丧，父亲又搬来了一架小型立式钢琴，这架钢琴不需要乐谱纸卷就能奏出曼妙的音乐。彼时查尔斯已将数百首钢琴曲谱熟于心，并能轻而易举地演奏出来，这一切都得益于他从3岁那年就开始形成的肌肉记忆。这架立式钢琴无须安装穿孔卷纸，查尔斯只需要学会识读乐谱就能继续在这架钢琴上演奏。待查尔斯长至10岁，他已经能游刃有余地演奏钢琴了，凡是听过他演奏的人都坚信他一定受过专业的训练。

直到后来他才意识到自己有一双听力非凡的耳朵。在查尔斯年纪尚幼，甚至还不知道"自主学习"为何物时，他就已经切身体会到了它的

投机者

内涵。16 岁时，查尔斯成了比林斯交响乐团的成员，并跟随乐团到处演出。20 岁时，他又跟随纽约爱乐乐团一起演出。尽管他参与的只是爱乐乐团特别推出的青年演奏家系列音乐会，但这次演出经历标志着他的演奏生涯已经飞跃至一个新台阶。

于是查尔斯朝角落那架钢琴走去。这是一架斯皮耐琴，他站在琴侧随意敲了几个琴键，惊讶地发现这台钢琴的音准度竟然很高。他本以为这台久置于西非船板上的钢琴会受到严重的虫蛀，钢琴内部的木质结构或许会因为受潮而裂成两半，但眼前这架钢琴显然完好无损。查尔斯在长凳上找了一个舒服的位置，他伸脚试了试踏板，又活动了一下隐隐作痛的手指，手上被麻绳擦出的创口还未痊愈。待一切准备妥当之后，一曲查克·贝里的《约翰尼·B. 古德》（*Johnny B. Goode*）从他行云流水般的指尖倾泻而出。

果然不出他所料，在不到一分钟的时间里，已有半数宾客被他的琴声吸引而来，众人围在琴边，驻足欣赏。凭借精湛的琴技成为众人焦点，这一招查尔斯屡试不爽。当他开始演奏《奥克拉荷马》时，剩下的那些人也闻声而来。有人开始跟着琴声唱起歌来，感染了在场的十几个人同他一起合唱，歌声动听无比。尽管有些人忘记了主歌的部分歌词，但是大家都能把副歌完整地唱下来。

查尔斯的十指在琴键上灵活地游走，他在时而舒缓时而急促的节奏中切换自如，灵巧的双手变幻出或轻盈或沉重的力度。有时他的指速过快，人们还没来得及看到琴键按下就听到了流畅而完整的琴音。三曲奏罢，不论是他那受伤的肩膀还是结痂的手掌，原本的痛感竟都消失不见了。

在一连弹奏了六首曲子之后，他把长凳向后一推，意欲结束演奏。

但在场的人群却开始起哄，鼓动着查尔斯再多弹几首。他们开怀畅饮，仿佛手中的潘趣酒也像酒精一般产生了麻醉奇效，宴会的坚冰终于被打破，原本静默的宴会变成了欢乐的海洋。查尔斯向众人保证，他今晚一定会再弹两轮钢琴，这两次演奏将会在他自己的谈话间隙中进行。查尔斯打算先找一位资深护士，仔细打听一下赞德的恢复情况。等第一轮演奏结束之后，他也打算同船上的警卫和安全员闲聊一番。

安全员和警卫员二人的观念与那些医护人员截然不同。他们已跟随这艘船在海上漂泊多年，每当发怒的海神意欲让他们葬身大海时，这艘船总能保他们大难不死，因此他们深深爱着这艘船。医护人员关心的是这艘船提供的人道主义援助，他们在意的却是这艘船本身。

查尔斯为自己隐姓埋名的行为向二人致歉，并竭力向他们保证自己绝对不是在逃通缉犯。

"但跟一个连名字都不知道的人说话，真的很奇怪。"这位名叫普林斯的警卫直截了当地说道。普林斯刻薄的语气让查尔斯倍感不适，但他还是在心中竭力劝诫自己不要轻易动怒。普林斯曾是英国海军的军械师，负责维护战舰上的武器。现如今，他在"非洲恩典号"上负责外科医疗器材的管理工作。

他们又聊了一会儿子弹和步枪，在闲谈间查尔斯随口问道："这艘船上有武器吗？"

"有。虽然船员和医务人员不清楚这一点，但这艘船上肯定是有武器的。一旦我们驶出国家领海、进入海盗出没的水域时，我们肯定不会像那些商船一样任由这些海盗们蹬鼻子上脸，这是我们的原则。"

"所以你们是能够进行自卫的，对吗？"

"如果情况很紧急的话，我们肯定会进行自卫。但是除了偶尔送去

投机者

南非进行整修以外，这艘船其余时间就一直待在西非这片海域，虽然这附近也会有一些海盗出没，但是尼日利亚远海域的海盗数量更多。海盗会不会劫持一艘医疗船呢？我可说不准。因为一旦他们实施劫持，肯定会引来很多人的关注，这群海盗也许觉得这是一种趁机勒索巨额赎金的好法子。"

"但我们早就做好了自卫的准备。"船舶安全员狡黠地眨了眨眼睛。

"所以你们这艘船上有什么武器？"

普林斯耸了耸肩，并没有正面回答查尔斯的问题："我可不能把这个机密告诉一个连名字都不愿意说出口的人。你最起码先把名字告诉我，否则我不会回答你的。"

"明白，来而不往非礼也。我准备今晚就跟船长坦白一切，但我不是故作神秘，之所以隐瞒国籍和身份的确是迫不得已。现在一切看似都安定下来了，我应该已经摆脱危险了。"

妄下定论并非明智之举，因为人绝不可盲目轻信，虽然查尔斯很早就明白这个道理，但他还是忍不住说了那句蠢话。尽管船上设有很多出口，但身处钢制舱壁包围之中的查尔斯依旧感到不适。倘若得到一件武器，船上绝大多数人都不知道该如何避免擦枪走火伤及自身。

在查尔斯弹奏今夜最后一曲时，船长姗姗来迟，他刚才一直忙于例行巡逻。他一进来就径直走向了查尔斯。

"我们谈谈。"这个一向随和的男人连下命令时都是这般温文尔雅。

船长将露天的扇形艉作为这次谈话的临时场所，浑浊的空气中到处弥漫着木炭烟熏味和酵母的气味，这让查尔斯想起了适应能力极强的冈瓦纳人民，他们把拆卸好的旧冰箱翻转过来，制成简易的烤箱。他们把燃烧的木炭放在冰箱原来的冷冻格，把要烤的面包放在上面空间更大的冷藏柜里，这样一来，冰箱门就自然变成了烤箱门。

弗雷伯格船长晦暗不明地说道："你的朋友明天应该就能站起来四处走动了。"

"您放心，等他能下地走动之后，我们就会尽快离开。"

"我不是在下逐客令，"见查尔斯误解了他的意思，船长赶忙解释道，"我只是想弄清楚你到底遇到了什么危险，这关系到'非洲恩典号'以及船上全体成员的安危。"

"我明白，所以我决定跟您坦白一切，但我想请您尽量替我保守秘密……"

"当然可以。"

船长的话像是一颗定心丸，查尔斯点了点头，然后将所有的秘密和盘托出："我本名叫查尔斯·奈特，相信您也看得出来，我是个美国人。重症监护室里躺着的那个人名叫赞德·温，他是荷兰人。虽然我在登船前一天才与他相识，但我很信任他，其中的原因很复杂，我就不赘述了。我们都是做贵金属投机生意的，此番前往非洲也是为了考察一家股票市值很高的金矿公司。"

"你说的是 B-F 勘探公司吗？"

查尔斯昂起脑袋，诧异地问道："您也听说过这家公司吗？"

"几个月前，B-F 公司里的一个员工染上了风寒，所以他就在我们的船上待了好几个星期。等他痊愈之后，B-F 公司给'非洲恩典号'捐了一大笔钱。这是目前我唯一了解的一家金矿公司。"

"虽然冈瓦纳境内还有其他的金矿企业，但 B-F 公司却是唯一一家蓬勃发展的金矿企业。"

弗雷伯格队长点了点头："这个我知道，那个患者跟我说他们发现了金矿，他还说那个金矿是世界上最大的金矿，他们发现它的时候都激动坏了，所以我就买了一些股票，而且我现在已经赚了几千欧元了。"

"如果您听完我接下来说的这番话，恐怕就会想要卖掉手里的股票了。"

第十八章　搜寻与宴会

第十九章

财税与康复

　　萨拜娜曾经想当然地以为她可以找到大量收据和文件来弄明白查尔斯·奈特究竟是如何交出一份税务零申报表格的。一直活跃在股市中的他愈发如鱼得水，但都是些微不足道的成就，掀不起什么水花。他卖掉了几只不值钱的股票，即使这样多数投资都能获利，现在他仍然是股东。此外，她只发现了一些具有少量合法贬值资产的小型经营项目，正常的旅行和娱乐开销，少量的咨询费以及大额的工资收入。

　　萨拜娜刚在证交会工作时就遇到过不少做空的交易，她费了好长时间才弄清楚这是怎么一回事。她就从一开始不喜欢通过买卖赚钱的想法，但是在买入前就抱着下跌的希望，这看起来不像是……爱国行为。

　　巴里此前是个商人，后来来到证券交易委员会工作，并深深爱上了萨拜娜，跟她解释了做空交易是多么地有利可图。即使具备优秀的员工和产品，多数企业也会因各种原因失败。当管理层缺乏相应的技巧或是人品有问题，除非政府出面救助，否则该公司的股票几乎毫无疑问会跌至最低。一旦出现这种情况，他们离破产就不远了。在运营不佳的公司进行做空交易比当好公司的老板赚得还多。

这激怒了萨拜娜，对于巴里所言的做空交易的种种好处她全然不信。他说做空能在股票疯涨期间对其有一定的抑制作用，让股价不至于高得离谱，从而挽救那些天真的投机者。他向萨拜娜解释当他们"补仓"或者买回已经兜售的股票时，他们可能是唯一出价收购暴跌股票的公司。萨拜娜对他这些乐观的看法不以为然，她认为做空者将股价降低，因此破坏了人们对经济的信心，不管这种信心是否真实存在，它都是萨拜娜努力实现的一部分。

奈特很早就开始了投资，第一笔做的是电脑域名的买卖。年仅15岁的他投资3000美元，在三个月的时间里就赚了6000美金。

奈特的名下有一家名为帕拉丁投资公司，专营私企的少数股权。同时他还持有多家公司的股票，其中包括当地的一家运输公司，一家加油站和一家小型可口可乐瓶装厂，最近还买入了一家新成立的酒品批发企业的部分股权。

看起来他的公司向国外不知名的企业提供过几笔小额贷款，这无疑是个危险信号，但对我们来说也绝对是个机会。

弗兰克用一种正式的口吻问道："你有理由相信查尔斯·奈特向国外避税港公司贷款，通过资助未申报的活动而有意逃税吗？"

她点了点头，脸上露出一丝得意的冷笑，说："有没有这种可能呢？查尔斯通过海外公司利用这些贷款，他们现在正在赚钱，但是把利润偷偷地放在了海外，政府从而无法触及这笔资产。如果他真是这么做，我们将不得而知……"至少为了避开越来越多的国家和美国签订税收协定，将资产放置海外是逃税的最佳方法。"我敢肯定如果收不回这些债款，他一定想好了承担损失的办法。"

"但是目前没有证据表明他有违法行为。"

第十九章　财税与康复

她接着说道："或许只是目前还没找到，他在纳税申报表上称自己没有海外公司的股权，这是有法律效力的声明，我打赌这正是揭开他真面目的切入点。"

"问题不能这样问，要问他是否独享某家海外公司或海外银行账户里至少一半的股份或资产，他名下或许一无所有，也可能手握49%的股份。"

"这个问题显然措辞不当。"

"是的，这是一个漏洞，但是他或许已经钻了过去，海德尔特工，我很是欣赏你的热情，但是在这里我们必须执行明文规定的法律条例。"

萨拜娜丝毫没有掩饰自己的愤怒："副部长怀疑他是逃税者，而且很可能是抗税者！"里奇是她任何时候都可以打出的王牌。

"我们可以验证各种可能性，但是必须谨记他可能没有任何违法行为。"

"如果他在法律技术性细则上做文章，通过钻法律的空子逃税，我一定会找到方法逮捕他。我们不能让窃取政府利益的人逍遥法外。"

过去政府特工根据明确的法律条文执行任务，现在萨拜娜可以追捕那些她认为破坏法律精神的人，这是近年来发展出的执行法律的新举措。

弗兰克问她："你在免税商店买过酒吗？"

"当然买过。"

"那你没有纳税。国内民众在其他地方买酒必须纳税，这就是个漏洞。"

"但是这是合法的！"

"这么说拥有海外公司也是合法的。最关键的一点是他们是否在必要的时候公开了收入，并据此纳税。例如他仅仅持有国外一家公司49%的股份，该公司没有向其股东分发收益，那么他们可能就不用向我们纳税。"

"我们怎样才能知道该不该纳税呢？仅靠他的一面之词吗？"

"实际上，真正的问题在于你如何发现问题。"

"我要扮演詹姆斯·邦德了，对吗？"她脸上露出讨好的微笑。

"你需要出外勤实地调查，至少我认为这是一个学习的过程，而且你不会遇到什么危险。"

"没有危险？"

"是的，很安全，他就是个不值一提的小人物。好吧，他也有可能是个抗税者。"

*　　　*　　　*

在床上躺了16个小时之后，赞德终于醒了。他像一个策划越狱的囚犯一样仔细打量着重症监护室，另外三个躺在他旁边的病人都睡着了。因为没有安排手术，大部分的医护人员都下班了，此刻病房里一片寂静，除了每隔几分钟就能听到生理监测仪的声音，这表明病人身体状况没有出现异常。赞德此刻在想，制造一个能提醒医护人员同时又不会吵到其他病人的医疗报警器就那么难吗？

虽然他不倾向于投资医疗技术领域，但他还是保留了这个想法以防不时之需。监管混乱令这个行业不堪重负。官僚机构一旦批准销售医疗设备，产品责任就会像枷锁一样挂在企业家的脖子上。这种情况下，连律师的待遇都比医疗设备的发明者或投资人的待遇好得多。哪怕投资成功，也往往是新一轮任人唯亲的结果。赞德对这种抱团的狐朋狗友行径嗤之以鼻。

赞德拔掉他手臂上的输液导管，随后检查了一下尿管，确保起床后不会给自己造成难堪。

他坐在床边晃动着自己的腿，在冒险站起来之前留出足够长的时间确保脑部有充足的血液。护士至今还没有注意到他，他站了起来，关掉心脏监测器，取下胸部的铅质夹子，然后穿着病员服走出重症监护室。

他发现门外的金属架上有很多手术衣，他抓起一件特大号的衬衫和裤子穿在身上。光脚走路没有什么问题，他小心翼翼地沿着升降口的扶梯向上爬，随后打开了一扇门，迎接他的是非洲早晨冉冉升起的太阳。阳光刺痛了他的双眼，他一只眼闭上的同时用手挡住了另一只眼。

他独自一人站在依旧凉爽的甲板上，过去几天一直躺在病房里，他身上的每个毛孔都充斥着塑料和酒精的味道。相比之下，此刻迎面吹来的海风让人倍感舒适，但是一股思乡之情也涌上他的心头。几分钟后，他晃悠到船边，凝视着远处的海湾，那里的一艘当地集装箱船正在起锚，船身大概有两百英尺长，绞盘绞起生锈铁链发出的叮当声可以听得一清二楚，这种声音让人倍感愉悦，因为它象征着自由和冒险。这艘载着集装箱的货船会朝着西北方向的詹姆斯港开去，也可能去东南边境地区的哈克港。如果是去东南方向，它会经过杰内镇，那儿距离他好朋友T.J. 旺迪亚的住所只有几个小时的路程。杰内镇过去是那片地区最繁忙的港口，但是在战争的摧残下该港口的设施已经变成了一片废墟。有传言称人们计划在将来的某一天重建这个港口，那时 TJ 的家乡或许能再次繁荣起来。在他去过的冈瓦纳所有地方里，杰内镇才最像是一个家。

在床上躺了 60 个小时之后，他的腿就像煮熟的面条一样不听使唤，但是他知道过不了多久就会恢复，头疼和臀部的疼痛最终也会消失。他尽量不去理会身体上的不适，暂时把它们当作无关痛痒的小事，而不是让他回到病床的警告。

和疼痛相比赞德更容易屈从权威，如果当权者可以说服赞德，让他相信他们是正确的，这样的话赞德将会配合他们。相反如果他们不是努力说服他而是强迫他做事，这时他将无视当局的指令，甚至站起来反抗他们，当然这取决于他如何评估自己的能力。

总的来说他更希望避免和当局接触，尤其是警察。他们中的很多人都是缺乏安全感的恃强凌弱者，从事这份工作无非是因为制服上的徽章和腰间的枪支能赋予他们权力，同时还有一定的法律豁免权。他们绝大多数都是执法者而不是治安官。目前他已经进了七次监狱，其中有一次特别不是时候。未来他难免再次成为劳改犯，但最好不要进冈瓦纳监狱。

"你好！"有声音从他的上方传来。船右舷的驾驶室翼桥上站着一个身穿白色制服的男人，此刻正低头看着他。

赞德朝着他挥了挥手，说："你好，先生，谢谢你的盛情款待！"他低沉的声音很容易传到对方的耳朵里，即使是窃窃私语他也太大声了。因为不能用一种恰到好处的声音说悄悄话，或者偶尔有意为之，有一次他就为此锒铛入狱。不管人们是否真的说了对警察不敬的话，他们都会非常敏感，很多警察因此练就了一副顺风耳。

弗雷伯格船长邀请赞德来到翼桥上，随后他对下面喊道："送来一杯咖啡。"

不一会儿一杯热咖啡端到了赞德的面前，他喝了几口。刚过几分钟，赞德就从栏杆探出身去吐了出来，咖啡洒在了五层之下的分隔

第十九章　财税与康复

间上。

弗雷伯格船长站在他旁边，问道："温先生，医生允许你外出走动了吗？"

"允许？"赞德多少对这个词大吃一惊，他认为查尔斯一定是足够信任船长才把自己的名字告诉给他。

"他们同意了。"

"我醒来之后就没见到过医生。"

"护士呢？"

"护士倒是看见了。"

"她们说你可以出来逛逛？"

"其实我没跟她们说话……"，他脸上露出调皮又略带歉意的微笑。

"是这样啊。"弗雷伯格船长摸着他胡子拉碴的下巴，随后回到翼桥的驾驶室内，不一会他端着一杯水走了出来，"我在想过去四天你有没有吃东西。"

"什么都没吃。"

"那上来就喝咖啡可能不是一个明智的选择，你觉得呢？"

"其实是一个愚蠢的选择。"赞德啜饮着杯子里的水，说，"还是清水更合适。"

值更官从翼桥上的门口探出头来，说："船长，重症监护室少了一位病人。"他停顿了片刻，说，"哦，我想你已经知道了。"

弗雷伯格对赞德耸了耸肩，然后转头对值更官说："请告诉医护人员他和我在一起很安全，一会儿我会把他送到病房。"

"好的，船长。"

弗雷伯格突然说道："第二码头的前面有一辆车，你看到了吗？"他

投机者

用头向那个方向指去，但不是特别明显。此刻他的声音如钢铁边沿般粗糙，完全没有往日的温柔。

赞德扫视了一下那片区域，他看到一辆兰德酷路泽的车头，这辆黑色汽车藏在一个不规则的集装箱后面。"我看到了。"

"我还看到一些白人走到那里，他们正观察着这艘船。"

"我明白了，他们来这有多久了？"

"昨天下午就来了，那辆车一直在那没动过，车上是你们的朋友吗？"

"我希望是。"赞德回答道。

"你年轻的朋友查尔斯让我时刻关注他们的动向。"

"那他一定非常信任你。"

船长思考了片刻，说："我觉得是这样，昨天晚上我们还在一起下棋聊天。"

"你们想出了什么计划？"

"如何把你安全地送下船。"

"然后呢？"

"我们有一些想法。"

"我希望你们没想过直接联系港口的官员将这辆碍眼的车赶走？"

"当然不会，这样做他们一定会知道我们发现了他们，那时候他们只需要在门外观望等待，或者换一辆车，换几个人，给门卫塞一些小费他们就可以再次偷偷潜进来。"

"或许我们可以藏在集装箱内潜逃出去。"

"是的，这是一个选择，但是假设他们雇了一些人轮流监视，以防有白人钻到集装箱里，这种方法自然就行不通了，现在看来他们可能已经这么做了。"

第十九章　财税与康复

"还有第三种方法吗？"

"我们可以通过交通艇偷偷把你送到当地的一艘货船上，或许就是停泊在那边的那艘，它会把你带出港口，将你放在下一个停靠港。我们可以悄无声息地把你带到交通艇上，然后你迅速从那艘货船的另一侧登船，几分钟后就能逃离此地，这样就不会被发现。"这个港口停靠着十几艘流动货船，在四五十年代集装箱船还没有普及的时候，这种船可派上大用场了，船上装载着各种各样零碎的货物，这些货物需要人工装运，这些船是那个迅速消失时代残留的遗迹。

"然后我们乘慢船去东方国家。"

"希望只是一艘前往塞拉利昂、加纳或者尼日利亚的慢船，那时你会更安全。"

"在我离开之前要见见查尔斯，这个国家发生的一些事我必须要跟他讲清楚。"

"温先生，没有什么投资比命还值钱。"

"你说的没错，但我不是冒着生命危险换取少得可怜的信息，而是冒着低风险换取大量价值连城的信息。"

"这么做值得吗？"

"船长，当你出海的时候难道不也是冒着生命危险去实现一些目标吗？当办公室员工开车上下班时他也会面临危险，只有这样他才能完成自己的工作，我和他们一样，只不过是冒着更大的危险期望更多的回报。"

"你要找什么有价值的信息？"

赞德看着船长，说："我需要知道班加西奥奎尔村到底发生了什么事？为了阻止我们查明真相，他们最终会采取什么手段？"

第二十章

两个成型的计划

现在已是凌晨两点，萨拜娜却辗转难眠。之前她在跟陌生男人一夜风流后，偶尔也会陷入失眠。她无须寻找一个英俊无比的男人来证明她的魅力，于她而言，衡量一个男人是否迷人的标准在于他能否满足自己的利益诉求。

萨拜娜更愿意跟已婚男性发展婚外情，原因很简单，这群男人自知在道德上处于劣势，更易被她拿捏，因此萨拜娜便能在这段关系中如愿以偿地掌控全局。

她起身坐在大床边缘，一旁熟睡的男人面容俊朗，这是他目前所剩无几的优势了。方才那场短暂的欢愉中，他过早"失控"了。事后他满脸通红地向她道歉，一个劲儿地解释说是因为萨拜娜太过迷人，他才会如此失态。这个蹩脚的借口令萨拜娜作呕，她再也遏制不住心中的嫌恶，从他身上挣脱下来，而这个精疲力竭的男人很快沉沉睡去。萨拜娜真想现在就把他赶出去，但念及他是个律师，日后可能会派上用场，她也就暂时隐忍下来。也许他的某个当事人恰好会成为美国证交会或税务署的目标，不过那是后话了，当下的他或许更适合做一个泄欲工具，神经大条的他反而更容易满足她在性事上的需求。趁他还在熟睡，萨拜娜拿起手机给他拍了几张裸照。

她迈开修长的双腿走向浴室，仔细地为自己清理一番，然后从衣柜里扯出一件短款的丝质浴袍盖在赤裸的胴体上。她走进酒店套房的客厅，随手掩上了卧室的门。在沙发上坐定后，她把税务署服务部发给她的那台沉重的旧笔记本电脑放在大腿上，机身边缘抵在她的耻骨上。当硬盘开始高速运转，她能清晰地感觉到机身的振动。她准备对床上的男人表现得再热情一些，这样一来，他就会对自己言听计从了。

她把昨日收到的未读邮件大致浏览了一遍，其中大部分都是些稀松平常的行政邮件。辗转于两个机构间的后果就是她每天都有大量的邮件要处理，而且她不得不服从税务署的人力资源部门的安排，再次作为与会代表参加有关性骚扰和多元化意识的会议。这个乏味而痛苦的过程将持续整整两周的时间，这意味着她每天都要牺牲两个小时的上课时间去忍受那些老生常谈和陈词滥调。然而，跟她一起参加培训课程的同事却觉得这没什么大不了的，因为他们的学习充满功利性。他们会为了考驾照去驾校学习，同样，他们也会为了赚钱而心甘情愿忍受无聊。

她给父亲打电话留言，用一种甜甜的语气请求他介入此事，但一直没有得到回复。

在一堆毫无价值的官文中，萨拜娜突然瞥见了一封有意思的电子邮件。

"亲爱的德雷斯顿女士，"邮件开头如是写道。为了顺利开启这次卧底游戏，她借用了某个叔父的姓氏——德雷斯顿，"您的求职申请、个人简历以及社交信息均已收悉。我认为我们最好进行一次面谈，以便进一步确认您是否可以胜任这个岗位。您明天有时间吗？如果时间允许，您可于明天下午三点与我会面。祝好，艾略特·施普林格，炼金奇力公司。"

萨拜娜之所以到这家位于圣地亚哥的高端理财公司求职，是因为她了解到它最近开始向查尔斯·奈特支付了小额报酬，这家公司是找到查尔斯·奈特很好的切入点。

她之前给施普林格先生发了一份伪造的背景资料。伪造简历真的很刺激，简历上唯一真实的信息是她的照片，或许就是这张照片才让她获得了这次面试机会。她在简历中为自己"授予"了哈佛大学的心理学学士学位，并声称自己在牛津大学修过一年的现代文学，这些虚张声势的名头很容易蒙混过关。她也曾打算把名字也一并改掉，但鉴于假姓名被拆穿的风险极低，而且这个特别的姓氏有"先声夺人"的效果，所以她最终决定沿用自己的真名。她没有在"技能"栏中填入"会使用中文交谈"这一项能力，纯粹是因为她害怕被拆穿，这样一来，她行骗得逞的短暂喜悦将会转瞬即逝，取而代之的只有无尽的尴尬。

她重新浏览了一遍萨拜娜·德雷斯顿——这个虚构人物的履历，在脑海中设想自己可能会被问到哪些问题。她坚信自己这次能够瞒天过海，就算失败了，她也无须为这次行骗承担法律责任。毕竟此番卧底行动已得到税务署正式授权，任何人都动不了她，有了多重保障，她此番行事也就更为大胆。从普通职员到特工的身份转变无疑是她职业生涯中的一大跨越。她感觉自己就像政府探案剧中的女主角一样，无论做什么事情都能旗开得胜。

她在简历上填写的年龄是 25 岁，填写的最后毕业院校是哈佛大学商学院。其实她手头有一封很不错的推荐信，只是那位写信的教授正在度假，无法回复私人的电话邀约。另一封推荐信来自她的前任导师，不

第二十章　两个成型的计划

幸的是，他已经溘然长逝。在简历的自我陈述中，萨拜娜阐明了自己的求职意向：她希望能在投资界担任"一线"职务，因为她认为之前从事的文书工作缺乏发展前景，她希望在一些更具实践性的工作中获得经验。以她目前对查尔斯·奈特为数不多的了解来看，这份工作是她接近他的最佳途径。她可借机调查他究竟犯下了哪些危害社会的罪行。

于是她迅速给艾略特回了一封邮件，承诺自己会在明天下午三点钟准时与他会见。然后，她开始处理那些无关紧要的电子邮件，双手在那台运行缓慢的电脑键盘上用力敲击，竭力让它达到她所需要的工作效率。

她登入税务署的数据库，调取了施普林格的个人信息。他是个已婚人士，而且有两个孩子要抚养。他在众多副业中损失惨重，所以调整后的总收入与他目前的地位不甚匹配，然而他的慈善捐赠扣税和商业扣税数额却高于大多数同等工资水平的人。工资和税费的失衡表明他要么是个奸商，要么就是擅长使用某种手段让企业赔钱。在投机倒把这一点上，他跟查尔斯·奈特简直是一丘之貉。

但企业在举债或获得股权注入之前只会一直处于亏损状态。那么施普林格和奈特这些做生意的钱是从哪里来的？若要弄清楚这一点，那就势必要对他们进行一次审计，这次审计现在就可以提上日程了。她浏览了施普林格的犯罪记录，但一无所获，他甚至都没有政治捐款的记录。这家伙行事太过低调，这反而坐实了这一点：他很可能在隐瞒一些事情。

萨拜娜又去互联网上搜索他的信息，但只找到了一些蛛丝马迹。有份校报上的一篇文章提到施普林格在当地一家农贸市场现身。萨拜娜还找到了他妻子的资讯，她在校董大会上发表了意见。她又看到了一些短评，评论对象是一个中学基督教青年会篮球队，而这个篮球队的赞助方正是施普林格的公司。此外，萨拜娜也检索到几个跟他同名的人，其中包括一名艺术家、一位律师还有一个资深骑师。除此之外，再无其他信息。

她刚工作了一个小时，就听到卧室门内传来窸窸窣窣的响动——那个早泄的男人醒了。她扫兴地叹了口气，把电脑放在一边，准备开始第二轮性爱，希望男人这次的表现不要让她失望。

*　　　*　　　*

"美国也不是一个绝对安全的地方。"查尔斯在权衡利弊后郑重其事地说道。

赞德·温坐在病床边缘，点了点头："B-F公司那市值高达几十亿的股票究竟是不是真的，恐怕只有B-F公司的人才清楚。虽然我们怀疑股票价值远低于这个数，但其他的投资人可都信以为真。如果我们猜得没错，那我们就很危险了，即便逃到天涯海角我们也逃不掉啊。"

"你觉得真正有价值的东西是什么呢？"

赞德耸了耸肩，答道："所以我们已经默认这是场大型诈骗了，对吧？要我说，那两段岩芯可能是我们掌握的唯一真相了，就是他们一开始钻出的那两段不含黄金的岩芯。或许班加西奥奎尔村真的埋着很多金子，但这里的金矿很有可能是那种纯度很高的黄金块，根本满足不了工业冶金的需求量，可能只适合那种对黄金需求量不大的手工采矿者。"说罢，他把一根手指伸进缠绕在头部的绷带里，用力地挠了挠。

"这是骗子的惯用伎俩，"赞德继续说道，"想要烹煮一锅美味的

221

'谎言'，就必须以真相为佐料，哪怕用量极少，也绝对不能让'食客'尝到任何不对劲。可能班加西奥奎尔村附近根本就没有值得开采的矿藏，但这也只是我的怀疑，毕竟这种无中生有的骗局风险太大了。我想到一种可能的情形：最初某家矿业公司的确找到了优质矿藏，然后其他矿业公司便借此鼓吹自己的勘矿业务前景有多么广阔，这样一来，就吸引了大批的股民购买他们的股票，并对这些夸大其词的矿业公司寄予与日俱增的厚望，然后事态就愈发不可控制。但是市场可不是吃素的，他们急于验收成果，一个谎言要十个谎言圆，所以这些公司决定提前捏造公司业绩。在此期间，为了不被拆穿，他们需要一直勘探矿藏，直到找到主矿脉。一旦他们把虚假的利好数据公之于众，公司的市值便开始飙升，公司的创始人很快就会明白这样一个道理——他们赚的钱不是来自矿藏，而是来自股民的投资。"

查尔斯不解地问道："既然这样的话，为什么我们不能立刻采取行动呢？我们现在就可以把股票抛售出去，卖空之后就能大赚一笔。然后我们再把这个消息公之于众，剩下的事情就交给市场了。我们既能趁着股价上涨大赚一笔，又能在未来股价下跌的过程中再赚一笔。"

"远不止这些啊，我的傻孩子，我们可以在股票下跌的过程中再赚它一百倍！但这得靠你自己琢磨，等你弄明白了我的意思，再告诉我你是怎么想的。"赞德眉头微蹙，继续说道，"想必他们已经坚信我们发现了这场骗局的秘密，所以我们现在已经处在危险之中了。如果我们现在就抛售股票然后拍拍屁股走人，他们也绝对不会放过我们，而且我们也一定会损失好几百万。既然横竖都逃不过被追杀的命运，那我们倒不如让这场'杀身之祸'实现它最大的价值，如果我们能成功，我们将会名留青史。"

"但如果我们真能赚到大钱，我猜到时候一定会有某个眼红的混蛋造谣，说我们提前掌握了内幕信息，到时候我们会进大牢的。"

"眼下我们还不需要担心这件事。如果这真是一场骗局，我们肯定会有生命危险，说不定还没等我们赚到钱就已经死于非命了。对于那些人来说，人命根本不值钱。毕竟事关数十亿美元的巨额钱款，这些家伙绝对不会允许任何人破坏这场游戏。他们必须要拿到这笔钱。我觉得，除非他们比我想得还要蠢，否则他们肯定备好了一套周密的计划，能帮他们在接下来的十年内免去牢狱之灾。"

"所以，我们难道不应该现在就采取行动吗？如果我们能赶在他们杀掉我们之前，就把他们的罪行公之于众，那他们的'杀人灭口'就变得毫无意义了。到时候他们可就得担心自己会不会坐牢了。"

"你是不是有些过于乐观了？你不会真的以为你的一面之词和你身上的枪伤就算是证据了吧？你有没有想过，万一我们误会 B-F 公司了呢？再说了，B-F 公司已经摆出了那么多富有说服力的证据，这个时候突然出现了两个空口无凭的家伙满世界地宣称 B-F 公司所有的数据都是假的，你觉得那些投资者会相信吗？股市上充斥着大量的卖空者，一旦他们发现存在严重的空头头寸之后会利用黑公关恶意抹黑公司的形象。但你刚才说的内幕交易是对的。他们会称呼我们为'戈登·盖柯'，并向美国证券交易委员会举报我们，理由是我们试图行骗并妄图操纵市场，并用个人名义以诽谤 B-F 公司及其负责人名誉为由起诉我们。"

"但我们不是骗子啊！"

"我的孩子，欢迎来到这个残酷的世界。大多数人绝对想象不到这一点：全世界的金融体系早已充满了欺诈和虚假的经济理论。而一旦你指出这个事实，你就会被贴上反抗者或是怪人的标签，你甚至还可能会被指控为罪犯。套用伏尔泰的那句话：若你在政府犯错的时候固守真理，你将处于危险之中；若是你拆穿了他们的谎言，那你将陷入万劫不复之地。"

两人都陷入了短暂的沉默。查尔斯在沉思，赞德则是被伤口的阵痛弄得心烦意乱。

片刻过后，赞德再次说道："除此之外，我们还需要真正的证据，而不能只靠猜测。"

"所以，你有什么建议吗？"查尔斯问道。赞德·温毕竟比查尔斯年长 30 岁，他的人生经验足够丰富，或许能提供一些颇有见地的提议。

"我准备回邦戈达拍些照片，好证明你看到的那个机器是真实存在的。确凿的证据能让真相浮出水面。"

"你疯了吗？你脑袋是不是被瘀血块堵住了？"查尔斯已然被怒气冲昏了头脑，面对一个他一直以来都很尊敬的年长智者，他口不择言地斥责道，既失态又失礼。但是温还是捕捉到了查尔斯脸上的担忧之情，所以他并未因受到冒犯而愠怒。

"那些枪子中断了我们的调查。我们没什么时间了，我们必须拿到一些图片作为证据。"

"你不要命了吗，赞德？我们差一点就在那里丧命了！整整三分钟的枪林弹雨啊！"

"你说得没错。所以这次我们务必多加小心。"

"我们？"查尔斯听懂了这个词语背后的深意，尽管他不愿再经历一次绝地逃亡，但他也绝对不能让赞德孤身试险，"那是当然，你绝对不能一个人去，我要跟你一起去。你说得没错，我们必须确认伯克公司的人钻取的岩芯也是不含黄金的。"

224

"除非伯克公司永远不启动他们的勘探活动。"

查尔斯疑惑地看着赞德，显然没有听懂他的话。

"你想啊，B-F公司的人并不想进监狱，所以才会隐瞒他们的罪恶。但如果我们能证明他们是骗子，或是伯克公司在实地勘探后发现一无所获，B-F公司的那群人就得吃牢饭了。"

"但如果伯克公司推迟交易，B-F股票的价格就会一直下跌。"

"B-F公司完全可以为交易的推迟找到充分的辩词。这只股票还有很大的上涨空间。B-F公司完全可以继续夸大他们的勘探结果，而且他们还能公布更多的勘探数据以增强投资者的信心。虽然树不可能长得顶到天，但B-F公司这棵树看起来像是棵巨型红杉啊。"

"如果没有伯克公司，它迟早会倒的。"查尔斯坚持道。

"但就像我的'朋友'说的那样：市场保持非理性的时间或将比你保持不破产的时间更长。"赞德搬出了（经济学家凯恩斯）那句至理名言。

"所以，你觉得他们还有一个备用计划？要么他们就是十足的傻瓜？"

"尽管这个世界上有很多傻里傻气的人，但只有真正的傻瓜才会觉得别人都是傻瓜。"

"赞德，你真是个哲学家。"

"让我们来试想一下，如果你是一个反社会的诈骗者，此刻身处一个极其动荡的非洲国家，而且这个国家的内战刚刚结束。你并不在意自己的行为会给当地人带来何种附加伤害，此刻你的手头有十亿美元可以自由支配，你会做什么来掩盖自己犯下的滔天罪行？"

如果B-F公司是骗子，他们会做什么来掩盖罪行呢？这是一个有

第二十章　两个成型的计划

趣的假设。尽管查尔斯觉得自己像是一名试图食用牛排的素食者，毕竟他手头上可没有十亿美元。就在这时，一个疯狂但又合理的念头从他脑海中一闪而过。他想要马上贴现跑路，但他做不到。当查尔斯想到 B-F 公司的退市策略，他的脸上写满了震惊。他抬头望向赞德，毫不掩饰痛苦和厌恶之情，他拼命地摇着头，绝望地说道："不，他们不会这么做的……"

赞德嘴角不自然地抽搐了一下，点了点头，把手搭在查尔斯的肩上，晦暗不明地说道："他们当然做得出来。"

第二十一章

徒步和袭击

赛伊和尼亚恩在泥泞的道路上艰难跋涉，他们刚刚踏上前往北部足球天堂的漫长旅程。这条望不到边际且无人涉足的道路让他们倍感孤独和没有安全感。

他们感到一丝饥饿，当然藤蔓上总结着些吃的，即便没有，他们也可以挖到植物的根系或者块茎来充饥。饥饿感只是一阵阵的而且并不强烈，这不会要了他们的命，真正支配他们的是想要亲近他人的愿望。正因为如此，他们一直等到姑姑回家后才动身出发。她紧紧抱住他们，脸色阴沉，告诉他们一定做个好人，然后依依不舍地把他们送走了，此刻她的脸颊是湿润的。

当他们途经邦戈达边界一条小河上的人行桥时，眼泪顺着尼亚恩满是泥土的脸颊哗哗地流下来。他们每走一步都在远离自己的朋友和曾经的学校。当然他们只在能交得起学费的时候读过几天书，现在要远离学校，他更是不舍。在哥哥注意到自己流泪前，尼亚恩赶紧把它擦掉。

起初尼亚恩在赛伊的眼中看不到坚定，后来哥哥紧绷的面孔松弛下来。他们一起向前走去，赛伊伸出手，抱住尼亚恩的一只胳膊，把他拉到自己身边。尼亚恩踩到哥哥的脚，跟跄了几下。他把头靠在赛伊胸前，随后推他跑到了前面，这时开始笑了起来。

赛伊也笑了，他蹦蹦跳跳在后面追赶着尼亚恩。

"你不可能在蹦跳的时候还能绷着脸！"赛伊朝他喊道，"不信你试试！"

尼亚恩转过身来，蹦跳着朝赛伊走来，他努力皱眉毛、撇嘴，同时露出一副不服气的表情，但此时身体失去了协调性，无法接着蹦跳。在一块干燥的土地上打滚，狂笑不止。赛伊也来到了那里，坐在尼亚恩身上，用手揉着他的短发。

几分钟后他们的尝试都失败了，确实没有办法一边蹦跳一边绷着脸，只能完成其一。

那天他们没走多远，头顶乌云密布，黑暗将至，继续赶路会很不安全，可能会发生一些不好的事，至少他们是这样想的。很快就会下雨，他们需要时间建造一个庇护所。

赛伊说："我们应该早点出发的。"

"或许我们应该待在邦戈达？"

赛伊回头看了看他们走过的路，只有几英里地："我们不会有事的。"

如果和认识的人在一起都不安全，那么晚上最好别出门。赛伊带着弟弟沿着中间凸起的道路继续前行了15分钟，此时天色晦暗，他注意到一处可以藏身的地方。尼亚恩也看到了，但是并没有说话，走到前面带路。左边的那条路通往他们好朋友查尔斯发现的秘密实验室，沿着这条路走，有一个可以让他们今晚过夜的地方。

他们沿着路继续行走了10分钟，这条路穿过厚厚的灌木丛，仅有

228

一辆车那么宽。他们选择睡觉的地方很隐蔽，如果他们老老实实地藏在植被下不东张西望是不会被发现的。他们已经知道了藏在那里的船运集装箱，一个月前尼亚恩在找木头锯的时候碰巧发现它们。有人找来大量的植被、树叶、树枝和褐色的棕榈叶子试图隐藏这两个 40 英尺的集装箱，但是成堆的植被放在那里并不自然，尼亚恩一眼就看出了有问题。两个集装箱放在距离道路 60 英尺的地上，地面满是踩踏的痕迹。

赛伊和尼亚恩从堆积的植被上拉下来几片尚有水分的棕榈叶，不到 10 分钟他们就搭建了一个临时庇护所，其中一面靠着集装箱。棕榈叶是用来临时挡雨的最佳选择，经过几百年的进化，这些叶子可以收集雨水然后将其输送到自己的主茎处。和每个冈瓦纳的孩子一样，经过长期的观察和实践，他们学会了如何用棕榈叶避雨，他们仔细将这些叶子叠加起来，这样一来只要不刮大风，即使下起瓢泼大雨，他们也丝毫不会被淋到。

临时庇护所搭建完成后，他们便兵分两路去找食物。尼亚恩先找到一个椰子回来了，随后萨伊找来了几个大蕉。他把自己的大刀递给尼亚恩，后者熟练地削去了椰子的外皮，然后绕着椰子的顶部狠狠敲了五下就把椰子打开了。他们喝了里面为数不多的椰奶，又吃了一些白色的椰肉，这比大蕉好吃多了，那些没有经过烹饪的大蕉吃起来索然无味，就像木头一样。

此时到处漆黑一片，他们也躺下了，每人枕着一些树枝，上面铺了一些宽大的树叶，不久两人便睡着了。耳边传来昆虫的声音，鸟的叫声，青蛙的呱呱声，迷路小鸡的咯咯声，以及猴子时不时发出的叫声。几个小时以来，这些混杂的声音充斥着夜晚的天空。发电机离他们有一段距离，相比之下，这些声音他们听得更清楚。突然周围安静了下来，

第二十一章　徒步和袭击

尼亚恩知道这意味着什么。于是他翻过身去面朝着弟弟，赛伊此时正在黑暗中酣睡。

随后便下起了倾盆大雨。

*　　　*　　　*

自由港笼罩在一片黑暗中。

哈里在前一天晚上和白天视线好的时候观察过船上的动向，几乎没有证据表明船上有任何医疗活动。或许为了给员工一些时间休息，他们在周六暂时关闭了船上的诊所和手术室。

很多身穿轻薄的热带服饰的白人从船上走了下来，暴露在中午炙热的阳光下。他们径直沿着通往船一侧的斜坡走了过去。几个人带了雨伞以防午后下雨。此刻晴空万里，几乎每个人都遮住了自己的头部，有的戴着棒球帽。大部分人都戴着常见的宽边帽，好像要去打猎一样。

"非洲恩典号"的车在码头等待着下船的员工，哈里在安全距离外仔细观察着每个从船上下来的白人。因为距离太远他无法看清他们的脸，他寻找着走路不安、四处扭头张望的人，一个年轻孩子的恐惧会通过举止表现出来。他们中间没有身材高大、留有一头棕发且长相出众的人。查尔斯一定还在船上，或者在他们来之前他已经离开了。

停在那里的都是白色兰德酷路泽和尼桑四驱。这群人开着车驶离了自由港，去探索这个国家所能提供的任何东西。游客用手里的相机记录着几英里长的泥土路，中途会不断遇到一些长途跋涉的人，其中包括头顶重物的女人，她们用色彩鲜艳的宽布条将孩子绑在背上。沿途都是泥堆的小屋，无尽的灌木丛，偶尔也会遇到车架子空壳，这和路上的生机活力显得格格不入。木炭燃烧产生的烟雾让水稻连同根系的温度都在上升，这是典型的非洲景象。

傍晚时分，那些化身游客的医护人员回来了。他们一天都开着车在周围转悠，看看这个贫困的城市，看看被污染的街道和环境。

不久，太阳便落山了。

哈里示意罗斯科隐藏好，他和巴尼从一排集装箱后面走过去，然后绕着一处建筑来到了船尾。在夜幕的掩护下，他们可以像老鼠一样偷偷爬上船，这是后者千年来的生存技能。十分钟过去了，他们一直在观察灯光通明的船尾。哈里不希望他们上船的时候被人发现，但是毫无疑问，有人在那里站岗和来回巡逻。

巴尼问："我们要等到所有人都睡着后再跑上去吗？"哈里坚定地说："他们正在船上搞活动，这正好为我们打掩护，现在就上船。"他的思绪暂时开了小差，再次想到自己还剩多少钱，每计算一次，他都想让查尔斯·奈特死得更快些。这个孩子可能就是他退休路上的绊脚石，一有机会他会立刻杀了他。

哈里抓住一条将船固定在码头的缆索。这条缆索很粗，他抬起双脚绕住它，双手交替前进，慢慢蠕动着离开码头。缆索向上升得很高，直到消失在锚链孔里。巴尼在后面跟着他，两人几乎同步前进，他们就这样沿着缆索悄无声息地往上爬，很快来到了锚链孔所在的地方。哈里将手伸过锚链孔，通过它翻过船尾的栏杆，目前为止一切顺利。但是这里光照太亮了，他望着 24 英尺下黑色的海水，伸出手抓住巴尼的手腕把他拉到船尾甲板上，虽然费了很大劲但没有发出任何声响。随后哈里转过身去。

"嘿！"还没等那个人多说一个字，哈里快速迈过去三大步，朝他的

第二十一章　徒步和袭击

头给了一拳，那个人躺在了地上，这一拳足以在水泥地上打出裂缝。他们找到通往楼梯井的入口，同时花了不到一分钟的时间就把这个失去意识的甲板水手拖到船底的一个黑暗角落里，巴尼在他的头和脖子上放了一个沉重的金属栅栏。对任何碰巧摊上这种事的人来说，都是一场糟糕的意外。他苦笑了一下，但是船上有个不错的医院，这对水手来说是件好事。

他们现在站在船引擎后面一个巨大的货仓里，这里还有过去铁轨穿过的痕迹，它除了能证明这是一艘丹麦火车渡轮外，现在也派不上任何用场。重新设计时船厂降低了成本，花了 6000 万美元将它改造成一艘医务船，其中新增了几个甲板用于放置手术服、遍地堆放的箱子和废弃的医疗器具。他们两人的注意力很快转移到其他地方，他们在寻找潜在的威胁：船上的人员和远处的摄像头都有可能发现他们。

在昏暗的灯光下，他们沿着船的左舷匍匐前进，迎面吹来的空气霉味很重，其中还夹杂着船用燃料的味道。纯金属建造的房间会放大任何噪声。从船上任何角落发出的声音都会沿着钢铁传到通道下面，进而集中在这个庞大的回音室里。他们的脚步声以及撬动被卡住的水密门把手时发出的声响并没有被听到。

他们朝着楼梯井走去，对水手来说这就是一个梯子，如果没猜错的话它直接通往舰桥上。他们先从船上的指挥中心下手。

他们从升降口扶梯出来，在找到通往无人看守的舰桥的路之前，他们沿着开阔的前甲板快速移动了十几英尺，快速爬了上去，脚下正是舰桥所在的地方。

舰桥的宽度甚至超过了船体的宽度。驾驶室侧翼平台位于水面上方，伸向港口和右舷的方向。一个身穿白色衬衫黑色裤子制服的军官正在值班，他站在右舷边一组发光的仪器前。

这位迈入中年的军官挺着将军肚，在昏暗的灯光下对旁边的人笑着说道："晚上好"，然后接着检查从这些仪器中出现的一个个数据。

哈里大吃一惊，现在他不得不重新评估当前的形势。他最初的计划简单直接而且非常实用，即控制住他在舰桥上发现的任何人，对他一顿毒打，直到他说出查尔斯·奈特的下落，现在看起来这招似乎行不通。

"晚上好，先生。晚上过得好吗？"哈里上前问道。

"这是一个美好的夜晚。"这个官员说道，随后转身走向他们，"我叫蒂莫西·马林斯，是船上的乘务长，今天晚上轮到我值班，看起来你们是新来的。"

"没错。"哈里真诚地回答道，"我叫蒂姆·斯塔恩斯，这位是阿迪·布鲁克。"巴尼用的是他小学同学的名字。

乘务长问道："听口音你是从津巴布韦来的，我来自南非，你来这多久了？也是医生吗？"

"我是放射科技术员。"哈里觉得这应该是个不错的回答，而且似乎也非常奏效。

"哎呀，那你在这儿可是稀缺人才，病人头部和颈部接受手术前很多都要先进行 CT 扫描检查。谁付给你工资呢？"

哈里不知道如何回答这个问题。他认为船上工作人员的工资是这艘船开支的一部分。他再次根据自己的猜测回答道："我没有工资。"

"哦，那你是名志愿者，你真是一个心地善良的人。这里的多数人至少能得到教堂的一些帮助。但是也有一些人和你一样……自费在这里工作。世界上还有很多好人的，不是吗？"

"确实如此。"像一位好奇的客人一样，哈里慢慢地审视着舰桥的四

第二十一章　徒步和袭击

周。他觉得提问总比回答问题要容易得多，于是先一步开口问道："最近有什么新鲜事吗？"

"没什么。"

"你觉得这艘船有过危险吗？担心过海盗吗？会不会有犯罪分子跑到船上来？"

"这个海港的海盗不多，我们一直严加看守，目前还没出现什么问题。我在船上多年了，舷梯是登船的唯一通道，那里一直有人看守，而且保安手里有金属探测器，不法分子很难通过那里。"

哈里决定直接向这个人询问查尔斯的下落。他再进一步说道："好吧，确实戒备森严，但是我们也过来了不是吗？我们及时压低身子跑了过来。目前一切顺利，并没有被发现。我和我的朋友来找一位你们船上的客人，一个叫查尔斯·奈特的男人，他在哪里？"

这位乘务长迅速意识到哈里语气的变化，以极快的速度向墙上的装置跑去，哈里认为那是报警器。巴尼赶紧冲了过去，把他摔在舱壁上，此时乘务长距离报警器只有三英尺。他倒在地板上，并没有失去意识，但是几乎无法呼吸。刚才的重摔让他的喉咙抽搐不止，此刻他正在努力地吸气。哈里蹲在他旁边，一只手放在了他的肩膀上。

"我的朋友，放轻松，呼吸很快就会通畅一些，不要紧张。"

几分钟过去了，乘务长确实放松了一些，哈里仍然在耐心地等待。

"你比刚才好多了，真是不错。现在我需要你告诉我查尔斯·奈特在哪里？"

虽然喉咙不再抽搐，但他还是在大口喘着粗气，他用低沉沙哑的声音说道："我不知道你们说的是谁。"

"五天前的夜里来这儿的一个男人，还受着伤。"

乘务长抖动着肩膀，明显是在抵抗，他努力地想站起来。但是哈里死死地将他按在那里。鲜血从他脸上的伤口慢慢流出来。

"这是艘医务船，每天有数不清的伤员来到这里。"

"但是白人伤员可不多。"哈里抓住这个人的小拇指开始向后折，"如果你敢叫出声我就杀了你。给我闭上嘴巴，除了告诉我查尔斯·奈特在哪里。"

在剧烈的疼痛下他用牙齿咬住缩起的嘴唇，突然手指咔嚓一声断了，他本能地发出低声呻吟。哈里把他另一个手指攥在手里开始向后掰去。

这位乘务长不是软蛋，他可以忍受这些痛苦。哈里认为从他身上找到突破口不是件易事。但是就在这个时候，让哈里没想到的是他竟然开口说道："好，别再折磨我了，真是见鬼，你到底想干什么？"

此刻哈里信心大振，觉得今晚一定能问出些什么。他说："你要做的很简单，就是告诉我一些信息。"

乘务长看着哈里的眼睛，眼里露出抵抗的神态，"我不知道谁是查尔斯·奈特，他们从未说出自己的名字。但是有两个受伤的白人离开了这艘船，他们早就走了。"

哈里盯着他的眼睛，从中看不到任何恐惧和欺骗。奈特已经离开了，而且不是一个人。"他们中有一个高大的年轻人对吗？"

"没错。"

"另一个人是谁？"

"我已经告诉你了，他们没留下名字。"

"一个上了年纪的老头，弯腰驼背，走路拄个拐杖吗？"

"弯腰驼背？那倒没有，他头部受伤了。"哈里又使劲向后掰他的手

第二十一章　徒步和袭击

指。乘务长说："我看到他走路一瘸一拐的，因为他屁股中枪了。但是他年纪并不大，和我差不多。"

不知道奈特的伙伴是谁，这让事情变得更加复杂。

"他们去哪里了？"哈里问道。

"我不知道，他们总是神神秘秘的。"

巴尼诱导着问道："他们去机场了吗？"

"我知道的都告诉你们了，我就是一个乘务长，又不是该死的新闻局。"乘务长说道。

"船长在哪里？"

"他下班了。"

"打电话让他来这里。"

乘务长抵着墙向上滑动身子，移动到电话边拨通了电话。

"你最好老实点。"哈里对他说道，此刻一把枪正顶在他的太阳穴上。

不久对方接通了电话。"很抱歉打扰你了，长官，你需要来舰桥一趟。"此时哈里的手枪更紧地顶在他的太阳穴上，乘务长耸了耸肩。

哈里从听筒里听到船长问他："马林斯先生，发生什么事了？"

"您还是来一趟吧，长官。"

"好，"对方回应道，"马上就到。"

他把电话放了回去，再次抖了抖肩。随后哈里用枪托猛地朝他的后脑勺砸去，他立刻瘫倒在地上。巴尼把他拉了回去，努力把他塞到一张木桌下面，这张桌子占据了舰桥很大一片地方，但也只能勉强把他塞进去，桌子上面放着地图、手册以及导航仪器。

哈里和巴尼背靠背站在舰桥的中间，密切注视着多个入口。他们听到了脚步声，接着是咔嗒一声开门的声音，然后门砰的一声关上了，随后看到船长从舰桥右舷侧翼快速向他们走来。巴尼转过身去。

船长弗雷伯格体型高大，而且走得很快。哈里立刻举起手枪，说："不要再往前走了，船长。"

"你想干什么？"船长语气依旧坚定。

"我们想要一些信息，只要你告诉我们，就不会有事的。"

"我的乘务长在哪儿？"

"他还活着，但是没有医生的话挺不了多久。我建议你把知道的赶快说出来。"

"你想知道什么？"船长对着他喊了出来。

"我们想知道查尔斯·奈特和他的朋友在哪里。"

船长用低沉的声音进行一番严厉的咒骂，中间都没有喘口气，也没给人任何插话的机会。这一连串的咒骂在这艘基督教医疗船上可能从未听到过，至少不会这么连贯。这位丹麦船长对粗俗语言的熟练掌握给哈里留下了深刻的印象，他可以说是这方面的行家。这些话分散了哈里的注意力，他没注意到有两个人从左舷舰桥翼门溜了进来，一个拿着手枪，另一个拿着 AR-15 半自动步枪，这种枪的一个弹匣装有 30 发子弹。

"把枪放下！"船上的纠察长普林斯朝他们喊道，他双手紧握手枪，径直向他们走去。

巴尼绕到了门旁边，蹲在那里朝他开枪。第一枪打碎了舰桥门上的玻璃，第二枪从保安员身边很远的距离飞过。保安员正蹲在那里，用手里的 AR-15 步枪瞄准目标，随后扣动了扳机。

每扣动一次扳机，枪里就会射出很多高速的 223 北约标准子弹，保安员知道如何快速地扣动扳机，更重要的是他知道如何精准地瞄准目

第二十一章　徒步和袭击

标。三发子弹射入巴尼的胸膛和脖子，他停止射击，开始朝保安员跑去。很明显，虽然这种高速的子弹造成的伤害是致命的，但是它只有60格令，如果子弹没有打到骨头或者五脏六腑，人不会立刻倒下。巴尼的伤口血流不止，保安员朝他的头部又开了两枪，这时他才倒下。

此时船长跳到舰桥窗户前，以免保安员一连串的子弹误伤自己，同时也便于迅速采取行动获得优势。在哈里看向瘫倒在地的巴尼并朝两名保安员开枪前，船长敏捷地爬到窗户一半的高度，脚就像装了弹簧似的猛地撞向哈里的胸膛。船长把他重重地撞在后墙上，然后用拳头猛捶他的手腕，努力想把他手中的枪打掉。哈里抽筋的手指意外扣动了扳机，但是他仍旧没有丢下枪。船长一次次快速地捶打他的手腕，每一次都能听到枪响。没过多久哈里的手就松开了，此刻船长又朝他的手腕来了重重的一拳，枪从他的手里脱落下来，啪嗒一声掉在地板上。哈里扑向地上的手枪，用手使劲把它推向巴尼尸体的方向，手枪从甲板上滑过发出窸窣的声响。

哈里从船长沉重的腿下抽出身子，朝右舷舰桥翼门跑去，手持AR-15步枪的保安员三次朝他开枪。他冲破玻璃门跑到翼桥上，穿过敞开的推拉门来到带有格栅的甲板。他用手支撑起身体翻越栏杆，就像撑竿跳运动员一样被弹了出去。他在黑暗中迟疑了一会儿，下面什么都没有，然后从六层的甲板跳了下去，跳到了漆黑的海水中。

船长弗雷伯格来到翼桥上，低头看向下方昏暗的海水。"把船上的灯打开！"他在呼喊任何能跑过去开灯的人。如果召集所有员工，就会有很多没受过训练和手无寸铁的医疗人员匆忙回到自己的位置，他们会认为这是一场救生演练。当听到枪声后他们就会立刻四处逃窜。

普林斯打开舰桥上的广播开关，对着那头大喊："必要的话启动第

238

二台发电机！把船上的每个灯都打开。"

　　船长回到保安员身边，看到他弯腰摇了摇巴尼的头。这时候他发现了在长椅下呻吟的马林斯，他刚恢复意识。

　　弗雷伯格拿起电话打给值班医生："一名警官被打昏了，舰桥上现在需要一个担架。"随后他拿起可以在整条船上播报的对讲机线路，他还从没发布过类似的公告。

第二十一章　徒步和袭击

第二十二章

宏观理论和微观教训

夜幕降临，查尔斯和赞德开着 TJ 的兰德酷路泽沿着崎岖不平的道路行驶，他们正赶往远在邦加之外的目的地。当他们到达 B-F 公司岩芯处理设备所在地附近时，天应该是漆黑一片了。厚厚的乌云遮挡住了月亮和星星，预示着下一场暴风雨即将来临。车上的两个人现在都留着光头，其中一个还被头痛困扰，在路途中时不时会开口说话。

"我之前就想好了，如果为了做手术必须把你的头发剃掉，我也剪个光头，这样我们看起来才毫无违和感。"

"你还挺善解人意的，查尔斯。但是我怀疑你这么做只是为了不被别人认出来。"

"卡罗琳担心剃光头会让我更显眼。"

"在一个都是白人的船上或许的确是这样，但是到了那里呢？不管怎样你都会引起注意，最好表现得不像真实的你。"

"我也是这么想的，但是你让我放在靴子里的花生现在还弄得我脚痒痒。"

"除了改变走路姿势外没有更好的办法改变你的整体姿态。在靴子里放些花生，你走路姿势就不会那么趾高气扬了。

"我从专家那里学的这一招。"

"我也学到了。

"我担心船上的那些人。"查尔斯说道。

"我也担心他们，但最终是我们去冒险，他们可不会去。"

他们一英里一英里地向前驶去。泥浆渗入车的轮毂、车轮轴承以及车上任何可以移动的部件，越野车呻吟着，发出吱吱的声响。车上螺栓连接的部位每小时跳动数千次，这在磨损螺栓的同时也扩大了螺栓孔。长时间在非洲这样的环境中驾驶汽车，即使是焊接的部位也会因金属疲劳而开裂。这些所谓的道路是汽车的劲敌。行驶的车辆也会在路上留下越来越深的车辙，汽车和道路卷入了一场永不停息的生死搏斗，最终都陷入混乱。

赞德受伤的屁股可没有焊接的部位那么结实，可以说他现在非常虚弱，他觉得自己有必要停止交谈，专注于缓解疼痛。

一大半路程中他们都没有说话。查尔斯不再去想他们即将要面临的危险，他的思绪回到了卡罗琳身上，然后又想起自己的母亲，回忆起童年的往事。他脑海中在成长期形成的大部分印象好似夏日的云朵一样飘向远方。虽然不能完整回忆起自己是在哪里跟谁学的这些经验教训，但它们却一直完好地保留在他的脑海中，其中绝大部分都是正向的。但也有一些让他感到刺骨的疼痛，它们给人留下的印象是那么刻骨铭心，让人尽量避免类似的情况再次上演。他在九岁那年学到的教训成就了他的核心价值观。那时候他比尼亚恩年纪还小，后者就住在前方还有几个小时车程的丛林里。

那是一则关于街边角落柠檬水摊的往事。

和其他孩子一样，查尔斯经营着自己的柠檬水摊，母亲给他提供免费的柠檬粉、杯子、冰块，或者免费帮他干活，这都是经营这样一个小摊必不可少的东西。但父亲却坚持认为他的事业要靠自己而不是依赖父母的资助。在这个过程中他进一步领会到了利润和损失的含义。净损失意味着既浪费了时间又浪费了金钱。利润虽然不是唯一重要的东西，但是可以证明其他人珍重自己的付出。不然为什么会有人给他钱呢？他学到了应该为盈利而感到骄傲。

随着时间的推移，查尔斯逐渐成熟。他意识到如果没有武力和欺诈，没有亲信光顾，没有补贴，不用纳税或不存在强制监督，真正自由的市场上不断增加的利润从客观上能给出最好的信号，这表明他没有在适得其反的工作上浪费自己的生命。真正的利润能增加全球财富供给。创造新的财富是消除贫困唯一的也是最好的武器。人类应该为了利润而不懈奋斗。

他经营的柠檬水摊大获成功。他在十字路口的拐角处摆摊，那里人来人往，有疾驰而过汽车，还靠近镇上的公园，来来往往的人们都成了潜在的客户。当夏天温度最高的时候他出来摆摊。柠檬水摊里的男孩们使劲地向过往的行人吆喝着，他们的杯子非常大，冰块也足够凉。他们会稍微抬高一下价格，多出来的钱是对他们头脑机灵的回报。

第一天临近结束的时候，他们杯子里的 25 美分硬币都冒出来了，第二天同样如此。一开始的成功让他们敢于售卖各种新口味的柠檬水，有薄荷味、香草味和蜂蜜味的。他们赚的钱也从美分变成了美元，查理和他的朋友们干得很好。

他还记得第一次遇到的那个态度很差的 14 岁男孩，他并不是因为家庭不幸而误入歧途。相反，他的父母都很好。尽管如此，他仍没有明辨是非的能力，对此也毫不介意。他就是一个行走的证据，证明一些人体内有外星爬行生物寄居。

"喂，柠檬水摊不错。"随后他自我介绍说，"我叫丹尼。"他的语气听起来好像是话里有话。

查尔斯没多想，就当他是在夸赞自己，收到一个比自己年长男孩的赞赏让查尔斯很受鼓舞。"谢谢，我叫查理。"他回应道，但他的内心却有些不自然。

"你的柠檬水看起来不错，不知道好不好喝？"

"你想免费品尝一下吗？如果喜欢的话可以来上一大杯，只要25美分。"

"看起来物有所值。"

丹尼试喝了一下，赞许道："很不错，你一天能卖多少？"

"两百多杯。"

"哇哦，太棒了。25美分一杯的话，一天就能赚50美元。"

查理皱了皱眉头，快速计算了一下，实际赚的要比这个数少得多。但是年龄稍大的男孩更聪明，而且和顾客争论也没啥意思。

丹尼并没有买柠檬水，但是第二天他又来了。

"我一直在想，"丹尼说，"我很担心你，这个角落很危险，你不怕自己的摊子被撞倒吗？不怕钱被偷走吗？"

因为之前没有考虑过这种可能性，此刻他内心感到不安。这个摊子可是他用上好的木头和塑料搭建而成的，似乎并没有人介意他在那里摆摊，那儿应该是一片安全的区域。这个角落的主人可以喝到免费的柠檬水，当孩子们提出用柠檬水交换这个地方的使用权时，他被逗乐了。他觉得这足以抵得上这个地方的租金。他的柠檬水摊已经营业半个月了，

第二十二章　宏观理论和微观教训

目前还没有人来找碴。

"我不知道。"查尔斯只吐出了这一句话。

"好吧，你应该担心一下这件事。你不会想让警察盯上你的摊子吧。"

"他们基本每天都会过来买柠檬水，到时候我可以问问他们。"

"这个想法不错，查理，一定要问问他们。但是别忘了，警察也可能会砸了你的摊子，如今任何人都不值得相信。"

警察来了，他们说会看着那个地方，让查理不用担心。但是第二天早晨，查理发现自己的摊子被破坏了，他精心设立的牌子也不见了，小小的木质柜台上涂满了狗屎，他不会再信任这些警察了。

他花了整整一上午才把摊子收拾好，虽然已经对柜台进行了消毒，但是查理一看到它还是会长时间感到不适。于是他做了一些改善，在塑料的柜台上铺了一层锡纸，这让它看起来更显得现代化一些。

丹尼那天没去他的柠檬水摊。

但是第二天他来了："一切都还好吗？"

"还行，就是有人偷走了我们的牌子，弄坏了摊子。"

"哦，查理，我很抱歉，这真是让人感到遗憾。"丹尼吮吸着手里的柠檬水，随后把25美分轻抛在桌子上："听着，我有一个主意，不如这样。你继续用自己的方式赚钱，但是我比你大，可以在这待得晚一些，不如我来帮你看着这个地方怎么样？以免再有人来搞破坏。"

"你愿意这么做吗？"

"价钱合适的话当然没问题。"

查理再次感到不舒服，不确定他的话到底是什么意思。要想完全理解丹尼话里微妙的预警信号，查理大脑还需要再发育几年。

投机者

"我不知道,你想要多少钱?"查理问道。

"一杯五美分的提成,我保证没人破坏你的摊子。即便如此你赚的也还是我的五倍之多。"

"其实是四倍。毕竟柠檬和杯子也需要成本……"

丹尼停下来思考片刻,随后说道:"是四倍,我们可以一起赚钱,你不觉得这是一个好主意吗?查理,想要我帮助吗?"

"或许吧,我会考虑的。"

"好吧,查理,但是明天价格可能就不会这么低了,我不能保证。"

查理耸了耸肩。那天晚上有人朝他的柠檬水摊扔了十几个鸡蛋,蛋清弄脏了柜台的涂层,上面吸附了很多尘土,不少虫子也被招引而来。丹尼第二天又来了。

查理没有告诉他鸡蛋的事。

"你考虑得怎么样了,查理,我们这笔生意能成吗?"

"其实我也不知道,可能偷牌子的那个人已经走了。"

丹尼问:"那扔鸡蛋的人呢?"

"什么鸡蛋?"

丹尼此刻摆出一副居高临下的姿态,脸上露出怀疑的表情:"听着,查理,我确实认为需要有人看着这个地方,我听到了一些事情,你知道的。一些坏孩子出于嫉妒会来搞破坏。一杯给我五美分有什么问题吗?这只是你收入的五分之一,这笔生意太划算了!如果你不接受的话,就会有人不断来搞破坏,查理,我真的很想帮你。"

"丹尼,我不需要任何帮助。以后除了买柠檬水,否则请你不要来这了。"

那晚有人过来把他的小摊拆得七零八碎。

查理没有再把摊子支起来，他收拾收拾离开了那里，以后远离了这个体型至少抵得上两个他的丹尼，而且从那之后很多年他也没再做过生意。

当他的母亲离世几年后，他才再次开始做起生意。这次他受到的威胁和上次如出一辙，只不过威胁他的人不再是丹尼，这次说起来也出乎他的意料。但是在柠檬摊一事上，所有人都会说他没有错，所有的错都在丹尼。但是面对下一个对手——美国政府下的国内税务署，不管从道德还是法律上说，所有人都认为是他做错了。他竟然违抗政府的指令，这是有多大胆啊！如果他再身强体壮一些，他可以和丹尼打一架，说不定还能赢。但是面临税务署的压迫，他无计可施。税务署威胁说要关闭他的生意，他们没收了他的银行账户，因为查尔斯未向他的承包商们纳税。税务署把他们这些人重新归类为自己的员工，没人纳税他们自然就丢了工作。

在词典中，盗窃被定义为"通过武力或欺诈的手段有意剥夺他人财产"，但是它没有接着说"政府除外"。

14岁的丹尼明目张胆地勒索保护费，他就是一个暴徒，如果得不到钱就搞破坏。美国国内税务署和他没什么不同。如果丹尼将敲诈来的钱据为己有，或将其送给朋友用来还债，这样性质会发生改变吗？不会，这依然是盗窃。设想一下，如果他的邻居一致投票同意让查理每杯柠檬水拿出五美分给他们，然后他们拿着这笔钱去做一些所谓的好事，这也还叫偷窃吗？是的，这依然属于偷窃。这种方式无论如何都是不合理的。

查尔斯正沿着非洲的道路驾驶着汽车，此时他处于半睡半醒状态，他的手虽然在方向盘上，但眼睛却已经闭上了，思绪也飞到了九霄云外。随后他进入了神游状态，他的思想和汽车融为了一体，他正沿着路向一辆巨大的卡车径直驶去，这辆卡车就是极其险恶的国内税务署，而司机正是丹尼，他脸上露出得意的微笑，双目无神。车前灯照得查尔斯什么都看不见。税务署将他选定为敲诈的目标，如果不冒死转弯的话，他就会被压得粉身碎骨。

"喂，孩子，你睡着了！"赞德·温把他从睡梦中戳醒了。在漆黑的道路上没有大卡车向他们飞奔而来。

查尔斯揉揉眼，说："谢谢你，赞德，我快睡着了。该死，我是怎么避开路上那些坑坑洼洼的？"

"我不知道，你的车一直开得很好，但是后来开始向路的一侧驶去。我们几乎到了边上，我认为是这样。"

只有零散的几束光从邦戈达照射出来。发电机为十几栋建筑供电，人们聚集在那里。屋檐下点着蜡烛，烧着小火，门是开着的，人们围坐在屋里，不久将要下雨。路边驶过的一辆兰德酷路泽，是这个小时内发生的大事，它会成为邦戈达人接下来谈论的话题。相比之下，足球和天气此时都不再为人所乐道。

查尔斯小心翼翼地开着车，生怕撞上路上偶尔出现的狗、鸡或者行人，他们正朝着小镇的另一端驶去，随后又驶入丛林里。沿着这条路一直开，他们就能到班加西奥奎尔村，但是这次他们不去那么远。距离B-F公司的设备处理所在地还有几英里，开车的话仅需十分钟，步行要一个小时。

第二十二章　宏观理论和微观教训

第二十三章

邦戈达之夜与圣地亚哥之昼

"我们把车停在这下面吧，对，离这条大路远一点。"

查尔斯把车开进一片低矮的灌木丛里，这里的隐蔽性很好。赞德护着自己的伤口，小心翼翼地从车上下来，他从吉普车的后备厢里拿出一把大砍刀，砍下了几片棕榈叶。查尔斯把这些棕榈叶排成整齐的一排，盖住了可能会被过路人发现的车体。

"我们会被虫子咬死的！你带抗疟药了吗？"

赞德摇了摇头："别忘了，你只需要在这里待几天，然后就能拍拍屁股走人了，但我可没你这么幸运，我一年到头都得在这个鬼地方到处奔波。长期服用这些药物会有副作用，我可不想因小失大。我不知道你的药到底有没有用，但我的确见过有人被抗疟药的副作用折磨得苦不堪言，所以我提前吞了很多维生素 B 药片，还吃了很多生蒜，这样一来，蚊子应该就不会喜欢我的汗味了。虽然这听起来像是无稽之谈，但通常来说，民间偏方自有它的道理。"

"我来冈瓦纳之前，我的医生特地叮嘱了我一些注意事项，他说这批新来的抗疟药的疗效很好……"

投机者

"抗疟药的药效当然一直在进步，但不要因为某个医生给你开了昂贵的药物就自高自大。我敢说，这药肯定对登革热（dengue）和丝虫病（filariasis）不起作用。蚊子特别喜欢 O 型血。"赞德拍了拍自己的胸膛，"我尽量不让这些会咬人的小混蛋们靠近我，但如果我不幸感染了疟疾，我会等医生诊断出疟疾的具体类型之后再对症下药。总之，我是不会提前服用任何药物的。过去人们得了疟疾就只能抱着乐观的态度喝奎宁水（quinine）等病自愈，不管怎么说，现在的医疗条件可比过去好多了。"

"你头上的伤怎么样了？"

"好得很。"

查尔斯半信半疑地看了赞德一眼，他不明白为什么明明这个比他年长 30 岁的人在过去的一周时间内遭到了两次重创，还能云淡风轻地说出这样乐观的话？可他真挚的神情看起来不像是在说大话，或许这恰好验证了这样一个道理：训练有素的头脑可以支配不受约束的事物。或许尼采说得对：意志的力量可以战胜肉体的弱点。

蚊子察觉到了查尔斯和赞德呼出的二氧化碳，很快便锁定了二人的位置，径直向他们飞来。即使在人耳畔徘徊，按蚊（anopheles）也不会发出嗡嗡声，它们体型较小，比一般的蚊子还要小，但它们却是传布微型疟疾寄生虫的载体——这些疟原虫（saliva）寄生在按蚊的唾液中，当按蚊叮咬人类时，疟原虫便会通过蚊子的唾液进入人类的血液和肝脏中；当疟疾病情恶化时，这些虫子便会钻进人类大脑，对人体造成致命的威胁。在接下来的几分钟内，尽管赞德吃了大蒜，查尔斯喷了灭蚊剂，但还是阻挡不住蚊虫的攻势，他们每个人都被蚊子咬了十几口，查尔斯喷出的灭蚊剂在空气的热浪里尽数落进小溪。那些疟原虫肯定已经随着蚊子的唾液钻进了他们体内。

第二十三章　邦戈达之夜与圣地亚哥之昼

"轮到我们登场了。"查尔斯转身朝大路走去。

"就让我们再大干一场！"赞德还在打着蚊子。

倘若他们是当地人，碰巧出生时血液中又携带突变的镰状细胞（sickle cell）的话，他们目前的情况应该会好很多。如果镰状细胞的单一基因仅从父母一方那里遗传而来，这就会为后代抵抗疟疾提供有力的保障，这也是为何当地人的疟疾症状比外来白人疟疾病症轻微许多的原因之一。然而，那些分别从父母基因中继承了一个镰状细胞基因的人却是不幸的，因为他们大概率会患上镰状细胞性贫血——这种遗传病会使人体弱多病，为病人带来极大的痛苦，并且会剥夺病人孕育后代的机会。

今夜无月，厚密的云层遮住了星星。这片区域唯一的光亮来自丛林深处——B-F 的秘密设施上空笼罩着红光，从低压的云层中反射过来，穿透整片丛林，隐约的光亮足以让查尔斯和赞德看清夜路。于是，他们沿着一条狭窄的小路艰难前行，走了很久才走到一片空地边缘，那里伫立着一间 50 英尺长的棚屋，里面藏着那台神秘机器。二人逐渐逼近这间棚屋，汽油发电机传来的声音愈发清晰，整个丛林也因此笼罩在一种不和谐的颤音之中。看来，这台辛苦工作的汽化器未能在脏兮兮的燃料与湿漉漉的空气中找到一种平衡状态。

这一次，他们不会再像那些好奇的股东那样，抱着圆满完成勘矿考察之旅的目的靠近这间实验室；相反，他们希望利用这次机会成为 B-F 的目标。

光线从棚屋墙壁上的孔隙和裂缝中渗透出来，昏暗不明。他们俯低身子，紧贴地面，仔细观察着这间棚屋，时刻留意周围是否还有其他人的踪影。但二人等了半天也没有发现任何动静。查尔斯用力朝棚屋的波纹锌皮墙上扔了一块石头，发出砰的一声巨响，在外部发电机的噪声中显得格外清晰。如果棚屋里面有人的话，这阵声响势必会引起他们的注意，但二人等候良久，却迟迟不见有人从棚屋的门里出来。

看来，今晚看守不在。

这时，天空飘起了雨点。

"我们这都是些什么运气啊……"查尔斯自言自语道。

尽管查尔斯声音很小，但还是传入了赞德的耳朵，他安抚道："我们还是很幸运的……毕竟看守不会在下雨天四处巡逻，所以他们很难发现我们。"

查尔斯用手势告诉赞德他要去查看一下周边的情况，十分钟后，他折返回来，朝赞德比了一个 OK 的手势。

在他们和 B-F 秘密实验室之间隔着一片被践踏过的灌木丛。

他们飞速奔向棚屋较矮的一侧，整个建筑唯一的入口便在那里，大约跟车库门一般大小。大门紧锁，只有用钥匙才能把门锁打开。这时，一只蚊子飞到了赞德的脸上，赞德恶狠狠地拍了它一下，用荷兰话对着门锁和蚊子小声骂了一些下流的话。不论如何，紧锁的大门表明现在棚屋里面没有人，所以他们可以放心大胆地行动。查尔斯用手势示意赞德跟在他身后，二人就这样在黢黑的夜色中沿着墙壁潜行。查尔斯发现这个棚屋的锌质瓦楞墙板有一处奇怪的突起，看来这里就是此次侦查中的薄弱环节了。因为锌是一种易于弯曲的金属，所以查尔斯顺势撬开这处突起，挖开一个刚好够他们两个人爬进去的小洞。

实验室的内部看起来就像是制造医学怪人的"弗兰肯斯坦"（Frankenstein）实验室，唯一的区别就是里面没有人体组织。实验室里摆了一排容量为 5 加仑的玻璃罐，每个罐子里面都盛满了紫色溶液，溶液中的高压电弧正发着诡异的紫光——这是整间实验室里唯一的光源。在高压电弧的电击作用下，不断冒泡的紫色液体释放出臭氧，整个房间都充斥着芬芳的青草气息。

墙上陈列着一整排棕色的化学药剂瓶，上面已经积满灰尘。瓶子上的危险药品标签很醒目，就算再过几个世纪，也不会有人把它们弄错。那台神秘的机器就摆在实验室正中央，查尔斯上次只是透过门缝匆匆瞥了它一眼，然后就被那些如临大敌的看守开枪赶走了。现在，查尔斯终于有机会近距离地观察这台机器了：这台机器18英尺长，5英尺高，看起来就像是高压舱和蒸馏器的结合体。机器连接着两个跟V8发动机一般大小的气泵。机器外壳上插有多处粗厚的金属阀门，每个阀门上都接着一根管子，而每根管子的末端都连着一个巨大的泵，这种奇特的构造让人不禁联想到潜艇的浮力控制系统。机器配备有重型压力表，它们会对这些泵进行压力检测。整个机器看起来像是一台一次性的装置，也像是一位疯狂的发明家粗制滥造的拼接物。

温仰面躺在地上，仔细检查着机器的底部。查尔斯则跪在地上，仔细查看机器尾部——这里装有一扇厚重的金属门，门上有一个巨大的杠杆锁，很像是……

"鱼雷发射管！"查尔斯突然叫了出来，尽管他不应该这么大声，但是轰隆的发电机声和滂沱的雨声足以盖过他的声音。

查尔斯挪动到管子末端仔细检查，却发现此处焊接得很不专业：焊缝不仅出现了多次重叠，而且在接口处还附着有凝固的珠状焊液。

温从地上爬起来，仔细观察其中一只盛满紫色液体的玻璃罐，只见浸泡在液体里面的高压电弧发出刺目的光，整个过程消耗了这台巨型发电机大部分的电力。每个玻璃罐的内部或外部都布有电线细丝，这些电线细丝来自同一个线圈，每根细丝都穿过一个小型马达。如果观察得足够细致，就能发现马达会自动将电线细丝输送到液体中。若要电弧持续发光，则需要消耗电线细丝，而每次只需消耗一毫米的电线。温仔细研究着玻璃罐子上的电线细丝，看着电线细丝慢慢地在罐中的液体里消失，他猛然发现这些金属线的材质似乎是黄金。

"天哪！"

"真不敢相信。"一旁的查尔斯还沉浸在巨大的震撼之中。

温冒着被发现的风险开着闪光灯对机器拍了几十张照片，查尔斯则又回到了那扇用杠杆锁封住的管道门前。

温看穿了他的心思，提醒他："要想打开这扇门，你得先检查一下重型压力表。"

压力表貌似失灵了，因为当前的压力值显示为零。于是查尔斯抱着试一试的心态轻轻拍了拍表盘那厚厚的玻璃屏幕，他觉得自己现在的做法就像是在买车之前先踢轮胎那样徒劳无益，但眼前的结果令他大跌眼镜：只见受到拍打后的压力表指针直接跳到了最大值——5800 psi，这大概相当于正常大气压强的 19 倍。如果他此刻直接抬起金属密闭门上的杠杆锁，这扇门瞬间会被炸飞，强大的冲击波将会把他狠狠地甩到墙上，他或许会肝胆俱碎，被炸成一摊肉泥。机器内部压力极大，焊缝或管道上一旦出现小洞，从里面迸发出的强力蒸汽足以炸断人的四肢。

"机器里面的蒸汽随时都有可能喷出来，"查尔斯语气中透着担忧，"这是个压力舱，里面的压力很大。"他话音刚落，有个机器泵就自行启动了，相应压力表的数字也开始上升。这个机器泵有一个伺服连接器，根据压力表反馈的数据对机器进行精准控制。

温用手指着机器后部的地面，示意查尔斯留意那些隐匿在机器阴影之下的岩芯，总共约有 15 段岩芯。上面布满裂缝，有些地方甚至都出现了岩体断裂，每一段岩芯上都被人用记号笔标上了字母和数字。温尽其所能快速按动相机快门，记录下这间实验室里的一切。

此地不宜久留！查尔斯心中的不安陡然上升："既然已经拿到了我们想要的东西，我们赶紧走吧……"

温虽然连连点头，但却依旧留在原地对着机器拍个不停。

查尔斯本想像野人一样挥手引起温的注意，但他最后只是拍了拍机器，压低了声音催促道："走啊！走啊！快走啊！"

"好，再等我几分钟。"温嘴上虽然这样说，却迟迟没有离开的意思。

但这短短的几分钟也过于漫长了。

$$*\qquad*\qquad*$$

艾略特·施普林格是个英俊的男人，他总是笑容满面，当他展露笑颜时，他的眼周便会浮现出很多细纹。他身体健康，整个人洋溢着一种乐观的情绪。虽然他身高只有 5 英尺多一点，但他的穿着很是得体，因为他的服装是为他量身定制的，很是合身。领结是他自己亲手系的，整个人也因此显得风度翩翩。

萨拜娜·海德尔蹬着一双高跟鞋，迈着一双长腿婀娜多姿地朝他走过来。尽管她比艾略特·施普林格高出许多，但当他们握手的时候，萨拜娜还是觉得自己变得有些渺小。

"您的简历很不错。"他对萨拜娜说。

他这种波澜不惊的程式化语言使萨拜娜意识到，简历上她伪造的哈佛毕业生的身份并没有给这位老板留下什么印象。或许她当初就应该直

投机者

接填写真正的母校——普林斯顿大学。

"我连高中都没有读完。"他很是坦诚。

这么看来，普林斯顿大学也不会给他留下什么深刻的印象。

"但您看起来是位成功人士。"

"对我来说，最起码外表是很重要的。"

马匹和赛道的照片占据了一整面墙，看来施普林格曾经是一名骑师。墙上挂着一张施普林格和一位高大男人的合照，那时二人的身份关系应该是骑师和马匹主人。

"您现在还骑马吗？"萨拜娜语气中带着恭维。

"现在不骑了，我当初纯粹是为了自娱自乐。参加赛马比赛的确很刺激，但是比赛中神经要高度紧绷。这就好比开着一辆 2A 高速赛车参加四分之一英里赛程的直线加速赛一样惊心动魄。"

赛马经过严格的训练，在赛场上唯有全力以赴。马匹的食谱都经过精心调配，人们希望定制食谱可以增强马匹在赛场上的表现。若想使纯种赛马从事其他的工作，则需要对它们进行长达数月的休整和再训练；然而，并不是所有的赛马都能顺利"转型"——赛马的基因深深融入一些马匹体内，它们将永远无法像普通马匹一样生活。马和人一样，不论是性情还是能力，都不尽相同。

"多么有趣的一个职业！"萨拜娜的语气带着她一贯的甜腻风格。

"确实很有趣，但我现在的这份工作也很有趣。不过，德雷斯顿小姐，您是怎么知道我们公司的？要知道，'炼金奇力'可不是一个家喻户晓的名字。"

"我是通过朋友的朋友了解到贵公司的。在几个月前的一次宴会上，我有位朋友的朋友提到了您，但我却记不清他的名字了，好像是叫什么

255

查尔斯。"萨拜娜故意耍了个小把戏，虽然并不高明，但却足以骗过毫不知情的施普林格。

施普林格的思绪似乎还游离在远方，过了一会儿，他才回过神来，对萨拜娜说："有时候，事情就是靠着一系列看似没有关联的随机事件解决的。这就是蝴蝶效应。"

她对宇宙的混沌理论一无所知，所以她只是刻意地点了点头："没错！"她希望此刻自己的热情表现得恰到好处。

"您想要做什么类型的工作呢，德雷斯顿女士？"

萨拜娜计划首先利用这份抓人眼球的虚假简历让施普林格对她的聪明才干深信不疑，现在她将利用这次面试机会，向他展示自己在其他方面的才华。

"我想向那些骨干员工学习。您想让我做什么都可以，我什么都可以接受。"她的语调中多了一丝勾人的轻佻，任哪个男人听了都会想入非非，这样一来，她的意图就达到了。她驾轻就熟地讲出这句双关妙语，话语背后的意蕴很是明确：无论是当下还是今后，男人都可以随心所欲地对她产生一些非分之想，甚至可以"采取行动"。

"嗯，我们公司当然是处于一线地位的，德雷斯顿女士。"他挺起了脖颈，"您为什么叫萨拜娜呢？"

"这个名字源于拉丁语，我听别人说，它的本意是'来自其他教派'。"萨拜娜的名字让人联想到罗马神话中《强掳萨平妇女》的经典故事，母亲之所以为她取这个名字，似乎只是为了让她在某个博学男人的脑海中留下某种深刻印象。

然而，施普林格似乎对萨拜娜的这番话没有任何反应，他只是淡淡地说了句："有意思。"

萨拜娜心想，自己是不是又遇到了一个和她的新老板弗兰克·格雷夫斯一样的男人——不解风情，难于掌控。在短短的几天内，接二连三地遇到这种男人让一向习惯于支配他人的萨拜娜很是抓狂，她必须要在性关系中占据主导地位。不行，施普林格必须尽快表态，否则她就要对自己的魅力产生质疑了。

　　施普林格揶揄道："我敢说，您都能和哈佛大学的教授一较高下了。"

　　"要是我有幸能与教授们切磋，我很希望能成为他们心中那个强有力的竞争对手。"她凭直觉将施普林格的话转述了一遍，话语中带着一丝暗讽。她在不断积累魅惑人心的各项要素：尽可能准确地模仿对方的语言语调和体态姿势，要跟对方的呼吸频率保持同步，好让施普林格觉得自己在跟一个志同道合的人打交道，他甚至可能会把萨拜娜当作他的灵魂伴侣。

　　对于大多数人来说，施普林格温暖的笑容很有感染力，但他的真诚却使萨拜娜很是恼火。面对这个油盐不进的男人，萨拜娜暗自提醒自己，要沉下心来紧盯目标。虽然萨拜娜特别擅长假意恭维他人，但她内心一直坚守着一些信仰。例如，当她第一次听到"为了达成目的可以不择手段"时，她下意识觉得这并非一种警告，而是一种有效可行的明智之举。她始终拥有明确的目标，她会为了得到自己想要的结果不择手段。这就是她所坚持的价值观。

　　"那么，德雷斯顿女士，您可以介绍一下自己吗？您求职的动机是什么？"

　　面试开始了。于是萨拜娜把事先编好的故事讲了出来，还跟施普林格阐述了她的理想追求。但是施普林格问了一些她始料未及的深层次问

第二十三章　邦戈达之夜与圣地亚哥之昼

题，这让她很是困惑。

"您怎么看待我们国家的贫困问题呢？"

她一时不知道如何作答，短暂思考过后，她答道："嗯，我认为每个人都应该回馈社会，我们不应该丢下任何人，每个人都应该贡献自己的一份力量。"虽然她故作镇定，但这番回答仍然很是虚张声势。她害怕自己听起来像是一个愚蠢的选美皇后，只知道把晚间新闻的热门词语拼接到一起。施普林格的脸上逐渐兴致索然，所以她觉得自己要把答案细化一些，最好做到面面俱到。于是她又补充道："当然，我们必须持有一种公正的态度，也应该关注更重要的社会问题，比如我们应该如何教育那些弱势群体。"

面试还在进行，但萨拜娜发现施普林格脸上逐渐失去了神采，他的眼神变得愈发呆滞，他不再专心听她的回答，而是偶尔朝她左后方的墙上瞟去，墙面上挂着一个钟表。

"德雷斯顿女士，刚才一直是我在提问您，您有什么问题要问我吗？"

这是面试结束的信号。看来，她没有面试成功。萨拜娜没能如愿成为一名外勤特工，虽然这只是她的第一次尝试，但她还是想要再做一番垂死挣扎。

"我有问题，"她说，"我知道您是一名投资专家，而且很会理财。我很想涉足这个领域，但我对它不太了解，我真的很想深入了解贵公司的业务，您能展开谈谈吗？"

"我们炼金奇力公司会在国家困难时期开展投资业务，我们专挑那些陷入困境的地区以及那些一心想要创造财富的公司进行投资。我们一般不会选那些当下热门的领域做投资，而是把主要精力放在那些'失宠'的行业里。不管是能源、食品、矿产，还是潜藏着颠覆性的创新领域，都是我们的'宠儿'。我们的投资领域很极端，要么是能够满足国民最基本需求的传统商业，要么是最新的尖端科技领域——这两个领域是市场上最不稳定的两个板块。一般来说，这两大领域的走势是相反的，这样一来，我们就可以在不同的时期选择不同的板块，从而实现'两头跑，两头赚'的大好结果。当然，如果恰好碰到两个领域都看涨，我们公司也会兼顾两端。这就是我们炼金奇力公司的业务概况。"

"您是怎么做到的？"萨拜娜想要施普林格继续说下去，因为她听得有些茫然，就像高中时期听三角函数这门课时一样迷惑不解。虽然数学老师因为一些不可言说的原因让她通过了考试，但这改变不了她生来就不喜欢任何的数学推算的事实。

"我们帮助那些有闯劲儿的小企业家转型成为野心勃勃的企业大亨。我们公司会尽量帮助这些企业家们弥补自身不足，比如给他们提供资本和管理技术，或者通过引荐拓宽他们的人脉圈。我们的目的就是创造财富，创造真正的财富，而我们的主要手段是私募股权投资。"

"真正的财富？您认为什么才是真正的财富呢？"萨拜娜问道，言语间满是无法掩饰的嘲讽。

不知为何，她的问题似乎引起了施普林格的共鸣。

于是他反客为主，把这个问题重新抛给萨拜娜："财富对您来说意味着什么，德雷斯顿女士？"

她像一个被当场戳穿的不懂装懂的人一样，不安地笑了起来："钱，财富就是一大笔钱。"她隐约觉得只有显露出贪婪的特质，才会赢得同样贪婪的施普林格的好感，于是她不假思索地脱口而出。

"是吗？"他的表情没有任何变化，但是萨拜娜知道，他在等自己做出进一步的阐释。

她又开始像那些在媒体上高谈阔论的人一样，重新开始讲一些陈词滥调："财富就是金钱，这就是财富的本质。但很显然，我们亟须强有力的政策和雷厉风行的领导者，只有这样，财富才能得到合理的使用。"

"这就是您在哈佛大学里学到的东西吗？"

她耸了耸肩，回应道："毕竟我们要承担起社会责任……"谁能说她这番话是错误的呢？

施普林格皱起了眉头："但是这种观点扭曲了现实。"

"所以您认为财富不仅仅是金钱？"

"当然不仅限于金钱，"施普林格摇了摇头，"我对财富的定义是相当广泛的。德雷斯顿女士，我觉得您需要靠自己为财富做出阐释，不能只靠人云亦云，您必须要有自己的思考。我猜您在读书的时候一定花了大量的精力来研究如何机械复述那群教授想听的话，但是只会鹦鹉学舌的人不适合加入我们公司，"他语气坚定，甚至透着一丝不耐烦，"我们希望应聘者能够学会独立思考。我理解在顶尖校友面前表达自我的压力。但是这里不是哈佛，我对一成不变的观点不感兴趣。"

"我也不感兴趣。"萨拜娜下意识地又附和着施普林格，然而刚才话语中的自信已经荡然无存。

施普林格重重地叹了口气。"德雷斯顿女士，您应该能看出来，您还没有给我留下什么深刻的印象。但由于某些私人原因，我决定再给您一次弥补的机会。您接下来的任务就是为财富下一个定义，一个小时以后，我们来交换一下意见。"

他语气中立，不带任何侮辱性，但萨拜娜却觉得很不舒服。因为此前从来没有人像施普林格一样，对她的才华横溢既缺乏尊重态度，也鲜有赞赏之情。

于是，她盯着他的眼睛看了很久，远超礼节性对视的正常时长。

施普林格把萨拜娜领到了旁边一间没人的办公室，萨拜娜坐在空无一物的办公桌前，内心充满了愤恨：施普林格竟然没有立刻录用她！她一定要复仇——无论如何，她都要得到这份工作，然后借机把这个男人连同那个叫查尔斯·奈特的人一同击垮！她从心底里憎恶施普林格，而这份仇恨愈发深重，愤懑的她打开了电脑。

＊　　　＊　　　＊

"什么？你他妈的说什么？"斯摩德霍夫对着电话那头咆哮道。

"我说，他们的准备工作比我想得还要充分。"

"基督教医疗船？该死，区区一个小船员就把你打败了？"斯摩德霍夫的怒气一触即发。

"斯摩德霍夫，你别逼我发火。运气好的时候，一把 22 口径的手枪就能干倒一头狮子！"哈里在电话里几乎控制不住自己的脾气。如果斯摩德霍夫此刻站在他前面，哈里可能会一拳打断他的鼻梁。

"真该死，你又不是不知道，一旦这件事搞砸了会有多危险！你接下来有什么打算？"

"你现在又在哪里呢？"哈里亦是怒不可遏。

"我还在邦戈达呢！该死，这条路黑不溜秋的，而且这里还在下雨，我得开车去找奥利，然后再去多伦多待几天。"

"B-F 勘探队里还有谁留在那里？"

"剩下几个钻探机操作员。约翰逊和他几个手下还在那里守着，都是你之前见过的人。"

261

"那加工车间呢？谁还留在那里？"

"我不确定，我答复不了你。所以我才要去邦戈达找奥利。哈里，你才是总负责人，你总不能什么都问我吧！"

"我都说了我在尽力解决这些问题了！"哈里一反常态的怒吼声甚至惹怒了他自己，"奥利说车间那边已经增派了两名新看守。"

当地的看守几乎没有受过任何专业培训或职业教育，因此，雇佣几个欧洲雇佣兵或南非雇佣兵来看守加工车间会更有保障。事物都有两面性，这些雇佣兵虽然有能力，但他们也比当地人更为精明，他们会打听很多内幕信息，也许会在将来某一天把 B-F 公司的秘密泄露出去。

"我得去亲自看看。"

哈里说："很好，我们需要更多的看守。我们还需要——"

斯摩德霍夫及时打断了他的话。"别把这件事说出来！鲁伯特需要我们在几内亚的所有人手。"

"你已经把我剩下的最后一个得力助手送到我兄弟那里去了。"

"在邦戈达做看守对他来说简直是大材小用。没有人靠近过我们的车间，一切都很安全。"

"大错特错！你把我的看守送走了，在这段时间里就会出现安保漏洞！这么简单的道理你都不懂吗？"即使那个秘密加工车间事关数十亿美元的巨额利益，但斯摩德霍夫还是在安全问题上出现了纰漏。

斯摩德霍夫并没有把哈里的指责放在心上，而是讥讽道："这纯粹是巧合，要是你找到查尔斯·奈特，这一切不就迎刃而解了吗？你又不是不知道鲁伯特在这时候正需要大量人手，他得控制全局，你兄弟现在可碰上大麻烦了，我们得帮他。"

鲁伯特大概是哈里唯一信任的活着的人了，他深知鲁伯特此刻身处

投机者

旋涡之中，鲁伯特几乎每天晚上十一点都会如约给哈里打电话，向他汇报最新进展。

"不过，丹，我们不能再让任何人接近加工车间了。"任何人都不应该发现它，"鲁伯特在几内亚都有四个随从，我在冈瓦纳就只剩下两个人手了。妈的，真是多亏了你啊，我身边现在就只剩下罗斯科了。"哈里没有把他们雇来做看守的当地人算上，虽然他们可能会在持续不断的命令和指挥下成为得力的看守，但是他们没有接受过专业的训练，也缺乏经验，所以他们几乎成了 B-F 公司的累赘。那天晚上，六个弹匣因为这些当地看守的盲目扫射而消耗一空，便是该事实的有力佐证。

如果他和巴尼或罗斯科在加工车间驻守，奈特绝对没有机会偷看车间里的东西。要是奈特果真看到了他们的秘密，哈里他们一定会穷追不舍，并在灌木丛里近距离将他击毙。

"我告诉你，鲁伯特和他在几内亚的所有人手对我们相当重要，如果你能做好自己的本职工作，对你兄弟鲁伯特也有好处，所以抓紧把你的工作做完。"

电话那头的哈里没有回复，而是陷入久久的沉默。

哈里的沉默激怒了斯摩德霍夫，他语气很是不快："听着，哈里，你现在不用担心这里的安全问题，也不用担心鲁伯特。一旦你找到查尔斯·奈特，一切就都能重回正轨，他才是最大的威胁。不论是邦戈达还是班加西奥奎尔村，你都绝对不能让他再靠近一步。我猜他就在车间附近埋伏着，现在他一定还在亚当斯敦，等着坐飞机离开呢。"

"我们明天应该在机场拦截奈特。据我所知，他明天要坐布鲁塞尔航空公司的航班飞往比利时。"

"你打算在哪里把他劫走呢？比利时机场吗？"

斯摩德霍夫的指手画脚让哈里很是反感，但他还是控制住自己的脾气："我不会让他顺利抵达比利时的。"

"你最好说到做到。"

信号中断了。

五分钟后，斯摩德霍夫的吉普车在通往邦戈达的主干道上来了个急转弯，因为在这样大雨瓢泼的黑夜中，他的车速太快了，车上的雨刮器根本来不及清除车前窗的雨水，视线受阻，险些酿成事故。经历了一系列的险象之后，斯摩德霍夫终于到了目的地。这里分布着很多在夜色中看起来颇为相似的小路，他要从这些迂回曲折的小径中找到通往加工车间的那条路。该走这一条路吗？他陷入纠结，而在最后一刻，他决定赌一把，向右边的小路驶去。车辆沿着小路前进了数百米，斯摩德霍夫看到了两个集装箱，部分箱体裸露在外面，在车头灯的照射下格外显眼。可以看出，这些集装箱被人精心隐藏过，但却没有完全藏好。虽然集装箱验证了斯摩德霍夫没有走错路，但是它们不应该暴露在外人的视线中。斯摩德霍夫腹诽：这个该死的奥利！他没有一天不是病恹恹的，连这么重要的集装箱都藏不好！

加工车间就在斯摩德霍夫的右侧——它是整个行动的命脉，在大雨如注的黑夜中几不可察。

棚屋屋顶和金属墙之间的缝隙中透出些许亮光，看来等离子弧依旧很活跃。很好，谢夫莱特总算还有点用，至少这台巨型机器还在运转。

怎么回事？那些亮光怎么一直闪个不停？正常的等离子弧可不是这样发光的。难道是某些部件出故障了？但他已经没有时间整修故障了，因为最后一批岩芯最晚要在明晚之前加工出来。分析师们在等待结果。他花了一大笔钱、费了很大的力气才把分离出来的岩芯运到南非的实验室，而且为了让检测优先进行，他向实验室付了三倍的费用，要求他们尽快完成这批岩芯的检测。虽然南非实验室的每一个熔合炉和杯状炉都会优先用于岩芯的检测，但若要完成全部的样本检测，依旧需要花费大量时间，留给斯摩德霍夫他们的时间已经所剩无几了。

他需要一个隆重收场，他要把有史以来最令人叹为观止的化验结果公之于众，这将吸引更多的新晋投资者们购买 B-F 公司的股票。投资者自然是越多越好，反正他手里还剩几百万支总价值高达数亿美元的股票，尚未投入市场。

在与 B-F 公司签订协议之后，伯克公司的行动速度远超斯摩德霍夫的预期。他们计划 12 天后到达。只剩 12 天了！伯克公司派遣的钻探队员和他们即将要在这里建立的现场实验室令人不快。因为他们的出现，班加西奥奎尔村的工作要被迫中止了，这是无法改变的事实。届时这台在邦戈达加工车间里的机器将面临被拆解的命运，机器零件将被深埋在地下，永远无法重见天日。

但是，如果一切按照原计划进行，伯克公司将永远不会抵达班加西奥奎尔村。因为 12 天之后，整个矿区将会陷入一片混乱，笼罩在一片烟雾之中。然后他就可以携带近 10 亿美元远走高飞，他要飞向海滨与夕阳，而且他有充裕的时间来隐匿他的行踪。

他把油门踩到底，快速经过加工车间，即便快要靠近奥利的住处，他也没有减速。与其说是住处，其实是一间帐篷——这是奥利为了驻守在实验设备旁边特地搭建的。他突然猛踩刹车，车辆滑行到一片泥泞中停了下来。

现在是晚上十点，奥利这时候应该已经睡着了。毕竟在这片丛林里，除了睡觉和工作，再也没有其他事情可做。但是这里为什么没有看守呢？斯摩德霍夫知道，一定是因为这场大雨。当地人理所当然地认为：如果他们不想在暴风雨中出门，那么其他人也一定会跟他们一样在屋子里躲雨。斯摩德霍夫猜测，那些看守要么在车间里躲雨，要么在奥利帐篷旁边的小棚子里打牌。

事实上，这四个看守静静地坐在棚内躲雨，其中有两个人的膝盖上放着枪。他们既没有喝酒也没有赌博，或许是因为吸食了大麻，他们神情有些恍惚，似乎对什么事情都漠不关心。当然，他们没有理由感到压力，毕竟他们对 B-F 的实验室计划一无所知，全然没意识到自己的工作与最终结果的联系有多么紧密。

斯摩德霍夫倚在遮雨棚的一侧，昏黄的灯光映照在他的眼中。他质问道："你们为什么不好好守着加工车间和外面的集装箱？车间门口要有两个看守，我对你们的要求是时时刻刻地驻守在门口，你们不知道时时刻刻是什么意思吗？还有定期检查，你们做到了吗？不只是检查实验设备，你们还要每隔半小时检查一次集装箱，好好把它们藏起来！但你们根本没把我的话放在心上！我在来的路上就看见那两个集装箱了！"

一个年长的看守抬头看了看外面的天空，辩解道："可是外面下雨了。"

"不论刮风下雨，你们都要日夜守着车间里的这台设备，明白吗？"

"明白，老大。"年龄最大的那个看守回答道。他朝两个年轻的看守点点头，他们会意，站起身来，开始往身上套雨衣。

斯摩德霍夫说："很好，坐我的吉普车过去吧，我开车送你们去车间，你们可以在里面避雨。"他对哈里手下的人和这些当地的看守都很失望。安顿好看守之后，他又冒雨跑到奥利·谢夫莱特的 10 × 10 英尺的帐篷前。

只见这位身材瘦小、书呆子气十足的化学家正蜷缩在他的小床上酣睡，斯摩德霍夫隔着门帘喊他，他被硬生生地吵醒了。

"别把这些该死的蚊子放进来！"谢夫莱特抱怨道。这话听起来很荒谬，纱帘本来就无法阻挡蚊虫的脚步，但斯摩德霍夫还是小心翼翼地侧身进了帐篷。

"看到没？根本没有蚊子！"斯摩德霍夫打开悬于帐篷顶部的灯，一张五英尺宽的塑料桌赫然出现在他眼前，桌上散落着一些图纸。这是那台机器的详细图纸，机器是奥利的创意。"你还留着这些东西干什么？我不是让你把它们烧掉吗？"

谢夫莱特伸出一只手盖在脸上，遮住耀眼的灯光，他咳嗽着说道："我需要这些图纸，以防日后机器出现故障。我跟你说过，这台机器需要的全部零件的尺寸可都在这些图纸上。"

"对了，的确有东西出问题了，等离子弧好像出故障了。"

"你说什么？"虽然此时谢夫莱特已经完全清醒了，但他的眼睛还未适应耀眼的灯光，依旧紧紧闭着。

"整个车间里看起来就像是有场烟花秀，那些亮光一直闪闪闪！"

"妈的，肯定是那群该死的老鼠！它们又把电线咬了。"

"幸好我及时赶到了，否则不知道会给公司造成多大的损失！容器没有盖上，等离子弧出了故障，看守不见人影，你也在倒头大睡……你们他妈的到底在搞什么鬼？"斯摩德霍夫活像一个被迫跟白痴周旋的圣人，摆出一副恨铁不成钢的神情。

奥利既没有看到他的表情，也不理会他的语气。他只是淡淡地说道："等我一分钟，然后你开车把我送过去，行吗？"

斯摩德霍夫没好气地答道："我的车可是早早地候在外面了。"

第二十三章　邦戈达之夜与圣地亚哥之昼

第二十四章

丛林里的隆隆爆炸声

谢夫莱特四处找寻他的裤子、袜子和靴子。他的胃像打了结一样缠在一起。

据说，加拿大的采矿工地，尤其是在那些说法语的国家，工地员工能吃到上好的食物。但在这里，当地人把一些难吃的罐装肉制品以及稻米和大香蕉一起堆放在又脏又乱的帐篷里。高温和潮湿的唯一好处就是让他几乎食欲全无。

众所周知，非洲是个出了名的白人墓地，他们被这里的各种疾病、毒蛇、毫不客气的当地人以及炎炎烈日所折磨。现在他关心的是自己的右腿，上面长了一个极其难看且又红又亮的皮疹。难道是蜘蛛咬的？还是感染了真菌？具体什么原因他也不知道，但是皮疹正在扩散，有时候奇痒难忍，这会让他为此抓狂。相比之下，精神上他更是备受困扰，他不愿看到因为某些环节出错自己被捕，在监狱里待上几年。奥利思考了死亡的好处，人至少死了之后一了百了，但是这儿的生活真是令人难以忍受。

他穿上雨衣，来到汽车的前排座位上。他的右口袋明显下沉，里面

投机者

装着他兄弟寄给他的格洛克手枪，他把枪拆开分几部分包装起来。在这样一个环境如此恶劣的国家，他从来都是枪不离身。如此一来便不会有秘密社会锯掉他的胳膊或大腿。

斯摩德霍夫点了点头，然后发动车，随着掉头和加速，帐篷前面到处都是汽车轮胎甩起的泥浆。

谢夫莱特紧紧抓住头上的把手，说："丹，你放心，不管有什么问题我都会解决的。"

"还需要多少次循环？"

"基本已经完成了，要达到每吨岩石含有150克金子还需要5轮循环。不会出问题的，我一天24小时都在做这件事，我不需要很多睡眠。"

"你要加快速度，我们需要检测结果。"

这个结果堪称完美，150克意味着每吨矿石含有五盎司黄金，这是极其不可思议的，说明黄金含量超乎寻常。斯摩德霍夫此前是怎么评价的？像黄油一样分布的金子？这简直就是鬼话。

奥利常年做采矿生意，他知道其中的真相，采矿是一桩高风险低回报的买卖。大量的金、银、铜、镍、铀以及其他所有元素和它们的化合物都是工业文明必不可少的东西。就像黑猩猩看待香蕉那样，人们可能会认为冶炼的金属像施了魔法一样出现。但实际上，黑猩猩知道香蕉是自然长出来的，但矿井却是人建出来的。

想到这罪恶的一切，奥利抑制不住地笑出来。加工厂房里放着他突破性的发明，地质学家和工程师对此没有提供任何帮助，这一发明最终将确保他的财富。

他为自己的发明感到自豪，这让他在这个糟糕的地方保持理智。他的机器可以制造胶态金，它不光是一种溶解状态，其实也是一种悬浮的

269

纳米颗粒。将金丝浸没在稀释的王水中，这是一种盐酸和硝酸的混合溶液，然后对金丝施以高电压，迫使上面的金原子脱落到水溶液中。然后在高压的作用下，他的机器将这种含金量丰富的胶状体注入自然形成的多孔岩石中。随后通过真空作用迅速蒸发其中的水分，这样岩石中就留下大量的纳米颗粒金，这是无法通过肉眼发现的。火试金分析法得出的黄金含量的报告取决于奥利对每组岩石进行几轮的施压和真空作用。当然了，要想得到更高等级的矿石，他自然需要对胶状体注射器进行额外的循环作用，这就需要花费更多时间。斯摩德霍夫硕大且没有耐心的脑子好像从未想到过这一再明显不过的事实。

斯摩德霍夫失去耐心的浑厚嗓音打断了奥利的思绪："上次那台该死的机器坏了，花了三周才搞到零部件替换，我们现在可没有三周时间了。"

"我知道这件事非常着急……这个地方是外圈，但是它将在两周内成为中心地带。"

"闭上你的嘴！"斯摩德霍夫严厉的命令让他出乎意料。

随着汽车靠近胶状体注射器所在的棚屋，奥利抬头看了看金属墙上方锌质屋顶伸出部分的开阔区域。斯摩德霍夫说的没错，他摇摇头，纳闷是哪个地方出了问题导致上面出现断断续续的闪光，同时他也不理解为什么刚才斯摩德霍夫的脾气那么暴躁。

吉普车停在机器所在的棚屋前，后车门突然打开了，从车里走出来两个男保镖。他们一直安静地坐在后排座位上，谢夫莱特此前根本没注意到他们，他明白了为什么斯摩德霍夫突然发火。他开始回想一分钟前的谈话，他有没有说出什么危险的话？"两周内成为中心"这句话或许不该说。

"非常抱歉，我不知道后面还坐着保镖。"

斯摩德霍夫摇摇头，说："你只管把机器修好就行了。"

奥利做好了再次淋雨的准备。他从车上下来，踩到泥泞的地面上，然后朝着长长的棚屋门前跑去。他掏出一把钥匙插入门锁中开始转动。这种东方国家制造的门锁一如既往的难开。冈瓦纳的大多数进口商品都来自东方国家，而非洲几乎所有的进口商品都是东方国家制造，对价格敏感的非洲人只能买得起便宜东西。东方商人把最低等的商品卖到这些地方，但是非洲人对此不仅不在意，反而非常乐意接受。日本人过去将廉价的商品卖给美国人，现在东方商人又将其卖给非洲人，谁会成为下一对贸易伙伴呢？倾盆大雨浇在身上，他冒着弄坏门锁的风险，使劲拧着钥匙，终于门锁里的装置转动了。

谢夫莱特啪的一声打开了门，似乎受到几分钟前和斯摩德霍夫谈话的提示，映入眼帘的是最糟糕的一幕。

*　　　*　　　*

硕大的雨滴落在锌质屋顶上，产生的回响好像是地震在摇晃这栋建筑。查尔斯倚靠在鱼雷发射管上，在震耳欲聋的喧闹声中，看到车灯透过满是裂缝的墙壁照进棚屋，这时他们才知道有人来了。赞德一直在拿着相机拍照，丝毫没有注意到照进屋内的光。他背对着门站着，很快就会有人开门走进来。

查尔斯骂骂咧咧地向赞德跑去，他用相机拍到了他半个身子，查尔斯在他耳边吼道："有车来了！"随后把他拉到棚屋后面，那里的波纹锌皮墙上被他们凿了一个入口。

第二十四章　丛林里的隆隆爆炸声

"赶紧走。"他说道。赞德此刻正跪在地上爬过那堵弯曲的金属墙。按照此前被告知的那样，赞德弯下腰穿过狭窄的通道。查尔斯再次回到门前加压机的一侧。他本来有充足的时间弄清楚这个装置，但却不知道如何操作。他从墙壁的楔子上抓住了一根粗绳，随后跑了回去。他将绳子绕在一个巨大的门把手上，它可以拽动紧闭的鱼雷发射管的金属门。然后他随手在旁边的橡子上打了个结，然后站得远远的，等待有人进来。这根长长的鱼雷发射管直接对准了大门。

他不需要等待很久，门逐渐打开，车灯照了进来。在车灯的映照下后墙上出现了三个人影，其中两人手握步枪准备随时开火，他们确信这是两把 AK-47 自动步枪，这一幕就像是柏拉图的洞穴寓言。当赞德在阴影下蠕动着穿过时，一处弯曲的金属勾住了他的裤子，他试图解开。这时有人大声呼喊，虽然听不清说的是什么，但可以肯定的是查尔斯暴露了。在奥利还没来得及喊出"不要动了，你们这些蠢蛋"，查尔斯已卧倒在地。出于本能反应，两个手握全自动步枪的保镖先后朝他影子的方向开火。子弹打碎了棚屋里的一些玻璃制品，查尔斯畏缩在那里。

五秒钟之后他们弹夹里的子弹打完了，这时查尔斯跳了起来，抓住高高挂起的绳子，然后用自己身体的重量猛地往下一拉，借助屋梁转动产生的力，绳子拽下了锁住机器门的杠杆。

从那扇门走进来的保镖怎么也想不到迎接他们的是如此暴力的问候。在相当于在水下 600 英尺处的水压作用下，管门被撞开了，它的折页变了形，门上的金属发出响亮的声音，穿透墙壁，在这个过程中打碎了很多冒泡的玻璃罐子，将几棵橡胶树撞断在地后，飞向了丛林中一百码以外的地方。

此时更糟糕的一幕发生了，有什么东西从长管子开口的一端冲出来

272

了。管子里有 15 个直径 3 英寸的硬岩芯，里面的液体和空气都经过压缩，受到巨大的压力。有些岩芯已经破裂，有的碎片只有一两英尺长，但有两个完好无损，它们长 8 英尺，看上去就像是两根长矛。当那扇门打开时，伴随着一声巨响，一些紫褐色的水发生爆炸。这种高压酸性液体以岩芯的形式携带了一吨弹药，像发射井中的导弹和大炮发射的葡萄弹的混合物一样发生爆炸，对人和房子都造成了毁灭性的破坏。

B-F 公司警卫周围的空气里充斥着水、蒸汽和腐蚀性的王水液滴。压力的变化让查尔斯的耳朵深感不适。刚才有人试图冲进来，随着一声爆炸的巨响他们发出短暂而痛苦的尖叫，在压力的作用下他们的叫声也被压了下去。如果棚子再小些，或者密封性再好点，瞬间的压力变化会让查尔斯失去听觉，好在随后造成的破坏将压力降了下来。

空气中出现毒雾，查尔斯屏住呼吸，眼睛像火燎的一样疼痛，他意识到远处有门的墙不见了。站在那里的大块头保安也没了踪影。轿车的车灯也不再直接照进棚屋里。刚才的爆炸把轿车炸到了一边，管子里的一根像长矛一样的岩芯刺穿了发动机组。

眼前的场景就像世界末日一样让人震惊，数十亿片闪闪发光的金片从机器内壁上被猛烈撕掉，穿过薄雾慢慢飘落下来。就像微观中的白雪一样，金粒子反射出弧形的怪异光线，这些弧线仍然在十几个破碎的玻璃容器中来回跳跃。

尽管查尔斯的耳朵嗡嗡响，但是接下来他听到的远比看到的多。在简易棚的远端，房顶因为支撑力不足开始塌下来，起初很慢，但是随之越来越快。木头横梁断裂时断断续续发出的尖锐爆裂声打断了金属撕裂时的刺耳声音，查尔斯开始向外跑去。

屋顶坍塌的速度更快了，周围的一切声响也越来越大。罐子已经七零八碎，电弧光因为没有彩色液体的阻挡，等离子弧发出的光变得更亮了。这让查尔斯看到他临时搭建的后门还开着，温终于从这里逃脱了。他俯冲到那块松动的金属下，双手伸过头顶，把手伸到墙外的泥里以此获得拉力，就这样将身体拖了出去。刚才剐到温的那块金属剐破了他的裤子。查尔斯猛地伸出双脚，准备站起来，此刻摇摇欲坠的屋顶将后墙压变了形，它开始向内倾斜。随后，墙翻了过来，把查尔斯旋转着抛向空中，仰面朝天地摔了下来。

他落在赞德旁边，基本上是光头先着地，随后两人一起艰难地朝远离坍塌建筑的方向爬去。

查尔斯擦干净双眼，回头才看清眼前灾难性的一幕。赞德看着他，问着什么。

"哎哟！"查尔斯发出了很大的叫声。

第二十五章

丛林中的谈话

"鲁伯特，你是老大，你告诉我们该做什么事什么时候做？"

和他的兄弟哈里一样，鲁伯特又高又壮，活像一头公牛。但是与眼前的这个双眼突出且布满血丝的黑人相比，他还是稍逊一筹。在约翰·约翰得到想要的东西前，鲁伯特会一直是他的老板，随后就会把他杀掉。

"约翰·约翰，我很理解你们忧虑的心情，我也知道你们准备好了，但是现在时机还未成熟。这里已经几年没有发生过战争了，12天后你们就可以行动了，这比我们的预期要短得多。我们这样做也是为了你们好。"

"我的人现在很饥饿，想要饱食鲜血和财富。那些金子是我们的，谁都不能动，不能让加拿大人白白把它们拿走，不能被腐败的政府吞噬，他们已经窃取了冈瓦纳的控制权。我们准备好了，现在我们说了算。"

"你说的没错，约翰·约翰。"过去几个月里鲁伯特一直在中间煽风点火，向他灌输这种思想，和这样一个精神错乱的自恋狂打交道真是让他绞尽脑汁。跟一个情绪不稳定，且有过锒铛入狱经历的暴徒协商，他必须万分谨慎，更何况这个血液里充满睾丸激素的家伙还随身带着自动武器。约翰·约翰有着极其丰富的施暴经历，他几乎没有任何良心可言。

尽管从医学上讲他可能就是个疯子，但是鲁伯特身前这个人是他见过的最有魅力的人。当约翰·约翰站在下属面前讲话时，他的影响力不亚于圣雄甘地或者吉姆·琼斯。他可以让2000名年轻男子陷入宗教疯狂的状态。宗教比政治更能鼓舞大众，尤其当它能满足人的性、毒品以及暴力的欲望，并承诺给予金钱和权力时，几乎没有青年男性可以抵挡这些诱惑。

在约翰·约翰长达半小时的讲话后，这支新成立的军队发出惊天动地的欢呼呐喊，由此产生的回音在几英里之外都可以听到，几乎传到冈瓦纳边境。约翰·约翰在冈瓦纳的影响力就如同伊迪·阿明在乌干达或者波尔布特在柬埔寨一般巨大。

鲁伯特很清楚白人身份给他带来的局限性，此前他的三个特别军事行动伙伴和他有着同样的肤色，他们分别来自津巴布韦、南非，还有一个是有过服役经历的波兰军人。

他们的整个计划都依靠约翰·约翰和他越来越多的追随者。十多年前鲁伯特第一次见到他时，他还是一位年轻的叛军领袖，当时白人大多是来自南非的流浪者。他们来到冈瓦纳，谁给钱他们就支持谁。他们的报酬是毛坯钻石，即所谓的冲突之石。

冈瓦纳的钻石出口受到金伯利进程（Kimberley process）的严格监管，金伯利进程是戴比尔斯公司炮制的一个骗局，他们伪装成无私的慈善家，旨在保护自身的垄断地位。除了钻石之外，新的战争必须要有木材、黄金、渔业的资助，此外还需要采矿特许权以及相应的承诺，所有这些都处于争夺状态。西非冲突的最大受益者是其他地方的老牌钻石生产商，这是因为以撤销战争资金为由，对非洲实行的钻石出口管制一直持续到和平时期。对商品争夺的大肆干涉，束缚了西非钻石矿的生产力，甚至在战争结束多年后，仍将钻石供应置于集中控制之下，这正是世界著名老牌钻石生产商所希望看到的。

政府军的装备比叛军略胜一筹，他们有联合国提供的武器，有更多的时间养成坏习惯，除此之外他们和叛军几乎没有什么区别。约翰·约翰本可以成为政府军的一员，实际上，当他的军队时不时地占领冈瓦纳的首都城市时，他已是其中一员了。

经过多年的和平之后，约翰·约翰回到了需要他的地方。在那里他命令着一群暴徒，并通过自己的方式掌管一个国家。他实施过伏击、强奸、抢劫、绑架，曾锯掉别人的四肢，雇佣童军，虽然无恶不作却没有受到过惩罚。对于这样一个精神变态狂来说，雇佣童军有很多好处，他可以对他们的思想大做文章。他们非常勇敢，因为这群年轻人相信他们能够永生，同时他们对长官的命令言听计从。

军队中有些人过去就在约翰·约翰的手下做事，他们现在会一如既往地追随他。参加上次战争的童军现在已经成了中尉。其中有一个名叫弗洛基·凯见勒的人让鲁伯特异常担心，他就是一个有意找碴的刺头。他有能力成为像约翰·约翰那样有魅力的人，但却没有他壮硕的身材。实际上弗洛莫·凯贝勒身材矮小，不过也因此得到特殊的关照。

弗洛莫是一个高明的骗子。他从老妇人那里骗取手机和钱财，并鼓励小男孩把偷来的东西送回去，他甚至会把借来的车卖掉。他说着一口清晰流畅的英语，会从《圣经》中引经据典。他声称自己是一个孤儿，

第二十五章　丛林中的谈话

借此得以为非政府组织工作。如果真是孤儿的话，很可能是他亲手杀了自己的父母。

弗洛莫在军队里有一小派核心的追随者，有一百来人，这些人不光臣服于约翰·约翰的权力，同时也被弗洛莫的行事方法所折服。鲁伯特注意到弗洛莫在悄悄培养这些精挑细选出来的人，他们大多是更为年长、经验更丰富的士兵。如果约翰·约翰能成功占领冈瓦纳并成为一国的领导者，弗洛莫将坐上秘密警察长的位置。这对他来说再好不过了，他可以借此机会造反，杀了约翰·约翰这个大块头，从而成为下一任领导者。

约翰·约翰之所以把弗洛莫带在身边是因为他有一个很重要的天赋，他的听觉异常灵敏，耳朵贴在地上就可以听到很多信息。他是约翰·约翰的信息收集官，是美国在第三世界国家的安全局。他就像贴在墙上的蜘蛛一样，完全靠耳朵而不是无线电，监听着帐篷内和炭火旁喋喋不休的交谈。

不论何时，只要弗洛莫在附近，鲁伯特说话都谨小慎微，这个混蛋经常在附近出没。

目前军队里只有200人配备了AK-47步枪，这些稀缺的枪支在军队里来回交换使用。只有200人接受了枪支拆卸和清理的训练，不过对于AK枪来说，清理工作没那么重要。这种枪操作简单，在任何恶劣的情况下都可以正常使用。因为其可靠性强、价格便宜、数量较多，因此成了世界各国农民军队的标志。

鲁伯特和他的同事教这些年轻人如何瞄准目标和开枪，每个人都有一梭30发子弹的弹夹。一次打一枪，直到打完为止。虽然无关紧要，但他们还是仔细地瞄准仅有十码远的目标。他们中绝大多数的伤亡都是近距离瞄准造成的，这种距离内完全可以朝大致方向开枪。然而，当激战正酣的时候，还得指望这些孩子和男人，他们肆无忌惮地射击，直到打完最后一发子弹。此时枪的神力已然不再，他们便弃枪而逃。战前听信长官的夸夸其谈，以及吸食大量的大麻，让他们此刻付出了代价。和可卡因、冰毒以及苯环己哌啶一样，大麻并不会让人更具攻击性，但吸食之后确是完全不一样的状态，再者说这种东西遍地都是，分文不值。

尽管弹药短缺、纪律涣散，鲁伯特还是敷衍地对部下进行了一场教学。现在，训练结束，弹药已经所剩无几。为数不多持枪的人也没了子弹，这正是鲁伯特想看到的。

正是因为那个计划他才得以活过今晚。

十分钟前，约翰·约翰的眼神露出一种恨不得把鲁伯特撕碎的冲动。这个两眼通红的大块头想要把余下的所有枪支弹药送到营地，他现在就需要这些东西。让他恢复平静需要极大的耐心，最后鲁伯特说："约翰·约翰，你将得到几乎用不尽的子弹和额外的两千支枪，我不会让你等太久的。我保证，你的军队在行动前一定能得到全副武装。等这片土地到了最宜探险的时候，你就会收到这些枪支和弹药。在不久的将来，你就是冈瓦纳的总统。"为了转移话题，他最后多说了一句。

在很长一段时间内，约翰·约翰怒视着鲁伯特，这是他善用的恐吓策略。当要在权力上表现得高人一等时，约翰·约翰就试图向对方传递这样一种信息，即他在读取对方的思想，窥视对方的灵魂，他有一种魔幻神圣的能力，可以看穿对方的诡计。对于鲁伯特来说，他一生大部分的时间都在和暴徒、政客、看手相者以及非洲的宗教领导人打交道，他对这种技巧再熟悉不过了。有时候这种行为被称为反社会者的凝视。这一招对年轻的士兵很好用，他们就像畏惧上帝一样畏惧约翰·约翰，当

第二十五章　丛林中的谈话

然他们这样也在情理之中。约翰·约翰个性鲜明，身强体壮，这让人不自觉地心生恐惧、顺从甚至是迷信。因为这些都是神一样的品性。和大多数神一样，约翰·约翰善变且嫉妒心强。前一秒他还在拍着你的后背对你笑脸相迎，下一秒便露出邪恶的面孔，将刀子插入你的内脏。

B-F 勘探公司提供的钱由鲁伯特掌管，但是约翰·约翰是掌控全局者。诸如如何召集军队，如何鼓舞士气，如何控制军队等事情都是他说了算。鲁伯特是一个经验丰富的中尉，约翰·约翰很依赖他。虽然约翰·约翰是一个极端利己主义者，且性格善变，但他也很聪明，能看到鲁伯特对于自己的价值。

当这个大块头的非洲男人转身离开帐篷时，鲁伯特长松了一口气，因为他知道说错一个字都可能招来杀身之祸。

他和哈里约好了晚上十一点钟通电话，现在时间快到了。在这个潮湿季节的凉爽雨夜，穿上防雨布再合适不过了。这是一件防雨的长外套，上面留有一个帽子。鲁伯特最后穿上及膝的胶靴，这可以让他避免被蛇咬伤。他走到雨中，看上去就像是个渔民。像往常一样，他的这身装束逗乐了营地里那些还没入睡的人，他们都是一群酒鬼和赌徒。

营地里一点风都没有，有的只是一场不间断的大雨。他朝四周看了看，确保弗洛莫这个害虫没在附近。几台小型发电机仍在隆隆作响，但主发电机在晚上十点就关闭了。放眼望去，营地还零散分布着一些光亮，有的是用电池供电的灯光，有的是火苗发出的光，它们就像一条条虚线穿过绿色帐篷的缝隙。有几个人冒着雨向厕所走去，其他人则坐在草草搭建的木制建筑下，他们用棕榈叶做屋顶遮挡住天空。人们向他挥手微笑，他们的牙齿是这个可怕的夜晚里最显眼的东西。

在他身后，一缕月光穿过东边的云层照射下来。在月光的照耀下他勉强走完 300 码长的小路，来到一块外形奇特的巨石前，这是营地所在的山顶最高处。

距离这最近的信号塔也有 35 英里，它位于东北方向，用来为长距离信号传递提供动力。他手机上的天线很不错，但是在雨天却经常没有信号。他通常可以爬到山顶的巨石上，在那里可以接收到信号塔传送的信号。

鲁伯特沿着四块完全不同的足球场之间的小路走着，场上配有球门和橘黄色的锥形桶，四个月前这儿还只是一片灌木丛。现在这里一片漆黑，空无一人。但白天这儿却热闹非凡，急躁的年轻人像舞者一样，在拥挤的土球场上奋力踢球或者头球，他们时而欢笑时而愤怒。当这群人不踢球的时候，叛军领导人就会对他们进行训练，以便让他们更习惯听从命令，让他们在山里进行军事演习，进行障碍赛跑，以及学习如何瞄准隐藏在森林里的步枪靶子。

这个地方被伪装成了足球营地，以掩盖其叛军集结地的事实。相反，足球吸引来了更多的童军。他们承诺来到这里的人可以体验军事冒险，定期得到食物以及优先成为约翰·约翰"王国"的成员，所有这些都吸引他们留下了。四个月来，外界对营地没有任何疑虑。一群缺乏经验的传教士运来了满满一集装箱的球服和钉鞋，这一路可谓是无比艰辛。首先要将它们运到科纳克里港口，随后穿过恩泽雷科雷，然后来到被踏平的 N-1 土路，最后穿过几乎无法通行的道路来到他们的营地。球衣上身是白绿相间的短袖，下身是黑色的短裤，这些年轻人对此爱不释手。相比橄榄绿军服，他们更喜欢穿球衣，只有当训练和爬过泥浆时他们才会把军服穿在身上，这是约翰·约翰和鲁伯特都没想到的。球服成了这支小军队的主要服装，它能很好地隐藏军队的秘密。它们穿在身上

第二十五章　丛林中的谈话

更舒服，那些男孩把自己想象成英勇的足球明星而不是狂暴的丛林军，他们是打着足球幌子的叛军。

然而营地现在一改往常的寂静，外面停了十几辆车，其中有吉普车、小型货车、部队运输车还有两辆看起来像是军用油罐车。如果那些足球的传教士支持者再次来到这里，他们会惊讶于这个停车场的面积。它位于岩石正下方，这块岩石从高山上凸起，为停车场遮风挡雨。鲁伯特现在正朝这座山走去。

他在黑暗中冒雨艰难前行，穿过足球场，他看到在油罐车之间有警卫坐在那里看守。他沿着这条被踏平的小路朝山上爬去，爬了一段后，回头看了看停车场以及下面营地里的 2000 个士兵，他们都是男人，约翰·约翰手下的中尉——也就是他命令的执行者会确保营地里没有女人。女人只会心生嫉妒，彼此不合，她们会给军队带来安全风险，会讲述足球营发生的其他事情……

上山的路越来越陡，爬起来也更加费力。有些地方几乎是垂直的。经过几个月的夜间跋涉后，他把岩石上孔洞的位置摸得一清二楚，即使蒙着眼也能找到。

鲁伯特爬到山顶这块巨大的石头上，它是一种奇特的地质现象。这块巨石形似香肠，绿黑相间，长度超过 100 码，宽度有 80 英尺，千万年来它让下面的小山免于日晒雨淋，从而减缓了侵蚀作用，现在它对停车场起到同样的保护作用。但是这种保护不是永久的，即使是现在，它在陡峭的山顶上都显得摇摇欲坠，虽然得到这块巨石的保护，在风吹雨淋、植被缠绕以及热力学第二定律的作用下，小山也在被逐渐腐蚀。或许再过十年、一百年、一千年或者一万年后，这块圆柱形的巨石终将在重力的作用下滚入谷底。那时小山将失去保护，最终侵蚀速度也会加快。现在小山还存在的唯一原因就是有这块奇形怪状巨石的保护，鲁伯特也能站在这块巨石上，只有这样才能连上基站的信号。

当鲁伯特拉住一根风化的铁链爬上岩石的一侧时，他再次认识到这块石头对他的事业起到功不可没的作用。这根悬挂着的铁链一头固定在一个被嵌入岩石表面的钢吊螺栓上。这个螺栓锈迹斑驳，有 8 英寸长，是谁因为什么在此修建的已不为人所知，或许这是半个世纪前殖民时代小规模采矿的遗迹。在所有人都把精力放在政治仕途上时，在这个国家从事经济活动还是有可能的。

他站在巨石顶上，当数字手表发出 2300 的警报信号时，他右手拿着手机，对准云层密布的天空，好像在示意电磁之神给予它特殊关照。在他身后很远的地方划过一道闪电，凸显出他映在营地上的轮廓。从营地上的十几个人的角度看，那一刻他就像一位先知，正从天上收集能量。

手机发出嗡嗡的声响，他将其放在耳边听起来，此时他不知不觉地抬起脚跟，以增强微弱的信号。

"鲁伯特，你那里的天上有云吗？"

"有雾，还有火。"他回答道，这是他们的暗号，确保双方可以进行交流。哈里有时候听不到他的答复就会挂掉电话，双方自然就无法交换任何信息。今晚，虽然有闪电，而且还在下雨，或许正因为如此，两人才成功通上了电话。

"很好，我们还没找到查尔斯，他从医疗船上溜走了，我们明天会到机场拦截他。"

"祝你们好运。"

"巴尼死了。"

第二十五章 丛林中的谈话

对于收到朋友的死讯，鲁伯特感到习以为常，他们在电话里沉默了片刻，这是对巴尼唯一的哀悼。但是他们依然感到惊讶，他们意识到自己的生命一直都是借来的。

"听着，哈里，如果能进一步加快行动的话，一定记得告诉我。现在让约翰·约翰冷静下来很不容易，他准备好了随时行动。我们越早做成这件事越好。"

"那是肯定的，我们已经不遗余力在做了。"

"那真是太好了，但约翰·约翰现在开始装腔作势，要求运送武器。我会尽力控制住他。防空武器怎么样了？他无时无刻不把这件事挂在嘴边，他就是一个无情的混蛋。"

"有一条好消息告诉你，我拿到了那些 Anza MK-II 便携式防空导弹，它们是从马来西亚空运过来的，中途经过阿比让。"

"那真是太好了，任何看起来像这种导弹的都可以，你做得不错。"

这些特殊的手动便携防空系统是东方国家研发的，主要是一些可以扛在肩上的小型导弹。这并不是最新技术，但是可以用合适的价格买到，因为马来西亚总理现在正备受金融问题的困扰。如今连俄罗斯都很难统计出他们核武器的数量和具体位置，如此一来，在两个穷乡僻壤之间运送几十枚小导弹根本就不值得一提。

鲁伯特说："我还能在这个鬼地方拖延 12 天，时间一到这群野兽就会冲出牢笼。"

"你可以做到的，现在他们有多少人了？"

"过去三天新招入 50 个新兵，总人数现在已经超过 2000 人了。"

"这些人够了吗？"

"我不是特别在意人数多少，但是这些人足以完成我们的任务。"

"那就好。"

"现在你要做的是抓住查尔斯·奈特和赞德，听你的意思，他们中的任何一个都会毁了我们的大事。"

"相信我，我非常清楚这一点。但我们现在没找到他，他没有回宾馆。我们明天会去机场抓他，他会去那里的，他现在一定迫切想要离开这个国家。"

现在电话发出很大的噪声，根据以往经验，鲁伯特知道电话可能会随时断开连接。

"他可能是一个怯懦的蠢蛋，恨不得永远消失在我们的视线里。"

第二十五章 丛林中的谈话

第二十六章

丛林中的发现

查尔斯和赞德一起退回到黑暗中，一个被毁坏的棚子伫立在机器和实验室上方，正是它们成功地将 B-F 公司的市值升到了 50 亿美元之多。据说 B-F 公司发现了多达一亿盎司的黄金，因此人们竞相购买它的股票。这是一个极大的讽刺，因为量化 B-F 公司价值的美元本身就是靠黄金支撑的，现在就像 B-F 公司的股票一样，这一切背后都不过是个谎言。

天还在下雨，此刻查尔斯看到，在坍塌棚子的另一端有个人从汽车上走下来。他在车灯前蹒跚地走着，查尔斯认出来这个人就是斯摩德霍夫。他小心翼翼地走了几步，随后残破的房屋和墙壁挡住了他们的视线，赞德拽了一把查尔斯。

"这边走，"他低声说道，"我想回到小路后面看看那里有什么东西，我们行动必须迅速，要不了多久其他警卫就会出来找我们。"

他们冒雨穿过丛林。查尔斯不知道那个地方有多远，也不知道多久能赶到，他紧跟在赞德身后，两人在小路上艰难地前行。他们来到了一条土路上，快速穿过，随后走进齐胸高的灌木丛中。

赞德转过头跟他说道："就在那里，看到了吗？"赞德用手指了指，随后穿过灌木丛朝那个方向走去，查尔斯紧随其后。

查尔斯擦掉脸上的雨水，在黑暗中摸索前进。他来到两个集装箱附近，这个地方距离小路 50 英尺，为了不被发现，有人在上面盖满棕榈叶和成堆的灌木。他推开这些植被，以便更好地来到其中一扇门前，门是锁着的。

"这算不上问题！"赞德说。话音刚落他把手伸入小腰包里，在冈瓦纳时他一直将它随身带着。当你在某地深陷困境，最需要一些生存必需品却偏偏找不到时，它就能派上大用场。腰包里有一把很宽的瑞士军刀，一个 LED 手电筒，一个丁烷火机，一支太空笔和一个写字本，一条太空毯，一条手帕，一些降落伞绳，一个小急救包，一个小渔具，以及一些其他东西。唯一能派上用场的工具是需要时随身携带的那个。他拿出一个薄薄的人造革钱包，里面的东西好像是外科医生医药箱里的器具，但是这些是用来开锁的。

"给我照点光。"赞德说。

赞德在开锁的时候，查尔斯在旁边照着手电。这不是一把东方国家制造的廉价锁，而是一个美国货，基本上不可能被锯穿。赞德先将两根金属丝插入锁眼中，随后又插入第三根。这是一项复杂的工作，很需要耐心。对于赞德来说，需要三分钟可以找到正确的开锁方式。查尔斯使劲拉了几下门，推开剩下的棕榈叶，从门缝挤了进去。他拿着赞德的手电向黑暗中照去。这里又潮又热，空气中夹杂着蜡和汽油以及其他什么东西的味道。

下半部分堆满了托盘，上面摞着硬纸板箱。这些箱子有 5 英寸高，大约 15 英寸长，10 英寸深。上面都用西里尔字母做了标记，同时标有"7.45×39"的记号。上面是大得多的纸板箱，查尔斯打开其中一个，里面有一把卡宾枪，用蜡纸松散地包裹着，还有两个弹夹，一个廉价的清洁工具，除此之外还有一页枪支的使用说明书。这种枪非常容易使用和维护，即使说明书是用人们看不懂的西里尔字母写的，也丝毫没有影响。

"AK-47枪和弹药。"赞德说。

查尔斯点点头，接着说："而且不是一个小数目，每个箱子里差不多有1000发子弹。"查尔斯快速计算了一下，"我估计这里大约有100万发子弹和1000支枪，别忘了隔壁还有一个集装箱呢。"

赞德反问道："你觉得B-F公司计划拿这么多子弹和枪干什么？"

"去他妈的！"这是查尔斯唯一能想到的词。也许粗俗又令人愤慨，但它的灵活性极强，没有任何拐弯抹角的意思，因此这个词此刻成了真实情感的恰当表达。

"去他妈的！"温也啐了一句。

*　　　*　　　*

萨拜娜此前对艾略特·施普林格进行过一番调查，通过面试现在她从直觉上对这个人也有了一些认识。她绞尽脑汁，试图把两者结合在一起。国税局的记录只能看到他的收入和投资，萨拜娜并不知道他的身份，不知道他信任谁，也不知道他对生活和金钱的看法。

他如何定义财富呢？这是面试中他提出的一个重要问题。如果萨拜娜能给出满意的回答，或许能救她一次，因为目前为止她的表现一直很糟糕，但是在短时间内她拼凑不出一个完美的答案。

她一看到这个词就知道是什么意思。办公室书架上的字典将"财富"定义为"存有大量的金钱或财产"，这个定义简洁明了。他为什么要问这样一个简单的问题呢？显然，他不想要字典里的定义或是从定义中模仿来的答案，这是傻瓜都能回答出来的，他在找寻其他的答案。

　　鉴于对这个人的了解，她努力从施普林格的角度思考这个问题。她没有多余的时间思索，此刻头脑中冒出一个答案，这或许是他想要的，如果确实奏效的话，她将反败为胜。

　　她着装性感，穿着古典的小黑裙，上身是一件夹克，搭配一双高跟鞋。不过这身装束更适合商业场合。当她脱下职业装式的夹克时，看上去简直性感极了。

　　所以当走进施普林格的办公室时，她脱掉了身上的夹克。她故意在办公室里多待了一段时间，她站在那里假装观察墙上的骏马图。她认为当施普林格回到桌子后面的时候，会对自己上下打量一番。但是当她转过身的时候，她发现他把椅子转向了另一侧，他的注意力完全不在她身上，此刻正在阅读报纸。

　　她走到桌子旁边，坐在椅子上，小心翼翼地盘着腿。

　　"德雷斯顿女士，这条裙子的确勾勒出你的好身材，我当然注意到了这一点，但是以后你不需要在这方面费心思了。"

　　她没预料到会发生这种情况，所以一时不知道该如何回答，但是她悄悄地呼出一大口气，就像泄气的气球一样。

　　"所以你有答案了吗？"

　　她点点头，说："我想好了，财富就是不断累积的金钱，这一点我之前已经提到了，但当时并没有说全。此外，财富还包括一些能让人们更好地使用金钱的东西，例如健康、支配金钱的自由。"在她看来这

289

第二十六章　丛林中的发现

只不过是一堆陈词滥调，但对施普林格这样的人来说或许有一定的吸引力。

这个答案似乎奏效了，因为不一会儿他脸上露出了笑容："好吧，德雷斯顿女士，这个回答比标准字典里的定义更深奥一些，虽然你我对财富的定义尚不相同，但至少这是一个开端。或许我还应该对你抱有希望。"

萨拜娜耸耸肩，她假装是一名哈佛毕业生，结果却适得其反，这让她很是惊讶，因为哈佛是出了名的难进。拥有常春藤盟校的学位就好像戴着一个小徽章，上面写着"我很聪明！"，或者至少是"人脉很广"。她怎么也想不到，这个学历对施普林格来说，不过是她多年来一直在政治原则的污水池里游泳的证据。

"我可以成为这里的实习生了吗？"

施普林格看着她，并没有立刻给出答案，萨拜娜觉得他可能会有不同的选择。随后她看到他的眼神变得柔和起来，或许她赢了这场面试。

"德雷斯顿女士，我不需要你来实习，我们会按天支付给你工资。让我们看看你有什么本事，明天早上过来上班。"

"我将要做什么工作呢？"她问道，至少她现在已经双脚踏进大门了。

"对于我们刚才讨论的东西，我需要你做进一步地调查研究。同时目前我们在调查的公司也有很多其他事情要处理。但我最想让你做的调查是一个叫伯克国际矿业的公司。虽然我们已经很熟悉这个公司了，但还是要了解它的最新进展。巧合的是，这是查尔斯正在做的一个项目，他可能是第一个跟我们提起你的人。"

"查尔斯·奈特？或许这是他的名字，我记不清了。"萨拜娜这时候最好是闪烁其词，"我明天能见到他吗？"这真是太好了，格雷夫斯会很激动的。

"那有些困难。"

"哦，他离开了吗？"

"实际上他失踪了。"

"失踪了？"不同于其他任何时候，此刻她的惊讶绝不是装出来的。

"是的，在非洲的某个地方。德雷斯顿女士，明天上午再见。"

施普林格拿起了电话，招手示意萨拜娜离开办公室。

*　　　*　　　*

她走后，施普林格摇摇头，他对这个世界失望是有道理的。多数人的想法都是如此肤浅，对此他从未感到惊讶，却总是大失所望。

萨拜娜·德雷斯顿这个女人，言行如此的格式化，受学校传统教育的影响很深。她极其令人讨厌，以至于可以成为满足自己需要的最佳人选。

你能把这种濒临边缘的人拉回来吗？

他人生中最重要的事件之一，也是曾发生在他身上最好的一件事，就是在"接受教育"的过程完成之前离开学校，当然他这么做也是身不由己。

他和查尔斯两人都缺乏学校教育，但都很欣赏学习，也许这就是为什么他们在其他方面会有如此多的共同点。他认为正因为如此，莫里斯·坦普尔顿才介绍他们两个人认识。莫里斯将那些可以相互利用的人介绍到一起，这是一个充满风险的习惯。反常的是，多数人把发生在他们身上的好事都归结于自身的优点，把坏的结果推脱给任何可以指责的人，认为这都是他们的过错。因此莫里斯会彻头彻尾地调查他自己的伙伴们，尤其是在将他们放在一起之前。在这个过程中，他培养出了惊人的判断力。所以，施普林格完全明白为什么他非常享受和查尔斯建立的新友谊。

莫里斯·坦普尔顿绝不会介绍萨拜娜这样的女人跟他认识，但这并不意味着他们见面起不到任何作用。

施普林格多年来一直在酝酿一个假说，同时他利用钻研进化生物学时积累的经验不断对其进行完善，一开始他对这个领域所知甚少。在面试萨拜娜的过程中，他脑海里突然冒出一个想法，这次面试或许可以为检验他的想法提供一个绝佳的平台，他可以借此将理论应用于实践。

他想找到答案的问题是，感染性的脑疾病是否会让人产生破坏性的想法和邪恶的意识形态？它们是否和其他疾病一样，在人们聚集场合传播速度最快？如布道会、体育赛事、政治集会、大学教室等地方。但是意识形态的传播不需要面对面的接触，实际上它可以像文化基因一样传播，那些大的团体就是它的培养皿。

将思想看作传染病的想法并非难以论证，细菌比病毒大数千倍，而病毒又比朊病毒大得多。朊病毒是一种最小的蛋白质，大多数人熟悉它是因为它能导致疯牛病。一些人怀疑这些微小的朊病毒也能导致阿尔茨海默病，然而比朊病毒还小的是思想。

想法是思想的复杂集合体，没有人会质疑想法可以改变大脑连接，改变细胞信号，甚至激活基因来改变细胞功能。其中一些基因来自原始的感染性生物，或者现在仍是其中一部分。这些生物寄生在我们远古进化的祖先身上，它们通过入侵 DNA，将自身嵌入到最终成为人类物种的编码中。这些基因有时对人类有益，有时纯粹是激活感染有机体潜在的机会。施普林格提出的是一个古老寄生感染假说，这种感染通过思想的电化学作用在大脑中被重新激活，通过某种方式破坏理性大脑的部分功能，从而使感染能够增殖和扩散。

客观证据表明，就像运动对身体形塑有效一样，学习在很大程度上能改变大脑。就其本质而言，思维是大脑重大生物变化的总和。当坏想法出现时，伴随而来的是大脑的改变，不管这种改变是否由病毒或者激活的寄生虫造成，从定义上来看它都具有破坏性。想法可以通过这种方式导致真正的疾病，和麻疹、霍乱等传统疾病一样，随着人口密度的增加，这种疾病传染的风险随之上升。可以想象的是，或许这正是像澳大利亚土著人或卡拉哈里·布须曼人（Kalarari Bushmen）这些小而孤立的群体没有出现社会病态的原因。他们没有暴露在这种疾病中，战争、大屠杀、迫害、嫉妒、侮辱，所有这些，或许都是由传染病传播导致的心理失常的疯狂产物。

当集体感染在多个地方相继发生时，它会改变人的大脑，损害人的理性。在 20 世纪，有数亿人死于这种集体主义流行病，又有数十亿人因此失去尊严。这种流行病变得愈发不可收拾，这是寄生虫的本质。

疾病也承受着进化的压力，如果寄生虫杀死了它的宿主，通常它也将随之死去。但是传染病没有任何智力可言，他们的生死并非由思想决定，而完全是一场意外。如果邪恶的意识形态确实是寄生疾病，它的唯一目的就是不断复制，那么它无休止的扩张最终很可能杀死它的宿主。实际上，几个世纪以来，集体主义已经让它的主人感到厌恶。从这种疾病的角度来看，人类个体并不是宿主，他们只是可以被杀死的可消耗细胞，对寄生虫几乎没有任何伤害。整个人类群体才是它的宿主，这个宿

第二十六章　丛林中的发现

主有危险吗？当然有。不久前，这个集体主义的物种就面临一个显而易见的危险，那就是核灾难。现在关于此的记忆已经快要被遗忘了，但是寄生虫却仍在肆无忌惮地传播。

施普林格想找到一种解药，这种源自千万年前在寄生虫身上潜在的基因可以被消灭吗？集体主义能被治愈吗？

偶尔有报道称，人们看到了光明，并从失败范式的精神限制中逃离出来。

所以，有时个体是可以被治愈的。对于施普林格来说，个人主义是唯一理性的解药。

集体主义如果能被治愈的话，需要对个体一个个进行。正如查尔斯·麦凯（Charles Mackay）在《非同寻常的大众幻想与群众性癫狂》（*Extraordinary Popular Delusions and the Madness of Crowds*）一书中所写的那样，"人们常说群体思维，可以看到，他们成群结队地发疯了，但却只能一个接一个地慢慢恢复知觉。"

他将在萨拜娜·德雷斯顿身上验证自己的假设。她的学校教育和生活经历，一直在给她灌输集体主义和国家主义思想，很显然，她身上带有这种寄生虫。她可以是一个很好的人，只是现在病了。

如果萨拜娜·德雷斯顿真是她简历和介绍信上所写的那样，她将是一个完美的研究案例。

*　　　*　　　*

"快醒醒，快醒醒。"尼亚恩在他哥哥耳边低声喊道。虽然声音不大，但传到集装箱的波纹金属墙壁还是产生了回音，集装箱是用棕榈叶临时搭建窝棚的后墙。

赛伊还在昏睡，他迷迷糊糊地把手放在了尼亚恩的脸上，发出一声呻吟，随后翻了个身。

"赛伊，有吉普车来了，有吉普车来了。"即便这样叫他，赛伊还是没有任何反应。一束光从他们的窝棚一闪而过，车前灯照向了附近的路上。尼亚恩从棕榈叶下面探出头，雨水打在他身上，浸湿了他的脸。不过，他一直睁着眼，看着吉普车的红色尾灯，直到它消失在一个拐弯处。

尼亚恩躺了下来，听着外面的雨声。赛伊又翻了个身，伸出一只手放在赛伊的肩膀上，拍了拍他，不一会儿便响起了微弱的鼾声，他又睡着了。之后很长时间没有发生什么事，吉普车没再回来。

但是尼恩再也睡不着了。他的心脏在胸口狂跳，呼吸急促。他试着听外面有没有什么动静，但除了雨声什么也没听见。他翻了个身，这样就可以从窝棚的边缘往外看，他的眼睛四处扫视着寻找什么东西，但四周一片漆黑。

时间一点点过去，他不知道现在是几点了。此时灌木丛深处传来低沉的轰鸣声、枪声、人类短暂的痛苦尖叫声，以及金属扭曲的声音。尼亚恩知道那是一个怪物，一个巨大的夜行怪物正朝他们走来。

他再也无法压低声音了，喊道："赛伊……赛伊，醒醒！快醒醒，赛伊！"他开始号啕大哭，迫切想让哥哥起来，"醒醒，赛伊！"他的声音急促不安。

终于赛伊移动了身体，突然间他变得非常警觉："发生什么事了？"他揉揉眼生气地说道。

"有怪物，庞大的怪物。"

"哪来的怪物，尼亚恩。"

"有，不信你听。"

赛伊一把推开弟弟，他听了听，除了急促的雨声其他什么都听不到。

随后他们听到有人在说话，或许是那个怪物来到了附近？不是，这是一些深夜冒雨在外的人。

"嘘，别说话。"赛伊在他弟弟耳边轻声说道。

更多的声音传到他们耳朵里，这些浑厚、不断变化的声音交织在一起，距离他们并不远，随后他们听到了呻吟声。尼亚恩的眼睛睁得更大了，随后紧紧闭上了双眼。他斜过身子靠在哥哥的身上，赛伊紧紧抓住他。

他们听到更低沉的交谈声，然后是开门的嘎吱声。正是窝棚所靠的集装箱的那扇门，这些人在集装箱里有着更多的交流，他们的声音通过金属墙壁产生了回音。

有个声音他们听起来很熟悉。

"待在这里别动。"赛伊神不知鬼不觉地从棕榈叶下面爬出去，光着脚消失在黑暗中。尼亚恩此时一个人非常害怕。

突然间他听到什么声响，同时看到一束光。"是我。"赛伊温柔地跟弟弟说道。他从棕榈叶下面探出部分身子，"出来吧，没有危险，里面是我们的朋友。"

*　　　*　　　*

外面的雨小了一些。尼亚恩从漆黑的窝棚中走出来，走到手电筒微

投机者

弱的灯光下，手电筒的部分光线被男人湿透的衬衫遮住了。

"你好啊，尼亚恩！身体还好吗？"

尼亚恩好一会儿才认出剃了光头的查尔斯，但他很快就看到查尔斯绿色的眼睛和脸上的笑容。"身体还不错！"此刻尼亚恩脸上也露出笑容，他的牙齿反射着手电筒的光。

赛伊对尼亚恩说："我们跟着查尔斯走，两个小孩在这里不安全。"

查尔斯点点头："你说的没错。"他关上集装箱的门，换了一把锁，然后拿来一些叶子盖住集装箱的前端。赛伊在集装箱周围转了转，抱着一堆棕榈叶回来。其中很大一部分是他们临时窝棚的屋顶，尼亚恩也去抱了一些过来，他们一起把集装箱的前面隐藏好。

进行到一半的时候，赛伊说："我们应该换个方法。"他将更多的叶子扔到这堆植被的上方，努力还原它原来的样子。因为之前他们从上面偷了一些用来搭建窝棚，"现在就可以了。"

"干得不错，小伙子，我们走吧。"查尔斯说道。随后他们关掉手电，四个人在黑暗中摸索前行。

尼亚恩不理解那些白人在干什么。"这是谁？"他问查尔斯。

查尔斯小声说道："这是赞德。赞德，这是赛伊和尼亚恩，是他们告诉我的这个地方。他们在赶往北部一个庞大的足球营地，途经班加西奥奎尔村，我认为那个地方在几内亚。"

"有免费的球衣和球鞋！"尼亚恩补充道，雨已经停了，他刚才说话的声音显得很大。

"小子，小点声。"赛伊对他说道。

查尔斯说："跟我们一起上车吧，这样我们都很安全。"

他们带着两个孩子沿着路小跑了两百码，随后到达他们藏车的那条

第二十六章　丛林中的发现

路。爬上车，尼亚恩闻着车上新塑料和干净地毯的味道，这完全不同于他以往乘坐的出租车。那些车上非常拥挤，只能闻到人身上的味道。

"我们向北开一会儿，"查尔斯说，"让这两个孩子少走点路。"

赞德开着兰德酷路泽驶离了小路，然后掉头向北来到了几内亚大道。

"尼亚恩，你们睡在集装箱旁边干什么？"

"我们能干什么呢？"他对此回应道，这是典型的冈瓦纳式的回答，也是很好的答案，他们为什么会问这样愚蠢的问题？

查尔斯点点头，从副驾驶向后伸出大拇指："我们往前送你们一段好吗？"

赛伊默默地点了点头。过了一会儿，尼亚恩问："有没有水喝？"

查尔斯给他们每人拿了一瓶水，顺便帮他们拧开瓶盖。

尼亚恩伸手接过来，白人总是用新瓶子装水，把旧瓶子扔掉，难道他们不知道瓶子比水还值钱吗？

查尔斯小声问赞德："你想再往前开一两个小时，然后在车里睡一会儿吗？"声音虽然不大，但是后排的两个孩子还是听到了。

赞德说："听起来也是个计划，我们现在应该保持低调，是时候要离开这个国家了。无论如何我们都可以穿过几内亚，然后抵达塞拉利昂。"

尼亚恩的大脑急速运转，他想这些人要是表里不一怎么办？如果他们是土匪怎么办？这样的话他们会把这两个孩子卖给人贩子，然后他们会被带到北部的国家，在那里将成为奴隶，姑姑警告过他们这种事情不是没发生过。

在接下来的一个小时里，塞伊和查尔斯开始谈笑风生。那个白人似乎能听懂赛伊的笑话。他们的笑声打消了尼亚恩心中阴暗的想法，他试图保持清醒，但眼睛已经睁不开了。当吉普车驶过班古河上摇摇晃晃的桥时，他的头枕在了哥哥的大腿上，陷入了不安的睡梦中。

第二十六章　丛林中的发现

第二十七章

只有做好事才能把事情做好

他们把车辆停在几内亚边境以北的路边，生活起居都在车上解决，两个孩子在车后座上背靠着背，很是惬意。

赞德多么希望他能给孩子们提供一顿真正的早饭。也许足球训练营会给他们提供一张小床。即便是这样的生活条件，显然也比他们原生家庭的条件要好得多。

赞德和查尔斯将汽车停在一个偏僻的十字路口，这里离几内亚只有十几英里远，迎着清晨的第一缕阳光，孩子们在这里下了车。

尼亚恩说："我们可以从这里走去足球俱乐部。"

两个成年男人用一套烦琐的冈瓦纳握手礼向兄弟二人告别，并为他们拍照留念。看着男孩们在旁路上蹦蹦跳跳的背影，赞德笑着摇了摇头。实际上，这只是一条横穿灌木丛的小路，由于长期的车辆碾压，灌木丛的树叶已经支离破碎。当意识到自己可能再也见不到这两个孩子了，赞德心中涌出了一种淡淡的感伤之情。这种无比重要却又转瞬即逝的相遇，已经在他的人生中发生过太多太多次了。

前面还有很长的路要走，赞德坚持自己开车，他臀部那些尚未愈合的伤口愈发疼痛，他想要通过减少车辆的颠簸，来减少对臀部伤口的压迫。前方道路坑坑洼洼，谁也不知道汽车何时会跌进下一个路坑，正是这种未知状态才让赞德时刻保持警惕，稳稳地把控住方向盘。一路上那些猝不及防的颠簸不断地压迫着赞德的伤口，使那些快要愈合的肌肉组织不断撕裂。体内的细胞正与这条通往几内亚的艰辛之路激烈交战，在这场堑壕战中，他的臀部成了战斗前线。

最起码他的头没有那么疼了。

"我现在本来应该舒舒服服地坐在飞往布鲁塞尔的飞机上，喝着加冰的波旁威士忌。"查尔斯短促地打趣道，"但现在我却跟一个疯子开着车一路狂奔，离开一个穷困潦倒的非洲国家，横穿另一个国家，然后前往第三个国家。我们可能连那个国家的边境线都越不过去，更不用说搭飞机离开了。"

"最起码你还活着，而且屁股也没有流血。"赞德想到自己血流不止的屁股，戏谑道。

"到目前为止，大多数情况都是你失去知觉或是受伤，又或是受到枪击，然后再由我送你去医院，我们之间的关系也仅限于此。所以我对你的了解并不多。"查尔斯不加掩饰地说出了内心的想法。

"你先聊聊自己吧。"赞德说。

"不，你先说。"查尔斯寸步不让。

看样子，查尔斯会一直和他杠下去。这孩子在近日的冒险之旅中成长得飞快，赞德决定向查尔斯透露一些信息，好让他打消疑虑。

"我今年50岁了，我没有家室，但我曾经差一点儿就结婚了。我很少回荷兰，更不会在意任何人的说教，我不需要别人教我怎么做。我是一个'永久旅行者'（perpetual traveler），简称为PT，但我曾经也是个遵纪守法的纳税人。"

"所以你还是一个没有国籍的人。"

赞德纠正道："你说得还不准确。任何能让我感受到自由的国家都是我的祖国，我只是不想被任何特定的政府统治。我每年在一个国家待的时间都不会超过六个月，所以不论何时我都没有申报纳税的义务。全世界只有美国人和厄立特里亚人（信不信由你）必须纳税，就算他们永远离开了自己的祖国，纳税的义务也不会因此消失。我可不要做政府的奶牛，因为他们一旦像对待奶牛那样对你巧取豪夺，你就可能会在将来某一天变成任人宰割的肉牛。"

说罢，赞德打量着眼前这个年轻人，看他是否会被自己这番譬喻逗乐。果不其然，查尔斯哈哈大笑。

赞德也想跟查尔斯一起笑，但是他不能，因为大笑可能会令伤口撕裂。

他又打量了查尔斯一番，发现他貌似完全恢复了活力。眼睛炯炯有神，笑容灿烂。他在异国他乡冒着危险活了下来，想要探寻真相，并赚取财富。事实上，他就像置身于一部动作片的场景中，甚至就像是影中之人。这个年轻人还有其他不为人知的雄心吗？

查尔斯确实杀死了 B-F 公司用来制造"弗兰肯斯坦"的实验室中的那些人，但他貌似还没有意识到这一点。待到真相大白之后，他就会陷入苦恼。现在还不是强调这个问题的时候，查尔斯迟早会找到与之和解的办法，毕竟是实验室的那些人先向查尔斯和赞德他们开枪的。

两人又陷入了沉默。过了一会儿，查尔斯开始找话题，赞德在一旁静静地听着。查尔斯在字里行间会偶尔提到那些人的死亡。

"我父亲是个好人，但他总是被传统的思想束缚。爱国是他的本能，但这也是他备受争议的特质。他从小在美国长大，那时的美国还不似现在这般模样，那时的她或许比其他任何国家都要自由。现在情况变了，他却不愿接受这个事实。现如今，美国的现实和美国的理念是两码事，我的父亲却依旧坚持把美国和美国政府混为一谈。前者只存在于人的理想之中，后者却是拥有生命的实体，它既有自身的利益，也有专属的议程，就像一个非正式的皇室一般，臣民必须接受它的管理。但我的父亲对这一切都视而不见，在他看来，他的国家就是最好的国家，因为他出生在那里，生活在那里。"

"这是一种人类返祖现象，"赞德对此表达了自己的观点，"如果你的父亲生长于 30 年代的德国，你觉得他还会这么爱国吗？"

"天哪，最好是不要，但就像你说的那样，他身上确实存在一种返祖倾向。'不论对或错，祖国就是祖国'。"

"不要过于苛刻，查尔斯。你父亲从小接受的教育就是这样的，所以他想当然地以为所有时代的所有政府都会向他们的臣民灌输这种爱国理念。这并不是他的错。"

"话虽这样说，但我的父亲不是傻瓜。他内心其实很矛盾，所以他经常对着空气发牢骚，抱怨愚蠢的法规、被浪费的税款、腐败的政客、无益的福利、国家的高通胀、冒着傻气的外国援助。除此之外，还有很多其他的事情都让他心生不满。"

"让我猜猜看，在你父亲看来，不论那些政策错得有多离谱，都要归咎于那些雷厉风行的政治家，但他的国家本质上是无辜的。我说的对吗？"

"很可能就是这样。我的父亲曾经撰写过一些言辞激烈的社论，对国债大加鞭挞，同时他也像其他人那样谴责那些政客。不过那个时候他还在投资美国国债呢！我真的对他很失望。"

"的确很让人失望。"

"是啊，他在帮美国政府承担更高额的债务。现在我明白了，我不该承担这项债务，美国公民和他的子孙后代都不应该替国家还债，但美国政府却早已默认这些债务要由全体美国人来共同承担。"

"是的，的确如此。国债不仅为各种破坏性的行为提供资金支持，还把公民的子孙后代变成了必须偿还债务的农奴。直至政府最终违约，数百万的积蓄被一笔勾销。美国政府是美国身上的寄生虫，又或者是一种真菌，试图通过啃噬美国的遗骸来维持它最后的生命。"

"我的父亲从小就认为购买国债是每个美国公民应尽的义务，这种想法真的很荒唐。我对爱国主义这个概念有点厌倦了。在我看来，从来不买国债倒是一种更爱国的表现。"

"那就什么也不买，然后等它破产吗？"

"它已经破产了。我不明白把钱花在赔钱的事情上有什么意义？我也不明白，参与到一场骗局中会给人们带来什么好处？"

赞德露出笑容："所以，美国政府应该在债务上拒不认账……虽然这是一个激进的想法，但很多政府一直都在做这种赖账的事情。这当然会打破当前的金融结构，但它的金融结构本来就是一座纸牌搭建的房子，完全不堪一击。如果一座建筑岌岌可危，最好的方法就是对它进行稳步拆除，而不是什么也不做，等着它在某天突然塌陷。债务违约真的是个好主意，这样一来，我们的子孙后代就不会沦为债务的农奴，不会把全部的生命浪费在偿还前面几代人的债务上面。那是前人因为奢靡生活和愚蠢消费欠下的债务，不该由我们后人来承担。它应该惩罚那些盲目借钱给美国政府的蠢货，多亏了他们，政府的债务会越来越沉重。等政府公信力因为毁约而大打折扣时，今后很长一段时间内它都几乎不可能再次筹到贷款。"

"我知道！你说的一点也没错！"

"肉牛理论（beef cows）。"赞德把车停了下来，目不转睛地盯着面前的一条河流——这是一条雨水汇流而成的"泥流"，正斜斜地切过小路。他在心中打鼓，不知道路虎车能否穿过这道泥流，成功抵达另一侧的干燥路面。犹豫片刻，他最终决定以身试险，他把汽车倒退了30码远，然后将油门踩到底，全速冲向那条"河流"。车辆一头扎进淤泥里，半个轮胎浸泡在泥水中，汽车完全发动不起来，但还是凭借巨大的冲力越过淤泥。"逃出生天"的车子沾满黄色的泥浆，挡风玻璃也难逃一劫，上面糊满的泥浆就像是用油漆枪喷出来的一样。赞德启动雨刮器，用了一分多钟的时间才把挡风玻璃上的泥浆清理了个大概。

赞德继续与查尔斯讨论国家问题，对于污泥和路况只字不提，好像什么都没发生过一样："美国曾经是个很独特的国家，它跟别的国家不一样。但现在的它似乎已经沦为两百多个国家中的普通一员，这些国家分布在世界的各个角落，看起来就像是地球得了皮肤病一样。好吧，我想没有什么是永恒的……"

"你说的一点没错！我的父亲曾短暂看清了这个事实，但没过几天，他又重新拾起了他那套爱国理论。"

在赞德看来，既然查尔斯的父亲能培养出像查尔斯这样的人，那就说明他并非一无是处，他也就没有必要附和查尔斯对他父亲的批判。赞德很激动，因为他发现这个年轻人与他持有相同的人生观，但是查尔斯还有很多东西要学，只不过这次他要从父亲以外的人身上学。"这很常见，查尔斯，而且这不属于道德上的缺陷。他的大脑可能和大多数人一

第二十七章 只有做好事才能把事情做好

样，被人为地输入了程序指令。大多数人都在机械性地活着，利维坦维系系统治力的方法就是：完全依靠那些缺乏洞察力的臣民在其预设的范围内行使权力。"

赞德开车绕过路上的坑洞，这些洞足以吞噬一辆小型汽车。赞德的车速极慢，时速低于十英里，慢得可笑。

但是赞德因此有了足够的时间去说教："美国是一个超越了时间、空间和国界的概念。不论现在的国家治理体系有多么腐败，它依旧是个知名品牌。美国的含义便是人们可以在不损害他人利益的前提下，追求自己的幸福；它象征着充分的自由，人们无须对所谓的权威负责；它意味着人们有权做自己分内的事情，最重要的是，即使有人命令你去做错误的事情，你也有拒绝的权利。美国这个概念不仅存在于美国境内，它存在于任何个人主义盛行的地方。看看我你就明白了。"

"你现在在哪里呢？"

"自然不是在美利坚合众国。我跟你在一起，我们在真正的美国。"

"所以美国就在这里？它现在正开着兰德酷路泽，在非洲的路上蹦跶？"

"真是个聪明的孩子。"

说罢，二人再次陷入沉默，赞德尽其所能地加速前行。没过多久，坐在一旁的查尔斯就睡着了。

赞德默默开车赶路，在沉思中度过了整个上午。此时正值正午，太阳高高地悬于头顶，气温逐渐上升。之前路边随处可见的装满汽油的蛋黄酱罐变得越来越少了，赞德抓住一切机会为油箱加油：每当路过一个售卖罐装汽油的茅草屋，他就会买下全部的汽油。而那些小贩乐于做这桩"大买卖"，他们通常只为自己的摩托车留下几加仑的汽油，然后将其余汽油尽数售卖出去。

对于这两位开着白色 SUV 的白人男子来说，只要汽油充足，从几内亚驱车前往塞拉利昂就不成问题。他们无须办理正式签证，只要在护照里塞上一张 20 美元的钞票就可以通过海关。但是世界各地对于签证的审查机制愈发严格，所以他们需要谨慎行事。

即使在 70 年代末，只要手持世界服务管理局（World Service Authority）的正式文件，你就可以自由出入很多小国家。二战时期的轰炸机飞行员加里·戴维斯在巴黎烧毁了自己的美国护照，他对这场大屠杀极为厌恶，并将其归咎于单一民族国家的存在。然而，他发现自己需要一份证件才能前往其他国家。因此，他成立了世界服务管理局，并印制了一些看起来很正式的文件，与联合国通行证颇为相似。

赞德已经弄到了一份世界服务管理局的签证。为了让它看起来更正式，他特地去了一家食品杂货店，让卖肉的人帮忙用标有肉类等级的印章在他的文件上面盖章，并在上面潦草地签上名字。整个过程就是一场骗局！

不论是在昔日的罗得西亚（现在的津巴布韦），还是在瑞士，当边境安检员发现赞德证件造假后都怒不可遏，他们像对待一个顽皮的小学生一样，责令他站到队伍后面，不允许他过境。而在埃及和摩洛哥，被戳穿的赞德被带到海关办公室接受审问，之后安检人员还检查了他的荷兰护照。虽然不乏被戳穿的风险，但是这份伪造的签证依旧在很多国家行之有效，比如秘鲁、洪都拉斯、哥斯达黎加、法属波利尼西亚，甚至冰岛等国。现在计算机将世界各地的移民局相互联系在一起，纸质签证便派不上什么用场了，但不排除入住酒店时要求你提交纸质文件，那时候你手里的签证或许还有些用处。世界正在发生翻天覆地的

第二十七章　只有做好事才能把事情做好

变化。

当他们驶进塞拉利昂的边陲城市博城时，一阵电话铃声打破了车内的平静，这是卡罗琳的手机铃声。先前为了帮助查尔斯摆脱追踪，卡罗琳把自己的手机借给了查尔斯。

"能听到吗？"听筒那端传来了微弱的人声，这里的信号很差。

查尔斯连忙点头："能，船长，我能听到。"

一通电话令查尔斯的脸色阴沉不已："我很抱歉。您手下的人救过来了吗？好的，我会告诉他的。我们都特别感激……谢谢您。我们会多加小心的。"

听着查尔斯与弗雷伯格船长的对话，赞德的担忧愈发加重。等到查尔斯挂断电话后，赞德目不转睛地盯着他。

"弗雷伯格船长跟我说，昨晚有两个人偷偷潜到船上，袭击了一名驾驶员和一名船员。他手下的船员杀死了其中一个袭击者，另外一个人逃走了。听说逃走的那个人是一个大块头的金发男人，剃着平头。这个长相是不是很熟悉？船长说他们带着武器，正在到处找我。"

"那些人没提到我吗？"

"倒没有直接问你，不过，他们打听了一个老人的下落。"

"哦，那是我的伪装身份。只可惜他们再也见不到那个老人了。那些船员还好吗？"

"嗯，船长跟我说他们没什么大碍。"

赞德松了一口气："我很庆幸你没有坐飞机离开冈瓦纳。要不然，还没等你进机场，估计就被劫走了。"

赞德一边开车一边和查尔斯聊天，车辆穿过一个个小村落，经过破败的种植园。20 世纪 50 年代，这些种植园还是一片欣欣向荣的景象，可是随着津巴布韦踏上通往社会主义的荣耀之路，这些种植园就开始迅速衰落了。当第一位终身总统逝世后，国内残存的种植园在内战中被彻底摧毁。非洲各国政府的历史有着惊人的相似之处。

赞德的思绪又回到丛林中的那个棚屋。

当得知查尔斯也不约而同地联想到那个棚屋时，赞德一点儿也不惊讶。

查尔斯问他："你能想明白那台机器为什么会出现在那里吗？"

看来，查尔斯这孩子还没有弄明白真正的问题所在。

"你是说真正的原因吗？那倒没有头绪，但他们貌似在制造一种胶体悬浮液。"

查尔斯点了点头。

赞德点点头，继续说道："胶体悬浮液就是在液体中浮着的亚微观粒子。纳米级别、单原子级别和分子级别的微粒都属于亚微观粒子。"

"B-F 公司在岩芯检测报告中提到的纳米金就是这种东西——纳米颗粒沉积物。而我毁掉的那台机器就是他们用来制造纳米金胶体的工具……"

赞德打断了他的话："是我们毁掉的！他们用我们毁掉的那台机器生成高压，把那些玻璃罐里的胶体金液灌到岩石里面。"赞德仔细观察着查尔斯脸上的表情，继续说道，"然后，他们用真空泵让岩芯中的金胶体脱水，随着水分的蒸发，胶体中的金矿便可以沉积在岩石中。随着时间的推移，机器内部也会镀上一层黄金。我想，不论多高浓度的金矿石，那台机器都可以为他们造出来。在自然界中，滚烫的岩浆要经过上百万年的渗透作用才能在贫瘠的岩体中留下些许黄金。相比之下，那台机器的效率可就快多了，也许几个星期就能搞定。"

查尔斯用极小的声音说："这也就是斯摩德霍夫他们公布岩芯检测结果的时间越来越迟的原因。因为他们要花掉几周的时间来为岩体注入黄金，若要伪造更高品质的金矿，就要花掉更久的时间。最终，这些金矿看起来就像是热液型金矿——由岩浆热液沉积而成，而这些金矿品质的高低完全取决于 B-F 公司的想法。"

赞德很想对查尔斯说他干得不错，但是他没有，因为这一切都要靠他自己寻得答案。于是，他故意说道："这是一种全新的盐析方法。这是本世纪的盐析骗局！我们都可以就此写本书了。"

若要使该项计划顺利实施，B-F 公司需要投入上百万美元，但产生的收益却高达数十亿美元。而所有用于诈骗的资金，还有那些收益，都来自股票投资者的口袋。

查尔斯点点头，说道："这个想法真的很打击人。"

这场骗局将会直接导致财富转移到极少数人的手中，可能仅有零星几个知情者会过上像帝王一般富足的生活，而成千上万的人将会为此倾家荡产。这也许就是他们在没有调查清楚之前就贸然投资的报应。但当赞德看到那些天真单纯的投资者从诈骗犯那里得到的血泪教训时，他曾坚信的因果报应论还是会受到巨大的冲击。无论犯罪主体是个人还是中央银行，一场成功的欺诈通常会使多数好人蒙受损失，从他们手中流走的资金会转移到他人手中——尤其是那些少数不义之人的手中。

相比之下，欺诈带来的间接后果则要严重得多。它会毁掉一定数量的资本，让世界变得愈发贫穷，也会导致很多人对他们一度信任的自由市场进行抵制。届时，不论是出台更多的监管措施，还是建立更庞大的官僚机构，国家的监管机构都有了正当理由。按理说，上述措施都是为了保护投资者，但本质却加大了创造财富的难度。而不论 B-F 公司的骗局会以何种结局收场，至少它会导致资源类企业的融资愈发艰难。

赞德认为欺诈比武力更为恶劣，因为它是隐秘的、不为人知的。但丁只把施暴者放在了地狱的第七层，却把欺诈者安排在第八层，而最底端的九层地狱则是留给叛变者的。

"可别忘了你来这里的初衷，我们得看看这里还有什么投机生意可做。"

赞德和查尔斯竭尽全力来非洲考察，发现了 B-F 公司的惊天秘密。所以在骗局曝光之前，他们将通过抛售股票来保住自己的财产，从而成为这场骗局中屈指可数的幸存者。不过他们二人可以趁机赚到更大的利润。

赞德又瞥了查尔斯一眼，心想：如果他在坚守道德的前提下赚取巨额利润，那么这在投机界不失为一个良好开端。毕竟投机者是整个社会的朋友和恩人。

"赞德，你不觉得我们得卖掉手上所有的股票吗？今天是星期天，明天股市就要开放了，你对 B-F 公司有什么计划？"

赞德笑了，看来，查尔斯还有很多东西要向他学习："不急，我要看着股价继续上涨！等你那批岩石样本的化验结果出来，我再采取下一步行动。如果你偷来的那批岩芯里什么都没有，那我就把股票多头卖出，然后再买入一些低价看跌期权。在股市骗局中，相较于最佳交易的达成，几无所得的破产下场倒是更为常见。投资就像一场没有真实棒击的球赛，所以在你找到一个完美的投球角度之前，不要挥杆。我想，我们现在就找到了一个完美的投球角度。"

"难道你不觉得我们有义务尽快将我们的发现公之于众吗？"

"我可不这么认为。当今社会中充斥着炒作、谎言、错误信息和虚

第二十七章 只有做好事才能把事情做好

假信息，人们被骗怕了，所以即便我们把真相告诉全世界，也不会有什么人相信我们。而且 B-F 公司一定会反击，毕竟他们有整个宣传团队，坐拥大批拥趸和大把财富，我们是干不过他们的。而且，既然我们能以欺诈罪名指控他们，他们也能以诽谤罪为名起诉我们，他们有的是手段，连政府都会相信他们的鬼话，到时候政府就会以操纵市场为由追究我们的责任。毕竟这种颠倒黑白的事情又不是头一回发生了。"

"既然他们有能力压制我们，或许我们就不用过分担心他们会杀掉我们。"

赞德挑了挑眉毛："我想他们只想杀了你，孩子。"他指着查尔斯说道，"站在他们的立场上，我可以理解他们想要杀掉你的动机。证券交易委员会对我们的排挤、诉讼和威胁都不是他们用来打击我们的最佳手段。我们掌握的信息依旧会给 B-F 公司的股价带来下行压力，这不是他们希望看到的局面，他们现在还不想冒任何风险。不，他们想堵住我们的嘴，更确切地说，他们想让你闭嘴。不用想也知道，最一劳永逸的办法就是杀人灭口。他们才不会有什么道德障碍呢！对这些人来说，只要计划能够顺利实施，杀个人又有什么大不了的！负罪感？开玩笑！就我目前掌握的信息来看，B-F 公司肯定会在伯克公司来冈瓦纳钻探之前，就放火把整个矿区夷为平地。到时候，这片土地上肯定是血肉横飞，杀了你也不过就是多了一具尸体。到时候冈瓦纳的一切都会葬身火海，伯克公司团队的勘探活动就永远都开展不了，这样一来，就算我们手头有证明 B-F 公司诈骗的证据，只要没有伯克公司的权威结果加持，这个真相就要推迟很多年才能大白于天下。B-F 公司的这场骗局简直滴水不漏，而那些受害者只会认为是自己的运气不好，才无端卷进了一场新的非洲革命。为了不让那件事暴露，斯摩德霍夫必须要把你干掉。"

查尔斯反驳道："除非到那时你还活着，你就得把这个秘密公布出去。"

赞德沉默片刻，叹了口气："我还等着 B-F 公司垮掉之后，我们俩都能捞一大笔钱呢！"

"所以，我们现在最应该做的就是保持低调，耐心等待那场混乱的终结，在 B-F 公司的股价崩盘之后，我们手中全新的空头头寸会让我们变成超级富翁。"

"是的，确实如此。但前提是你得保住小命。"

"肯定啊，那是必然。但还有一些其他的问题……"

"你还有什么不满意的地方？"

查尔斯紧紧地闭上眼睛，说道："假设伯克公司带着他们的勘探团队如约而至，但却没有挖到金矿。然后我们可以将 B-F 公司盐析的真相告诉他们，到时候 B-F 公司的骗局就昭然若揭了。然后他们的股价就会跌至谷底，这样一来，我们之前的空仓操作就会成为绝妙之举，这会为我们带来可观的收益。'亏钱的'看跌期权就会变得非常值钱。我们可以购入很多看跌期权，每股期权都可以给我们带来一两百倍的收益。"

赞德笑了，看来查尔斯已经搞懂了这巨大的获利契机。于是，他对查尔斯说："现在，专业人士每天都会为我们售出期权，每到周二会多售出一次，他们预计售出看跌期权赚取零花钱的趋势在三个月后也基本不大可能结束，所以在他们看来，这是在赚快钱。而现在我们可能会有数百万股的期权啊，查尔斯。"

一般来说，有经验的投机者不会购买期权，相反，他们会把期权抛售出去。在期权费快要到期时，期权买方必须争分夺秒才能免于亏损。而期权卖方就轻松多了，他们就像赌场里的房子，抑或是保险公司，无须做出绝对正确的选择，只要不错得太离谱，就一定能赚到钱。而买家则需要谨慎权衡，稍有不慎，就会损失惨重。反之，如果你胜券在握，做个期权买家也未尝不可。B-F公司的死期就要到了，很快所有人就会知道真相了，这已经是板上钉钉的事情了。

查尔斯继续说道："如果那场大火导致伯克公司无法展开钻探活动，而他们又没有其他的可行方案来检测岩芯的话，B-F公司的股价就会下跌，或许会出现价格大跳水，但绝对不会跌至零点，甚至比我们那些低价看跌期权的执行价格还要高出一截。原因很简单，股市上的投资者仍然坚信班加西奥奎尔村是全世界最大的金矿所在地，而且一旦'战火'平息，B-F公司又会重新占据主导地位。届时投资者就会认为他们应得的收益并没有打水漂，而是由于不可抗力被推迟了，而正是由于投资者的这种心理，B-F公司的这场骗局在今后几年内都不会被戳穿。这是B-F的计划——要不动声色地金蝉脱壳，随着时间的流逝，它就会被人们渐渐遗忘，这就是新闻的周期性规律。也许B-F公司还会贿赂当地政府，让所有的当地居民都离开这里，然后他们一把火烧掉整片村落，伪造动乱爆发的现场。到那时，我们手里的看跌期权早就到期了，然后我们就会赔得倾家荡产。"

赞德坦言道："所以我们要冒很大的风险。"

查尔斯接着说道："正因如此，我们才不能贸然行动。只有当我们完全确定B-F公司的股价会一路跌至零点时，我们才能毫无顾虑地以较低的执行价格买入大量廉价且即将到期的看跌期权。听着，到目前为止，我已经从极少的投入中净赚了几百万美元。现在的我完全可以全身而退，毕竟对一个年轻人来说，能赚这么多钱已经算是一种巨大的成功了。不过，既然有人因为这件事想要了结我的性命，那我猜我的命可能不止有几百万美元的价值，说不定我真的有机会把几百万美元变成一亿美元。"查尔斯的声音变得坚定起来，"我一定要试试看！"

赞德仔细打量着查尔斯，说："像这样的赚钱机会可不是从天上掉下来的。但对你来说，这不仅仅是钱的问题，你不想让B-F公司逍遥法外，我说得对吗？"

"对，我一定要让他们得到应有的惩罚。"查尔斯咬紧牙关，"虽然我和其他人一样，认同革命的变革力量。但B-F公司真是丧心病狂，罪不容诛！"

赞德深以为然。诚然，自由之树时常需要爱国者和暴君的鲜血来浇灌。但是，在这场革命的森林中，不会长出自由之树。无论B-F公司的计划是什么，这场暴动中都不会出现任何爱国者，它也不会对自由产生任何推动作用。除了B-F公司那群诈骗犯，这场即将爆发于冈瓦纳的"革命"不会为任何人带来好处。冈瓦纳的现任领导者甚至都不是暴君，他们只是一群撞了大运的罪犯，但是较之于把冈瓦纳移交给新的统治者而言，维持现状反而更明智，毕竟谁也不知道新任领导人的统治能力会不会比现在更糟糕。除此之外，这场革命势必会给成千上万的无辜百姓带来灭顶之灾，届时不论是尼亚恩、赛伊还是TJ都难逃被杀的厄运。

"好吧，"赞德说，"我倒不介意看到斯摩德霍夫和B-F公司灭亡，但我觉得你说得对。如果伯克公司介入，和我们一起揭露B-F公司的骗局，我们肯定会在更短的时间内赚到更多钱。"

查尔斯陷入了沉默。

见他不再说话，赞德有心提醒道："所以，我们该怎么做呢，孩子？"

查尔斯利用刚才的时间理清了思路，总结出他们下一步的行动方案，于是他慢条斯理地说出了自己的想法。

查尔斯挠了挠下巴，由于近两日疏于打理，他的下巴已经冒出了些许胡茬："若要用最快的速度赚到最多的钱，我们就必须阻止这场叛乱。"

赞德其实不太希望听到查尔斯的这个解决方案。

这两个男人陷入了久久的沉默。二人沉默不语，各怀心事。

在非洲发动一场革命就够艰难了，而试图阻止一场革命更是难上加难。这就像试图阻止潮水涌入，或者阻止地震发生——都是白费力气，是违背自然的徒劳之举。然而，如果他们及时揭发叛乱的阴谋并竭力阻止这场叛乱的发生，虽然在使 B-F 公司破产的同时也会让自己赔个精光，但他们却能挽救更多的生命，很可能比冈瓦纳国内的任何一个非政府组织在十年间拯救的人还要多。

而且，这将是一场无与伦比的冒险之旅，这又何尝不是一种意外之喜？

第二十八章

施普林格令萨拜娜大受震撼

"德雷斯顿女士，既然你对资源投机界和投资领域都很感兴趣，那么你肯定很清楚什么才是真正的财富。"

她出门前照了一下镜子，她觉得今天的自己格外迷人。

施普林格接着说道："但我希望你能明白我的意思，然后给我一个想要的答案。"

她暗自思忖，这个男人对她有什么企图吗？难道她那性感的身材和动人的美貌已经俘获了他的心？也许他也跟其他男人一样，不管再怎么故作清高，最后还是拜倒在她的石榴裙下？不过这样一来，事情可就简单多了。

"我能得到这个实习岗位吗？"她不想再猜来猜去，索性开门见山地问道。

"我刚才已经说过了，我们每天都要面试很多人，所以我现在还不能给你明确的答复。"

她性感地嘟着嘴唇，这一招有时会对男人们奏效。

但施普林格却是个例外，他对此无动于衷，不置可否地摇摇头。

接着，施普林格毫不留情地说道："说真的，你昨天来我办公室的时候，还没说几句话，我就特想把你赶出办公室。"

当他人对自己的魅力提出质疑，或是对于她的挑逗无动于衷时，萨拜娜才不会生出任何羞耻之心。相反，她的脸皮厚得跟城墙一样，她不遗余力地捍卫着自己的美貌。她才不会像乌龟那样把头缩进坚硬的龟壳，闭目塞听。不，她是另一种冷血动物——美艳却带着剧毒的飞镖蛙（dart frog），它的皮肤能分泌出地球上毒性最强的物质之一——蝙蝠毒素，这是南美印第安人用来泡制毒箭箭头的毒液。不论是在言语上还是心理上，她都带有一种无可匹敌的压迫感，大力反击那些敢于批判她的人，在他们还没来得及反应过来自己究竟是因何原因、被何许人抨击之前，就已经溃不成军。她的自我保护意识简直登峰造极，面对油盐不进的施普林格，她的皮肤已然开始分泌"蝙蝠毒素"。

施普林格话锋一转："但是，我现在改变主意了。"

这番话令萨拜娜怒不可遏。

"我想试一试，"他继续说，"看看能不能把你从传统的束缚中解救出来。"

她冷冷地盯着他，眉头微蹙，她觉得自己受到了冒犯，她才不觉得自己是个需要被救赎的人。

施普林格见状，解释道："说明白点，就是我想在你的大脑上做实验。"

他葫芦里究竟卖的什么药？

"在别人不知情的情况下，随便在别人的大脑上做实验，而且不给人留任何退路，这恐怕不太道德吧，施普林格先生？"

萨拜娜慢慢地摇了摇头，眉头皱得更深了。他到底想说什么？

投机者

"德雷斯顿女士，我相信你有很多优点。你很美，而且你也很清楚这个优势；你很聪明，而智力正是我们行业中很多公司都看重的员工品质，不论是你的毕业院校还是你过往的成绩都可以证明这一点……"

萨拜娜暗想，虽然她的履历都是伪造的，但施普林格没有说错，她的确很聪明。

"但你的大脑不是中毒了就是感染了，病情可能会反复发作，我想看看能不能帮你解毒，甚至帮你治好。如果你愿意的话，我们现在就启动这个实验。只有等你的大脑痊愈了，你才能为公司做出真正的贡献。"

他是在嘲讽自己吗？还是他的精神不正常？她的父亲曾警告过她，特工们有时候得与有着潜在危险的人打交道。她环顾四周，搜寻可以逃出去的出口，与此同时，她也想找一些防身工具，以防面前这个男人做出什么逾矩的行为。正如周遭危险虎视眈眈地伺机降临一样，她也总是对身边的威胁保持高度警惕。然而，通常来说，最坏的情况反而是最有可能发生的。己所不欲，勿施于人。可是，凡事要先下手为强——这是萨拜娜一直以来恪守的黄金法则。她活得很清醒，她向来不惮以最坏的恶意揣度所有人——这是她固有的性格。但她暂时把那些在黑暗地窖里进行实验的恐怖电影画面抛掷脑后，把全部注意力放在面前的男人身上。他到底想说什么？

他该不会是个性变态吧？毕竟性兴奋其实是一种大脑情绪，而非生理反应。

或许施普林格看出了她的困惑以及突如其来的恐惧。

"我想你可能误会了，德雷斯顿女士，我向你保证，我的实验只涉及文字。我希望可以为你提供一次难能可贵的机会，借助一些精挑细选的词汇让你接触一些新观念，这些单词或许是解药，或许是治疗的开端。"

此时萨拜娜终于回过神来，她质问道："你这话是什么意思？"

"我的意思是，"施普林格此刻的神情举止仿佛就是一位从容不迫的大学教授，"我想确定，在经历了这么多年的谎言教育之后，你是否能够重新对自己保持诚实。"

施普林格怎么知道她在撒谎？为什么他会觉得她意识不到自己在撒谎？这场谈话令她始料未及，她完全迷失在施普林格的质疑之中，不知如何作答。她其实很想反驳些什么，但最后只吐出了一句："我感觉，我应该是被侮辱了。"

"跟那些在流感季节染上流感的人差不多，染上这种病很正常。"

"什么？"

"德雷斯顿女士，我之所以把你留在我的办公室里，是因为我在你身上看到了多种天赋，这些天赋既可以用来创造巨大的价值，也可以用来摧毁一切。就看你怎么利用它了。"

她总不能傻坐在这里一言不发吧！于是她问道："你是想做像《化身博士》（Dr. Jekyll and Mr. Hyde）里面的那种医学实验吗？"

"不是，跟它完全不一样。"

倘若她只是一个普通的求职者，她此刻一定会大步流星地离开施普林格的办公室，及时止损，保住性命。但她不能这样做，因为她肩负着一项特殊使命，若要顺利完成任务，她就必须经历这次怪异的"磨难"。

她困惑不已，情不自禁地摇了摇头，她迟疑地问道："所以，你到底想让我做什么？"

"我希望你能教我一些事情。"

"教你？"萨拜娜不敢相信自己的耳朵。

"没错。我需要你来告诉我，我是否有机会纠正你在过往教育中形成的一些扭曲思维。我想解释一下，在我看来，思想与大脑的关系像软件与计算机的关系一样。现在的问题看来就是搞清楚你的思想是如何被编程的。我想看看能不能治好你的大脑，毕竟它的运行功能良好，不治疗怪可惜的。只是你的大脑似乎在计算时坚信'2+2=5'是正确的。否认明显的矛盾便是这种疾病的一大症状，不过'当局者迷，旁观者清'，只有那些没得病的人才能看得出来你脑子有点问题。"

施普林格得寸进尺的言论让她忍无可忍，她的皮肤又开始分泌毒素，她反唇相讥："要是你能回学校多读点书的话，你的那些老师们可能就会告诉你没有治疗的必要了，你觉得呢？"

没想到施普林格这人毫不怯场，他轻而易举地就避开了萨拜娜的犀利讽刺："我倒不这么认为。如果我再多读几年书，我可能也会染上这种病。"

萨拜娜极力压制自己心中的怒火，她为什么要关心这个疯子想要达成什么样的目的？重要的是，不管他心怀何种目的，他还是依旧希望把她留在身边，不是吗？

萨拜娜平复了一下情绪，问他："真的只是词汇实验吗？"

"是的。除了词汇实验，还需要你每天接触那些和你的教授们持有不同想法的人。"

"不会有什么催眠吧？也不用参加会议吗？"

"放心，都没有。"

她望着他的双眼，目光像是要将他看穿一般犀利，虽然本质上它只是一道凝视的目光。萨拜娜想让施普林格意识到自己正在被她仔细审视，可他似乎并不在意她的目光。最后，她妥协了："好吧，我加入你的实验，我可以做你的小白鼠。"但她已经做好了随时脱逃的准备。

"很好。这个实验会花掉一些时间，行，我们现在就开始吧。首先，我要你在几分钟内给我列举十份不光彩的工作。"施普林格的声音里流露出一丝兴奋，这是自二人相识以来萨拜娜第一次见他这么高兴。

"不光彩？"

"没错，就是那些在社会上备受鄙视和受人批判的职业；那些不可原谅、腐化堕落以及道德败坏的活动和职业都可以算是不光彩的职业……"施普林格从办公桌边站了起来，他头部高度反映出的微小变化再次让萨拜娜意识到他究竟有多矮。他走到她身边，递给她一个便笺本和一支笔："我给你十分钟的时间。"

随后他离开办公室，留她一人独自沉思。这个问题可难不倒萨拜娜，没过多久她就写完一份职业清单。

他给萨拜娜十分钟的时间好好思考。他身上的细胞开始兴奋地叫嚣起来，因为他即将要投身到一场竞赛之中。这场竞赛可不是为了办公室里那位美人而战——尽管她的确是个风情万种的尤物，而是为了治好受试者的"脑疾"。

那位名叫德雷斯顿的女士染上了疾病，虽不是真正意义上的疾病，但也够严重了。她得的病并不是癌症——癌症是指人体细胞产生了基因突变并急剧扩散的失控病状。这病也不可能是癌症，因为癌症不会传染给其他人，而这位女士所患的疾病却极具传染性。

施普林格先是给他妻子打了一通电话，因为他想听听她的声音。他的妻子久病不愈，他希望这次的最新药物能有疗效。不，一定！这药一定会有疗效！接着他又与自己的秘书取得了联系，随后他在秘书的办公桌桌角签好了一些周薪支票。在这项工作上，他向来都是亲力亲为，从未交付给任何人。他觉得有必要提醒自己，他的员工究竟挣了多少钱，同时他也得让公司员工时刻铭记：给他们发放工资的人究竟是谁。他瞥了一眼税务署寄来的信，随手把它丢进了垃圾桶。

他端着两杯水回到办公室，将其中一杯递给了萨拜娜，然后回到他的办公桌前。他并不在意自己的身高，他的高椅子却让来访者们想当然地以为他是个高个子男人。他更希望他的同事和雇员关注业务上的问题，而不是其他愚蠢的问题。

"德雷斯顿女士，现在告诉我，你写的第一个不光彩的职业是什么？"

萨拜娜瞥了一眼她的清单："军火商。"

"你为什么觉得军火商不光彩？"

"他们提供了用于大规模杀戮和战争的武器。"

施普林格点了点头："啊！没错。军火商提供的武器会被那些歹徒用来恐吓人民；疯子拿到武器，就能在学校里横冲直撞、无恶不作。但你有没有想过，那些卖刀的人呢？棒球棒厂商呢？那些卖扳手、绳子、铅管、烛台以及其他被用作杀人工具的商品的人该怎么办呢？难道他们都是卑鄙的人吗？没人会提议人们禁用刀具吧？毕竟在人们准备食物的时候，刀具的用处很大，它是人类赖以生存的工具。再说了，军火商难道不是在为众人提供自卫的武器吗？毫无疑问，自卫是每个人的基本权利，甚至是一种义务。难道枪支无法让一个娇小的女人有能力抵御一个更有攻击性的高大男性吗？赋予手无缚鸡之力的人们以自卫的本领，你难道认为这个目标不值一提吗？不论高矮胖瘦，一旦人人手里都有一把枪，社会平等便能实现了。我原以为你会支持平等的……"

萨拜娜耸耸肩，想为自己扳回一局："但他们没有为避免把商品卖给杀人犯而做出相应的努力。"

"你倒是说说看,他们该怎么识别潜在的杀人犯呢?"

她又耸了耸肩:"我猜你还要用宪法第二修正案(Constitution's Second Amendment)中关于'携带武器权'的法条来反驳我吧?"

"你误会了,我没有这个打算。美国宪法并不能为任何人赋权,它只是一份法律文件。其实,它本质上就是一封无人认领的死信。法律中那些保护个人生命财产的重要内容被轻飘飘地一笔带过,甚至被解释成不存在的事物。历史上,自由人与奴隶之间的重要区别在于是否拥有武器。因为你是自由人,所以你有携带武器的权利。而军火商为我们提供了有效的自卫手段,所以他们是我们的朋友。"

施普林格靠在椅背上,问:"下一个职业是什么?"

萨拜娜看了看清单,答道:"二手车贩子。"

"当然。这个词可以用来形容任何虚伪卑鄙、不可信赖的骗子。"

"没错。"

二手车贩子这个职业并不是因为它低贱的地位或邪恶的本质而声名狼藉的,因为过去的人们也是这么评价贩马者的。在他们眼中,贩马者也是上不了台面的卑贱职业,但他们却没有落得名声败坏的下场。其实,二手车贩子并非一无是处:他们扩宽了市场,与此同时,他们为交易者提供了一种有价值的服务。如果你想卖车,他们就能立刻买下你的车;如果你想要购入二手车,他们还会卖给你各种低成本的车。当然,你也可以与买家进行私下交易,从而赚取更多的利益,但这需要花费很多时间,不仅不方便,而且还涉及广告费用和其他成本。同样,当你想要买车的时候,私人卖家可能会提供更优惠的价格,但其中的风险也会更大。

"二手车贩子每购买一辆车都要承担很大的风险。因为对他来说，车辆保管费过于昂贵。他必须花时间和金钱为他手中的二手车寻找买家。为什么他们的名声不好？因为他们可能会对客户隐瞒二手车的质量问题。不过大多数销售岗位都是如此：销售人员往往会对产品的优点夸大其词，而对于缺点却避而不谈。名声败坏的主要原因便是推定欺诈——即虽然卖家没有故意歪曲产品事实，但买方在他手中买到了不好的商品，这也是一种欺诈行为。比如，如果二手车出了故障，哪怕可能是由于前车主的不当操作造成的，抑或是由于买方自己的无知导致的，不论出于何种原因，买方的指责对象往往是二手车贩子，而非前车主，更不会是买方自己。当然，一些二手车贩子狡猾得很，他们会巧妙利用流动性不足的市场进行坑蒙拐骗，毕竟大多数买家都缺乏对二手车交易市场的了解。但少数群体的不道德行为并不能代表整个行业，二手车销售并不存在强买强卖的行为。如果你认为二手车贩子不诚实，那就去看看其他行业。那些急于为自己的错误决定推卸责任的人通常会得到他们应得的惩罚。下一个职业是什么？"

萨拜娜笑道："妓女。"

"没错。"施普林格笑了笑，道，"她们是靠性交易换取钱财或物品的人。德雷斯顿女士，我问你，妓女会强迫客户购买她的产品吗？她会欺骗客户吗？她不会这样做。除非她故意或无意传播性病，否则，她不会对任何人造成伤害。如果她是自愿进入这个行业的，我们可以假设她认为妓女这份职业优于在酒店打扫房间，或当服务员，也比在困难时期饥肠辘辘和无家可归要好得多。

"确实，她的职业选择可能会冒犯一些人的道德感。但那些处于道德制高点的人又有什么权力把自己的价值观强加给别人呢？身体是每个人最基本的财产，任何人都有权利按照自己的意愿处置它。所以，我认为问题不在于妓女，而在于那些好事之徒和鼓吹清规戒律的人，他们不应该把自己的价值观强加到别人身上。"

"你的观点很有说服力，我同意你的看法。"在她看来，身体其实是女性的资本，女人要么靠秘而不宣的情色交易捞到好处，这是她和自己的很多女性友人都在做的事情；要么以一种等价交换的买卖契约赚取利益，这就是妓女这份职业的本质所在。萨拜娜之前并非从未考虑过二者的差异，只是她本人从来没有直面过这个问题——她的行为其实与妓女毫无二致。

"很好，但我倒不指望你会同意我的看法。"他更希望她展现出绝对的坦诚，尽管让萨拜娜保持诚实的可能性几乎为零，"下一个职业是什么？"

"你觉得皮条客如何？"在答案被接连否定后，她换上了一种探询的语气。

施普林格点了点头："哈哈，你可能会觉得这是个完美的答案。毕竟皮条客没有任何可取之处。这倒是真的，大多数皮条客不仅没有童子军的那种美德，通常还染上了很多恶习，主要原因是皮条客这份职业其实是非法的，他手下的妓女经常会遇到麻烦，而那些嫖客也算是在顶风作案。这是职业性质的问题，并非业务本身的问题。假设他没有使用武力或欺诈手段对他手下的员工进行威逼利诱，他只是一个代理人，那么你还会觉得像他这样的人都是一些声名狼藉的人吗？毕竟图书经纪人、体育经纪人或是房地产经纪人的业务运作机制都是如此。"

萨拜娜摇了摇头，说道："但你列举的那些职业都是合法的。"

"你的意思是说它们容易征税和监管吧？"

"不，我的意思是政府已经将卖淫划为非法行业，所以拉皮条的行为也违反了法律规定，违法行为当然是不光彩的。"

"那么，你觉得合法性和道德是一回咯？"

萨拜娜顿住了，很显然，她在权衡施普林格可能希望听到的正确答案。

见她一言不发，施普林格继续问道："为什么要让政府那群人来决定什么才是道德行为呢？"

萨拜娜被问住了，耸了耸肩，索性跳到下一个职业："下一个是'毒贩'。"

"啊，"施普林格又展开了讨论，"近几十年间，毒品一直是美国的热门话题。当然，自从里根的妻子南希向毒品宣战以来，同样的问题也出现了。毒品贩子只是毒品生产者和毒品消费者之间的中间人，毒品交易在双方自愿的基础上进行，可没有人逼着他们买卖毒品。"

"可是毒瘾一旦发作，瘾君子就会被迫购买毒品。"

"你说得没错。但这其中没有外力介入，这是人们听从本能自行做出的决定，又能怪得了谁呢？例如，你饿了就必须吃东西，可这算不上是道德问题。既然食物无罪，那我们为什么要对所谓的非法毒品另眼相看呢？"

"因为毒品毒害吸食者的健康，也会对社会造成危害。"

"你说得还不准确。瘾君子可以自行选择要不要吸食更多的毒品，因为他知道过量的毒品会伤害他的身体，他之所以大量吸食毒品，纯粹是因为他觉得吸毒这件事很爽。对海洛因、可卡因或冰毒上瘾的行为，跟对咖啡因、尼古丁或酒精上瘾的行为是类似的，二者本质上并没有太大的区别。跟吃饭一样，所有的事物都是过犹不及。但是，很多出于自愿的活动却可能对活动参与者造成伤害，比如极限运动；有些活动还会危害社会，比如推选社会主义者加入国家权力梯队。可是我们并不会因为这些活动的潜在危害性而禁止这些活动的开展。

"其实，许多高产的大师反而都有毒瘾。弗洛伊德喜欢可卡因，卡尔·萨根经常吸食大麻，理查德·费曼则喜欢氯胺酮，约翰·莉莉和弗朗西斯·克里克喜欢迷幻药……这要是逐一列举出来，那可就多得数不过来了。"

"你说的或许有道理，但大多数瘾君子都会偷鸡摸狗。"

"主要是因为他们想要购买的毒品是非法商品吧！这也就是为何毒品异常昂贵的原因。但更重要的一点是，当瘾君子偷东西的时候，犯罪的主体可是他们自己，跟贩毒的人可没关系。贩毒者只是提供了满足他人需求的商品，这并没有什么不道德的。"

萨拜娜叹了口气："照你这么说，这个职业的所有罪责都快被你洗清了。"

"我看未必。有些职业本身就应该受到谴责，就看你能不能想到了。你写的下一个职业是什么？"

"骗税者。"这一次，萨拜娜没有再看施普林格。

施普林格摇了摇头，再次反驳道："比方说，一个人举着枪走向你，要你交出钱包里的钱，你出于恐惧只能照做，可是，难道你还要把藏在帽子缎带里的现金也交给他吗？还是说，如果你不把所有的钱如数奉上，就是在欺骗劫匪？"

"你这是把收税员比作了贼。"

"这有什么区别吗？不管他们受何人指使，本质上不都是在抢钱吗？最道德的做法就是保护好自己的财产，不要再给他们一分一厘。你的财产凝聚着你毕生为其耗费的时间，从某种程度上说，财产就是生命的缩影。逃税成功的人，就算他们没有完全弄懂逃税的正义性所在，也算得上是英雄。而那些没能成功逃税的人也不该被否定，至少他们已经付出了努力。"

"但这样一来，其他纳税人就要付更多的税！"他的诡辩令萨拜娜大受震撼。

"从道德层面来说，你这种说法就好比在说收税员（也就是那个贼）因为找不到几个可以抢钱的人，就要从下一个被劫者那里抢更多的钱。就算是这样，难道你就要因此舍己为人地把自己的血汗钱交给他们吗？"

"如果所有人都像你这样想，我们的国家就会破产。"

施普林格忍不住笑了："不是国家会破产，德雷斯顿女士，破产的是政府。但是我们的政府已经破产了，这是既定的事实。所以，如果我们都觉得政府有征税权，或者认为税收可以维护社会的秩序，那我们简直就是傻得可笑。"

"你最好小心点，施普林格先生。税务署总有一天会找上门来的。"

"很有可能。税务署是一种强有力的手段，可以为骗局撑起巨大的保护伞。在人们心中有这样一种信念：只有把二分之一的收入贡献给国家，这个社会才能免于崩溃。但现实情况却是，这个社会肯定会垮塌，毕竟他们把大把的钱财投到了腐败的政府体系中。好了，下一个职业是什么？"

她能找到一个真正十恶不赦的职业吗？

显然不能，因为她的清单上没有别的职业了。

于是她对施普林格说道："说实话，我只想到了七个职业。不过，施普林格先生，您为什么不告诉我您的想法呢？您觉得哪些职业才是不

329

光彩的职业呢？”

"行，有来有往嘛，"施普林格又靠到椅背上，"首先，我很惊讶，因为你没有提到贫民窟房东、垄断者、"血汗工厂"的老板、当铺经纪人和放高利贷的那些人。但我会让你重新考虑这个问题，你接下来的任务就是读一读瓦特·布拉克（Walter Block）写的那本书——《百辩经济学》（*Defending the Undefendable*）。作家威尔·罗杰斯（Will Rogers）说得很对：要是人们不懂某些道理，这倒也没什么大不了，但要是人们深以为然的事实其实是个谎言，那问题可就大了。

"在那些应受谴责的职业之中，首当其冲的应该是政治家。他们谋求法定的权力，将自己的意志强加于他人。如果一个人想成为一个出色的政治家，那他必须具备高超的骗术，甘愿背信弃义，对于运用暴力手段的做法也没有丝毫愧疚之心。比起其他职业，政治领域的反社会主义者的数量会更多，他们都是一群孤芳自赏之徒。这可一点儿都不稀奇，政治的全部目的不就是获得凌驾于他人之上的权力吗？"

"但是，施普林格先生，这难道不也是一种以偏概全吗？就像你对二手车贩子的评价那样，并不是所有的政治家都像你说的那样毫无良知。"

"你说得对，是我太绝对了。极少数政客正试图削弱其同僚的权力，而且，要想获得成功，不一定非要靠欺诈才能实现，所以我接受你的批评。可是二手车贩子的目标只是靠卖车来赚钱，而政治家的目的可是掌握凌驾于他人之上的权力，而且他们会命令那些持械的手下协助自己实现政治野心。总之，政治家往往是那些最不乏道德的人。"

"所以你情愿政府不要制定任何计划是吗？"

"我就是这么想的！国家制定计划时，就已经把民众排除在外了。

好了，让我们继续讨论刚才的问题吧。我名单上的下一个职业是监管律师。做律师本身并没有什么错。律师在仲裁纠纷、为被告辩护、起草协议等方面受过专业的训练，可以帮人们解决很多问题。但有些律师却见人说人话，见鬼说鬼话，不论他们的客户干的事儿有多荒唐，他们只管收钱办事。他们就像寄生虫一样，受雇于某个群体，制造出一个难题，然后又被另一个群体雇来解决这个难题。"

萨拜娜顺势说道："而且大多数政客本身就是律师。"

"说得好。"施普林格不吝赞赏，"收税员或许就是我下一个要写的不光彩的职业。什么人才会喜欢强迫他人把所有的财产都上交给国家呢？收税员和敲诈勒索的黑手党有什么区别？"萨拜娜掩饰着内心涌动的怒火，开诚布公地说："我以前从来没有想过这个问题。"

"那我希望你现在就开始思考这个问题，德雷斯顿女士。这就是问题所在。我名单上的下一个是中央银行家。在大众心目中，美联储就是商业银行交易的清算所，对于那些手中暂时缺乏流动资金的人，它就是最终贷款人。这从一开始就存在问题，但我们没时间对银行业存在的问题进行长时间的讨论。"

萨拜娜轻轻地叹了口气。施普林格听到了，不过没有在意。

"但世界各地的央行实际上只是货币通胀的引擎，它们有创造高达数万亿美元的货币。当它们加大印钞量时，现有货币的价值就会被稀释。更糟糕的是，有些人会率先得利，而且他们会分到更多好处，我说的就是那些与政界大佬或暴发大户搭上关系的人。更糟糕的是，这些人会操纵利率，还会创造新货币，这就造成了经济周期，而经济周期是大萧条出现的直接原因。从某种程度上来说，这些人会带来更严重的后果。"

施普林格注意到坐在他前面的女人没有做出任何回应。

"他们很像被我们称作'裙带资本家'（crony capitalist）的那群人，这其中就包括艾森豪威尔总统曾经提到过的军工复合体（military-industrial complex）——他们靠从国家战事、规章制度、税收和通货膨胀中谋求利益，养活自己。"

"我一直觉得，"萨拜娜说，"只有实现公私合营，事情才能得到解决……"

"奇怪的是，像公共私营合作制这类新兴模式，一旦被某些学者提出来，就会引得人们争相效仿，而且大家都很重视这种合作模式。裙带资本家亟须这种所谓的合作制，因为他们能因此获得政府的法律强制力。他们会利用这种 3P 模式（政府和社会的资本合作）来强迫他人服从他们的计划。一个真正的资本家永远不会通过胁迫他人或是与靠同政府搭上关系来兜售商品或服务，因为那不是消费者们所真正需要的。"

她纠正道："但是一般人都不知道自己究竟需要什么。"

"所以他们就得被那些自以为是的人告诉他们什么才是最有益的、什么才是他们该做的吗？"

他在等萨拜娜的辩驳，但她此刻却一言不发。

"如果一个空想家四处游说，撰写社论，试图把他认为有益的法条编进法律，从而迫使每个人遵守这些法令，并为他的想法买单，你觉得这个人怎么样呢？所谓的'心怀天下'的改革者通常只是一些怀有专制意图的好事之徒罢了。

"还要提防慈善业的职业骗子。'把你的钱给我们，你就会减少一些对于自己大获成功的负罪感。'每年流入慈善行业的资金多得数不过来，但只有很少一部分善款会真正用于救济那些需要帮助的人。"

"您怎么能反对人们做慈善呢，施普林格先生？"

施普林格打量着她：此刻的她是否已经义愤填膺，想要夺回道德制高点呢？

"慈善本质上就是在奖赏受赠者的不幸，这通常会毁掉一个人。当人们突遭变故，他们需要别人的帮助，也理应得到帮助，这一点我理解。但这种帮助应该是由一个个体向另一个个体提供的，这样一来，助人者和受助者的责任都能得到保障，连中间人都省掉了。反之，要是人们靠着向一个慈善机构砸钱来做慈善的话，很多善款就会花在广告和管理上，这不仅浪费钱，助人者还不能与受助人进行正面接触，他们也就无法真正体会到受助者所经受的苦难，更不能建立真正的同理心，而那些受到帮助的人可能会觉得自己从内而外都像是个揩油的人。"

此刻的萨拜娜就像是一位聪敏的检察官，她像是发现了漏洞，猛然坐直了身子，质问着面前这个男人："所以，你的意思就是说，那些西装革履的当权者通通都是坏人，是吗？"

施普林格怀疑萨拜娜根本没把他的建议听进去："你貌似还没搞明白我的本意。问题不在于一个人是穷是富，是强是弱，而在于他是不是对无辜者实施了暴力或是欺骗了他们。在当今社会中，人们越来越认同这个观点：即为了目的可以不择手段。因此，政府的权力被无限扩大。当然，中央集权的政府是法西斯主义社会形成的必要条件，都是通往希特勒、波尔布特以及上百个像他们一样的领导者所统治的社会的必由之路。"

萨拜娜点了点头。"我明白了，我会重新考虑这个问题的。"

"很好。也许今晚你可以读一读我之前写过的一篇文章，里面写得更详细。"施普林格边说边把手伸进最下面的那格抽屉里，从里面掏出

第二十八章　施普林格令萨拜娜大受震撼

了一份印刷精美的复印文件，他轻轻一推，文件就从光滑的桌面上滑到了她面前。

"我会认真读完的！"她接过那份文件，信誓旦旦地保证道。

见这个年轻女人答应得如此爽快，施普林格开始相信她终于开窍了。他是个理智的人，他认为这只是萨拜娜"治愈"的开端。他已经在她的大脑中埋下了启迪的种子，这些种子也许会在她的头脑中生根发芽，慢慢改变她大脑的神经元连接。当然，这只是一种可能的结果，毕竟这是个漫长的治疗过程，他有没有成功的把握呢？

萨拜娜接着问："施普林格先生，您这种独到的见解是怎么形成的呢？"

"你小时候读过漫画书吗，德雷斯顿女士？"

"看过，但我从小就不喜欢看漫画书。"

施普林格自顾自地继续说道："那么你可能从来没有看过《唐老鸭》吧？他可是漫画界里响当当的大英雄！他是个富得流油的名人，有人想当然地认为他把钱看得比一切还重。但在去阿拉斯加探险的时候，他遇到了麻烦，在财产和小狗之间，他选择了救他的狗。"

萨拜娜点了点头。

施普林格说："钱财固然蕴藏着巨大的价值，它可以帮我们追寻幸福，但财富不等于幸福。虽然我很爱钱，但随着年纪的增长，我开始觉得它似乎没那么重要了。如果可以的话，我情愿用钱换取幸福，但是没有人会出卖自己的幸福，更不用说那些旷日持久的幸福了。"

"这是世人皆知的事实，"萨拜娜附和道，"幸福是用钱买不到的，这是我们从小就学到的人生哲理。"

"这话可是一点不假。但一旦有了钱，我们的衣食住行甚至人身安全就都有了保障。钱能帮你更好地追求幸福。"

"这让我想到了马斯洛的需求层次理论。"

"你说得没错。你可能在哈佛大学的社会学课上听说过这个术语，生理需求是人类最基本的需求，但当你有钱了，满足这个需求就不成问题。我最快乐的时光可不是靠花钱得来的，我曾跟我朋友跳到货运火车上穷游过几次，每次都能玩上三天三夜，而且每次都是一场奇幻冒险，关键是不用花钱。真的很自由。"

"为什么要跳火车呢？是因为那时候你没有钱吗？"

"财富中凝聚着你为了赚钱而投入的生命，所以它也算得上是一种高尚的道德品质，可即便如此，我也不会把钱看得太重。它只是你的所有物，远没有你要做的事情来得重要，跟你是谁相比更是微不足道。毕竟后者才是你的性格和你的本质所在。正因如此，我才能做一个快乐的流浪汉，或是一个看破世俗的道家僧侣。当然，在那些旅行里，我可从来没有产生过追求财富的想法，但是我也不会自欺欺人，如果兜里没钱的话，我是不可能去旅行的。毕竟，我们在旅途中总得吃饭吧！而且，要是大家都不付钱，修建铁轨的费用和开动火车的燃料费又由谁来出呢？虽然我坐火车穷游，但这不代表我就得像生活在石器时代的人一样与缺衣少食做斗争。"

"你跟我想到一起去了。"萨拜娜小声说道。

施普林格继续道："所以我们每个人都想拿到更多的钱，就像松鼠需要储存更多的坚果来过冬一样，我们人类也有这种类似的基因。所有生物的共同点可以用一个词来总结，那就是生存！而财富才是生存的基础。"

施普林格喝了一口水，接着说道："货币的概念随着时间的推移在逐渐退化，硬币的铸造材料不再是金银类的贵金属了——这就是为什么孩子们不再把硬币存到存钱罐里了。它们现在只是一堆毫无价值的硬币，用贱金属铸造的代币比空汽水瓶的瓶盖好不了多少。孩子们可能已经明白了这个道理，但是很多成年人还在自欺欺人。

"当我还是个孩子的时候就听过一句老话——'像美元一样稳健'，不过现在可没人说这话了，原因就不用我多说了吧？我记得在我小时候，如果外界要求一个人不要再打扰他人，反驳的标准话术是——'拜托，美国可是个自由的国家！'不过现在这句话也退出历史舞台了。70年代人们常说，'美国永远不会有集中营……这倒不是因为美国没有集中营，只是它们在美国不叫这个名字。'这倒是真的。"

萨拜娜疑惑地看着他，笑道："你真的过于愤世嫉俗了。"

"嗯，愤世嫉俗。德雷斯顿女士，你评价得很到位，我就是个愤世嫉俗的人。不然呢？我难道非要摆出一副过于热情的傻相才行？如果是你，你更愿意相信哪种人呢？"

萨拜娜耸了耸肩，没有回应他。

施普林格话锋一转："但是我们应该保持乐观，毕竟通常来说，大多数人在大多数时刻都是诚实的。可问题是，当你所感染的这种病渗入社会后，是非善恶的概念便发生了变异，道德和不道德的内涵也被歪曲得不成样子。当今社会中，如果人们靠投票强迫他人为福利事业投钱，这群人反而会被冠以'慷慨'之名。而那些为提供民众所想所需的东西而拼命工作的企业家，一旦他们致富，就会被贴上'自私'和'贪婪'的标签。如果你要求政府提高最低工资的额度，哪怕这需要其他人来'买单'，人们也会觉得你是个'体恤民众'的人。可是，如果你因为付不起薪水而解雇员工，或是为了避免出现被迫解雇员工的情况而公开反对提升最低工资的倡议，导致那些技能低到连最低工资都配不上的工人丢掉工作或是穷困潦倒，那么你就是个'刻薄'的人。

"当人们任由词语的含义被随意扭曲时，虽然他们还没有意识到这一点，但是社会道德结构已经开始腐烂了。如果词语的意思本来就是错的，人们就不可能形成清晰的思路。"

萨拜娜打断了他："但是你的观点会让人觉得政府是个邪恶的实体……"

"确实，政府本来就是个邪恶的组织。政府拥有对武力的合法垄断权。不同于他们一直对外宣扬的形象，政府可不属于"我们合众国人民"（we the people）。它是一个强权组织，毫无自由可言。在现实世界中，谁动用武力谁就是犯罪，但是政府却能凌驾于这个标准之上，可以随心所欲地使用武力。所以，政府对某类人有很大的吸引力，而这种'物以类聚，人以群分'的道理适用于所有组织，例如神职人员、军队、投资银行、黑手党、国际狮子会、摩托车俱乐部和国际象棋俱乐部等组织——它们会吸引志趣相投的人。所以，谁才是政府吸引的那类人？

"人有很多分类的方法，根据肤色对人进行分类是个最蠢的办法。我说的愚蠢，是一种无意识的自我毁灭倾向。要是你想搞清楚一个人属于哪类人，一个有效的办法就是询问他对于动用武力的看法，而根据他们给出的答案，你就会知道他们的本质究竟是善还是恶。一直以来，政府就像一块磁铁，对犯罪分子有着莫大的吸引力。这些法外狂徒才不会因为滥用武力而心怀愧疚，甚至还希望实现武力的合法化。所以，我知道这可能会震惊到你，但我的结论就是——政府就是犯罪组织。我说的可不仅是我们之前提过的那些臭名昭著的领导人，比如卡里古拉、希特勒、波尔布特等等。我说的是制度本身，它已经烂透了。"

337

对于这位站在他面前的女士来说，将政府视为邪恶化身的观点颇为荒谬，因为她的老师尽是一些坚定的政府支持论者，在他们看来，政府完全可以强迫民众做任何事。对于萨拜娜来说，她从小到大接触的老师和教授都公开表示过或隐晦地透露过这样一种观点：每个公民都有品行不端的劣根性，所以他们也不能履行公民应尽的义务。这些老师和教授自诩为最睿智、最高尚的群体，他们的任务就是教导这些公民改邪归正。

施普林格怀疑，萨拜娜需要极大的意志力才能压制住每次都想要反驳他的冲动，要让她安静地坐在那里，可真是难于上青天。

施普林格站在桌子后面，把手靠在桌子上，居高临下地问道："还有一个关于自私的话题。你熟悉安·兰德这个人吗？"

萨拜娜坦言，她对这位作者有所耳闻："我的教授对她没什么感觉，所以我们从来没有讨论过她的作品。"

"德雷斯顿女士，读一读安·兰德的书吧。自私是一种美德，而利他是一种罪恶，这是她的主要观点之一，这跟我们受到的教育截然相反。但很不幸，她有一部分追随者已经把她神化了，他们对她的崇拜就像是宗教信徒信奉自己的神灵一般虔诚。虽然我这番话一旦被兰德听见，她可能永远不会原谅我，但如果你把道德上的利己主义和关怀他人这两个概念放在一起，你就会推出一个结论——它们在本质上是相同的。如果为最多的人提供最大的价值最合乎你的利益需求，那么你就会变成一个富人。"

*　　　*　　　*

施普林格是不可能"治好"她的，他所做的一切努力都只是白费力气。这并非是因为她不懂施普林格在说什么，相反，他说的每个字她都能听懂。毫无疑问，他拓宽了她的眼界，让她接触到了新观念，而这种结果可能正是施普林格想看到的。但与施普林格不同，萨拜娜并不同情那些暴力和欺骗的受害者，她反而更认同那些作恶者的做法。

她理解施普林格提出的理念，但对此却不甚在意，除了美联储，别的话题都激不起她的兴趣。她从来没有把美联储看作一个"赚钱机器"。她的人生路径已经在某个重要时刻发生了转变。毕竟有这么一位精明的父亲，萨拜娜自然也不会是个白痴。她将审时度势，重新调整自己努力的方向。她内心窃喜：既然真的可以大赚一笔，那为什么还要像那些老实的傻瓜一样任劳任怨地拼命赚钱呢？

她抬头望着施普林格，用一种极为诚恳的语气说道："施普林格先生，你的观点让我醍醐灌顶。我对你刚才的这番话很有感触，我很想和你一起工作。"

施普林格点了点头："你很聪明，这一点倒很像查尔斯·奈特，但他没有染上你这种毛病。为了做实验，我准备给你一个机会。我想让你做公司调查员，你要为我工作，受我监管。无论我想知道什么事情，你都要负责深入调查，然后向我报告。在你做这些工作的时候，我希望你能一直思考这样一个问题：你拿到的那些数据怎样才能帮公司把一份资本变成两份？所以，你想做这个工作吗？"

萨拜娜点点头。

"很好，你可以来我们公司实习了，我们会给你发放基本的津贴。如果你表现出色，我们当然愿意支付可观的薪水。所以接下来就看你的了，尽你所能，能干多好就干多好。"他边说边把一张笔迹潦草的薪金单子推到萨拜娜面前，"我不会跟你签劳动合同，也不会给你提供任何福利，除了这份工资以外，什么都没有，你接受吗？"

"连健康保险都没有吗？"

"当然没有。"

虽然很不情愿，但她还是点了点头。

"你可以随时辞职，我们也可以随时解雇你。"

萨拜娜坐在那里，一言不发，她感觉自己被剥削得体无完肤。

"我们希望你可以做正直的事情，永远不要撒谎骗人，任何形式的欺诈都不能做。关于我们今天讨论的投资机遇问题，我希望你可以守口如瓶。只要我们都遵守童子军的美德，事情就会变得好办，这也是我们希望看到的局面。"

"当然可以。"尽管施普林格之前就表示过对童子军的赞赏，但萨拜娜依旧不知道童子军到底有哪些美德，但她对施普林格口中的这种美德有一种发自肺腑的反感。

施普林格对童子军的美德做出了进一步的阐释："那种值得信赖、忠诚、乐于助人、友好、礼貌、善良、顺从、有士气、节俭、勇敢、无不良嗜好以及恭敬的品质在当下的年轻人身上很少看到，即使是童子军也不例外。"但是施普林格并没有把话说得太绝对，"当然，在你发表意见之前，我得先说明这一点：我并不是百分之百认可这些品质，如果我是童子军的负责人，我会把'顺从'改成'遵守'，把'恭敬'改成'尊敬'。"

"我什么时候可以正式工作？"她问施普林格。

"明天。在我办公室工作，到时候你一定会忙得不可开交。"

萨拜娜离开炼金奇力公司的办公楼，驱车两个小时来到她的新办公室——位于税务署大楼内部，这是一座金字塔结构的大楼，位于拉古纳尼古尔市。

"弗兰克，我已经成功打入炼金奇力公司内部了。"萨拜娜连门都没敲，就大步流星地走进了他的办公室。

"这么快？"弗兰克·格雷夫斯难掩脸上的惊讶之情，将信将疑地问道，"你究竟是怎么做到的？"

"我被迫听了长达一个小时的说教，他的观点简直就是伏都教的哲学理论。我装作赞同艾略特·施普林格的每个观点，毕竟我是受过你专业训练的人。"

"你刚来没几天，还谈不上受到过什么专业训练。你能在新岗位上学到东西吗？还是你只是在他们的收发室工作？"

"我在这个公司的管理层工作。"

"你和查尔斯·奈特一起工作吗？"

"没有，我的职位比他更高。我将直接跟施普林格进行工作对接，他是整个公司的负责人。"

"那个奈特呢？别搞错了，他才是你的目标。"

"我知道，我一定会抓到他的。他肯定逃税了，这一点我很确定，我现在要做的就是要找到确凿的证据。他现在人在国外，这就是一个逃税者心虚的迹象。我可以肯定地说，施普林格的公司也在想方设法逃税。"萨拜娜之所以认为施普林格和查尔斯·奈特是一丘之貉，并不是因为突发奇想，而是因为她听了施普林格关于金钱和职业的看法以及他对政府的贬低言论，他那逃税的心思简直是昭然若揭，"我觉得我很快就能搜集到更多的证据。"

"很好，但你要做正直的事情，一定不能违法乱纪。"弗兰克边说边重新拿起了那份他在萨拜娜闯入办公室之前就在看的报纸。可还没看多久，他又抬起头来，再三告诫道："务必要做一个正直的人，这是重中之重。"

"施普林格也跟我说了差不多的话。"

"这是个中肯的建议。"弗兰克表示认同。

萨拜娜之前从未在美国证券交易委员会或美国税务署听到过这样的建议，自然也没有听她父亲讲过这样的话，所以这番建议给她留下了深刻的印象，但她觉得这其实只是一种虚与委蛇的老生常谈，人们只是条件反射地耍耍嘴皮子，并不会有人把它当真。人们就是因为采纳了这种建议，才会沦为受害者。在萨拜娜·海德尔看来，崇拜荣誉这样的弱点不仅愚蠢，反而还会产生适得其反的效果。

她不喜欢弗兰克·格雷夫斯，他就是个傻瓜。

第二十九章

浴缸里的人

"孩子，我不能离开这里。"

他们开了很长时间的车，终于来到塞拉利昂首都弗里敦西部的隆吉国际机场，他们此刻正在排队买票。

查尔斯转过头看向赞德："你要留在塞拉利昂吗？"

"差不多吧，估计我要回冈瓦纳。我答应了'非洲恩典号'上的医生，要到他们那里缝针和做头部的 CT 扫描，我还要把 TJ 的吉普车还回去。此外，在这工作几天或者几周，如果表现好的话，我们的财富可以增加百倍之多。"

他们可以通过卖空的方式从不断下跌的股票上敛财，最好的情况是他们的财富因此翻番。但如果他们对 B-F 公司的质疑出了问题，或者股票不断上升，他们将面临无限的风险。如果他们卖掉所有股份，拿着这些钱购买看跌期权，这一定是笔冒险的买卖，但是也可能带来巨额的收益。B-F 公司的股票交易价格接近 240 美元每股，如果拥有看跌期权，他们将有权兜售现在还不属于自己的股票，现在可以用 4 美元买到的股票，在接下来半年的时间里都会固定在 140 美元。更好的情况是，如果

343

他们握有看跌期权，只需要花费大概 50 美分，三个月后以每股 50 美元出售，同时他们可以买进现在八倍之多的股票。如果股价在不到三个月的时间里跌至零，而同时他们拥有看跌期权，如此一来，他们可以从中赚取 99% 的利润。赚双倍的钱固然美好，但是 99% 的利润值得铤而走险，尤其当你对结果非常肯定时更是如此。

赞德补充说道："这种把戏我在非洲玩过了。为了你自身的安全，你得回美国去，我留在这里。我会在当地搜集一些信息，第一步总是要获取一些精确的信息。除了对 B-F 公司的猜想和一集装箱弹药外，其他我们一无所知。我们需要掌握更多的信息，所以这件事就交给我了。"

"所以你要回邦戈达吗？"

"不久之后我就会回去。非洲的这些叛乱总是先从邻国召集部队开始。邻国政府往往不希望看到邻居发生战乱，这些战乱有时是为了牟取暴利，有时是为了建立一个更友好的政权，有时只是因为一个暴徒睡了另一个暴徒的妻子。过去这些军队集结在塞拉利昂，或者在科迪亚特。"

"这次或许在几内亚。"查尔斯自信地说道。

"或许是在几内亚，B-F 采矿公司距离他们的边境只有几英里远。"

查尔斯说："这听起来像是个计划，你留在这个即将发生叛乱的地方，冒着生命危险收集相关消息；我回到美国，坐在浴池里，喝着朗姆酒，买进 B-F 公司的看跌期权，思考着怎么花一亿美金。"

"听起来是这样，劳动力的专业化和分工是件好事。"

"看起来对我很公平。"

赞德说："孩子，你想跟我换一下工作吗？"

查尔斯假装犹豫不决，迟疑了一会儿才开口说道："不，我喜欢浴池。"

"我们需要有人在北美转移资金，或许是通过政府来做这件事，要时刻关注政府的动向。在交易这件事上你要和施普林格密切合作，在这方面他比我擅长，你最好也跟他学习一下，好吗？同时你要把我们掌握的所有信息收集起来，和媒体以及经纪公司建立联系，这样一来我们就知道在什么时间把这些信息告诉谁能取得最佳效果。现在我还不知道该怎么做，但是我觉得为了实现征服，我们需要兵分两路。"

"赞德，你刚才推翻了恺撒的观点，他的意思是为了征服敌人，我们必须分裂他们，而不是分裂自己。"

"我很可能参与杀害了他，有些人眼里只有杀戮。很多杀手最终变得和布鲁图斯一样臭名昭著，但他们并非每个人都是坏蛋。"

队伍前进了一些，查尔斯在赞德耳边轻声说道："我杀了这些人。"这句话一直在他心底呐喊。

赞德点点头："你为什么要这么做？"

查尔斯知道为什么，为了生存，为了防卫，因为他可以做到。

查尔斯终于排到售票口，他对航空公司员工说："帮我看一下我能不能离开这里。如果行不通，我有一位美国朋友可以帮我。"

一个小时后他们分开了，查尔斯本不需要莫里斯舅舅的帮助。他身上除了一些从班加西奥奎尔村拿的石头外，其他什么都没带。

赞德一瘸一拐地走开了，他手里的藤杖不光是一个支撑物，现在的它真正发挥了作用。离开赞德让查尔斯心生不安，他的新朋友即将面临危险，而身边却没有一个助手，这让他感到非常愧疚，赞德很可能会进入作战区域。

让他们都没想到的是，最终却是赞德快乐地坐在热水浴池里，而安全回到美国的查尔斯却要直面死亡的威胁。

第二十九章　浴缸里的人

*　　　*　　　*

卡罗琳背对着大海站在那里，倚靠在八号甲板的栏杆上，这个栏杆是为了防止这里的员工跌落大海的。在游轮上度假的人会坐在船头的椅子上晒日光浴、玩沙壶球游戏。但是在"非洲恩典号"上，这些空间被用来存放装满医疗用品的车辆和集装箱，这里既是一个户外仓库，也是汽车设备的维修处。甲板上集装箱之间的狭窄缝隙非常炎热，这为三十几个医护人员的孩子提供了一个绝佳的游戏地点，他们可以在这里玩捉人和捉迷藏游戏。当时就有一群孩子正在那里玩耍，他们像黑猩猩一样吵闹个不停。

查尔斯已经离开两天了，卡罗琳没有收到他的任何消息。听船长安德斯说他一切都好，他现在和他的朋友赞德藏在某个地方，但具体地址连船长也不清楚，但愿追杀他的那些人也不知道，黑色 SUV 和看守的白人都已经离开了。

过去几夜卡罗琳都没有睡好，她日思夜想着查尔斯，遇到这样一个奔波在非洲，参与了数十亿美元交易又被人追杀的人不是一件常事。可能她的父母希望她找一个中规中矩的人，但是卡罗琳对那种人完全没兴趣。同样的，非洲也绝不是找这种人的最佳地点。

她告诉查尔斯太多关于自己的事情，但并未提及自己是丹麦女王女儿的事情。她的父母和安德斯船长都告诫她一定要保守这个秘密，整艘船上知道这件事的也只有寥寥数人。当然，船上的丹麦人都知道她的身份，他们为此感到骄傲。他们像其他人一样，并没有给予她特殊优待，这在一定程度上对她起到了保护作用。所以，她的确对查尔斯隐瞒了一些秘密，但查尔斯多少天来甚至连姓名都不愿透露，这也算互不相

346

投机者

欠了。

到目前为止，可以说卡罗琳是在温室中长大的，至少对一个斯堪的纳维亚女孩而言，这种安逸的生长环境极为难得。而查尔斯却相反，早年丧母一定对他产生了深刻的影响。然而，若要深入了解查尔斯，还需要花费更多的时间。

虽然他们只在一起待了四天，但是查尔斯对她来说却至关重要。她第一眼就喜欢上了查尔斯，虽然当时连他的名字都不知道。他的工作肯定不安全，而且没有稳定的收入。但是不管他从事什么职业，卡罗琳完全不在乎，毕竟这一切她都不缺，这就够了。

她发现自己在思考和查尔斯的未来，思考他的安全和收入问题，为什么会这样呢？难道是女性的某种本能？她用自己天马行空的想象力凭空捏造了一个海市蜃楼，而她的家庭在欧洲却真有这样一栋楼，她才认识这个男人几天啊！甚至完全不了解他，竟然已经想要跟他共度余生了吗？

简直愚蠢至极！

她离开栏杆，朝着船的另一侧走去，向下看着船体，又回到通往码头的舷梯附近。据说那些不速之客只要上船就一定会被发现，他们携带的武器也逃不过金属探测仪的检查。但是两天前的那个夜晚，有两个男人却用某种办法上了船。她的家人应该已经知道这件事了，船长安德斯会向他们保证自己不是这些人的目标吗？但是这重要吗？他们会把她叫回家，至少也会派一些保镖来形影不离地保护她，这都不是她想看到的。

她急促地吸了一口气，心脏几乎停止跳动。一辆满身是泥的白色SUV 在舷梯尽头停下来，一个光头男人从驾驶座上爬了出来。

第二十九章　浴缸里的人

那是赞德·温！那么这就意味着……

她想跑向船尾，跳到下面的甲板上，然后从船舱上部跑到下面的接待区，越快越好！但是她却僵在那里一动不动，她在等查尔斯从车上下来。此时，赞德缓慢地爬上了舷梯，正一瘸一拐地朝她走来。

她晃过神来，跑向赞德，此刻她突然心生恐惧。为什么赞德看起来这么沮丧，这么挫败？查尔斯去哪了呢？

船员正在接待区迎接赞德，这时卡罗琳突然冲了过去，由于跑得太快，她踉跄着跌到了赞德的怀里。

"你好啊，卡罗琳！跑慢一点！很高兴再次看到你，查尔斯几乎无时无刻不在谈论你。"当卡罗琳恢复平衡后，他轻轻地从后面扶了她一下。

"他去哪儿了？"她看着赞德的脸，迫切想要知道任何关于查尔斯的线索，但同时内心又担心会有不好的事发生。

"别担心，小姐，查尔斯很好，只是长途奔波劳累，身体状态差了一些，他只要放松休息一两天就可以完全恢复过来。"

她站直了身体，重新控制住自己，然后看着赞德，仍然在等待她想听到的答案。

他难为情地说道："但是他没跟我在一起，我很抱歉，他现在可能已经远离非洲了。"

"你说什么……那他去哪里了？"卡罗琳内心的恐惧现已消逝，取而代之的是失去查尔斯的痛苦。

"你最好不要问他去了哪里，或者具体是怎么过去的。"

"我明白。"她说道，虽然她并不是完全理解，但就像她母亲一直坚持的那样，她知道这是为了她的安全着想。她没有继续追问下去，她接受了这一现实，然后关切道："你还好吗？"

"我很好，只是回来给受伤的大脑做 CT 扫描。"他用拇指指向坐在接待台后面的露易丝，"恐怕屁股上的缝线被我折腾得有些过头。"

"发生什么事了？"露易丝问道，她丝毫没有掩饰自己看法的意思。

赞德看着她，对她眨眨眼："和往常一样，没什么大不了的事，只不过是在丛林里穿梭，在淤泥里爬行，但是距离都很短，和马拉松之类的根本比不了。真正的问题在于我强忍着疼痛在车上坐了 19 个多小时。"

卡罗琳问："你去了哪里？"

"每个地方都去了，小姐，我之后还得再回去。"

"好吧，我们先把你安顿好，然后再给你做个检查。"

三个小时后，他全身赤裸着泡在漩涡浴缸里，喷嘴喷出的热水冲在他的伤口上。此刻即使没有酒，没有雪茄，没有漂亮的女伴，他也体会到了真正的快乐。

卡罗琳对她说："考虑到伤口变深，再加上感染，我觉得需要六周才能痊愈。"

"嗯……六周泡在热水浴池里，你会来这里吗？我相信自己可以活下来。"

"温先生，这是你久坐不起的代价。"

"鉴于我屁股上还有伤，所以我很难把查尔斯给我的东西掏出来给你。"他小心翼翼地将裤子拿过来，用他湿漉漉的手在口袋里摸索着什么东西。

"他给你什么了？"卡罗琳假装心不在焉地问，但是此刻她的心怦怦直跳，脸涨得通红，期待着赞德赶紧把那东西拿出来。

"他想让我把这个给你，我读了好几遍，很有意思。"赞德对她眨眨眼，摇了摇头，表示自己刚才说的不是真话。他将一张叠好的纸递给卡罗琳，纸的一部分被他手上的水浸湿了。

卡罗琳接过纸条，打开读了起来。这是她第一次读查尔斯给她写的东西，以后她还会读很多遍。当她开始读第二段时，泪水在眼睛里打转，但读完这段后，她脸上露出了笑容。

第三十章

纽约和多伦多

　　如果乘坐印度等国家的航空公司航班都觉得危险和不舒服的话，那么和非洲国家的航空公司相比，它们就像是空军一号了。查尔斯在拂晓时分就到了纽约，他必须要到圣地亚哥见一见艾略特，在此之前他还要先见见莫里斯舅舅。根据惯例，美国移民局一个态度恶劣的官员问了他几个毫不相干的问题，随后他来到了一处使用手机不会被判重刑的地方。他给四季酒店打了个电话，想订一个房间，但是只是白天去那里，晚上就会离开，因为晚上他还要赶另一趟航班。四季酒店的价格不菲，这和他开车数天穿梭在丛林中以及乘坐加纳的航班相比，简直太过奢侈。他新获得的财富是否已经改变或者腐蚀了他的生活方式？他迫切想要洗个澡好好休息一下，但是酒店下午三点才可以入住。他挂了电话，和往常一样，他现在看起来就像个难民。当他以这副模样出现时，前台的工作人员很可能会把他赶走。

　　他的行李和电脑还在桑巴角酒店，在他第一次去 B-F 公司前，那里曾是他在冈瓦纳的行动基地。那些四处找他的人可能会毫不费力地拿到电脑，不过电脑密码或许可以保证里面文件的安全。

冈瓦纳此时已经中午了。他坐在机场一条破旧的灰色长椅上，椅子上的两位女性随后直接走开了。他给桑巴角酒店的经理打了电话，他是一个黎巴嫩人，和查尔斯一样留着光头，只不过他是天生的而查尔斯是自己剃光的。黎巴嫩人似乎控制了西非绝大部分的商业活动，就像伊斯玛仪派印度人和巴基斯坦人控制东非的商业活动一样。

"你好，奈特先生，应您的要求，我还在保管着你的电脑和行李，很抱歉你在这里遇到麻烦。"

"有人找你麻烦吗？"查尔斯问他。

经理伊米尔说："有个人过来找你，他说是你的朋友，他看上去非常担心你。"

查尔斯紧接着问道："他长什么样？"

"他看上去非常健硕，留着棕色头发。我觉得是个南非人，他没说自己叫什么。"

"谢谢你，伊米尔，我根本没有这样的朋友。"

"我也怀疑他不是你的朋友。"

"我会安排人去拿我的电脑，但是可能需要几天时间，你能再帮我好好保管几天吗？"

"放心吧，奈特先生。"

随后他给莫里斯舅舅打了电话，并不是为了确认他是否在家，而是告诉他自己在去找他的路上了。除了一年去看一次医生外，莫里斯舅舅基本留在家里，几个小时后直接冲进他的老房子也没有什么不妥。

"莫里斯舅舅，我是查尔斯。"

"查尔斯是谁？"

"你的外甥查尔斯。"

"哦，是查尔斯呀，你现在在哪里？"

"我很快可以让你变得非常有钱。"

"那是我非常向往的终点。"

"一个小时后我将抵达你的公寓。"

"很好，来这让我变得富有吧，孩子！"

"你很有钱的，莫里斯舅舅。"

"让我再富一些吧！"莫里斯话音刚落就挂了电话，连声"再见"也没说。如果莫里斯遵循礼节规则，恰好说明他受到了很大的胁迫。

查尔斯叫了辆出租车，让司机在香蕉共和国服装店门前等了他十分钟。经过在非洲的一番折腾后，这家店的名字对他来说有了新的含义。他手里拎着袋子，里面装着刚买的新衣服，指引着司机朝切尔西皇家塔驶去。

这栋楼的整个11层都归莫里斯所有，但他通常只去客厅、卧室和厨房。十年前他们第一次在那里见面，如今十年过去了，这个地方依然如此富丽堂皇。为了前往11层，他必须要经过门卫的严格检查，这让人非常恼怒。这个门卫也可能是个行李员、旅馆服务员，或者是保镖，还或者同时拥有这四个身份？他是个专业的刺头，莫里斯舅舅花钱雇他来保护自己免受外界的伤害。同时他还负责给莫里斯递送外卖，其中有中国菜、埃塞俄比亚菜、泰国菜以及其他外国食物。这个人厌恶地看着查尔斯，或许甚至他会感到恶心。他让查尔斯拿出身份证，确保录像是开着的，然后才给莫里斯公寓打了电话，以获得准许才能让查尔斯上楼。查尔斯此刻身上散发着难闻的气味，看上去脏兮兮的，活像个流浪汉。

等莫里斯开门总是需要很长时间的。因为他惰性十足，同时要和重力做一番斗争才能站起来。在重力和惰性的双重作用下，莫里斯更喜欢

第三十章　纽约和多伦多

久坐不动的生活方式，他对此完全习以为常了。

他通过窥视孔向门外望去，最终在打开三扇门之后查尔斯站在了他的面前。他在里面将窥视孔盖住，这样一来就没有人可以用特殊设计的反光镜看到里面，看到他在沙发上打鼾。

"我的孩子，见到你真是太好了！"

"你好啊，莫里斯舅舅，你还叫我'孩子'是吗？"

莫里斯努力朝沙发走去，边走嘴里还难为情地嘟囔着什么："对不起，我以后不该这么叫了，你已经长大了，对吗？"

"我确实长大了，但是越有人这样叫我，我就越觉得这个称呼更舒服。我在非洲新结识了一个朋友，年龄和你相仿，他也总是这么叫我。"

"很好，这个称呼听起来非常亲切。"莫里斯砰的一声坐在沙发上，然后抬头更加仔细地打量着查尔斯，"看来你被当成马狠狠地骑了一番，全身都湿透了。"虽然他早年的时候体重就达到了两百英镑，但是在打马球时学到的行话依然信手拈来。

"是的，我被毒打了一顿。"

"你从非洲来时就穿着这条破烂不堪又沾满血迹的裤子吗？"

"当然不是，我是在美国试图通过护照检查和过关时才弄成这样的。"

莫里斯哼了一声。

查尔斯明白了过去几个小时为什么有那么多人看起来像在躲着他，现在的他完全可以加入一群刚被抢劫过的流浪汉的队伍。

"你身上青一块紫一块，到处是伤口，头发也没了。"

"我买了一些新衣服来换，我需要先洗个澡。"

"或许再去医院看看？"

"我没事，医院就不用去了。"他的思绪又回到了卡罗琳身上，"除了护照和钱包，我从非洲回来什么其他的东西都没带。"

"查尔斯，你弹钢琴吗？"莫里斯不停地转移话题，这就是他的风格。查尔斯认为他每说几句话就会得出一个不合理的推论，直到他开始专注于一些紧急或者复杂的事情，这时他的大脑就会像激光一样集中注意力。

"如果条件允许的话，我就会弹，"查尔斯的思绪再次回到那条船上，"我在圣地亚哥有些事情要处理，那里有大学举办的系列音乐会。"

"以后我要买台钢琴放在这里，距离我上次听你现场演奏已经过去很多年了。"

"这是个好主意，或者下次我在纽约弹琴的时候，或许你可以冒险出去一次……？"

莫里斯在面前堆积如山的桌子上找寻着什么东西，他嘴里嘟囔着："很好，如果有这样的机会，很好，我们……很好，我们走着瞧吧。"

即使女仆收拾过之后，他的客厅还是一片狼藉，莫里斯只关心能不能得到信息。他的思维可以通过某些方式自己组织起来，但是他的客厅却没有这个能力。他的这些方式是多数人不能理解的，他可以通过某种方式，将自己过往存储的经验和将要处理的信息结合起来。这种情况下，一些小细节就会成为明亮的灯塔，照亮通往一些不易发现的真理之路。这种智力技巧伴随着谨小慎微而出名，当人们遇到独具挑战性的难题时就会来找他，只有通过复杂和非法手段才能找到解决办法。

这些人一定很有钱，因为莫里斯·坦普尔顿的服务可是价格不菲。他要求客户既要支付给他钱财又要承担某些义务，这些义务让他获得看似不可能的信息，进一步提高了他的声誉。一直以来，莫里斯的名声、知识以及关系呈指数增长。如果有足够的时间思考和搜集数据，他像百科全书一样的大脑将会找到答案，同时制造出此前从未想到的机会，特别是在所有关于非法的、不合常理的、避而不谈的、敏感的或者麻烦至极的问题上，莫里斯尤其擅长找到这些问题的解决方法，有莫里斯这样的舅舅真是再好不过了。

莫里斯说："在开始新投资前，我们要先处理一些旧生意。我名下还有你的一些股权投资，这是你未成年前留下的。"

"哦，是的，很抱歉，我还没有把那些算进自己的投资里。"

"我的孩子，我必须要把这些股权转给你，越快越好。"

"我更希望将一些财富藏起来，这样就没有人知道它是我的。"

"好吧，我再帮你保管一段时间也没问题，但是我讨厌算账。在下一个五年到期之前你要把它算好，当然也要在我老死之前处理好！"

查尔斯点点头："非常感谢你，莫里斯。"

"听着，"莫里斯在一堆纸里找到一个文件夹，将它递给查尔斯。

查尔斯打开浏览了一遍，过去莫里斯的投资组合对他来说都很庞大，但现在，和他目前对 B-F 公司的估值相比，这些似乎不值一提。

"我现在有一些建议，"莫里斯总是能给出很好的建议，"包括卖掉我标黄的公司。"

查尔斯又瞥了一眼这些公司，想起他们在什么时候为什么买进这些股票："之前就应该把它们卖掉不是吗？"

"是的，查尔斯，你一直很懒惰，或许，你只是分心了。"

"没问题，把它们卖掉吧。"

卖掉它们得到的资金总额不到 20 万美元，过去这在他净资产中占据很大一部分比重，但经历了最近的一些事件后，这些钱似乎显得分文不值，他正在改变自己对相对财富的看法。

莫里斯侧身看着他说："孩子，这可是真金白银，你为什么看上去毫不在意？”

他没有给查尔斯答复的机会。

莫里斯耸耸肩："好吧，如果你不在乎自己的钱，我这里有一份投机买卖可以给你做。如果成功的话，你的钱会增加到原来的五至十倍，虽然要花费数年的时间，但是成功的概率还是很高的。"

"什么投机买卖？"

"有一家叫维西里姆的制药公司，几周后，食品和药物管理局将对它第一阶段研究进行中期评估，民众预计它们的计划不会通过。"

"那我为什么要买它的股票？"

"因为它的股票价格现在低得惊人，此前一股可是高达 40 美元。我认为食品和药物管理局会给大众一个惊喜，他们会通过维西里姆的计划。如果是这样的话，一个月之后你就可以将这些股票卖出，或许可以赚上 100 万。"

100 万美元还是能引起查尔斯的注意的。

"如果食品和药物管理局没有通过这项计划，你会蒙受一定的损失，虽然这很糟糕，但是至少接下来几年我都不用再为你的投资支付资本利得税了。"

查尔斯的心思还在非洲："没问题的，莫里斯你可以帮我买维西里姆的股票吗？"

莫里斯皱起了眉头："查尔斯，不管怎样，很明显你在想其他事。你是在艾略特·施普林格那里学的如何不做调查吗？如果是这样的话，我必须要找他谈谈。"

"艾略特很好。"

"那你告诉我是什么鬼东西让你变得如此高傲自大，关于 B-F 公司

357

及其要飞往星星的火箭飞船的什么最新消息吗？"

"当然有很多消息。"

莫里斯说："你知道，在我的记忆里，这还是第一次主流媒体关注一家初级矿业公司，将它带到公众的视野。斯摩德霍夫现在即使不是家喻户晓的人物，媒体也正在把他塑造成一个英雄。"

"事情现在愈发变得不可收拾。"

"是的，他们的股票价格也是这样，现在每股已经超过了260美元，新闻编辑部里那些疯狂的傻子在暗示班加西奥奎尔村的黄金储量可以增加市场上的黄金供应量，以至于黄金的价值会暴跌！你敢相信吗？这是多么荒谬的事！"

这确实荒唐至极。自从有历史记录以来，没人确切地知道究竟有多少黄金被开采出来。但最准确的估计大约是60亿盎司，此外每年会新增8000万盎司，所以全球金属供应的年增长率稳定保持在一到两个百分点。但是世界上任何一座矿山都是一种消耗性资产，随着时间的推移，它们终将被开采殆尽。尽管储量极其丰富的矿山可以开采一个世纪之久，但是很少有矿山的寿命能超过20年，多数新的露天矿不到十年就会被开采完。如果说有什么不同的话，那就是黄金的产量似乎在下降。

莫里斯说："自从征服者带着偷来的印加和阿兹特克黄金涌入西班牙以来，黄金的价格从未出现过暴跌的现象。因为那些金矿的开采已经长达几个世纪之久，市场上的黄金供给从未中断过。"

"我向你保证班加西奥奎尔村绝不是什么新世界。"

莫里斯点点头，说道："就算它是，金子也必须要生产出来，而不是靠偷来。即便是1849年的加利福尼亚大罢工，1866年的威特沃特斯兰德大罢工，抑或是1898年的克朗代克大罢工，这些都没能对黄金价格产生多大的影响。"

"B-F 公司可能不会影响金价，但我希望他们能成功将股价抬到 300 美元以上，其实是越高越好。"

莫里斯脸上露出笑容，说道："是的，然后你打算做空，我想这是基于你这次非洲探险的收获吧？"

"当然要卖掉我的其他投资，但是什么事都可能发生。我计划用这笔钱买入远高于价格的看跌期权，虽然有风险，但是很多人都愿意这么做。"

"什么时候？"莫里斯手里摆弄着面前空白色硬纸板外卖盒里的一双筷子。

"很快了，预计在接下来几周，我会收到更多振奋人心的消息，当然只是一些软新闻。我保证 B-F 不会钻探出更多的岩芯了，至少不会钻探出能检测到黄金的岩芯。"

"告诉我为什么会这样呢？"莫里斯身体微微向前倾斜了一些。

"看看这些照片，莫里斯。"查尔斯递给他一个数码储存卡。

莫里斯将它插进电脑，在接下来的五分钟里，查尔斯向他讲述着这些照片意味着什么：这台机器可以将分文不值的岩石变成价值高达千亿美元的矿石。

"查尔斯，那斯摩德霍夫打算怎么平息这件事呢？他们的岩芯都将送往南部伯克钻探公司进行检测，他计划如何逃脱造假带来的惩罚呢？"

"斯摩德霍夫根本没打算把岩芯送到伯克公司。"

"为什么不送去呢？"

"因为冈瓦纳的形势会变得异常严峻，那里仅有的一些外国人在之后的很多年里会全副武装。"

"我至今还没听到过任何关于第二个叛军军队的消息，难道出现了第二个查尔斯·泰勒？"

"你能阻止这件事发生吗？"查尔斯说道。

＊　　　＊　　　＊

在多伦多举行的为期三天的矿产开发商协会大会上，丹·斯摩德霍夫被评为年度勘探者，这对他来说是莫大的荣誉。在他领完奖的第二天，奥利·谢夫莱特因坏疽死去，尸体在丛林中无人问津，这是机器和发明者斗争的结果。谢夫莱特躺在离机器废墟一百码的地方，因失血过多而死去。斯摩德霍夫不再需要他的帮助，他的清除计划也失去了用处，被抛弃的谢夫莱特最后爬到一棵倒在地上的棕榈树下。只有为数不多的几个人知道这个加工地点，如果谢夫莱特的尸骨能被找到的话，他将被视为即将到来的革命的又一个不幸牺牲品。

斯摩德霍夫已经飞往多伦多颁奖现场，在获奖感言中他对幕后所有的人员表达了感谢，在现场还举行了新闻发布会。如果能当场告诉媒体他们发现的储量极其丰富的且每吨含有 150 克金子的矿石，并向他们展示独立实验室对这些经过机器处理的岩芯的检测结果，那该是一件多么美好的事，但那些高度盐化的岩芯此刻却散落在丛林各个角落。

斯摩德霍夫一直在提高 B-F 股票的价值，时刻都在为保住自己未来的财富而奋斗，但是他的伙伴本·瓦赫曼却一直在忙着帮倒忙。他单方面和伯克公司达成的这项未充分评估的协议可能带来灾难性的后果，瓦赫曼像一个负责任的首席执行官一样，平衡了预付款与长期利润和使用费的价值。当然不可能存在长期的利润和使用费，但是华舍曼对此浑然不知，他和伯克公司的协议让一切都陷入危险之中。现在胶体注射器被毁坏，约翰·约翰紧盯着钻头，伯克公司的地质学家开始急着确认钻井，事情很快就会失控。所以从明天起，斯摩德霍夫和古德勒克就会通过他们在离岸避风港精心创立的空壳公司出售他们在 B-F 公司剩余的股份。他们两人持有大量股票，如果在抛出之前他们不捏造出大量振奋人心和荒谬的好消息来平衡股市的话，B-F 的股价会暴跌。

所以这只是一个为了尽可能稳定价格的炒作游戏。在价格暴跌之前，他们还有不到十天的时间来清算自己所持有的股票。对于任何一个和撒哈拉沙漠以南非洲一样不稳定的国家来说，这个坏消息注定来得不是时候。

斯摩德霍夫对着那块硕大的金匾露出了微笑。他们在一系列总结后将牌匾递给了他，他们提到了斯摩德霍夫的远见卓识，讲述了他对寒武纪水热纳米颗粒金沉积的认识，正是他确定了这种沉积可能存在的地点，他帮助 B-F 勘探公司在班加西奥奎尔村成功得到了勘探机会，当然还有他对环境的关心和对土著居民的赞赏，这都不过是些陈词滥调罢了。他穿着燕尾服，打着黑色领结笑容满面地站在那里，因为在这种场合微笑不仅是合时宜的，同时完美地掩饰了他的愤世嫉俗。他很享受这些职业荣誉，认为它们不光是些荒谬空洞的幻想。

他背负的压力每天都在增加，他服用了过量的减胃酸药物，外加多剂量的消食药"我可舒适"。他的血压升得如此高，以至于心脏每跳动一次他都能感到血液从脖子中流过，在他的大脑内和周围产生回响。如果中风了，他会死吗？或者是变成植物人？他的身体证明心理控制着肉体，为了那些钱值得这样做吗？但是现在木已成舟，再去考虑已完全没有任何意义。

几乎可以肯定，是查尔斯·奈特对棚屋里谢夫莱特的机器动了手脚，他目前依然逍遥法外。鲁伯特从几内亚来到这里，在白天，他发现了查尔斯作案的证据。在远离棚屋的地方，他找到了从铰链上断裂的机器门，门把手上还缠着一根绳子。谢夫莱特双脚都被截肢了，棚屋里到处都是靴子留下的泥泞脚印。有证据表明之前有辆车就藏在小路附近，上面盖满了棕榈叶。现在一切都更清晰地浮现在眼前，必须尽快把查尔斯·奈特除掉。

至少他认为奈特还没发现装有弹药和武器的集装箱。

如果奈特说出了胶体注射器的消息，看到了斯摩德霍夫在棚屋里看到的无数闪光，假设他还拍了照片，那么这只被炒作的股票可能会在最糟糕的时间，也就是在销售高峰时遭到最致命的打击。当然他们也可以给予回击，把查尔斯捏造成一个糟糕的角色，拼命挽回一次愚蠢的空头。但是斯摩德霍夫现在已经没有精力来应对这件事了，或者他从未有过。此刻的形势就像是被热空气充斥的泡泡在不断地寻找大头针，随时都可能爆炸。即便奈特发现 B-F 造假的传闻也可能在市场上引发一场完全理性却最不合时宜的恐慌，这将减少他们的收益，同时引起很多问题，不可思议的是不断下跌的股价会引起当局的关注。

他还有一个可以提高股价的策略，这个策略可是让他煞费苦心。他一直在策划组织，计划用它来应对自己兜售股票带来的股价下跌的压力，如果奈特不再找事的话这招会很管用。

回到加拿大后，他找到的关于奈特的消息几乎都不可靠。查尔斯·奈特是个常用的名字，有一个和他年纪相仿且重名的音乐会钢琴师，另一个是可口可乐瓶装厂的合伙人，第三个是一家互联网域名经纪公司的创始人，还有很多也跟他毫不相干。没有一个人看起来像这个在非洲游荡的孩子，他掀开了一个特殊机器的盖子，同时也发现了一家特别的勘探公司。

在晚宴结束后，他给哈里打了电话。

"是，怎么了？"尽管他刚从熟睡中醒来，声音粗哑又含混不清，但听上去就好像是他在隔壁一样。

"我找不到任何关于奈特的信息，采矿业没有他的踪迹，他也不是记者，没有人听说过他，他看起来也不像是政府特工。"

"好吧，"此刻他的大脑几乎还未恢复清醒，"接下来怎么办？"

"你认为桑巴角酒店的经理在保护他，看看从他那里能不能得到更多信息。"

"我会找他的。"

"哈里？"

沉默片刻后，哈里说："我在听。"他的语气波澜不惊。

"看看赞德·温是不是还在冈瓦纳，他们的关系可能比我们想得要好。鲁伯特认为弄坏胶体注射器的不止一个人，即使他没参与其中，这个老家伙也可能知道些什么。"

"这是个办法，他好像在这方面有经验，我会试试的。"

斯摩德霍夫发现自己在模仿很久很久之前看到过的电影台词。"没有试试这一说，要么做要么不做。"停顿片刻后他接着说道，"这可关系到几十亿美元呢，几十亿啊。"

"目前我只得到了几百万。"

"几百万也不错，它可以让你免除牢狱之灾。"

"去睡一觉吧，斯摩德霍夫，以后我一定会尽我所能。"

斯摩德霍夫疲惫的大脑在急速运转，他根本睡不着，无奈之下他吃了两片不同的安眠药，然后躺在床上，瞪大眼盯着几乎没有任何光亮的

第三十章 纽约和多伦多

天花板。他几乎是凭一己之力将 B-F 公司从一无所有带到今天这个位置，他或许配不上年度最佳勘探者的荣誉，但是他应该得到某种奖励。也许有一天他会写本书，在一些无可动摇的事实上增加一些柔和的棱角。但是眼下，他要考虑的是如何阻止奈特和他可能泄露的信息，他怎么能阻止一个自己一无所知的人呢？

他在脑子里列了一张任务清单，有太多的事情要做。

他焦虑的大脑越是想这个问题，他就越觉得这不只是奈特是否会泄密的问题，而是他根本就不喜欢这个人。在营地的时候，第一眼看见奈特，他就本能地产生反感，就像一条狗或一匹马看到同类就会讨厌一样，这种厌恶是发自内心的，未经理性思考的。四周一片漆黑，他躺在床上，这时候奇怪的事情发生了，他越是意识到自己憎恨奈特，他的思想反而变得越平静集中。如果事情变得很糟糕，那是奈特的问题，而不应该怪罪自己。有了这个让人平静的想法，他的意识放松下来，在安眠药的作用下他睡着了。

他的意识时断时续，中间偶尔陷入转瞬即逝的梦境。在梦里迫在眉睫的现实与毫无意义的幻想糅合在一起，他在这种破碎的梦境下完成了任务清单。他用巨大的棉花糖封锁了冈瓦纳港口，因此伯克公司的运输船无法靠岸。他提醒哈里转移弹药和武器，包括光子鱼雷和移相器。他的胳膊和腿变成了翅膀，飞过冈瓦纳炎热的天空，避开乌云，红色的风从耳边呼啸而过。最后他完全陷入睡眠状态，此刻他失去了理性，和现实不再有任何关联。

第三十一章

圣地亚哥与亚当斯敦

施普林格对萨拜娜说："查尔斯明天就到，我觉得你肯定会喜欢上他的。"

萨拜娜原本还担心查尔斯·奈特再过几个礼拜才会回来，看来情况比她预计得要乐观。她再也不想听这位爱说大话的骑师喋喋不休地讨论"正直"二字了。

"他现在人在纽约，坐晚班飞机回来。"

萨拜娜娴熟地装出一副感同身受的模样："我讨厌坐红眼航班，奈特先生一定会累到虚脱的。"

"我和奈特明天上午碰面，他从一线带来了一手情报。你到时候可以来旁听，应该能学到不少东西。"

"哇，我很期待！"

施普林格说："等着瞧吧，我觉得他手里肯定有我们都感兴趣的东西。"

"具体指什么呢？"

施普林格解释说："查尔斯到我们公司任职之前就已经抢占先机，

买入了 B-F 勘探公司的股票，他现在已经是原始股东之一了，等我们觉察到这个投资机遇的时候，已经是几个月之后了。"

"你能说得再清楚一点吗？"萨拜娜一头雾水。

"我的意思是，一切都已经来不及了。和股神巴菲特——这位格雷厄姆-多德式（Graham-Dodd）的投资者买入的股票完全不同，勘矿业的股票是投资界最不稳定的股票，这也就是股民为什么都会选择初级矿业公司投资的缘故。这个行业的股价有时候会在短短几年时间内上涨 1000%，然后会在极短的时间内骤降 95%，跌速非常快。一些个股的价格会上涨 100 倍甚至更多，但绝大多数个股的下场就是亏得一分也不剩。虽然垃圾堆里也有可能埋着宝石，但那毕竟是少数人的好运气，绝大多数投资者在投资勘探公司股票的时候都会赔钱。这就是初创企业的特点，到头来几乎所有的小公司最终都关门大吉。"

"照你这么说，看来很多人到最后都会气急败坏吧？"

"并非如此。他们会把这次投资当成一场赌局，亏损的资产无非等同于下错了赌注。当一切都尘埃落定的时候，这些股东们早就把他们最初的乐观预期和提前退休的计划忘得一干二净。他们已经把这笔钱一笔勾销了，甚至还会庆幸这次资本损失能够掩盖他们在其他领域的一些收益。没有人会成为众矢之的，毕竟股民们不懂管理内幕；也没有人会气急败坏，投资者只会认为是自己的运气不行，或是将失败归咎于整个股市的不景气。在整个投资中，他们刚尝到一丁点甜头，就开始做起了不切实际的梦。"

"B-F 勘探公司有什么特殊之处吗？你为什么说我们错失机遇了呢？"萨拜娜故意用了"我们"这个词，想借此博得施普林格的好感。

"现如今 B-F 公司每股股价已经超过了 260 美元，总市值超过 60 亿

366

美元。这个巨大的数额在勘矿业是首屈一指的，真是前所未有的局面！而且他们已经和伯克公司达成了协议，矿山将在一年内开工建设，大约在未来的三到四年间投入生产。"他顿了顿，而后话锋一转，"不过也可能建不成。"

"建不成？"

"查尔斯在电话里跟我说，他和 B-F 公司为我们准备了一场精彩的演出。查尔斯太了解我了，他知道我现在根本不想买这只股票，尤其是经过这样一番暴涨后，我就更没兴趣了。所以，我觉得他的言外之意是：事态可能朝着相反的方向发展。"

"你的意思是，他认为股价会暴跌？"

"明天上午我们就会知道了，这出好戏可能很快就会落下帷幕。当前的股价是260美元，而且还在继续攀升，现在正是分割股份的好时机。不论是股票基本面还是股票市值都没有发生变化，但是分股会让股价看起来更便宜，这可能会引来新一轮的投资者，他们觉得自己捡了个大便宜。所以，过早做空这种股票可能会让你赔得倾家荡产。"

"听上去他很像在自欺欺人。"萨拜娜在尚未博得施普林格好感的时候就早早袒露了这种消极的观点，虽然她知道这不是一种明智的做法，但她还是没能克制住自己。她打心底里不喜欢奈特这个人，所以她不愿意放弃任何一个碾压其傲气的机会。

"可能吧。"施普林格淡淡回应道。

临走之前，施普林格给她下达了第一个任务：调查硅谷的一家软件初创公司，Zixox。萨拜娜花了一整晚来整合全部信息，得知这家公司正在寻找新的投资方。而 Zixox 公司的创始人除了雾件以外，并未研制出任何新产品。现在他们正准备研制一批虚拟机械工具，把它们卖给电

第三十一章 圣地亚哥与亚当斯敦

子游戏玩家，换取真正的货币。玩家们沉迷于这个热门游戏，他们在游戏中比赛建造虚拟工厂，为了获得领先地位，不惜抛掷真金白银购买虚拟工具。针对玩家的这种心理，Zixox 公司在商业计划书中极尽详细地描述了那些只存在于玩家电脑屏幕上的幻影工具的功率、重量、特征、颜色和使用寿命，他们对那些愿意花钱购买虚拟商品的玩家抱有极高的期望。整件事看起来荒唐透顶，但萨拜娜却觉得很有意思，在这个充斥着白痴的世界里，再荒谬的事情都有可能会发生，Zixox 公司可能会靠着兜售虚拟产品获得数十亿美元的市值。

在完成了 Zixox 公司的调研报告之后，萨拜娜就马不停蹄地调查起了伯克国际矿业公司和 B-F 勘探公司，而这两家公司的业务跟网络游戏可谓是毫不相干。

萨拜娜很快把注意力集中在了首席地质学家丹·斯摩德霍夫身上。她看到一张几个小时前刚发布的照片，得知斯摩德霍夫正在多伦多一家豪华酒店里举办的矿业大会上领奖。他是一位很有活力的野外地质学家，眼睛上方缠着绷带，似乎是为了遮盖伤口。他身着一袭燕尾服，神似詹姆斯·邦德，整个人魅力四射，而且他将变得非常富有。而这一切正中萨拜娜下怀。随着萨拜娜对他的了解愈发深入，她调查 B-F 公司的初衷不再是陌生的查尔斯·奈特，而变成了素未谋面的丹·斯摩德霍夫。如果他像大多数男人一样易于掌控，那么她可能会把他纳入她的长期计划之中。

她发现自己又陷入了那个两难选择：金钱与权力，究竟哪一个更具决定性作用？金钱可以赋予她权力，但权力也可以让她获得财富，两者具有互换性。现阶段，较之于权力，金钱更加唾手可得。她的思绪已经飘到斯摩德霍夫的财富上——她沉浸在白日梦中，考虑着该如何把梦想变成现实。

　　关键就在于想办法把自己变成一个对他有价值的人，然后才能让他成为自己的靠山。萨拜娜认为当务之急是要引起他的注意，只有这样他才会为她敞开大门。只要二人产生交集，她那年轻的身体，还有狡猾的头脑和迷人的魅力，剩下的一切都会水到渠成。当然，除了她以外，还有很多女人都在觊觎这位新晋的亿万富翁。

　　她必须要找到一扇通往斯摩德霍夫世界的大门。

　　当大门打开时，她要确保自己可以畅行无阻。

*　　　*　　　*

　　"伊米尔先生，我有一个不情之请。"哈里的语气很是正式。

　　"好的，请跟我来。"这位秃顶的黎巴嫩酒店老板会意，带着哈里踏上一段楼梯，穿过一扇双开门，走进一家餐馆，这家餐馆的左边是一家酒吧。他指了指一张小沙发和它旁边的椅子，示意哈里坐过去。"约瑟夫，给这位先生端杯酒来。"

　　酒保闻声放下手头的事，径直走到哈里面前。

　　"给我来一杯冰镇的俱乐部啤酒，要大杯的。"哈里很快就点完单，因为冈瓦纳国内就只提供这一种啤酒。如果说有哪家企业可以排除一切不利的因素而在一个第三世界国家蓬勃发展，那它一定是啤酒厂。因为第三世界国家对啤酒的需求量是稳定的、无法抑制的，而且啤酒的利润率很高。哈里有一种强烈的念头：等他把手里的 B-F 股票套现之后，就立刻在莫桑比克的海滩上开一家小型啤酒厂。到时候，这家沙滩酒厂会给哈里带来源源不断的收入：这里气候宜人、美女如云；退役士兵聚集

第三十一章　圣地亚哥与亚当斯敦

于此，与战友回忆战争往事。它不仅仅是一个沙滩酒吧，更是一个得天独厚的社交场所。

伊米尔简直是热情好客的化身："我可以请您吃午饭吗？当然，这是我们酒店赠送的，不收钱。"

这家黎巴嫩酒店从什么时候开始为散客提供免费餐饮了？也许伊米尔已经意识到哈里要让他做一些为难的事情了。

"吃饭就不必了，不过还是谢谢您，伊米尔先生。"哈里不愿再兜圈子了，"我之前跟您提到过，我的朋友奈特先生至今下落不明，我很担心他的安危。他也许在您的酒店里留下了什么物品，我想这能帮我们尽快确认他有没有遇到什么危险。话说，他留下什么东西了吗？"

"恐怕没留下什么东西，只有一个装满衣服的手提箱。"

哈里点点头，提出了自己的请求："我想看看那个箱子。"

"这恐怕不太合适，您叫什么名字来着？"

"迪特里希·朋霍费尔。"这是哈里的另一个化名，它原本是一位德国神学家的名字，这位神学家解决问题的手段与哈里的方法大相径庭。但是哈里却沉醉于这个化名自带的扭曲本质，这种微妙的诙谐感使他乐在其中。这是一个鲜有幽默的国家，人们只能靠自己寻找乐趣。

"哦对，朋霍弗尔先生。我现在记起来了。但恐怕我不能把其他客人的私人物品给您。"

"伊米尔先生，这对我来说非常重要。如果您能让我检查一下他留下来的东西，我可以给您一大笔钱。这真的关系到我朋友的生命安危。"

"我知道，我相信您。"伊米尔站了起来，"朋霍弗尔先生，失陪了，这顿饭是我请您的，您可以吃完再走，我谨代表我们酒店祝您用餐愉快。"说罢，他就转身准备离开。

哈里还没有来得及说出钱的数额，就吃了闭门羹，他很是恼火，但奈何伊米尔的态度很坚决，他也无计可施。于是，他也起身跟着这位酒店老板走出了旋转门，来到了一条空寂的走廊。当伊米尔刚要下楼时，哈里追上了他。这里没有其他人，身材魁梧的哈里比伊米尔强壮太多了，他轻而易举地抓住这位酒店老板的衣领，把他从楼梯上拖了回来。哈里用另一只手捂住他的嘴，用力把他推到墙上，给他来了一拳，打得他下巴脱臼、满嘴流血、意识全无。哈里并非想要置他于死地，所以并未下死手。

　　他拖着晕厥的伊米尔穿过另一扇门，沿着走廊来到了一间密室。

　　"现在，把你知道的一切统统告诉我。"哈里露出暴戾冷酷的本性，他把男人的手指反向弯折，一根一根地把它们慢慢折断。他用另一只手狠狠捂住身下这人的嘴巴，堵住了那不由自主发出来的尖叫声，恶狠狠地问道："你到底知道些什么！告诉我，伊米尔！"

　　朋友都称赞伊米尔是个温柔平和的男人，即使他在战乱频发的非洲度过了大半生，也没有对当下发生的事情做好充分的准备。为了活命，他交出了奈特的电脑，还向哈里坦白了查尔斯·奈特从美国给他打电话的事情。

　　哈里并不打算真的伤害伊米尔，但为了保险起见，他选择了保持沉默。哈里最后那一拳打得伊米尔昏迷了两天多才醒过来。所以，哈里靠着恩威并施的策略，圆满完成了当天的第一项任务。

第三十一章　圣地亚哥与亚当斯敦

第三十二章

足球与股票

赞德臀部的疼痛感不仅没有消退，甚至比刚受伤的时候更加严重了。保持伤口的清洁是一件棘手的事情，而他眼下还要应付其他的麻烦事：他要徒步穿过伤寒杆菌肆虐的沼泽地，不仅要随时拍打靠近的昆虫，还要扯下那些悄无声息钻到他衣服下面的水蛭。这些水蛭便是他深入此地探索必须付出的代价之一。见鬼！说不定水蛭还能帮他清理伤口。如果水蛭不起作用，那么也许蛆虫会帮他疗伤。几千年之前，蠕虫和苍蝇幼虫就已经被应用到疾病治疗之中，而近些年来这些古老的偏方有卷土重来之势。

没过多久，叛军可能集合的大致地点已被锁定，因为叛军选址的首要因素便是距离：集合地点要足够靠近村落，这样能保证他们在行动初期尽快攻占班加西奥奎尔村。显而易见，最合适的集结地点就是几内亚。几内亚的国境线与 B-F 公司金矿的所在地距离不过几英里。此外，几内亚的边境地带布满了原始灌木丛，人迹罕至。一条阴沉沉的小径从距离最近的城镇中伸出来，连绵 40 英里，通向北方。小路横穿过 50 万英亩的荒野，其中大部分区域都被划为国家森林保护区——在近些年爆发的战争中，这片土地成了侵略者的自由射击区。

赞德之所以能在这么短的时间内找到这个隐蔽的集合点，离不开他从外界获得的帮助。赞德在空中安排了专业的侦察设备，而关联设备的卫星总站就隐藏在这个外表看起来像足球营地的地方。查尔斯的朋友——那两个年轻的男孩，到时候会在营地里面接应他们。

或许外人真的会相信这里只是个足球训练营，因为赞德的那位"朋友"不仅不能讲话，也无法直接控制卫星，因此，这个足球训练营是一个视觉盲区，里面的动向没人能察觉。此外，足球训练营的名头也能很好地掩盖这里秘密训练的叛军的行踪。

要想抵达营地，只有开车这一种途径。联合国把此地强制划为了禁飞区，除了政治家和某些非政府组织之外，禁止任何人在此地乘坐私人飞机。赞德别无他选，只能再次发动 TJ 的 SUV 汽车。旅途的劳累令他心力交瘁，但是一想到斯坦利、贝克以及理查德·伯顿（他最喜欢的探险家）在 19 世纪中期所经历的冒险之旅，赞德又重新燃起斗志。这群探险家徒行数月，冒着受伤的风险在无人区的灌木丛中艰难行进。在探险途中，他们还不幸患上了不止一种热带疾病。

然而，在当前的环境下，比忍着臀部的酸痛赶路更为糟糕的，就是坐在臀部的伤口上，在这条 50 年未经整修的颠簸道路上驾驶数百英里。

这是一条崎岖的土路，一直延伸到十几英里外几内亚境内的灌木丛深处。赞德觉得自己当初不该贸然把兄弟二人放在这条崎岖的土路上，二人可能会因此走向万劫不复之地。毕竟不论是这条路的名字还是实际路况，都堪称一条人迹罕至之路，最近很长一段时间都没有人来过这里，它不再是一条只为入侵者提供便利的小路了。赞德心知肚明，这里就是他按照卫星图像找到的地方，应该就是这里了。

第三十二章 足球与股票

赞德继续往北开了一段路，发现一处合适的藏车地点，于是他用棕榈叶和尘土掩盖车身，尽量让它不被发现。现在距离他藏车的时间已经过去了两个小时，赞德发觉似乎有东西在啮噬着他那浸满沼泽泥浆的绷带，甚至还试图在他的肌肉中产卵。他低头一看，看到一条麦地那龙线虫——它正从赞德脚踝的皮肤组织下探出头来，看来这条虫子的绝大部分已经钻到了他体内，他每天必须把虫身往外扯出一厘米，若要把这一整根将近一米长、还长着牙齿的"意大利面"从体内尽数拽出，则需要花费数天时间。

这条虫子并非来自沼泽地里的泥水，而是来自饮用水。虫子倒未引起他的恐慌，他更担心的是惊扰到潜伏在附近的蛇。于是，他富有规律地敲打着手杖，这样一来，任何在附近休息的蛇都会感受到威胁到信号，从而逃之夭夭。毕竟，他最不想遇到的事情就是被一条加蓬毒蛇用尖锐的牙齿咬到双腿。

他用最快的速度爬出沼泽地，马不停蹄地沿着这条路穿过灌木丛。这条路危机四伏，他必须尽快逃离此地。虽然他能听到车辆驶来的声音，但是听不到脚步声。那些年轻力壮的追踪者是否已经赤着双脚紧随其后了？赞德不得而知。

所以，他必须沿着这条小路全力奔跑，小心翼翼地绕开灌木丛，还得时不时迅速低头潜行。其间，赞德偶遇一堵无法穿过的"墙"——这是由一些错乱生长的树木缠绕而成。此处的丛林通常并不厚密，因为高大的棕榈树挡住了阳光，所以这里大多数的灌木长势并不旺盛，也很少形成这种错乱缠绕的景象。他抬头看了看树冠，不知道此刻正有多少条绿色曼巴蛇和眼镜蛇匍匐在树上，想要在长长的棕榈叶的掩盖下从一棵树爬到另一棵树上，而在这个过程中很可能会有蛇不慎掉到他的脖子上。赞德真是恨透了蛇。

他用弯刀砍断了这些令人讨厌的竹子，断竹的边缘锋利无比，化为攻击入侵者的经典利器：这些削尖的竹子隐匿于丛林之中，很难被人察觉，而那些企图穿越这片热带世界的徒步旅行者、动物或入侵的军队一不小心就会被竹锋刺伤。

赞德已经在这片丛林中徒步跋涉了两个小时，但他永远也不确定自己是不是走对了方向，甚至不知道自己要去的那个地点是否真正存在。他手中关于叛军蓄意谋反的证据也只不过是几个装满弹药的集装箱和那个推测出来的理论：对于 B-F 公司的骗子来说，眼下发动一场革命再有利不过了。虽然证据看似确凿，但他仍旧疑虑重重。说不定那些集装箱只是之前的战争留下的遗物，而 B-F 公司的领导者恰好又是一群蠢人，根本不知道如何从这场巨大骗局中金蝉脱壳。说不定他们现在已经乱作一团，一心想要阻止与伯克公司的这场交易，从而推迟事情败露的时间。说不定他要找的那个地方就是一个纯粹的足球训练营，当初那群传教士之所以要把训练营建在这个偏僻之地，初衷只是帮助青年人远离城市中的罪恶。

他挥舞着手中的弯刀，在厚密的林墙中为自己开辟了一条道路，行至中途，他停下了手中的动作，侧耳倾听着从远处传来的人类声响。

赞德沿着小路继续前行，当他行至两座耸立的大山时，发现小路被拦腰截断了。此刻他只有两个选择：要么继续在路上停留，这样就会暴露自己的行踪；要么爬到左边的山上。赞德曾经听过一句古老的军事格言：在难以逾越的物理路障和轻而易举就能突破的人为障碍之间，要选择前者。它虽然荒无人烟，却在人们的掌控范围之内。于是，赞德选择了那座山，他用了好几分钟才爬了上去。

第三十二章 足球与股票

一块香肠形状的黑色巨石矗立在山顶上，下面的山体是软质岩石。巨石近乎垂直地耸立着，甚至在侵蚀作用最明显的岩石底部也能够保持这种角度。一根粗绳从山顶悬垂而下，赞德用力拽住了它，感觉很结实。他打算借助这根绳子爬完最后 50 英尺，但光秃秃的山顶使他意识到：他现在不能站直身子，否则下面的人就会发现他。

于是，他小心翼翼地爬到山顶，腹部紧贴着那块圆润光滑的黑色岩石，向下望去，想要一探究竟。

在炎炎烈日下，这块黑色巨岩尽数吸收了所有的太阳光，岩身宛若一柄煎锅，灼热无比。赞德身体紧贴着这块炽热的岩石，缓缓地挪动着，直到那个足球训练营出现在他的视野之中。山脚下停着 20 多辆车，现在他甚至可以直接向下面吐口水。赞德注意到，在一处不大的山谷中部挤满了人，还扎着密密麻麻的帐篷。在泥泞的足球场上，踢球的球员和观战的观众多达数百人，都是清一色的年轻男子。这里真的只是一个简单的足球训练营吗？表面上看起来确实如此，但山脚下那些看起来很像军事运输车和油罐车的车辆却在告诉赞德——事情并非表面上看起来这么简单。

赞德依旧紧贴着岩体，沿着刚才爬上来的路线匍匐下山。他偷偷绕过这座山，直到营地再一次出现在他的视线里。

他躲在灌木丛旁边，借助他的小双筒望远镜暗中观察。只见一群成年男性和一些男孩围成一圈坐在那里，这群人在仔细研究放在他们膝盖上的物品，但是赞德却看不清楚那是什么。

其中一个男人暂停了他的研究，赞德这才看清那件物品的形状——很明显，这是一把经典的 AK-47 突击步枪，而且已经上了膛。

营地边缘，成堆的棕榈叶在焖烧，缓慢的燃烧速度可以让它们脱

投机者

水，从而变成赤道各国广泛使用的木炭。对于来自西方世界的人来说，这堆烧焦的棕榈叶看起来就像是微焦的植物碎片，毫无实际用途；而对于冈瓦纳人来说，棕榈叶制成的木炭是他们烧火做饭的主要燃料。此刻没有微风，浓烟消散不去，远处的赞德也因此闻到了熟悉的木炭味道。

赞德隐在薄雾之中，数了一下对方成年男性的人数。他在这堆人中寻觅赛伊和尼亚恩的身影，但他知道的唯一信息就是他们坐在一辆黑色汽车的后座上，况且他也无法隔着这么远认出他们，即使再靠近一些，他也不能确保自己一定会找出兄弟二人。这里总共有一千多个人，找出兄弟俩无异于大海捞针。

凭借细致的观察，赞德大致摸清了这个足球训练营的布局：一顶指挥帐篷、一顶用作食堂的帐篷还有一顶戒备森严的补给帐篷。在营地的南侧，还搭了一顶诊所帐篷。营地边缘有很多露天厕所，中间还挖了一口井。一些男人砍倒周围的树，并把它们拖回营地。足球比赛仍在进行，欢呼声依旧此起彼伏。周围丛林中不时传来的枪声触发了不和谐的音符，但足球场上的人们却浑然不觉。

夜幕即将降临，而疟疾的传播者——按蚊会在天黑之后出来活动。如果赞德现在原路返回的话，不到两个小时就能回到那辆 SUV 车上。

临走之前，他最后看了营地一眼。就在这时，一个白人从那顶指挥帐篷中走出来，身后还跟着四个白人。这些身形沉重的男人虽已不再年轻，但他们身形笔挺，颇有军人的风姿。这四个白人两两朝着相反的方向走去，但领头的白人依旧站在原地，凝望着营地。赞德举起他的双筒望远镜，远远地对准那个男人的脸。男人缓缓地抬起眼睛，看到了赞德。随后，这个男人径直走向了他。

第三十二章 足球与股票

与约翰·约翰结束谈话后，鲁伯特比以往任何时候都要失望。这个男人是一所真正的恶习收藏馆，他本人站在了童子军美德的对立面——口是心非、背信弃义、苛求他人、仇视外界、脾气暴躁、卑劣刻薄、渴慕权力、做派下流、挥霍无度、莽撞无礼。他还有吸食毒品的嗜好，经常吸食海洛因，偶尔也会吸食可卡因。恶习加身的他成了一个阴晴不定之人。而且，只要他恰如其分地将这些恶毒品质发泄到合适的受害人身上，就能在短期内得到他想要的那个结果。而这一点恰好符合莎士比亚在作品中塑造的恶人形象。

鲁伯特离开帐篷的时候，看到弗洛莫正对约翰·约翰低声耳语，但听不清二人谈话的内容。弗洛莫是一个品行卑劣的小伊阿古，鲁伯特永远也搞不懂他究竟是用何种方式进一步扭曲了约翰·约翰的心灵。这个毒如蛇蝎的小人可能会激化约翰·约翰与生俱来的偏执本性，说不定哪一天鲁伯特在睡梦中就被他杀死了。

这里的每一天都是危机重重。斯摩德霍夫坚称，再过 9 天，伯克公司派出的第一支勘探队就会如期抵达。然而，斯摩德霍夫却不是那个坐在定时炸弹上的人，尽管在过去的几个月里，他一直要求别人不要出售B-F 公司的任何股票，但他现在却不动声色地将手中持有的数百万股股票尽数售出，虽然需要一定时间。鲁伯特只有 5 万股股票，他准备与他伦敦的代理人取得联系，授意他现在就把这些股票全部抛售出去，他还要把这件事告诉他的兄弟，让他也把自己的股票卖出去。这样一来，就算 B-F 公司真的破产了，他们至少能及时止损，不至于输得倾家荡产。

古德勒克·约翰逊曾对他说过，下周会有更多的股份进行交割，每次交割的数额都会高达1万股左右。古德勒克每周都会去足球训练营一次，还透露了一个细节：斯摩德霍夫为了笼络人心，他还把自己的一部分股份转让给了他的两名雇佣兵，从而能让他们在股价飙至峰值时还能竭力为他鞍前马后。斯摩德霍夫最终得逞了。因为按照当前的股价计算，下周接连五天的时间内，每天的市值都会升至250万美元，股票每天都会带来巨额收益，就算把冈瓦纳所有的银行洗劫一空，拿到手的财富也不足这只股票每日创收的十分之一。鲁伯特之前就料到了这个结果。哪怕股票结算金额高达250万美元的情况只能持续一天，也很难有人不为之心动。但这个唯利是图的疯子很可能会做出冒天下之大不韪的抉择，他对于杀人流血的渴望与日俱增。在罗得西亚战争期间，鲁伯特曾在冈瓦纳与赞比亚接壤的地界埋设地雷，相较于当时的惊心动魄，鲁伯特现在很是轻松。

与焦灼不安的鲁伯特不同，足球训练营里却呈现出一片安静祥和的景象。这个训练营已然成为一项重要资产，抑或是一个最具价值的想法。对于这群来自缺乏食物、娱乐和固定收入的家庭的男人和男孩来说，能够进入这个足球训练营让他们倍感荣幸。足球令他们身心愉悦，而严苛的军事训练则让他们有了奋斗的目标：他们感觉自己在学习一些用于提升个人地位的技能，所以倍加卖力。约翰·约翰颇具领导风范，他每天激励这群青年两次：一次是在午间的高强度演练上；另一次通常是在午餐盛会之后举行的礼拜仪式上。地球上最危险的生物莫过于一群睾酮旺盛的年轻男子，他们的危险系数甚至超过了霸王龙。这个营地里一共有2000人，然而他们所拥护的魅力领袖却是一个精神病患者。

鲁伯特看了一眼手表，还有一个小时，他那位远在伦敦的股票经纪人就要下班回家了。他望向远处的山峰和山上的巨石，做出了决定：他

379

现在就要走过去给他的经纪人打一通电话；晚些时候他还要再过去一趟，联系一下他的兄弟。

他环顾四周，确定狡诈的弗洛莫没有跟过来之后，他就动身出发了。

*　　*　　*

赞德透过双筒望远镜看到这名雇佣兵向他走来，经过最后一个足球场后，又沿着一条窄路朝着车辆调度场走去。这条小路仅容一人通行，掩映在肆意生长的野草之中。

在去往山峰的路上他一直在自言自语。也许他在用耳机与一众士兵进行联络呢？赞德否定了这个猜测。在他仔细观察这位雇佣兵的神色时，他也时刻警惕身后传来的一切可疑响动。据他观察，这名男子行走的步态和头部偏转的角度无一不透露出他的紧张与愤怒之情。

赞德大致预估了一下这名雇佣兵的行进路线。为了不被发现，他绕到山的背面，悄悄躲在荆棘和竹子交缠的丛林中，透过一处隐秘的缝隙仔细观察。几分钟后，这名雇佣兵的声音从上方山岩上传了下来：他一定在山上。他几乎是在声嘶力竭地吼叫，而他说的每一个字赞德都能听得清清楚楚。

"雷诺兹，你能听到我说话吗？……对，这里信号不好。我是鲁伯特·佩尔……鲁伯特·佩尔！……是的，没错……我需要你帮我查看一下我的股票投资组合……对，先不要挂，我等你回话。如果信号中断，我就再给你打过去……"

一分钟过去了，赞德纹丝未动。

"是的，没错。"这名雇佣兵对着电话那头背了一串数字：这或许是一个账户号码，又或是在向对方确认什么事项。"雷诺兹，我想让你帮忙把我手中的 B-F 股票全部抛售出去。对，所有的股票……按照股市价格卖出去。如果可以的话，你今天就可以着手做这件事了……下周会有更多 B-F 公司的股票转到我手中。我希望你能做到刚收到新股票就立刻抛售出去。只要我不让你停下，你就要一直重复这个过程……对，就是你想的那样……万分感谢。"

在接下来的十分钟里，赞德上方的岩石上一片寂静。那人还在吗？然而上面既没有噪声传来，也没有任何其他响动暗示那人还未离开。赞德只想知道这个雇佣兵在做什么，但他除了等待别无他选。不过可以确定的是，那人在山上待不了多久，他从岩石上爬下来的时候肯定会发出一些声音。

可是赞德左等右等，一直等到天色昏暗，也没听到任何动静。他再也按捺不住了，冒着被发现的风险，赞德顺着绳子小心翼翼地从岩石背面的藏身之处探出了头。他压低头颅，整个人像猫一样缓缓移动，他俯视着山下的弯道，没有发现雇佣兵的身影。于是他又缓缓爬回山顶，却依旧看不到任何人。他俯下身子，望着足球训练营，心中有了一个想法——也许这里是这个地区唯一能接收到手机信号的地方，所以那个雇佣兵才会来这里打电话。

为了验证这个猜测，他拨了一个号码，电话被接通了。

当他挂掉电话后，他听到不远处传来一阵年轻人的说笑声，而且声音愈发逼近，看来有人正沿着那条窄路朝他这个方向走来。于是，赞德又顺着绳子回到原来的藏身之处——他重新躲在那块巨大岩石背后茂密的丛林中，在日暮苍穹下最暗的阴影中蜷缩起来。

这里很快就会有大批的蚊子出没，而且他的屁股上还有伤。

第三十二章　足球与股票

第三十三章

蜘蛛遇见蚊蝇

上午十点钟，查尔斯终于从床上醒来，昨夜一回家，他倒头就睡，在红眼航班上，他并未合眼。

在圣地亚哥，他的房子高高耸立在洛马角上，向南可以俯瞰墨西哥，向东可以俯瞰圣地亚哥湾和北岛海军航空站。这里天空晴朗，四季宜人，气温常年维持在 72 华氏度。虽然美国的政治气候不适合他，但他所创造的财富可以帮他避开政客们可能对他产生的最坏影响。

七周之前，他才搬到这里，所以还没来得及装修，墙面光秃秃的，而他收藏的三幅油画依旧躺在箱子里睡大觉。到目前为止，他只用了几只红色的一次性塑料杯，在刚搬过来的那天晚上，他总共带了四筒这样的杯子。刚搬来的时候，他睡在一张光秃秃的床垫上，洗澡时连浴巾也没有，他抽了几张纸巾擦干身体。他既不擅长装修房屋，也不擅长做家务。尽管他已经去沃尔玛超市购入了包括亚麻家纺在内的基本生活用品，但这个空荡荡的家仍然缺少一个女主人——一个能帮助他把这间贫瘠住所变成温馨小家的人。他下意识地想到了卡罗琳。在跟随导航驱车前往位于炼金奇力公司的新办公室时，他也会时不时地想起她。卡罗琳的出现，让查尔斯对即将面对的事情多了几分警惕。

艾略特在会议室等待他。当查尔斯走进来的时候，视线自然而然地落在这位意料之外的新成员身上：一名在会议室的数百人中脱颖而出的女人。她身穿一件白色衬衫和一条卡其色的裤子，这条裤子简直就是为她量身定做的，衬托得她的身材更加修长。一头铂金色齐肩短发，干净利落，她脸型匀称，五官精致完美。她像是一件写实主义的艺术品，站在会议室里向他微笑。

他心中立刻涌起一种不舒服的感觉。

为什么会产生那样的感觉呢？第六感吗？

随着年龄的增长，他对第六感的理解也愈发深入。这种与生俱来的直觉是他日后斩获成功的关键因素：既能保护他免受伤害，又能定期帮助他寻找盟友。但就目前而言，它尚未成熟，在整个判断过程中，它只是一种不确定的心理暗示。

他怀疑今天左右他判断力的有两个因素。女人脸上快速浮现出的笑容便是其中之一，然而，她的眼神中却没有笑意。片刻过后，她的眼睛里才涌现出笑意。好像她的笑容是经过训练后自动生成的，而眼神中的愉悦则是她后来才意识到的要生成，不同步。不同于微笑的蛊惑性，她的眼神出卖了她心底的真实想法。

第二个因素或许就是她那摄人心魄的美貌，这令查尔斯感到很不自在。这个女人像是从时尚杂志的封面上走出来的女郎。在古代，她很可能就是那种从普罗大众中脱颖而出、被选进王宫里的公主或王后。就连她浑身散发出的香气也对他产生极大的诱惑力。她的美貌，她的芬芳，宛若惊鸿一瞥，将查尔斯永远定格在这一刻。

"你好，查尔斯，我是萨拜娜·德雷斯顿。"她用一种志在必得的语

第三十三章　蜘蛛遇见蚊蝇

气与查尔斯打招呼，旁若无人的姿态就像是与查尔斯在进行私人会谈。像是要把他看穿一般，她目不转睛地盯着查尔斯看了很久很久。

自从回国之后，除了莫里斯舅舅，查尔斯还没跟任何人产生过交集。是不是时差反应和旅途疲倦在作怪，才使得这个女人身上那种明晃晃的侵略性对他产生如此大的影响？又或是非洲大陆上那段短暂而又颠覆性的亲身经历给他造成了冲击，使他必须要花时间重新适应美国的"文化冲击"？

"很高兴认识你，萨拜娜。"查尔斯把目光从她身上移开，迅速瞥了一眼艾略特，越过桌子与他的上司握手，眼神中满是深意。

"查尔斯，不论你剃不剃头发，都欢迎你回来。很抱歉，我没有提前告诉你萨拜娜的事情。她是公司招来的新人，从某种意义上来说，她跟刚来公司时的你很相似，现在她是我的实验对象。可以说，你们两个人来自完全不一样的地方，所以，我很想看看你们两个人……如何……协同工作。"他原本想说"是否"，但终究还是换了个词语。

"我相信我们会配合得很完美。"萨拜娜插话道。

从萨拜娜说话的方式可以看出：除了工作之外，她对查尔斯应该另有所图。不管她有何种意图，查尔斯的身体已经起了生理反应。肾上腺素和睾酮的释放导致他的大脑供血不足，身体已经不受控制了。

查尔斯落座的时候，吞了一口唾沫。他晃了晃脑袋，想要把这件事情的来龙去脉搞清楚。卡罗琳的身影在他的脑海中一闪而过。这种闪现与性无关，也并非浪漫情思，他脑海中只有她的音容笑貌。想到这里，他突然站了起来。

"很抱歉，可否失陪一下？"

查尔斯推开会议室的大门，径直向盥洗室走去。他很清楚自己已经在这个女人和艾略特面前乱了方寸。他和艾略特都知道，引起这种慌乱的源头是萨拜娜。他用冷水反复冲洗面颊和头皮，放慢呼吸，他的大脑才逐渐恢复正常，控制住了他本能的生理反应。但是，如果他再次吸入她的气息，他会不会像一只昆虫一样重新对她那沁人心脾的弗洛蒙（pheromone）产生反应呢？他的理性能控制住他的生理本能吗？

就在这时，手机响了，他用湿漉漉的手在口袋中摸索着。这是一通从大洋彼岸打来的电话，话筒对面的声音让他暂时平静下来。

几分钟后，当他重返会议室时，艾略特和萨拜娜正在谈论一些无关紧要的事情。

"抱歉，我还要倒九个时区的时差。"他撒了一个谎。但是，既然大家对他离开的原因心知肚明，那他为什么还要对真相避而不谈呢？于是，他接着说道："当然，还因为你，萨拜娜小姐，你的美丽让我失了神。我从来没有见过像你这么漂亮的女人。"这句毫不造作的肺腑之言让查尔斯顿觉之前的自己又回来了。

说罢，他望向艾略特，艾略特得意扬扬地朝他笑了起来。他又看了看萨拜娜，顿时觉得坐在椅子上的她显得越来越渺小，越来越容易掌控。直率的恭维让萨拜娜·德雷斯顿这颗炸弹瞬间熄火，之前的气势荡然无存。三人之间的关系暂时恢复了平衡。

艾略特率先打破了尴尬的寂静："那么，我们继续刚才的话题吧。说说你在非洲的见闻吧，我很想听。你有什么意见也可以提出来。"

"首先，"查尔斯朝着萨拜娜说道，"我天生就是一个信任他人的人，所以你最好不要辜负我的信任。我要告诉你的事情可能听起来很戏剧化，但我绝对没有夸大其词，这是最高机密。除了我以外，没有人知道这个秘密。但你要知道，这是一个生死攸关的机密，一旦暴露，将会危及很多很多人的生命。你得向我保证，你会绝对守口如瓶，要不然我是不会说的。可以吗？"

"当然了，我一个字也不会说出去。"她的语气不再那么自信，眼神在凝视对方时也削减了几分坚毅。毫无疑问，现在的萨拜娜就像一枚熄火的炮弹，气焰不再。

"B-F公司股票昨日的收盘价是284美元，而原始股上市后的股票价格比它还要高。我认为，现在是做空这只股票的绝佳时机，更重要的一点是，现在更是买入看跌期权的大好时机，因为我相信B-F公司正在对岩芯进行盐析。"

艾略特重新坐了回去，淡淡地问道："怎么做？"

查尔斯解释道："我知道B-F公司此前就对岩芯进行了检测，他们委托两家完全独立的实验室分别对岩芯进行了两次以及三次的检测，而这两家实验室以检测结果准确而蜚声业界。我们不止一次地听到过这种赞誉。实验室委托个体矿物学家帮忙检测岩芯样本，其中就有两名彼此没有利益冲突的学者，而最终的检测结果证明了B-F公司纳米金沉积理论的可行性。但是没有任何证据表明他们把从别处拿来的沙金或磨碎的金条注入岩芯之中，也没有任何证据证明B-F公司用了不同寻常的盐析方法。从验证欺诈的角度来看，B-F公司是清白无罪的，是吧？但我有一些其他的证据。"查尔斯边说边把一些打印的照片递给了艾略特。

"据我所知，那些紫罗兰色的瓶子里含有胶体黄金（colloidal gold），这是B-F公司借助发电机驱动黄金电极产生的金属蒸汽电弧，在实验室里制造出来的。我觉得这些瓶子的液体里面一定含有原子金（atomic gold）。"

"你有对这些液体进行取样吗？"女人问道。

"没有。"他很想说他们能活着离开那座实验室就已经很幸运了。

艾略特把照片递给了萨拜娜，查尔斯又递给艾略特一些新的照片："照片上这台机器是一台压力锅，我也想不到什么更好的名字了。它里面装满了最新开采出来的岩芯，还有瓶子里的那种液体，只要给它足够的压力，机器的门就会自动开启。可是如果我们在一个不合适的时间把门打开，它就会自毁，而且会炸掉它所在的那间实验室。"

艾略特笑了，语气中带着疑惑："如果机器炸了，我们是不是可以想当然地认为跟你有关？"

"如果真有那么一天，这个猜测一定不会出错。"

萨拜娜身上的香气再次袭来，他索性闭上眼睛，以防再次产生生理反应。

她又问道："这种机器的工作原理是什么？"

"刚从地下开采出来的岩芯通常带有水分。这台大型机器在真空室和压力室之间交替运作。我觉得 B-F 公司的那些人会先把这些岩芯暴露在真空环境中，从而蒸发掉岩芯自带的绝大多数水分。然后他们会加大舱内压力，把瓶内的饱和金水注入岩芯之中。这样一来，岩芯所有孔隙里面都注入了胶体黄金。随后，这批岩芯会在真空环境下重新蒸干水分，等水分挥发殆尽之后，那些胶体金就会以纳米粒子的形式沉积在岩芯中。随后，他们会根据需要反复重复这个过程，最终得到他们想要的金矿含量。大多数岩芯都是高孔隙度的粉质石灰岩和砾岩，为胶体金提供了充足的沉积空间，所以 B-F 公司的那些人可以通过操纵整个过程的次数来自行控制岩芯的含金量，从而生产出最终的高品质金矿。我觉得这就是为什么他们的金矿品质不断升高的原因。"

"那真是一种独特的方法。"艾略特说道。

第三十三章　蜘蛛遇见蚊蝇

萨拜娜疑惑地问道:"你确定那台机器真的能做到这些吗?"

"我猜他们有可能正在进行某些与这个骗局毫不相关的实验,但我不能完全打包票。但是,他们为什么要在丛林深处开展科学实验呢?毕竟那里的环境那么恶劣。"

女人打断了他:"那个地方不是有很多金子吗?"

"西非的很多国家都有金矿,加纳的黄金储备尤为丰富。冈瓦纳大陆南部的周边地区就分布着大量的沙金,但母矿位置还没有查明。冈瓦纳的北部地区也可能储藏着黄金,班加西奥奎尔村就是一个金矿所在地,B-F 公司的矿井就建在这个村子里。我去现场勘察时,从金矿储量最丰富的地层中采集了一些岩石样本,昨天我把这些样本送去检测了。"他递给施普林格一张纸,"我委托加利福尼亚的实验室帮我检测岩心样本,结果应该很快就能出来。这个结果就算不跟 B-F 公司的岩芯检测结果完全雷同,至少也会极为相似,但前提是 B-F 公司提供的结果是真实的。这是我手里面唯一能拿得出来的证据。"

萨拜娜点了点头:"所以你的意思是说,整件事可能就是一个骗局?"

"我觉得就是这样。某些区域可能会埋着一些金矿,这也说不定。但如果我无意间撞见的那台机器真的在给岩芯注入黄金,那么班加西奥奎尔村就完全不是 B-F 公司所宣传的那样了。"

艾略特摇摇头:"我也搞不懂了,查尔斯,这里面还有太多的不确定性。比方说,如果这台机器真的只是他们用来盐析的机器呢?如果他们真的在诈骗,他们又是有什么底气觉得自己能逃脱惩罚呢?"

查尔斯望着斯普林格,然后看了一眼萨拜娜。他再次决定与会议室里这位美艳女郎正面交锋:"萨拜娜,你可否暂时回避一下?我想跟艾略特单独谈谈。"

施普林格见状，向起身意欲离开的萨拜娜点头示意。这两个男人都没有注意到她的笑容变成了近乎暴躁的表情。

待大门合上之后，查尔斯才解释道："抱歉，艾略特，我不了解萨拜娜，所以我不能冒险。接下来我要告诉你的事情，不想被第三个人听到。我想你应该认识赞德·温吧？"

"赞德啊！我当然认识他！我过去跟他一起喝酒的时候，他经常把我喝趴下。"

"我在班加西奥奎尔村见到他了。"

"这也太巧了！那个野人现在怎么样了？"

"现在还是有些蓬头垢面。我跟他在冈瓦纳到处搜寻证据，我们在B-F实验室里那台机器附近的集装箱里发现了上千支步枪还有至少100万发弹药。"

"听起来他们是准备保住那1000亿美元的股份了。"

"也许吧。但是武器不在班加西奥奎尔村，而在距离村子一个多小时路程远的另一个地点。B-F公司没有那种能携带20支枪的猛士，更不用说一下子携带上千支枪了。如果B-F公司真的是个大骗子，那么他们现在做的事情更有可能是在掩盖他们的行踪。我们怀疑B-F想要故意煽动一场革命，从而阻止伯克公司去冈瓦纳钻探岩芯。"

艾略特盯着查尔斯看了一会儿："这也太荒唐了。为了钱就要发动一场战争？"

查尔斯也望着艾略特，无须多言，他此刻的表情已经说明了一切，但他还是开口道："艾略特，要知道，大千世界，无奇不有。"

"好吧，我被你搞糊涂了。"艾略特坦言道，"但这个做法真的很无

第三十三章　蜘蛛遇见蚊蝇

耻，你不觉得吗？你还有其他证据吗？"

"有。刚才我离开会议室之后，接到了赞德给我打来的电话。他说他发现了一个叛军营地，里面有 2000 名士兵。那个营地与 B-F 公司的地盘有 14 英里的直线距离，就在几内亚的边境线附近。营地里有一群雇佣军在训练这群士兵。"

"查尔斯，听你这么说，我觉得 B-F 公司只是想要找一个秘密基地来囤积枪支弹药，跟发动叛乱毫无关系，你觉得呢？"

"如果他们不在营地里安插那么多人手，我也就不会怀疑他们了。更确切地说，B-F 公司会为叛军提供武器。"

斯普林格摇了摇头："查尔斯，不管怎么说，这些都只是间接证据。你觉得这支军队做好发动叛乱的准备了吗？"

他话音刚落，查尔斯便自信满满地回应道："当然。就在我们说话的时候，营地里的一名雇佣军负责人正在慌乱地抛售他手中所有的 B-F 公司的股份。"

此刻，疑惑的表情在艾略特的脸上已经荡然无存。

查尔斯像往常一样笑意盈盈地看着他，此刻他的笑容更为灿烂："现在你应该明白了。"

*　　*　　*

弗兰克·格雷夫斯之所以加入税务署——那里的工作人员喜欢这样称呼它，是因为他认为自己别无他选。他身上本就背负着大学时代的助学贷款，后来在考取注册会计师期间又积累了更多的债务，他顶着很大的压力才把会计师事务所办了起来。后来，他的妻子诞下一名婴儿，但这孩子有很多先天疾病，突如其来的打击令他的经济压力雪上加霜。新生儿重症监护室的收费部门对这笔意外之财垂涎三尺。医疗保险公司见状又将他会计所的保费提高了四倍。对于自己加入税务署的行为，他怀有负罪感，毕竟一直以来代表那些苦苦挣扎的客户与税务署进行抗争的人正是他本人。但是在税务署服务部工作可以得到固定薪酬，最重要的是，还有丰厚的医疗福利，所以他选择了这个岗位。多年以来，他忍辱负重，终于爬到今天的位置。如果他善于溜须拍马、曲意逢迎，那么他的地位还可以再上一层楼。但是在一个官僚机构中，只要一个人有能力，为人可靠，基本算得上得体，就能够像弗兰克·格雷夫斯一样达到现在的高度。

对年轻人来说，当前的状况就更糟糕了。美国政府贷款数十亿美元，投入整个国家体系之中。大学校长借机把学费提高两三倍，然后他们拿着学生的学费大兴土木，那些拔地而起的建筑物将以他们自己的名字命名。深陷债务泥潭的应届毕业生选择进入政府部门入职，以换取他们本不需要的贷款减免福利。他们还在傻乎乎地感激政府赐予他们的恩惠，却没有意识到自己已然成为契约仆役。

"我知道你想出去考察，是去多伦多吗？"弗兰克·格雷夫斯从一堆工作中抬起头来，询问道。看来萨拜娜任务完成得还不错，已经开始用手指敲他旁边的桌子了。

"没错，今天就出发。"萨拜娜回答道，"我今天就想去。"

"这有点超出我们的管辖范围了，萨拜娜。你去那里做什么？"

"B-F勘探公司的首席地质学家就在那里。"

"那是一家加拿大公司，但是它跟我们又有什么关系呢？"

"我今天上午见到查尔斯·奈特了。"

第三十三章　蜘蛛遇见蚊蝇

"是吗？你的效率够高的。"格雷夫斯合上了双眼，尽量不去揣测这个女人究竟用了什么伎俩就能在这么短的时间内见到查尔斯·奈特，"但我相信你一定应付得来。他是个什么样的人？"

"坦白来讲，他是个遍体鳞伤的人，身上到处都是瘀伤和割伤，他还是个秃头。不过他是个精明的家伙。"

"难道比你还要精明吗？"

"他太精明了……不管怎么说，他昨晚刚从非洲回来。他实地考察过 B-F 公司在非洲的矿井，而且买了很多 B-F 公司的股票。很显然，他现在正急于把这些股票抛售出去，做空头头寸。他捏造了 B-F 公司行骗的故事，还东拼西凑了一些模糊的照片当作证据，他迫不及待地想让 B-F 公司的股价暴跌。总之，他在依靠诋毁 B-F 公司的声誉赚钱。"

格雷夫斯看上去若有所思，忧心忡忡。听起来这不像是税务案件："查尔斯·奈特想靠谎言操纵 B-F 公司的股价，你是这个意思吗？"

"也许吧。我想了解这件事的来龙去脉，这就是我为什么想和 B-F 公司首席地质学家会面的原因。"

"那个家伙在多伦多吗？"

"是的。"

"萨拜娜，你手机是坏了吗？为什么你不能打电话跟他谈呢？"

"在这件事上，我需要跟他面谈。一般而言，公司首席执行官和其他高管总能与股民畅所欲言。不过，一旦接到政府来电时，这些人的警惕性就会提高。我不想暴露自己的身份，毕竟现在我是税务署的职员。我得当面跟斯摩德霍夫进行沟通，他可是一位地质学家，我需要从他那里获得更多信息。这可是证交会和税务署这两个部门之间业务交叉的完美案例。"

萨拜娜的话听起来很对，然而格雷夫斯却陷入沉默。

她使出撒手锏："副总统曾许诺给我很大的自由权。你需要我再给他打电话确认一下吗？"

相较于萨拜娜，格雷夫斯也算是一个过来人。他当初在服务部任职时，已经对部下那种权力倾轧的游戏司空见惯。服务部门宛若一所精神病院，随着时间的推移，这种玩弄权术的现象愈演愈烈。这个部门危机四伏，人们想象中的职场歧视和性骚扰问题早已屡见不鲜。像萨拜娜一样，那些刚入职的员工通常会通过炫耀自己认识的名人来虚张声势。与其让萨拜娜安分守己，倒不如借此机会试探一下这位年轻女士的能力到底有多大。因此，格雷夫斯在批准她的前提下又给她附加了很多条条框框："好的，萨拜娜，去做你想做的事情吧。但是，你要坐经济舱，而且注意不要违法，你能做到吗？毕竟你现在所做的一切日后都有可能成为查尔斯·奈特起诉的事由之一，这一点你是知道的。你现在的一切行程都将处于奈特辩护团队的审查之下。"

她终于得到了上司的批准，并规划好了自己的行程：她将于今晚九点之前抵达多伦多。一个小时之后，她会与丹·斯摩德霍夫在酒店的酒吧里对酌，同时详细讨论查尔斯·奈特以及他提供的有关 B-F 公司欺诈的证据。再过一个小时，她就要踏进斯摩德霍夫的房间，待到午夜时分，他将彻底沦陷在她的温柔乡里。

奈特请来的律师辩护团队是否能够查到她与斯摩德霍夫的这次会面呢？她自己也说不准。

第三十三章　蜘蛛遇见蚊蝇

第三十四章

在大洋彼岸

赞德靠着巨石根儿睡着了，他在等山上的一群年轻人结束派对。有两次，一个空啤酒瓶贴着岩石滚下来，穿过植被，落在岩石下方他藏身的洞穴前面。当他醒来时，四周漆黑。他看了眼手腕，按下手表上的按键，现在是晚上十点五十。感谢当地的暴雨之神尚戈（Shango），外面没下雨，他从隐藏的地方爬了出去。

从巨石的南端向山谷望去，只有营火和几盏手电筒发出暗淡的光，在阴天的夜晚贡献唯一的光亮。从营地不时传来一些笑声，但是发电机已经不转了。营地里的人每天都在踢球，也在为混战做准备，一整天下来疲惫不堪，此时大多数人已经睡了。

黑暗中他观察四周是否有警卫。在世界其他地方，都可以发现警卫吸烟的迹象，不管是通过火柴、打火机的火焰还是吸烟时烟蒂发出的红光，都可以清晰地判断警卫的位置，即使在一英里外也可以看到。但是冈瓦纳人几乎不抽烟。

他计划走回车上，希望今晚不会在路上遇到其他人。四周漆黑，他的屁股疼痛难忍，迫使他选择冒一次险。

投机者

在转身找寻下坡的路之前，他听到噼啪一声，顿时吓呆了，随后又听到脚步和喘息声，有人沿着山坡正向他走来。

他听到那个人爬上了圆形巨石，几分钟后，电话响起来。

这个男人的声音他听过，和之前一样带着南非口音。他想起来了，这个人就是鲁伯特。

"哈里，是的，没有变化……这里漆黑一片，局势动荡不安非常糟糕……有希望找到奈特吗？……真的吗？好吧，这是个开始，你在跟着他吗？……哦，很显然是这样！是，你怎么去查明白那件事？……我们知道的少之又少，想要弄清楚绝非易事……尽快解决掉他，然后回非洲来，喂，我跟你说，这里将会变得非常热……听着，我已经告知我们的经纪人让他将我的股票卖掉……是的，一点不留……你也应该……什么？我听不到你说话。再说一遍……很好。至于什么时候……没错……我知道，我会……祝你早日除掉奈特，尽快回来。"

赞德听到那个人缓慢地从岩石上走下来，然后沿着草地走下去，五分钟以来他第一次完全舒了一口气。

他又在那里等了半个小时，像石头或狙击手一样一动不动。随后，他慢慢地移动到巨石的后面，离开营地向山下走去。在黑暗中秘密行进了几英里，最终来到隐藏汽车的地方。

当他再次进入冈瓦纳时，边防警卫睡着了，这帮他省下了一笔贿赂款。在夜色下，他尽可能快地开车向南部驶去，中途时不时看一眼手机，从圆石上下来之后一直没有信号。当凌晨两点接近邦戈达时，手机有信号了。他试着给查尔斯打电话，但是没人接，于是他给查尔斯留了言。

在接下来五个小时的长途跋涉中，断断续续下起了雨。绑在 TJ 的

第三十四章　在大洋彼岸

SUV 汽车顶部的红色油罐是美国型号，它的设计遵循了美国环境保护局最新出台的关于燃油箱设计的规定。汽油从油罐里慢慢倒出来，像人一样不停地发出打嗝声，这样一来汽油喷得到处都是。他也没能逃过一劫，进到油箱里的油应该够他开到亚当斯敦。当他加油的时候，雨神也毫不吝啬地送来瓢泼大雨，很快他被汽油和雨水浇成了落汤鸡。他用荷兰语咒骂起那些官僚主义混蛋，他们愚蠢地干涉油罐市场，此举毫无疑问是为了保护环境，但是结果却适得其反。

他径直朝"非洲恩典号"开去，迫切地希望卡罗琳帮他治疗受伤的屁股。他认为查尔斯不会嫉妒的，一想到可以拿这件事取笑他，赞德便咧开嘴笑了起来。不过有个叫哈里的男人要去美国杀这个孩子，他又给查尔斯打了一次电话，还是没有人接。

* * *

哈里将查尔斯的笔记本电脑砸在飞机的折叠桌上，除了引起别人的注意，或者破坏电脑外，这一动作没有任何意义。他的专业技能单一，军事技能比电脑技能强悍得多得多。他应该从输入"密码"开始吗？颇具讽刺的是，哪里都要求先输入密码。在飞机上，电脑的电量有限，他的操作必然是徒劳的。在找到一个能破解密码的行家前，这该死的电脑对他毫无用处。

据伊米尔透露，奈特回到了美国，这为他提供了另一条攻击的途径。在快要失去意识时伊米尔好心地把手机借给了哈里，里面存有奈特的美国号码。斯摩德霍夫声称他认识可以追踪到手机位置的人，哈里对此表示怀疑。如果这个地质学家最后失败了，那么他这次行程将会浪费大量时间，眼下时间异常珍贵。

在航班中途停留加纳期间，他联系了鲁伯特，随后在从阿克拉飞往纽约的夜间航班上，多数时间他都在睡觉。最后他乘坐联运飞机抵达多伦多，在午餐时间来到斯摩德霍夫的酒店。此刻他看上去衣冠不整，满脸皱纹。斯摩德霍夫脸上带着灿烂的笑容，在大厅会见了他，并建议到餐厅后面的一个角落里谈谈。

"丹，你看起来就像一只吃了金丝雀的猫。"哈里希望斯摩德霍夫能有一些让他放松同时还能提高退休金的好消息。

"你看起来像一只被猫拖进来的老鼠。"斯摩德霍夫脸上露出坚定的微笑，这与他通常表现出的紧张表情形成了鲜明对比。他向哈里讲述了他那不可思议的奇妙性爱之夜，数小时持续不断地做爱，那是他遇到过的身体最柔软、最迷人的女人。在冈瓦纳的两个月，他只能找酒店的妓女消遣，现在可谓是如鱼得水。

"干得好，丹，希望这只是体验美好事物的开端，但是和你的性生活相比，我更关心奈特怎么样了。"哈里面带笑容，微微露出牙齿，右侧的嘴角缩了起来，这种笑通常预示着危险而不是满足。

"那是因为你没有我这样的性生活，哈里。"

哈里真想上去揍他一顿："听着，在奈特的问题上我要尽快采取行动，他有没有放出什么消息？"

"一点消息都没有。"

"据你所知没有。"

"什么消息都没有，有的话我肯定会知道。事实证明我最近的性生活是有回报的。"

哈里听之任之，这家伙一直以来都是一位学术型的地质学家，享受着大学的生活方式,有一种学术领域特有的自大自恋。以后他会弄明白的。

他接着问道:"或许这个孩子正和全国广播公司的晚间新闻主持人坐在一起?"

"不会的。"

"为什么不会呢?"

"因为他在计划赚钱,他想赚很多钱。"

"你不如告诉我一些我不知道的事。"

"我们需要在奈特身上制造一场悲剧性的意外,还要有个人和他一起悲惨地死去。"

"赞德·温?"

斯摩德霍夫的脸突然没有了任何表情。"不,不是温,"他摇摇头,"温在哪里?"

"我不知道,我只知道他还没离开冈瓦纳,至少不会在事先安排的航班上。"

"你怎么知道的?"

"我睡了布鲁塞尔航空公司的订票代理人,她告诉我的。"

"听起来你也从性生活上获益不小嘛。"

"只是工作的一部分罢了。"

斯摩德霍夫竖起拇指:"我们的工作不错。"

"现在要和奈特一起除掉的人是谁?"

斯摩德霍夫递给他一张卡片,上面写有名字和地址。

哈里立刻看了一眼:"为什么是他?"

"奈特的老板,他是除了我们之外唯一一个知道奈特发现 B-F 公司秘密的人。"

"奈特到底知道我们多少秘密？"

"他发现了我们一直在盐析岩芯，并且知道我们是如何操作的，一定是奈特毁了胶体注射器。"

"你联系过他吗？所以你会知道这些？"现在的局势对奈特有利，"那个混蛋在勒索你吗？我现在明白了。"

"其实只要他愿意，他可以敲诈我们任何人，而且很容易就能成功，但是他并没有这么做的意思，我们没有听到他的任何消息。据我了解，他选了一条最保险的路。"

哈里思索了一会儿。

"他持有一定量的股票，当然他已经开始卖出了。当我们兜售股票的时候，我希望大家都会买进，那样的话我们便可以放任不管。他可以赚了钱高高兴兴地离开，这样对彼此都好。遗憾的是，他的财富并没有因此增加，看起来他就是个贪婪的混蛋。他已经开始在我们身上做空了，包括从股民那里买入尽可能多的看跌期权，其中一些不久将会到期，这意味着有一个最终期限，在确保 B-F 公司股票崩盘一事上他动力十足。一旦他做空了，就非常渴望我们失败。他的老板和伙伴有很多资源，他们会采取同样的做法。如果奈特成功掀起一场抛售浪潮，整个游戏很快就会结束，我们可能也会被压垮。每个卖出股票的人都会给我们造成伤害，做空更是雪上加霜。"斯摩德霍夫的脸黯淡下来。

哈里听出斯摩德霍夫话里有话，随即说道："我可是一股都没卖。"

"你兄弟已经把股票卖了，很显然，他目前不该这么做。"

哈里默默思索着，和他一样，鲁伯特的股票是通过两家经纪公司和一家控股公司转让出去的，所有权文件至少要一周才能进到 B-F 公司的账簿。由于所有的股票都在不停转手，这样就不会被发现，斯摩德霍夫怎么会知道他正在兜售股票？

哈里表现得很冷静："这件事我毫不知情。"

"你的经纪人散播消息称他的客户正在抛售我们的股票，你看到这件事影响有多快了吗？你或许也会卖出现有的股票，但是不要做空，也不要让鲁伯特这么做。如果你们做空，你们的经纪人以及他整个公司和客户都会这么做。"

哈里耸耸肩："好的，我听你的。"

斯摩德霍夫接着说："施普林格有一定的经济实力，他手头并没有价格上涨的股票，但他现在计划大规模做空。"

"他下了一个成功的赌注。"

"我在竭尽所能炒作这件事，在之后的八天里会找到新的买家。"

哈里说："如果奈特把秘密泄露出去，我们将面临牢狱之灾。"

"这不用你说，我自然知道，相比于银铛入狱，几百万的损失没那么重要。"斯摩德霍夫耸耸肩，"不过你兄弟和疯子约翰·约翰最好确保外面没有对我们不利的证据，好吗？没有人能在班加西奥奎尔村连续多年冒险，不是吗？"

哈里点点头："奈特和他的老板能将股价压到什么程度？"

"如果他引起美国有线电视新闻网或微软全国有线广播电视公司的注意，并且后者做一次典型的讽刺挖苦的报道，这会造成重大损失。多数股东当然不会相信他们说的话，其实大多数连听都不会听这样的报道。尽管如此，也会对股价产生实际影响，一股会下跌 50 美元甚至更多。这个时候，价格完全受人们心理活动的影响。"

哈里快速计算了一下这对他资产造成的影响，他和兄弟每人将损失接近两百万美元，这还只是承诺给他们但尚未到手股票的损失。但这足以证明他们的努力。对他人生命的估价是非常随意的，即使一分钱没有，你也可能会在酒吧或巷子里杀死一个发酒疯的人。当一个人在战争中签约加入罗得西亚轻装步兵部队时，他深陷血淋淋的杀戮中，每月会有 1000 美元的报酬。现在作为一名自由职业者，他的市场工资大约是每月 1 万美元，但是在接下来的几天里，他每天的工资将高达惊人的 200 万美元。现在要从股票利润中扣除，他真的是在跟大人物赛跑。

"丹，除了坐牢以外，我们的很多财产也会有风险。"

斯摩德霍夫缓缓地点了点头。

"我还想要 1000 万美元。"哈里以一种强烈的口吻要求道。

"我预料你会这么想，如果你能在奈特和艾略特·施普林格公开任何信息前除掉他们，并且保证他们没有留下任何证据，你就可以得到这笔钱。"

"我怎样才能找到他们。"

"我擅自帮你订了四小时后飞往圣地亚哥的机票，而且是商务舱，机票价格你能付得起。在那里你可以找到他们。"

*　　　*　　　*

萨拜娜在多伦多登上飞机，准备飞往圣地亚哥，她迫切想要在这趟横跨大陆的航班上睡一觉。昨晚和斯摩德霍夫在一起真是让她筋疲力竭，不过结果还不错，她沉醉于自己高超的做爱技术和不断取得的进步。通过给斯摩德霍夫提供服务，她发现这个男人很可能已经爱上了自己。

管它爱是什么东西。

她闭上眼睛，坐在商务舱的座位上，全然不顾格雷夫斯让她坐运畜

第三十四章　在大洋彼岸

拖车回去的命令。她来到多伦多并成功征服了这里的一切，即便没有征服所有人，她至少征服了一个有很大潜力的人。国税局那些住在格子间千人一面的会计会审查她的开支，他们可以接受自己这么做。

当她和一个亿万富翁通话时，还会在乎税务署服务部对她的旅行安排有什么看法？现在的问题是，谁会成为她更好的俘虏？斯摩德霍夫还是奈特？她向斯摩德霍夫提供了关于奈特足够多的信息，也从他那里得到一些承诺。想要通过性爱来引诱奈特会是一个挑战，但萨拜娜知道自己对他的影响力。一想到自己的影响力，她脸上不自觉地露出微笑，但是她并没有意识到自己的任何弱点。作为一个熟练的猎食者，尽管情况有时不同，但她也不能凭借直觉发现那些小线索，相比之下斯摩德霍夫则是断断续续地透露了这些消息。她额头一皱，脸上的笑容消失了。她第一次见到奈特时就怀疑他也是一个高端捕食者，但奇怪的是，他并不喜欢打猎。

她可以从奈特身上得到额外的收获，他更年轻，比斯摩德霍夫更具吸引力，甚至他的光头都让萨拜娜兴奋不已。奈特吸引她的方式和多年前的男人如出一辙，他不是泳装模特，但身材健壮匀称，这是那个行业必不可少的。不仅如此，他以一种更粗犷的方式吸引着萨拜娜，浑身散发着自信的光芒，这种自信曾像权力和金钱一样吸引着年轻懵懂的她，但她后来认为，这是一个人更难被征服的标志。

两个男人在经济上都有巨大的潜力，她既想要钱又想要权力。金钱，权力，金钱，权力……她的头歪向左边，逐渐进入梦境，随后突然惊醒。

她伸直了修长的腿，陶醉于自己的掌控和权力，她的腿完全适应了她的需要，传递她想要传递的信息。她丝毫不介意现在自己的腿正与过道对面那个男人进行极具挑逗性的交流，他有一定岁数了，个子很高，留着一头金发，看上去像是在军队服过役。她送去一抹微笑，虽然不至于让他气馁，但也不会让他觉得这是一份邀请，她打赌最多两分钟让那个男人就会爱上自己。

她需要睡一会儿了。

*　　　*　　　*

"莫里斯舅舅，你帮我找到有用的信息了吗？"

"该死，现在几点了，查尔斯？"

"现在是加州时间上午十一点，纽约时间下午两点，为什么这么问？你还在睡觉吗？"

"当然了，不然这个时间我还能干什么呢？"

"冈瓦纳的事情我们怎么处理？"

"查尔斯，40年来人们一直在努力开始、结束、延长和阻止非洲的战争，这些事情有它们自己的生命，总有一些魅力十足的自恋狂渴望发动下一场灾难。"

"你说得没错，但是这一次是加拿大诈骗犯煽动的，和非洲的精神变态狂没有关系。"

"这是你的问题，为什么会这样？"

"我告诉过你，如果这件事不发生的话我可以赚更多的钱。"

"好吧，这个也说不准。为了保命，将鼻子伸到绞肉机里没有任何意义，抓住唾手可得的东西然后离开那里……但是，我担心除了赚钱之外，你还有不可告人的动机。"

很久之前查尔斯就知道莫里斯嘴里军事缩略词的含义，SNAFU

403

的意思是"情况正常，一切都搞砸了"。当形式进一步恶化他会说FUBAR，意思是"一切都出乎意料地糟糕透了"，此时经验丰富的投机取巧者将会说FIDO——"去他的，继续干"。

"不可告人的动机，嗯？为什么你会这么想？"

"承认吧，查尔斯，你总是喜欢站在道德制高点，从心理上说这或许很有吸引力，甚至可以得到精神的满足，但它同样会带来麻烦。"

"这还不是因为你嘛。"

莫里斯叹了口气："我知道你在想什么，永远不要发动武力，永远不要欺诈，坚持下去，一些都是好的。邪恶消失让善良得以出现，这种想法很有吸引力，但只是哲学上的自负。就像米开朗琪罗所言，这不过是个移除不需要的大理石，揭示隐藏本质的问题。"

"莫里斯舅舅，如果我们能让你节食，再加强锻炼的话，我相信你会这么做的。"

莫里斯脸上浮现出笑容，这很有趣，因为他说的一点儿没错。

"不，查尔斯，我非常同意你的看法，但不同的是我认为这个世界充满暴力和欺诈，所以这几乎不需要你来发起，已经有人这样做了。"

"舅舅，如果真是这样的话，那是对世界现状的一个悲惨证明。"

"事实确实如此，正如吉本所言，历史不过是对人类罪行、愚蠢和不幸的记录。"

莫里斯或许读了古代史，因为他已经变成一个愤世嫉俗的人，看到自罗马时代以来，事物的变化是如此之慢，肯定会倾向于产生这种想法。

"好吧，"查尔斯说道，"我会努力保持积极，因为那感觉很不错，我想把事情简单化。如果没有人发动暴力和欺诈，我也不会这么做。"

"所以这次叛乱是谁带的头？他们对你做了什么？如果现在卖掉

B-F 公司的股票，你会赚几百万美元，你才 23 岁，携款出逃未必不是明智之举。"

"是的，我知道，但我不会这么做。"

"孩子，你听着，你现在正在多管闲事。"

查尔斯不能对舅舅的话置之不理，除了可能影响他的收入外，这支叛军做了什么来证明他阻止暴力的努力是正当的呢？这不足以让他多管闲事，他要做的或许是严重干涉他人生意的事。如果造反只是股票推销商欺诈的诡计呢？非洲的绝大多数叛乱，不管怎样打着自由和正义的口号，不过是一些人为了获得钱权而不择手段的产物，这早已见怪不怪，这次有什么不一样吗？

他了解这次叛乱。

赞德计划在这次叛乱中大展身手，他需要后援的支持，查尔斯不忍抛弃他，参与非洲革命是一次难得的冒险。

他或许只能从疯子手中救回两个年轻的孩子，但在非洲大陆上，到处都是长期面临各式各样危险的孩子，或许这就像从收容所收养几只流浪狗一样，都是徒劳的。对整个世界来说，拯救这些孩子并不会产生什么影响，但是对那两个孩子来说，这非常重要。

"舅舅，我需要你告诉我如何插手本不该参与的事情。如果可以的话，我想阻止悲剧的发生。"

"好的，我知道了。一旦你下定决心，我从不能改变你的想法，刚才我知道你已经决定好了。"

"我表现得有那么明显吗？"

"是的，就像转动的齿轮一样。"

"所以，我该怎么做呢？"

第三十四章　在大洋彼岸

"我还没有头绪。"

"你能利用在华盛顿的关系帮我打探一下吗？"

"听我说，孩子，我可一刻没闲着，我已经和认识的人谈过了。其中有一些是我的客户，他们在中情局、国防情报局、国务院以及国防部任职。国防部没有插手冈瓦纳的任何事务，或许派了几个特警在那里，但是他们基本在酒吧附近花天酒地。如果要发生什么事，他们倒是希望有一场战争来证明自己的存在。中情局以及国防情报局和冈瓦纳各方也没有任何联系，但是这也可能会发生变化；或许几个月后，中情局会和当地政府建立融洽的关系，国防情报局也会友好地对待叛军，或者二者颠倒过来。美国国务院即使关心这件事，也无能为力，它不会和叛军有联系，而且已经将他们列入黑名单，他们最多会实时更新旅行警告，不过任何信息他们总是最后得到。"

最后一点当然有它的道理。查尔斯一位旅行经验丰富的朋友总是与国务院的通告背道而驰。通告会告诉你哪些地方处于红色警戒状态，那些被认为危险的地方其实非常安全，但是游客却像受到惊吓的小猫一样，此时国务院可以提供比旅行社更好的出行指导。他们会告诉你哪里可以找到大打折扣的高级住房，同时可以确保即便去最好的餐厅也不需要预定。

"我们纳的税起作用了，莫里斯。"

"这是政府的操纵，孩子。你不喜欢他们在生意上敲诈你，我认为你们所有人都要感激他们的不作为。"

实际上，查尔斯觉得舅舅的话就像是对着自己的鼻子打了一拳。莫里斯说的没错，无论如何这件事都不会和美国政府扯上关系，那他为什么还问了这样的问题呢？因为他只是觉得逃避责任比承担责任容易得多，冈瓦纳可以将责任推给美国老大哥，因为后者更具智慧，更庞大，可以担起任何事，并让它变得更好。更重要的是，它实力更强，可以更好地避开最终结果带来的影响。查尔斯感到一股不安的情绪从头部蔓延到胃部，同时伴随着一种强烈的自我厌恶感，他希望永远不要再经历这种感觉。

查尔斯轻声说道："谢谢你，莫里斯，我真是一时懦弱。我觉得自己像个白痴。"

"这种事以后肯定还会有，我的孩子。"

查尔斯噘了噘嘴，慢慢闭上眼睛，坚定地自言自语道："没错，肯定还会有。"这种坚定似乎要陪伴他的一生。

莫里斯叹了口气，根据多年的经验，说道："不，不会再有了。"

*　　　*　　　*

哈里瞥了一眼商务舱过道对面那个女人的腿，他的嗅觉神经被香味吸引住了。他看了看她的脸，那略带挑逗的微笑以及淡黄金发，正点，来劲。他想起圈子里很多人常说的不那么露骨的话："不会在寒冷的夜晚将她扔下床。"

天并不冷，一切都在快速升温。他本该在非洲抓住奈特，最落后的国家是成功实施谋杀的最佳地点。尚且不谈贪污腐败的警察和法院，它们只是重要的后援力量。首先这些人愚蠢至极，这是致命的。当他飞到美国，他知道这个任务异常艰巨，不一定是杀死他困难，事后干净利落地逃走也是困难重重。

他脑中浮现出杀死奈特和施普林格的场面。这些年来，哈里可以同

第三十四章　在大洋彼岸

样熟练地使用刀和枪，近距离攻击是他的强项，这种情况下，避免被认出来则面临更大的挑战。政府的电脑会记录下他在美国以及圣地亚哥的行踪，如果有人继续查下去的话，就会发现他是从冈瓦纳来的，警方会发现奈特最近也去过冈瓦纳。他们会想到查查这里最近有什么人从冈瓦纳来吗？或许不会，除非他们从奈特那里找到一些文件，让他们思考二者的关联。即便如此，他们也不会在上面找到自己的名字，将他和奈特联系起来并不容易，必须有人非常关注这件事或者在案发现场发现他，但根本没人会在意这件事。

以防万一，他不能留下任何实物证据，不能有指纹，不能有监控录像，租来的车里不能有定位追踪。他必须杀了这些人，这样 B-F 公司的诈骗才不会被揭穿，如果余生带着数百万美元躲避国际警察的追捕，那将是毫无意义的。

所以，不能被警察抓住，不能做蠢事，他要找到最简单的方式除掉这些人。

他回头看了看那个女人的腿，此刻她好像睡着了，所以他可以一个劲地盯着看。一个显得有些呆滞的男人跟她睡在一起，他可能是个有钱的蠢蛋或者是温柔的公司职员，或许是女人想和他睡在一起，这样才安全。或许她是个有钱的职场女性，正和一个男模睡在一起，没人知道具体是怎么一回事，又有谁在乎呢？

如果她愿意，他很乐意在圣地亚哥短暂停留期间好好伺候她一下。

做爱和发动战争或许是人最原始的两种活动。他闭上眼睛，脑子想的全是做爱和杀戮的场面。

投机者

第三十五章

验证正确的 6P 理论

查尔斯最终不得不打开随身携带的箱子，由于现在形势紧迫，他必须先一步开箱。这些箱子里装着几把手枪和几百发子弹，光放在里面可派不上什么用场。

莫里斯舅舅曾开玩笑地说没遵循 6P 理论——"合理的计划能避免糟糕的表现"，这绝不是玩笑话。查尔斯喜欢童子军的座右铭——"时刻准备着!"，但紧急的事往往胜过重要的事。应该立刻拿到这些武器，整理干净，子弹上膛，套上合适的枪套。迄今为止，在他的生活中，美国似乎一直是个安全的地方。他的活动一切正常，枪对他来说只是有趣的玩具或者偶尔派上用场的工具，但几乎不可能是迫切需要的必需品。然而，这是群体思维对他思想的侵占，他现在才意识到这一点。美国总体上是个安全的地方，但是这并不意味着他的处境是安全的。

真是该死，过去他至少有一次选择在加州居住，那里是如此地混乱，尽管人们似乎很欣赏吸食大麻的自由，但他们拒绝保护生命的自由。如果州政府特立独行规定，在加州携带枪支是非法的，虎爸和职场妈妈就会满怀信心地依靠警察来保护他们的安全，这是一种集体思维和双重思想融入集体内部矛盾的状态。

他想别再自责了，至少手里还握着这些枪。

在南加州，从人们的生活方式到修建的草坪，从友好的微笑到身材窈窕的刚出道女明星，这里的一切几乎都是完美的，同时也是人造的。或许正因为是人造的，所以一切看上去才显得完美无瑕。但是这里的一切都需要维护，热力学第二定律——熵增原理，最终将征服一切。例如，在该地区的水资源供给上，科罗拉多河引水渠为这里提供数十亿加仑的水，没有这些水，这里将变成沙漠，草坪将变成沙土，刚出道的女明星将变成奥马哈的服务员。相互竞争的看点在于是科罗拉多河先干涸还是加州财政部先被掏空。

在加州公开携带枪支是违法的，秘密携带也很难获得准许。无视变幻莫测的法律并没有让查尔斯在道德上感到难堪，只是给他带来了一个非常现实的问题。今天很容易做出选择，他只要将枪支藏在宽松的衬衫和运动外套里就可以了，同时也要格外小心以避开警察。

苏联秘密警察局局长拉文蒂·贝利亚在一次会议上和斯大林讨论解决问题时说过一句名言："给我带来一个人，我向你展示他的罪行。"不管是在苏联还是在美国，警察都是奉命行事，执行政客制定的法律，这通常都是出于条件反射。他们无疑是抵御恶棍的第一条防线，最重要的是，他们之间存在兄弟情谊。如此一来，他们的忠诚是分裂的，至少有优先次序。警察对他们的同行最忠诚，其次是他们的雇主，排在第三位的才是他们应该"服务和保护"的人民。随着诸多新出台的法律将各式各样的行为定为犯罪，普通大众制造的问题越来越多，他们甚至成了警察的敌人。

警察的态度反映了这一现实问题。越南战争以后，更多的警察是军人出身，这使情况更加恶化。当他们沉浸于被吉本描述为奴役和暴力的文化中时，许多人形成了各式各样的坏习惯。这些警察的思想、穿着和行为越来越像士兵，而不是和平警察。当然也有很多优秀的警察，但是似乎越来越多的警察多了一条 Y 染色体。

这时即使是好警察也帮不了他。现在有一群手握数十亿美元的人想要置他于死地，因此对他来说，冒着一定风险暴露在警察面前总比躲起来祈祷要好得多。

他们不可能知道他住在哪里，他甚至都没有通知邮局让他们转寄自己的邮件。除了炼金奇力公司的会计蒂娜之外，没有人知道他的地址，他尽职尽责地为蒂娜填写了税务署的 W-4 表格。

他思索了一会儿，不对，税务署现在没有任何理由关注他，只有 B-F 公司想置他于死地，而他们根本找不到他。他不断地打开箱子，因为唯一有用的枪一定要是手里的这把。面对杀手的追杀却连自卫的能力都没有，他想不出比这更糟糕、更愚蠢的事了。

*　　　*　　　*

当卡罗琳敲响赞德的门时，已经过了"非洲恩典号"晚上十点的宵禁时间。这艘基督教医疗船上的宵禁已有被打破的先例，这也绝不会成为最后一次。

他打开门，笑脸相迎。

"哎呀，我很高兴没有吵醒你。"

"卡罗琳，快进来，你们允许来这里吗？"他朝过道两边看了看，模仿卡通人物埃尔默·福德，露出一副阴谋夸张的表情。他将手指放在嘴

411

唇上，低声说道："别出声，我们在打兔子。"

他带着卡罗琳朝屋里走去："作为一个荷兰人，你很懂美国人啊。"她边走边说道，赞德将隔间里唯一的一把椅子递给她。

"作为一个丹麦人，你不也是一样嘛！"

音乐、娱乐、快餐以及语言这些美国文化已经渗透到全球各地，丹麦人和荷兰人本可以很容易地用德语交流，因为这是他们的第二语言，甚至可以用法语，但是英语已经成了世界上新的通用语言。

卡罗琳说："船长一直在担心你，你现在感觉好些了吗？"

"抗生素开始起作用了。"

卡罗琳摇摇头："你需要多休息，现在面色苍白，你的情况比你说的要糟糕。"

赞德耸了下肩："我承认现在不是最佳状态。"

卡罗琳催促他坐回床边，随后问："你有没有查尔斯的消息？"

"他一直没接电话，我一会儿再打一次，你想一起吗？"

"如果你不介意我听到你们的密谋，我没问题。"

"我认为你已经得到了我们的信任，年轻的女士，但是确实有密谋。"

"我完全相信你。"

赞德可以透过舷窗看到从自由港上空升起的信号塔的灯光，船内的信号非常好，他拨通了查尔斯的号码。卡罗琳看到赞德的脸明显放松了下来，当她听到查尔斯的声音从听筒传来时，心怦怦直跳。

赞德说："听到你的声音真是太好了，卡罗琳也和我在一起。"

"卡罗琳！你还好吗？一切都顺利吗？"

查尔斯听上去有些踌躇和拘谨，他好像对一些事感到愧疚，一个不安的想法浮现在卡罗琳的脑海里。她的心情顿时暗淡下去，她感到一丝嫉妒，查尔斯回到了美国，那里会有什么东西？他会跟谁在一起？

她答道："我很好，就是一直在担心你。"

"我在美国很安全。你们那艘船已经被人入侵了，舰桥也被炸毁了，我很担心你，卡罗琳。"

这时卡罗琳才意识到那是他感到罪恶的源头，他觉得自己在大敌当前时落荒而逃了。

"查尔斯，你收到我之前给你发的信息了吗？"

"收到了。"

"很好，我们的生意还是正常进行吗？"赞德问道。

"是的，在某些方面来说确实是这样，我已经抛售了多头，正在用所得收入购买看跌期权。"

"这对你有好处，我也在做同样的事，我想你称之为打月亮是吗？"

"这次我将倾其所有，破釜沉舟赌一把。"

"我第一次觉得这样做可能是明智的，这是我见过的最干净的游戏之一。"

"或许没那么干净，它会让你遍体鳞伤。"查尔斯说。

"没错，但是我伤得更厉害了。"赞德回应道，"现在我做得非常好。"他接着补充说道。

卡罗琳咕哝了一句"骗子"。

他本该住在医院病房，但是医生给了他一间客舱让他好好修养。因为此前他在丛林的某个地方几乎度过了一个不眠之夜，因此从医生角度来说，她违抗宵禁实际上是恰如其分的拜访。无论如何这都荒唐至极，别人玩着数十亿美元的游戏，试图自相残杀，而她却像个女学生一样，

第三十五章　验证正确的 6P 理论

担心随意施加的宵禁。

赞德继续说："我刚才已经说了，这是我见过的最干净的游戏之一。任何事都有一定的风险，看跌期权是一种消耗性资产，我们不允许出现任何差错，同时要把握好时机。如果股票价格没有在预期时间崩盘，所有的股份都会遭受损失，即便买入看跌期权再加上股票亏损，你也不应该满盘皆输。"

"我明白你的意思，最终会留一手，但是这怎么会出错呢？"

"这听起来像著名的临终遗言，这当然会出岔子，查尔斯。伯克公司可以将钻探时间推迟几个月，或者一年，这谁知道呢？金子又不会长翅膀飞了，对吗？在推迟的几个月里，伯克可能会觉得，更好的交易是现在完全买下 B-F 公司，而不是支付开采权使用费。冈瓦纳政府或许也会要求将 B-F 公司全部卖给伯克，这样一来，B-F 公司的股票得到这一报价的有力支持，股票价格将一直居高不下，直到股票不再交易，完全被伯克吞并。等到这场骗局最终被曝光的时候，我们所有的看跌期权都将变得一文不值。"

"没错，赞德，没有什么东西是绝对的。"

"除非你是三张牌赌戏的发牌者，"赞德说道，"所以你一定要留后手，不要糊弄自己。如果失去所有的资本，你就不能成为一个资本家了。哦，你还要记住，即便 B-F 公司没有被直接收购的风险，即便有什么事是一定的，即便这场骗局会被曝光，在你破产之前，市场完全可以一直处于无序状态。"

"你已经告诉过我这些了，施普林格也有相同的看法。"

"施普林格像我一样聪明。"

查尔斯随即追问道："赞德，你能聪明到可以阻止一场叛乱吗？"

卡罗琳倒吸了一口气，人们不会轻易在这里谈论叛乱，执掌政府的那些人首要的目标就是继续掌权，当然这在任何地方都是这样。但是这里的政客却在做一件血腥暴力的事，叛乱活动的反对者，甚至是那些同情他们的人，假设没被立即处死，也将在被人唾弃的监狱里度过数年。

赞德看看她，脸上立刻露出宽慰和关切的神态。

"现在我还不清楚，不过我看到另外四个白人跟一个津巴布韦人合作，他们可能是雇佣兵，我曾经偷听到那个人的电话。"

"津巴布韦？"卡罗琳突然插了一句，"从舰桥上逃跑的那个男人就来自津巴布韦。"

"我怀疑可能是同一个人，但是我的人和我们 B-F 公司的朋友哈里谈过，或者是和他同名的人，查尔斯，是哈里在找你。"

查尔斯犹豫了一会儿没说话。

卡罗琳惊恐地摇摇头。

"很抱歉，年轻的女士，"赞德说道，"如果你以后有机会以任何方式与奈特先生在一起，我们之间就不该有秘密，不管是好的、坏的还是见不得人的。"

她点点头，但是眼里却含着泪水。

"我会注意的。"查尔斯说。

"还要保持低调。"

"保持低调。"查尔斯确认了一遍，电话里传来一种金属叠加的声音，"温先生，你知道那是什么吗？"

"我认为应该是大口径半自动手枪扫射子弹的声音。"

"你说得没错。"

"这让人安心多了，但是不要骄傲自大，孩子。"

卡罗琳从赞德手里抢过电话："查尔斯，你为什么不离开现在的地方藏到山里去呢？这样就没有人可以找到你。"

"卡罗琳，我现在就相当于在山里，没有人知道我在哪儿。"

"但愿像你说的这样，记得把头低下，我喜欢你的头。"

电话那头沉默了片刻，随后查尔斯轻声笑着说："卡罗琳，我也喜欢你的头。"

电话断了，卡罗琳也低下了头。

"年轻的女士，你已经竭尽所能了。他不再是个孩子了，而且他很聪明。让他像个男人一样成就自己吧！他也需要你成就你自己。没有对彼此的控制。控制就是两个人之间的内耗。"

卡罗琳擦擦眼泪，说："我不支持，那将完全违背我的最大利益。"

"好孩子，我先送你回自己的船舱，免得你因为做出不符合基督教要求的行为而被扔下船。"

"还有什么比帮助朋友更符合基督教精神呢？"

赞德苦笑："耶稣在福音书中的任何话都不该阻止你晚上十点钟之后来这里。但是出于某些原因，做礼拜的人关注的是保罗的清教主义而不是耶稣的自由精神，这是一艘清教徒的船。就像很多有组织的宗教一样，它更关注表象而非实质，让我们假装遵循实质的规则好吗？"

"你真是疯了，赞德。"

"这是一艘个人资助的船，它属于私人所有，他们有权利制定规则，我也有权利选择是否遵循这些规则，但是我没有权利要求他们做出改变。现在遵循女人在宵禁后禁止去男人的房间这一老掉牙的规定对我更有利，所以明天早上见，卡罗琳护士。"

她离开时一点儿不担心自己在查尔斯心中的位置，也不担心她会突然失去潜在的救赎能力，但是却非常担心查尔斯的安全。

几分钟后赞德又给查尔斯打了电话，他们这次讨论的是如何阻止反叛活动，但卡罗琳并没有机会听到这些。

两人谈论了半个小时，提出了十个问题，但是只想出了几条答案。

*　　　*　　　*

宇宙中存在着某种通信系统，它会让一部电话接连不断地响起来，在一系列重复的干扰之后，随之而来的是长达数小时的安静。在此期间，手机像是被宇宙遗忘了，没人知道这种现象背后的原因，或许这只是思维欺骗自己的另一种方式。但不管真相如何，当查尔斯刚挂断赞德的电话后，手机又响了起来，不知道为什么，他倒是希望听到电话响起的声音。

"查尔斯，我是萨拜娜。"

他完全没想到打来电话的会是她。

"你好，萨拜娜。"他感到肾上腺素激增，同时又夹杂着恐惧。

她问道："你有时间吗？我希望我们有机会谈谈。"

查尔斯揉揉肩膀："这不一定是个明智的选择。"他意识到这对自己身边的人来说是个危险，他把枪放在大腿上。

她的声音暗示有其他意思："我不会勾引你的。"

这番话让他思想变得清晰起来，他的思绪回到过去某个时刻："我不是这个意思，萨拜娜，我在思考别的事，我刚才措辞不当。"

"没有什么不妥，查尔斯，我还是想跟你在一起。"

自从昨天见面他就想知道，这个女人是否经过了严格的审查就能参与到这种谈话中来？艾略特为她做了担保，查尔斯知道艾略特会在人身上下赌注，在萨拜娜身上下赌注安全吗？

"好的，萨拜娜，我们可以一起吃晚饭。市中心的迪克之家怎么样？晚上六点可以吗？"

"我会准时到的。"

他挂掉电话后不到30秒，手机再次响了起来。

"是奈特先生吗？"电话那头一个男人在说话。

"是的。"

电话掉线了。圣地亚哥和非洲一样打电话经常断线，甚至前者的频率更高。

但这次他不会再忽略细节。他拿起电话打了回去，接电话的是一个女图书馆管理员。这是市里的一家公共图书馆，位于机场附近，但是她说最近没看到有人用过这个电话。

投机者

第三十六章

晚餐与死亡

下午晚些时候，查尔斯离开家来到海边。他坐在一堵墙上思考着什么，将 32 口径的手枪放在夹克口袋里。枪支清洁包里放了一块叠起来的麂皮，如此一来手枪的轮廓便不再那么清晰了。他的背包里还有一把45 口径的 M1911 手枪，两支枪威力的差别让他笑了起来，因为这让他想起一个笑话。在一次聚会上，一位女士和来自得克萨斯州的护林员聊天，她说："护林人，我看你随身带着手枪，你觉得会遇到麻烦吗？"护林员说："不是这样的，女士，如果我觉得会遇上麻烦的话，就会带着猎枪来了。"查尔斯希望自己有一把猎枪、一把步枪和几枚手榴弹。

他的枪很难解决迫在眉睫的问题，但是却可以让自己舒心些，有了它们，即使面对更强大、更加训练有素的对手，他也可以保护自己。没有枪，他就是一个活靶子，他将会被自身的恐惧所吞没。

空气中夹带着海水的咸味，浪花轻轻拍打着岩石，让他内心平静了下来，从圣地亚哥吹来的微风十分凉爽。他坐在那里，没有人打扰，坚信没有人知道自己的行踪。他听着海浪的声音，慢慢平息了自己的情绪，尽可能让自己恢复理性，从而斟酌下一步的选择。

第一个选择是现在将自己掌握的所有信息公之于众，让全世界知道 B-F 公司的骗局，但是市场为什么要相信他呢？伯克公司将会在两周内钻探，所以市场会等待它们的钻探结果。但他们不知道伯克公司永远也不会钻探，更不会有什么结果，因为一股叛军部队将会在伯克到来之前占据那片土地，所以这个选择不可取，现在发布信息不会得到他想要的结果。B-F 公司的暴徒要保护他们的数十亿美元，因此他们的首要任务就是阻止他出庭作证。班加西奥奎尔村的叛军部队会摧毁任何物证，所以他将成为 B-F 公司仅存的威胁，唯一一处悬而未决的地方，照常理来说，他们会悄悄除掉自己。这个选择收效甚微，而且可能招来杀身之祸。

第二个选择是现在和 B-F 公司做笔交易，加入这场骗局中，敲诈勒索他们，让他们向自己支付现金当作保护费，就像丹尼当初勒索自己的柠檬摊一样。或许是因为多数政客容易成为被敲诈的目标，因此大多数政府将勒索视为一种犯罪。向恶棍索要一笔钱从而不公开其罪恶行径，这是完全合乎道德的，不涉及任何暴力和欺诈。实际上，如果敲诈者能向不法之徒索要一笔钱，这将会激励一部分人持续关注那些可敲诈的犯罪行为。被流动的职业勒索者揭露的风险不断增大，这将会在经济上抑制此类犯罪行为的发生。敲诈确实有很多好处，它不该成为臭名昭著的罪行，没有道德上的不安让这一选择失去吸引力。但是敲诈者往往寿命较短，且遭受暴力致死。敲诈 B-F 公司意味着要和一群声名狼藉的、愤怒、危险的人打交道，这将面临无尽的危险，因此第二个选择也可能是以丧命告终。

第三个选择是静静地等待叛军造反，谨慎做空，他对 B-F 公司造成影响的机会不断减少，也错失了获得数千万美元的机会。根据赞德的分析，他最终依然可能一无所获。但是 B-F 公司仍会尽力消除任何可能暴露他们骗局的风险，查尔斯当然是危险之一，第三个选择可能也会招来杀身之祸。

第四个选择是自己出面阻止反叛，这将确保伯克公司可以来到班加西奥奎尔村钻探，然后自己和伯克公司一起揭露这场骗局。他冒着损失1000 万利润的风险做空，如果股价一路跌至零点，它们的价值可能会接近两亿美元，这是非常不可思议的。1000 万对他来说已经是一场巨大的胜利了，但现在可能获得两亿美元，这真是令人震惊，简直想都不敢想。不过在此期间，最好别让津巴布韦的雇佣兵看到他。这样做有什么问题呢？就像被 B-F 公司的追随者杀死一样，冒死阻止反叛将会限制他追求幸福的能力。第四个选择也可能会丧命，但是可以赚到很多钱。

无论他怎么选，几乎都逃不出死亡幽灵的魔爪。知识可能是个非常危险的东西，但他却拥有，而且不幸的是，那些坏人对此也是心知肚明。

在权衡这些选择的时候，海浪平缓地流动着穿过他脚下的圆形岩石，他还列举了其他一些阻止这场虚假反叛的理由，但是试图阻止叛乱让他变得愤怒。纵观历史，反叛者通常是一些好人，或者说不是那么坏的人，至少在他们执政之前是这样。他已经感到自己有一股冲动，将来有一天他要发动一场革命来保持天平的平衡，那将不仅仅关乎夺取权力，同时也将成为个人真正自由的丰碑。他没想到这样一场或许是世界历史上最激进的革命，会在许多年后的冈瓦纳开始。

查尔斯已经做了决定，还给几个重要的人打了电话。随后的一小时他都在思索在过去两周自己的生活发生了怎样的变化，几周后假如自己还活着，那时候又会有何改变。阳光映射在海湾和高楼闪耀的玻璃上，

第三十六章 晚餐与死亡

一些小船借着风力从科罗纳多湾大桥下穿过，在桥的映衬下显得十分渺小。冰凉清澈的水面上停着一艘潜艇，一个冲浪者从旁边掠过，但是查尔斯的心思却在别处，在潮湿、泥泞、烟雾弥漫、穷困潦倒的地狱里。

＊　　＊　　＊

迪克之家这个名字很巧妙，可以吸引人们关注其不同寻常的环境。在那种地方系领带要冒着被酒保拿剪刀剪掉的风险，墙上挂着数百条被剪下的领带做装饰，丝毫没有考虑到主人在它们身上花了多少钱。服务员站在顾客的桌子旁边，将啤酒杯放在他们暴露而隆起的肚子上，调酒师将酒杯视作篮筐，试图用一团团湿纸巾投出三分球，他们往往在40英尺外就可以投中。地板上的啤酒比玻璃器皿内的还要多，这里的食物很丰盛，服务员和当地干洗店的员工也都做得不错。

查尔斯认为这家餐厅或许可以分散萨拜娜的注意力，让她不再专注于自身完美的表现，这种完美既充满诱惑又让人心生不安，她并不是因为查尔斯最近把心思花在与她风格迥然不同的卡罗琳身上才来打扰他，而是另有其他原因，只是他现在还不理解。

他提前20分钟就来到餐厅，穿了一件运动外套，没有打领带，身上带着非法手枪，他时刻保持警惕。为什么一个杀手会在毫无线索的情况下飞来美国找他？他又怎样能找到线索呢？他的父亲现在都找不到他，一番理性思考让他确信自己是安全的，但是两支枪都上了膛，他是个偏执狂吗？当然不是，随身带枪只是说明他得到的信息并不完整。

她六点十分才到餐厅，身穿一件细肩带裙，一头明亮的金发梳得好像不受地球引力影响似的，这是好莱坞一位理发师斥巨资精心设计的。

422
投机者

这里服务员的搞笑本领远高于他们的专业技能，而这家餐厅看中的正是他们这一点，当萨拜娜缓缓走进来的时候，出于男人的本能和这家非同寻常的餐厅提供的训练，这些服务员都跟了上去。他们的动作惊人的一致，突然将饮料摔在地上，然后张大嘴巴瞪着她。这是服务员练习过的动作，他们每天晚上至少做一次，一杯杯散装啤酒很便宜，顾客也喜欢他们的表演，一些女人对此感到不快，但是其他人却乐此不疲，容易感觉被冒犯的人可以选择待在家里。

当萨拜娜经过时，每个服务员都站得笔直，收起肚子，脸上露出色眯眯的表情，然后一个个排在后面跟着她，其中六个人争着帮她抽出查尔斯桌下的椅子。当查尔斯准备抽出椅子的时候，两个服务员拦住了他，他们叉着腰站在那里，结实的腰身纹丝不动。

这个地方真是独一无二，而且和猫头鹰餐厅有几分对着干的意思。

服务员的一系列动作似乎在告诉在场的所有男顾客，他们也可以盯着萨拜娜看，即便他们的约会对象或女同事因为各种原因而摇头，她们有的高兴，有的遗憾，还有一些出于嫉妒心生反感。但是当服务员鞠躬时，餐厅里爆发出热烈的掌声。

这种关注即便给萨拜娜带来影响，那也只是微乎其微的，她只是微笑着对服务员表示感谢，像公爵夫人一样点点头，然后向他们轻轻地挥手告别。

"我很喜欢这个地方。"她说。

"这是一顿有趣的晚餐。"

她的身体释放出大量信息素，和她性感的外表相映成趣。当她不在身边的时候，查尔斯可以理性地思考她，但是当她坐在面前时，他的理性逐渐消失，他的思想像大火一样失去控制。他知道这种事情正在发

第三十六章 晚餐与死亡

生，也知道任由其发展是愚蠢的。但是爬行动物般的大脑基础可以支配大脑皮层，即便是阿尔伯特·爱因斯坦也对女人没有抵抗力。

荷尔蒙几乎要改变他的整个人生方向，这个时候，唯一能起保护作用，也是他完全依赖的一件事，就是晚饭后不久他将坐上离开圣地亚哥的飞机。

要不是他早些时候决定当晚飞回非洲和朋友一道阻止反叛，他可能会被这个女人的美貌和魅力所征服。他不会长时间着迷，因为反社会者只能蛊惑那些为了保护自己免受现实伤害而欺骗自己的人。查尔斯尽量不欺骗任何人，尤其是他自己，欺骗自己相当于毁灭自我。这在自卑和自负的人身上很常见，自欺欺人会变成痴心妄想，这无异于吞下有毒的"酷爱"牌饮料。

当他们谈话的时候，萨拜娜盯着查尔斯，假装可以读懂他的思想、看透他的灵魂，这种凝视就像是蛇在盯着一只兔子，让查尔斯很是愤怒。

他丝毫不质疑萨拜娜的美貌，或者她对周围人产生的吸引力，他主要怀疑她的品性和内心真实的意图，这些才更为重要，也更难判断。整个晚上他的身体和心灵都在一起扭打，但当他意识到不需要很快和她上床时，内心突然感到沮丧，同时又有一种安全感。

*　　*　　*

当奈特来到餐厅的时候，哈里正在外面等着。斯摩德霍夫一小时前打来电话，告诉他奈特会在几点钟出现在这里，斯摩德霍夫以非凡的性能力说服他的新女友密切关注奈特，不管是真是假，至少他是这么吹嘘自己的。

　　哈里正看守着那个入口，等待夜晚降临，等待奈特离开这里，然后跟上去，找准时机除掉他。他没有周密的计划，这不是一场为了制造影响而展开的政治暗杀，而是一次清除活动。他需要做的事情很简单，暗地里除掉查尔斯，之后再也不会提及此事。

　　奈特安心地在美国休养，远离危机四伏的非洲，这正是他的问题所在。哈里像豹子一样耐心地等待着猎物的出现……

　　他时刻盯着大门，密切注视那些离开的人，他的注意力几乎都在男人身上，因此几乎没注意到萨拜娜进去。他无法像在飞机上一样嗅到她的气味，但是从腿和头发判断，那一定不会错，这会是个巧合吗？几乎不可能，那个金发女人一定是和斯摩德霍夫在床上狂欢的人，多么理想的性伴侣，这个幸运的混蛋是怎么做到的？真是让人大开眼界。

　　他的思绪暂时回到了冈瓦纳和莱蒂西亚身上，她是一个朝气蓬勃、充满活力的女人，让哈里觉得自己也年轻多了。他非常喜欢天真无邪的莱蒂西亚，这个词绝不能用来形容这个金发女人。

　　或许他可以在杀了奈特后再回来找她，也算是对今晚行动的适当奖励。

　　他此刻心想，快点啊，奈特，快点出现，你今晚难逃一死。

＊　　　＊　　　＊

　　整个晚饭时间，查尔斯的第六感一直在告诉他事情没那么简单，查尔斯非常清楚她想勾引自己。萨拜娜的意图也很明显，她总是发出一些不经意的暗示，同时熟练地插入一些下流的俏皮话。她思维敏捷，但是

425

当他们讨论这个世界，讨论目前的工作以及未来志向时，她社会性的一面显得苍白无力。她无非有一个美丽肤浅的肉体，里边包裹着诸多冲突的欲望、传统思想、不一致的观点，这些和她隐秘的敌意密切交织在一起。

萨拜娜对男人具有无与伦比的性吸引力，要不是查尔斯已经在心理上对卡罗琳做出了承诺，即便是经过200万年的进化，接受了23年的文化熏陶，也完全阻挡不了查尔斯和她在床上狂欢。

他不是清教徒，此刻脑海里闪过一个念头，他想和萨拜娜在她温暖的汽车引擎盖上快速跳一段水平探戈舞，但这最终只是一个无法实现的性幻想。他独自一人离开了餐厅，除了一个柏拉图式的握手外，他什么都没留下，这只会让萨拜娜困惑不解，他从未告诉她自己要离开美国了。

他走在城市街道上让自己平静下来，呼吸着街上的废气，这种废气的毒性远低于萨拜娜散发的信息素。一个小时后，他就要赶到机场，在那里乘坐红眼航班飞往纽约肯尼迪国际机场，在那里乘坐联运航班飞回非洲。林德伯格机场位于市中心，离餐厅很近，飞机落在跑道上的前半分钟，会下降高度，穿梭在高楼之间，这种景象看得人心潮澎湃。一架喷气式飞机从头顶飞过，他甚至觉得扔一块石头都能击中它。

早些时候他把车停在机场，行李还在车里，当他飞往非洲时需要把枪留在车里。莫里斯舅舅告诉自己，在20世纪70年代之前，任何人都可以携带秘密武器上飞机，或者可以将它们公然放在头顶的行李舱里。显然，"二战"前很多航班都是这样，那是一个更平和的时代。

他沿着机场宽阔的周边道路走了20分钟，才来到围栏附近，有三次他都觉得后面有人跟踪自己。当查尔斯转过街角时，那个远处引起他注意的人消失在另一条平行的街道上。

这里虽然不是最好的地方，但过去却是流浪汉的天堂，这里不会结冰，不需要空调，也很少下雨，因此对他们很有吸引力。此时这片区域沐浴在粉色的水银街灯和深蓝色的机场灯光下，让人有些摸不清方向。大概每间隔三百码，就可以看到流浪汉放置的睡袋，那就是他们的家。当他们睡在里面时，它就变成了卧室；坐在上面时，睡袋就变成了客厅。杂货推车被当成壁橱来使用，散发着一股大小便气味的地方就是他们宽敞的浴室。他们有时会去街对面的厨房，那里摆满了垃圾食物和酒精，这为他们住在这种免租房提供了莫大的帮助，当然也减轻了他们在那里生活的不适。

一股难闻的气味从他鼻子前飘过，他试图通过想象其他更诱人的味道来转移注意力。卡罗琳身上的香味让人产生共鸣，它和萨拜娜身上各种香水混合的气味形成鲜明的对比，即便他的脑子里在想着这些东西，视线却从未从围栏附近的人身上转移。他时刻保持警惕，思想高度集中，手一直插在口袋里，还时不时地向身后看去。这座城市非常有钱，雇用了很多警察和保安，虽然他在非洲遭到枪击，被人紧追不舍，但为什么他在这里甚至比在非洲还警觉呢？

这是因为他完全了解现在的处境，以前从未有人想要杀他，现在想要害死他的人拥有无尽的资源和不竭的动力，他想试着从自己都看不见的针眼中穿过去，但是成功的概率有多大呢？这基本不可能实现，以后的日子里他必须时刻保持警惕。

他再次转过身去，仔细审视了一番街道，没有看到突然冲出的人影，但是他看错了方向。

"奈特先生。"一个带着口音的人在身后叫他。

第三十六章　晚餐与死亡

查尔斯向右转过去，他的心跳加速，肌肉收缩，准备即刻逃跑或者就地反击，此时他的大脑和身体处于高度戒备状态。

这个人看起来和其他流浪汉没什么两样，他将毯子半披在身上，但他的外表出卖了他流浪汉的形象，他尽力控制着自己，内心非常紧张。查尔斯认出来这个人就是哈里，班加西奥奎尔村的那个津巴布韦人，也可能是入侵"非洲恩典号"医疗船的人，或者是斯摩德霍夫派来的杀手。

查尔斯无论如何都想不到哈里怎么会找到自己，他的脑子里现在一团乱麻，当下想的几乎全是怎么活下去。他努力摆脱这种控制，让自己分析一下当前的局势。首先他想到有人背叛了自己，是赞德·温吗？他和 B-F 公司签订协议了吗？查尔斯之前也有过这个念头，但很快便放弃了，如果是这样的话，这将是他人生中第一次被自己的判断彻底打败，或许也是最后一次。除此之外还会有谁呢？这笔交易涉及数十亿美元，这些钱可以买断任何人，会是艾略特·施普林格吗？他无法想象出他会干这种事，只有莫里斯舅舅是他能完全信任的人。

"哈里，你根本就不是什么地质学家，是吗？"

"不完全是，现在照我说的坐到对面，"哈里用左手指了指，"不要动任何心思，懂吗？我可是用刀杀人的高手。"

查尔斯并没看到刀在何处。

哈里严肃地说："奈特，我确定你跑不过我的刀，所以老实跟我坐在这里。"

"我根本就没想跑……但是我想站着。"

哈里迅速站了起来，脸色阴沉，他的手从毯子里伸了出来，握着一把 8 英寸长的刀。查尔斯身高 6 英尺 1 英寸，哈里比他高 3 英寸，肌肉也比他多 50 磅，两人距离 8 英尺远。"坐下！"哈里命令道。

查尔斯无视他的命令："你是怎么找到我的？"

"斯摩德霍夫知道你的下落。"哈里回答道。

"他怎么会知道？"

哈里摇摇头："这已经不重要了。"教育一个将死之人没有任何意义。

查尔斯听懂了他的语气，说："好吧，哈里，这对我很重要，但是我不想和你争论。"

"我更不想，但是，有人让我向你打探一些消息。"

"什么消息？"

"赞德·温现在在哪里？"

查尔斯没说话，但他很乐意听到哈里的问题。

"奈特先生，你现在告诉我，事情就容易多了。"他握着刀，刀刃向下，准备向前攻击。这是一种较古老的握刀方式，这种方法适用于袭击一定距离外的目标。罗马军团知道用刀刺比砍要有效得多，此时他将刀从大腿的位置提到了臀部上方。

"我没打算告诉你。"查尔斯说。

"那就改变你那该死的计划，奈特先生。"他把刀抬得更高了，停在那里想要刺穿查尔斯的五脏六腑，哈里的表情和手里的刀一样让人不寒而栗，眼下的威胁绝没掺半点假。

查尔斯的脸上没有一丝笑意："哈里，恐怕你低估了我的决心，再见了。"

他随后的行动也是这么简单，没有一丝人情味。

该开枪的时候就不要说话，直接一枪打死他。

第三十六章 晚餐与死亡

后来回想起来，查尔斯对那一刻的决心感到震惊，但这完全是出于道德考量，眼前那个人极大地威胁了自己的生命，他有权利保护自己。

他的手已经伸到运动外套的口袋里，里面藏着32口径的贝雷塔"雄猫"手枪，他毫不犹豫地扣动了扳机。考虑到这种手枪威力不足，他连开了六枪。

正当哈里准备拿刀刺向查尔斯时，子弹穿进了他的胸膛。哈里一脸震惊，不敢相信查尔斯会有枪，他慢慢向查尔斯伸出双臂，先是跪在地上，随后脸朝下向前倒去，死在了查尔斯脚下。

这些子弹虽小，但它的威力足以杀死人。查尔斯捡起弹壳装在口袋里，这样调查员就不用四处找寻它们了，自己也不会留下任何指纹。他口袋里装着一块抹布，用来掩盖手枪的形状，他将布包在手上，蹲下来掏出哈里口袋里的钱包、护照和手机，然后从哈里的尸体上跨过去，继续朝机场走去。

他回头看了好几次，几个流浪汉围在哈里身边，一个人好像正在脱他的鞋子。一辆汽车从旁边驶过，但是目前为止这起枪击事件并没有引起其他人的注意。他穿过街道沿着滨水区继续朝机场走去，就在他再次穿过马路从停车场入口进入机场前，他拿出小"雄猫"手枪，迅速将它拆解开来，向它们致以谢意，然后从不同方向把这些部件往海里扔去，越远越好。哈里的手机在水面上跳了四下后，最终消失在黑暗中。

"汝不可杀人"这句话像咒语一样，陪伴了他的一生，他因此形成了根深蒂固的巴甫洛夫反应。虽然这是一个明智的建议，但是在翻译过程中可能漏掉了一些东西。翻译是一门艺术，而不是一门科学，尤其在翻译一种已经消亡的语言时更是如此。一个很好的例证就是，《圣经》的原话不是"汝不可杀人"，更准确地说，可能是"汝不可谋杀"，这完全是两回事。在大多数词典中，谋杀被定义为"无正当理由地杀人"。

查尔斯杀人是有正当理由的，但他是有意的，以后他还会花很多时间思索这件事。

他将45口径的M1911手枪锁在汽车后备厢里，仔细检查了外套里的东西，撕下了被子弹弄破的口袋，将外套、口袋和子弹壳分散开，扔到机场航站楼外不同的垃圾桶里。进到航站楼里面，他洗了洗手，以清除上面残留的火药，两个小时后，他将踏上重返冈瓦纳的路程。在飞机上，他将哈里的钱包和护照放进呕吐袋里，为了取得逼真的效果，他还往袋子里倒了一些橙汁，然后将它们扔进垃圾桶里。哈里的尸体离他的家如此遥远，很可能永远不会被人认出来。

当他摧毁盐析机器时，也杀了人，但那完全是意外。当开枪杀死哈里的时候，他已经变成了一个理性且精于算计的杀手。

但他不是杀人犯。

第三十六章　晚餐与死亡

第三十七章

查尔斯见到了约翰·约翰

"赛伊，你在干什么！"尼亚恩站在足球场地的边线处朝他吼道。

赛伊紧紧跟在一个年龄比他大的男孩身后，这个男孩刚从他手里"偷"走了足球。这个"小偷"跑得很快，但赛伊在他身后穷追不舍，他铆足了劲，在这个男孩试图抄近路冲向球门的时候，赛伊撞到他的身上，两人重重地摔到地上。

这里根本不需要裁判，球员们心里都很清楚这个规则，而且这里也不需要穿着黑白条纹衬衫的权威人士。绝大多数时候，同辈的压力和来自社会的谴责会敦促每个人自觉遵守正确的规则，这本身就是一个微观社会。赛伊从地上爬起来，把手伸向这个偷球贼，扶了他一把。

尼亚恩很崇拜他的哥哥，一想到没有赛伊的生活，他就很害怕。在冈瓦纳，死亡是常有的事，而且往往都是无法预料的，对于儿童来说尤其如此。他把这种担忧暂时抛掷脑后，因为他想活在当下。此时此刻，赛伊陪在他身边，对他而言，赛伊在哪里，哪里就是家。父亲离世之前，在家中他享尽了父母的关爱。每次他们去一个新的地方，赛伊总能融入人群，很快就能交到新朋友，也能谋到新住所。而尼亚恩则需要花费更长的时间才能适应新环境。

然而，尽管这里有免费的球服、运动鞋和丰富的食物，但这个地方并不能称之为"家"。

这两个男孩时不时会表现得很腼腆，尼亚恩尤其明显。而赛伊在那个叫查尔斯的白人面前也显得有些腼腆。白人很少会停下脚步同当地人交谈。赛伊对白人的评价是：他们很单纯，缺乏心机，很容易就能占到他们的便宜。他们很有钱，但是也很愚蠢。所以他们两人在面对白人的时候不必感到害羞。

赛伊说，他在查尔斯的眼神和举止中看到了一些东西，这让他对这个男人产生了敬意。他很享受这种被当作一个成年人、一个有价值之人来对待的感觉。他也因此想要赢得尊重，成为一个有价值的人。他的这种心理并非出于害羞。赛伊列举了一些可敬之人：一位大人物，一位疗愈师，一位好上司，一位长者，一位宽容的店主，以及任何给尼亚恩汤喝或者让他们兄弟二人在自己的土地上采摘食物作午餐的人——这些食物通常是棕榈树、木薯或大蕉，有时甚至是面包果。这样的人既有能力，也有善心。赛伊在查尔斯身上看到了这样的特质，而他自己也想成为这样的人，弟弟尼亚恩也跟他有同样的想法。

赛伊对营地里的一些人似乎很尊重，比如那个白人老板。但是尊重的表面之下其实是一种恐惧心理。虽然这些白人会相互逗笑，但他们始终以不苟言笑的面目示人。他们有自己的帐篷，有自己单独的就餐区域。如果他们被惹怒了，他们可能会吃小一点儿的男孩。尼亚恩紧紧跟在哥哥身后，避免与他们正面接触。

约翰·约翰是个疯子——尼亚恩第一次见到他的时候就发现了。也许其他男孩也意识到了这一点，但没人敢指出来。约翰·约翰会在午餐

第三十七章　查尔斯见到了约翰·约翰

前和睡觉前各出现一次，一见到他，营地里的众人都会高声呐喊，舞动身体。当约翰·约翰站在舞台上进行慷慨激昂的演讲时，他们都变得极度亢奋。时间一分一秒地过去，当他涨红了脸、激动地倾吐着每一个字的时候，众人变得更加狂热难耐。他令所有人振奋不已。直到约翰·约翰打发他们去吃饭或睡觉后，这群人才安静下来，也只有到那时，这些成年或未成年的男性才重新成为独立的个体，而不是刚才那群毫无思考能力的暴徒。他们现在还没有被煽动起情绪来，其实在大多数时候他们都是头脑清醒的正常人。然而，不出所料的是，一旦约翰·约翰出现并对他们发表演讲，他们就会变得癫狂。尼亚恩在那段时间里很是恐惧，因为在那时他们似乎什么事都有可能做得出来。

新的一天从列队开始，10 人一班，30 人一排，90 人一个连，每个分队由一些年长的男孩和成年男性领导，此外，还有一些十几岁的少年充当备军。军事训练持续了两个小时，在此期间，队员们一直在根据军令的指示进行操练。几个军队在灌木丛中进行模拟交战，而另一些军队则踢起了足球。午间的集结号响起，所有队员随即从山谷的四面八方赶了过来，聚集在约翰·约翰即将出现的舞台周围。约翰·约翰的讲话大约持续了一个小时，然后众人就开始吃午饭。

尼亚恩已是饥肠辘辘，他巴不得约翰·约翰跳过今天的演讲环节。这就像去教堂做礼拜一样，他得听牧师讲上好一阵子才能吃上饭。

今天的约翰·约翰还是一如既往的疯狂，他双目通红，脸颊淌汗，奋力嘶吼。在场的每个人都想模仿他现在的样子。就连赛伊也上蹿下跳，大喊大叫，但当尼亚恩与他的目光对视时，赛伊眨了眨眼睛。尼亚恩瞬间明白了，赛伊并没有被煽动情绪，他只是在跟着疯狂的众人做戏而已。

赛伊对约翰·约翰毫无敬意，尽管他的确是个大人物。然而比起那些教他们如何进行军事演习、如何模拟战争的白人来说，赛伊更害怕约翰·约翰，因为他是一个阴晴不定的人。约翰似乎无所不能，他曾经向男孩们许诺——他要把他们所有人都培养成受人尊敬的有权有钱之人，而男孩们只需要按照他的计划行事。一旦他们有所忤逆，就会当场受到惩罚，而且这种惩罚还会在以后的日子里一直伴随着他们。

午饭时分，尼亚恩肚子里面塞满了他最喜欢的馥馥，还有一些鲜辣椒酱，以及一些用大量清水稀释过后仍然很甜的果汁。他刚结识了一个新朋友，这个小男孩分了一些棕榈坚果给他，他们在一起安静地咀嚼着。

接下来就是强度更大的训练。男孩们要爬过更多泥泞，避开更多铁丝网。训练结束之后，尼亚恩和其他男孩坐在一起，他们轮流把枪支拆开然后再组装起来，这个环节被称作"实地拆卸"。尼亚恩只是照做，但他并不知道自己为什么要这么做。男孩们把装着子弹的弹夹从枪膛中拿出来再放进去，这个动作持续了一遍又一遍。轮到尼亚恩把子弹放进弹夹的时候，他不小心把自己的大拇指弄伤了。他明天就要把子弹射出去！这个想法着实吓了他一跳。

但是赛伊一直在他身旁，形影不离。

*　　　*　　　*

赞德和 TJ 在亚当斯敦东部的机场候机楼外见到了查尔斯，此刻的他刚走出室外，置身热浪之中。

"取行李的地方简直是个闹哄哄的动物园。"

查尔斯在圣地亚哥的遭遇给他造成了冲击，他被一种后知后觉的麻

435

木感攫取身心。不同于在母亲死后他所经历的麻木心情，现在的麻木感是一种空虚，随之而来的是渐噬人心的失落和悲伤。当他打开那个机器的大门时，他想的是那些在邦戈达被误杀的无辜看守——查尔斯与他们素不相识，但他们却不止一次地向他扣动扳机。杀人的感觉可不太好。

几乎在所有的宗教和哲学传统中，杀戮都是被明令禁止的，这是有原因的。查尔斯从来没有想过要对他人施暴。然而，今天的他要为了自卫而诉诸武力、伤人性命。人们一生中所看到的电影都是对社会上杀戮的轻描淡写。战争电影美化了战争本身，而电子游戏的出现也为它扳回一局。战争对那些好人造成的伤害，却很少有人提及。他心里没有任何自豪之情，更没有肾上腺素飙升后的"硬汉"式的自鸣得意。查尔斯觉得，如果在其他情况下，他可能会喜欢上哈里这个人。

面对诸多令人不安的问题，查尔斯扪心自问：究竟是谁引发了他生命中的所有暴力？毕竟，他已经潜入 B-F 公司在邦戈达的秘密领地。除了他由于购买股票自动享有的有限责任和部分所有权之外，他与这片土地毫无关联。B-F 公司的警卫有权阻止查尔斯侵犯公司财产。查尔斯就算不是始作俑者，至少也是挑事的那个人。

不过，B-F 公司却是这场骗局的发起者。查尔斯有权对欺诈行为做出质疑。

B-F 公司是这一切的始作俑者。

"你应该先洗个澡。"TJ 把查尔斯从沉思中拉回到现实。非洲人的汗液闻起来有种微苦且发甜的味道，而对附近的非洲人来说，白人的汗液闻起来就像凝固的牛奶。查尔斯可不是一束鲜花。

"到目前为止，我已经流了 27 个小时的汗……嘿，我以为我们这些有钱人就得一直过着娇生惯养的生活呢？"

投机者

赞德说："好吧，或许等到下雨的时候，你可以用雨水冲个澡。"

"只要在跟卡罗琳见面之前洗个澡就行。"

TJ道："是没错，只要你的朋友卡罗琳看不到你这个样子，你就可以一直不洗澡。"他边说边拍了拍查尔斯的后背，"再说，你现在应该还不想见到她。别让她惹上麻烦，我的朋友。"

赞德说："说到危险，我们先离开这里吧。我们有很多事情要谈，但时间不多了。"

TJ同一个小个子冈瓦纳男人挥手告别，他主动提出要帮查尔斯提箱子。他们一行人慢慢地走向TJ的兰德酷路泽，它已经在这里等候多时了。

查尔斯说："我怀疑有人在冈瓦纳等着我自投罗网呢。"

"没错，我觉得几乎所有人都会觉得这个想法简直是天方夜谭。"

"对我来说，美国也不再是安全之地了。"

赞德却说："美国可能不安全了，毕竟现在看来，你这个人本身就不安全。"

TJ开车沿着一条小道驶离了停车场，其他的车辆也从这条路上经过，它们都去迎接当天唯一的国际航班了。

"查尔斯，TJ觉得我们没有能力阻止这场叛乱。"

TJ一边开车，一边回头看着查尔斯："是的，查尔斯，这里的军队仍旧没有武器，因为联合国尚不允许它进行重新武装。只有SPU有枪，但他们手头的枪支不多。联合国依旧不信任本地军方。不过现在，大部分联合国人员都离开了，只剩下少数戴着蓝色帽子的巴基斯坦人和孟加拉国人还驻守在这里。"

查尔斯说："联合国不会在那么短的时间内就给出回应的。这是官僚主义的噩梦。"

TJ 点点头，说道："我在 SPU 有些好朋友，而 SPU 跟 B-F 公司的关系特别好。"

"你的意思是那些警察并不可靠？"这不是什么大问题⋯⋯

"如果他们真的可靠，他们就会一事无成。"TJ 回应道，"但是鉴于他们并不可靠，而且 B-F 公司还慷慨地给了他们很多钱款，我不建议你跟他们走得太近。否则你最后很可能难逃被拘留的命运。"

查尔斯摇了摇头："我还没找到逃离 B-F 地狱的其他方法。这件事情了结之后，我可能会变得更有钱，也可能不会。但如果我们不阻止这场叛乱，那我肯定会死。"

TJ 接着说道："赞德，如果你没有在乔装成一个老家伙之后再把那身行头给扔掉，他们也会要你的命。"

"就像我之前说的那样，扮猪吃老虎是最明智的选择。"

查尔斯附和道："昨天我终于把这个教训牢记于心了。"

"是吗？你遇到什么事情了？"

"也许我以后会把这件事告诉你。"除非有一个无法抗拒的理由，否则向别人坦白自己的遭遇没有任何意义，因为有些野心勃勃的检察官能够轻而易举地把查尔斯的行为从自卫改为死罪。查尔斯已然明白为什么士兵们很少对他们在战场上做了什么进行细致描述："对了，他们也在找你，赞德。"

赞德点了点头，TJ 此刻正开车转过一个特别惊险的急转弯，随后驶入一条直通亚当斯敦的道路，整条路暗淡无光，漫长而笔直。

"那么，你有什么新消息吗？你有什么新计划？"查尔斯满怀希望地问赞德。

"现在几乎还是一无所获啊，孩子。我们面对的是上千个全副武装、被洗脑的青少年，要阻止他们的暴行绝对不是一件容易的事。"

"好吧，"查尔斯无奈地说道，"我们还需要搜集更多信息。不过，我倒有一个主意，说不定能帮我们解决这个难题。但这件事需要你们二人的协助。"

赞德回头看着查尔斯，道："我猜你的主意肯定是又疯狂又不切合实际。"

"毕竟被人低估能力不是件坏事。"

＊　　　＊　　　＊

如果奈特大获成功，并能充分利用 B-F 公司的骗局，那他最终就会变得非常富有。萨拜娜曾对查尔斯采用了两面下注的策略，但事态的发展并没有如她所愿。首先，晚餐结束后，奈特就打发她走了，尽管她觉得这顿晚餐进行得很顺利。奈特并非在效法旧时绅士的做派，他似乎发自内心地不想跟她发生什么风流韵事。晚餐过后，他就像人间蒸发了一样，消失得无影无踪。一天多的时间过去了，他的手机也一直打不通。她哪里受过这样的冷落！很显然，这都是奈特的错。她不过就是想要证明自己在调查之初的推测：奈特是她一开始就认定的那个卑鄙小人。

较之于查尔斯·奈特，斯摩德霍夫的行为尽在她的掌控之中——他的表现很完美，今天已经给她打了六次电话。她只接了第一通电话。她要吊着他，她要把鱼钩扎进他那下垂的鱼鳃里。

她花了几个小时构思对奈特的攻击，并查阅了他的办公室和文件。利用奈特在炼金奇力公司的那群傻乎乎的同事，这应该不难实现。

从税务署的视角来看，她没有发现查尔斯·奈特逃税的证据。但她知道奈特绝对不想把超过 50% 的利润用于纳税，她会努力找到更充分的证据。而从证券交易委员会的角度来看，她已经算是人赃并获了。查尔斯·奈特想要靠着 B-F 公司的内幕消息牟取利益。于是，她与自己在美国证券交易委员会的前上司取得了联系。这位女士忍着哈欠，说自己对这个案子很感兴趣："做得很好，萨拜娜。但你也知道，我们这里的案子太多了。等他真正犯了罪，而且你有了定罪证据的时候，再来告诉我。只有那些要案才值得我们花费时间。"

　　奈特曾与施普林格一起制定出了要买入的 B-F 股票看跌期权的表格。基于不同的期权执行价格和有效期，期权的成本和盈利潜力存在巨大差异。这项计划的主要负责人是施普林格。至于查尔斯在哪里，施普林格只是声称查尔斯会"离开一段时间"，并没有透露其他具体信息。施普林格给了她一份查尔斯想要买入的看跌期权清单，并要求她与公司的交易团队一起实施这项计划。

　　电话又响了，是斯摩德霍夫。好吧，她会接的。毕竟，她未来的甜爹差不多算得上是一个亿万富翁了。

　　"嘿，丹！"她熟练地换上了一种无比兴奋的语气。

　　"萨拜娜，你在哪里呢？"

　　"我现在很忙。但你的电话，我总是有时间接听的。"

　　"你今天见到施普林格了吗？"

　　"当然见到了。"

　　他顿了顿，随即问道："奈特呢？"

　　"我跟你说过了，如果我再见到他的话，我就给你打电话。现在他貌似完全失联了。"

投机者

"也许这是一件好事。"

"好事？他下落不明也算是好事吗？"萨拜娜把奈特的活动场所、住处、工作地点、用餐的餐厅通通告诉了他，斯摩德霍夫很是感激。如果奈特再次消失不见，萨拜娜觉得斯摩德霍夫一定会重视起来。

不过，此时她的脑海又浮现出了一个新想法，于是她问道："丹，你最近在忙什么？"说不定奈特已经死了。

"忙什么？甜心，我可什么也没做。"他模仿老电影演员詹姆斯·卡格尼的语气，整个人像一位芝加哥黑帮大佬，"我什么也没做。不过我真他妈的想做点什么。"

她捕捉到他话语中的含沙射影，以及他想转移话题的意图。于是她俏皮轻快地戏谑道："我离开你才不过 48 小时，难道这还不够让你回味一段时间吗？"

"只是一道开胃小菜，萨拜娜。我想要更多，要比那更多。"

"好吧，你有什么计划？"

"我吗？除了得到你的身体以外的其他计划吗？好吧，我得确保我能拿到自己十亿美元资产当中的每一分钱。这就是我全部的打算。"

*　　　*　　　*

在挂断萨拜娜的电话后，斯摩德霍夫立刻拨通了哈里的电话。电话那端依旧无人应答。施普林格应该已经死了，奈特要是跟他一起丧命，那再好不过了。另一种可能是施普林格没有死，奈特只是失踪了，而哈里则被监禁起来。

位于几内亚的营地上方有一块巨石，人们可以在岩石上面接通信号

第三十七章　查尔斯见到了约翰·约翰

与外界联络，鲁伯特每晚都会去这块巨石上，再过几个小时，斯摩德霍夫就能跟他联系上。鲁伯特或许会有他兄弟哈里的消息。如果连鲁伯特也不知情，那说明现在的情况很危险，而且事态会越来越糟糕。

*   *   *

抵达（冈瓦纳）首都之后，TJ、赞德和查尔斯三人顺路经过桑巴角酒店，查尔斯坚持要先洗个澡，然后再去拿他之前存放在这里的笔记本电脑。但他发现，自己的电脑不见了，经理伊米尔也受到了袭击，现在还在医院治疗。酒店员工对经理的遇袭感到颇为震惊，毕竟在经历了恐怖战争之后，冈瓦纳已经成为一个相对和平的地方。

或许战争已经把大部分暴力从一代人的文化中清除了；或许那些曾亲眼看见、听说甚至是做过可怕之事的人们再也不想重新经历一次了。为了保护人类的基因库，那些穷凶极恶的罪犯也许已经畏罪自杀或是已被处决。随着时间的推移，或许某些罪行累累的人已经开始忏悔。然而，大多数在战争期间犯下滔天罪行的人依旧在冈瓦纳活着，他们看起来与常人无异。

冈瓦纳的大多数人现在都对发动战争的想法避之不及。那些在血腥暴力中长大的年轻人和孩童，有的对战争的仇恨会随着时间的推移而逐渐淡化，有的却会重新燃起对他人的仇恨。总有一天，这里会再次重燃战火，一代暴君会再次崛起，他会把大规模暴力视作控制政府（财富和权力之源）最有效的方式。

所以战事迟早会卷土重来。

TJ 不能跟他们一起返回几内亚了，因为他还有其他任务在身，所以赞德和查尔斯独自出发了。他们二人在路上颠簸行进了好几个小时，直到太阳慢慢落到地平线上。途中，赞德依旧像之前那样痛得龇牙咧嘴——他既没有休息好，也缺乏定期的医疗护理，而且灌木丛中那些各种各样携带病原体的昆虫反复侵入赞德身上开裂的伤口——这些因素都阻碍了伤口的愈合。

"通往营地的岔路就在前面，"赞德对查尔斯说道，"等我们到了那里之后，我们就步行过去。"

他们忍着泥泞和不适，沿着那条与公路平行的崎岖小径跋涉了一个多小时。等到二人穿过沼泽之后，查尔斯才发现自己正躺在赞德所说的那座岩石覆盖的山顶之上。从这里能看到下方不远处的足球训练营——距离山脚只有四分之一英里。查尔斯一边俯瞰营地，一边寻找钻到他身体里面的水蛭。漆黑的夜里，营地中心的舞台上灯火通明。大多数男孩和青年男性都站在他们的帐篷边，欢声笑语在狭小的山谷中回荡，盖过了发电机的隆隆声。赞德指了指舞台后面的一个圆形帐篷。

"那里就是雇佣兵住的地方。"

"一共有多少雇佣兵？"

"五个。"

"你知道营地里一共有多少个男孩吗？"

"至少两千个。"

"但他们不是每个人都有武器的，对吧？"

"我看到他们围成一圈，传递枪支，但是总共就几把枪。我猜他们可能有几百把突击步枪，但是弹药很少。"

"我希望赛伊和尼亚恩不要在这群人里面。"

成百上千跟赛伊和尼亚恩有相似经历的男孩混杂在他们下面的人

群中。同兄弟二人一样，作为一个独立的个体，他们每个人都值得被关心、被呵护。但作为暴徒的一分子，他们失去了人的本性，变成了午餐饭盘中微不足道的几粒米。人类群居巢穴就是一个谬称，里面住的根本就不是人类：一旦他们迷失在巢穴中或沉浸在集体中，他们就变成了那种最没有人性的物种。这群人便成为如鸟兽虫鱼一般大量涌出的暴徒。

"也许他们早就不在这里了；也许他们逃跑了。"

他们不可能逃跑。在这样森严的环境中逃跑的人一定会被抓回来，毕竟但凡有一个人能成功脱逃，整个团体的凝聚力就会崩塌。

一小时后，舞台旁边的扩音器发出刺耳的声音，男人和男孩们开始向营地中心会聚，查尔斯和赞德也把双筒望远镜转向舞台。等到所有人到齐之后，一个肌肉发达的非洲人跳到舞台上面。他一跃而起，最后落在了讲台后方。在他出现的时候，所有人开始一遍又一遍地高呼着"约翰·约翰"，当他几乎要飞到半空中时，人群中爆发出欢呼声。

约翰·约翰开始在舞台上来回踱步，他就像一名英国海军指挥官，站在船舷的甲板上；又像是复活仪式上的圣经地带（Bible Belt）的传教士。人们欢呼起来，仿佛他是一位足球明星。当他准备演讲时，他把双手举过头顶，手掌朝外，然后缓缓放下来，嘈杂的人群立刻变得鸦雀无声。在接下来的两分钟内，现场除了发电机的嗡嗡声和偶尔传来的猴子叫声之外，再也没有其他杂音，人们会聚在一起，就像着了魔一般，迷醉地望着舞台上的约翰。

约翰·约翰从讲台上拿起麦克风，语气安静而柔和。湿漉漉的空气停滞不动，他清晰的声音也因此传到山顶上。他用冈瓦纳本地的英语柔声细语地说道："弟兄们，你们同我在一起嘛！"这并不是一个问句，他可以接受的唯一回答便是热情的回应。

投机者

他话音刚落，人群立刻有了回应，欢呼声如排山倒海般袭来。查尔斯所能接受的最大规模的集会便是聚餐了，所以对于他来说，能够带动如此大规模的集体响应简直出人意料，同样也是不可理喻。人群中的寂静荡然无存，取而代之的是男孩们和男人们的咆哮。他们仿佛是一个整体，一起腾空，而后又齐刷刷地落在地上，发出的惊雷巨响在山谷中回荡，所有人都在疯狂地大声嘶吼。一些人在头顶上挥舞着 AK-47 突击步枪。这个过程持续了很久，一直到舞台上的那个人再次举起双手，把手掌朝向外面，继而缓缓放低。他的手势一出，所有人立刻停止躁动，恢复了安静。

他把麦克风举向人群。"让我听见你们的热情！"他一声令下，人群中传来一阵吼叫。又有一些人在头顶上挥舞起枪支。约翰·约翰举起一只手，示意他们安静下来。

"再来一次！"他又一次下达命令，一阵咆哮随之传来。嘶吼过后，这位领袖只是轻轻晃了一下手臂，人群随即悄无声息。

"你们吃得好吗？"人群中传来了肯定的回答。除了米饭之外，这里的男孩和男人们还能吃到鸡肉和猪肉，美味的食物使在场所有人表现出额外的热情。饥饿在这里荡然无存。

"你们的工资高吗？"他话音刚落，随即得到了疯狂的肯定。

查尔斯虽然不清楚这次行动的酬劳水平，但他可以推测个大概。即使按照当地的标准来看，每人每月 100 美元的收入也算不上富足，但对这些人来说已经足够了，毕竟他们当中绝大部分人都没有任何收入。他们有生之年都没见过像 100 美元那么大数额的钞票。所以，也许对于 B-F 公司来说，每个月支付士兵们 20 万美元的酬劳，再分给雇佣兵价值 10 万美元的公司股份，再花 10 万美元用于购买食物、燃料、图案怪异的足球以及聘请约翰·约翰，已经是一个很便宜的价格了，他们可以借此实现自己的目的。虽然 B-F 公司的普通股东在年度股东大会上不会赞成花费这些费用，然而像 B-F 公司这样拥有 50 亿美元的大企业可以自行决定部分资金的使用权。

"你们渴望正义吗？"约翰·约翰用一种比在场大多数人都更为标准的英语向他的追随者们喊话。

约翰·约翰致力于向他们灌输一种简单但是可信的思想体系。

"冈瓦纳是一片富饶的土地。那么，为什么你们那么穷呢？"他语气平静地问道，"为什么来这里的白人都很有钱？我们国内的财富被他们掠走了吗？为什么亚当斯敦的大人物要把属于我们的财富给那些白人？为什么那些大人物——总统和他的走狗们——要把我们的财富占为己有？是时候让你们成为大人物了！"

从本质上说，他说的这番话与那些受过教育的欧洲成年人在近百年间所信奉的观念别无二致，而将这种观点灌输给这些贫穷无知的非洲青年简直是轻而易举。

"兄弟们，我的兄弟们……"约翰·约翰的语气无比真诚，每个人听后都会觉得自己就是约翰最好的朋友。约翰·约翰抬起手掌，人群又恢复了安静，他换上了一种与当地男孩们相似的口音，对在场所人说道："我们在等待时机，到时候我们再次在我们自己的故土安居乐业，我们将会实现自治！贡县是我们自己的贡县，国家也是我们自己的国家！"此时，人群中的欢呼声更为高亢。"科佩尔人（Kpelle），曼丁哥人（Mandigo），马诺人（Mano），我们所有人！"他在人群上方高声喊道，"我们将从东方人、加拿大人，还有腐败的政府手中夺回矿山！"众人高声欢呼，约翰把口音又换成了标准的英语，"我们将在黄金中游泳，在铁矿里打滚，我们会活得像个真正的人，不再受任何人的鞭笞。我们不再是奴隶！"他微微一笑，（通过麦克风对着成千上万的人）狡黠地补充道，"我相信女人会爱上你的，成千上万的女人都会为你们痴狂。"

任何规模的人类集会也很难发出如此喧闹的噪声，在这么空旷的地方，即便在数百码之遥，声音也聒噪到令人难以忍受。这些噪声着实挑战了声学定律。

查尔斯观察到这群人情绪上的变化：起先是吃惊，继而是好奇，再到后来的着迷，最后转为恐惧。他知道历史上有很多仅靠言语就能实现一个人控制多个人的事例，但他从未亲眼看见过，那是一种心理学控制法。当然，除了心理因素之外，金钱、声望和武力威胁都必不可少。东方人称之为"生命力量"的"气"具有压倒性的优势。对一些人来说，语言表达能力是一种与生俱来的罕见天赋，就像那些成为世界顶级运动员或顶尖物理学家的极少数的天之骄子一样，是可遇而不可求的运气。尽管煽动性的话语几乎总是带有破坏性，但它本身在道德上就是矛盾的。正如那些引诱女人、发动枪战或提起诉讼的手段一样，皆有两面性。这些手段既能起到正面作用，也能产生负面影响，选择权在使用这项技能的人的手里。这个叫约翰·约翰的人的每一个语调和每一个动作，查尔斯都进行了仔细的研究，他看到了一位兢兢业业的大师。从这一刻起，查尔斯领悟了一些道理，并将它们牢记于心。

约翰·约翰的手又举起来了，人群立刻变得鸦雀无声。他低声说道："贡县有着全国最好的大学。教育掌握在我们手中！现在，嘘——嘘——我们的教育是不收费的。嘘——现在，保持安静。"

"贡县的人民是全国最优秀的人民！嘘，现在继续保持安静。"人们依旧高举手臂，但没有人再多说一句话。

第三十七章　查尔斯见到了约翰·约翰

"贡县男人的妻子是全国最漂亮的女人！嘘——嘘——"在场的男孩子没有忘记约翰的这个承诺。

"贡县有着全世界最大的金矿！"他振臂疾呼，随即放下了挥动的手臂。在场的男人们沸腾了，大家挥舞着枪支，激动地上蹿下跳。在他通过扩音器大声疾呼之前，他把在场所有人的情绪推向了前所未有的高潮。"上帝与我们同在！上帝与我们同在！我们贡县人民，与上帝同在！"

那些站在外圈、可以活动自如的人开始跳起了舞，他们的膝盖上下跃动，双手在空中挥舞，他们把头向后仰，对着天空喊道："上帝与我们同在！上帝与我们同在！上帝与我们同在！"约翰·约翰站在舞台上俯瞰整个人群，他微笑着点点头，朝舞台两侧的人群深深鞠躬，人们的情绪被进一步点燃，亢奋之至。约翰张开双臂，就像在拥抱整个军队。

约翰·约翰举起双手，片刻之后，人群中的骚动再次平息。"你们问我什么时候可以做这件事，我现在就可以告诉你们，我们很快就能行动起来！但是耳听为虚，眼见为实，时机一到，我自然会告诉你们。不过你们要知道，到了那个时候，你们每个人都会成为有钱有势的大英雄，你们会拥有很多女人，每个人都会有一大群女人！"紧接着，他用一种深沉到不可思议的声音嘶吼道："你们每个人都会因为自己是贡县人而感到自豪！"

演讲结束之后，人们再次沸腾起来，喧闹声整整持续了十分钟。随后，这名男子在追随者的狂热尖叫和手舞足蹈中离开舞台，台下的人大声喊着"约翰·约翰"，直到他们与这个名字融为一体，独立的个体荡然无存。约翰·约翰会给他们想要的一切，他身上披着爱国主义的外衣。在历史上，爱国主义正是那些恶棍攫取权力并维持权势的不二法门。渐渐地，这些男人们和男孩们开始慢慢散去，回到各自的帐篷里。

投机者

他们没有踱步回去，而是一路上手舞足蹈。他们精力充沛，随时等待那个人发号施令。

查尔斯坐在山上，整个人很震惊，心中满是厌恶。这个约翰拥有像希特勒一样的口才，还有像教会传道士一样的坚毅精神，此外，他还有如同重量级拳王一般的身材。不论是在心理上、情感上、身体上还是智力上，他都是这群男性的主宰者。

"这就是个人感召力和犯罪精神吧。"查尔斯低声说。

赞德回答说："这是这里所有叛军领袖的共性。如果把他发配到加利福尼亚，他会成为一个机车帮（biker gang）的老大。要是把他皮肤涂成白色，再把他送去亚拉巴马州，他会成为三K党的头号人物。要是让他去上几年学，再给他一套西装，把他派去伊利诺伊州，他就会当选州长。"

"我有一个可能听起来很愚蠢的问题。他到底有多暴力？"

"他几乎无所不能。当然，他是个不折不扣的杀手。看看伊迪·阿明，让-贝德尔·博卡萨和查尔斯·泰勒，你就知道他大概是个什么样子的人了。他们可能前一分钟还对你微笑，下一分钟就把你的四肢砍下来放进冰箱。这能威慑到追随者，并给他们留下深刻的印象，从而将他们的领袖捧上神坛。在他们的认知中，他们的领袖不会被普通人的事物所约束。他们必须要相信他们的领袖无所不能。约翰·约翰是一个典型的精神病患者——无论在何种情况下，他都不值得信任。"

查尔斯对赞德的这番话心领神会，或许是因为他天生的性格，或许是因为他在性格养成时期的摆摊卖柠檬水的经历，抑或是因为他来到非洲之后经历的种种遭遇。总之，查尔斯对犯罪分子产生了深深的厌恶，他不愿意原谅这些人的恶行。他余生将会一直坚持这种价值选择。

第三十七章　查尔斯见到了约翰·约翰

二人又观察了一个小时，直到营地的活动接近尾声。然后，赞德指着下面那条横跨足球场的小路，说道："看那儿！那个人是雇佣兵的头儿，叫鲁伯特·佩尔。"

"这个鲁伯特好像正往我们这个方向走过来。"

"跟我下来吧。"赞德领着查尔斯来到岩石背面的一处裂缝，裂缝中杂草丛生，"现在开始保持安静，他是来这里打电话的。在这里打电话总比让国家安全局监听通话记录要好。我们在这里慢慢等。这可是国家间谍求之不得的机会。"

于是，他们匍匐在岩石后方一直等到晚上十一点。这时，鲁伯特的手机响了，声音从他们头顶上方传来，格外清晰。

"哈里？……什么？哦，是斯摩德霍夫。我还以为是我兄弟打来的电话……没有……昨天晚上没有，前天晚上也没有……对，连续几个晚上联系不到他是很正常的事……没事，我不担心，哈里能照顾好自己的。"

事实并非总是如此，查尔斯腹诽。

沉默一分钟之后，鲁伯特的声音再次从岩石上方传来："约翰·约翰想要拿到所有枪支弹药，他想在指挥人马南下之前把所有军火都拿到手。这里对我们来说已经够危险了……弗洛莫这个混蛋还老是跟在约翰·约翰屁股后面，甩都甩不掉，我们得先把这个弗洛莫干掉……很不幸，这些亢奋的孩子们手里还有弹药……什么？对，班加西奥奎尔村里有一百万发子弹，也可能这些子弹还在邦戈达。见鬼，我不知道。那要看哈里有没有把它们转移走……是的，我知道……他最好是已经把它们运走了。我一有他的消息就跟你联系。他今晚应该会给我打电话……再等 8 天，我知道，我会尽量拖到那一天，但这不是件容易的事。约翰·约翰没有那么好的耐性……我的每一分钱都是自己挣来的，你可别忘了……嗯，好的，祝你一路平安。晚安。"

鲁伯特挂掉了电话，但每隔几分钟，山顶的寂静就会被他不耐烦的粗鄙咒骂声打破。尽管鲁伯特骂得越来越凶，他也没有再接到任何电话。他不知道的是，他想接的那通电话，永远都接不到了。

赞德和查尔斯听见鲁伯特顺着远处的岩壁滑下来，离开了这里。片刻过后，赞德绕过岩石，看着那个人离开的背影，他已经沿着通往营地的小路走远了。

"他们这里没有多少弹药。"查尔斯对赞德说道。

"但总归还是有一些的。而且他们后续会得到更多补给。如果他们把那些集装箱从邦戈达转移到班加西奥奎尔村，那么他们就能在距离这里不到30英里的地方建立一个小型弹药库。"

"然后他们就会带着枪支弹药向南前进，去往班加西奥奎尔村会合。听那通电话的意思，我们的朋友鲁伯特的任务貌似是让约翰·约翰再等8天。我想，这就意味着伯克国际矿业公司计划在8天后抵达B-F公司的矿区。这家伙在铤而走险。拖住约翰·约翰的任务，风险太大了，我才不羡慕这份工作。"

赞德深以为然："完全不羡慕。我猜约翰·约翰很可能会杀了所有的雇佣兵，好让他的手下知道谁才是这里的老大。"

"约翰·约翰的确长了一张领导者的脸，他应该对整件事负责。"

赞德摇了摇头，说道："不，查尔斯，我们才是要承担责任的人。"

第三十七章　查尔斯见到了约翰·约翰

第三十八章

老友间的秘密

　　查尔斯和赞德花了两天时间在几内亚搜集情报，靠着背包里的食物度日。赞德的伤势不但没有好转，反而更加严重了。他们躲在一块巨大的岩石旁边——这块巨石的底部有一部分被侵蚀了——观察这支小型军队的日常活动：跳健美操，跑步，用武器射击，对武器进行实地拆卸，在泥泞里爬行，当然，还少不了踢足球这项活动。这群人最开心的时刻就是踢足球的时光。球场上洋溢着欢声笑语，队员们彼此相拥。每天的正午和夜晚时分，约翰·约翰都会发表一番振奋人心的讲话，狂热地煽动这些追随者们的情绪，众人变得极为亢奋，这种情绪在一两个小时之后才能平息。然后，这些将于下周成为冷酷杀手的年轻人又变回那群单纯的足球男孩。

　　查尔斯终于在足球场上的球员里和周围观看比赛的人群中发现了赛伊和尼亚恩，只不过两人的身影若隐若现。看来，兄弟二人也在这里接受训练，他们会前往树林里射击，也会以小组为单位在营地里做一些杂活。查尔斯现在没有办法和他们取得联系。而且，如果他贸然行动，谁又能保证赛伊和尼亚恩没有被约翰·约翰洗脑成为他的忠实拥趸呢？谁

投机者

又能保证他们不会向约翰·约翰告发自己呢？

查尔斯和赞德看着约翰·约翰在营地里走来走去。营地里的那些人对他毕恭毕敬，在他们眼中，约翰就是神一般的人物，或者最起码是一位父亲的形象。营地里有很多（也许是大多数）年轻人都因为战争失去了自己的父亲。约翰·约翰拍着他们每一个人的肩膀，同他们坐在一起，谈笑风生。他的这一举动令在场所有人都生出这样一种感觉：在那一刻，他仿佛是世界上最重要的人。他有时也会突然变得严厉起来，吼声直冲云霄；他气得直跺脚，把别人推倒在地，就连声音也变得尖锐刺耳。但约翰·约翰不会经常动怒。不管约翰是否读过马基雅维利的作品，他对于马基雅维利的理论心知肚明：作为一个领袖，受人爱戴固然是理想状态，但是令人胆战的威慑力才是他最想要的。如果他有机会爬到那样的高位，那他一定会成为一个威震四方的军阀。

午夜将至，岩石上方传来的咒骂声飘进了查尔斯和赞德的耳朵里，他们据此断定，这位名叫鲁伯特的雇佣兵已经连续好几个晚上没接到他盼望已久的电话——来自他兄弟哈里的电话。

高温、湿气和尘土与昆虫狼狈为奸，赞德的伤势也因此越发严重。在赞德给伤口换药时，查尔斯透过微弱的光线瞥见了那处裂开的脓包。他摇了摇头。

查尔斯料想到赞德肯定不希望因为他的伤情而取消这次任务，于是他宽慰道："我们需要物资补给。"

"坦白说，我倒不介意请卡罗琳再把我的伤口处理一下。"赞德意有所指地说道。查尔斯此刻并不想和赞德争论。

"我也不介意。既然我们已经想好计划了，那我们为什么不离开这个无聊的地方呢？"他微笑着瞥了一眼赞德。

第三十八章　老友间的秘密

"你的证据搜集全了吗？"

查尔斯点点头："我觉得已经足够了。"

"但我们还没有准备好实施计划，我们这里的事情还没解决。"

"你在这里的任务暂时已经完结了。我和 TJ 会回到这里完成准备工作的，赞德，让我先把你送到船上去吧，你的伤不能再拖了。我们对你的要求就是你要在一周的时间内把伤养好。你能做到吗？"

赞德转过身子，低下头看了看他受伤的屁股："我尽量吧。不过，要我说，最好的结果也不过是痊愈半个屁股而已。"

*　　　*　　　*

"非洲恩典号"迎来了忙碌的一天。新一批志愿者正从欧洲赶来，船上的手术和人事变动安排得满满当当。就在大家吃午饭的时候，查尔斯突然来了。卡罗琳放下手头所有工作，飞一般地扑进了他的怀里。

然后，她以同样的速度从他的怀抱中挣脱，连连后退。"天哪，你怎么搞得一团糟！"她绷紧了脸，嫌弃地抱怨道，"全身臭烘烘的。"

"我马上就去洗澡，不过你得先看一下赞德的伤口。"

"我们会重新给他处理伤口的。他这个人总是不把医嘱当回事。你先去客房清理一下吧，我在这里等你。"

"一定要在这里等着我，我时间不多了。"

"你可不要趁机再从这艘船上溜走。"

"相信我，我宁愿在这艘船上待着，也不愿意去我能想到的其他任何地方。"

卡罗琳微微一笑，陷入片刻沉思，脸色也沉了下来，但随即她又露出了微笑。"我喜欢你的短发，查尔斯。"她抬起手抚摸着他的头发，两人的影子在逐渐扩大。

"我的发型如何？"赞德站在卡罗琳身后问道。

"你的发型也很酷。"她转过身摩挲着赞德的脑袋，好像在抚摸一条年近中年的小狗一样，"看到你们两个安然无恙地站在这里，我真的很高兴。"

四个小时后，查尔斯的身体和心灵都得到了休整。他把衣服留在洗衣房里，此刻的他正与卡罗琳一起躺在她的房间里，卡罗琳把她的脸颊凑到他的肩膀上，检查了一下那些迅速痊愈的伤口。他们已经违反了船上的规定。

"想想好的方面，至少我不是在宵禁之后才到船上的。"他自嘲了一番。

"看到你还是遵守了一些规则，我真的很欣慰。"她打趣道。

这时，赞德敲响了房门。"孩子们，抱歉打扰你们了。"他隔着房门对他们说道，"TJ 来了。"

查尔斯对卡罗琳露出温暖的笑容。她是一个真实的人，丝毫不会矫揉造作，也颇有能力，比圣地亚哥的那些没有感情的人造生物更令人向往。一分钟后，他穿着手术服从卡罗琳的房间里走出来，查尔斯发现赞德正朝他不怀好意地笑着。

查尔斯看到了他讳莫如深的笑容，笑道："你可不要多管闲事。"

"好嘞。"赞德递给他一个沉重的行李袋，"这里面有吃的和喝的，还有一些其他的必需品。"查尔斯把这个行李袋扛在肩上，赞德又嘱咐了一句，"去换身正经点的衣服，TJ 还在等着你呢。好戏就要开始了。"

"肯定不会比我刚才的经历更有意思，但我就喜欢找刺激。"

455

第三十八章　老友间的秘密

他们在码头上看见了TJ，他坐在一辆巨型平板卡车的驾驶座上，车上装着一个集装箱。卡车的轮子有五英尺高，可以载着重物在糟糕的路况上缓慢行驶。在它正后方停着一辆一模一样的平板卡车，卡车的货箱顶上坐着五个人，他们看上去像是在野餐。其中一个人挥了挥手，然后像体操运动员一样从集装箱顶部顺滑下来到驾驶室的车顶上，然后从上面跳了下来，两只脚先伸进了车窗内，再顺势滑到驾驶座上，整套动作行云流水，一气呵成。那人甚至在头未完全伸进车窗之前，就已经把卡车的发动机启动了。

　　TJ驾驶的那辆卡车座位上堆着几把铲子和一柄镐头。TJ把它们一股脑儿地扔到了座位后面，然后伸手拉住了查尔斯，咕咕哝哝地把他拉进这辆巨型卡车的驾驶室里。他指着另一辆卡车对查尔斯说："那些人是我的朋友，他们都是我的同乡，来自杰内镇。"

　　查尔斯赞许地点了点头。理论上，他此刻正在指挥一支管弦乐队，乐队中的每个人都必须各司其职。但他整个人却很紧张，就好像他正在走向高空跳伞的出口——他把整条命都放了那些为他打包降落伞包的人的身上。一旦他们在准备过程中出了任何差池，他将死无葬身之地。

　　赞德抬起头对他们说道："你们两个先相处一会儿吧，我得赶紧走了。而且我还得去拿我们说过的那些东西，我还得去打个电话。你们要注意安全！"说罢，他便转身走上了舷梯。

　　查尔斯朝他喊道："好好照顾自己，不要着急！嘱咐卡罗琳给我留一盏灯。"

　　他们同赞德挥手告别，两辆顶部坐着一堆人的重型柴油卡车以每小时30英里的最大时速驶离，这群人还有很长的路要走，这也为TJ和查尔斯留出了充足的时间来更好地了解彼此。

"股价略有下跌，从 290 美元的峰值降到了 270 美元。"莫里斯·坦普尔顿熟练地背出这些数据，"卖家正在涌入市场，空头头寸虽然不多，但它的数量在不断增加。我觉得大部分的做空者都是炼金奇力公司的人，当然这里面也有我们的人。在某个时间点，那些随大流的证券投机者就会大批涌入。"

"是的，一旦 B-F 公司的人卖掉所有的股票，他们十有八九会通过他们的离岸公司加入我们的做空行动之中，"赞德边说边把手机举到了一个舷窗附近，那里的信号会好一些，"就是这种抛售行为才导致股价走低。"

莫里斯道："你说得很有道理，否则今天的股价应该会上涨很多。B-F 公司正在对股票进行疯狂炒作，他们把公司的钱都花在宣传上面了。他们正用一种全新的视角重写旧数据，重塑老故事，从而吸引新的投资者。他们公司唯一的新消息就是，他们刚刚根据岩芯样本和矿区地质构造发布了一份公司内部的概括研究报告。这意味着（班加西奥奎尔村）地下总共埋藏着 3 亿盎司的黄金，远远超出他们之前预测的 1 亿盎司。每一克黄金都能让你赚得盆满钵满。"

赞德摇了摇头。"这项概括研究报告中得包含着多少废话啊！我相信斯摩德霍夫把这项研究报告留到这个时候就是为了在他自己抛售股票的时候让股价保持暂时的稳定。如果他在短短几天内捏造出一份令人啧啧称赞的可行性研究报告，从而吸引那些大型投资机构购买股票，我绝不会对此感到惊讶，因为这个人行事果敢，很不可思议，我指的就是这个词的字面意思。如果这件事情一发不可收拾，在接下来的十年间，勘矿行业都会停滞不前。"他又问道，"联合国那边有什么进展吗？"

莫里斯叹了口气："毫无进展。这件事必须要逐层递报，可能要花上六个月甚至是六年时间，才能呈递到相应的委员会面前。赞德，你应该明白，那些人不会给我们提供任何帮助。他们还不如我，最起码我能帮你查到那个足球训练营的卫星图像。"

"我本来就没指望联合国能做什么。"

"我的外甥还天真地以为联合国能帮他，不过这也说明他还有很多道理要学。赞德，你不要忘了：查尔斯虽然很聪明，但他还是个毛头小子。"

赞德回答说："我没忘，我的朋友，查尔斯让我想起了 30 年前的我们。我喜欢他乐观的态度，他能从所有角度看问题，也能考虑到所有的可能性。虽然他试图活在现实世界中，但他并不否认这个世界可以变成他想要的样子。莫里斯，你对那孩子的评价很中肯。"

"当然，毕竟他是我的外甥。他简直就像是我的亲儿子。"

赞德顿了几秒钟，才缓缓回应道："我知道，莫里斯。"他深吸一口气，接着说道，"只可惜我现在还看不到你结婚生子的样子。"

莫里斯被他逗笑了："我为什么要生孩子？我已经把我 50% 的股份收益按要求上缴政府了，我可不需要再来一个孩子把那剩下的 50% 的股份再拿走一半。这样一来，我可就只剩下四分之一的股份了。"

"你还不如直接入股他们公司，然后把自己手头的股份物归原主。"

"听起来倒是个好主意——对受赠者的确是个好主意。"莫里斯嘲讽道。

"有人说，如果你在婚姻中牺牲了 50% 的自己，你至少也会得到相应的回报——你的配偶也会为你牺牲掉自己的 50%。"

投机者

"随他们怎么说吧。对我来说，这个说法听起来就像是一个针对双方的奴隶制条约。不管怎样，查尔斯在很短的时间内就喜欢上你了，这也是意料之中的事情。你知道的，他把你保护得很好，他连你的名字都没有跟外人说过，甚至对我都三缄其口。这一点倒让我很惊讶。他只是偶尔会下意识地说'我们发现了一些事'之类的话，而不是'我发现了一些事'。除了这种偶尔的口误以外，他一直没有对别人提起过你。"

"莫里斯，我很感谢他为我做的这一切。他是个好孩子，他可是在帮我赚大钱。"

"那你也应该感谢一下我。"

赞德补了一句："也谢谢你，让我认识了查尔斯。"

"还有谁比你更值得信赖呢？我告诉过你，跟查尔斯在那个鬼地方见面是值得的。看在上帝的份儿上，别让那个孩子成为牺牲品，他未来还有很重要的人生路要走。我已经不能全身而退了，你是知道的，所以我需要在观众席上观看查尔斯在拳击场上的搏斗，我能从他的厮杀中获得快感。"

然而此刻的赞德不仅无法从死亡中拯救查尔斯，就连他自己也要搭上性命了，这种局面已经是无力回天了。

第三十八章 老友间的秘密

第三十九章

萨拜娜得到了自己该得的东西

　　酒店泳池边的热水浴缸里不断有泡泡涌出，萨拜娜躺在浴缸里，一边享受泡泡浴的按摩，一边在做着数学计算。她在衡量金钱和机会。摆在她面前的众多利好结果中，究竟哪一个才是绝对完美的？在那些被誉为"壮观"和"非凡"的事物之间进行抉择是一件愉悦的事情。究竟哪个词意味着更好的选择呢？施普林格喜欢给词语下定义，也许她能在美国法警逮捕他的时候借机审问他一番。

　　她从施普林格那里得知奈特还活着。她猜测他又回到了非洲。她估计如果 B-F 公司的股价下跌至接近零美元，奈特手中看跌期权的总价值可能会高达两亿美元。奈特现在肯定已经乐不思蜀了，他也许正幻想着靠这笔巨额财富赢得广泛的人脉、无尽的奢华以及幸福的人生。

　　奈特之所以对她置若罔闻，可能是因为对她的痴迷程度还不够深，或许只是因为他还不信任她。否则，她很难相信他会对她不感兴趣。查尔斯至少会折服于她的性吸引力，甚至还会对她生出一些浪漫情愫。她真是搞不懂。哪怕他是同性恋，她也会让他爱上自己的！所以，一定是他早就计划好了要连夜赶往非洲，才会匆匆离开。这个推测至少能让她自己的形象不至于那么伤痕累累。

如果他变成一个大富翁，届时会有许多女人——其中甚至会有一些和她旗鼓相当的女人——把他作为自己的求偶对象。问题在于如何将她手中的资源实现利益最大化。她是否应该冒着示弱的风险再努力一把，还是冒着他可能会移情别恋的风险来一次欲擒故纵的把戏？

一想到查尔斯已经不留情面地拒绝了她，她的心胸就变得狭隘了起来。当意识到自己被拒绝之后，萨拜娜体内某些固有的防御机制被激活，抗拒着所有威胁到她自我意识的事物。一个人的自我意识越强大，自我防御机制也会越发强大，变得缺乏理性甚至是荒唐可笑。于是，她下意识地把注意力从查尔斯·奈特那里转移到了斯摩德霍夫身上，这样一来，查尔斯就无法威胁到她的防御机制了。

斯摩德霍夫是一个性欲极强的人，但他的欲望转瞬即逝。尤其对于他这种亿万富翁来说，有那么多的曼妙女郎任其挑选，他也没有理由一直对萨拜娜纠缠不休。在过去的几天里，他一直给萨拜娜打电话，但她一个也没接。她之所以这样做，一方面是因为她对他本人没有多大兴趣，另一方面是因为这是能确保她一直吊着斯摩德霍夫的标准策略。

斯摩德霍夫已经赚到了好几亿美元的资产，哪怕有朝一日他会因为证券欺诈罪被起诉，这笔财富应该也足够让他滋润地活着。他并非美国公民，也不在美国居住，所以就算哪天东窗事发，他也可以花钱聘请专业的律师团队为他辩护，这就意味着这次起诉对他的影响几乎是微乎其微。总之，他本人肯定不会出庭受审。当然，原告或检察机关也会对他提起民事诉讼，但斯摩德霍夫一定会逃得更远，使得美国法律更加鞭长莫及。也许随他到一个不会被引渡的小岛上逍遥自在地生活上几年，是一件值得的事情。

第三十九章　萨拜娜得到了自己该得的东西

但是，除了奢华的生活和昂贵的礼物之外，她还能得到什么别的好处吗？这个想法令她倍感空虚。她了解他的为人：如果他看到自己在新闻报道中被称作骗子和罪犯的话，他会感到沮丧和孤独。他可能会生出一种幻想，B-F 公司变成了他理想中的模样，而他本人则是流言蜚语的受害者。但不论他如何自欺欺人，都没有任何实质性的意义。她坚信他犯下了一起重大诈骗罪，这是他终生都摆脱不掉的劣迹。

他们两人对此都心知肚明，而且斯摩德霍夫也知道萨拜娜已然知晓一切。在这种前提下，萨拜娜很容易就能控制住他。但如果他同样把她视为威胁，那他在这种动机的驱使下就会变得很危险：这种人什么事情都能做得出来。况且，他年事已高，很快就会迟钝到难以忍受。倘若和他一起生活，势必不会一帆风顺。

如果她跟斯摩德霍夫远走高飞，她能接触到的人就只剩下斯摩德霍夫和一群卑贱的仆人，而且她也不能确保自己能拿到这笔财产。而她通过美国政府机构在全球政治掮商圈子里的晋升之路，势必会因此终结。若要论及真正的影响力，斯摩德霍夫基本上就是一个死胡同。

她为自己的远见卓识感到庆幸。她的思绪又回到了查尔斯·奈特身上，她的自我防御机制又开始增强。

如果她和查尔斯住在一起，生活会变得更加刺激。他年轻而且精力充沛，而且只要她愿意，她就能使查尔斯免于任何指控。他还可以无拘无束地环游世界。如果他用一种恰如其分的方式披露事实，他可能会被媒体奉为英雄，甚至会被美国政府授予奖项，毕竟他揭露了一场巨大骗局。英雄的光环会给查尔斯带来权力，他很有可能会实现名利双收，这样一来，她萨拜娜沿着权力之梯往上攀爬的进程就不会受到任何阻碍。若是她能与风度翩翩的查尔斯结婚，再加上他所带来的所有财富，她便能借此打开从政的大门。而通过政治，她就能结识那些操控全球财富的人。一个想法开始在她心中成型，虽然很难说清，但得到凌驾于任何人（查尔斯·奈特也包括在内）之上的永恒权力是她的终极目标。她的性感是便于她获得权力和金钱的垫脚石，而政府是将金钱和权力联系在一起的机构。

就在她苦思冥想之际，一个念头在她脑海中闪过，她找到了矛盾所在。从表面上看，她显然应该把精力集中在查尔斯·奈特身上，她要引诱和控制的对象是他而不是斯摩德霍夫。但由于一些无法理解的原因，她可能无法赢得查尔斯·奈特的芳心，所以要想让奈特成为她的麾下之臣，她又有多少胜算呢？要是下次他更明确地拒绝她该怎么办呢？萨拜娜很快就理清了思路：如果她无法俘获查尔斯·奈特的心，她就要彻底放弃他，而他也会失去利用价值，她再也不会在他身上浪费时间了。除非奈特在接下来的时间内还能赚到更多的钱，她或许还会考虑再尝试一次。也许相对于结婚对象，把查尔斯·奈特作为起诉对象更有价值。

随后，她匆匆忙忙地从热水浴缸里爬了出来。她那套紧身肤色连体泳衣经过热水的浸泡，基本变成了半透明的款式，而这款泳衣的设计师的初衷便在于此。夜色已深，她环顾酒店四周，并未发现盯着她看的住客，现在既没有能激发她性欲的男人，也没有让她心生嫉妒的女人。于是她扫兴地用毛巾把自己包裹起来，回到房间。意识到自己的魅力无人赏识，甚至都没有人和她共用一部电梯，她整个人都郁闷起来。

回到房间后，她来不及擦干身体，就打开了笔记本电脑。她要搜索一宗旧案，这是一位在证交会工作的老员工告诉她的。早在20世纪70年代，一位名叫雷·德克斯的证券分析师就揭露了一家名为股权融资（Equity Funding）的公司存在系统性欺诈行为。他挖掘出了深藏的秘

第三十九章　萨拜娜得到了自己该得的东西

密——其中一些来自那些对公司不满的员工。尽管他向主流媒体、公司审计人员和美国证交会举报了他所了解到的情况，但没有任何机构采取行动阻止这场骗局。因此，为了让人们注意到这场即将降临的灾难，他建议一些大股东把他们在股权融资公司持有的股份抛售出去。此举导致该公司股价突然下跌，引起证交会的注意，但他们的关注点在于德克斯教唆抛售的行为，而不是他手中关于该公司行骗的证据。除此之外，证交会还决定起诉德克斯，哪怕最后事实证明德克斯没有撒谎：股权融资公司破产了，为那些受骗的投资者造成了三亿美元的损失——这在当时是一笔不小的数目，但是证交会还是以协助和教唆内幕交易为名将他定了罪。

证交会给出的理由是：任何利用内幕消息的行为都应受到起诉，即使被起诉的人使用这些信息的初衷是为了揭露欺诈行为，也将一并定罪。由于德克斯教唆他人利用这些信息进行交易，所以他是有罪的。根据法律先例，任何凭借此类信息获益的人，证交会都会将其绳之以法。

德克斯为了免罪支付了高达数百万美元的律师费，10年之后，最高法院才裁定德克斯无罪，而之所以暂缓判决，只是因为他本人没有从内幕信息中获利。而查尔斯·奈特就不同了，他已然从B-F公司的内幕信息中攫取了巨大的收益。

萨拜娜意识到，如果她以一种符合法律法规的方式处理这桩案件，证交会就会以内幕交易的罪名将查尔斯·奈特列为罪犯。但如果她换一种处理方式，政府就会把奈特奉为英雄，因为他揭露了一起骗局。这随心所欲的一切将会令弗朗茨·卡夫卡兴奋不已；她当然擅长做这种事情。

这一切突然变得明朗起来。如果她将此事处理妥当，那她就会成为

投机者

万众瞩目的焦点，而她过往的职业生涯只是一切的序章。她回忆着这一切：她在美国证交会和税务署的任职时光，她父亲的权力，来自美国副总统的关注，他提出的那项提高政府工作效率的提案及其增加政府财政收入的目标，当然还有查尔斯·奈特：所有的一切都会水到渠成。

她换好了衣服，然后驱车前往炼金奇力公司。都已经这么晚了，办公室里肯定不会再有其他人了。在去往公司的路上，她终于接听了斯摩德霍夫打来的电话。

*   *   *

斯摩德霍夫从冈瓦纳给萨拜娜打来了电话，此刻的他还躺在桑巴角酒店套房的床上，还没有喝他的晨间咖啡。今天将是漫长的一天：他要与从洛美远道而来的伯克公司先遣队进行多次会议。很不幸，他们刚刚结束了在多哥的钻探作业，所有的设备都是现成的，可以立刻在班加西奥奎尔村重新部署，进行新一轮的钻探。他于昨晚得知，一艘满载着伯克公司钻探设备的货船将于明天抵达自由港。伯克公司计划立即展开平行钻探，并即刻将开凿出来的岩芯运走。他们已经规划好首先要钻探的几个地点。炸药的导火线越烧越短，一触即燃。

尽管他手中还剩很多股份要投入市场，但他已经没有时间了。他需要尽快说服约翰·约翰和他一起阻止伯克公司的钻探行动。或者至少要确保伯克公司所有来班加西奥奎尔村的人都不能活着离开这里。

"丹尼！"萨拜娜装出一副热情洋溢的样子，用一种慵懒的嗓音低声呼唤着他，"天哪，你能给我打电话来，我真的好开心。"

斯摩德霍夫没有回答，因为他没指望萨拜娜会接他的电话。他讨厌别人叫他丹尼。他更喜欢丹尼尔这个称呼，在必要之时，叫他丹也可以。像他这种周游世界的地质学家，丹尼这个名字并不适合他，即便这个名字是从萨拜娜撩人的嘴巴里吐出来的，他也不喜欢。

"你在哪里？"她问。

"当然是在冈瓦纳。"

"你竟然不带我一起？"她语气轻佻，任性地质问他。

"我以为……"他停顿了一下，突然觉得自己没了力气。他想把自己最朝气蓬勃的一面呈现给萨拜娜。

"以为什么？"

"没关系，你现在在哪儿呢，萨拜娜？"

"我在圣地亚哥，我想帮你摆脱掉查尔斯·奈特。"

"他也在圣地亚哥吗？"

"没有。我猜他已经回非洲了。"

他巴不得奈特现在就已经死了，实际上，他就等着这一天了。但是奈特依旧活得好好的，他沉默了一会儿，然后接受了这个已经变得极糟的事实："我料到了。"

"实话告诉我，你是不是已经存了一些钱？"她问道。

萨拜娜的话令他脊背发凉，他慌张地从床上坐了起来。她问这句话到底是什么意思？

于是他故作镇静地说道："我不明白你的意思，但我有的是钱，你是知道的，来冈瓦纳找我吧。"

但她下一句话彻底击垮了他的精神防线。

"丹，其实班加西奥奎尔村根本没有金矿，对吧？"

斯摩德霍夫没有说话。

投机者

"查尔斯·奈特偷来的那些石头已经说明了一切。"

他再次陷入了沉默，最后说道："其实是他偷错了石头。"

"别跟我胡扯了，"萨拜娜耐心全无，"我再问你一遍，你到底有没有把那些钱找一个安全的地方存起来？"

他的确存了一笔钱，如他所愿，这笔钱放在了他接触不到的地方。"我有钱，萨拜娜，总共有上亿美元，这笔钱绝对安全。"这笔钱应该足以让这位年轻的美人跟随他去任何他想去的地方——至少目前是这样的。

萨拜娜接下来的这番话出乎他意料。"现在，我要你专心服从于我。"她的语气完全改变了，以一种不容抗拒的权威口吻向他下了通牒。她不再继续挑逗他，语气中的假意关切也都不复存在。

就算他没有喝咖啡，此刻也完全清醒了。"服从？"他迷惑地问道。

"你给我好好听着，我们要在这件事上通力合作，不能出半点差错。你必须把指挥权交给我。"

在接下来的几分钟里，萨拜娜一直在讲话，而他越听越焦虑。一开始他只潦草地记了一些笔记，但到后面他就停下来了。当她说完后，斯摩德霍夫质问道："我为什么要做这些？"

"因为这是能帮你扳倒查尔斯·奈特的办法。"

他的心悬了起来，僵住了。

说罢，她又换上一种性感的声音接着说道："丹尼，如果你完全照我说的做，而且要是你做得好的话，我就会在 24 小时内去冈瓦纳找你，你让我做什么我就会做什么，你知道我会表现得很好。我们不是很了解对方吗？"

他当然明白她的意思。他的腹股沟不禁抽搐了一下，此刻的他宛若

第三十九章　萨拜娜得到了自己该得的东西

一个欲求不满的青少年。

然后，她没有再多说一个字就挂掉了电话。

他盯着手机看了一分多钟。他知道，萨拜娜没有把她知道的一切都告诉他，否则她就不会问他海外资金的细节，也不会命令他做这些该死的事情。她究竟有什么目的？

*　　　*　　　*

几分钟后，萨拜娜把车停到了炼金奇力公司办公室的楼下。

她径直走到奈特那间一直闲置的办公室。她看到他的传真，上面印着那些偷来的岩石样本的分析结果。

她果然没有猜错：查尔斯·奈特赌对了，岩芯里面连一微克的黄金都没有。斯摩德霍夫在电话里基本已经承认了这一点。

但对于萨拜娜而言，她握在手中的这份传真，虽然只有一张纸，却比同等重量的黄金还要贵重 10 亿倍：这是她计划用来扳倒奈特，从而让自己得到晋升的一个工具。

特工弗兰克·格雷夫斯绝不会允许她做这种事，他一定会被吓坏的，因为他活在自己那套关于正直和恰当处事方式的过时观念里。格雷夫斯就是一个与时代脱节的人，他根本不应该在政府部门工作。他很可能会处罚她，甚至会把她抓起来，而她本应该得到提拔和嘉奖的！很显然，她一定不能把计划告诉他。她必须摆脱像格雷夫斯这样糊涂而又无能的上司：虽然他手握大权，但却缺乏利用权力来完成必要任务的勇气。他的作风令萨拜娜作呕，这种感觉比一头豹子面对全素大餐时的翻江倒海之感还要严重。但无论如何，尽快把这件事情移交到证交会处理是有用的，因为这件事至少在目前还是一个证券问题，尚未升级为税收问题。而且父亲一定会帮她完成这件事情的。

她坐在查尔斯没有用过的电脑前，把电脑的日期和时钟都调到了 14 天前，彼时查尔斯还在这里。她点开了电子邮箱，给 B-F 勘探公司的斯摩德霍夫发了一系列日期错乱的邮件。她在电脑上伪造了几份备忘录，故意留下一些线索。虽然这些手段连最基本的司法鉴定都瞒不过，不过，萨拜娜并没有指望靠这些证据推进她的计划。

施普林格的办公室没有上锁，这就容易多了，她花了十分钟的时间就找到了她想要的东西。

第三十九章　萨拜娜得到了自己该得的东西

第四十章

命运的双重逆转

晚上十一点，斯摩德霍夫和鲁伯特通了电话。

"你有哈里的消息吗？"

电话那头传来鲁伯特断断续续的声音，几乎难以听清，斯摩德霍夫偶尔听到的话语并没有让他受到鼓舞。

由于听不清对方在说什么，斯摩德霍夫开口说道："我要让约翰·约翰做他该做的事，三天以后开始行动，你准备好了吗？"

"没有。"鲁伯特在电话那头说道。

斯摩德霍夫说："你说的'没有'是什么意思？"

鲁伯特陈述了一番之后，斯摩德霍夫只听到了一些音节和断断续续的词语。

"鲁伯特，鲁伯特，我听不到你说话，你大点声。"虽然没有起到任何效果，但他还是说了这样一番话。

信号从云层上折射下来，这里的通信条件变得稳定起来，鲁伯特的声音也变得更加清晰："弹药不见了。"

虽然斯摩德霍夫听到了每一个字，但他还是让鲁伯特再重复一遍刚

投机者

才的话。

"我刚从邦戈达回来，集装箱还在那里，但是里面的弹药和武器全都不见了。"

斯摩德霍夫在脑海中想到了各种可能性，但他最后只说了一句"它们去哪了"。

此时信号完全畅通起来，鲁伯特就像在和一个白痴说话："如果我知道它们在哪儿，它们就不会丢了，难道不是这样吗？"

"难道是哈里转移走了？"

"不是没有可能，但我觉得他不会这样做，否则他会提前通知我们的。"

"你去过班加西奥奎尔村吗？"

鲁伯特说："我在那里短暂停留过，那个地方有200平方英里，哈里可以将它们藏在任何地方，古德勒克对此也一无所知。我认为哈里不会在去美国之前将它们转移，集装箱旁边有大卡车新留下的车胎印，可能是昨晚留下的，那些人向南边驶去了。"

"你必须要联系上哈里！"

"见鬼，我兄弟应该每晚都打电话过来的。既然没有接到他的电话，我觉得他已经死了。"这绝非他身边的人第一次遇害。

"如果真是这样，可能是奈特杀了他。"

"被一个小孩杀死？我觉得不太可能。"

"奈特现在还活着，这太不应该了。"

两个人都沉默了片刻。

"操他妈的！"斯摩德霍夫在电话那头尖叫起来。

"骂得好！丹，那我怎么办？我在几内亚，和一个精神病以及他手

471

下 2000 名像食人鱼般疯狂的士兵在一起。约翰·约翰想得到弹药，弗洛莫想让我死，他不希望看到任何人活着。我告诉过约翰·约翰，我会带他去班加西奥奎尔村，让他看到集装箱里的武器弹药。现在我能给他什么呢？一堆砍刀，而不是 AK 步枪和便携式防空导弹？"

"你还能再弄来一些枪吗？"

"再弄一些？你是怎么想的？哈里花了几个月才把那些枪支弹药藏起来。"

"那我们必须要找到那些弹药！"

鲁伯特平静地说道："然后找到查尔斯，他和这件事脱不了干系。现在找到他，约翰·约翰将起到关键作用。"

"我会找到这个混蛋的。"斯摩德霍夫说道。

时间每过去一分一秒，他对查尔斯的鄙夷都会多增加一分。

*　　　　*　　　　*

第二天早上，斯摩德霍夫沿着码头向海边走去。在他左首边，伯克公司的运输船正在卸载集装箱，里面装的都是预制建筑材料，各种供给和小型车辆。起重机将一个钻探机从船中央的货舱吊了起来，它悬荡在半空中。斯摩德霍夫希望它掉下来，穿透船的中心，击穿船体，让伯克的其他设备沉入大海。

他看了看右边，"非洲恩典号"医疗船停在那里，病人正在排队等待着舷梯打开。他对这艘船也恨之入骨，因为它治好了奈特的伤病，而且帮他躲避了追捕。斯摩德霍夫大步走向停在码头上的舷梯，旁边就立着一个帐篷，为等待确诊病情、办理入住或有其他事情的病人提供一处

投机者

阴凉。一名身穿白大褂的年长妇女和一名穿着手术服的年轻妇女在一起工作，她们负责登记病人，写下他们的症状。斯摩德霍夫觉得，这真是特蕾莎修女在天堂捧起金色的星星。

他的白皮肤很是突出，人们一眼就可以看出他不是穷困潦倒、疾病缠身的本地人，因此他完全无视长长的队伍，直接走到帐篷下面。

"你好。"他开口说道，同时也是为了引起注意。

年长女士的白大褂上绣着"露易丝"几个字，她正在给一个小孩戴臂章，然后在他背上轻轻拍了拍，她抬起头问："有什么可以帮您的吗？"

斯摩德霍夫答道："或许你可以给我提供一些帮助，我正在找一个朋友。"

"他在这里工作吗？"露易丝说着递给男孩母亲一个写字夹板。

斯摩德霍夫说："他叫查尔斯·奈特。"

那位年轻些的女士快速转过头看向他，随后又很快低下头转移了视线。

露易丝耸了一下肩，问："他是冈瓦纳人吗？"

"他是美国人。"

"听你的意思，他是船上的员工？"

"不是，他是来看病的。"

露易丝脸上露出偏袒的微笑，这当然是不真诚的："那我不能告诉你任何关于病人的信息，我们要对外界保密。"

"我明白，"说着斯摩德霍夫看了看另一个女人身上的胸牌，上面写着"卡罗琳"，"如果你再次碰到奈特先生"——他直接对沉默的卡罗琳说道，在说到"再次"这个词时他稍微加重了语气——"你能帮我给他

第四十章 命运的双重逆转

捎个口信吗？告诉他丹·斯摩德霍夫建议召开一次紧急会议。"他拿出一张名片，在后面写道：这是你获胜的机会。

卡罗琳将听诊器塞进耳朵里，但是他的目光却停留在斯摩德霍夫的手上，看到他将名片放在桌子上。

露易丝点点头，说："我会把它交给船长，问问他认不认识这个人，这样总可以了吧？"

"太好了，谢谢你。"

斯摩德霍夫轻轻向露易丝鞠了个躬，后者微微一笑，随后又给卡罗琳鞠个躬，她似乎也并没有在意，但是她的听诊器却一直贴在孩子的肺部，久久都在同一个位置。

随后他离开了，他相信奈特一定会收到他的消息。

他大步斜穿过码头，向伯克公司的集装箱船走去，他害怕参加一天的会议。在昨天的会议上，他不自觉地露出鄙夷之情。因为那时他认为叛乱会导致冈瓦纳北部多年处于封锁状态，但现在一切非同以往。约翰·约翰真的能凭借那些承诺给他的武器入侵并占领班加西奥奎尔村吗？鲁伯特必须用谎言说服约翰·约翰，并向他做出担保，因为那些AK枪现在不见了。

约翰·约翰更可能会杀了鲁伯特。

叛军的确有一些弹药，但是数量不多，实际上他们可以收集几千把砍刀，在某些时候它们和枪一样好用。如果鲁伯特还活着，他会鼓动发起叛乱，他会安排约翰·约翰占领班加西奥奎尔村，他将确保邦戈达被洗劫一空，最后还会放一把火。这样一来，大量骇人的照片和视频就会让伯克公司感到害怕，让他们不敢靠近那片地方。

他们可以在该地区为所欲为，制造混乱，占领警察局和政府大楼，

474

但是游戏很快就会结束，没有了弹药，叛乱转眼间就会被平息。

那时候伯克公司将再次回到这里，当它报道第一次岩芯钻探的数据后，斯摩德霍夫的活动范围将会被永远限制在几个小岛以及一些不受欢迎的前东欧集团国家，只有在这些地方他才不会被引渡到美国或加拿大。他回想起鲁伯特·韦斯科过去的不幸，后者在 1970 年从一家共同基金集团窃取了两亿美元。多年来，他拿着这笔钱贿赂加勒比海和中美洲的政客，从而得到一处藏身之所。但他最终还是被捕了，被当局关在古巴的监狱，斯摩德霍夫不想落得他那样的下场。

现在他的罪行看起来如此完美，就像一个醉汉在周六晚上抢劫了一家卖酒的商店。

他需要弹药，或者他希望看到悬挂在半空中的钻探机掉下来，击沉伯克的运输船，最好船上的每个人都因此丧命。

他必须要应对伯克公司不断扩张的金矿勘探合作计划，但他还有更重要的事要处理。

* * *

查尔斯那胡子拉碴的脸上沾满的泥巴已经干了，此刻他面带微笑。他已经在荒郊野外走了好几天了，而且憔悴的模样也证实了这一点。他安全地回到船上，用肥皂和清水洗了洗脸，尽管时间很短，但他却极其享受这种简单的快乐。他头上长出了厚厚的棕色毛发，看上去就像是足球训练营里的雇佣兵。他花很长时间洗了个澡，最后和卡罗琳一起来到船头一处特殊的位置，那里被集装箱、机器和防水布隔开了，没人可以看到他们。

第四十章　命运的双重逆转

多半时间他们都只是静静地坐在那里，拥抱着彼此，他想永远待在那里。

他用鼻子蹭了蹭她的头顶，然后俯下身亲吻她的睫毛、眼睛和她的嘴唇。他们两人此刻融为了一体，查尔斯的胳膊把她抱得更紧，卡罗琳的身体也跟着向前倾，和查尔斯贴得更紧了。

或许他不应该离开，也许应该让这一切听之任之，他在做什么呢？阻止反叛可能会让他暴富，但是那值得他冒生命危险吗？此刻他已经命悬一线了。

这不仅仅是钱的问题。

此刻他不再自我怀疑，也战胜了内心的软弱。

"这一切很快就会结束的，卡罗琳。"

"还会发生什么事？"她轻轻地问道，语气里充满了希望。

"或多或少还要经历一些事，我希望不会很多。"

"你没有跟我说实话，查尔斯。"

"是的，我没有。"

"就像我们初次见面一样，你连名字都不肯告诉我。"

"没错，但我绝不想这么做。"

"你到底打算怎么做？"

查尔斯摇摇头："恐怕没有什么是万无一失的，我不想搞得神秘兮兮的，但是有很多东西远超出我们可控的范围。"

上午余下的时间里他们都没有分开。中午的时候，他们来到卡罗琳的船舱，他们又一次违反了船上的规定。在那之后，他们又回到船头的位置。

"为什么斯摩德霍夫想见你？"

查尔斯"嗯"了一声，并没有回答。

"他也对你开过枪吗？"

"他是那些人的老板。"

"天哪，查尔斯，你一定不能再见他了！你知道这肯定是个陷阱！"

"或许是，但是我并不这么认为，我觉得他想和我达成一项协议。"

"什么协议？"

"他想花钱让我闭嘴。"

"他也想和赞德达成这种协议吗？"

"或许是这样，但是我不能代表赞德，他并没有收到邀请。"

此时他们被港口的声音包围了，有拖船颤动的引擎声，一艘从科迪瓦特驶来的船卸货的声音，当地货轮低沉的喇叭声，港口官员发号施令的声音，海鸥的尖叫声，起重机发出的叮当声，男人们时而烦怒的叫喊声。潮湿的海风不断吹来，打在防水布上，风中夹杂着一股鱼、盐和油的气味，查尔斯开始喜欢上非洲了。

斯摩德霍夫手上有什么信息值得冒险去见他？他难道会冒险威胁自己的家人？查尔斯第一次来这里参观 B-F 公司时就应该用化名，但当时他还是一个天真的孩子，认为这仅仅是一次再平常不过的采矿旅行，他脑海里此前从未出现过欺诈、谋杀和反叛的念头。在生活中，一个人不可能假设每桩生意、每个人都在欺骗撒谎，都会实施谋杀。

"孩子，"赞德从后面叫他，"不要让我打断任何不符合基督教教义的事好吗？"

查尔斯答道："已经来不及了！"

卡罗琳转过头笑了笑，说："温先生，你没打断任何事。"

"拜托，卡罗琳，你一直如此关心我的伤口，这样正式地称呼我反

第四十章　命运的双重逆转

倒不合适。"他走到两个人面前，此时查尔斯也站了起来。查尔斯咧嘴一笑，并没有掩饰住内心的恐慌。

"查尔斯，发生什么事了？"

查尔斯问道："我离开的时候，你成功拿到我们需要的东西了吗？"

"我拿到了那里所有的弹药武器，应该足够了，但是只有试了才能知道，对吧？现在情况怎么样了？"

"斯摩德霍夫来过船上，他留了一个口信。"查尔斯将名片递给赞德，"他想要见我。"

"这难道不是明摆的陷阱吗？"

"我怀疑他想和我达成一项协议。"

"我觉得他手里没有任何我们所想所需的东西。"

查尔斯说："我也是这么想的，但是他似乎并不这么认为，见见他有什么坏处吗？"

"也没有什么，"赞德说道，然后斜着身子靠近查尔斯，在他耳边小声说道，"不过搭上一条命罢了。"

查尔斯说："我应该给他打电话吗？"斯摩德霍夫的人此前通过电话追踪到查尔斯的位置，但此时发现他在"非洲恩典号"上并不需要什么特殊的技巧，斯摩德霍夫的卡片已充分说明了这一点。

"真是见鬼，随他去吧，我们或许能得到一些信息，即便是以谎言的形式出现，也应当试一试。"

查尔斯掏出手机。

卡罗琳坐在长凳上，赞德的头贴近查尔斯，听他打电话。铃声刚响两下，斯摩德霍夫就接了电话。

"斯摩德霍夫先生，我是查尔斯·奈特。"

电话那头沉默了片刻，随后说道："啊，奈特先生，非常感谢你打电话过来。"

"斯摩德霍夫，你到底想要什么？"

"看来要直奔主题了，我提议我们还是见一面为好。"

"有什么事不能在电话里说吗？"

"我向你保证，这样对你最有利。"

查尔斯回答说："既然你要求见我，我们就知道见面对你最有利，我不认为这会让我的利益最大化。"

斯摩德霍夫又沉默了很长时间，随后他开口说："奈特先生，你已经买入了看跌期权合约，这四万份合同的执行价格和到期时间不尽相同，如果我要告诉你，你所有的看跌期权都将失效且变得分文不值呢？届时包括艾略特·施普林格，以及他所有的合伙人和客户买入的这些都将过期。如果那样的话，你长期在 B-F 公司的工作所得都将化为乌有，你作为一个忠实股东所赚取的一切钱财也将灰飞烟灭。"

斯摩德霍夫是如何知道他看跌期权合约具体细节的？公司可以得到这些信息吗？查尔斯也不能确定，关于市场，他还有很多东西要学习。各种困惑像血液一样从他的血管内穿过，他的脸变得通红。他现在的感觉和在施普林格办公室第一次见到萨拜娜时如出一辙，他需要休息一下，以便理清混乱的思绪。

"斯摩德霍夫先生，我随后再打给你。"说完查尔斯就挂断了电话，没给他留下任何说话的时间。

"你挂了他的电话？"赞德的眼睛睁得又圆又大，他并不是惊讶，只是觉得查尔斯很有意思。

"我必须花点时间弄清楚现在的情况。"查尔斯皱起了眉头，"他知道我的交易。"

赞德考虑到这一点，说："斯摩德霍夫认识做市商，或许还认识期权交易所的人，可能还请他们吃了饭喝了酒，现在那些人或许可以给他一些信息，尽管不太现实，但这也是一种可能，所有的交易都在经纪人的名义下进行，你的名字根本不会出现。"

"那他怎么会知道我在过去几天买了什么东西？"

"我也不清楚，这很让人担心，你再给他打过去问个清楚。"

查尔斯又拨通了电话。

"奈特先生，你这么快就挂了电话，你没事吧？"斯摩德霍夫的语气里并没有一丝同情的意思。

查尔斯诚实地说道："你如此了解我的生意，这让我很困惑。"

"这正是我想看到的，我们今天见个面吧，你在亚当斯敦吗？"

"离那里非常近了。"

"很好，那就在桑巴角酒店的酒吧见，一个小时后可以吗？"

"没问题，到时候见。"

查尔斯挂断电话后，卡罗琳拉着他的手，说："你们两人真要去见他吗？"

"我要去的，赞德不用去。"

她的表情很复杂，不只表露出轻微的关切。

* * *

桑巴角酒店高高耸立在海滩之上，附近就是美国大使馆，它位于该城市的一条环形路上，这片区域景色很好。当查尔斯初次来到冈瓦纳时，他曾短暂地将这家旅馆作为自己的基地。现在这里对他来说充满敌意，这不光是因为发生在伊米尔先生身上的事，也因为接下来可能会发生的事。这里有一片宽阔的海洋，方圆百英里内没有任何岛屿，从山坡上可以将这里的景色尽收眼底。

查尔斯跳上楼梯，穿过一扇乙烯衬垫的双层摇摆门，走进餐厅的酒吧。这间装有空调的酒吧颇有中欧随处可见的普通旅馆酒吧的气息，只是里面没有人吸烟。进来之后，人们可能会忘却外面破败的建筑和街道，连海滩本身也可能会被抛之脑后。对于当地人来说，海滩是他们的露天浴池，同时那里居住着一群他们称之为强盗的人。

斯摩德霍夫坐在一张靠墙的沙发上，面对着吧台。因为查尔斯剪了短发，他迟疑了一会儿才认出来，他向查尔斯点头致意，随后也站了起来。他冷淡地伸出手来，这次没有假装友好。查尔斯上次见到这个人还是在旅行的时候，当时斯摩德霍夫还拥抱了他。

"查尔斯，我可以称呼你查尔斯吗？"

"多数人不会这么问，斯摩德霍夫先生。"他没有回答刚才的问题，但这却是查尔斯唯一想提供的信息。

"好吧，你当然可以叫我丹。"

查尔斯点点头，坐在旁边的软垫扶手椅上。他们面前的桌上摆着一个盘子，里面装着鹰嘴豆泥，周圈放着面包。

查尔斯坐在那里等着斯摩德霍夫先说话，毕竟这是他要求见面的，

"你要喝点什么吗？"

"不用了。"

"你在冈瓦纳过得怎么样？"斯摩德霍夫问道。

"丹，我们可以直奔主题吗？"

第四十章　命运的双重逆转

"你这样很好，查尔斯，让我们先弄清一些琐事，我认为你拿了我一些东西。"

"我能拿你什么东西呢？"

"你最近从 B-F 公司的一处设备里拿走了一些材料。"

查尔斯本可以接着问"那是什么材料？"，但玩这种愚蠢的游戏没有任何意义，所以他并没有说话。

斯摩德霍夫接着说："别装了，你我都是顶天立地的男人。"他嘴里咕哝道，"你拿了我的东西，我想要回来，虽然这件事无足挂齿，但为了建立相互的尊重和信任，这是必不可少的第一步。"他说这话的时候声音很小，小到旁人几乎难以听到。

查尔斯打量了一下周围，他右首边的椅子只能坐五个人，有一个身材健壮的人坐在那里，他看上去像是本地人，可能是斯摩德霍夫带来的。电视里正在播放足球比赛，他的左首边是斯摩德霍夫坐的沙发，前面摆放着更多的长沙发和柔软的椅子。远处有一面玻璃墙，宽阔的露台上有一片休息区，主餐厅就在他的左边。

TJ 坐在一张软椅上观看足球比赛，他背对着玻璃墙，查尔斯的目光从他身上掠过，但是却没有认出来。

"你拿了我的东西，我要把它拿回来。实际上，我要把它送到 B-F 公司在班加西奥奎尔村的地盘上。"斯摩德霍夫放低了声音，"那是满满两集装箱的防御军火。"

查尔斯身体向前移动，拿起面包蘸了蘸鹰嘴豆泥，放在嘴里嚼了很长时间，好像永远嚼不烂一样："两集装箱的枪支和弹药你准备做什么用呢？"

一开始斯摩德霍夫脸上只是露出淡淡的微笑，随后他重复道："我已经说了，它们是防御型军火。"

"如果我知道它们的下落，对你会有什么价值呢？"这个问题一点也不真诚，等到 B-F 公司破产以及看跌期权到期的那天，他的财富会发生翻天覆地的变化，此刻任何数字在它面前都不值一提。

"枪支弹药是我的，你拿走了我的东西，我不会多给你一分钱，但是我愿意在其他地方补偿你，这也算是等价交换了。查尔斯，这笔钱数额很大，我向你保证，你炒 B-F 公司的股票绝对赚不了这么多钱。"

"我觉得你低估了我手里股票的价值。"

斯摩德霍夫得意得咧嘴一笑："查尔斯，你所持有的看跌期权的平均执行价格是 50 美元，如果 B-F 公司在接下来的几个月破产，所有的股票将变得一文不值，你最多得到两亿美元，经纪费用也会减少，这笔账算起来很简单。"

查尔斯保持着一副严肃、冷静的面孔，但他的心此刻却在怦怦直跳。

"所以现在你明白了，"斯摩德霍夫继续说道，"我完全知道你股票的价值，但是要想获得这种巨大的收益，还需要两个条件，一是 B-F 公司股价短时间内要下跌，而且跌幅要非常大。"

查尔斯非常清楚他有多少钱处在悬崖边上，但斯摩德霍夫本来不应该知道的。他缓慢地呼气吸气，努力控制自己的心跳，随后他问："斯摩德霍夫先生，难道你不认为 B-F 的股票会下跌吗？"

"哦，是会下跌的，但是不会跌到让你赚钱的程度，我认为不会。"

查尔斯语气缓慢地问他："为什么不会呢？"

"市场失灵的时间可以比你拥有偿付能力的时间更长。"

查尔斯点点头，在过去半个月，他至少三次从他的导师那里听到过

第四十章 命运的双重逆转

这句话。这个教训很重要，需要通过他人的告诫而不断强化，但这个人不是斯摩德霍夫。他说："你认为股价保持在现有水平附近不合理吗？今天可能是 250 美元一股。"

斯摩德霍夫说："哦，我觉得你理性的分析相当准确，查尔斯。"

查尔斯微微低下头，承认斯摩德霍夫对自己的赞美，但是并没有感谢他的恭维。

斯摩德霍夫补充说道："透彻的分析和正确的思考并不一定意味着市场会站在你这边，难道不是这样吗？"

斯摩德霍夫等待查尔斯的回答。

查尔斯督促着问他："第二点是什么？"

"第二点？"关于 B-F 利润的本质，斯摩德霍夫曾发表过骇人的演讲，但他对这起戏剧性事件的愤怒绝不限于此。查尔斯面无表情地等着他的回复。

"是的，查尔斯，第二点。"他带着一种傲慢的语气说道，"要想从你的策略中获得收益，第二点比等待 B-F 公司股价暴跌更为重要，那就是你必须允许动用自己的期权。"

查尔斯看着斯摩德霍夫，他的生命现在无时不在受到威胁，查尔斯深知自己的处境。直觉告诉他接下来将会发生什么，他在脑子里将这些事迅速具体化，这不会是谋杀的威胁。不，斯摩德霍夫的袖子里藏着更阴险、更见不得人的东西。空气中某些东西散发出不公正的味道，过往柠檬摊的回忆此刻闯入他的脑海中。

"你在说什么，丹尼？"

斯摩德霍夫的语气中明显带着愤怒："我是说，你将被禁止使用看跌期权。"

484

"谁禁止我？"

"我随后会讲到是谁，但是查理，我先向你保证，尽管你在看跌期权上的投资血本无归，但你仍可以从 B-F 公司赚一大笔钱。如果你卖掉多头头寸，并对此感到满意，你本可以赚 400 万美元，现在我给你 1000 万。"

"我的股票拥有巨大的获利空间，这些补偿不过是些小钱。"

"奈特先生，你从 B-F 公司最多只能拿到这些钱，如果你希望的话，这 1000 万不需要纳税，这绝对是等价交换。"

"告诉我，你想拿 1000 万从我这里换什么？"

"这些钱当作你的封口费，不要将 B-F 公司的秘密告诉任何人。"

查尔斯此刻一言不发，他的沉默很是合时宜。时间一分一秒地过去了。

斯摩德霍夫重复道："1000 万美元的封口费。"

"这和两亿美元能比？"

"奈特先生，1000 万可是真金白银，而你口中的两个亿不过是个幻想。"

"丹，告诉我你这话有什么根据？"

"听说过雷·德克斯吗？"

"没有。"

"很快你就会知道的。"

他是个屈尊俯就的混蛋。"斯摩德霍夫先生，我想我会等着看看市场混乱时会发生什么事。"查尔斯开始站起来，"谢谢你的鹰嘴豆泥。"

斯摩德霍夫咳嗽了一声，说："查尔斯，在你离开前看看这些。"说着，他从沙发一侧的公文包里拿出一叠文件，"我听说你在学习如何成

第四十章　命运的双重逆转

为一个投机者，可以考虑把这些当作你风险教育的一部分。"

查尔斯站在那里读了起来，读到第二页时他坐了下来。五分钟过去了，斯摩德霍夫小口吃着鹰嘴豆泥，又抿了一口杯子里的水。查尔斯保持着一副让人捉摸不定的表情，但是他内心的怒火却被点燃了。

他还有什么好说的呢？骗子实施诈骗，这就是他们的工作，这一系列文件是他通过自己邮箱发给斯摩德霍夫邮件的复印件，还有一份斯摩德霍夫签名的合同。是的，上面的签名看起来确实像他的，此外还有其他一些相关的信件。

"所以，斯摩德霍夫，你伪造了这些文件和邮件，让我看起来像是你骗局的同谋。"

"没错。"

"这是明目张胆的谎言，全是捏造的事实。"

"是的，你说的没错。"斯摩德霍夫脸上仍带着一丝沾沾自喜的微笑。

"这些在法庭上是站不住脚的，这些文件和邮件会被查到的。"

"哦，查尔斯，这些文件是给政客和官僚们看的！法官是不可能看到的，我另有一套对付法官的办法。"

查尔斯根本无法想象这些虚假的材料如何能站得住脚？没有人会接受这些编造的谎言，他们怎么可能会相信？他说："你不会用这些材料的，除非你自己也被戳穿是个骗子。"

"这次你说的也没错，查尔斯，我们现在是一根绳上的蚂蚱，如果我失败了，你也会失败。但我会变得很富有，过上天堂般的生活，不会被引渡回去。但是如果你失败了，你就会倾家荡产，同时面临牢狱之灾。"

"所以无论如何，我们都会失败，伯克公司就在这里，你骗子的身份一定会暴露的。"

"奈特先生，我想你的意思是我们会暴露，但是你应该相信我，我们现在在一条船上。你觉得我没有应对伯克公司的计划吗？对付他们的事情就交给我吧。"

"斯摩德霍夫，我至今并不这样认为，这一切都让人难以信服，明显是伪造的。"

"你确定吗？不妨看看这个。"斯摩德霍夫又递给他一张纸，这是查尔斯从偷来的岩石样本中得出的化验结果，"你在完成做空前会公布这一信息吗？政府方面当然会让艾略特宣誓作证，以此来获取真相。"

"斯摩德霍夫，我很容易就看出你的骗局，这不是犯罪。"

"啊，但是你计划从中获利，这就变成犯罪了，这张纸足以让美国政府起诉你。"

查尔斯不知道雷·德克斯案，但是他知道内幕交易是政府机关喜欢玩的游戏，不到最后一刻他们决不放弃。即便是公开发布的消息，也总会有一些人先得到这些信息，房间里先于其他人听到消息的人会将它告诉其他人，这样一直传递下去，最后得到消息的是一些无名小卒。如果他准备进入市场，他就必须对自己有一个清晰的定位。

从道德的角度来说，只有股东有权获取公司的信息，公众是明令禁止的。关于此类的任何不当行为，都应该被视作公众和当事人之间的侵权行为。只有当使用内幕消息的人破坏这种信任时，内幕消息的交易才真正构成犯罪，而不仅是违反了专制的规定。或许首席执行官和公司的注册会计师，肩上背负着股东的信托责任，不会将自身置于股东之上。但是，从某种意义上来讲，将内幕交易定义为刑事犯罪，只会阻止信息

第四十章 命运的双重逆转

的自由流动，同时挫伤告密者的积极性。

但这也的确成为监管机构存在的理由，同时让律师事务所获得巨额收入。

查尔斯对事态的转变毫无准备，他不了解游戏规则，甚至对游戏场地都一无所知。他面前的这个人不光是个骗子，而且是个彻头彻尾的反社会者，可能还是个可以让自己上当受骗的人。他内心充满愤怒，又觉得受到了羞辱，他此刻感觉自己的脸变得通红。和这种罪犯的任何接触，和他们交谈，甚至只是跟他们待在一个屋子，可能最终都不会有什么好结果。更何况，现在查尔斯和他争论了起来。

"有什么事我们明天再谈，丹尼。"

当查尔斯站起来时，一个女人穿过摇摆门走进酒吧。

查尔斯浑身颤动了一下，不自觉地坐了下来。

她大摇大摆地走过来，展示着她那姣好的笑容和匀称的身材，最后走到了查尔斯前面。如果查尔斯看到 TJ，他会发现 TJ 惊讶地张开了下巴，活像是迪克之家的服务员，但是查尔斯并没有看向 TJ，他只是看着萨拜娜。

"查尔斯。"她开口说道，尽管查尔斯仍然站着，她却先坐了下来。她优雅地将右腿放在左腿上，无瑕的皮肤散发出淡淡的香味。她身着一条白裙子，这个国家灰尘和红土无处不在，但她的裙子却一尘不染。

查尔斯试图集中注意力，但是事态发展得太过突然，他有太多的东西需要思考，但是眼前这两个人并不打算给他时间让他这么做。他要让自己冷静下来。

他仔细看着她说："萨拜娜·德雷斯顿，你先告诉我你到底是谁。"

她就像捕获到一只桀骜不驯的猎物一样，语气里充满了自豪感：

投机者

"允许我先介绍一下自己，我叫萨拜娜·海德尔。"随后她讲起自己的故事，中间还穿插着一些合理的真相。

她告诉查尔斯，美国证交会刚刚得到一条指令，他的股票交易账户将会被冻结。她告诉他，根据她调查期间获得的大量文件，查尔斯将会因参与内幕交易被起诉，她是现任美国副总统手下的非同寻常的特工，查尔斯·奈特这个名字将会和华尔街历史上最有名的恶棍一起被载入史册。萨拜娜在逐一列举那些编造的谎言时，脸上始终带着微笑，它将查尔斯此前从未思考过的真理和谎言巧妙地结合在一起，向他呈现出一个全新捏造的事实。

他想说"这都不是真的"，但是这样做没有任何意义，这是一个精心设计的骗局。

斯摩德霍夫说："查尔斯，如果 B-F 公司破产，那你也就完了。"

查尔斯看着萨拜娜："你会任由这种事情发生吗？你还是政府人员吗？"查尔斯自己都不知道这番话是天真到想要抓住最后一线希望还是仅仅是一句讽刺的俏皮话。

她微笑着给予回应："你非法使用重要的非公开信息为自己牟利，这已经触碰了底线。美国证交会绝不姑息内幕交易行为，不管它发生在何时何地，也不管有谁参与其中。"她的这番话倒是真的，但是一旦牵扯到人就不是这么回事了。一方面，这种调查很大程度上取决于采取行动的"人"的态度；另一方面，可能被起诉的"人"的真实身份也会影响对内幕交易的调查。

斯摩德霍夫举起双手，掌心向外，呼吁大家冷静下来："查尔斯，事情不至于发展到这种地步，这 1000 万美元来路清晰，没有任何污点，你仔细想想吧。你有一晚上的时间考虑，明天早上 8 点我会打电话

第四十章　命运的双重逆转

给你。"

"斯摩德霍夫，不用你给我打电话，等我考虑清楚后会打给你。"

斯摩德霍夫耸耸肩："好吧，查尔斯，但是还有一件事我要告诉你。"斯摩德霍夫此刻看上去比任何人都得意，"我们有充分的证据证明你杀了奥利·谢夫莱特和两个冈瓦纳保安。我准备明天中午将这起案件告知冈瓦纳警方，对此我会知无不言。而且据我所知，你拥有大量的武器和弹药，你知道冈瓦纳政府有多重视枪支管控法，如果他们找到那些武器，也可能永远找不到，你都会被永久关在监狱里。我不建议你进冈瓦纳监狱，当然我也不建议你进美国监狱。如果我们跟进调查哈里·佩尔最近在圣地亚哥失踪一事，你也难逃牢狱之灾。这可能让你的处境更加为难，我建议你在明天中午之前做出决定。"

离开旅馆酒吧时，查尔斯就像一块浸过油的抹布，身体虚弱，精神恍惚，而且极易失控。如果这是一盘象棋，他将要被将死。

但他仍然占据着道德制高点，尽管这微不足道，他看似已经输了这场战斗。拿破仑说过，在斗争中，精神胜于武力。此外，他必须想办法增强自己的实力。

当他开车返回船上时，一个清晰的办法在他脑海里若隐若现。在这个国家，任何人都可以消失得无影无踪。赞德、TJ 和他们的朋友一直在酒店周围监视着，他们认识一些人，这些人可以让斯摩德霍夫和萨拜娜在一小时后消失。斯摩德霍夫肯定考虑过这种可能性，不管斯摩德霍夫是死是活，B-F 公司的矛头都将直指查尔斯。

第四十一章

丛林中的洞

查尔斯、赞德和 TJ 三人在"非洲恩典号"的前甲板上商讨着切入角度和应对方案。查尔斯还给莫里斯舅舅打了电话，想让他帮自己出出主意，奈何他根本醒不过来。他的睡眠呼吸暂停综合征虽然滑稽可笑，但却能致人残疾，或许还会置人于死地，甚至还会危及其他人。不过好在他一小时之后醒了过来，在与查尔斯沟通了足够的细节之后，莫里斯断定萨拜娜·海德尔的确是一名政府特工。

得知萨拜娜的真实身份之后，查尔斯拨通了艾略特的电话。他因为自己判断的严重失误而自责万分，他不停地道歉："我被骗了，我被骗了，查尔斯，我真的很抱歉。"如果事态失控，艾略特也会惹祸上身，到时候证交会就会盯上他，到时候他的损失会比查尔斯的还要大。

此刻，赞德突然提出自己的疑问："查尔斯，我不明白这个女人的身份。她不是政府特工吗？怎么会和斯摩德霍夫厮混在一起？"

"是啊，"查尔斯说，"但这件事就是真真切切地发生了。政府会和坏人合作，我一点也不觉得惊讶。我的问题在于萨拜娜是否在双方之间玩弄手段，然后等着坐收渔人之利。如果她和斯摩德霍夫是一伙的，而我们又能证明 B-F 公司在行骗，到那时副总统就会面临一种非常尴尬的局面。也许这种潜在的尴尬局面会对我们有用。"

如果赞德不是一个中年男人而是一个老太太的话，他很可能会像母鸡一样发出咯咯声："查尔斯，你或许在理论上对政府的性质很了解，但你却不了解它在实践中运作的方式。如果副总统或将面临一种尴尬局面，他会尽一切努力防止这种情况发生。这也就意味着他们要付出双重的努力抓住你，而不是将那名封面女郎淘汰出局。"

TJ 向船尾看了一眼，好客的船长曾站在那里欢迎他登船与赞德会面。四下无人，他掏出自己偷偷带上船的啤酒喝了一大口，然后坐回椅子上："他和萨拜娜上床了。"

"谁？副总统吗？"

TJ 说："说不定他也是其中一员呢。但我说的是斯摩德霍夫。"

赞德说："也许这两个人都跟萨拜娜有染。"

查尔斯道："我感觉政府所有的人都在跟我作对。是我有妄想症吗？"

"只有当你害怕的事情并非真实的时候，那才叫妄想症呢。"赞德纠正道。

"所以我现在的处境不妙。"

"是的，你陷入了困境。他们会给你安上内幕交易的罪名，再加上一堆其他的指控，只是为了让法官看看你究竟被指控了多少项罪名，而这些罪名足以令法官咋舌。毕竟，在联邦检察官试图重新定罪量刑的世界里，真相并不重要，查尔斯。"

"但开庭的时候，陪审团会做出决定。他们到时候就会知道事情的来龙去脉，到时候就会真相大白的……"

赞德盯着他看了一会儿，然后说道："你说的那种情况只会出现在电视剧里。在现实世界中，迫于大量的压力和威胁，95%的起诉都会在审判之前得到解决。如果你真得出庭受审的话，请记住，陪审团的大多数成员都是那些缺乏动机、不能摆脱陪审团义务的人，或者是那些想要领取零用津贴、从枯燥的工作中解脱出来的人。检察官会确保陪审团里没有人对金融市场有所了解。检察官会嫉妒你，因为你是一个通过自己的努力变得富有的年轻人。这会让他们在潜意识中意识到自己的碌碌无为，所以他们会讨厌你。况且，不管怎么说，在现如今的美国，仇富是一种潮流。"

查尔斯摇了摇头，他咬紧牙关，脸涨得通红。他对他们所处世界的怒意愈发增强。与此同时，他也想知道他的世界究竟在何处，但它根本不存在。

但它应该存在，也可以被打造出来。

赞德说："查尔斯，你可以赚1000万美元。虽然不是两亿美元，但忙几个星期就能赚到这么一笔，也算不错了。试想一下，你在玩高额德州扑克，虽然你有同花顺，但他们手里有四张A。这时候你会怎么做？收手吧，及时止损。"

查尔斯一时很难接受这个类比。

"为什么斯摩德霍夫相信他付的这1000万美元能封住我的嘴？"

"因为他觉得一旦你被起诉，就没有人听你辩解了，而且政府会把你描述成一个罪犯。所以即使你想把真相公之于众，也没有人会相信了，最后的赢家只会是斯摩德霍夫。"

TJ顺着赞德的话接着说道："他其实想用这1000万美元从你这里换回他的弹药，毕竟他无法在短时间内拿到一批新的军火，哪怕他支付

1000万美元也买不到。"

查尔斯表示同意："伯克公司就要来了，现在已经火烧眉毛了，1000万美元对他来说不算什么，时间才是王道。不过，我们还是要阻止他给约翰·约翰提供武器。"

赞德对查尔斯说道："那些枪支是斯摩德霍夫的，可不是你的。"

"话不能这么说。那些枪可是他靠欺骗我和其他投资者的钱买的。"

"有道理。如果你发现自己在走下坡路，那就找出罪魁祸首，然后以牙还牙。"

"倒也没有那么糟糕。不过既然斯摩德霍夫骗我们，我们就要回击。"

"好吧，查尔斯。很明显，这次我同意你的做法。但在生活中，你一定要注多加留心自己究竟在辩护的斜坡上滑了多远，好吗？人一旦被感性冲昏头脑，就会为很多恶行进行辩护。"

接下来的几分钟里，这三个男人谁也没有说话。

TJ探身问道："他知不知道我们已经掌握了几内亚士兵的事情？你把这件事告诉那个叫萨拜娜的女人了吗？"

查尔斯摇了摇头："没有。我去圣地亚哥的时候，我们在艾略特的会议室里讨论过B-F公司的事情，但在讨论之前我就把她赶出会议室了。"

赞德笑道："你真的很谨慎。除非她在房间里装了窃听器，否则她是不会知道你们的谈话内容的。"

TJ也笑了："如果真的是这样，那我们就完了。让我们继续假设她没有窃听吧，继续刚才的讨论。你跟他保证不会把这件事说出去，拿到1000万美元之后，再把军火还给他们不就好了。"

查尔斯气不打一处来，此刻他很想大吼一通，但还是克制住了自己的情绪，他不想让整艘船上的人都听见自己发飙："难道我们就要放任叛乱发生吗？TJ，你家后院都要起火了，难道你还要坐视不管吗？那些无辜的人命呢？你不想管你的看跌期权了吗，赞德？艾略特和莫里斯呢？你们都不管了吗？"

"这件事对我们两个没有什么影响，查尔斯。我们的期权会随着股价下跌而增值。增值幅度也许不会从一升到一百，不过每股股票我们最多都能赚五美元。所以，如果股价下跌的速度足够快，我仍然能够赚到钱。但你不一样，你的生命、你的未来和你的自由都处在危险之中。"

"而且我的意思不是任由叛乱发生，"TJ 辩解道，"我只是说让你把弹药交给他们，然后跟他们保证不会把这件事说出去，但我们仍然可以阻止这场叛乱。在非洲发动叛乱需要枪支和人力，我们可以把他们的枪再卖给他们……"

"然后你就能执行你那项疯狂而荒唐的计划了，查尔斯。"赞德像老友一般随意打断了 TJ。

查尔斯转向赞德，抱怨道："真他妈的一团糟。"

赞德拍了拍他的膝盖，安抚道："撒谎、欺骗、偷窃和战争都会把事情搞成一团乱麻。孩子，这就是我为什么尽量避开它们的原因。"

话虽如此，他们还是在一小时内返回了几内亚的叛军营地。

* * *

"1000 万美元。"查尔斯一边打电话，一边凝视着岩石上方和下面的叛军营地，"两个小时之内把钱汇到这个账户。"他把一个银行账号告诉了斯摩德霍夫，那是赞德在加勒比地区使用的一个中转行账户。这个岛国最近迫于制裁的威胁签署了一项税收条约，旨在帮助美国税务署扣发居于世界各地的美国债务人的钱财。由于赞德既不是美国公民，也不属于长期驻美的居民，倘若萨拜娜知道他还有这样一个特定的银行账户，她也不能拿他怎么样。赞德和查尔斯在收到这笔钱之后会立即通过信托账户和债券交易将这笔钱转移到别国其他公司的账户中，然后再转到查尔斯的账户中。

查尔斯继续向斯摩德霍夫发号施令："在我查验转账的时候，我会给你发一个GPS定位，你可以派人过去，等他到了那里就会收到一条短信。那里停着两辆卡车，上面装着你的弹药。车就停在邦戈达外面的一条小路上，但如果这1000万没及时打到我的账户里，卡车嘛……你就见不到了。"

"你做了一个明智的决定，查尔斯。你失去了看跌期权，我对此深表同情。不过你完成了一些出色的交易，不知道这样的评价能不能安慰到你。"

"并没有任何安慰，斯摩德霍夫。"他挂断了电话。

不过，不久之后查尔斯就能得到他想要的安慰了。TJ和查尔斯已经在卡车里待了很长时间了，车里既没有空调，也没有舒服的弹簧椅，更没有减震器。他们二人痛苦不堪，热得汗流浃背。卡车沿着破烂的道路艰难地颠簸前行，若是屁股受伤的赞德坐在上面，恐怕撑不到一个小时就会一命呜呼。查尔斯越来越讨厌这些卡车了，如果他们注定要命丧于此，他倒是很乐意先把这些卡车连同弹药一起炸个片甲不留。

卡车车斗上固定的集装箱里装着B-F公司全部的弹药和武器。三天之前，查尔斯、TJ伙同他在杰内镇的五个朋友一起，把这些军火一箱一箱抬到了卡车上。事实证明，对两名留守此地的非洲警卫来说，500美元的贿赂足矣，这已经抵得上他们四个月的工资了。他们可没有心思守护 B-F 公司唯一的资产。他们对这笔钱很满意，甚至还主动帮他们搬东西。

有人说，武器比黄金更值钱，因为武器可以确保你偷到黄金。所以，这些武器肯定比 B-F 公司的黄金更值钱。

如果斯摩德霍夫没有像他承诺的那样按时把 1000 万美元打到查尔斯提供的账户里，那么这两辆虽饱受冷眼但却颇有用处的卡车上的所有弹药都会被引爆。赞德曾经坦言："你不能相信一个骗子。"所以，他们在那些装有枪支和弹药的箱子里又藏了两个箱子，每个箱子都连着赞德精心设计的手机触发器。赞德的这些技能都是往日他在解决问题的实操过程中获得的，行动胜于言语，胜于谋略。

查尔斯第一次见到这五名杰内人时，他们正在"非洲恩典号"旁边码头上停放的第二辆卡车顶上野餐。这五个人已经在隐秘的卡车上守了三天，毫无疑问，他们比 B-F 公司雇佣的那群警卫更加负责。为了保障自身的安全，他们驻扎的地方距离卡车足够遥远，因为一旦卡车被引爆，随之而来的便是熊熊烈火。

时间过得飞快，查尔斯、赞德和 TJ 在距离日出还剩几个小时的时候从"非洲恩典号"上悄悄溜了下来。TJ 负责开车，他往 SUV 的后备厢里塞了半吨重的物资。临行前，他们在载满军火的卡车内布好了装置，并让杰内镇的五位守卫严加看护。一切准备妥当之后，他们继续驱车前往邦戈达，然后一路向北，途中经过一条路，这是通往奥利·谢夫莱特的尸骸和机器残骸的路——那台岩芯处理设备已经被摧毁了。他们又穿过那条通往 B-F 公司矿区的土路——伯克公司的人很快就会抵达这

第四十一章　丛林中的洞

里，TJ 开车沿着这条路驶向位于几内亚的叛军足球营。

TJ 开车的时光总是过得飞快，他一边讲笑话和奇闻逸事，一边和赞德一起追忆往事，查尔斯在一旁听着，时不时睁开眼睛，放声大笑。TJ充分利用这段时间畅所欲言，毕竟这是他们三人最后一次长时间低声交谈的机会了。

TJ 把车辆开到一处距离足球训练营较远的地方，他们能够无所畏惧地从这里前往营地。查尔斯跑向那块巨大的岩石，爬了上去，他要给斯摩德霍夫打电话，索要那 1000 万美元。与此同时，TJ 和赞德悄无声息地把他们的补给物资以最快的速度卸到灌木丛中，从而将车辆行驶时暴露在人们视野中的时长缩至最短。在将这些物资彻底掩藏好之后，TJ 开车向北行驶五英里来到主干道，为了藏好这辆兰德酷路泽，他花了整整一个小时的时间。随后，他徒步走了两个小时才与查尔斯和赞德会合。

他们背着水、食物和数百磅必要的补给物资，每走一段路，就会放下 50 磅的物资，并把它们放在小山后面。小山山顶上有一块巨大的顶石，高高耸立在山谷之上。查尔斯顺理成章地将其称为地堡山。因为山中有一个地堡，这里很可能会发起一场战斗。

查尔斯再次爬上地堡山的山顶，又打了三通电话，他像往常一样小心翼翼地伏在低处，避开营地成员的视线。

他拨通的第一个电话是为了确认 1000 万美元已经成功转到赞德的账户上。他按照赞德·温的指示，立即将这笔钱转到另一家银行的新账户上，这两家银行都在加勒比地区的一个小办公楼里。第二通电话是为了确认这笔钱已经转到了海外。再三确认之后，第三通电话打给了斯摩德霍夫。

"丹，钱拿到了。"

斯摩德霍夫说道："我们在你说的那个地点发现了卡车，查尔斯。看来我们都是遵守承诺的人。我问你，如果你发现那笔钱没有打到你的账户上，你会怎么做？毕竟你都已经告诉我卡车在哪里了。"

"我相信你，丹尼。"

查尔斯当然没有跟他说实话。但这是一个合乎道德的谎言，毕竟正如船长所说，谁也没有义务对所有人坦白一切。所以，他自然无须把他们的应急计划告诉斯摩德霍夫。

地堡山后200英尺深的山脚下是足球训练营的视野盲区，这块巨型岩石下方有一片直径达20英尺的茂密竹林，周围是棕榈树和矮树丛。查尔斯和TJ对这里的地形非常了解。一周前，当赞德还在"非洲恩典号"上疗伤时，他们就已经为今天的行动做足了准备——他们在这里忍着蚊虫叮咬秘密挖掘了一整夜。TJ和查尔斯用泥土在竹林中砌了一堵四英尺高的墙，围墙中间藏着他们挖的深洞，上面盖着竹子和棕榈树叶。秘密防御工事的城墙会挡住任何偷窥的眼睛。

赞德仔细打量了一番这个虽然简陋但却花了很多心思的巢穴。当他躺在床上的时候，他的朋友们在偷窃军火、建造堡垒。想到这里，赞德心中涌出一丝愧疚，但他没有把这种情绪写在脸上。也许所有的内疚之情都被另一种感觉取而代之：他的伤口又被狠狠扯了一下，一阵剧痛席卷而来。

查尔斯和TJ刚开始挖掘时，泥土还很容易松动，但随着竹子根部不断向下延伸，挖掘工作变得愈发艰难。这些竹子的根部从扎根伊始便开始向两侧延伸，形成了一种错综复杂的横向结构。若要把根茎斩断，就需要用一把沉重的鹤嘴锄反复砍砸——但这种带有节奏的声音会传到营地。所以，为了不被人发现，查尔斯和TJ进展缓慢，他们用消声手

第四十一章　丛林中的洞

锯和金属切割器，默默地挖出了几立方米的竹根，把它们全部丢弃在厚密的竹林之中。在建造这处藏身堡垒的过程中，竹林隔绝了声音和外界的视线。虽然 TJ 觉得这处堡垒已经足够宽敞了，但查尔斯还在往下挖，这个洞变得又深又宽，为他们三人提供了更大的栖身空间。查尔斯知道一些 TJ 不知道的秘密。

他们花了九个小时来完善这个堡垒。即便这个小堡垒并不豪华，但一旦有了水和食物，这里也变得颇为宜居。在重要时刻来临之际，这里将成为他们的要塞。

"你和 TJ 应该从事建筑行业。"当三个人坐在洞里的时候，赞德对查尔斯如是说道。

"但我认为在这样一个居住条件简陋的国家，建筑行业的市场也会非常有限。"TJ 打趣道。

他们很快就会对这个堡垒进行测试。一旦稍有纰漏，那 2000 名愤怒的年轻人将会把他们撕成碎片。所以他们的准备工作容不得半点差错。

"我们不知道这个堡垒会不会起作用。"查尔斯坦言道。

作为一名已经在落后国家见惯那些偷工减料项目的工程师，赞德以他专业的眼光对这个堡垒进行了评估，随即平静地说道："它会起作用的，不过也许你需要改善一下你的排水系统。"这个深洞的底部有一汪四英寸深的浑水。"我们找一些竹子搭个地板吧，我可不想在沼泽里泡澡。"

查尔斯低头看着水面，戏谑道："瞧，那就是我们的按摩浴缸……"

赞德无奈地说道："好吧，就让我们装出一副很享受的样子来，毕竟我们很有可能会成为这片丛林的肥料。生命是一种绝症，查尔斯。"

TJ 纠正道："生命是一种通过性传播的绝症。"

赞德继续说："没有人能活着逃离这种生活，我比你们更清楚这个道理。要知道，人一旦到了一定年龄，这些事情就不仅仅是生命科学问题了……"

TJ 附和道："要么现在就患上绝症，要么让它晚点再来……让我们祈祷绝症晚点到来吧。"

查尔斯在沼泽上面铺上一层竹竿——虽然这只是微不足道的举手之劳，但他现在怎么也想不到，就是这层竹板后面救了他的命。

赞德再次检查了一番他们的准备工作。"好了，先生，我觉得我们已经准备好了，我们把拿剩下的物资搬过来吧。我们先睡一觉，等凌晨两点再起来，我们要趁着天黑把地堡山对着营地那一面的准备工作做完，我们得像教堂里的老鼠一样安静，以免被他们发现。凌晨两点就是我们行动的黄金时间，我们不用彩排了，等明天在约翰·约翰的午餐演讲上就直接行动吧。我倒要看看，我们能不能为了乐趣和利益改写当地的历史。"

TJ 的语气变得严肃起来："赞德，我相信你一次就能成功。"

"如果我失败了，就再也没有机会了，到那时我们都得死。"

当晚，他们便对新搭建的堡垒进行了测试。TJ 和赞德睡在这个深洞里，身下铺着查尔斯用竹子搭建的竹板——这个地堡已经被竹子和灌木丛彻底包围了，密不透风。三人不约而同地暗自思忖，别说是士兵，就连蚊子也很难飞进来。

查尔斯一直守在那里，直到深夜，他唤醒了赞德。

"现在轮到我出去巡逻了。"他轻声说道。

"好的，孩子，我希望能看到你活着回来。"

"我两点就能回来了，你可以数一下时间。"

"我现在已经在数了。"赞德压低了声音。

赞德拍了拍查尔斯的胳膊。查尔斯从他们搭建的地堡里面走了出去。

TJ 的声音从下面的黑暗中传来："小心点，查尔斯。也许赞德不在乎你能不能回来，但我希望你能安然无恙地回来。"

查尔斯沿着一条蜿蜒的小路蹑手蹑脚地穿过他们藏身的那片竹林。他在心里默默盘算着自己该去哪里，具体该做什么事情。为掩人耳目，他不得不溜到马蜂窝边缘躲藏起来。为了捍卫他的道德良知，他必须要行动起来。

乌云笼罩着天空，夜色如同他的外套一般漆黑，查尔斯根本看不清脚下的路况。营地中，几顶帐篷透出微弱的光，他循着这些光亮继续前行。途中，他停下脚步，在双手和面颊上都涂满泥巴，然后像一只猫一样沿着山坡向下走去。每当传来一些响动，他都会站在原地待上几分钟再继续前进。营地大部分人都在睡觉，其间偶尔会有人起夜，但厕所大多离营地很远。等查尔斯来到足球场周围的平地上，他加快了脚步，因为这里的地形更为平缓。他在夜色中四处打量，试图在黑暗中找出那些与天亮时看起来截然不同的地标。

营地外缘搭了一个开放式帐篷，帐篷旁边是一片棕榈树，两个男孩就睡在树下。查尔斯每一步都走得小心翼翼，祈祷那两个熟睡的男孩就是尼亚恩和赛伊。如果不是的话，他就会放弃这次行动，空手而归。如果他不幸被抓，约翰·约翰和那些雇佣兵们肯定会对他百般折磨。生来天真的他无比确信，在把所有秘密跟检察官坦白之前，他就已经被这群人折磨死了。

查尔斯此刻距离营地只有十码远了。他从潮湿的泥地上面爬过，潜到那个模糊的物体旁边——那是正在熟睡的赛伊。

　　尼亚恩在赛伊脚边熟睡。查尔斯觉得先叫醒尼亚恩会比较保险，于是他走向男孩，轻抚他的手臂。他会不会吓得大喊大叫？

　　"尼亚恩，我是查尔斯。"他轻声重复了十几遍，想要以一种温柔的方式将男孩唤醒。他不想让兄弟二人突然惊醒，他要让他们缓缓醒来。

　　尼亚恩慢慢醒了过来，脸上没有恐惧，只有平静。当他看到查尔斯，就伸出双手搂住了他的脖子，无声的泪水从他脸上滑落。

　　查尔斯之前还在担心自己会被兄弟俩告发，但他们的态度令他的忧虑在一瞬间烟消云散。

　　尼亚恩深知怎么才能让哥哥安静地醒来。待到赛伊醒来之后，他紧紧抓住了查尔斯的手。

　　在夜色中，他们三个人如同幽灵一般悄悄溜走了。

第四十一章　丛林中的洞

第四十二章

重新集合

"我亲爱的萨拜娜,在加州感觉如何?"西奥多·里奇的语调很是平和,丝毫没有为刚才的打扰所气恼。他用微波炉加热了一份晚餐,刚刚吃完,现在正躺在公寓的沙发上。每周他都会去公寓附近的超市,在冷冻食品区挑选六份速食,今天的晚餐便是其中之一。

他正在埋头研究一份案件摘要,这是一起备受瞩目的案件:纳税人不仅拒不缴税,还摆出一种愚蠢的姿态,对法院早已驳回的宪法问题大肆维护。这个纳税人虽然愚蠢,但她很有名气,是一位全国联合广播节目的主持人,有一批忠实的老年妇女粉丝。这个案子必须要巧妙处理,对她的定罪一定要起到以儆效尤的作用。他会发起一场公关运动,并把这位电台主持塑造成一个心智错乱的罪犯。他绝不允许任何人为她殉道。

"爸爸,我现在不在加州。"她的声音听上去睡意蒙眬。

那个愚蠢的电台老泼妇能不能聘请到合适的律师?她有这样的头脑吗?她有没有足够的胆量把这场抗争公之于众呢?如果同时对她进行两面夹击,他或将丧失100%定罪率的纪录。大多数纳税人只会像处理

投机者

其他法律事务一样，聘请他们的家庭律师为自己辩护，所以这些人很容易败诉。另外那些纳税人会聘请专业的税务律师，而这些律师只有遵守税务署的规定才能保障自己未来的生计，所以最终的判决结果通常是对纳税人处以缓刑和高额罚款——而这是一个双方都认可的结果。但她可能会找到一名如疯狗一般的律师，他会同时在法庭和媒体上为这个案件辩护。

"你现在在哪里呢？"他漫不经心地问道。

"嗯……我在非洲。"

"什么？"里奇变得警觉起来。

"我们特工不就是要四处走动嘛！爸爸，你难道不知道吗？"她用一种猫儿般娇俏的声音说道，让对方难以加重语气提出反对的意见。

"不，我不知道。我一点也不清楚这一点。我当然不知道我们特工还得去非洲。是格雷夫斯派你去的吗？"

"跟他没有关系，是我自己主动要求去的。"

"萨拜娜，你他妈的到底在搞什么？"

"你让我去抓捕查尔斯·奈特，所以我就去了非洲。"

"查尔斯·奈特是谁来着？"

萨拜娜沉默片刻，随即说道："查尔斯·奈特就是你让我去找的那个年轻人。爸爸，你说过要把他塑造成一个反面典型的。我找到他了。"

"噢，对。"他现在记起来了，于是他的态度缓和下来，查尔斯·奈特就是那个抗税者，"我把你派去拉古纳城才不过十天吧？你在那里发现了什么？什么东西能让你跑去非洲？"

"我抓住了他的软肋，爸爸。这关系到数亿美元的利益。"

听到这番话，里奇也颇为震惊。巨额资金意味着巨大的风险。他突

第四十二章　重新集合

然担心起来，因为他害怕自己的女儿可能没有按照常理出牌，而他不希望任何人违规行事。如果她因此惹祸上身，他们之间的血缘关系就会被曝光。这是一个大问题，所以他务必要及时止损。

"萨拜娜，告诉我你在哪里，给我一个确切的位置。"

"我在冈瓦纳，住在亚当斯敦大使馆附近的酒店里，我现在很安全。"

得到了确切的回答，里奇暂时不再关注这场可能的政治隐患，他眼下又成了那个充满关怀的父亲。他想象着他那一头金色秀发的女儿住在一个破旧的旅馆里，那间旅馆看起来就像贝鲁特战争时代的建筑：窗户破碎不堪，各个街区的建筑都在燃烧，街道上到处散落着 AK-47 的子弹弹壳，成千上万个手持大砍刀的非洲黑人对她穷追不舍。

当然，冈瓦纳的首都已经很多年没有出现过这样的景象了。但新闻报道中闪现的画面却永远刻在人们的脑海中。

"你脑袋里到底装的是什么鬼念头？你有认真考虑过吗？"他质问道。

"奈特就在冈瓦纳。他正在敲诈一家叫 B-F 勘探公司的勘矿企业。"

"我听说过这家公司，他们的新闻还登上了头版头条。你再说详细一点。"

"抱歉，爸爸，这件事现在属于证交会的管辖范畴。不过我得到了有力的证据，可以证明他在从事内幕交易。"

"你现在不是证交会的员工，你是在为我工作！"

"我明白，但这不正是副总统想要的结果吗？让不同机构相互交叉，就能提升整体的工作效率，不是吗？不是要去抓坏人吗？不过我们在追捕坏人的时候势必会遇到税收问题，毕竟我们可不会为了自娱自乐而制定那些长达 100 万字的法律法规和 400 万字的规章制度，我们也不会积累厚达 7 万页的判例法和司法解释……"

里奇对税务署制定的所有法规文件都很珍视，虽然个中内容存在很多自相矛盾的部分，其中亦不乏很多模糊而武断的文字。但这些文字却有助于给任何被他锁定的人冠以罪名。

里奇不再执着于担心下行风险，他的思绪又飘到了上行潜力上面。副总统和他提出的那项政府效率提高计划或许颇有成效，而萨拜娜现在所处的阶段很可能帮他获得实现最终计划所需的曝光率，这样一来，他就能从执法部副部长一跃成为税务署署长。

众所周知，相比于他人给予的恩惠，政客们更容易对他人投来的蔑视耿耿于怀。至少这位副总统会在六年之后的总统竞选中遥遥领先，他会成为下一任总统，而这也就为里奇提供了大好机会。如果他能帮助这个男人在某个项目上大获成功，那副总统将势必把他视为盟友。

"萨拜娜，你对奈特了解多少？"

"我从他那里了解到，B-F 公司的首席地质学家正在进行诈骗活动，他叫斯摩德霍夫。"

"斯摩德霍夫——他是美国人吗？"

"并不是，他是加拿大人。所以我在盯着奈特，毕竟他的身份是美国人。"

"好孩子。你有几成把握可以对这个案子提起公诉？"

"根据证交会的规定，起诉的确定性几乎是百分之百。"

"你有没有跟你证交会的前上司谈过这件事？"

"还没有。我想先跟你谈一下。"

"我要再夸你一次，你真是个好孩子。但你得提前给他们放出一点消息，好让他们能在恰当的时候采取行动。"

"你说的这件事我已经处理好了。我没有直接联系我的前上司，但是她的上级却对这件事表现出强烈的兴趣。我直接给他打了电话。"

"你越过你上司直接联系了她的老板？"

"指挥链有时候会碍事，爸爸，你是知道这一点的。这样一来，等我回到证交会之后，我就能自己做主了。"

"你觉得这个案子真能发挥这么大的作用吗？"

"爸爸，"她像个十几岁的孩子一样抱怨道，"奈特不过是个 23 岁的孩子，却可以从这笔交易中赚到两亿多美元！所以我觉得这是一起大案子。"

里奇大脑边缘的爬行动物思维被激活了，于是他不假思索地说道："我要坐下一班飞机赶往非洲。"他应该亲临现场，以确保此次行动合乎规定，同时也能确保这些被没收的财产可以进入他在税务署的预算账户。

是时候学学 J. 埃德加·胡佛的公关经验了。即使在胡佛成为联邦调查局局长之后，他仍然喜欢亲临大型犯罪的抓捕现场。他喜欢惺惺作态，手持冲锋枪暴露在镜头之下，他之所以这样做，是为了提升曝光度，收获名望。西奥多·里奇也可以这样做，他可以派遣地面部队前往冈瓦纳，英勇地捍卫纳税人的钱财。到时候，里奇就会上演一场"在其位，谋其政；不在其位，不谋其政"的出色戏码。

"爸爸，你不要抢我的功劳！"

"我只是想要确保你能够最大化地利用好这次机会。"

"你上次出外勤是什么时候？"她用一种表面上听起来颇为关切的语气意有所指地问道。

面对萨拜娜的质问，里奇更加焦虑了。他坦言道："我讨厌出外勤任务。但我是一个父亲，我要保护我的女儿。"

萨拜娜忍无可忍，她不愿再维持这种荒谬的假象了："别胡说了，爸爸。"

"你不想让我去非洲吗？"他甚至都不想离开华盛顿，他的女儿对此心知肚明。一想到要把自己这具久坐不动的柔软躯体置于一个不舒适的地点（虽然那种地方没有什么危险），他就很是苦恼，仿佛受到了侮辱。

"爸爸，反正我明天就要回去了。我在这里的任务已经完成了。"

"很好，萨拜娜。我觉得以我这样的身份是不适合在丛林里跑来跑去的，而且我知道，你肯定清楚这笔钱的分成对我们税务署的重要性。我们都希望能迎来一个双赢的局面。"

里奇说罢，萨拜娜露出了微笑，笑声传到了电话另一端："我不指望这些钱会进我的口袋。所以，作为我的父亲，这笔钱当然更不会进你的口袋，税务署和证交会理应平分这笔款项。"

这样一来，萨拜娜就同时赢得证交会和税务署双方的高级管理层以及副总统的交口称赞。她美丽、能干、铁面无私——她已经具备了三种最高级别的美德。但她想得太天真了。

"这种事情的很多细节已经超出你的职权范围了，但我会帮你的。你现在需要准备一份完整的简报。萨拜娜，要想为了机构的利益拿到奈特手中的钱是需要一些手腕的。你对政治和势力范围都一无所知。所以，我希望你在今天之内把你掌握的所有信息都发到我的电子邮箱里，明白吗？"

"我都给你准备好了，爸爸。"

"真的吗？"里奇显然不相信萨拜娜的鬼话。

第四十二章　重新集合

"好吧，其实是因为我还欠副总统一份报告，他也在一直关注这件事。我会顺便给你发一份的。"

他想靠萨拜娜出风头的幻想就此破灭："你这是没经过我的同意就擅自做主了吗？"

萨拜娜又把刚才的话重复了一遍："你知道的，有时候指挥链会成为一种障碍。"

真是个狡猾的小娼妇！但里奇依然不由自主地以她为傲。

*　　　*　　　*

黎明已至，朝阳升起，营地里的人们从睡梦中醒来，开启晨间活动。但今早的活动与以往不同，这群男孩和青年人几乎把营地搬空了，他们带着背包和物资、扛着帐篷和武器穿过足球场，到达一个处在巨石庇护之下的车辆调度场，然后把所有东西都放在了停在那里的车上。整个营地里的帐篷现在还剩下三分之一，除此之外，还余下一顶食堂帐篷，几间厕所，一部分发电机，以及那个让约翰·约翰大放异彩的舞台。正午时分，约翰·约翰又开始进行演讲。虽然没有下雨，但阴云密布的天空让这里的天气稍微凉快了些，酷热得以缓解，这着实令人欣喜。毕竟在这个地方，酷暑无法缓解，即便是最微弱的风也是受欢迎的。

两千名年轻人聚集在曾经的营地上。约翰·约翰始终没有背离自己的初衷，他的演讲常常像教堂礼拜仪式中抚慰人心的催眠术，然而每次当他话锋一转，这群暴民的情绪就会被推向新的高潮。

这一次，他继续煽动这群暴民的巨大能量，并将其推到了一个新高度。这群人无比喧闹，理智全无，极其危险。

鲁伯特同他那群雇佣兵队友站在一起。这群老雇佣兵之所以能够活到现在，是因为他们知道什么时候该折起帐篷，然后徒步逃离危险区域。如果他把军火不见了的消息告诉这些非洲老手，他们一定会留下敷衍的道歉和亲切的道别，然后一溜烟地全部逃跑，绝不会耽搁片刻。四个男人团结起来，就能"让鸡跑"。这个俗语特指当罗得西亚变成独立国家津巴布韦时，25万名欧洲人联合起来做的事情。在战乱频仍的年代，它是一个贬义短语，后来就演化成聪慧的标志：趁着还有逃离的可能性，赶紧离开这个鬼地方。然而，巴特、罗宾、兰迪和巴济利四人却为了拿到自己的日薪留在这里，全然没有意识到原计划已经偏离了轨道。

　　如果鲁伯特把武器丢失的消息告诉约翰·约翰，就会立刻被他杀掉。但如果他先把这个消息告诉弗洛莫，鲁伯特就不会过早丧命，相反，他的死亡过程是可控的，但那却比直接丧命要痛苦得多。

　　罗斯科当天早上就已经从班加西奥奎尔村回来了，他把从查尔斯·奈特那里找到的两辆装有弹药的卡车停在那里。鲁伯特虽然从未见过奈特，但他对这个年轻人极为鄙视。再过一段时间，叛军就会抵达班加西奥奎尔村，到时候，保护这些军火的人只剩下了当地村民。罗斯科曾向他透露，伯克公司的钻探队将于两日后开卡车从自由港出发，前往B-F公司的矿区。

　　约翰·约翰的军队将全副武装地正面迎战，他的军队已经完全控制了这一地区。

　　今天是约翰·约翰带领手下攻占冈瓦纳和班加西奥奎尔村的日子。他们要夺走全部的枪支，抢占所有的黄金。按照原计划，B-F公司的矿区将会成为这场暴乱的策源地。无论约翰·约翰是懂得金矿开采，还是把班加西奥奎尔村愚蠢地幻想成一个到处都裹着闪亮黄金的天堂，这都不重要。这支军队会把班加西奥奎尔村搞得一团糟。整个军事行动设计得极为出色。最完美的骗局就是那种永远不会被人察觉的骗局。

这将是鲁伯特在非洲的最后一次冒险，他打算拿到钱就跑路。无论如何，白人在撒哈拉以南的非洲地区已经彻底失势了。早在50年代，这一趋势就开始加速了，而造成该趋势的原因就是肯尼亚的"茅茅"（Mau Mau）组织。刚果、罗得西亚、莫桑比克和安哥拉境内的白人也受到了血腥的驱逐。白人几乎失去了整个非洲大陆的一切。

西非最好留给东方人和非洲人去争夺。他们会在安静的海滩上进行较量，西非当地人将这场竞争尽收眼底，把它当成免费的娱乐节目进行观赏。

但那些都是后话了。此时此刻，面对这场即将到来的极端混乱，冈瓦纳人几乎没有任何时间寻找藏身之处了。到时候整个冈瓦纳都会陷入断断续续的枪林弹雨之中，鲜血将会如雨点般四溅。在接下来的几十年中，尤其是在接下来的几天内，无须天气预报员就能预知风向。

鲁伯特计算了他的收入。把今天的股票抛售之后，他总共能赚到1500多万美元，这还不包括对方承诺给他的那笔额外津贴。对他来说，在工作一年之后，能赚到这么一大笔钱已经很不错了——远远高出他短暂人生中的任何一笔收入。一两天之后，他就能完成这项任务，然后就会和战友抢劫一辆越野车，开着它赶往科纳克里，逃之夭夭。现在，这里的一切都已经不受他的控制了。这场叛乱成功的可能性很大，班加西奥奎尔村可能会被这群叛乱者控制很多年。鲁伯特已经在约翰·约翰的头脑中灌输了长期战略的思想。虽然约翰并不能称得上是一个伟大的地缘政治思想家，但他却看出将班加西奥奎尔村和邦戈达合并数月之后的优势。只有等两地实现团结之后，他才会向冈瓦纳的首都进军。

地缘政治，还有策略。想到这里，鲁伯特忍不住大笑起来。这件事的复杂程度堪比在亚当斯敦嫖娼。

"你们愿意追随我吗？"约翰·约翰对着麦克风喊道，他像职业拳击手一样在舞台上尽情舞动，"你们愿意跟我下地狱吗？你们愿意跟我去天堂吗？"

他抛出的每个问题都能引来一片应和，人群的喊声越来越大，声调越来越狂暴。

"你们愿意随我去贡县吗？你们想跟我去邦戈达吗？你们想跟我去亚当斯敦吗？你们想不想跟我去总统的豪宅，然后把冈瓦纳从他的贼手中夺回来？"

约翰·约翰就像一位厨艺大师，他将宗教与民粹主义的调料与臆想中的不公正待遇混合在一起，做出了一道开胃菜，即使是受过良好教育的美国中年人也会迫不及待地吞下去。这道"开胃菜"自然对贫穷的冈瓦纳青年产生了巨大的影响。约翰·约翰能激起这群青年心中无与伦比的愤怒之情。当他用比以往任何时候都要洪亮的声音喊着"你们愿意跟我去华盛顿吗"，人群中爆发出了更为响亮的欢呼声。

但这并不是一种询问，而是一种命令。

这群暴徒在狂怒地嘶吼，他们高举枪支在头顶挥舞，亢奋无比地将弹筒中残留的子弹肆意射向天空。空气中充斥着汗味，蓄满了能量——这是一场集体的狂欢。约翰·约翰在舞台上跳来跳去，这一次，它不仅令他的军队士气倍增，更是令他自己陷入疯狂。他面部扭曲，双眼猩红，目眦尽裂。他比以往更加兴奋，他终于等到这一天了！

约翰·约翰被定格在那里，宛若一尊雕像。他的声音和话语成了独

513

第四十二章　重新集合

家代言人，煽动着人群的情绪到达下一个歇斯底里的高峰。他咆哮道："冈瓦纳将会重新燃起希望！我们将改变这个国家！我们！我们邦戈达人会改变它。我们是众望所归，我们将改变冈瓦纳！我们是众望所归，我们将改变冈瓦纳！我们是众望所归，我们将改变冈瓦纳！希望！改变！希望！改变！"这些话听起来毫无意义，但它们不需要有什么意义。男人们的吼声更加响亮，他们一遍又一遍地重复着那些毫无意义的话，用那些久经考验的咒语进行自我催眠。

"为了我们的枪支，为了我们的金子和我们的命运，我们今天就出发！我们今天就来一场罢工！就是今天！"这群暴徒彻底陷入了癫狂之中。

鲁伯特摇了摇头，对人类的信仰大为震惊。尽管那些简单话语中没有什么有价值的思想，只要用一种自信的语气说出来，就完全能够改变历史进程。虽然他不能对此进行专业的道德审判，但这群愚蠢的盲从者着实令他感到可笑又反感。鲁伯特盯着舞台上的约翰·约翰，不论是白天还是黑夜，他都在吸食毒品，终日神志不清。他只想要权力和控制力，周身散发着不可预测的危险气息：这个站在舞台上的人或许是个魔鬼，也可能是一位反基督教者。鲁伯特试图回忆多年前那所主日学校所教授的课程：在教会的等级制度中，魔鬼比反基督者的地位还要高吗？

约翰·约翰继续喊道："冈瓦纳人！今天我们踏上神圣的荣耀之路！那是无上的荣耀！"

这群暴民对他的说辞深信不疑，兴奋地大声咆哮。

约翰·约翰话音刚落，鲁伯特就料到接下来将会发生的事。他觉得约翰·约翰一定会说出接下来的这番话，并对其深信不疑。约翰·约翰，在他极度自恋的时刻，在他人生最辉煌的时刻，终于把这句话说出

投机者

来了。

约翰·约翰用他有史以来最为铿锵有力的声音向他的信徒们大声宣布，他的声音极具张力，一个人的声音竟比两千人的声音加起来还要洪亮。"冈瓦纳的人们！"他吼道，"冈瓦纳的人们！"他停顿了一下，然后尖声叫道："我就是神！"

随后，或许是正当其时，但也相当魔幻——就在约翰·约翰狂傲地将自己的无尽权力昭告天下时，他的脑袋被一枪打爆了。

大量的鲜血从他头骨一侧喷涌而出，溅满了整个舞台。约翰·约翰那强壮的身躯在 2000 人迸发出的巨大能量以及过量可卡因的作用下，笔直地站了片刻，随后缓缓地倒在舞台上，化作一具面目全非的尸骸。

第四十三章

两块巨石撞击

　　约翰·约翰的一番话让叛军部队陷入狂躁，这一幕被巨石上的三个人看得一清二楚。当这2000人变成一个没有自己思想的集体，并由一个精神变态管理、指挥和控制时，这里的空气都为之颤动。

　　查尔斯密切关注着赞德，后者正在装配武器和测量，他转动表盘，在肘部下方垫了一些东西，支撑起手肘，将子弹上膛，向前和向下滑动了枪栓。

　　"夺取政权！重燃希望！夺取政权！重燃希望！"这些口号在山间回荡。

　　查尔斯说："在你看到他的红眼之前不要开枪。"

　　赞德高兴地哼了一声，他并没有变得很激动。步枪上12倍口径的瞄准镜足以让他看清那些眼睛。赞德对山谷里那个疯子已经听得不耐烦了，现在时机已经成熟，他希望约翰·约翰不要移动，也希望此时不要起风。一堆用来加工成木炭的棕榈树正在燃烧，烟雾笔直地飘向上空，此时没有一缕风，但他还是根据烟雾又一次测量了风向。

　　许多经验丰富的狙击手或许偏向使用速度更快、更现代的子弹，例如.300温彻斯特马格南，但是赞德的野蛮人步枪里d30-06子弹的后坐力要小得多。很多人或许会选用半自动步枪，如AR-10或M-14，这样如果第一枪没击中目标，可以更快地补充射击。但赞德本质上是一个传统主义者，他使用的步枪是他喜欢的曼利彻尔枪托，在单纯通过射击寻求乐趣的时代，这种枪托很受欢迎。他经验丰富，因此这种枪用起来很舒适，同时他对这种枪的性能非常了解。在很久以前的另一段人生中，他通过工作学到狙击手的技能，这就像是书的某个章节，他认为自己已经将这本书合上了，而且永远也不会再次打开，正是在这个阶段他变得家破人亡。

"红眼出来了。"赞德说道。他屏住呼吸，轻轻扣动一下极度灵敏的扳机。此时，约翰·约翰正在喊道："我就是神！"

山顶长岩石上三个人蹲地很低，下面的军队看不到他们，赞德观察着刚才的一枪是否击中目标。

就在子弹击中约翰·约翰头的前一秒钟，台上听到一声枪响，两秒钟以后人们才意识到发生了什么事。在一片喧闹和尖叫声中，没人可以定位到枪声的具体方位。

*　　　*　　　*

鲁伯特知道，这是一把威力很强的步枪，一个专业的神枪手策划了这场袭击，他在很远的距离外开的枪。被花言巧语忽悠的2000名士兵刚刚失去了他们魅力无穷的领袖，会立即将他和他的白人同事当作替罪羊。

他看着这群年轻的冈瓦纳士兵足球运动员，他们目瞪口呆，踮起

517

脚尖盯着台上看，尽管他们一定知道发生了什么事。当时他们都没有说话，但是这种状况很快会发生巨大的转变。他看到更靠近台前的弗洛莫，后者慢慢转过身来，看向鲁伯特。在接下来的几秒钟内，弗洛莫脸上的表情从怀疑变成愤怒，他很快就意识到了这个机会。

鲁伯特只想到有一件事可能成功，他必须在弗洛莫用自己狂热的个人魅力填补权力空缺之前上台。

鲁伯特跳到台上，他本不需要检查约翰·约翰脉搏是否还在跳动，因为血液正从他被子弹穿破的脑袋里喷涌而出，但是他还是检查了一番。尽管他的脑浆在木板上崩得遍地都是，但他仍有心跳。鲁伯特站在那些年轻的士兵面前，此刻他们都非常安静。他只有一两秒钟的时间，时间一过，这些群龙无首、精力充沛的年轻人就会变得一发不可收拾。他从约翰·约翰紧握的拳头里抢过麦克风，黏稠的血液顺着他的手和小臂滴下来。

"士兵们！冈瓦纳的士兵们！约翰·约翰被暗杀了！军官都到我这里来，其他人都到山上去！"他挥舞着手臂，手指向四周，"到山上去，找到凶手！快去吧，冈瓦纳士兵们，你们所有人都要去！找遍山上的每个角落，就是上刀山下火海，挖地三尺也要把他找出来，没找到凶手前不要回来！"

几个月来，这群人一直被设定要服从某种权威，领导者发布的命令会被他们大声喊出来，任何胆敢无视权威的人都没有好果子吃，他们很快将这种权威的设定转移到鲁伯特身上。他一直在训练这些人，现在他正站在约翰·约翰的身上宣示自己的权威。

其中一个士兵大声喊道："没错，我们去！我们所有人都去！我们要找到杀害约翰·约翰的凶手！"

鲁伯特希望任何人都不要留在这里："快去！你们所有人！在凶手逃跑之前抓到他！你们把凶手带来，会得到奖赏！在他逃跑之前赶快出发吧！"

罗斯科和其他雇佣兵一起朝他们大喊："快！快！"他们张开双臂，好像要将这群人推开。

这群人开始移动，他们自发地从营地散开，从中心向外围跑去，一些人手里拿着枪，像女鬼一样尖叫着，他们甚至不受自己所在分队领导的控制。他们以惊人的速度向四面八方散开，形成一个不断扩大的圆圈，其中有一队人朝着最高山上的巨石跑去。

*   *   *

"这下麻烦大了。"查尔斯冷静地说道，他看到搜索范围不断扩大的人群朝他们冲过来。他们跑步前进的话，大约两分钟就可以来到这里。

"该死，是时候执行下一个计划了。"赞德说道。虽然他说了脏话，但依然很平静。TJ数了数朝他们跑过来的那些人，大概有50个甚至更多，这些人距离他们400码，而且正在逼近。

赞德按了一下他旁边盒子上的按钮："我们有60秒的时间，各位赶紧撤离！"他们三个人从又圆又黑的巨石背面滑下来。这时候他们想不了那么多了，也没有时间思考如何滑下来能避免擦伤。现在就走！快！快走！

三个人都笨拙地滑到下面的泥地上，他们很清楚接下来的15秒应该做什么。查尔斯走在前面，他们穿过灌木丛来到用竹子做的洞穴前，随后穿过小洞进到里面。赞德紧随其后，TJ跟着挤了进去，他把藏在身

519

第四十三章 两块巨石撞击

后的竹子拨好。他们接连跳进阴暗的洞穴，TJ 再次来到后面，用一层棕榈叶盖住他们。他们在一个又深又潮的洞里，上面用树叶覆盖着，四周是一堵厚厚的竹墙，里面有一个狭窄、伪装的入口。现在是时候检验他们的准备是否充分了。

"你好。"尼亚恩说，此时 TJ 坐在他的身上。

查尔斯说道："尼亚恩，赛伊，做好准备，好戏马上就要开始了。"

几个人在这个隐藏的洞穴里伏低了身体。

接下来，这将成为他们拥挤的住所，谁也不知道他们要在这住多长时间。但是现在，他们都捂着耳朵抱着头，祈祷不会被该死的石头砸到。

*　　　*　　　*

鲁伯特看着这些士兵离开营地，离他和他的人越来越远。一些分队的领导，相当于军士头衔，他们留在后面，犹豫不决地向他和倒在地上的约翰·约翰走去。这并没有多大关系，他完全可以应付他们。但是有一群上百人的士兵，他们无视鲁伯特散开的命令。他知道这些人，他们是弗洛莫挑选的警卫，这种情况对他来说是无法接受的。他们由弗洛莫亲自挑选，完全听从他的指挥，他们生下来就是罪犯。他们现在之所以犹豫，是因为他们看到在鲁伯特面前，弗洛莫显得如此渺小和不堪一击。

所以鲁伯特在约翰·约翰的身体上方保持着一种居高临下的姿势，他摆出自己最大胆的表情，高高挺起胸膛，尽可能让自己看起来高大威武。

他不知道枪手会躲在哪里，但是那块巨石应该是他的首选。狙击手通常要在最佳地点和最安全的地点之间做出选择，前者通常是射击视野最好的制高点，后者将为他提供最佳的逃跑路线，山上的巨石可同时满足这两点要求。

约翰·约翰的两个职位最高、最令人畏惧、也因此最受尊敬的副手相互看了看彼此一眼，然后转向弗洛莫。鲁伯特知道他们在想什么，他自己无法对付那 100 个人。弗洛莫正在寻找合适的时机采取行动，同时思索着那一刻来临时应该说什么话。

鲁伯特还拿着麦克风，这东西只有约翰·约翰用过。就像法官的小木槌或国王的权杖一样，这赋予了他额外的权力，或者做个更合适的类比，它就像戈尔丁《蝇王》中的海螺。在弗洛莫开口说话前，他朝这 100 个人大声喊道："你们这些人，快点出发！去到那座山上！杀死我们领袖的人就在那里！你们所有人都要去！我保证，那些找到杀手的人将会获得巨额奖励。"

有一半人听从了鲁伯特的命令，他们不假思索地转过身，开始朝山上跑去。但剩下的人仍留在原地，他们看着约翰·约翰的副手，等待着他们更信任的人发出指令。

鲁伯特转向台下的四个朋友，他们每个人都知道接下来将要发生什么，唯一的问题是他们不知道那个副手会发出命令，从而夺得指挥权。

不可避免的事很快变得迫在眉睫，现在是时候遵守冲突的黄金法则了：先下手为强，但是鲁伯特的速度不够快。

弗洛莫拔出手枪，朝鲁伯特开枪，大喊道："杀了这些白人！"

那些人很快举起枪，瞄准这些雇佣兵，他们立刻趴在地上。鲁伯特看到 20 支 AK 枪瞄准了他的朋友，其中多数人在过去 40 年的战争中和他一起出生入死。作为有经验的士兵，他和他的同事们一边匍匐着寻找掩体，一边尽可能精准地朝这群暴徒开枪，但是他们几个人不可能击中所有 20 名武装起来的暴徒。这 20 人并不是神枪手，但大部分人一通胡乱地扫射抵挡住少数人精准的定向射击。20 个暴徒倒下了，他们的子弹同样打在雇佣兵的腿上、腹部、胸膛和头上，十几颗子弹打在罗斯科的身上。

鲁伯特觉得自己被三颗子弹击中了，有两颗打在腿部，一颗穿透腹部打在脊柱上，此刻时间仿佛慢了下来。他倒在约翰·约翰的尸体上，手里的枪却在不断射击，至少为了确保弗洛莫当场死亡，他的目标最终实现了。

子弹又飞了几秒钟，但是对于鲁伯特来说，好像长达几分钟之久。他躺在约翰·约翰尚有余温的身体上，这让他感觉很好，因为他此时感到全身发冷。他的眼睛望向那座小山，他和哥哥最后一次的交谈就是在那座山顶上。他的双腿伤得很重，奇怪的是，人们很少会考虑子弹击中骨头会发生什么事，这一幕在电影中似乎从未发生过……血液从被子弹穿破的动脉中喷涌而出，他无法移动双腿，也感觉不到它们的存在，他的思绪还停留在打断他脊柱的子弹上。当他不由自主地评估自己的伤势时，他开始诅咒自己的坏运气，因为他活不到获得巨额回报的那天。在战争中，没有士兵想要成为第一个或最后一个被杀死的人。

当他望向那座山时，山顶上一块巨大的岩石跳了起来。

山顶向上一跃而起，泥土从露出地面的岩石下不断喷出，起初是在左侧，然后几乎一瞬间移动到中间，随后移动到右侧。在 600 磅的炸药的狂轰下，部分被侵蚀的山顶化作一团不断扩大的粉末和气体，无法继续支撑长期坐落在上面的数千吨的巨石。鲁伯特躺在那里，惊讶地看着眼前的场景，这时又有几颗子弹从身边肆意飞过。爆炸的回声接踵而至，就像英国护卫舰大炮的舷侧声。砰，砰，砰，砰，砰，砰，爆炸声惊天动地。士兵停止射击，转头看向爆炸的地方。那块巨石从它栖息了千百万年的地方塌陷下来。鲁伯特看着那些穿过汽车调配场的人倒在地上，看着尘土和烟雾在密不透风的尘雾中遮住了山顶。他看到那些人站了起来，开始跑，大多数人跑向一边，有些则跑向营地。他眼睁睁看着厄运从厚厚的尘埃中显现出来。当300英尺宽的山顶轰然砸向调配场的车辆时，震耳欲聋的声音接踵而至。

鲁伯特想到了美国珍珠港的飞机，他们在跑道上排成一排，这让日本轰炸机更容易锁定目标。如果不是被袭击的话，这种排列是明智的。他的车队停在山脚下，时刻准备帮助军队踏上前往邦加的道路，那也是一条荣耀之路。两辆汽油车相距十英尺，每辆车上都装着一万加仑的易燃液体。几乎和叛军其他车辆和所有重要补给一样，它们都被山上掉落的巨石砸扁了，车上的汽油就像水球撞击砖墙一样喷涌而出。这时一个火星就可以点燃不断扩散的油气雾珠，随后将会发生大爆炸。在此冲击力下，火焰和灰尘将会飞往四面八方，那些已经发生移动的石头将再次被炸飞。这时，山顶的巨石冲出尘土和火焰的烟雾，向谷底落去，随着速度不断加快，人们努力跑向一侧以避开它的撞击。

鲁伯特现在成了一名观众，他只能眼睁睁地看着巨石冲向自己。卡车正在燃烧着，还没来得及装车的补给也被巨石压扁了，剩余的帐篷也被夷为平地，巨石朝营地中心快速滚去。再过几秒钟，他将不会死于枪伤，而是被巨石压死，石头的面积和足球场相当，很多人已经接连不断地成为牺牲品。他看了看自己的手下，他们躺在旁边奄奄一息，弗洛莫的那群反社会者也将难逃厄运。巨石滚动的声音势不可当，由此带来的一阵风猛地打在他的脸上。

他感到身下约翰·约翰血淋淋的尸体。

鲁伯特最后脑子里想的是他将和身下的死人融为一体，最终变成血肉模糊的一团，他们两人的身体将永久联结在一起。数百年后的考古学家，甚至数百万年后的古生物学家将会对此做出何种解释？

他不会再有进一步思考的机会。

那块100码长的香肠形状的巨石以每小时30英里的速度在营地里翻来覆去，它就像一辆原始的推土机，所到之处一切东西都被压得粉碎。随后，它滚到狭窄山谷另一侧的陡峭山上，它出乎所有人意料地停在了那里，一切都平静下来。原先的2000名士兵，有200余人死于枪击和巨石碾压，剩下人的则默默地看着巨石停了来，几乎要永远停留在那里。

在惯性的作用下，它静止了几秒钟，随后开始慢慢地向营地滚去。随着速度不断增加，产生的噪声也愈来愈大，之前阻止它前行的树木已经被扫荡一空。它在一个小山丘上被弹起，随后裂成两半，它们开始独自向营地滚去。这两块滚动的巨石滚到营地之前没被石头碾压的地方，所到之处全都夷为平地，就好像是经过周详的协商和谋划一样。它们摧毁了每一个矗立的建筑、每一个帐篷和发动机，摧毁了这里的一切。随后两块石头转向对方，最终撞在一起。巨石相撞造成的声音高过那天听到的任何声响，因为这两块水火不容的庞然大物最终在一场近乎粉碎的碰撞中阻挡了彼此。

从此以后，这两块被人们所熟知的巨石，将永远停在那里，它们的距离是如此接近，但再也接触不到彼此了。

第四十四章

藏匿的武器

四周一片漆黑，查尔斯低声说道："赞德，我相信那块大石头滚向了我们预设的方向，如果真是这样的话那可就太好了。"

"这比对半赌要好得多。"赞德回道。

TJ 用愤怒的声音小声说："我以为你会说八二开。"

"你一直很赞赏我那积极向上的人生观……"赞德回应道。

"该死！" TJ 破口大骂。

"我想知道外面现在是怎样一番景象。"

赞德说："我希望停车场已经不在了。"

"至少应该是这样。" TJ 补充道。

赞德用命令的口吻说："现在，每个人都要保持绝对的安静。"

他们隐蔽的地方透进几束光，查尔斯足以透过光亮看清赛伊，他也正看着查尔斯。查尔斯揉了揉他的头，然后伸出一块青一块紫的胳膊抱住尼亚恩，让他挤了进来。在这之后，任何人都不能说话，也不可以打鼾。

很快，有人激动的谈话声从上面传来，就在他们用竹子做的掩体之外。但是随着时间推移，声音逐渐消失了，他们听到几声枪响，可能有人在骚乱中开了枪。三个男人和两个男孩在地堡里一声不吭，在夜幕降临之前，连一声窃窃私语都没有。这是一种合理的预防措施，可以避免引起那群愤怒年轻人的注意。因为他们刚杀了这些人的领袖，一旦被发现，他们会被碎尸万段。

*　　　*　　　*

他们一直在等待着，中间有一段时间还睡着了，他们想知道外面的情况。夜里，远处又传来几声低沉的枪声，但是之后只能听到丛林的声音。

领袖被杀害，停车场被毁，弹药和多余的武器没了，任何叛乱都不可能发生，足球赛季结束了。

他们一致同意，在从这个可能成为他们地下墓穴的地方出来之前，需要等多久他们就在里面等多久。TJ透过周围竹子上排列整齐的小孔往外看。这三个男人和两个孩子最终爬了出来，他们浑身上下没有一处干净的地方，身上散发着丛林里泥浆的恶臭。在出来之前他们怎么也想不到第二部分的计划会如此奏效。

正如他们希望看到的那样，地堡山摧毁了汽车调配场，但是巨大的岩石也破坏了整个营地。山谷里看不到一支军队，无人照看的棕榈堆逐渐燃烧成木炭，烟雾缓缓飘向上空，油罐车被压平的残骸已燃烧殆尽，冒着浓烟。

查尔斯期待看到这种结果，并为此细心谋划了一番，但他并不认为自己能活着亲眼看到这一幕。叛军的首领和他手下的雇佣兵都死了，他们的尸体被压扁了。从他们依然苍白的皮肤可以看出来，这是一种最难看的死法。他们的尸体躺在一堆肮脏的污物里，向外流出液体，那里曾经是营地的中心，尸体流出的液体引来苍蝇，它们落在将他们碾压致死的两块巨石上。

足球营地的叛军多数活了下来，现在的他们失去了领袖，眼前也没有了可掠夺的对象。这些年轻人中，有许多人比查尔斯还小十岁或者十二岁，他们没有了继续战斗的理由。他们现在群龙无首，不知所措，没有食物和装备，只能从废墟中找寻一些东西。叛军的幸存者一路游荡，返回冈瓦纳和他们的家园。

这里的军事训练、约翰·约翰的演讲以及营地毁灭的创伤给很多人留下了难以磨灭的印象。他们有的人会成为暴徒，少数人会成为强盗，有些人会试图以更微妙的方式模仿他们往日的领导者。有些人会在接下来的几周里一直盯着不远处发呆，这会让他们的亲属好奇到底发生了什么事。尽管他们身上留下了难以抹去的记忆，但多数人还是会变成他们最初的样子。

尽管一些人从约翰·约翰那里学到了一些非同寻常的思想，也从鲁伯特和雇佣兵那里学到了一些基本的军事技能，但是他们中的多数人不过是想在这里踢足球罢了。

据查尔斯所知，这次的枪战，巨石碾压和油罐车爆炸已经造成一百多人死亡，他对此感到痛心。但是如果让约翰·约翰领导如此大规模的叛乱，那将造成数万人的死亡，并使一个几乎无法运转的民族被遗弃在黑暗的时代。

查尔斯自言自语道："战争中的死亡人数就是通过这种方式变得合理化。"

第四十四章　藏匿的武器

＊　　　＊　　　＊

卡罗琳除了等待别无他选。

"非洲恩典号"医疗船也在挣扎着，就好像它感觉到了人们的担忧。医疗工作节奏不断加快，但船上的设备却故障连连，一会儿发电机过热，一会儿冷却液泵堵塞，船上藤壶的数量也在不断增加。弗雷伯格船长不得不安慰他最关心的两个女人：卡罗琳和他的医疗船。他不喜欢在没有任何征兆的前提下盲目乐观。

卡罗琳没日没夜地工作，只是偶尔在洗澡、换手术服、喝咖啡以及难以支撑的时候休息一下。她远不需要这样卖命地工作，但是长时间工作可以让她不去想这个国家可能在上演的叛乱。在空闲时间她试图给母亲打电话，将查尔斯的事情告诉她。她曾向父母承诺，要在新闻机构打探到任何风声前，把她生活中出现的任何男人告知他们。她的母亲整天忙于国事，给工作人员留言只会适得其反。如果她表现出任何兴致，这只会为将来某一时刻的小报丑闻留下把柄。她完全信任安德斯船长，他也很乐意成为卡罗琳这次航行中的守护者，但他终究不是她的母亲。

尽管查尔斯那边没什么消息，但是邦戈达却传出来一些新闻，据说一些离家很久的男人和男孩们都回来了。一些人留在家里，还有数百人继续向南跋涉，他们会在南部某个地方再次定居下来。

这些消息传到首都变得含混不清，加上语言和文化的差异，更让人摸不到头脑。据称有人谋划了一场叛乱，集结了军队，最后军队解散了。也可能是军队人数骤减？很多人死掉了，这里不会发生战争了，这是个好消息。但是也有传言称死者里面有一些外国人，卡罗琳还是没有收到查尔斯的消息。

在等待查尔斯的这段时间里，她痛苦不堪。她有时会失声痛哭，但多数时候，她会更努力地工作，工作的时间也变得更长。有时候，因为劳累过度，她会瘫倒在床垫上，她和查尔斯曾经赤身裸体地躺在上面，享受着爱情的欢愉。

*   *   *

伯克团队推迟了前往班加西奥奎尔村实施 B-F 公司勘探的计划。关于几内亚足球营地的报道众说纷纭，在事态平息前伯克公司不会有什么动作。同样这些报道让 B-F 公司最后一名外国员工也从那里撤离出来，因此不会有 B-F 公司的人在那里接待伯克公司，永远也不会再有了。

通过隐藏的 GPS，查尔斯追踪到了军火的位置，那正是他预设的地点。卡车停在 B-F 公司的矿床上，期待着约翰·约翰下一秒能出现在眼前。几百美元足以打发 B-F 公司雇佣的当地警卫，他们耳边不断听到的令人毛骨悚然的故事就发生在这里，因此谁也不想在这多逗留一会儿。

TJ 和查尔斯每人开着一辆大卡车，他们结对从班加西奥奎尔村向南驶去，这条道路查尔斯再熟悉不过了。赞德独自开着 SUV，远远超过这些缓慢移动的卡车，直奔"非洲恩典号"医疗船而去。他又发烧了，需要医生的帮助，他需要洗个热水澡，伤口也需要换药了。

一周前，TJ 和查尔斯第一次乘坐这种卡车旅行，整整两天他们都待在一起。然后更多的时间他们是骑着小摩托车，开着吉普车或者徒步旅行，他们沿着路缓慢前行，边说边笑，还在脑子里思索着什么。他们并肩工作，在最恶劣的条件下从事强度极高的体力劳动。他们用 9 个小时在地堡山上用竹子和泥建成了一个秘密掩体，他们藏身其中，随时面临

529

被发现的危险，但是那座山现在已经不在了。在另一次漫长的旅程中，他们在不到两天的时间里都扮演着驮畜的角色，随着营地被破坏，反叛活动被压制，叛军领袖被暗杀，旅程在某一天早晨达到高潮。他们在洞里住了一天，以躲避一群愤怒的青年。现在又开着满载武器的两辆巨大柴油卡车，在这条崎岖不平的道路行驶九个小时，他们通过两台近距离无线电广播聊天。

如果说友情一开始是需要基础的，那么 TJ 和查尔斯在一起的时间足以让两个起初仅算得上相识的人变成一生挚友。TJ 现在既是赞德的筹划者又为查尔斯出谋献策，他们有着一起出生入死的情谊。

只要资金充足，TJ 可以在冈瓦纳做成任何事，并且技术娴熟，行动迅速。如果美国政府的特工没有密谋没收查尔斯的证券，TJ 的技能辅以查尔斯的新资本，将极大促进这个饱受战争蹂躏国家的经济发展。

但事实并非如此，至少目前不是这样，投机活动本身就带有政治风险。实际上，投机的机会在很大程度上由政治创造，因此也可以通过政治手段将它们吞没。令人奇怪的是，致命的政治风险起源于美国，而并没有出现在这个落后、不稳定的非洲小国。

在赞德的鼓励和莫里斯的坚持下，查尔斯手下仍然有一些小额交易账户。这些账户由他舅舅代为管理，其中包括一些公开的上市公司高风险股份，这些公司遍布各地。至少查尔斯有后盾的支持，他已经从 B-F 公司的事情中恢复过来了。

当然，除此之外，他在一家离岸银行里存有斯摩德霍夫 1000 万美元的担保资金，这些钱不需要纳税。在接下来的几年里，查尔斯会将这笔钱转化为丰富的经验、技能、知识和广泛的人脉。

从附近海洋飘来的空气带着一股海水的咸味，此刻是凌晨一点，方圆几英里内没有一个村庄。只是偶尔会有巨大的卡车穿过这条位于亚当斯敦东南部遥远偏僻的丛林公路，他们从几百英里外的班加西奥奎尔村赶来。伯克国际采矿公司一旦确定附近没有叛军出没，他们很快就会在那里组装新的房屋，这并不需要花费多少时间。联合国飞越该地区的航班最终发现了被摧毁的营地。

TJ开着卡车在前面带路，查尔斯跟在后面，和他们一路同行的还有5个人。过去这些人是装运工和警卫，现在都成了他们的朋友，他们坐在TJ的车顶上野餐，准备乘坐这辆卡车回家。TJ在路上转个弯，来到一条非常窄的小路上。他们不断接近目的地，在接下来的一英里，巨大的车胎将路都拓宽了。

查尔斯想到在足球营地被杀害的那些人，想到奥利和两个警卫，又想到哈里，他是这一切的罪魁祸首。他理智的头脑，甚至他的主观情感都可以为他的行为辩护。他们都会因某种原因杀人或被他人迫害，即便如此，他的思想和内心还是感到不自在。

TJ在前面停下卡车，查尔斯随之将这些屠杀的场景抛到脑后。在车灯的照耀下，他们一起走到这条路的尽头。查尔斯伸长了腿，用手拍打着腿上的蚊子。TJ看了看侧道，确保两辆卡车都能通过，同样值得关注的是，车进去之后要能开出来。开出来本身就很困难，如果再赶上下雨天的话，那就更不可能了。乌云虽然没有完全遮住天上的月亮，但这是个预警，预示着将有瓢泼大雨。

这是条几乎难以通行的小路，路旁100英尺的灌木丛里有一处隐蔽地。TJ开始扯开上面的伪装物，逐渐可以看到两个发霉的旧集装箱，它们几乎是被埋在低矮的山坡上。

"这是我父亲留下的，在战争时期他把东西藏在这里，从来没被人

第四十四章　藏匿的武器

发现过，很容易就可以把他们完全隐藏起来，现在里面什么都没有。"

"让我们把东西都装到里面吧。"

TJ 回去将卡车开得更近一些，查尔斯在清理多年来堆积在集装箱前面的杂物。除了一个手电筒和自己的双手外，他没有任何工具。

当卡车靠近时，车顶上的 5 个男子中有两人爬了下来，他们快速评估了一下当前的形势，然后挥手示意查尔斯站到一边。有些人可能会说，这是殖民时期文化返祖的证据，当时就是白人盯着黑人工作。但在这种情境下，却是友谊和尊重的表现。事实上，他们手里拿着砍刀，可以帮查尔斯快速清理这些杂物。清理完毕之后，TJ 打开紧锁的门。不到两分钟，他们就用棕榈叶和干草制成几个扫把，并迅速将多年来渗入到集装箱里的杂物和爬到里面的害虫清扫干净。

TJ 让每个人快速行动，他们知道自己搬运的是弹药。因为早前他们在邦戈达已经搬过一次了，不过当时他们是把集装箱的弹药运到卡车上，现在是从车上再搬到集装箱里。两辆巨大的卡车里装着 2000 个硬纸板箱，每个箱子重约 40 磅，里面装着近 1000 发子弹。和之前一样，他们手递手搬运这些箱子，这样效率会很高。卸下 2000 个沉重的箱子不是一件易事，他们用了好几个小时才搬完，查尔斯觉得自己就像一直在健身房进行举重训练。

所有约翰·约翰的弹药都放到了集装箱里，但是连第一个集装箱的后半部分都没装满。这些弹药总的重量是这个 40 英尺集装箱允许运输重量的两倍，但这些弹药不会运往其他任何地方。

他们需要额外的空间，因为他们现在必须将保加利亚造的 AK-47 步枪一箱一箱地卸下来，一共有 2000 支枪，每次从卡车里拿出来一支送到集装箱里。除此之外，还有 50 个很重的大木箱，它们形状不一，每个箱子里都装着一枚肩扛式防空导弹。

车上的武器弹药终于搬完了，他们锁上集装箱的门，然后从附近四周开始铲土，先是在集装箱上盖一层土，然后是一层石头，随后盖上棕榈叶防止雨水将泥土冲刷掉，这样等到丛林的植物长出来之前就可以保护他们的战利品了。两个集装箱再次和山坡融为一体，它们会一直悄无声息地藏在那里，但是 TJ 会看着它们。

一周以来，卡车上都装着沉重的货物，现在好像如释重负，它们轻快地沿着小路往回开了一英里，之后来到一条更宽的路上。这条路几乎无人问津，它有一小段蜿蜒地穿过 TJ 的家乡——杰内县。现在天快亮了，下起了瓢泼大雨。一周以后，在雨水的作用下，卡车留下的痕迹就会变得模糊不清，他们走过的路也会被植被覆盖起来，很难被人发现。

查尔斯一想到一两天后卡罗琳便可以抚慰他疼痛的躯体，心里便十分高兴。

他浑身酸痛，筋疲力竭，汗流浃背，到处都是蚊子咬的包，一身泥泞不堪，但他却感到非常满足。有朝一日，这些转运来的武器可能会派上大用场。现在它们可以在这里好好休息了。这个地方靠近海岸，就在杰内镇外不远处，它们在这比银行里的钱还要安全。

在查尔斯需要用到它们之前，这些火药一直会原封不动地埋在这里。

第四十四章 藏匿的武器

第四十五章

两亿美元的损失

伯克公司的钻井团队到达现场所花的时间比预想的时间还要长：这是一种权衡之举，他们既要冒险踏入一个看起来是个大麻烦的地区，又要在港口逗留数日，每天还需支付巨额的停泊费用。一个被派去当地搜查的团队得到了确切消息：几内亚的一个足球训练营里爆发了一场带有明显的宗教色彩和政治色彩的灾难。但这场灾难看起来不像是一种威胁，而这一判断也得到了联合国的认同。

伯克公司利用三天时间备好了巨型卡车，并进行了相关演习。车队从自由港出发，在陆地上行驶了一整天，终于抵达了班加西奥奎尔村。当地人认为伯克公司的团队是一支高水准的新钻探团队，这个消息就像曼巴蛇一样，从邦戈达一路向北不断蔓延开来。100 个陌生的外国面孔和 10 艘装满物资的集装箱船出现在班加西奥奎尔村，但这只是开始。这群人抵达之后，便开始大兴土木，为了抵御冈瓦纳多年以来的酷热和暴雨，他们建造了很多新房子。

伯克公司的施工团队钻凿了地层，摸清了此处的地形，然后把他们的钻探机安装在几个钻孔附近——这些钻孔是 B-F 公司之前开凿的，他们所鉴定出的高级岩芯样本就是从这里取走的。他们盘点了那些存放在这里的岩芯，毫无疑问，里面遍布着纳米金颗粒，但伯克公司的人把这些岩芯暂时放在了一边。

两个十几岁的本地少年来到还未建好的伯克营地里，他们兄弟二人都能说一口清晰易懂的英语，所以他们在营地中发挥了作用。很显然，男孩们对伯克公司带来的美元很感兴趣，但对他们将要开采的黄金并不感兴趣。两个男孩带着伯克公司的人去了另一个地方，那里离这片矿区很远，隐藏在邦戈达附近的一条岔路下面。

"你确定吗？要走这么远吗？"一位身穿橙色连体衣、头戴安全帽的男子问道。他开着一辆小货车载着这两个男孩一路向前。

"我很确定，伍迪先生。"年纪稍长一些的男孩回答道，"它就在冈瓦纳附近。"

"但是 B-F 公司的团队没跟我们提过还有另外一个地方啊。"

年纪较小的男孩解释道："那个地方也在这里，我们都知道。我们就住在冈瓦纳，对这里特别熟悉。"

男人无奈地耸了耸肩。无论如何，他都要熟悉一下邦戈达，因为那里是离他们最近的物资补给地。

当他们一行人到达两个少年所说的那个地方时，首先映入伍迪眼帘的是那两个放在灌木丛中的集装箱。

"赛伊，你说得对。"他转头对身后的两个男孩喊道，他们正走在一条满是淤泥和水滩的小路上，上面布满了重型车辆的履带压痕。他打量着面前的集装箱，只见上面盖着一些棕榈叶，就像是有人想把它们胡乱地藏匿起来一般。微风穿过树林，吹得集装箱门微微摆动。他钻进其中一个集装箱里，发现里面空空如也。

第四十五章 两亿美元的损失

男孩们跟了过来，也钻进了集装箱。那个男人把手搭在那个较为年幼的男孩的肩膀上："又是一个空集装箱，尼亚恩。也是什么也没有。"

尼亚恩点点头，咧着嘴笑了起来。他从集装箱里跑出来，绕到这个用棕榈树枝临时搭建起来的遮挡物的另一侧仔细查看，附近并没有夜间怪物出没。

但是，这个集装箱中并非完全空无一物——有两个小盒子被遗忘在这个闷热空间里最黑暗的角落。这个男人把它们拿起来，借着门外的光看到了它们的真面目——竟然是两盒子弹，各自装有 20 发 7.62 × 39 毫米规格的子弹。他吓得连连后退，这里可是冈瓦纳，弹药是禁品。或许他不应该如此草率，毕竟这个国家是个火药桶。根据他目前掌握的信息来看，他们营地门口可能驻扎着一整支叛军军队。

"赛伊，这些集装箱里面之前装过什么东西没有？"

赛伊微微一笑，耸了耸肩。

"好吧，谢谢你。这附近还有什么值得一看的东西吗？附近还有没有 B-F 公司的人？"

赛伊点了点头："我的老板想让你看些东西，它就在这条路上，是一台放在破楼里的大机器。他说你会想看的。他说如果你看了那台机器，就会节约时间和金钱的。"

这位伯克公司的男人问道："赛伊，你的老板是谁？"

赛伊微微一笑，依旧耸了耸肩，没有说话。

对于查尔斯悄悄向赛伊提及的尸体——死者是两名当地男子和一名白人化学家，赛伊无须多言。伍迪先生自然会发现他们的。

赛伊要让尼亚恩远离整件事情，尼亚恩不能再看到更多的恶魔了。

微风吹过华盛顿市中心，轻轻扬起了萨拜娜的秀发和裙摆。她踏上艾森豪威尔行政办公大楼的石阶，这里曾被哈里·杜鲁门鄙夷地称为"美国最大的怪物"——在这里工作的人都是那些无法进入白宫总统办公室的官员。办公大楼的门卫挪开脚步，让她走进去。她的手中紧握着一个公文包，她希望自己没机会打开它——里面装的全是伪造的文件，还有关于查尔斯·奈特的谣言。

她的公文包里还有一些打印出来的电子邮件，以及一些带有签名和 B-F 公司印章的官方文件。当把所有的文件放在一起审查时，它们会无意间向人们传递这样一个确凿的信息：查尔斯·奈特不仅掌握了 B-F 公司的内幕消息，而且还参与了 B-F 公司的骗局。但这似乎还不够夸张，应该说奈特对 B-F 公司的内部人员进行了敲诈。这些文件表明，奈特最后欺骗了斯摩德霍夫和 B-F 公司，靠着敲诈勒索和暴力威胁，基本上接管了 B-F 公司的交易。

她手中还有一些文件，暗示奈特还杀了一个名叫奥利·谢夫莱特的化学家。但他并不打算善罢甘休，他还试图煽动叛乱。在华盛顿这座城市，扭曲的真相足以为全面战争提供充分的理由，人们很容易扭曲部分事实，进而对一个只有 23 岁的投机者进行公然谴责。而萨拜娜只需要对这些看客说些他们想听的话就可以。

萨拜娜手中的证据以及这个案件中涉及的钱款，足以引起副总统办公厅主任的注意，他邀请萨拜娜来副总统的办公室会面，而她的父亲还有她在证交会的上司都没有这个荣幸。

萨拜娜的做法激怒了她在证交会的前任上司，但她对此毫不意外。

她的前任上司是一个善妒、古板且有野心的女人，她看出萨拜娜身上具有的这些特质，并对此很是惧怕。这位上司的上级则把奈特视为一个藐视法律的辍学之人：如果他的案子被送去审判，除了能为美国证交会带来媒体的正面报道之外，奈特没有任何用处。但如果不审判奈特，证交会不仅会被媒体积极报道，还能从奈特那里捞到一笔丰厚的和解费。

由于斯摩德霍夫是加拿大人，所以很难通过合法的途径找到他，更何况他现在下落不明：新闻报道称他正藏在一个山洞里。实际上，他已经去了马来西亚，在一处私人海滩上安顿下来。他正沐浴在阳光下，身边有律师、枪支还有他刚赚到的钱款为他保驾护航。事实证明，华舍曼只是一条被人利用的愚蠢走狗，他只是名义上的负责人，并无实权。斯摩德霍夫从没让他参与这场骗局。他把自己的巨额股票头寸全部归零，虔诚地为自己因为不知情而犯下的错误赎罪。

证券交易委员会只有在他们管辖范围内才能给某人定罪。但是一桩高达 50 亿美元的诈骗案就发生在他们眼皮子底下，他们总不能坐视不管。为了证明他们有把控全局的能力，就一定要有人受到惩罚。从各个方面来说，奈特都是一个理想的目标。

萨拜娜必须转移目标。她编造的证据已经实现了它能达到的所有目的。她父亲已经仔细检查了这些证据。不论哪个法庭上使用该证据都等同于自杀。萨拜娜最后能够得到丰厚的报酬，所以她的动机也就昭然若揭。辩护律师将会发现她的欺骗行径，整个案件就会恶化，她自己也可能沦为被告。她不能接受这种结果，她不想成为罪犯。

实际上，证交会不需要任何伪造文件就可以对奈特提起诉讼。根据执法者对法律的解释，他们已经掌握了证明奈特犯法的确凿证据。当其他人都在买入股票的时候，她亲眼见到奈特瞄准时机售出了他的多头头寸，这一点她可以如实地出庭作证。印有其经纪记录的法律传票将会为本案提供无可辩驳的证据。他私下里对偷来的岩芯进行了样本分析，而且他在 B-F 公司倒闭前不久购买了看跌期权，这些证据都清楚地表明，他对 B-F 公司内部的情况了如指掌，对欺诈行为也有一定的了解。她坚信，仅凭这一点，美国证券交易委员会就能以内幕交易为名给他定罪。

查尔斯·奈特会在法庭上如何驳斥她呢？愤世嫉俗的法官可能会给被告很大的回旋余地。为什么要在这个时候冒险去反击呢？这将会把她的父亲、证券交易委员会，甚至是副总统置于一个难堪的境地。这对她而言可能是灭顶之灾。

她父亲已经努力同证交会达成了一项协议，从而确保一定份额的信贷和金融收益能够经由他流入税务署。但面对这些错综复杂的官僚机构，就连他自己都是举步维艰。

里奇曾对萨拜娜说过："萨拜娜，虽然这是一笔极其可观的交易，但问题是，一旦官僚机构开始运作，阻止它就如同阻止雪崩一般无能为力。如果真的要打官司，税务署可能会败诉，一分钱也拿不到，而证交会同样也会两手空空。最重要的是，在所有的事情上，你都难辞其咎——如果事情被公开，这是你要面对的最棘手的问题。所以，这件事最好在庭外解决。"

他说得太有道理了！为什么要冒着破坏里奇那 100% 定罪率的风险去打官司呢？现如今，在一个农场中发现大麻并不会成为一桩刑事案件，其处罚方式也不过是没收整个农场。为了规避风险，车中装有大量现金的人会同意执法者连车带钱一同没收。很少有人会有额外的时间和金钱与政府辩论，尤其是当这种做法会增加坐牢风险的时候，就更不会有人以身试险了。因此，大多数公民都会默许这个合法的大型勒索团伙对他们的财产进行敲诈勒索。这个系统的权力之大，令萨拜娜对它的创造者充满钦佩。

她的父亲命令她务必确保她现在携带的文件不会被任何辩护律师看到。她今天的任务是做一件连她自己都觉得无比惊讶的事情：她要确保查尔斯·奈特不会受到审判。这就意味着她需要在不损害自己信誉的前提下说服副总统。萨拜娜第一次感觉到了紧张。

在警卫护送她前往副总统办公室之前，她又过了一道安检。然后她被安排在接待室进行等候。副总统总是让别人等他，这次也不例外。

最终，副总统的私人秘书把她领进办公室。副总统坐在一张航空母舰大小的桌子后面，看上去很威严。办公桌最上面的抽屉里放着几十年间各任副总统的签名，这是历来的传统。萨拜娜站在一张专门为客人准备的小座椅前面。

"海德尔女士，我是迪克·斯塔福德，是副总统办公厅主任。"斯塔福德紧随其后走进办公室，经过萨拜娜的时候做了自我介绍。

副总统库利根赞许道："你最近成绩不小啊，萨拜娜，你成英雄了。"

"真是想不到。"她微微行了一个屈膝礼，虽然觉得这种做法很愚蠢，但她知道这是一种明智之举。这种举动令她显得娴静而柔弱，从而更值得信赖——这些品质都是在华盛顿难得一遇的。

副总统咯咯地笑了，为萨拜娜认可他的尊贵地位感到兴奋不已："告诉我这件事情进展到什么阶段了，萨拜娜。

她抬头看着他，说道："总统先生……对不起，副总统先生……"她故意制造了这个巧妙的口误，"B-F公司即将破产。基于我搜集到的有关欺诈的证据，纽约和多伦多的交易都已暂停。伯克公司今天刚刚宣布他们首次钻探的结果。那些岩芯里面根本没有黄金。"

"这个公司的市值还有多少？我说的是 B-F 公司。"

"这很难说，因为目前的所有交易都是非正式交易，它们都不在交易所进行。但这个公司的价值终将归零。"

"太震惊了！整整 50 亿美元！这是个世纪骗局啊！"

萨拜娜克制住嘲笑的冲动。萨拜娜同施普林格那次单方面的谈话开启了她学习货币体系的道路。部分储备金体系每天确实可以凭空创造出数十亿美元以信贷为基础的新货币。相比之下，B-F 骗局简直就是一个微不足道的舍入误差。但现在还不是向副总统提及这件事的时候，她要用金钱诱惑他上钩。

"斯摩德霍夫和奈特呢？你打算用什么罪名起诉他们？"

萨拜娜摇了摇头："先生，虽然我们很想抓到斯摩德霍夫，但他是加拿大人。而且他逃跑了，至今下落不明。至于奈特，他会使我们面临一种艰难的处境——我们会陷入官僚主义的领地之争。虽然此案可以被定性为证券欺诈案，但是它并不是明显的税务欺诈行为。税务署执法部的副部长建议我们不要追究奈特的刑事责任，只对他进行民事财产没收就可以。副部长很擅长对案件进行评估，副总统先生。"

副总统看了一眼正在频频点头的斯塔福德。

斯塔福德只说了一句话："西奥多·里奇是个可信之人。"

萨拜娜接着说道："我也向税务署推荐了同样的方法。"

"我不确定我是否理解了你的意思，萨拜娜，"副总统说道，"你是说不对他的证券欺诈罪进行刑事指控了吗？但我觉得奈特太嚣张了，不能就这么算了。"

"您的想法相当周全，先生，的确是这样的。但我们的目标在于奈

第四十五章　两亿美元的损失

特的看跌期权，先生……"

"那些看跌期权怎么样了？"

"根据证交会的申请，它们已经被法院禁令冻结了。"

"不错，不错。"

"情况并没有那么乐观。"萨拜娜坦言道，"虽然这些期权很值钱，但如果您不采取行动，这笔钱就不会是我们的。"

"采取行动？要怎么做呢？"

"如果我们按照税务署的要求以民事没收的方式没收这些资产，情况就会好很多。然后我们就可以把这些钱款用于未来项目的实施，比如我已经参与完成的这个提高政府行政效率的项目。"

"我们到时候能拿到多少钱呢，萨拜娜？"副总统用一种暖人的语调柔声问道。

"等到这支股票彻底崩盘的时候，奈特手中的期权价值将高达两亿美元。"

副总统扬起了眉毛。

萨拜娜露出微笑。副总统肯定想把那笔钱据为己有，而这笔钱的总数远远超过他向国会提出的用于施行政府效率提高计划的预算。

萨拜娜接着说道："如果我们不抓紧采取行动，这一切都会化为泡影。"事实并非如此，但是萨拜娜即使是面对着副总统，也能面不改色地撒谎。这笔钱是不会消失的，但拿到这笔钱的前提是经纪公司必须及时凑齐 400 万股毫无价值的 B-F 公司的股票，并在看跌期权到期之前进行交割。"美国证券交易委员会冻结了奈特的账户。这样一来，在本案候审的情况下，证交会将一直冻结这笔财产，直到期权到期。"

副总统看着斯塔福德。

斯塔福德说："证券交易委员会冻结可疑账户的先例有很多。"

副总统知道这意味着什么："我们将放弃本可作为利润的两亿美元，就为了推行政府提高效率计划……"

萨拜娜打断了他的话："如果您不想放弃追究奈特的刑事责任，这笔钱就会消失，先生。"

副总统转过身来，看着萨拜娜。

"您的政府效率提高计划或许能够提供一种契机，从而帮助政府用一种前所未有的方式改善自身。您看，证交会可能会在调查期间冻结奈特的账户，但税务署却可以直接没收账户。其实，司法部门支持税务署没收他的账户，而且，最重要的是，税务署能够代表政府执行这个账户中的期权。"

副总统抬起眉毛，转身看着他的办公厅主任。

斯塔福德缓缓点了点头，说道："税务署的确已经没收了股票期权，并将它们卖给了第三方，她说得没错，这就是法院的判决结果。"

萨拜娜说道："目前来看，您这项计划的重点是机构间的人员交叉和业务交流。"

"没错。"

"您或许可以考虑扩大交换对象的范围。再加上权力的交换如何？"她终于抛出了这个问题。

斯塔福德什么也没说，显然他在沉思。

萨拜娜希望斯塔福德和副总统现在能跟她父亲拥有同样的理念。过去若要扩大行政权力，至少需要国会的参与，这就意味着要改变立法。国会设立的目的就是为了制约行政部门的权力。而现如今各路政客都认为这种制约机制就如同宪法本身一样，只是一种古怪的理念。宪法本就

第四十五章　两亿美元的损失

形同虚设。

当前，美国的行政权力基本上可以在没有监督的情况下实现再扩大和再分配，这种情况在 12 个执政机构中尤为明显，其中就包括中央情报局、国家安全局和联邦调查局，每个机构都有自己的黑色预算。

至于那些较为普通的机构，行政部门通常会为了想出一些避开宪法禁令的方法而迫不得已向宪法学教授求助。只要稍加努力，就可以说服司法部门确信行政部门所掌管的任何权利都是合乎宪法规定的。而相较于其他计划，副总统的这一计划似乎更易于实践：美国证交会和美国税务署都属于行政部门，二者都不需要接管新的行政权力。在这项计划中，它们只需要将本机构的权力转移到其他机构，实现权力的分享。而所有这些举措的目的都是为了提高政府工作效率。

斯塔福德稍加思索，然后对副总统说道："如果您开创了权力交换的先例，这很可能就会成为您竞选总统的一个平台。从一个罪犯那里缴获两亿美元，到时候媒体一定会大肆宣扬您的光辉事迹……"

副总统点点头。在他沿着政治阶梯向上攀登的过程中，他积极进取的态度赢得了选民的喜爱。尽管遭遇过来自法律、道德或是现实世界的阻碍，但他依旧能够找到问题的解决方法。在华盛顿，人们可以为了达到目的不择手段。"做些实事"的呼声正源源不断地从上百个不同的地区传来，而在这个将耻辱和罪愆视为软弱的城市里，像副总统这样的人散发着无穷的力量。

做好这些铺垫之后，萨拜娜打算继续对副总统发起攻势，希望他能接受自己的提议。

她吸引了副总统的目光。"取消证交会，先生。让税务署没收奈特的所有资产。这与标准操作流程稍有偏差。但我坚信我们都在做公平正义的事情。到时候各路记者都会站在我们这边的。"

副总统听到这番话很是受用。毕竟没有哪个记者愿意维护一个废物投机者。

斯塔福德点点头，说道："没有人会揪着这件事大做文章的，到时候我们就能开创权力交换的先例了。"

萨拜娜接着说道："然后税务署就可以行使这些期权，为我们留下这笔钱，并跟证交会瓜分这笔钱。这就是机构间完美的权力共享，跟您当初预想的结果一模一样。这不仅是纳税人的巨大胜利，同时还能向选民表明美国政府——尤其是您的政治团队——正在打击恶人，捍卫他们的利益。"她提到了副总统关心的所有问题，然后带着灿烂迷人的微笑把它们紧紧握在手中。

"那奈特呢？"副总统不放心地问道，"他肯定会为自己辩护的。"

"如果要起诉查尔斯·奈特，那他很可能就会被定罪。他很清楚这一点，毕竟证交会已经完全掌握了关于他敲诈的确凿证据。但也不排除另一种可能，如果是这个案子交由陪审团审判，判决结果如何，我们不得而知。如果证交会对他提起刑事诉讼，那他势必会奋起反抗，因为他除了要面临长期监禁以外，不会损失一分钱。但是他要花费大量时间和金钱来反抗，我们到时候也会面临风险。不过，如果对奈特的财产进行民事没收，我相信他一定不会进行反抗，因为如果他不抗争，我们就会签署无罪认定书，保证让他无罪释放。"

"我们推迟对他的起诉怎么样？让税务署没收他的资产并执行期权，先拿走他的钱，之后再把他送去受审。"副总统看起来对自己的这个想法颇为自豪。

萨拜娜不得不打消审判的念头。到目前为止，她已经说服了这个男

第四十五章　两亿美元的损失

人，但她能在接下来的关键时刻取胜吗？她的神经已经平静下来，她不能让它们再次出现，打乱她的游戏。在接下来的这一刻，这两个男人必须相信她所说的一切。

"先生，假如他在刑事案件中胜诉，就算所有的证据都对他不利，法院也可以把他被没收的资产连本带利地一同还给他。这笔财产会被划定为不当取得。对于您计划的实施而言，这可能是最糟糕的结果。"

"他有胜诉的可能吗？你不是说你手里已经有了关于他犯罪的确凿证据吗？"副总统看着斯塔福德，对萨拜娜提出质疑。

萨拜娜解释道："先生，要知道在审判中任何事情都有可能会发生。那些做尽坏事的坏人总能逃脱惩罚，因为他们总能利用一些技术性手段脱身。例如，陪审团无效是一种新趋势。一切审判都是按照陪审团所认定的公正审判来进行，而非遵循法律条文。你根本料想不到，说不定最近什么时候就会有一个激进分子混到陪审团里面，所以我们为什么要冒这个险？"对于萨拜娜来说，查尔斯·奈特的这桩案件会给她带来很大的风险。

"所以政府现在有两种选择：要么拿走这两亿美元，要么起诉查尔斯·奈特。"

萨拜娜不自觉地用一种自信而冷静的语气说道："没错。"

副总统继续说道："可我两个都想要。如果我们对奈特提起公诉，那笔钱就会消失，对吗？"

"并非如此。"斯塔福德说道，"尽管我们拿不到这笔钱，但如果期权人同意让期权到期，到时候无论是谁卖期权，都能留下这笔钱。"

"那些卖期权的人是谁？"

"很多公民还有各类股票经纪公司。"

"这些人是支持哪一方的呢？是我们，还是我们的竞争对手？"

斯塔福德转身面向萨拜娜，虽然她也不知道答案，但她知道此刻说什么话才最合适。

"副总统先生，他们中的绝大多数人都支持另外一方。"

"选民们不太喜欢有钱的金融掮客。他们就像一群赌徒，去他妈的！"副总统唾骂道，随后又叹了口气，"我的新项目不能有浪费，对吧？"他耸了耸肩。他说："我们不要浪费时间了，我们可能拿不到钱。迪克，告诉里奇，我会让总统批准税务署扣押那些资产。我们会让证券交易委员会冷静下来并向他们保证他们可以从中获利。如果这次奈特还能侥幸脱逃的话，我们迟早有一天会抓住他的。"

萨拜娜松了一口气，她赢了。她现在终于可以放松下来做她最擅长的事情了。当副总统望着她的时候，她歪着头，屏住呼吸，她知道这样的姿态能够激起这个男人的卑劣本性。不同于查尔斯·奈特，这位副总统会屈从于她的意志。

他缓缓点了点头，说道："萨拜娜，你给我留下了非常深刻的印象。你置个人安危于不顾，冒着巨大的风险去非洲抓坏人。你应该去度个长假。"

"我要休息一会儿，然后回去工作……"萨拜娜脸上露出灿烂的笑容。她又能取悦她的父亲了。

"好的，萨拜娜，别离开太久。我觉得将来我们会有很多共事的机会。你愿意直接到我下面工作吗？"

这位副总统说双关语的娴熟程度堪比萨拜娜。这是一次攀登政权阶梯的邀请，而该阶梯一开始就处于高位。副总统为萨拜娜提供了一个与政治大亨合作的机会，这与她身边那位亿万富翁斯摩德霍夫简直相得益

第四十五章　两亿美元的损失

彰。对于权力和金钱的憧憬如同一剂摇头丸、一个振动棒，能让人产生性兴奋。萨拜娜隐隐觉得未来的成功已然初见端倪，她再也不必在权力和金钱之间做出抉择，这两者将会彼此强化，就像煤油和液氧一般，各自都有巨大的能量，但二者结合起来就会变成威力无比的火箭燃料。

她心满意足地离开行政办公大楼。她打了一辆出租车，在回家的路上，她路过美联储大厦。她抬头欣赏着这栋高大的建筑，在心中暗下决心。

总有一天……

随后，她坐上另一辆出租车。"去杜勒斯机场。"她对司机说道。

司机是一位长着一头稀疏白发、颅顶还有斑秃的黑人，他回头看着萨拜娜，用浓重的口音问道："哪个航空公司？"

"达美航空。"她答道。

这个男人通过后视镜打量着她，问道："你要去哪儿？"

"去马来西亚。"她要去找斯摩德霍夫，他给她订了头等舱，她敢肯定这次（马来西亚）之行是值得的。

斯摩德霍夫早在一个月之前就逃走了，萨拜娜希望他现在已经冷静下来了。他并没有如愿成为受人敬仰的亿万富翁。不过，只要他能待在那些美国和加拿大都无法引渡他的地方，他就能够坐拥无尽的财富。

到时候，她会在马来西亚和美国华盛顿两地之间辗转，周旋于斯摩德霍夫和副总统两人之间。

"我没去过马来西亚。"出租车司机坦言道，他的目光依旧没有离开后视镜。萨拜娜觉得这位司机的口音似乎很是熟悉。

于是，她漫不经心地问道："你是哪里人？"

"我来自西非，"那人答道，"冈瓦纳人。"

548

萨拜娜笑了，那是一种胜利的笑容。没有人可以打败她。查尔斯·奈特也许可以打败斯摩德霍夫，但将奈特那笔巨额财产带走的人是她。是她打败了查尔斯·奈特。

　　查尔斯·奈特已经满盘皆输。

第四十五章　两亿美元的损失

尾声

查尔斯的钱就这样被偷走了，他的名誉也受到了诋毁和玷污，而使他名声毁于一旦的正是那些本来应该保护他的人身安全和财产安全的机构和组织。当然，如果政府原本就是想把他这个人或他的财产据为己有，那就另当别论了。

既然已经有了在非洲地区的生存经验，查尔斯决定去周游世界，拓宽眼界。他还要制订一个计划，把属于他的钱财重新夺回来。等他彻底安顿下来，冷静一段时间之后，他就会展开报复。

而赞德作为一个富有经验的中年男人，行事更为保守，他赚了5000万美元。他最终决定对露易丝——卡罗琳在"非洲恩典号"上的朋友——展开追求。虽然露易丝韶华不再，但赞德深谙这样一个道理：年轻漂亮的女人随处可见，但那些具有良好品格的聪明女子却是万里挑一。

莫里斯是一个恩仇必报的人，足不出户的他躺在沙发上就赚了一大笔钱。查尔斯成功请到一位专家，帮助治疗他的睡眠呼吸暂停综合征，他对此很是感动。但查尔斯对于改善舅舅的膳食结构以及运动习惯已经不抱任何希望了。

TJ对于自己在这次交易中的收益很满意。他赚到足够的钱，还拿出一部分钱帮他的兄弟们在冈瓦纳开办了几家企业，而且日后他不打算再把这笔钱要回来。在西非，那些借给兄弟或同村人的资产（尤其是金钱）从来都是有去无回的，但是这种借贷在日后会兑现它的价值。

艾略特将免遭被起诉的命运。萨拜娜不想再惹祸上身了，因为一旦把他牵扯进来，萨拜娜的欺诈行径就会暴露无遗，从而影响接下来的计划。所以，艾略特·施普林格依旧专注于寻找这类毁灭人类的疾病的治疗方法。

* * *

查尔斯从逼仄的淋浴间走出来，对着帆船隔板上的镜子照了照。近日他从斯摩德霍夫当初贿赂他的 1000 万美元中拿出一部分，在塞拉利昂买下了这艘船。他瘦了，但看起来更健康了。每隔几天他就会刮一刮他那张邋遢的脸，他今天刮胡须的水平和往常一样好。他的头发更加浓密了，他想让它们再长长一些。时至今日，他在冈瓦纳所遭受的擦伤、感染、伤口撕裂和刺伤大多都已愈合。

船顺着水流和海风向南航行，从船头的舷窗向外望去，就能远远地看到非洲的海岸线。他们今天就能到南非，然后绕过好望角，沿着东非的海岸线，顺着季风驶向印度。这条航线是阿拉伯独桅帆船连续几个世纪以来不变的路线。他爱上了非洲。但是印度和东方世界在召唤着他。

帆船正在迎风航行，所以不似微风拂过船梁时，只有微弱的相对气流吹进下方的船舱。但那股微风带来了培根的香味——它们正在船尾栏杆上烤肉炉中滋滋作响。培根的香味吸引了查尔斯，但它远远不及做熏肉的女人吸引他。

他把一条白毛巾围在腰间，跳上舱梯，进入空无一人的驾驶舱。这艘船只有 45 英尺长，他一转身就看到了他想见的人。

她站在那里，赤脚踩在锚索上，身体前倾，靠在船头的栏杆上。从船尾吹来的海风扬起她的金色秀发，吹动她的一袭白裙。在自动驾驶仪的操纵下，船只又加速往前航行了半海里。

查尔斯沿着甲板一直走到桅杆旁边，停下脚步。他不愿吓到卡罗琳，于是他柔声说道："早上好，卡罗琳公主。"

卡罗琳转过脸来，刚好能让查尔斯看到自己的笑容。他朝她走过来，随后抱住她。他俯下身来，亲吻着她的脖颈。

这对恋人的呼吸交缠在一起，伴随着船头划过海面的声音，谱成一阕愉悦而又平和的乐章。最重要的一点是，这阵风把他们带离了这个邪恶的世界，推动着他们过上自己想要的生活。

这便是充满异国情调的生活，这便是冒险的人生。

这就是他想要的正派的生活。

美丽的海洋涤荡着他们的灵魂，查尔斯紧紧抱住了卡罗琳。

查尔斯·奈特胜利了。

译后记

    2022 年年初，我有幸受邀翻译这部由广西师范大学出版社引进的新晋小说《投机者》。该书由美国传奇投资者道格·凯西和约翰·亨特共同创作，讲述了主人公查尔斯·奈特前往西非寻求采矿和投机的机会，然而因为他无意中发现 B-F 公司不为人知的惊天秘密，而陷入被灭口的险境，最终依靠自己的睿智和勇敢化险为夷的故事。正如罗恩·保尔所说的那样："《投机者》表面上讲述了一则关于国际阴谋的惊险故事，实则从经济层面和道德层面为饱受非议的投机者提供辩护，并从这两方面对那些借助暴力和欺诈牟利的人进行谴责。道格·凯西和约翰·亨特为那些寻找独特方式传播自由理念的人们提供了极为宝贵的帮助。"小说中的投机理念也好，惊险刺激也罢，都十分引人入胜，吸引读者爱不释手。

    从译者的角度讲，这部小说的翻译主要有三个难点：一是文中大量出现的金融术语和地质术语。译者主要通过查询专业术语库来规范译文中的术语，并反复求证，确保用词的准确性，比如"期权""岩芯"等。二是人物的对话比较口语化，具有一定的随意性，有时为逻辑衔接的判断带来一定的难度。遇到这种情况，译者会通过反复阅读，根据上下文中的语境尽可能还原人物的心理，并把它连贯、生动地呈现在译文中。比如：赞德认为卡罗琳不应该太牵挂行踪不定的查尔斯，因为他认为过度的牵挂会对查尔斯的行动造成困扰，译者整合了前后两句的内在逻辑联系，把它们翻译为："没有对彼此的控制。控制就是两个人之间的内耗。"三是涉及一些当地的风土人情和风俗习惯。关于小说中描述的非洲环境和文化习俗，译者借助不同的搜索引擎，力图真实还原当地的文化和风俗，做到忠实原文。比如"lapas"，是指当地妇女将孩子绑在背上时所用的一条宽布条，这种绑孩子的风俗在中国也有，但是绑法和布条与中国人的习惯还是有很大区别的。

此外，在一些中西方经典文化表达的处理上也需要一定的技巧。对于经典的中华传统文化，译者持有一种敬仰的心情和如实传播的心态。小说中赞德给查尔斯灌输人生哲理时，使用了《孙子兵法》中的一句话。"One of his teachings is to always appear either much stronger or much weaker than you are." 汉语中的习语或俗语中没有直接对应的译文，因此无法直接照搬。译者首先按照字面意思译成"它的教义之一就是要求人们要么善于锋芒毕露，要么试着韬光养晦。"经过释意，其基本大意就显现出来了，即教诲人们要学会自保，永远不要让对手知道自己的真实实力。于是译者便在古文白文对照版的《孙子兵法》中按图索骥，终于找到了符合文意的一句话："善守者，藏于九地之下；善攻者，动于九天之上，故能自保而全胜也。"

关于西方的一些特有文化词，译者也力求向中国读者忠实、通顺地译介过来。如：斯摩德霍夫的自白中有这样一句话 "he finally became a failure for years but a Midas at last"，如果缺乏关于希腊神话的背景知识，则会不知所云。经查证，古希腊神话中，Midas 代指"点石成金的人"，且英文中有"弥达斯的触摸（The Midas touch）"的俗语，因此译者结合相关背景知识翻译为："他终于成为像弥达斯一样可以'点石成金'的成功人士。"中国读者也熟悉"点石成金"的故事，这样就消弭了中西方文化障碍，实现了异化中的"归化"。

文学翻译需要译者具有一定的创造性，这种创造性活动不仅需要译者具有扎实的中英文语言功底，还需要译者具备多学科、跨学科知识以及迅速有效地搜索有关信息的能力。翻译是一项始终有遗憾的工作，因为无论译者多么努力和认真，出来的译文总会有这样或那样的遗憾，也许这也正是翻译的魅力所在吧！

这部小说的翻译并非易事，在这里我要特别感谢我的两位研究生：宫平和卢政，分别是广西大学外国语学院 2021 级和 2020 级 MTI 研究生。他们花费了大量的时间和精力参与这部小说翻译的全过程，译文从最初的青涩稚嫩到最后的通晓流畅，这项翻译工作见证了他们的成长和成熟，而作为导师的我，人生最开心的一刻也不过如此吧！此外，我还要感谢 2022 级文学专业硕士研究生邢瑞桐和 MTI 研究生张佳音，虽然她们刚刚入学，但对翻译工作非常有热情，而且翻译出的译文丝毫不输给年长的学哥学姐，她们认真负责的态度给我留下了深刻的印象。2020级 MTI 研究生李淑薇和侯慧玲也为本书贡献了她们的聪明才智。虽然我和我的学生们对这本小说的翻译倾注了大量心血，但译文总会有遗憾的，书中如有值得商榷的地方，愿与广大读者共同探讨。

最后，我要特别感谢广西师范大学出版社·纯粹 Pura 及本书的编辑，还有多马老师。没有他们的辛勤工作和付出，这本书不可能顺利出版。

王晓惠

2023 年冬